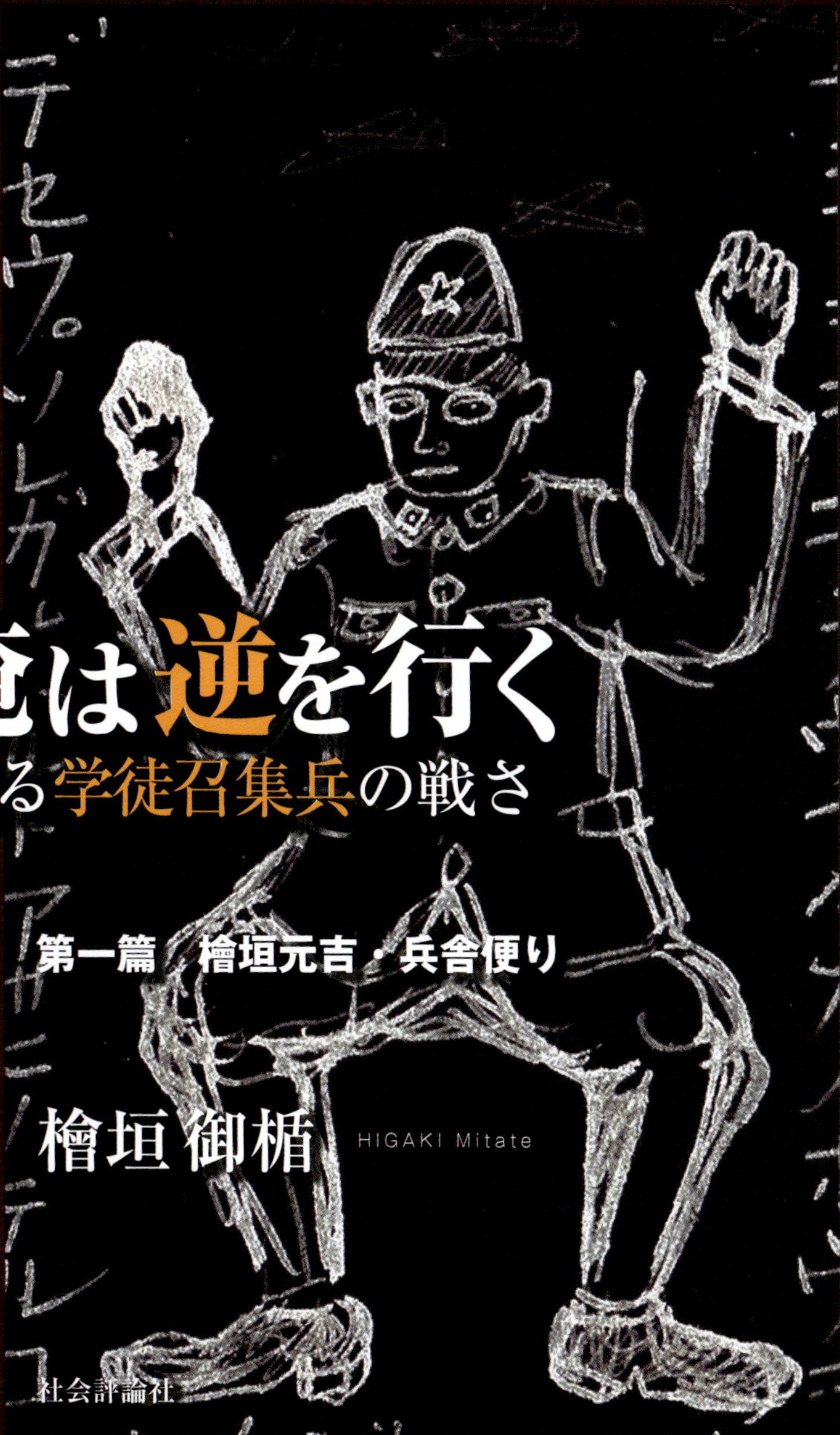

俺は逆を行く

或る学徒召集兵の戦さ

第一篇　檜垣元吉・兵舎便り

檜垣 御楯　HIGAKI Mitate

社会評論社

写真館　K.YASUMOTO　　（昭和 17 年末頃）

はじめに

　昔から我が家の古ダンスの引き戸の中に分厚い葉書きの束が大事そうにしまってあった。子供の頃たまに取り出して何が書いてあるのか見ることがあった。かなりの枚数があり色鉛筆で絵が添えられていて父の字で戦争中の出来事が書いてあるので父が捨てきれずに思い出として大事にしているのだろうと思いそっと元の場所に戻したものだった。挿絵が丁寧に描かれ字も清書してあるので子供心に大切にしてある雰囲気が伝わってきた。

　年月がたち多忙な日常生活のなかでその記憶はしかしながら薄らぐことなく時としてよみがえって来るのだった。父が鬼籍に入り私は定年を過ぎて昔を懐かしむ年齢になった時、ふと葉書きの束の存在が心の中に大きく膨らんできた。そして戦後七三年が過ぎ忌まわしい太平洋戦争の記事が新聞に特集されることが多くなってくると自分にとってあの戦争とは何だったのかと考える機会が増えてきた。そんな毎日の中で記憶に蘇ってきたのが父の葉書きであった。取り出して枚数を数えると三〇〇枚以上あり兵舎から家族の子供たちにあてて書かれていた。

　表向きは福岡の実家に残してきた妻子を気遣い心配のないように明るい調子で軍隊での生活、北九州、若松や八幡あたりの四季の移り変わり、親しくなった戦友達の紹介や彼らの出身地の思い出話などが書かれてあった。しかし読み返すうちに高射砲部隊で国土防衛の任務を負うという命がけの仕事を負っているにしては父の妙に明るい調子が気になり始めた。

　そして約三〇〇枚の葉書きの下にあった一枚の福岡の写真館〈K・YASUMOTO〉で撮影された遺影とも思える家族写真（前頁）。父の顔には決死の形相が表れている。母は今にも泣き出しそうな顔をしている。四人の子供をどうやって一人で育てていくのかと途方にくれた心中が読み取れる。状況を把握できずに困った顔つきの子供たち。生まれたばかりの私は異様な雰囲気を動物的感で察知して泣き出したがこれもありだと写真屋さんはシャッターを押している。

＊

　父は入隊以前は九州帝国大学の国史学研究室の院生として学者の道を歩んでいた。昭和一七年一月に学徒召集で若松の高射砲部隊に入隊してから約一年の冬に撮ったものである。訓練に明け暮れる毎日であるがいつ突然南太平洋への派遣を告げられるか分からない。兵舎内での戦友との別れの挨拶、新入兵の入隊。生きてきた証拠写真を残しておかねばと考えて父は写真館へ死に装束（軍服）を着て撮影に行ったのは間違いない。これが君たちの父親だ。歴史の流れには逆らえず死ぬ運命にある。戦況は予想通りには進展せず楽観を許さないが一家全員力を合わせ耐えて頑張ってくれ。妻の千代は東京は神田区旭町の生まれ、女子学院、津田英学塾の出身で女学校は体育も英語で行われキリスト教教育を受けて育った。台所で歌う鼻歌は讃美歌か英米のフォークソングでアメリカ通であり最初から日本は絶対に負けると言ってきた。あなたの言うとおりになるだろうが後はよろしく頼む。そう言う父の声が聞こえる。

　葉書きの話に戻るがどのようにしてこれらの大量の葉書きが残されることになったのか。数枚書き溜めては検閲を受けて家族あてに発送されている。テーマは隊員たちの兵舎内での生活や彼ら自身の入隊以前の職業、家族、生活、そして自分の子供たちへの心遣いや創作童話である。しかし本当に言いたいことがほかにありそうだ。宛名はほとんど子供たちになっている。子供思いのよきパパのお手紙の外見を装って検閲をくぐろうとしていると見た。子供といっても長男一〇才、二男八才、三男五才そして私、生後約二か月である。検閲は隊長の印がおされる。父としては私信としてこっそり外部のポストから出すのではなく隊内から出す形式をとり日本軍、軍人かくありきと歴史的に証明したいがために歴史家として書いた記録を残すことを考えたのである。検閲を得ることにより事実が検証される。父はよく歴史は科学的に証明されねばならないと常々私に解いていた。

　父はごくたまに彼自身の歴史観を私に解くことがあった。歴史は英雄たちによって作られるものではない。顧みられることのない一般大衆、民衆によって作られるものだ。彼らが歴史の担い手なのだ、と言っていた。この歴史観を彼は三五歳で兵舎の中で実践したのである。彼は一月に入隊してすぐ西部防空旅団、高射砲第一三一連隊、西部第八〇六一部隊の長野隊長に面会して我が子宛ての葉書き通信について願い出たと思われる。父親としてやるべきこともろくにできないまま三人の幼い子供を残して死ぬ運命にある自分を記憶に残してあげたい。父の戦友たちのこと兵舎のある里山の四季、そこで生きる動物や植物など日本の原風景を書き残したい。部隊には関西から鹿児島、種子島までの兵士たちが集められている。日本各地の美しい文化や伝説も書き残しておきたいので隊長の高配をお願いしたい旨切々と許可を願い出たと思う。

＊

しかし父の本音は別にあった。第一に妻や子供に対する遺言状の作成である。葉書き通信の形式で自分の生きたあかしを残したい。子供たちの未来へエールを送りたい。第二に「俺は逆を行く。」面従腹背、言葉や挿絵の裏に隠れている真の意味を考えてくれと反戦の意を込め葉書きを残そうと考えたのである。

父は関西以西から集まった兵士たちを見てここには民俗学的に見て宝の山、金の鉱脈があると感じた。居ながらにして日本の半分に相当する地域を研究の対象にできる。各地の民話、民間伝承を同じ兵舎で暮らす隊員から聞き取り記録させてもらおう。隊長にはいつ死ぬか分からない父親が子供をいとおしみ兵舎内の生活、北九州の自然、創作童話などを書いているなと思ってくれる内容で納得してもらおう。そして実際に許可が下りた。上官と二等兵の関係ではあるが、同じ死ぬべき運命共同体である。隊長の部下を思う思いやりも感じられる。

そして父に許可を与えた後、部隊全員に全員集合がかかった折父の部隊内における聞き取り調査活動の説明がなされ訓練終了後は父への執筆の協力を促したと思われる。その後父の周りには夜ともなれば就寝までの時間、隊員たちが集まり出身地の思い出、生活、地方の民話、伝説などの話で盛りあがったことだろう。あまりにも楽しく穏やかで平和な故郷の話で盛り上がっている頃、同時進行で戦場では凄惨な戦闘が行われていたことになる。しかし信じられないような時間が若松の兵舎に流れていたのである。

父が聞き取りを始めて分かったこと、それは彼らの語りそのものがすなわち彼らの遺言にもなっているということである。戦死は事故死ではない。生きる可能性はないとまず考えておかねばならない。明日、出征の命令が下るかもしれない。生きたあかしを残しておこう。語りを記録して妻子が自分の夫や父親が漠然とではなくこんなことを語っていたのかと実像で知ることができるようにしてあげよう。しかしこの葉書き三百数十枚は父は活字にすることはなかった。私が父の反戦の志を継いで出版しようとしている。日本の歴史の裏面史として残しておきたいと思うからである。そして父は幸運にも死を免れたがこの葉書きが自分の遺言でもあると言うだろう。

兵舎での隊員との生活以外に父は高射砲陣地周辺の自然、並びに実家のある福岡市六本松周辺の自然環境についても語っている。もう一つが子供たちに向けた創作童話である。大体この三つをテーマとして葉書き通信は構成されている。これらのテーマで日本の美しい自然や社会が戦争で破壊されることなく守らねばならないはずのものであることを言外で物語っている。

一九四二年（昭和一七年）の六月のミッドウェー海戦で大敗を喫したのを皮切りに日本は坂を転がるように敗戦へと向かう。四四年（昭和一九）年六月一六日に中国成都を飛び立ったB29、超大型爆撃機四七機が日本のピッツバーグと言われた八幡製鉄所を襲う。四二年（昭和一七年）四月一六日のドーリトル空襲に次ぐ日本に対する二回目の空襲であったが本格的な空襲の第一回目であった。若松の高射砲部隊の初戦となった。まさに命がけの戦いがはじまったのである。と同時にまさに美しい日本の破壊が始まった。これ以降葉書き通信は頻度を減らしていく。

いくら軍の機密にふれないようにしたところで親子の愛情とか心の安らぎ、日本の里山の美しさなど言っている場合ではなくなって父の筆も進まなくなる。四四年六月からはB29による猛爆が始まり激しい爆弾の雨の真下で毎回死ぬか生きるかの戦いに身をさらすようになり、四五年三月三一日には筆を折らざるを得なくなるのである。

俺は逆を行く　目次

はじめに　3

1　子供たちへ　昭和一七年二月二八日　14

2　兵舎便り　昭和十七年三月一日　15

3　春がきました　昭和一七年三月二日　17

4　しらみ取り　昭和一七年三月一〇日　18

5　帰りの汽車　昭和一七年□《不明》月一四日　20

6　おむかいさんへの礼状　手持ち帰り　21

7　飯盒の炊き方　昭和一七年三月一六日　22

8　フェリー乗船　昭和一七年三月二四日　23

9　物分け合ふ兵隊さん　昭和一七年三月二四日　24

10　よくばりと天罰　昭和一七年三月二四日　25

11　兵隊さんとおしっこ　昭和一七年三月二四日　26

12　阿部さんの話　手で持ち帰り　28

13　阿部さんの話　一　牛売り　昭和一七年三月二六日　29

14　阿部さんの話　二　兎狩り　昭和一七年三月二六日　31

15　阿部さんの話　三　阿部さんの見た軍艦　昭和一七年三月二六日　33

16　阿部さんの話　五　電車　昭和一七年三月三〇日　34

17　阿部さんの話　六　ひげのつむじ　昭和一七年三月三〇日　35

18　阿部さんの話　七　正直　昭和一七年三月三〇日　35

19　阿部さんの話　八　犬よさよなら　昭和一七年四月六日　36

20　阿部さんの話　九　鳩退治　昭和一七年四月六日　37

21　阿部さんの話　一〇　犬の鳴き声　昭和一七年四月六日　38

22　阿部さんの話　一一　阿部さんの奥さん　昭和一七年四月一五日　39

23　阿部さんの話　一二　阿部さんの言葉（山口ことば）　昭和一七年四月一九日　41

24　阿部さんの話　一三　山口弁　昭和一七年四月二四日　42

25　阿部さんの話　一四　山と海　昭和一七年四月二四日　44

26　兵隊さんの信号　昭和一七年三月三〇日　45

27　兵隊さんのふとん　昭和一七年三月三〇日　46

28　松毛虫　昭和一七年三月三〇日　47

29 若葉　昭和一七年四月六日　49
30 羊歯のおじさん　昭和一七年四月六日　49
31 いじめっ子のわらび　昭和一七年四月八日　51
32 若戸フェリー　昭和一七年四月七日　52
33 演芸大会　ハモニカ　昭和一七年□月三〇日　52
34 人形浄瑠璃　子別れの段　手持ち帰り　53
35 小包破損　昭和一七年四月一三日　55
36 振り子を止める　昭和一七年四月一五日　57
37 ほう白　昭和一七年四月十五日　58
38 長男より父へ　昭和一七年四月二一日　60
39 デッドボール（九州大学ラグビー部ＯＢ　登場）　昭和一七年四月二四日　60
40 大風と蜂の子　昭和一七年四月二四日　61
41 銀の腕輪　昭和一七年四月二九日　63
42 桃の実と桜ん坊　昭和一七年四月二九日　64
43 名所案内（近所にある面白い場所）　昭和一七年四月二九日　65

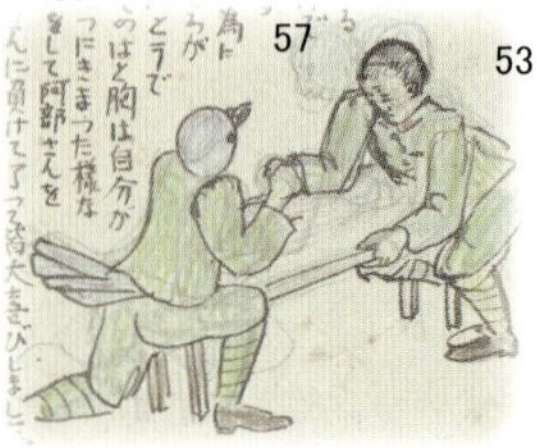

44 若葉　手持ち帰り　66
45 あひると猫柳　昭和一七年四月三〇日　67
46 算術　昭和一七年四月三〇日　68
47 矢車草　昭和一七年四月三〇日　69
48 ほう白の話　昭和一七年五月一八日　70
49 木の皮をむく　昭和一七年□月□日　72
50 お菓子を投げる　昭和一七年五月二四日　73
51 めだか　昭和一七年五月二四日　74
52 めだかの兄弟　昭和一七年六月三一日　75
53 阿部さんの話　大けがをした阿部さん　昭和一七年五月二四日　76
54 阿部さんの手　昭和一七年五月四日　76
55 阿部さんの話　雉狩り　一　昭和一七年六月四日　77
56 阿部さんの話　雉子狩　二　昭和一七年六月四日　79
57 阿部さんの話　雉子狩　三　昭和一七年六月四日　79
58 藤村物語　魔法の壺　一　底あみ　昭和一七年六月四日　81

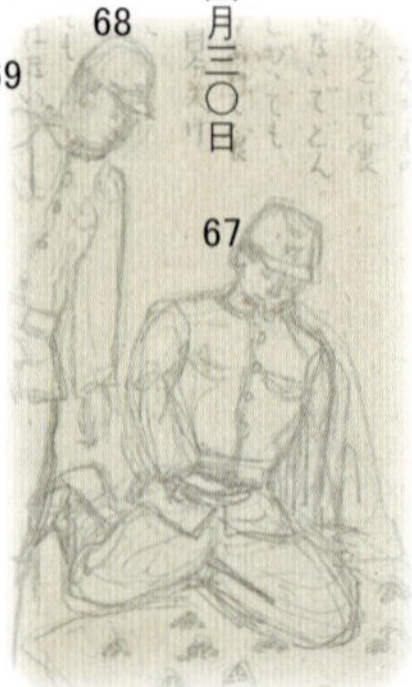

59 藤村物語 二 どう亀の話 昭和一七年六月四日 82
60 藤村物語 三 魔法の壺 昭和一七年六月四日 82
61 藤村物語 四 隣の提燈屋 昭和一七年六月八日 83
62 藤村物語 五 魔法の壺 昭和一七年六月一四日 84
63 藤村物語 六 難船 昭和一七年六月一七日 85
64 藤村物語 お父さんの難船 一 昭和一七年七月五日 86
65 藤村物語 お父さんの難船 二 昭和一七年七月五日 86
66 藤村物語 昭和一七年七月五日 87
67 藤村物語 藤丸の最後 昭和一七年八月三日 88
68 難船物語 藤村物語の付録 昭和一七年八月九日 89
69 ひらくち 一 昭和一七年五月三〇日 90
70 ひらくち 二 ひらくちの目ん玉 昭和一七年五月三〇日 90
71 ひらくち 三 まむしの歌 昭和一七年六月一日 92
72 ひらくち 四 蛙を吐き出す 昭和一七年五月三一日 92
73 ひらくち 五 ひらくちの干物 昭和一七年五月三一日 93

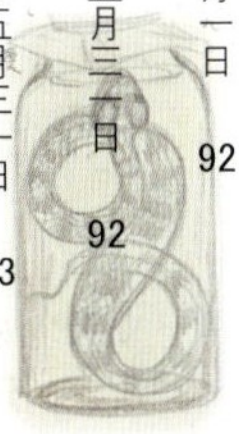

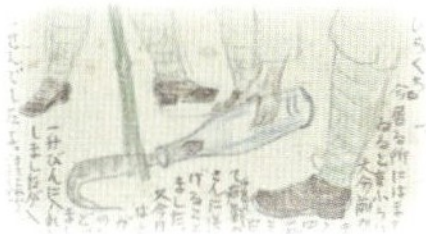

74 ひらくち 六 三日目 まむしのあくび 昭和一七年六月一七日 94
75 「蟹の木登り」 一 昭和一七年六月一四日 94
76 蟹の木登り 二 昭和一七年六月一四日 95
77 高射砲部隊 記念写真 昭和一七年七月一日 96
78 ほう白 昭和一七年七月五日 98
79 妻宛て 子供の学習 昭和一七年七月五日 99
80 飛行機から見た子供たち 昭和一七年七月五日 100
81 ふくろう 昭和一七年六月三〇日 102
82 創作童話 ふくろの話 昭和一七年七月五日 103
83 ふくろの話 昭和一七年七月一一日 104
84 ふくろの話 昭和一七年七月一一日 105
85 古猫の子供 昭和一七年七月一日 105
86 ねずみを取る猫、とらぬ猫 昭和一七年七月一二日 106
87 予告編（これから始まる話） 昭和一七年七月八日 107
88 ハワイのパイナップル 昭和一七年七月五日 107
89 銘々伝 国重 昌作伝 昭和一七年七月一二日 108

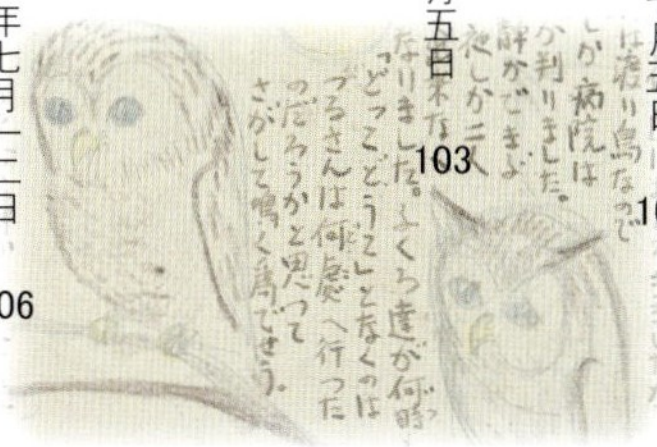

90 山崎さん 昭和一七年七月一一日 109
91 鬼のくゎくらん 昭和一七年七月一三日 110
92 阿部さんの話 狸狩り 昭和一七年七月一日 110
93 阿部さんの話（リューマチ） 昭和一七年七月一一日 111
94 「水や空」一 昭和一七年七月一二日 112
95 「水や空」二 昭和一七年七月一二日 112
96 友達をよぶむかで 昭和一七年七月一七日 113
97 「あがりもの」 昭和一七年□月□日 114
98 「・・呑兵衛さん」 昭和一七年七月一八日 115
99 「ラムネ玉」 昭和一七年七月一八日 115
100 村の真ん中の家 昭和一七年七月一八日 116
101 岩窟王 昭和一七年□月□日 117
102 とろく善哉とかぼちゃ善哉 昭和一七年七月三〇日 118
103 若松さんの話 一（モビーディック） 昭和一七年八月九日 119
104 若松さんの話 二 幽霊船 昭和一七年八月九日 121
105 若松さんの話 三（子鯨のひるね） 昭和一七年八月九日 122

106 水の重さ 昭和一七年八月九日 122
107 この前かへる時 昭和一七年八月一三日 124
108 のみの宿祢 昭和一七年八月一八日 124
109 うなぎつり 昭和一七年八月一九日 126
110 慰問袋 昭和一七年八月二三日 126
111 夏休みの宿題 昭和一七年八月二三日 127
112 「柿」 昭和一七年八月三〇日 128
113 湯と水 昭和一七年八月三〇日 129
114 男子高等 昭和一七年八月三〇日 130
115 あらしの後 昭和一七年九月三日 131
116 銘々伝 来原さん 昭和一七年九月三日 132
117 犬と家鴨の競争 昭和一七年九月六日 132
118 歯医者と三男坊 昭和一七年九月六日 133
119 酒・煙草 昭和一七年九月二一日 134
120 一本松 昭和一七年九月二一日 134
121 四男誕生 昭和一七年九月二一日 135

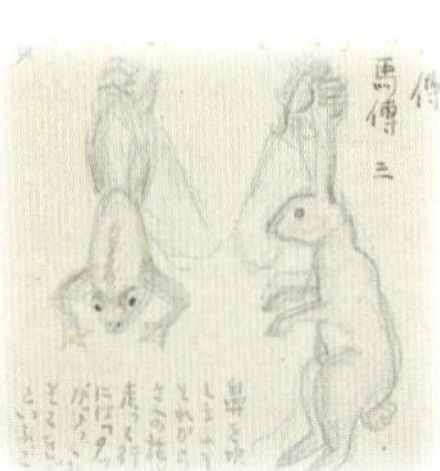

122 若葉の写真屋 昭和一七年一〇月六日 137
123 目白と飛行機 昭和一七年一〇月六日 138
124 「秋の山」 昭和一七年一〇月二三日 139
125 大人と子供 昭和一七年一〇月二三日 140
126 あひるの浮き寝 昭和一七年一〇月二三日 140
127 柿の渋 一 昭和一七年一一月八日 141
128 柿の渋 二 昭和一七年一一月一日 142
129 すごろく「自に出でて自に帰る」 昭和一七年一一月一日 142
130 「松の災難」 昭和一七年一一月一日 144
131 銘々伝 細田寿熊伝 昭和一七年一一月八日 145
132 銘々伝 増田勝馬伝 一 昭和一七年一一月八日 145
133 増田勝馬伝 二 昭和一七年一二月五日 146
134 増田勝馬伝 三 昭和一七年一二月五日 147
135 兵隊芝居一座 昭和一七年一一月二九日 148
136 「風呂たき」 昭和一七年一二月五日 149

137 阿部さんの話 阿部さんの鉄砲 昭和一七年一二月一四日 150
138 虹 昭和一七年一二月一四日 150
139 鶏の冬ふとん 昭和一七年一二月二〇日 152
140 鰻とり 昭和一七年一二月二〇日 152
141 小田さんの知恵 一 昭和一七年一二月一四日 153
142 小田さんの知恵 二 昭和一七年一二月二〇日 154
143 小田さんの知恵 三 昭和一七年一二月二八日 155
144 小田さんの知恵 付録 昭和一七年一二月二八日 155
145 「大石さん」 昭和一八年二月一二日 156
146 ひらくち 昭和一八年二月一二日 157
147 次男 豊春、妻 千代から 昭和一八年五月二四日 158
148 夏休み宿題 昭和一八年七月二日 160
149 兵隊さんのいびき 昭和一八年七月三日 160
150 夏休み宿題 昭和一八年八月一三日 161
151 発明家 昭和一八年八月一三日 163

152　くいしんぼうの牛　昭和一八年□月□日　164
153　雷　昭和一八年八月一九日　166
154　でたらめ料理　昭和一八年八月一〇月一三日　167
155　化石　昭和一八年□月□日　169
156　銅と竹の火　昭和一八年一〇月二五日　169
157　ほう白　昭和一八年一一月四日　170
158　芭蕉忌　昭和一八年一一月二〇日　172
159　どうもこうもならん話　昭和一九年□月□日　172
160　妻と子が　わかれ路まがる　野分して　手持ち帰り　178
161　入試心得（長男　正浩へ）　昭和二〇年三月一三日　180
162　アメリカの子供（次男　豊春　宛て）　昭和二〇年三月三一日　183
163　知覧特攻基地へ移動した戦友より父へ　昭和二〇年□月□日　186
164　付録　母が歌った軍歌　188

尋ね人（知っている方がおられたら）　194
参考資料　日本空襲年表　195
参考文献　198
解説・八月八日と九日の慰霊祭（祝部　幹雄）　202
おわりに　204

檜垣元吉・兵舎便り

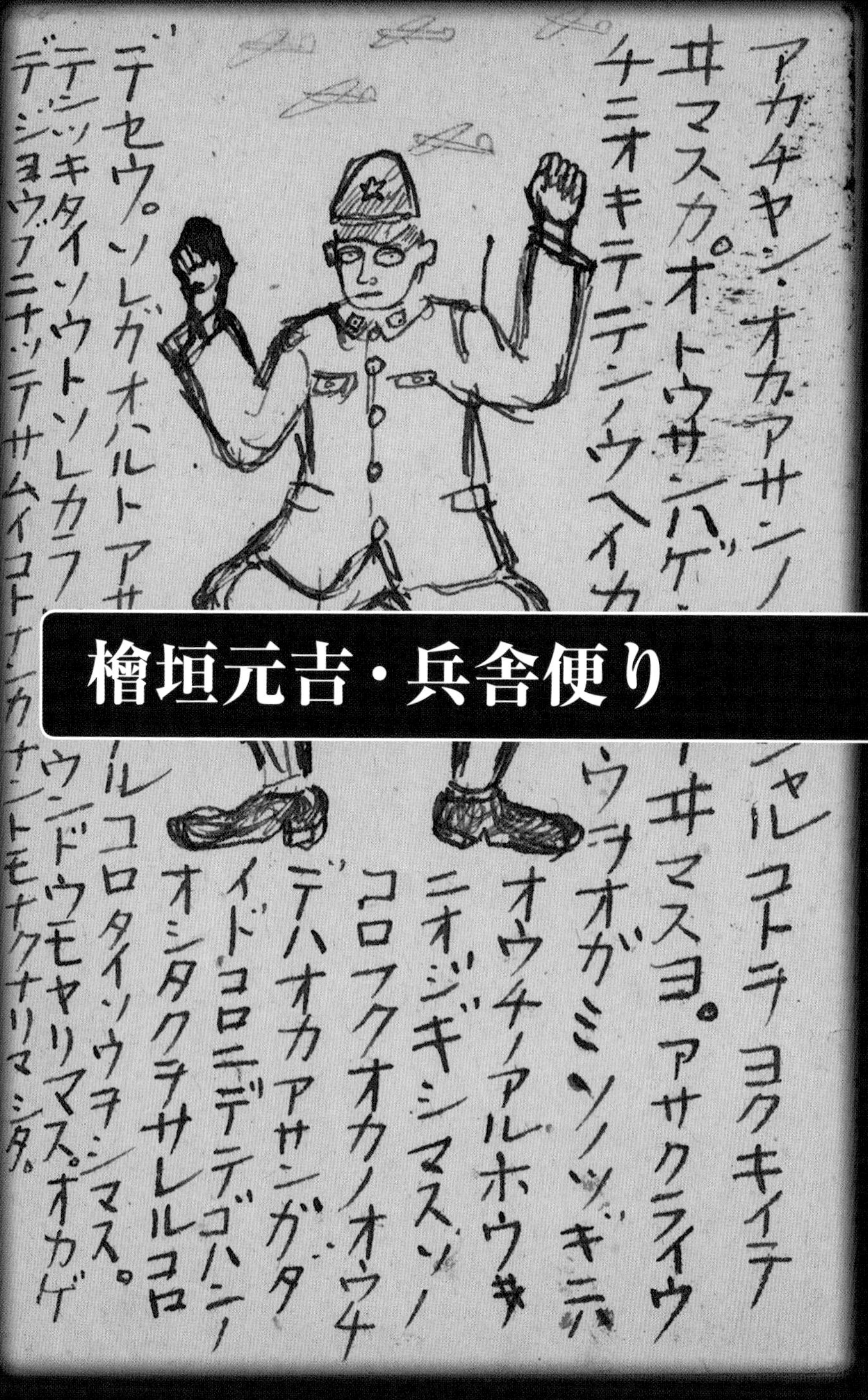
アカチヤン・オカアサンノ
シヤルコトヲヨクキイテ
井マスカ。オトウサンハゲン
井マスヨ。アサクライウ
チニオキテテンノウヘイカ
ウヲオガミソノツギニ
オウチノアルホウヲ
ニオジギシマス。ソノ
コロフクオカノオウチ
デハオカアサンガタ
イドコロニデテゴハンヲ
オシタクヲサレルコロ
デセウ。ソレガオハルトアサ
ルコロタイソウヲシマス。
テンツキタイソウトソレカラ
ウンドウモヤリマス。オカゲ
デジヨウブニナッテサムイコトナン
カナントモナクナリマシタ。

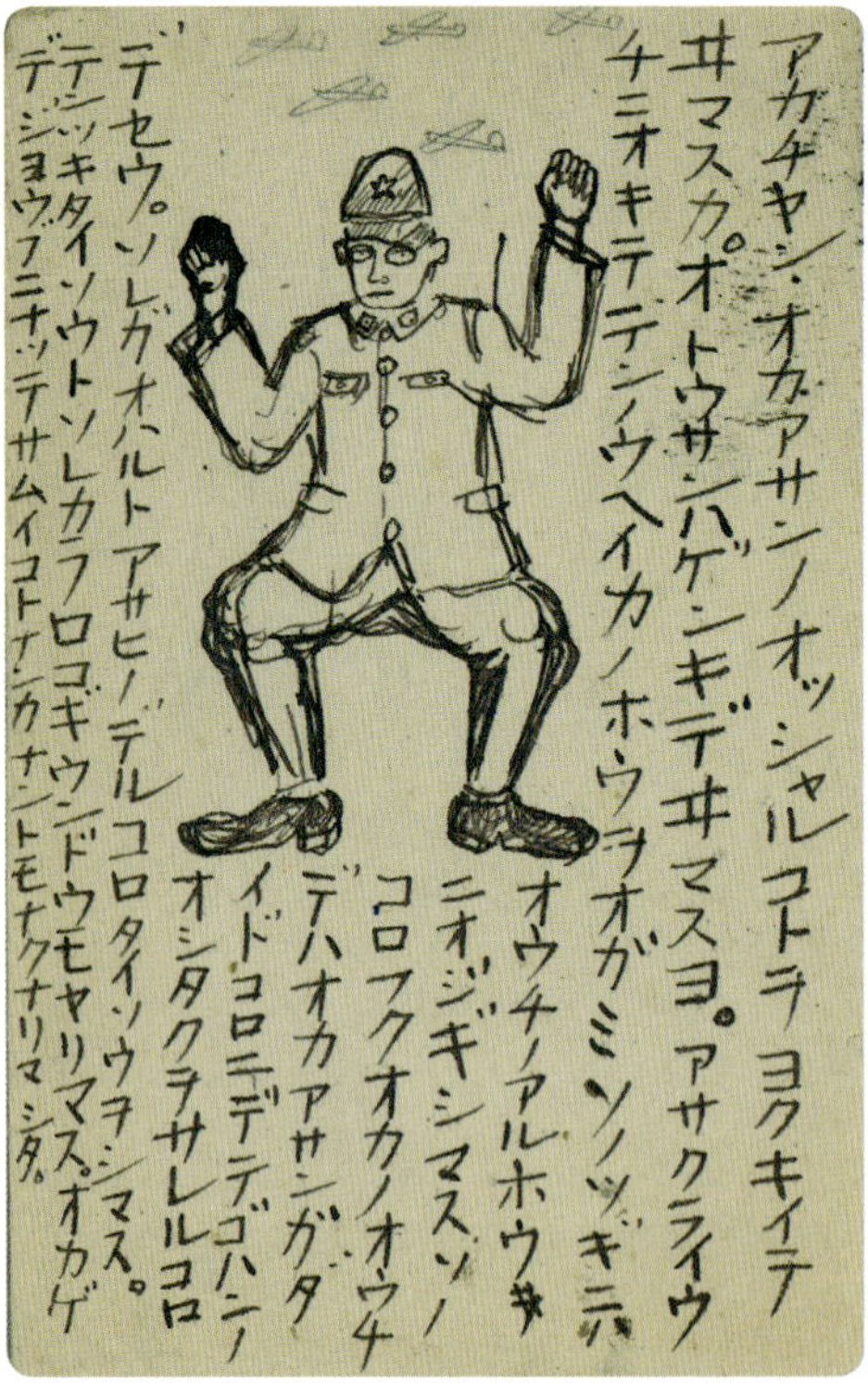

アカチャン・オカアサンノオッシャルコトヲヨクキイテ
ヰマスカ。オトウサンハゲンキデヰマスヨ。アサクライウ
チニオキテテンノウヘイカノホウヲオガミソノツギニ
オウチノアルホウニ
ニオジギシマスソノ
コロフクオカノオウチ
デハオカアサンガダ
イドコロニデテゴハンノ
オシタクヲサレルコロ
デセウ。ソレガオハルトアサヒノデルコロタイソウヲシマス。
テンツキタイソウトソレカラロコギウンドウモヤリマス。オカゲ
デジヨウブニナッテサムイコトナンカナントモナクナリマシタ。

1　子供たちへ

赤ちゃん、お母さんのおっしゃることをよく聞いていますか。お父さんは元気で居ますよ。朝暗いうちに起きて天皇陛下の方を拝みその次にはお家のあるほうにお辞儀します。その頃福岡のお家ではお母さんが台所に出てご飯のお支度をされている頃でせう。それが終わると朝日の出る頃体操をします。天突き体操とそれから櫓漕ぎ運動もやります。おかげで丈夫になって寒いことなんかなんともなくなりました。

昭和一七年二月二八日

直和　三男（三歳）宛て
郵便スタンプ「偲べ戦線　求めよ国債」

記念すべき兵舎からの第一報である。黒インク使用、つけペン書き。自画像。上空に友軍機を鉛筆書きし戦時中の緊張した雰囲気をつけ加えている。当時北九州上空は山口の小月飛行場にあった航空隊が守備を担当していた。

第一枚目ということで緊張のあまり後の葉書きと比較して筆が硬い感じである。初めてすることなので色鉛筆まで頭が回らなかったのかペン書きのみで発送してしまっている。字体がカタカナ書きで不思議な感じを受けるが当時は小学校入学時はカタカナの学習から始まった。平仮名はしばらくたってから学ぶことになっていた。宛名は三男、直和で三歳ではまだ字は読めなかろう。（19頁　歌参照）

母の膝の上で読んでもらうことになるのだろうが検閲する方は予告を受けている父の第一信ということで準備して待っていただろう。係官を安心させる意味からもこの内容になったことは大いに理解できる。隊長印を預かっている検閲官は隊長のところへこの葉書きを見せに走ったであろう。隊長が子だくさんの父を思い納得した顔が想像できる。

さて新入兵の体験談から兵舎通信は始まった。陸軍の一日は朝食前の「日朝点呼」で始まり「日夕点呼」で終わる。体力が問われる軍隊である。父はまず改めて体作りに取り組んだことだろう。

命の保証はなくなったが食料の心配はない軍隊である。しかし民間では味噌、醤油、油は配給制となり電力も統制をしかれた。

一七年当時の社会状況を見てみよう。戦争の雰囲気が高まるにつれ皮肉にも徴兵逃れの理系志望が激増した。学校では英語教育が中止され始める。新聞、ラジオでは天気予報、気象情報は禁止された。言論、出版、結社等臨時取締法が公布された。

2 兵舎便り

御父山　冬将軍　○勝ち　負け

初めはとても困ったが十日もすると強くなり、寒さなんか何でもない。雪でも何でも降ってこい。

太刀魚　御父山　×引き分け

毎日々々、太刀魚の魚。魚に食われちゃたまらない。この勝負は五分と五分

御父山　しらみ山　負け　○勝ち

（写真）開戦前、母方の特に親しくしている東京の親類の息子さんが出征のお別れに福岡まで来てくれた時のスナップ。彼は東大、獣医学部の大学生で南方へ送られる途中潜水艦に攻撃され輸送船は沈没、戦死した。（左から　千代、直和、正浩、豊春、篠沢二郎）

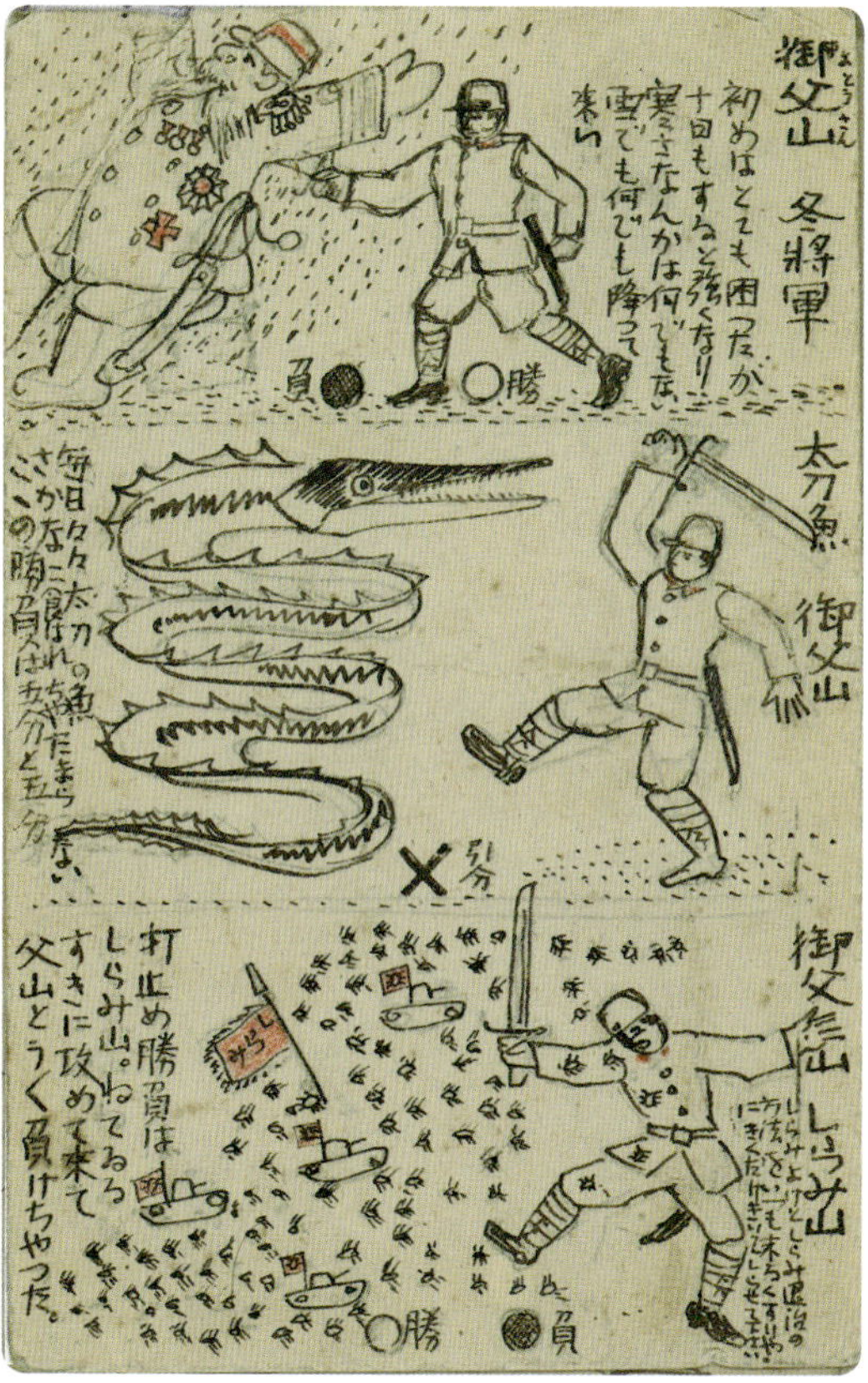

打ち止め勝負はしらみ山。寝ているうちに攻めてきて父山とうとう負けちゃった。

しらみ除けとしらみ退治の方法をいつも来る薬屋に聞くだけ聞いて知らせてください。

昭和一七年三月一日

正浩（九歳）　豊春（八歳）　直和　宛て　（四歳の誕生日）

郵便スタンプ「偲べ戦線　求めよ国債」

第二信は兵舎の生活を紹介している第一報である。ともすれば軍の機密に触れる場合があるのでそこはしっかり避けこの位であれば許可するだろうと検閲をしっかり気にして書いたもの。長野隊長も面白おかしく書かれた内容に頬がゆるんだことだろう。今後檜垣二等兵の葉書きは心配することはないという印象を与えたものと思われる。

三月初旬の寒さについて触れているが九州でも昔は今と異なり冬は寒かった。軒にはつららが下がりたらいの水は凍り子供たちの多くが霜やけにかかり耳や手足の指が赤くはれ上がって皮膚が破けている子供が結構いた。兵舎には今の様な暖房はなかっただろうと思うが火鉢くらいはあったかと想像する。健康あっての兵隊達だろうから寒さの問題はなかったようだ。

食事については北九州の沖は玄界灘であり漁場としては恵まれた環境である。今でも北九州の魚はうまいと定評がある。しかし太刀魚が隊員食堂のテーブルにのぼる回数が多くとうとう食べ飽きてしまっている。入隊後まだ二か月ほどなのにもう飽きたと言っているのでよほど連日供されたのだろう。しかし今日では太刀魚は脂ののった高級な魚として喜んで食べられる魚になっている。昔の玄界灘の豊かさを知ることができる。そういえば父は晩年を私の家で過ごしたが太刀魚と聞いただけで顔をしかめるので今は太刀魚もご馳走のうちだよと念を押すと納得して食べていたのを思い出す。

次にしらみの大群と毎晩のように戦わねばならない生活には困っている。今では考えられない。昔はそんな時代だったのだ。

後の葉書きで蚤との戦いも出てくる。終戦後、私が小学校低学年の昭和二三、四年ごろ学校で全校一斉に米軍が配ってきたＤＤＴという白い粉末の薬品を女子の頭に散布した光景を今でも思い出すことができる。印象があまりにも強烈だったからだろう。教室の机の横に座っていた女の子の髪をつたってしらみが下りていくのを見たのも忘れられない。

三月初旬当時の日本の社会情勢であるが開戦後まだわずか三か月なのに塩、味噌、醤油は配給制となりガス使用も割当てが始まっている。一方戦況のほうは予想を上回る戦果で四一年（昭和一六年）一二月一〇日、マレー沖にて英軍新鋭艦船プリンス・オブ・ウェールズ、巡洋戦艦レパルス、二隻を陸上攻撃機七六機で撃沈。日本側損失三機。英海軍に航空機の護衛がなかったのが敗因だった。其の後フィリピン、ボルネオ、グアム、ラバウル、などを占領し二月一八日に全国的に祝賀会が開かれ酒、小豆、菓子が特配されている。また二月一五日にはシンガポールを陥落させマレー軍総司令官パーシバル中将は山下中将に無条件降伏をした。

3　春がきました

沼のへりに生えていた柳が茶色い帽子をぬいで「さあみんな春になった。出ておいで」と言いました。しかし地面の下にもぐっていた虫や蛙たちは「僕たちは毛皮の外套がないからもう少したってからにしますよ。」と言ひました。

この図を見て冬眠の図を図画の宿題に描く。お母さんと相談してこの絵の通りに描いてもいいでしょう。

二月二八日、お月様を見たら本当に兎のような影が見えました。

昭和一七年三月二日　豊春　宛て

郵便局スタンプ「偲べ戦線、求めよ国債」

父の創作童話の第一話である。戦争によって親子の縁を引き裂かれた父は妻子に対して父親としての責務をろくに果たす間もなく兵役に駆り出されたことに呵責を感じ入隊後一番に実行したのが子供たちへの手紙書きである。いつ戦地へ送られ帰らぬ人となるかわからぬ状況で一語でも多くの思いを子供たちへ伝えておくことを考えた。これらの葉書きが書き始められたのは子供たちがまだ幼く上から長男　正浩　九歳、次男　豊春　七才、三男　直和　三歳、私はまだ胎内である。発育段階に応じて書き方、内容など考えて書き分けている。検閲印は隊長名がおされるので隊長には父親らしい事はろくにできぬまま入隊したので子供たちに一通でも多くの葉書きを送ることにより父の記憶を残してやりたいので協力をお願いする旨の挨拶をしたものと思われる。

この葉書きでは春休みが近く宿題を気にして助言している。言葉の裏に手伝ってやれなくてごめんという気持ちがにじんでいる。封筒の場合は中を開けてみる必要があるのですべて

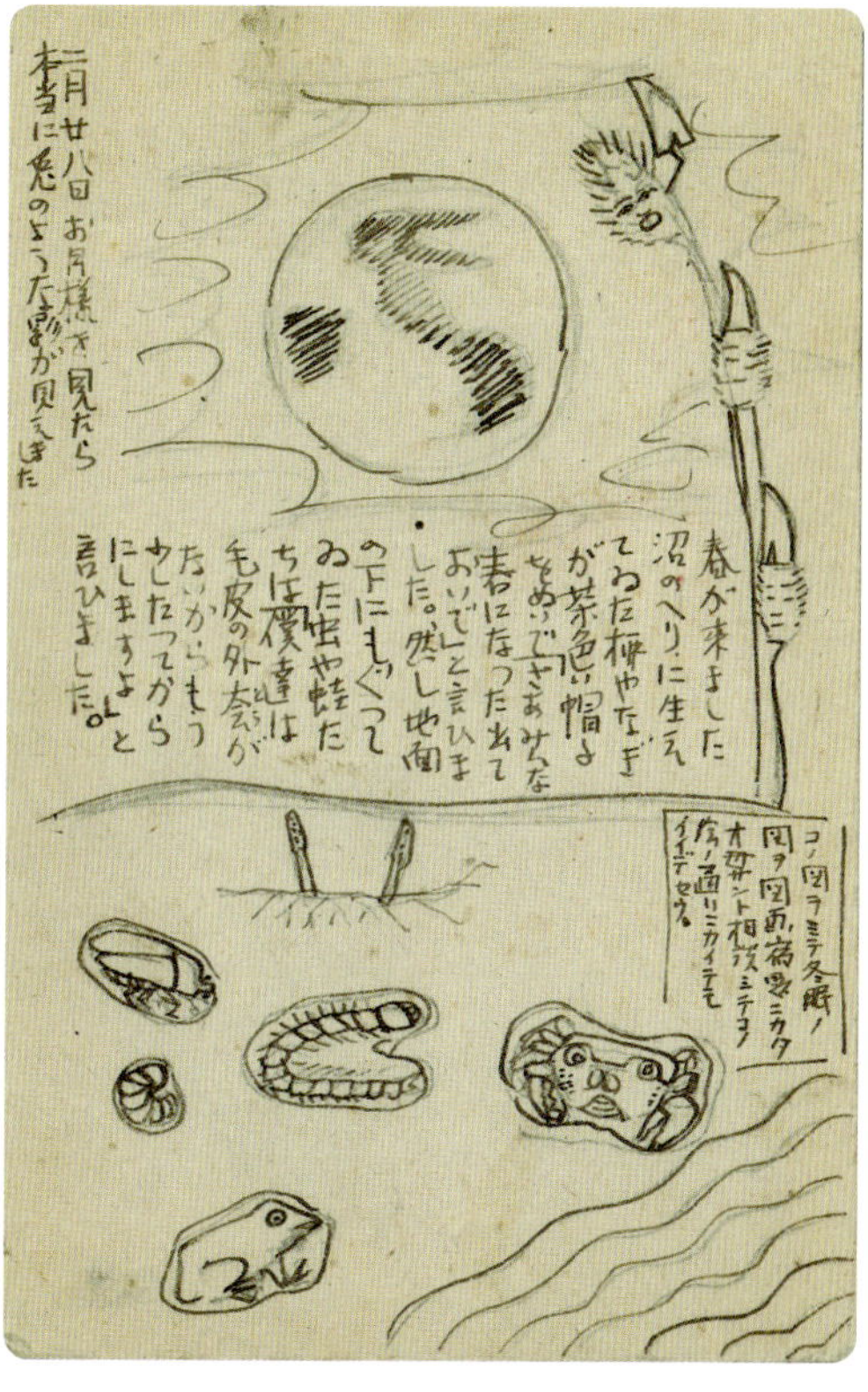

葉書きに書くことにしている。

この手紙は日本のどこにでもある四季の一面を描いているものであるが書き続けるにつれ次第に言外にこの美しい日本を守れという気持ちが込められていくのがわかる。次に西日本全域から高射砲部隊に集まった戦友を子供たちに紹介するようになると兵士のいなくなった家族がどんなに困窮するか、働き手のいなくなった社会生活が劣化していくかを暗示する手法となる。部隊の戦友達や自分自身の死の直前の束の間の輝きともいえる瞬間を父は懸命に書き綴るのである。子供たちに少しでも理解が容易になるように彩色を施したイラストまで添えることにした。

一方、検閲印を付けた葉書きを残すことにより家族間の通信のレベルにとどめることなく自分の記録を妻子のみならず社会的にも朽ちることのない一種の遺言にしようとしている。そこで私はこの葉書きを一家の戦争の記録のみにとどまらせず日本社会全体に対する一兵士の遺言として残したいと考え出版の決意をした。

ここで郵便局スタンプについて解説しておこう。開戦以来、戦意高揚のための文言が葉書きに押されるようになった。一七年当時のこの時期はこの「偲べ戦線　求めよ国債」である。一月八日大蔵省は大東亜戦争国債を発行している。大がかりなキャンペーンを行って国債の購入と貯蓄を呼びかけた。倹約を美徳とする国民性にも助けられてこの運動はかなりの成功を収めたが敗戦後は激しいインフレの波に見舞われてすっかり価値の下落した債券や通帳を手に国を恨んだ人も多かった。

この葉書きが描かれた一七年三月ごろは戦争の準備の整っていない米、英、豪、蘭を相手に短期間の内に占領の範囲を広げている。二月一九日にはオーストラリア北部のダーウィンに日本機動部隊の艦載機と基地航空機が大空襲を行っている。しかし米軍は戦線の立て直しを急速に行い一七年六月までに九万、年末までに二五万人の軍隊を豪州に送り込み一八年には五〇万に達した。豪州も五十万人を招集し反撃を行なった。（郵便スタンプ　153頁参照）

4　しらみ取り

しらみ軍はもうすっかり退却しました。兵隊さんは物事をかくさないからお父さんをとても世話してくださる一等兵さんが「しらみにつかれた、つかれた。」と言って外から帰って来ると皆が「わぁ、着物をみんな外で脱ぎ捨てろ」と言って騒ぎだしました。ところがその兵隊さんは「夜になって追い出すのもかはいそうじゃけん」と言って五、六匹しらみを取っ捕まえましたよ。しかしもうしらみは全くいなくなったらしくてもう何ともありませんからご安心下さい。兵隊さんは色々と面白い機械を使ふからとても面白いことが多い。

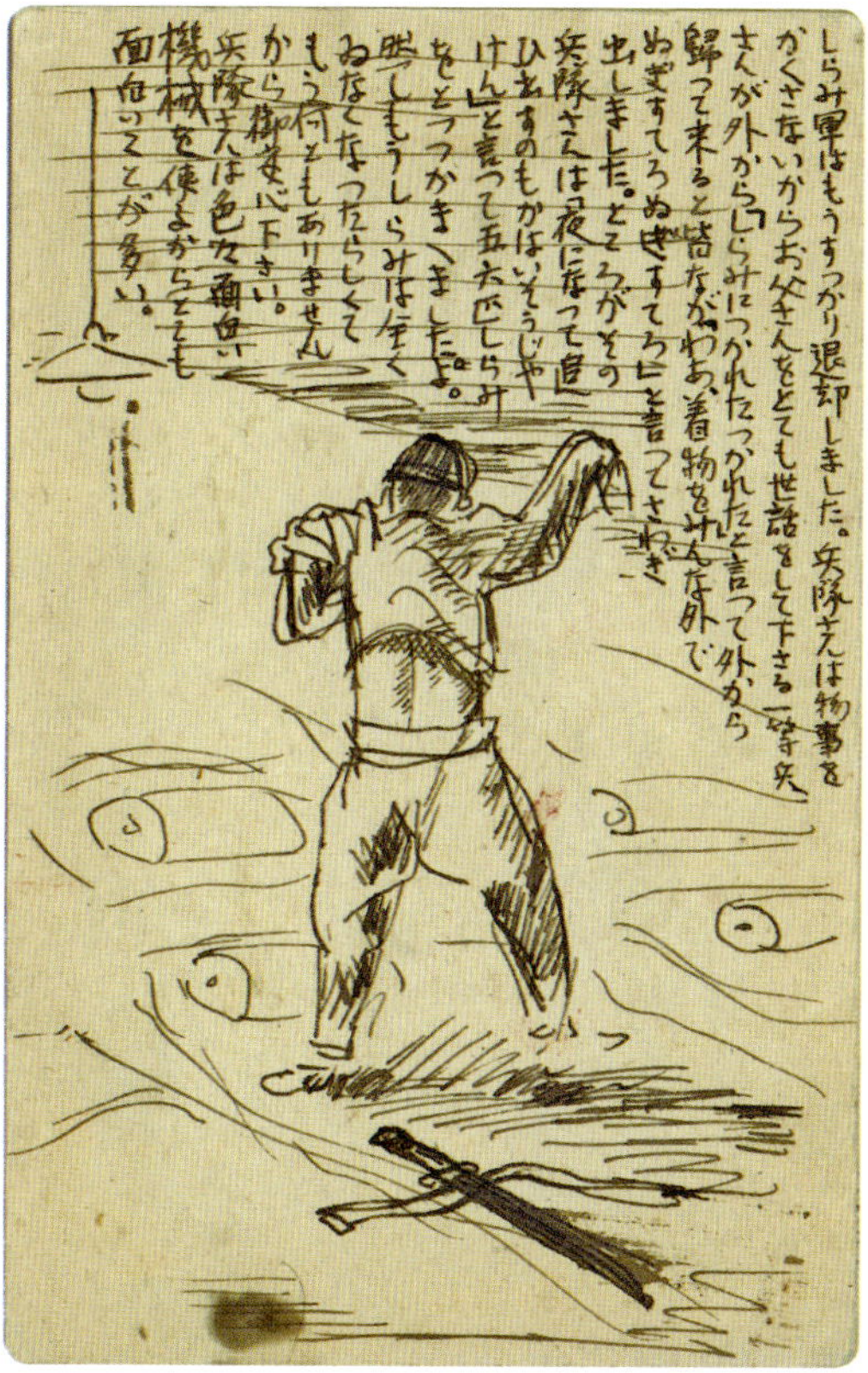

昭和一七年三月一〇日　正浩　宛て

郵便局スタンプ「偲べ戦線　求めよ国債」

入隊後、まず戦ったのは米軍とではなくしらみの大群であった。しらみとの戦いは負け戦で苦戦を強いられ隊の不潔な衛生環境に悩まされた。しかし三月上旬には同室の全員が対策を講じた成果が出てしらみ問題はほぼ決着がついたようだ。しかしある兵士が兵舎に戻ってくるや否や正直にしらみにやられたというので騒ぎが起きた。入隊して間もない父のことを親切に世話してくれた一等兵さんだった。

人を殺すのが職業の兵隊がしらみに対して「追い出すのもかわいそう」と言うセリフを吐いているのがおもしろい。虫も殺さぬ兵士がいるのである。父はこれを聞き逃さなかった。彼は全部捕まえ爪と爪の間に挟んでつぶした。問題解決。しかし面白い機械を使うとあるが具体的にはよくわからない。何かしら道具を使って捕らえたようである。この手紙のテーマは本当に人にやさしい人は虫けらにもやさしいんだよと子供たちに教えたところにある。この言葉の裏でまして戦争なんかやるものじゃないと自分の心中を代弁している。

戦地に送られた兵士に故郷の我が子から手紙が届いたのを歌にしたものがあるのを見つけた。内容的に二度と日の目を見ることはあるまいと思うのでここにあげてみた。

「カタカナ忠義」

一　戦友見てくれせがれの手紙　今年しゃ一年
　アイウエオ　習い覚えた　カタカナで　可愛いじゃないか　初の便りだ　ほめてくれ。

二　鉛筆なめなめ　書いたのだろう　うちのことなら　ご安心　母も元気で　針仕事　可愛いじゃないか　俺によく似た　四角い字

生死を共にするのが兵士の宿命である。軍人同志死ぬのは一緒と思いそれが唯一の慰めとなっている。死と隣り合わせの兵士であればこそ緊張からの解放は生きていることの喜びを感じることの出来る何物にも代えがたいものである。次の写真（次頁）が整理中にでてきたが部隊で行った慰労会でのものと推測しそのままになっていた。本を出版する準備の過程で古い記録を細かく調べ直していた時よく見直してみると前列で子犬を抱いている人が気になってきた。かわいい子犬を見てつい手が出たのだろう。きっとこの人にも幼いかわいらしい子供さんがいるのではないか。つい手が出て抱っこをしてしまったように見える。家族から切り離された心情はみんな同じだ。俺が死なければ日本は救われないと全員が思っている。しかしその心境を軍に利用されたのが悲劇であった。ほかに解決の道はないのかを原点にさかのぼって考える必要が本当はあったのだ。次に七名と言う中途半端な数である。考えるのは高射砲一台を操作するのに必要な人員数である。資料を読んでいると公式には一台一二名、最低四名とある。若干所用で欠席のひとがいればこの人数でも理解できる。このチームで襲いかかる超空の要塞といわれるB29に反撃を加えたのだろう。生きた心地がしなかったろう。この時点でまだ開戦して三か月。何人生き残ったのだろう。

（写真）軍服を着て正装している。左腰には短剣がちらりと見える。（一番左が父）

5

帰りの汽車

帰りの汽車で前に座った子供が「飛行機の旅」という本を読んいたのでおかしかった。お正月で買っていただいたらしい。うちの「汽車の旅」と一緒に売っていたあの本です。

昭和一七年〇月一四日（月名判読不可）

豊春　宛て

郵便局スタンプ　無し

昔の木造の客車の様子が偲ばれいい雰囲気に描かれている。襟を立てていかにも寒い冬の様子が伝わってくる。乗

客は皆押し黙り聞こえるのは車輪がたてる音ばかりという感じである。よく見ると右上に車体番号が見える。「オハフ33150」と書いてある。車内風景を葉書きのテーマにしてやろうと思ってメモをとったところが父親らしい。この客車について調べたところ昭和一七年当時としては新しい上級車両で製造所は田中車両、日立車両、汽車会社（川崎製鉄系列）、終戦後も作られ日本車両、日立車両が製作している。昭和二五年まで合計三万五千台つくられている。本に関しては自分が子供たちに買ってやった「汽車の旅」と同じシリーズだと付記している。

6 おむかいさんへの礼状

陸軍記念日の得がたき休み　喜びて
しらみとるぞも　この薄日影
出発の際はご挨拶ありがとうございました。その後何かとご配慮いただきたるらしく存じますが厚く御礼申し上げます。しらみに困る外は面白く暮らして居ります。

検閲なし　投函なし　帰省時に手で持ち帰り
宛名　川口様

この葉書きは自分の行動の記録をとる目的で作成しており検閲は避けポストに投函せず持ち帰っている。つまり葉書きを遺言にしようとしているので自宅のアルバムに直接加えた。隣組の皆さんへ出したお礼状の一枚として証拠に残したものである。川口さんは自宅のお向かいの家の人で出征の際見送りを受けその後も家族が何かと世話になっていると聞き礼状をしたためたものである。手紙の初めに短歌を書きこの日は歌人になった心境でしばし戦争中であることを忘れている（陸軍記念日は三月一〇日）。（川口さん　隣組　101頁参照）

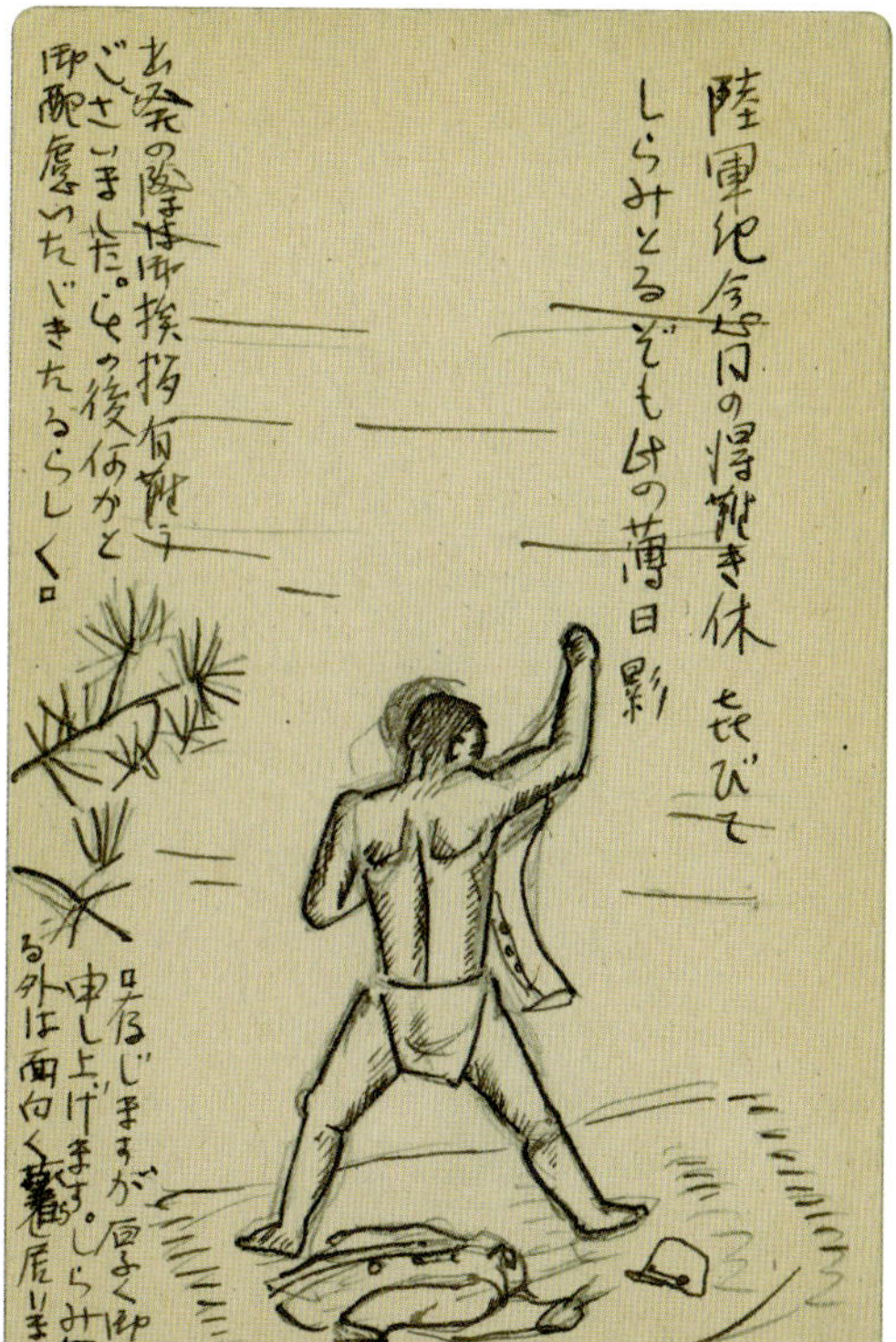

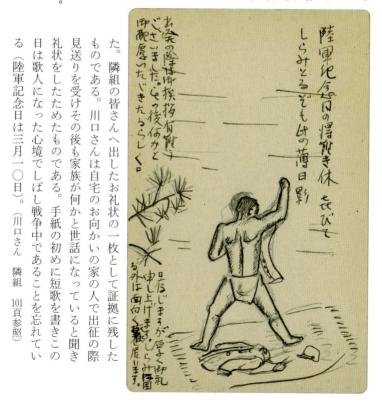

7

飯盒の炊き方

飯盒の炊き方を教えていただいたからお母さんと遠足に行ってやってごらんなさい。おかず入れ一杯のお米が下の印の所まで入る。そして水を上の印の所まで入れると兵隊さんの二度分のご飯ができる。よくたけてから一番しまいに逆さまにするとよくむれて良いそうです。（中のおかず入れがないといけない。）

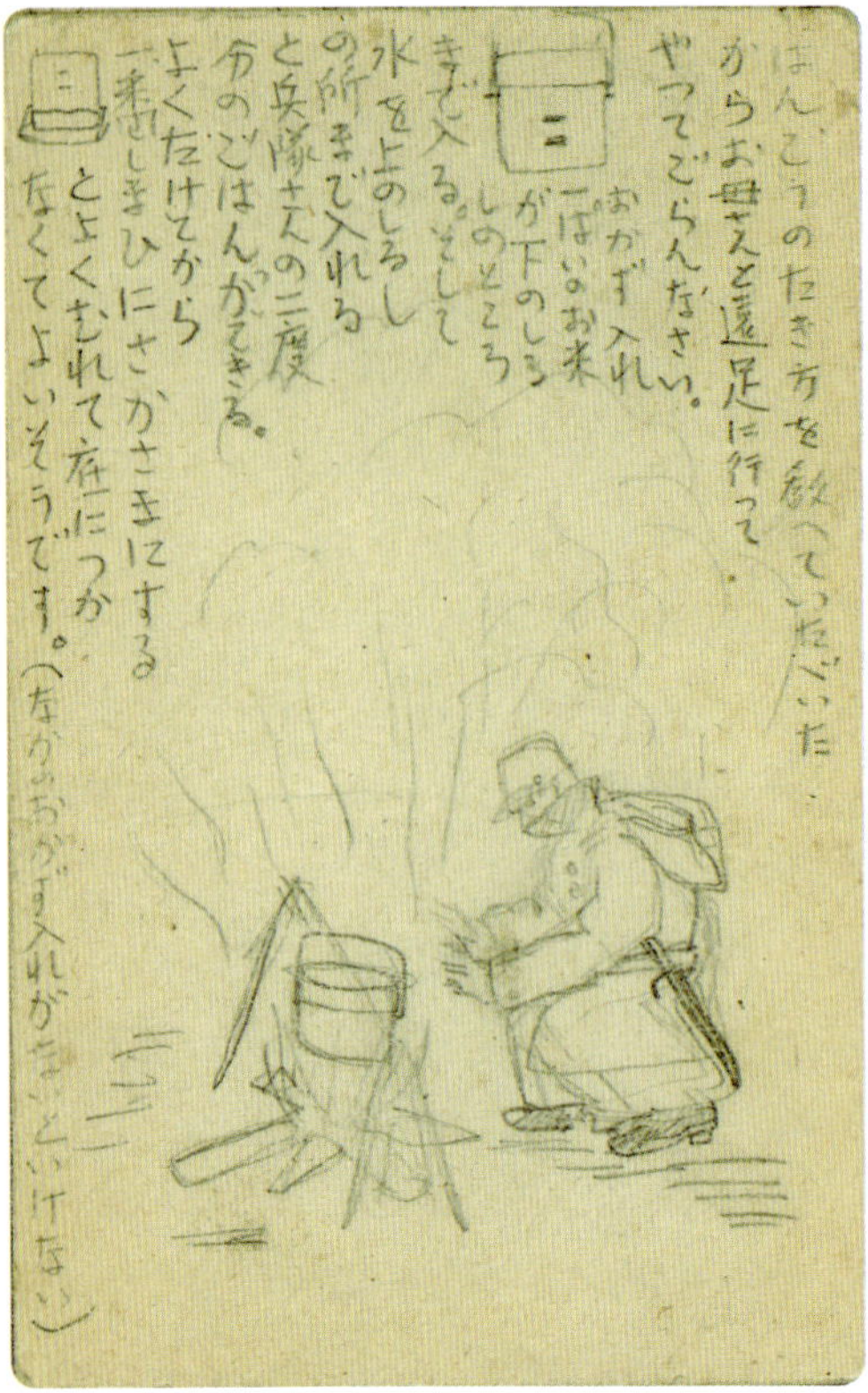

昭和一七年三月一六日　直和　宛て

郵便局スタンプ「偲べ戦線　求めよ国債」

今日では飯盒でお米を炊く人もいなくなったが一九六〇年代の登山ブームのころまでは大体お米を炊くときは飯盒が主であった。終戦後約三〇年間は飯盒は使い続けられたと思う。最近ではさすがにお目にかかることはなくなったようだ。

そのような歴史を持つ飯盒であるが炊き方を子供達へ教えている。母親と遠足に行くと言っているが一七年頃、日本軍は東南アジア、南太平洋では想定外の連戦連勝だったと言われており国内でもまだアウトドアを楽しんでいる写真も残っている。しかし一七年六月のミッドウェーの海空戦で敗北し状況は一変し野外料理どころではなくなっていく。

私も登山ブームの頃を楽しんだ覚えがあり飯盒に二か所、印がついていたことや炊きあがったら逆さまにして底を薪でコンコンと軽く叩き中の米を下に落として数分蒸らした覚えがある。

中のおかず入れとは皿状のおかず入れのことで上に引っかかって固定されている。蓋はそのままご飯を入れるのに使用する。

十字状に組んだ枝を右、左に固定するかまたは石を組んで横木をわたして飯盒を吊り下げる。なつかしいキャンプ用品の一つである。葉書きの日付を見ると入隊してまだ日が浅い事が判る。

古い写真の中に入隊して間もない父の写真が少ない

があるので紹介したい。若松の洞海湾を挟んで向こう側にある八幡製鉄所のそばに設置された高射砲陣地で防空の任務について間もないころである。帰省の許可が出て帰宅したところを意図的に記録写真として残そうと玄関先で妻に撮らせたものと思われる。軍服のまま軍靴をはきゲートルを巻いてたった今帰ったばかりの様子である。帰る途中で今日は子供三人と一緒に遺影になる写真を撮ってもらおうと決めたのだろう。顔が緊張気味で軍人の雰囲気が漂っている。一番幼い三男、直和は抱っこされて当惑しているが長男、次男はいつもと違う父の雰囲気を感じ取り緊張気味である。スナップ写真であるが親子の温かい愛情が伝わってくるような写真ではなく暗い運命を感じさせるような一枚となっている。私にとっては貴重な意味深な一枚である。服装から夏と思われ母がシャッターを押したのだろう。だとすると私は胎内にいてあと五、六か月で生まれる予定である。父はしかしながらこれが家族の遺影になってはお粗末だと思ったのだろうこの年末に額に入れてもおかしくない写真を全員正装をして写真館に取り直しに行く。それがこの本のもくじのところにある写真である。

8 フェリー乗船

けふはとても面白い船にのりましたよ。それは頭も尻尾もない船でした。そして渡し賃は三銭。しかしお父さんは只でしたよ。後ろにも前にも進める便利な船でしたよ。ゆらりゆらりと海を渡りましたよ。

昭和一七年三月二四日　直和　宛

郵便局スタンプ「偲べ戦線　求めよ国債」

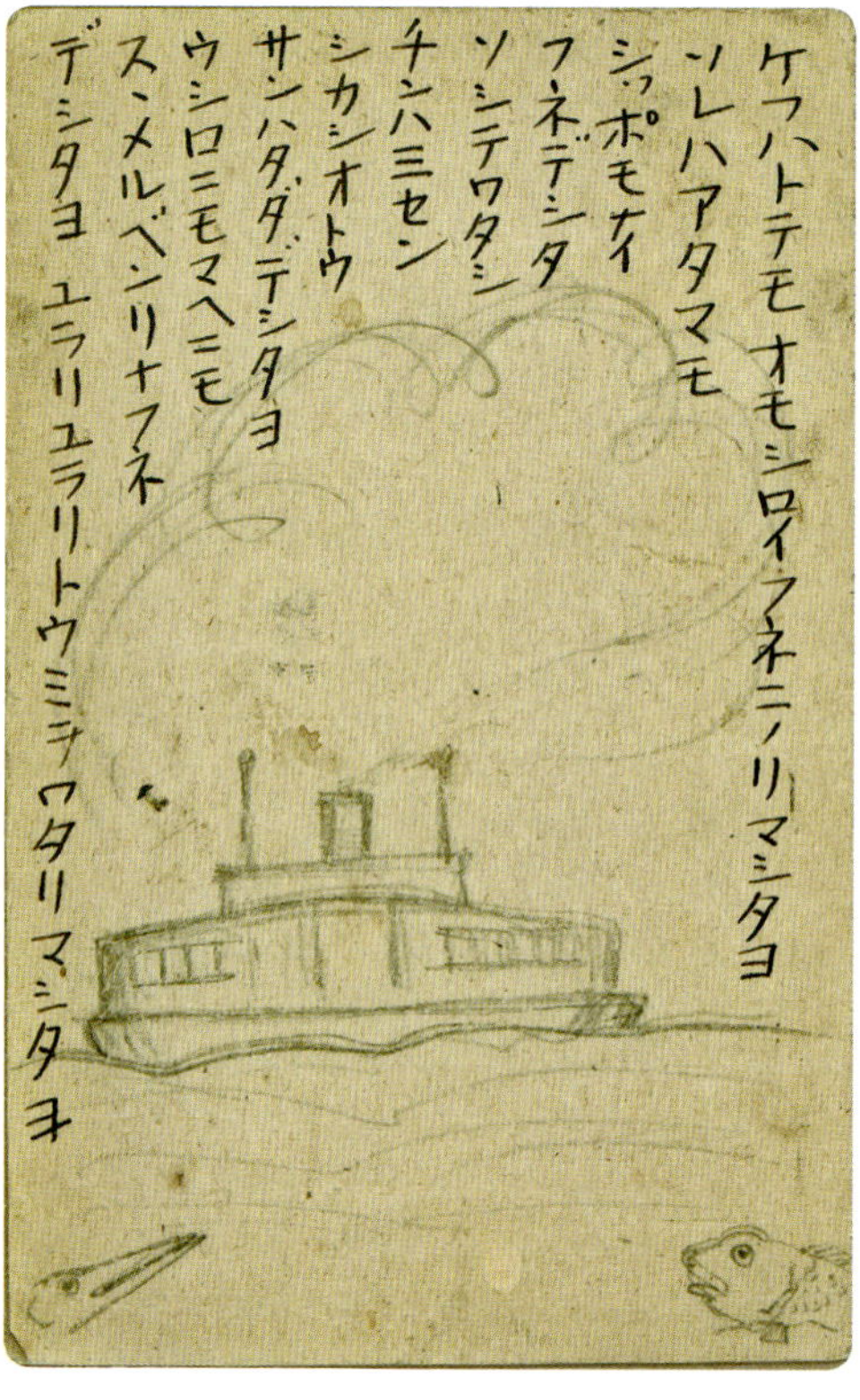
ケフハトテモ オモシロイフネニノリマシタヨ
ソレハアタマモ
シッポモナイ
フネデシタ
ソシテワタシ
チンハ三セン
シカシオトウ
サンハタダデシタヨ
ウシロニモマヘニモ
スヽメルベンリナフネ
デシタヨ ユラリユラリトウミヲワタリマシタヨ

前、後両方に進めるように設計されているフェリーのことを末っ子の直和に子供をあやす口調で説明している。スケッチによると船体が大きいので関門フェリーかと思われる。小さい子供は海や船の物語には楽しい響きがあるので喜ばせようと思っている。いつ死ぬか分からない自分ではあるが少しでも幼い子供には夢を持たせようと葉書きの下には魚の絵を添えて子供向きにしている。

このあたりで四二年（昭和一七年）ごろの戦況、社会状況に目を通してみよう。

一九四一年（昭和一六年）

一〇月一八日　東条英樹内閣成立

一一月一五日　御前会議　大本営連合艦隊に作戦準備下令

一二月一日　御前会議にて対米・英・蘭開戦を決定

一二月八日　日本時間　二時　マレー半島上陸、三時一九分真珠湾攻撃、四時過ぎ　野村、来栖両大使ハル長官に宣戦布告

一二月一〇日　マレー沖海戦　グアム占領　フィリピン上陸

一二月一二日　閣議にて戦争の名称を支那事変を含め大東亜戦争に

一二月一六日　戦艦「大和」竣工

一二月二五日　香港　占領

一九四二年（昭和一七年）

一月　マレー半島占領（除　シンガポール）

二日　マニラ占領

二三日　ビスマルク諸島　ラバウル占領

二月一五日　シンガポール占領（山下奉文中将　対パーシバル中将　会議　イエスかノーか）

三月一日　ジャワ島上陸

八日　ニューギニア上陸　ラングーン占領

九日　ジャワ蘭印軍降伏　捕虜数　六五〇〇〇名

四月九日　フィリピン　バターン米守備隊陥落

一八日　米空母ホーネット　B25　一六機にて日本空襲

五月一日　ビルマ・マンダレー　占領（南方進攻一段落）

9　物分け合ふ兵隊さん

老兵の　共に分かつや　ひなの餅

物を分け合ふ兵隊さん

兵隊さんはどんなものでも自分ひとりで食べたりしないでどんなに少しづつでも皆で分け合って食べます。自分だけよくばってこそこそと食べてもおいしくはない。

昭和一七年三月二四日　正浩　宛

郵便局スタンプ「偲べ戦線　求めよ国債」

毎日雑魚寝で共に生き共に死ぬ覚悟の完全な運命共同体の兵舎である。軍歌にあるように「…しっかりせよと抱き起し、仮包帯も弾の中…」の関係である。ある兵士の家庭から雛祭

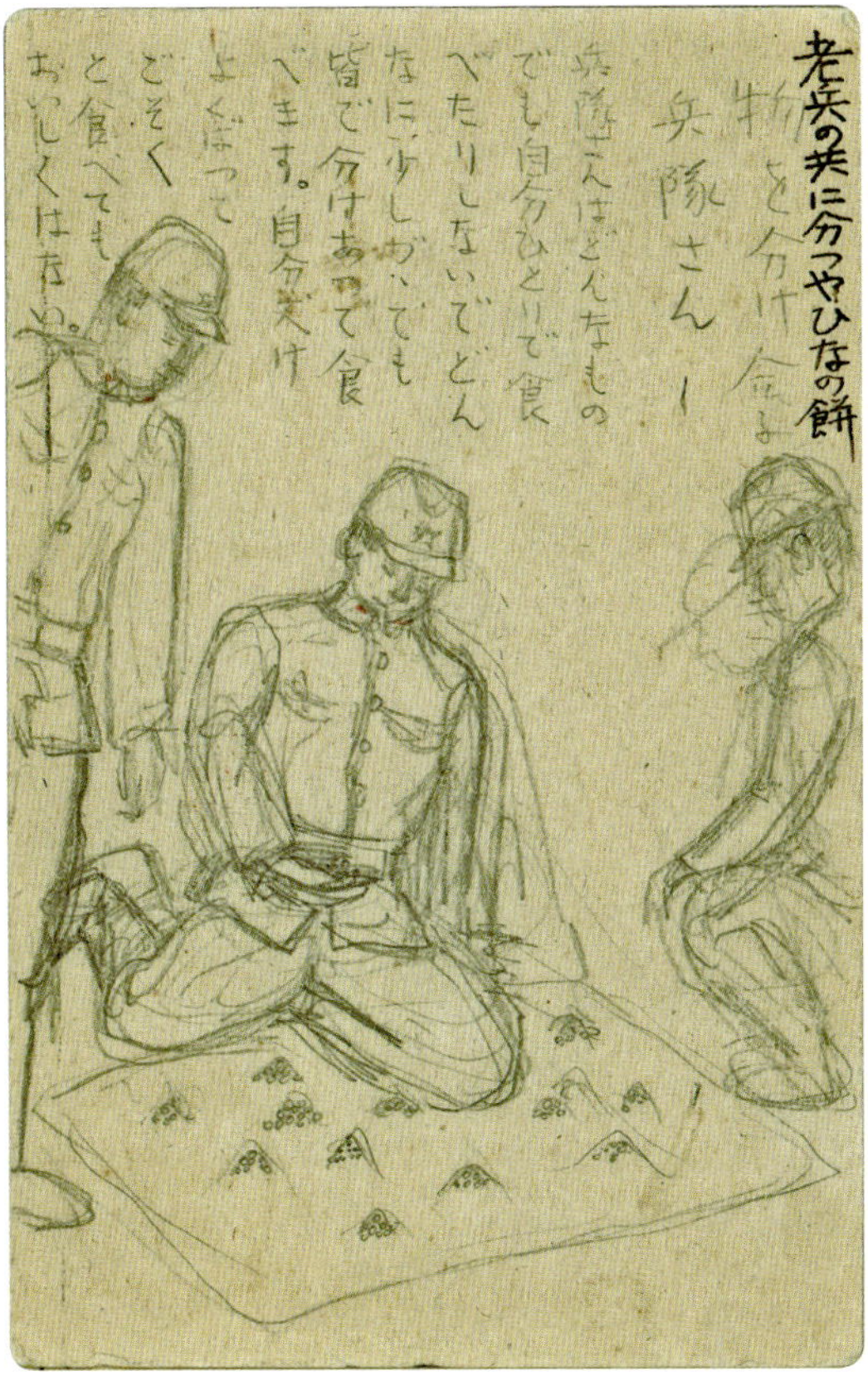

りの時期に送られてきた餅とあるがあられかなにかを小分けしている。嬉しいことも悲しいこともみんなで分け合ってる。兵舎という環境でさえなければここは人間の理想郷である。子供たちにこのことをぜひ教えたかった父である。

10

よくばりと天罰

兵隊さんの中にも千人に一人は欲張り親爺もいます。皆でご馳走を食べた時「かまぼこを一本くれ。金はいくらでも出す。にぎりはできないか。」と言って自分一人だけごちそうを食べようとしましたが店の人が相手にしません。とうとう台所へ入り込んで残り物の卵焼きを二つつまんでお金を払う時「八〇銭頂きます」と言はれて「えっ」と驚きましたよ。

昭和一七年三月二四日　豊春　宛て　郵便局スタンプ「偲べ前線　求めよ国債」

前の葉書きで助け合いがいかに大切か長男に説いたが今回は人にあるまじき行為を具体的にあげて戒めている。少し料金が高めの魚料理屋に行った折仲間を無視して自分一人だけいいものを食べようとするこの兵隊に店の人もその人柄を見抜いたようで法外な代金を請求し全員溜飲を下げたと記している。国を守るために命を捨てる覚悟の軍人には一般市民も特別な感情を抱いていたことがわかる。しかし考えてみれば兵隊の中にはやくざも召集されているわけで兵隊さんにも色々な人がいると教えている。

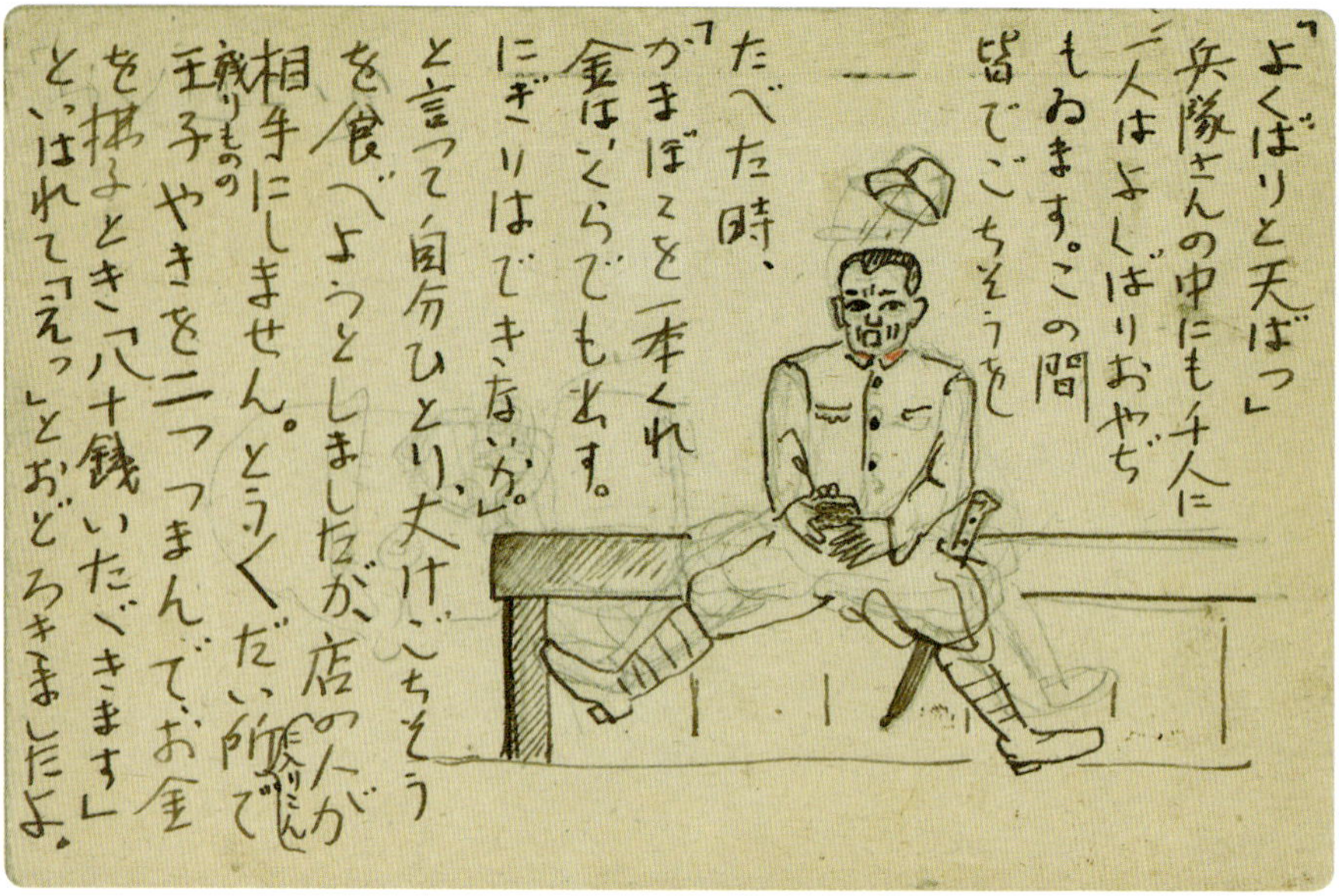

11

兵隊さんとおしっこ

ある朝兵隊さんの一人がしかられているのでどうしたのかと思って聞いていると「自分の死に場所に小便をする者があるか」「玉でも敷き詰めておかねばならぬ所ではないか」と言っておこられていましたよ。兵隊さんは一人残らず元気ですから兵隊さんのおしっこからとった薬を注射すると元気になる。榊原さんはその注射で死にそうだったのが助かった。

昭和一七年三月二四日　直和　宛て

郵便局スタンプ「偲べ戦線　求めよ国債」

兵舎の敷地内でつい気軽に立小便をした同僚の話である。確かに行儀のよくないことをやってしまったが上官、長野隊長かもしれないが叱責した言葉がさすが日本人である。兵舎のある場所を「自分の死に場所」と表現しＢ29と切り結び死ぬ覚悟で毎日を送っていることがわかる。次の言葉「玉でも敷き詰めておかねばならぬ所」とも言っている。兵舎は神社の境内のように砂利を敷き詰めていてもおかしくない神聖な場所と考えている。この上官は質素な平屋建ての兵舎と周辺の敷地を神社のように思い軍服を着た部下たちを白装束の神官の様に思って大切に扱っていることがわかる。死と隣り合わせの兵士たちに深い慈しみの感情を抱いている。それだけに立小便をきつく戒めたのである。戦争の空しさを考え続ける父であるが自分の死が近いことを認識し残された時間はもう少ないだろうが何ができるかを改めて考えたことだろう。つまり遺言となるべき子供たちへの葉書き通信、自分の専門分野である戦時の日本社会、日本人の生活記録を聞き取り一通でも一ページでも多く記録すること。

　いつ死んでもいいように身を清めておくことについて考えさせられた父である。南方へ送られれば生きて帰ることは難しかろう。死ねば骨は拾われず小石か砂が代わりに送られてくるそうだ。それこそ「草むす屍」となり墓に入ることなど考えられない。このまま国内で高射砲を撃っていれば爆撃機の投下する爆弾でやられて死ぬか、南方へ送られて激戦の中で戦死するかどちらかである。

　檜垣家の祖先の墓は山口市にあるがあそこに入れれば良い方である。世の中そうはうまくいかないだろう。あの墓は十数年前先祖供養のために頼まれて自分が作ったんだったなあ。考えてみれば自分のために自分で作ったようなものになってしまった。戦争の始まる前に親子で墓参りに行ったんだっけ。あの時写真をとっておいてよかった。自分がシャッターを押したので写ってないけどいい家族写真が残ってよかった。戦争さえなければ……

12

阿部さんの話

付記　これは表紙にするから大切に保存（右端に鉛筆書きでメモ）

検閲印なし　郵便局　日付スタンプなし

阿部さんの横顔

どういうわけか検閲を避け帰省時に持ち帰っている。入隊後二か月ほどたち自己紹介をし合い全体がつかめた段階で初めて人物を特定して語り部となってもらったのがこの人「阿部」二等兵である。話が面白く一挙に十四回連続で登場する。軍の検閲を意識しながらも詳細に話を記録している。民俗学研究の対象として第一級の人物である。これから紹介する阿部さんの様な人が日本を支えている典型的な人なのだ。山口県の山村で日の出から日没まで働き夫婦で子を育て家庭を築いてきた。彼の生きざまを記録に残すことは日本の姿を残すことになる。父が本当にやりたかったことは日本軍の裏面史、日本軍を真に裏側から支えた人たちを歴史に残すことである。記録には一切登場することのない戦争を実際に実施したのはどんな人達だったのかを詳細に描くことである。軍人にされると軍備を施され敵となった人間を殺すことが仕事になる。本来人を殺せば犯罪である。

しかし、国家が命ずれば犯罪者どころか英雄になり勲章までもらうことになるのである。ここに父はメスを入れたかったのだ。

画家は必ず自画像を書き残す。それまで人生を生きてきた自分と言う人間に頭の中で考えていることを語らせる。鑑賞する方はその人物像が何を言いたいのか真剣に見つめる。父はさすがにプロではないので自画像は避けたようだ。そこで阿部さんの人物像をみてみよう。キャンバスではなく葉書きに描いてある。

油絵具ではなく色鉛筆で彩色してある。これまで十数枚書いてきたが初めて色彩を施している。明らかに人物画を描こうと言う意思が見える。人物画を描く時はその人物がどんな人間なのかを語らせなければならない。父はもっと若いころ画家を志したことがあったから葉書き絵とはいえ阿部さんの外面だけでなく心を語らせてみせると考えたと思う。兵隊なので軍帽をかぶり襟章をつけ軍服を着せている。心を一番語るのは目である。小さく描かれた目であるが何かをきっと見据えている。阿部さんは猟師でもあるので獲物を見付けた時の目である。油断なく食い入るように見つめている。獲物に対して体が動き出す寸前のポーズを感じさせる。何を見ているのか。それは漠然とした不安定な未来である。予断を許さない霧の向こうから何が現れるのかわずかな動きも見逃すまいと神経を集中している。私は軍人となった以上生きて戻ることは考えないが万が一のチャンスはある。結果は潔く受け入れるがいずれにせよベストは尽くしてみせる。しかし嫁と息子よあの世でもう一度人生をやり直そう。葉書き一枚の小さな作品だが父はそう語らせようと思い真剣に描いたと私は読んだ。この葉書きに描かれた小作品は全部で三百枚以上あるが最高の一枚と私は言いたい。

さてここで父や阿部さんたちが集められている八幡の地理的軍事的特性について解説しておきたい。

明治維新以来熱心に欧米の新文明を輸入し富国強兵、殖産興業のもとに軍備と産業の発達を目標に努力してきた日本だったが日清戦争の前後から兵器製作の独立、近代的重工業の必要を迫られ明治三〇年八幡村に製鉄所建設が決定した。そして明治三四年二月五日稼働開始を迎えた。製鉄所開設以来筑豊の炭田地帯は不動の地位を確立、発展をとげた。一四年（大正四年）第一次世界大戦で戦争景気の恩恵は受けたが其の後の二度にわたる恐慌にみまわれた。しかし近代化を推し進めたこともあり重工業を中心に発展をとげた。第一次大戦後悲惨な戦争を起こさぬよう軍縮の取り決めを行ったが日本軍部はこれを不服とし政治に干渉するようになり中国に進出、満州事変を起こし満州に傀儡政権をつくり次に日華事変を起こし軍備の拡大を急いだ。八幡製鉄所は活気を取り戻し日本のピッツバーグと呼ばれるまでに発展した。

13 阿部さんの話 ― 牛売り

お父さんと仲の良いお友達に阿部さんという方があります。皆の中で一番正直な善い人です。これから一〇回ばかり安部さんのお話をします。阿部さんがお留守になると牛のお世話ができません。それから後の人たちにお金も入用だったかもしれません。それでも安く売って勇ましくおうちを出かけました。

昭和一七年三月二六日　正浩　長男（九歳）宛

郵便スタンプ「偲べ戦線　求めよ国債」

兵舎で父と共に生活する隊員紹介第一号である。高射砲陣地は小高い山の上に数台設置されていてそのふもとに兵舎があった。軍関連のことにはまったく触れないように慎重に記

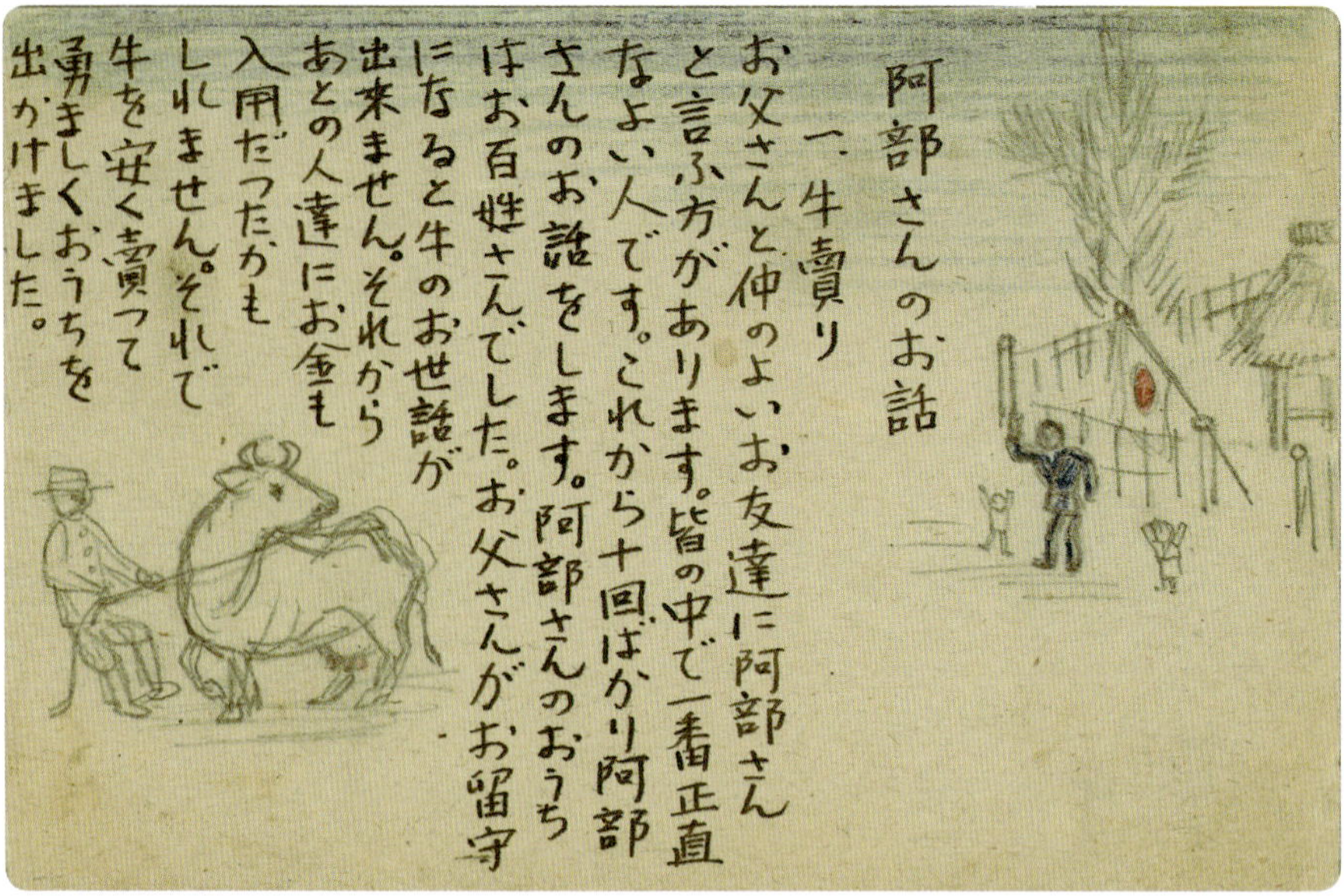
阿部さんのお話
一、牛賣り
お父さんと仲のよいお友達に阿部さん
と言ふ方があります。皆の中で一番正直
なよい人です。これから十回ばかり阿部
さんのお話をします。阿部さんのおうち
はお百姓さんでした。お父さんがお留守
になると牛のお世話が
出来ません。それから
あとの人達にお金も
入用だったかも
しれません。それで
牛を安く賣って
勇ましくおうちを
出かけました。

事を書いている。

具体的に隊内の個人名があがっているので長野隊長は部隊の活動に言及していないか注意して目を通したことだろう。長男、正浩は福岡教育大学付属小学校三年生であり内容は理解できる年齢である。農家の阿部さんのうちが労働力としての牛を売却する話で普通なら珍しい話ではない。しかし今回父の表現の裏には怒りが込められている。これを読みとってくれよと叫んでいる。言葉を選んで戦友、安部二等兵の苦労、心労をねぎらう言葉が読み手の心を打つ。今後一四回連続で阿部隊員の語りを文章にしていくが行間に日本の誤った戦争を否定し続ける。自分は歴史家のはしくれでありギリシャのヘロドトスやツキジデスのように太平洋「戦史」を手がけてみたかった。だめなら「俺は逆をやってやる。」平和だった日本のありのままの姿を兵士の言葉で記録してやると心に期している。

葉書きの内容に立ち返れば農家の大黒柱の阿部さんも赤紙による召集で高射砲部隊へ呼ばれている。農家の大黒柱が引き抜かれたのである。家計は困窮するだろう。日本中いたるところで同じようなことが起きているのだ。戦後七三年、新聞には戦争のおかげで三人とか四人の子供と母親が後に残され大変な苦労をして生き抜いてきた話が繰り返し記載されたが阿部さんも私の父も同じ運命をたどる可能性があったのである。今は国土防衛軍の高射砲部隊で爆撃機を撃ち落すのを専門とする兵士になるべく訓練中だが明日は配置転換を告げられ南方へ派兵されるかもしれないのだ。明日をも知れぬ運命に生きている軍人なのである。

文面にあるように売れば多少のお金が入るだろうが阿部さんがい

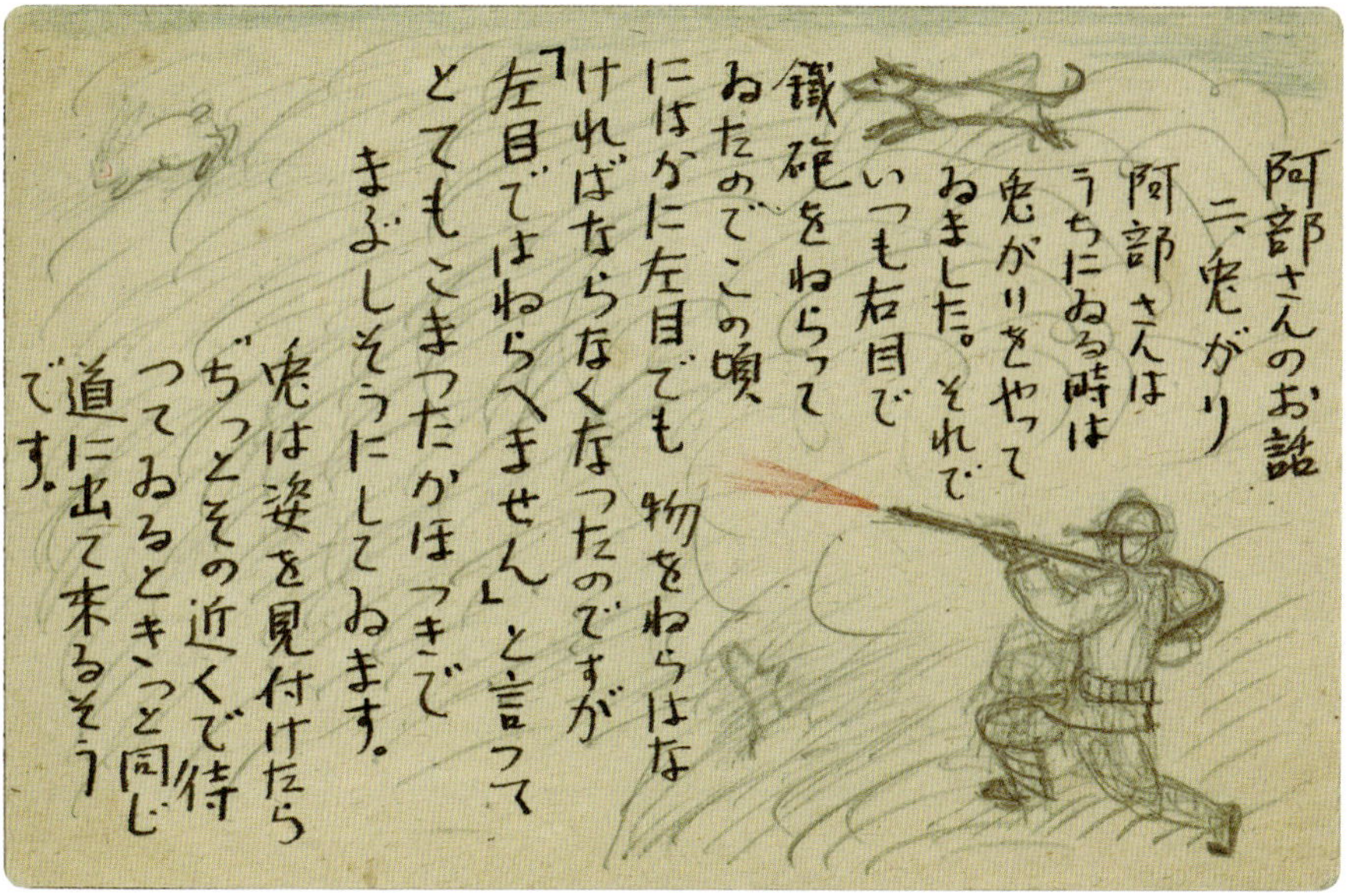

阿部さんのお話
二、兎がり
阿部さんは
うちにゐる時は
兎がりをやって
ゐました。それで
いつも右目で
鐵砲をねらって
ゐたのでこの頃
にはかに左目でも　物をねらはな
ければならなくなったのですが
「左目ではねらへません」と言って
とてもこまったかほつきで
まぶしそうにしてゐます。
兎は姿を見付けたら
ぢっとその近くで待
ってゐるときっと同じ
道に出て来るそう
です。

なくなる空白は埋まらないと父は言いたい。牛の次に大問題なのは検閲にかかるので避けているが阿部さんがいなくなることは家族にとって死活問題だということだ。死ねば家族は路頭に迷うことになる。牛の問題ではなく家族そのものがあやうくなっているのだ。これが戦争だ。父だって三人の子供を持ち四人目の私が母の胎内にいてあと半年で生まれようとしている。阿部二等兵と似た運命を生きている。

　郵便局のキャッチコピーは「偲べ戦線　求めよ国債」である。今日では判りにくい表現である。最前線で戦っている日本の兵士達の生死をかけた戦いを真剣に考えてあげてください。戦争はとてもお金がかかります。国家の浮沈がかかっています。皆さん、膨大な軍事費のご負担をよろしくと国民にお願いしている文章である。倹約を美徳とする日本国民は協力を惜しまず国債を購入する人が少なくなくこの運動はかなりの成功を収めたと言う。しかし、戦後の激しいインフレのために価値は激減し債権や通帳を手に国を恨んだ人が多かったそうだ。

14 阿部さんの話　二
兎狩り

阿部さんはうちにいる時は兎狩をやっていました。それでいつも右目で鉄砲をねらっていたのでこの頃にはかに左目でも物をねらはなければならなくなったのですが「左目ではねらへません。」と言ってとてもこまった顔つきでまぶしそうにしています。兎は姿を見付けたらぢっとその道でまっているときっと同じ道に出てくるそうです。

昭和一七年三月二六日

直和　宛て　郵便局スタンプ「偲べ戦線　求めよ国債」

妻と幼い子供三人とお腹の子（私のこと）を福岡に残してきた父の遺言としての葉書き通信を隊長に認めてもらっておよそ二か月、段々調子が上がってきており数通まとめて出すようになってきている。民俗学を意識した隊員の故郷の暮らしの記録が開始され始めた。兵舎内では毎晩のように裸電球の下、記録用紙を前にした父を数名が取り巻き故郷の話で盛り上がる光景が目に浮かぶ。それぞれの隊員が故郷に残してきた妻や子、両親を思い出し語り合ったことであろう。その中に一人光る語り部を父は見つけた。山口出身の阿部二等兵である。鉄砲の名人で日本固有の狩猟法にたけており民俗学の分野では第一級の人物である。彼は銃は右目でねらう。つまり右利きであり高射砲は構造上左目で狙わねばならないのでこまっている。聞き取り調査第一回目は兎猟である。経験者でないととてもわからないうさぎの習性が語られる。兎は必ず同じ道に出てくる。いわゆるけもの道をもっているという。

私の家の近くの高良山でも登山道をそれて山道に入ると人が歩くには細すぎるけもの道らしいものを見ることがある。よく近づいて見てみるとイノシシの足跡があったりするのでそれとわかる。兎の足跡は冬、雪上で容易に発見できるが普通は人目には全くみえない。猟師は兎はじっと待っていると必ず同じ道に出てくるのでそこを撃つと言っている。私の場合運よく野兎を発見したことがあるが体はペットのものよりも大型で薄茶色をしている。だから肉の量が多くおいしいと思う。フランスでは肉屋さんに普通に売っている。

次の写真を見て頂こう。裏に昭和一一年に撮られたものとメモがある。服装から見て気候の良い季節の様で長男、正浩四歳、次男、豊春二歳である。今我が家に残っている父、母の最も若いころの写真の一枚である。父、元吉はまだ青年の面影が残っているし母、千代は娘の面影が偲ばれる。私の記憶には全くない顔つきで見るだけでうれしくなる。兄、正浩はもう軍国時代の始まりを象徴するかのごとく鉄兜をかぶり鉄砲みたいなおもちゃを手にしている。弟、豊春は赤ちゃんらしく手を伸ばして父の顔にさわっている。千代はよく見るとおもちゃの双眼鏡を握っており二児の母としての喜びを満面に表してとても幸せそうである。この頃の父は九州大学の国史学科の所属、恐らくまだ無給で大学から紹介された出版社に雇われて給料を得ていたようだ。論文の対象もまだ定まっておらず手あたり次第に本を読み論文作成に

専念しているころであろう。その過程で「民俗学」にも手を染め研究にまい進したのだろうと思う。この民俗学が入隊して役に立つことになる。柳田国男、渋沢敬三、宮本常一らの第一人者達に出会い影響を受け、若松の兵舎で彼自身が実践することになる運命だったのである。

15　阿部さんの話　三
阿部さんの見た軍艦

阿部さんは山の中の人ですから外の町の人たちとくらべると知らないことが多い。しかし阿部さんが「じぶんは何も知らないが戦闘艦　長門、巡洋艦　那智、駆逐艦、うす雲、むら雲と潜水艦二艘に乗ったことがある」ということを一息で言ってのけると皆感心してしまひます。

昭和一七年三月二六日　豊春宛て

郵便スタンプ「偲べよ戦線　求めよ国債」

戦友達からの聞き取り調査は恐らく同郷の者数名が机の上で鉛筆を走らせる父の周りに集まり合って語り合い、そのうちの一人がある話題について詳しく話すという形式で行われたのだろう。中でも阿部さんは山の中で育ったのに物知りで「…皆感心してしまいます…」と言われるほどである。性格はとてもまじめで何事にも熱心に取り組み納得のいくまで追求するタイプの人なので人の心をつかんで離さないところがある。

今回は山の話ではなく軍艦の話である。ここは陸軍の高射砲陣地で海軍とは逆の世界であるが集まった者たちは阿部さんが軍艦について話すのを耳をそばだてて聞いている。彼が乗船したことのある軍艦は次のとおりである。

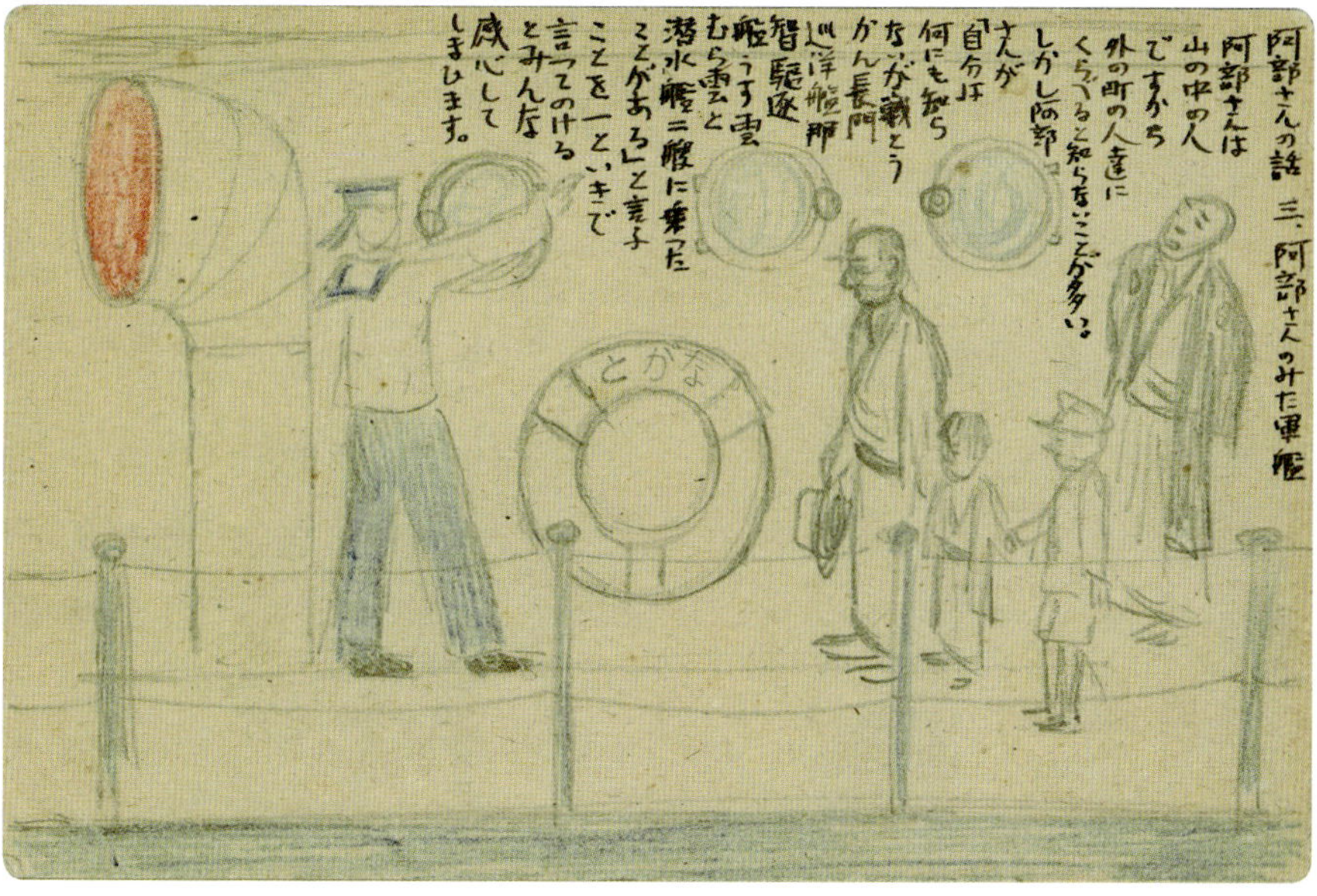

（参考）**戦闘艦　「長門」**「武蔵」や「大和」と並ぶ超大型戦艦　大鑑巨砲主義に立つ戦艦　連合艦隊　旗艦　1920年竣工　33,800トン　速度　26.5ノット　主砲　40センチ　8門／**重巡洋艦「那智」**　1928年竣工　10,000トン　35.5ノット　主砲　20センチ　10門　　1944年11月5日　マニラ沖で沈没／**駆逐艦　「うす雲」**　1944年7月7日　オホーツク海で船団護送中　被雷　沈没／**「むら雲」**　ガダルカナルでの補給に従事　1942年10月2日　米機により被爆　沈没／**砲艦　「多々良」**　旧　米、砲艦　ウェーキ　開戦後　中国にて接収　370トン（（写真左）

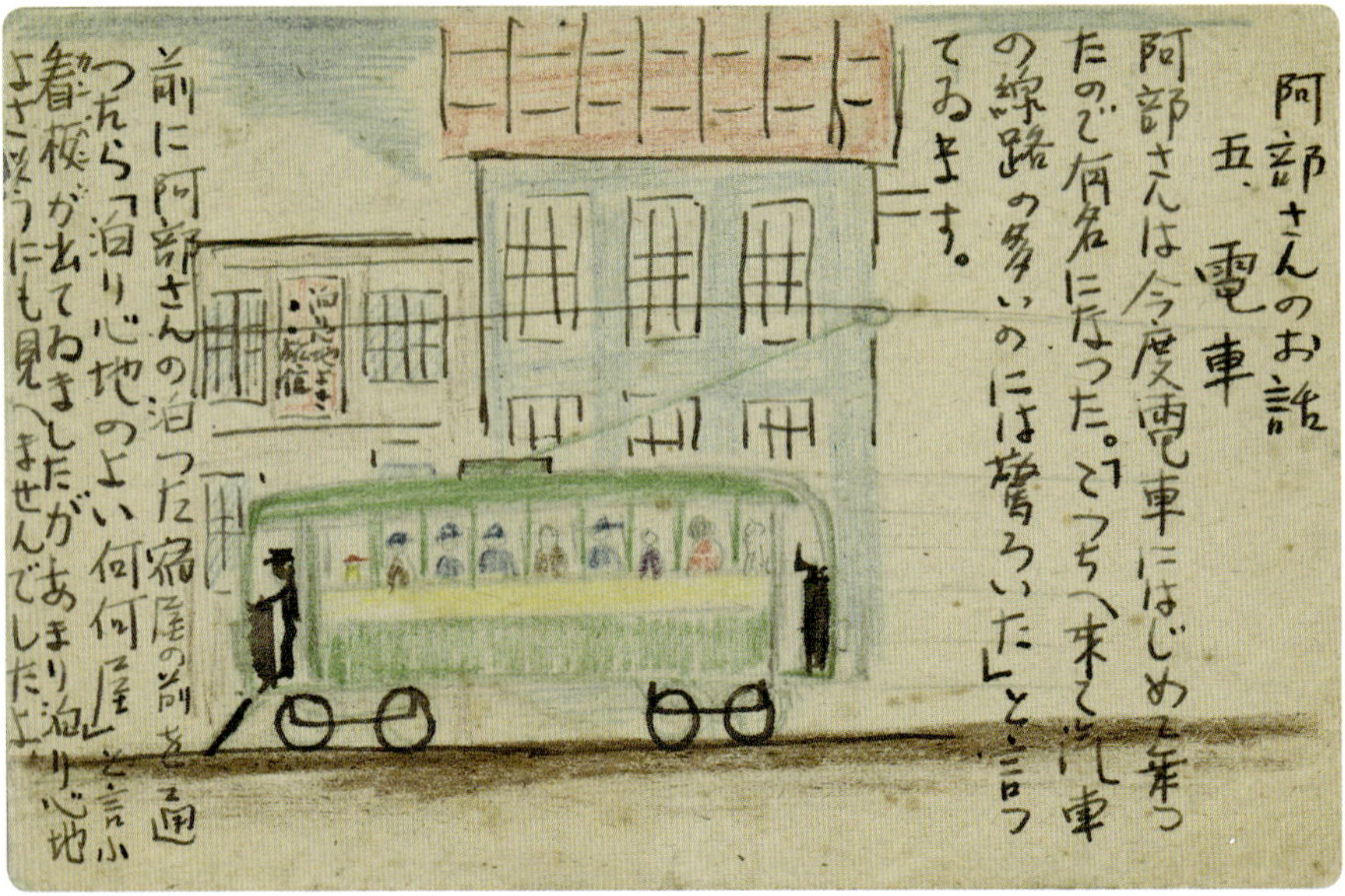

16

阿部さんの話　五　電車　※

阿部さんは今度電車に初めて乗ったので有名になった。「こっちへ来て汽車の線路の多いのには驚いた」と言っています。前に安部さんの泊まった宿屋の前を通ったら「泊まり心地のよい何何屋」という看板がでていましたがあまり泊まり心地はよさそうにも見えませんでした。

昭和一七年三月三〇日　直和　宛

郵便局スタンプ「偲べ戦線　求めよ国債」

お人好しの阿部さんは兵舎では人柄が好かれ人気者である。死ぬ運命を確信しているもの同志大切なのはお金ではない。友情である。誰もが友情の厚い信頼のおける人物と生死を共にしたいと願っている。阿部さんは最高の選択肢である。

阿部さんの泊まった宿が出てくるが父の場合入隊した日に折尾駅近くの面会所で親類がふた家族集まって別れを惜しんでいる。阿部さんは若松の旅館に宿泊し家族、親族と別れてきた。軍人にとって別れは死を意味するから大変なことなのである。この葉書きは記録として残しておくつもりなので旅館の名はあえて書かないでいる。

※　阿部さんの話　四は欠落している。検閲にかかったのだろう。

17

阿部さんの話　六　ひげのつむじ

阿部さんはとても髭の濃い人だから同じ鉄砲撃ちでも「熊か猪でも撃ったことがありますか。」と聞きたくなる位。よく見ると髭につむじがあります。

昭和一七年三月三〇日

郵便局スタンプ「偲べよ戦線　求めよ国債」　豊春　宛て

顎につむじのある人は確かに珍しく私も見たことがない。これは記録しておく価値があるかもしれない。さて珍しい顎のつむじが見つかったのも毎晩のように阿部さんと面と向かって話をするからである。隊長が西日本全域から召集された隊員に対し美しい日本の国土、人、地域の文化、伝説、自然などあらゆることを記録して未来の日本を担う若者たちに書き残しておきたいという父の執筆活動に協力しようと呼びかけてくれたからこんな記録が生まれたのである。

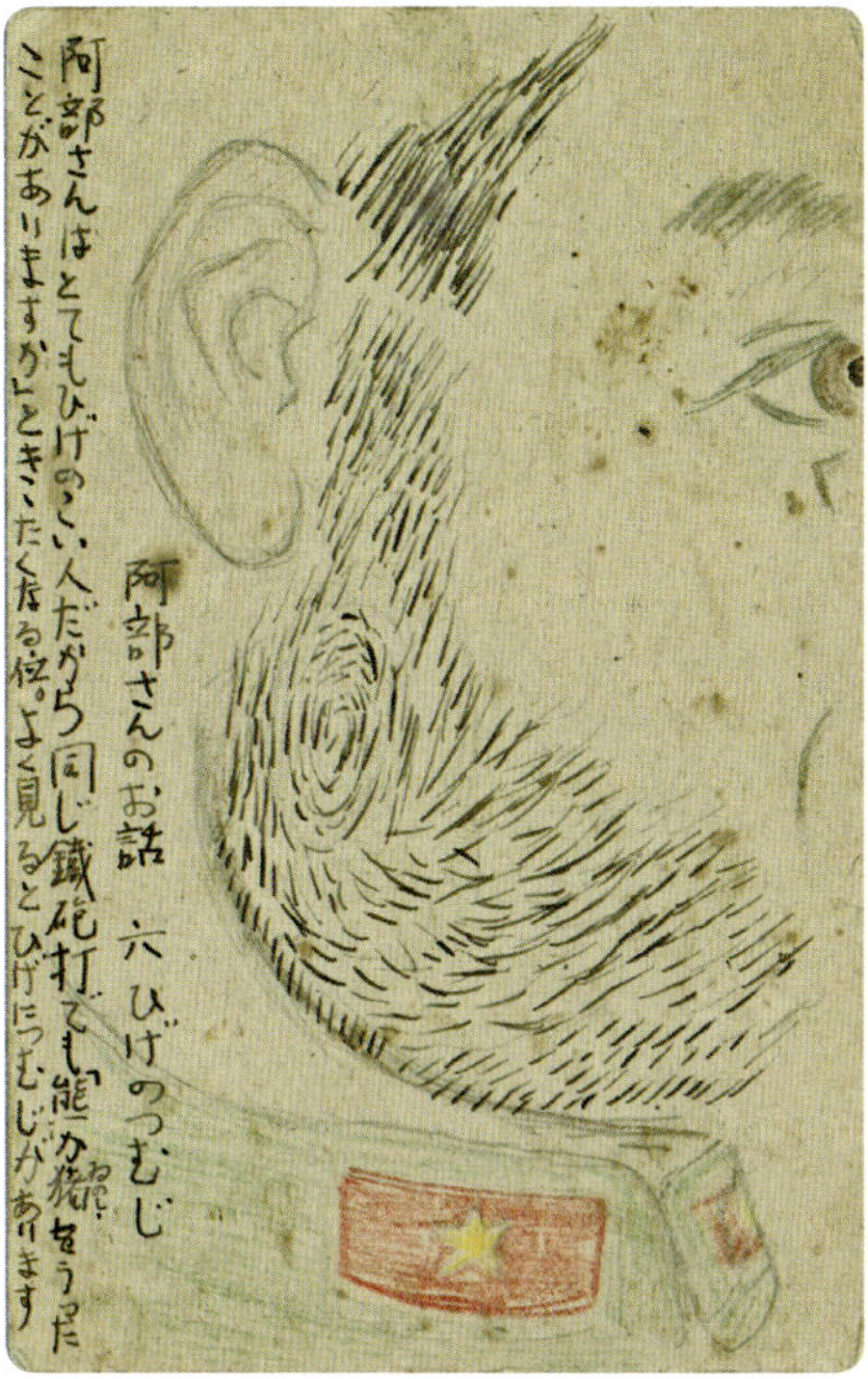

18

阿部さんの話　七　正直

阿部さんは正直で骨惜しみしないのでずるい一人の男がこれはうまいぞと思った。そして遠くへ行くような仕事があると「それは私がします。」と引き受けて自分のてがらにしておいて「安部持ってけ」というようなことばかりやりだしたので人から部隊長というあだなをつけられてだれも相手にしなくなり阿部さんは一人残らずからかはいがられ出しました。

昭和一七年三月三〇日

郵便局スタンプ「偲べ戦線　求めよ国債」　正浩　宛て

まじめでお人よしだといじめの対象になりやすい。人間社会からいじめと戦争が無くなることはない。なにしろ旧約聖書にあるように人殺しの元祖、カインの末裔なのだから。軍隊であれどこであれ必ずいじめはある。古参兵らしい人物に阿部さんが狙われた。しかし阿部さんに対する隊員たちの支援体制は堅固でいじめを行う古参兵には団結して逆に村八分にする対抗策をとっている。彼をみんなが隊長と揶揄したとあり溜飲が下がる気がする。

阿部さんのお話
七、正直
阿部さんは正直で骨おしみしないので
ずるい一人の男がこれはうまいぞと
思った。そして遠くへ
行くような仕事
があると「それは
私がします。私が
します」とひきうけて
自分の手からにして
おいて
あとで「阿部もつてけ」と言ふ様なことば
かりやり出したので部隊長とあだなをつけ
られて皆が相手にしなくなり

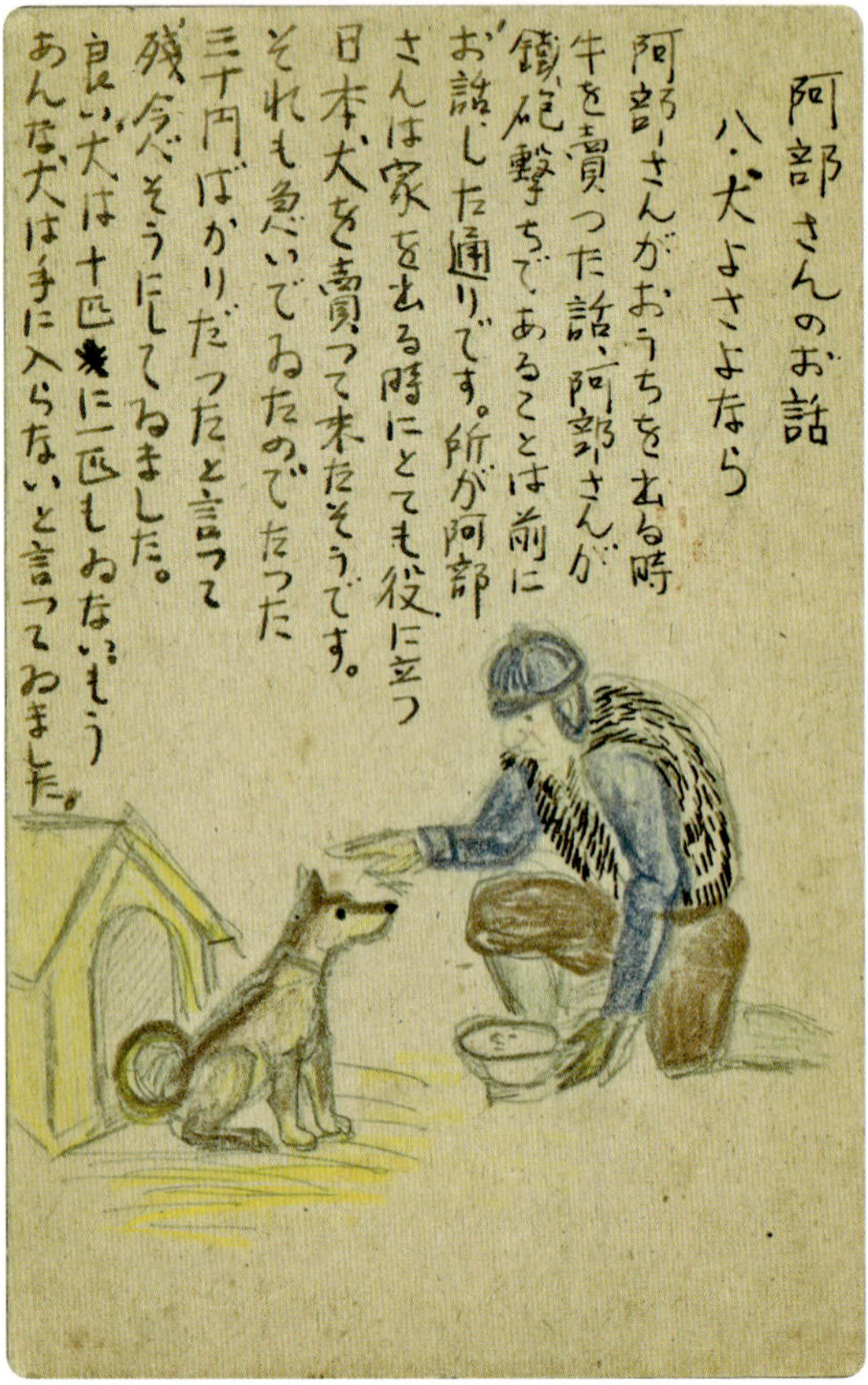
阿部さんのお話
八、犬よさよなら
阿部さんがおうちを出る時
牛を賣った話、阿部さんが
鐵砲撃ちであることは前に
お話した通りです。所が阿部
さんは家を出る時にとても役に立つ
日本犬を賣って来たそうです。
それも急いでゐたのでたった
三十円ばかりだったと言って
残念そうにしてゐました。
良い犬は十匹に一匹もゐない。もう
あんな犬は手に入らないと言ってゐました。

19

阿部さんの話　八
犬よさよなら

阿部さんがおうちを出る時牛を売った話、阿部さんが鉄砲撃ちであることは前にお話しした通りです。所が阿部さんは家を出る時にとても役にたつ日本犬を売ってきたそうです。それも急いでいたのでたった三〇円ばかりだったと言って残念そうにしていました。よい犬は一〇匹に一匹もいない。もうあんな犬は手に入らないと言っていました。

昭和一七年四月六日　豊春宛て
郵便局スタンプ「四月一日　料金改定」

猟の名人である阿部さんの家には

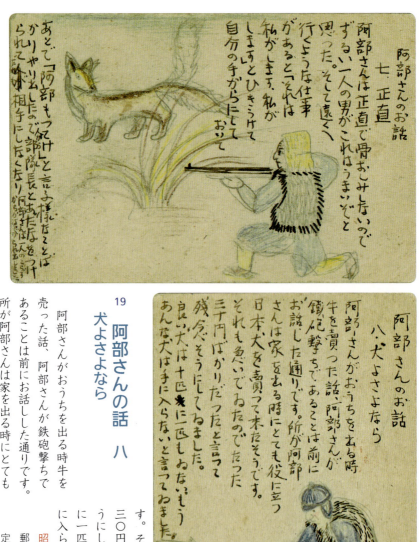

よく訓練された名犬がいた。一〇匹に一匹もいないほどの賢い犬を連れての猟を行っていた。しかし、それほどまでの犬を育て上げたのは阿部さんの腕である。徴兵の期日を考慮すると牛と同様に急いで売らねばならなかった。さぞ残念な気持ちだったろうと思う。犬の方も本能的にそれと察知したに違いない。しかし、多分仲間の猟師に買われていった。阿部さんとしてはまるで子供と別れるような気になっただろう。人間も牛も犬もみんな戦争の犠牲者なのである。

20 阿部さんの話 九
鳩退治

新しく入ってきた若い兵隊さんの中に変な気を付けをする人がいました。胸が鳩のようでおかしな恰好です。ランニングの選手をしていた為にそのようになったそうです。ところが或る日、古い組と新しく入った組と腕相撲をすることになった。そのはと胸は自分が勝つに決まったような顔をして阿部さんを馬鹿にしてかかったらたちまち阿部さんに負けてしまって皆大喜びしました。

昭和一七年四月六日　正浩　宛
郵便局スタンプ「四月一日　料金改定」

軍隊は死と隣り合わせの仕事なのでストレスが高く気分転換のため色々と催しものをやっていたことがわかる。今回は部屋替えがあった際腕相撲のリクレーションをやっている。新人の兵隊さんの中に見るからに筋肉質のひとがいて阿部さんと勝負したがあっさりと阿部さんが勝ちみんなで大喜びしたという話。みんなに好かれて阿部さんはしあわせである。

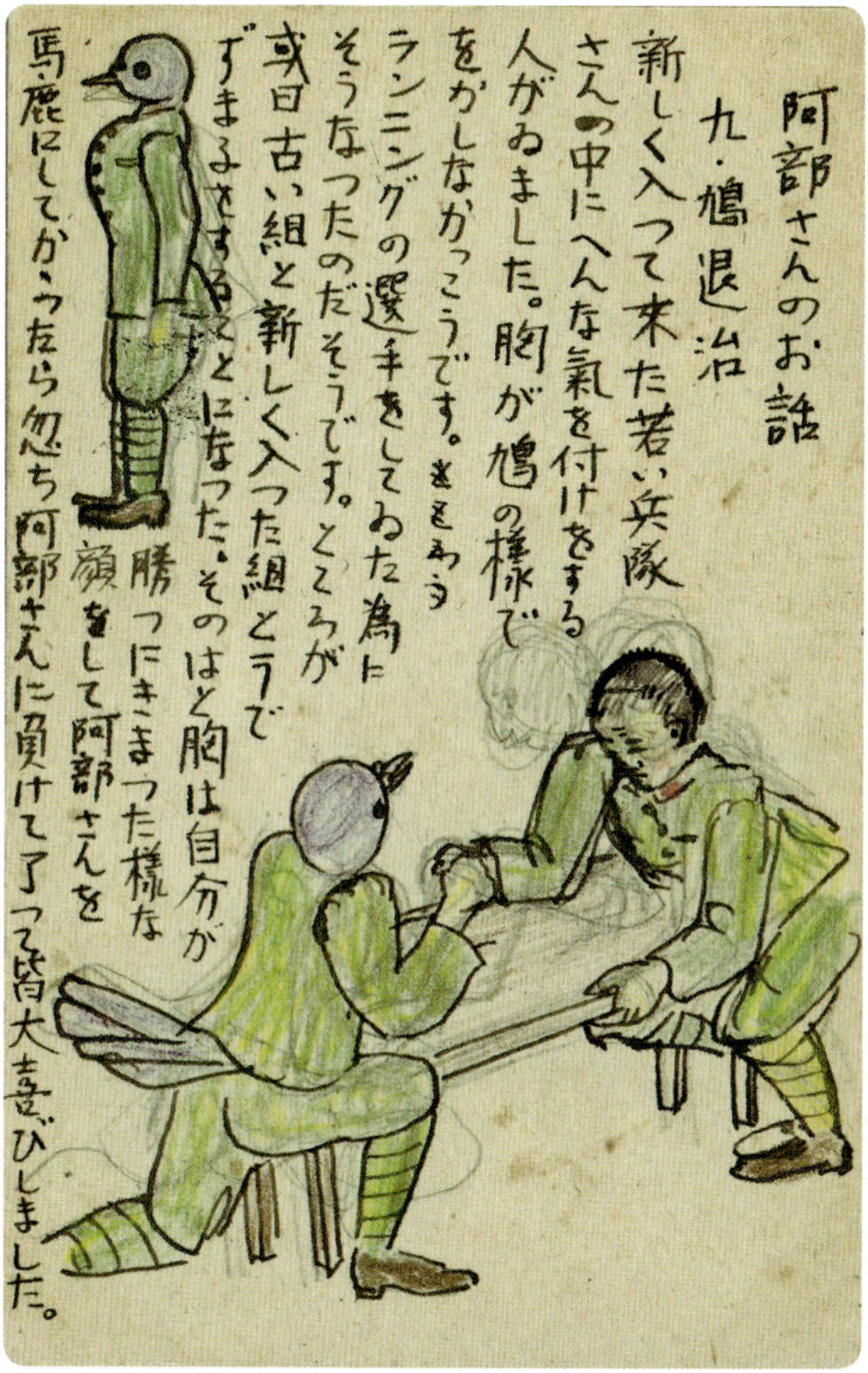

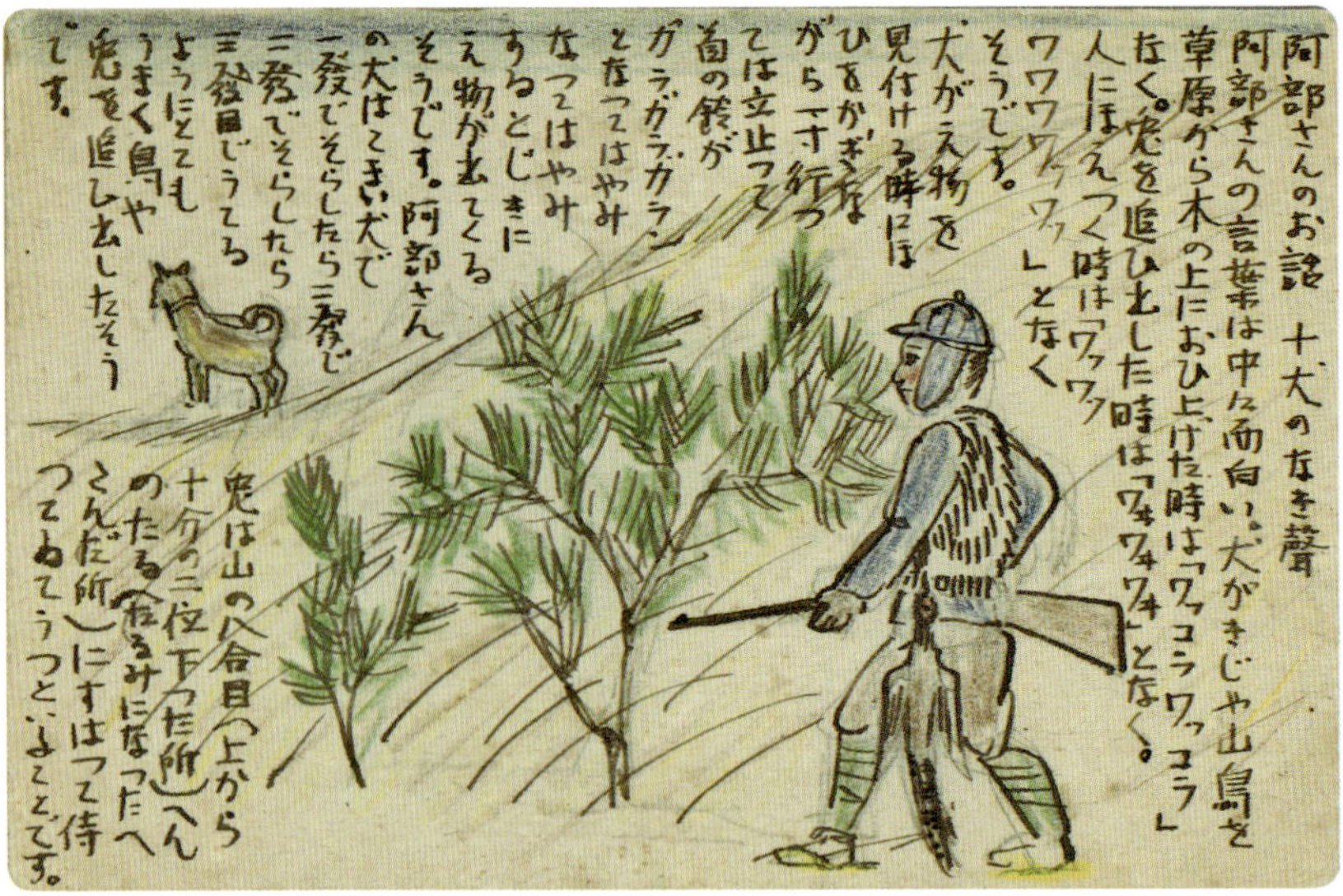
阿部さんのお話　十　犬のなき聲
阿部さんの言葉は中々面白い。犬がきじや山鳥を
草原から木の上におひ上げた時は「ワッコラワッコラ」
なく。兎を追ひ出した時は「ワヰワヰワヰ」となく。
人にほえつく時は「ワッワッ
ワワワッワッ」となく
そうです。
犬がえ物を
見付ける時には
におひをかぎなが
ら一寸行つ
ては立止って
首の鈴が
ガラガラガラン
となってはやみ
なってはやみ
するとじきに
え物が出てくる
そうです。阿部さん
の犬はこまい犬で
一發でそらしたら二發で
二發でそらしたら
三發目でうてる
ようにとても
うまく鳥や
兎を追ひ出したそう
です。
兎は山の八合目(上から
十分の二位下った所)へん
のたる(たるみになった)へ
こんだ所)にすはって待
つてゐてうつと、いふことです。

21 阿部さんの話　一〇　犬の鳴き声

阿部さんの言葉は中々面白い。犬が雉子や山鳥を草原から木の上に追ひ上げたときは「ワッコラ、ワッコラ」と鳴く。兎を追ひ出した時は「ワィ、ワィ、ワィ」と鳴く。人に吠えつく時は「ワッ、ワッ、ワッ、ワ、ワ、ワ、ワッ、ワッ」と鳴くそうです。

犬が獲物を見付ける時、においを嗅ぎながら一寸行っては立ち止まって首の鈴がガラガラガランとなってはやみなってはやみするとじきに獲物が出てくるそうです。阿部さんの犬はこまい犬で一発でそらしたら二発でそらしたら三発で撃てるようにとてもうまく追ひ出したそうです。兎は山の八合目（上から一〇分の二位下がった所）へんのたる（たるみになったへこんだ所）にすわって待っていて撃つということです。

昭和一七年四月六日　直和　宛て

郵便局スタンプ「四月一日　料金改定」

阿部さんの言葉はなかなか面白いと言って始まっているが方言がではなく犬の鳴き声のことである。阿部さんの飼っている猟犬は吠える相手によって鳴き方を変えることができるということで一種の言語に近いものを持っていると言うことになる。しかし読んでみるとなるほどそうかもしれないと思わせるものがある。ワッコラという鳴き声はについては「コラ」の部分がおかしいと思うがこの部分は声ではなく間をおいていると考えるとよくわかる。

次に首につけているガラ、ガラ鳴る鈴はちょっと想定外である。静かに獲物に忍び寄る時に鈴がなると常識的には邪魔だが全力で獲物を追う時にガラン、ガランと鳴りそっと歩くときはあまり鳴らないような鈴なのだろうと想像する。

主人の撃ち損ないに対応する能力があるところはいかに知能が高いかを証明しており名犬の名に恥じないきわめて優秀な犬だった証明となっている。確かに犬としては卓越した能力を感じる。文字では説明していないが阿部さんの猟に出かける時の服装にも注意したい。父は絵を書き入れるから帽子から足周りまで詳しく説明を求めたはずで阿部さんも父が書く葉書きは横で見ながら細かく説明したことと思う。山奥深くまで分け入り猟をするので冬は底冷えがするだろうし夏は虫を防ぎ薮を漕いで進まねばならない。腰には鳥をぶら下げるための専用の縄を巻いている。日本全国で狩猟は行われるので山口のマタギの様子を詳しく聞き出そうと努力したことがわかる。

（写真）米軍が反撃の準備に忙しく本格的戦闘が開始される直前の小学校の様子。福岡女子師範学校付属小学校　五年　集合写真　教生の先生たちと　昭和17年（正浩　最後列　左から３人目）

22 阿部さんの話　十一　阿部さんの奥さん

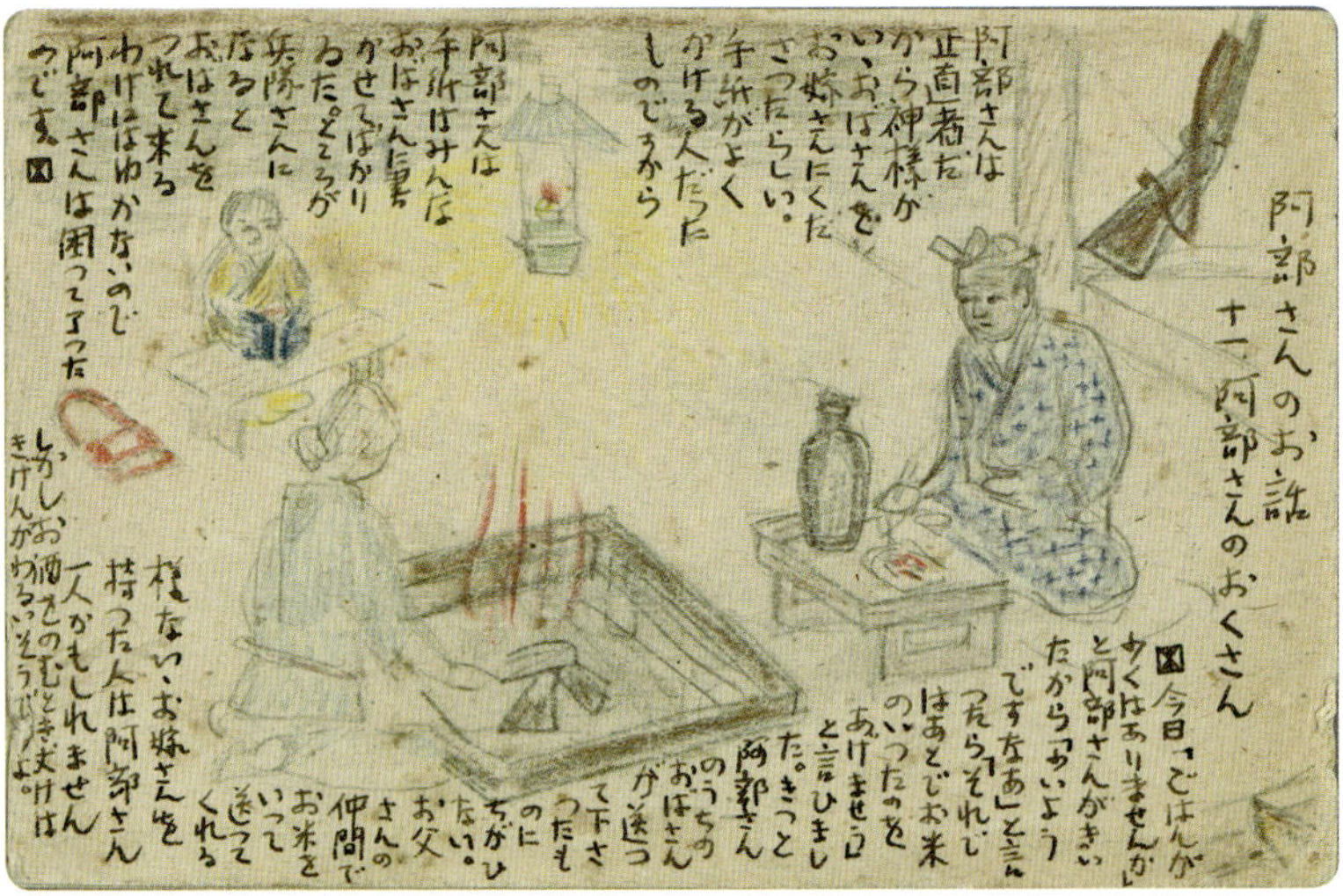

阿部さんは正直者だから神様がいいおばさんをお嫁さんに下さったらしい。手紙が良く書ける人だったものですから阿部さんは手紙はみんなおばさんに書かせてばかりいた。ところが兵隊さんになるとおばさんを連れてくるわけにはゆかないので阿部さんは困ってしまったのです。

今日「ごはんが少なくはありませんか」と阿部さんが聞いたから「少ないようですなあ」と言ったら「それではあとでお米を炒ったのをあげませう。」と言ひました。きっと阿部さんのうちのおばさんが送って下さったものにちがひない。

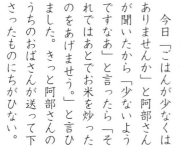

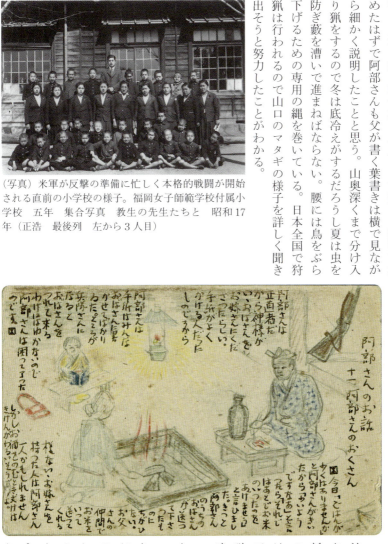

お父さんの仲間でお米を炒って送ってくれる様ないいお嫁さんを持った人は阿部さん一人かもしれません。しかしお酒を飲むときだけは機嫌がわるいそうですよ。

昭和一七年四月一五日　直和　宛て　郵便局スタンプ　なし

故郷では働くばかりで手紙を書く暇もなかった阿部さんではあるがとてもいいお嫁さんを持っているようだ。家族の様子も詳しく聞き出していて居間の中心には囲炉裏、電気が来ていないのでランプ生活、そばでお子さんが机で本を読みかばんが置いてある。山の中だから学校まで南里も歩いて通っていたのかなと想像する。床の間には鉄砲が立てかけてあり阿部さんは近くの川で取れた魚を囲炉裏で焼いて一升徳利をわきに置き晩酌をやっている。川では鮎、はや、鰻、やまめなどがとれ、酒は自家製のどぶろくだろう。昔は酒類は許可制ではなく農家は自分で自由にどぶろくを醸造していた。其の後酒は専売となったが最近は申請すれば許可が下りるようだ。軍隊の食事でお米が少ないのを気にして下さり実家から焼き米を送ってもらっている。香ばしい焼き米が待ち遠しい父である。いつまで生きていれるかを考える毎日であるがしばしの幸せを噛みしめている。葉書きの絵を見直してみるといつもより少し念入りに絵を描いているような感じがする。

山里暮らしの阿部さんであるが、父は都会出身である。山に分け入り銃を持って狩猟をおこない、川では魚をとり畑で作物を作って一家を支え平和な家庭を築いてきた阿部さんに比べ父は大学の研究室で資料を調べ論文を書く毎日であった。資料は足を使って探し回らないと手に入らないのでたまに出張する。彼が大分県の日田市、恐らく広瀬淡窓の咸宜園かどこかに調べものをしに行ったと思われるが日頃ほったらかして妻に押し付けっぱなしの子供を連れて小旅行を決行しているほほえましい写真である。自慢のドイツ製カメラ（ブローニー）を持参して筑後川上流の三隈川のほとりにある亀山公園での写真と妻が裏書している。亀山公園は今でも大木がうっそうと茂っている日田の名所で川沿いにあり小山をなしている。日中戦争が始まったばかりで緊張が感じられ始めたころであるが我が家にはまだ影響がなかったようだ。幸せそうな母の顔、子供は見知らぬ土地であり緊張している。三男坊はまだお腹の中。この日は博多駅から汽車に乗り久留米経由日田まで行ったのだろう。日田で一泊。四月なので名物の鵜飼には早すぎ残念だったことだろう。しかしよく考えてみればそう遠くない将来に徴兵に合い外地で戦死することも考えて行った小旅行とも考えられぬこともない。

23

阿部さんの話　二二
阿部さんの言葉（山口ことば）

『阿部さんの話』
十二
阿部さんの言葉
昨日池の水をくむ
時阿部さんが水の上を
ばけつの底で左右に
かきわけて浮いてゐる
ごみをわきによけてから
ぐんでゐるのを見て
感心しました。
その時。
「ほろけんよう
にせんといけ
ませんぞ。年を
とってからほろけると
中氣になります」
と呼びかけました。
ほろけると言ふのは落ち込む
こと。中氣と言ふのはからだの
きかなくなる病氣。
言葉も面白いが阿部さんが
親切な人であることがよくわかる。

昨日池の水を汲む時、阿部さんが水の上をばけつの底で左右にかきわけて浮いているごみをわきによけてから汲んでいるのを見て感心しました。その時「ほろけんようにせんといけませんで。年をとってからほろけると中気になります」と呼びかけました。ほろけるというのは落ち込むこと。中気というのは体のきかなくなる病気。言葉も面白いが阿部さんが人のことを気遣う親切な人であることがよくわかる。

昭和一七年四月一九日

郵便局スタンプ「国思う一票　国思う人に」　直和　宛て

山口言葉、つまり方言が面白いので今回のテーマに取り上げている。方言は民俗学では重要な要素のひとつなのである。兵舎の敷地内に池があり洗濯用水や風呂の水として利用している話がよく出てくる。今回は落ち葉を避けて水を汲む要領を教えてもらっている。水道のある生活を当然のこととして生活してきた父は池で水を汲むというちょっとした事にもコツや注意すべきことを教えてもらい感心している。説明の言葉の中に「ほろける」という方言が使われており興味をそそられているがその意味は「落ち込む」という意味であることを確認している。知らない外国語の意味が分かったような気分になったことだろう。中気という病名はこどもにはわからないのでこれも解説している。しかし医学が急速に進む今日、中気という病名は今日では耳にしなくなってしまった。父は「体のきかなくなる病気」と説明している。今日では運動神経の麻痺による「運動障害」というのかもしれない。

日付は四月一九日である。昨日一八日は日本にとっては青天の霹靂ともいえるドーリトル中将率いる米軍の長距離爆撃機、B25、一六機が日本近海で空母、ホーネットを飛び立ち来襲した。そして東京、横浜、川崎、横須賀、名古屋、神戸を爆撃して中国の成都へ着陸した。日本軍としては防空の準備もなく迎撃の航空機も出動する間もなく虚を突かれ防空の必要性が確認された。若松の高射砲八〇六一部隊にも緊張が走ったであろうが検閲があるため父は一切これには触れることができないでいる。日本本土における戦闘が現実のものとなる確信を持ったことだろう。いよいよ殺すか殺されるかの戦いが始まる。生きることを考えては戦争はできない。死ぬ運命にあることを前提にしてその瞬間まで自分のベストを尽くそう。つまり子供達への遺言となる葉書き通信をしっかり継続する。日本軍の兵士の戦闘行為を除く市民の日常生活と彼らが育ってきた伝統的日本社会、文化の記録。それに兵士が語る日本の精神文化の象徴とも言える民間伝承を記録し残しておこうと決意を新たにしたと思う。

（空母ホーネットとB25長距離爆撃機設計図　72頁参照）

参考図

24

阿部さんの話　一三　山口弁

阿部さんのうちでは夜ランプを使っているので薄暗い電気でも寝る時についていては困ったので「来だちにはあこうてねられませざった。」（ここに来た初めのころはあかるくて……）と言っていました。

昭和一七年四月二四日　豊春　宛て

郵便局スタンプ「国思う一票　国思う人に」

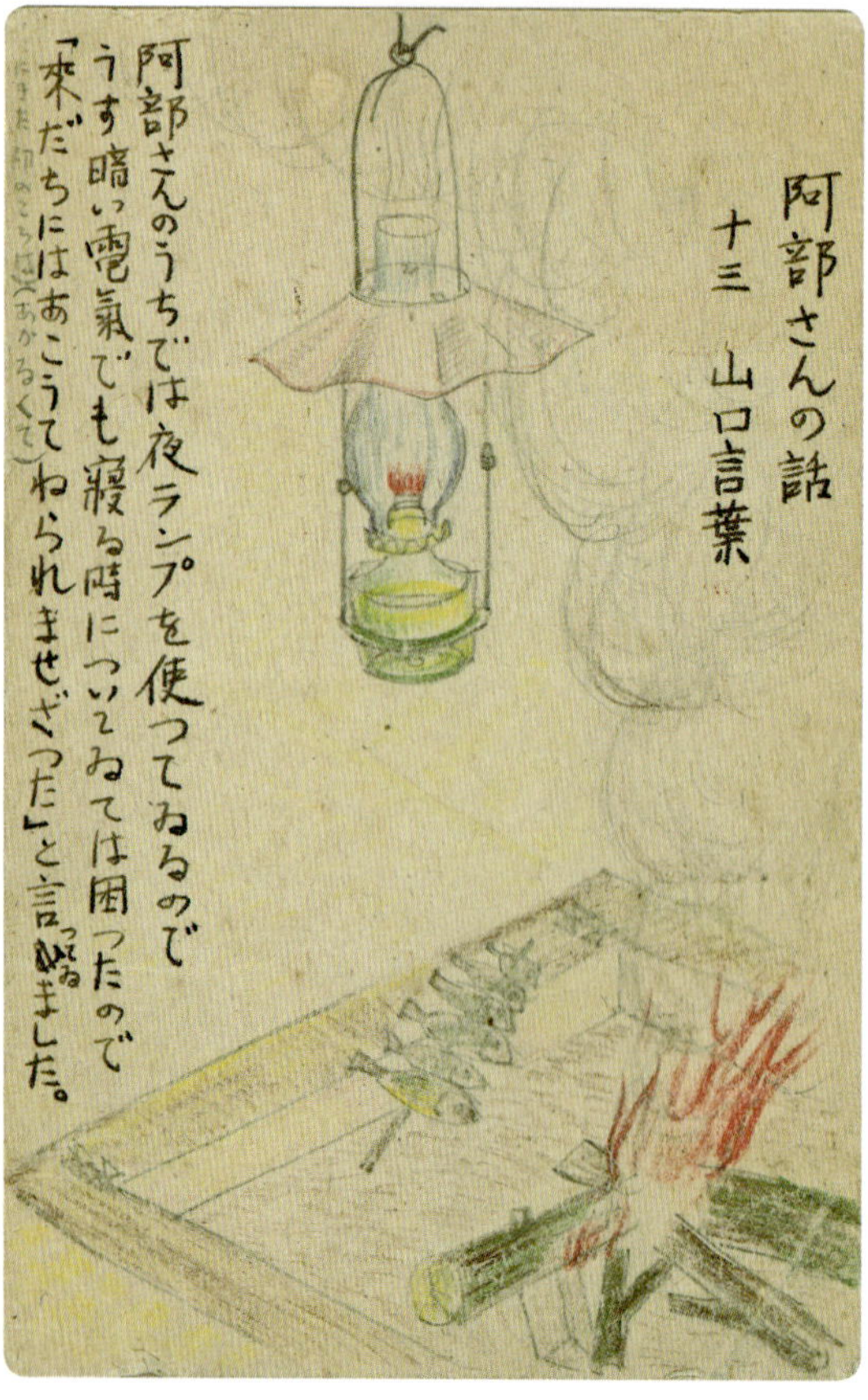

昭和一七年当時、山口県の山間部にある阿部さんの家にはまだ電気が通っていない。石油ランプで生活しており兵舎の暗い電球でも明るすぎて眠りにくかったと言っている。今回もテーマは山口の方言でしっかり記録をしておかねばと書きとめている。方言は未来永劫、大切に維持しなければならないとつくづく思う。明るくては「あこうて」と表現しているし来たばかりは「来だち」と言う。寝られなかったは「寝られませざった」。父としてはこれぞ民俗学の世界だと握る鉛筆に力がこもったことだろう。戦争で国土は破壊されても言葉や精神文化は決して崩れることはない。だから記録しておくのだと言っている。

日付は四月二四日、はがきは書き溜めてまとめて出すほど忙しい毎日である。デッサンを行い色鉛筆で色を付け文字はペンで清書するので時間がかかったと思う。

ドーリトル空襲からもう六日たっており父も新聞でしっかり読んでいる頃である。しかし検閲があるので触れることができないでいる。高射砲の射撃訓練も臨場感を伴った激しいものとなってきたと思う。その反面戦争さえなければ阿部さんはじめ全て兵士たちは穏やかで静かな暮らしを送ることができたのにと思ったに違いない。

ここで若松の高射砲部隊が射撃の訓練をしている高射砲とはどんなものかを調べてみた。当時日本の高射砲は八八式七・五センチ野戦高射砲と呼ばれるものが主力であったようだ。

一口で言うと小型のもので一門一二人で操作し、一個中隊四門で構成され口径七・五センチ、砲身長三・三メートル、自重二・四五トン、弾丸重量六・五キロ、初速七二〇メートル／秒 最大射高九一〇〇メートル、B29に対する主力兵器とある。四門が一斉に発射されるように操作する。

しかし、小型なので敵機が一万メートルで来ると有効性は低い。一方、爆撃機側としてはあまり高度だと命中率が低くなるので夜間、低空で爆撃することが多かった。しかし低空だと日本に少数とは言え残っている戦闘機が攻撃に上昇してくるので米軍は艦載機や基地戦闘機の護衛を伴って低空飛行による正確な爆撃を行なった。

参考図

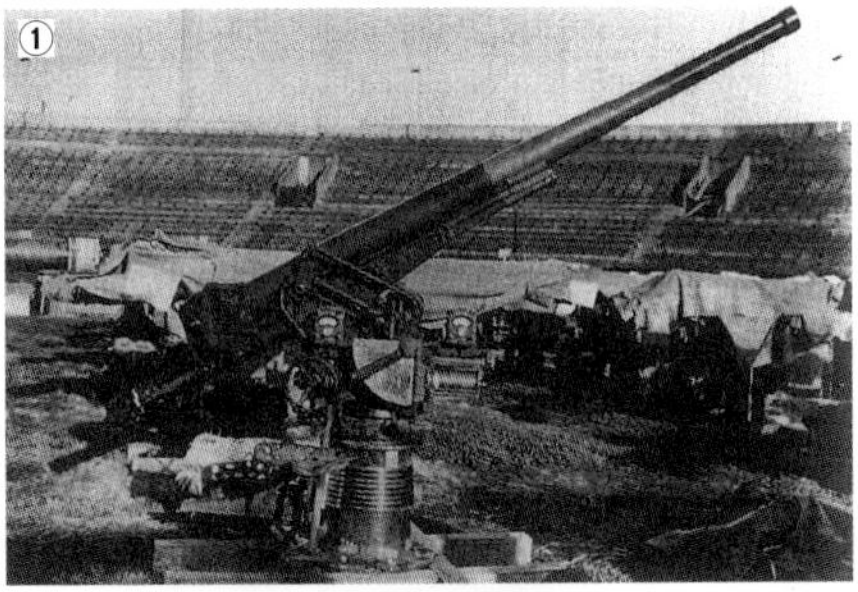

①八八式七・五センチ野戦高射砲
②航空機撃墜用計測器
③三メートル測高機

25 阿部さんの話　一四　山と海

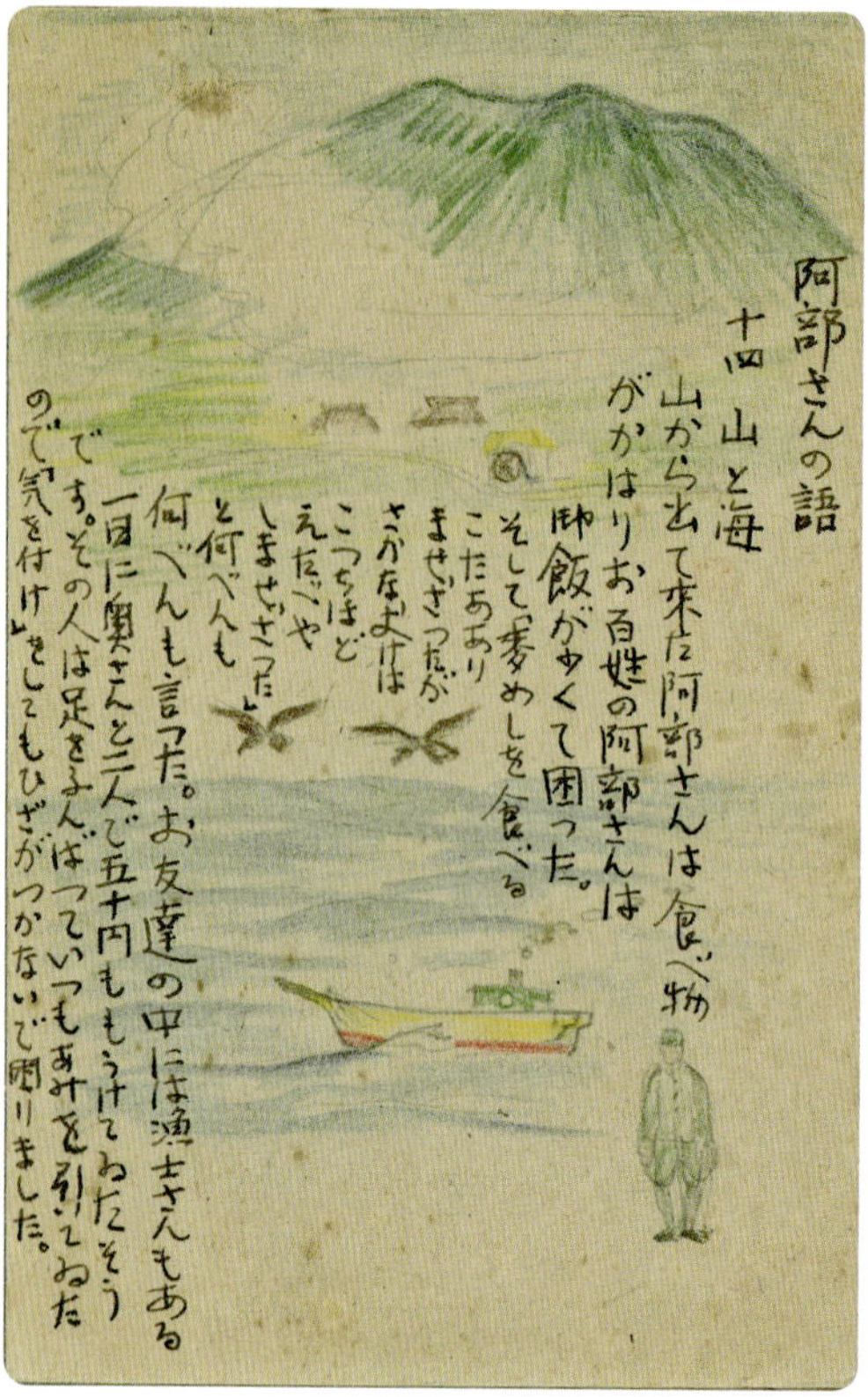

山から出てきた阿部さんは御飯が少なくて困った。そして「麦飯を食べることたあ、ありませざったが魚だけはこっちほどえ食べやしませざった。」と何べんも何べんも言った。お友達の中には漁師さんもある。一日に奥さんと五〇円ももうけていたそうです。その人はいつも足を踏ん張っていつも網を引いていたので「きをつけ」をしても膝がつかないで困りました。

昭和一七年四月二四日　直和　宛て
郵便スタンプ「国思う一票　国思う人に」

阿部さんは山村の出身とはいえお米の収穫は十分あり麦を混ぜる必要はなかったと言っている。しかし新聞の投書欄で読んだところによると供出を義務づけられ自分で作ったお米を自由に食べられなかったと書かれていた。白米を腹いっぱい食べられる生活をしてきた阿部さんには軍隊のご飯は少なく思えている。きょうの方言は「えたべやしませざった」で、たべられませんでした。「え」の使い方に特徴があり注意して記録している。

題名に「山と海」とあるように海で生計を立ててきた兵隊さんもいて農業と異なり大漁のときには奥さんと二人で五〇円も儲けたとある。この驚き具合からすると相当な金額のようで今の金額にするといくらぐらいになるのかと思う。しかし労働は生やさしいものではなく足の形が変形するほどで儲けの代償は厳しいものがある。さて一四回シリーズで阿部さん特集が終わった。汲めども尽きぬ体験に基づく語りは兵舎の暗い裸電球の下、机の周りに集まった隊員たちにとってどんなに慰めになったことだろう。阿部さんの話を聞くことによって命のカウントダウンが始まっている兵士たちは穏やかな眠りにつくことができたであろう。

戦時色に染まってしまった日本であったが子供の歌

でいいものが軍靴の音が高まる中でいくつも生まれたのは驚きである。軍部の暴走で破壊されたものは数知れないが詩人、作詞家、音楽家達は命がけで作品を書き日本固有の文化を守ったのである。そのひとつ。昭和一六年　東宝映画「馬」の主題歌。東北地方、農村生活のひとこまを描いた作品。子供スターの高峰秀子が初めて娘役を主演するということで評判となった。

一、ぬれた仔馬のたてがみを
撫でりゃ両手に朝の露
呼べば答えて
めんこいぞ　オーラ
駆けて行こかよ　丘の道
ハイド　ハイドウ　丘の道

二　藁の上から育ててよ
いまじゃ毛並みも光ってる
お腹こわすな
風邪ひくな　オーラ
元気に高く　ないてみろ
ハイド　ハイドウ　ないてみろ

三　紅い着物より大好きな
仔馬にお話してやろか
遠い戦地で　お仲間が　オーラ
手柄を立てた　お話を
ハイド　ハイドウ　お話を

26 兵隊さんの信号

兵隊さんはエジソンの活動に出てきたモールス信号も手旗信号も使ひます。もしお父さんが家に帰ったらよく教えてあげませう。手旗なんかは一生懸命やれば子供でも二、三日で覚へられる。「ひ」の字を書くには横に「一」を書い

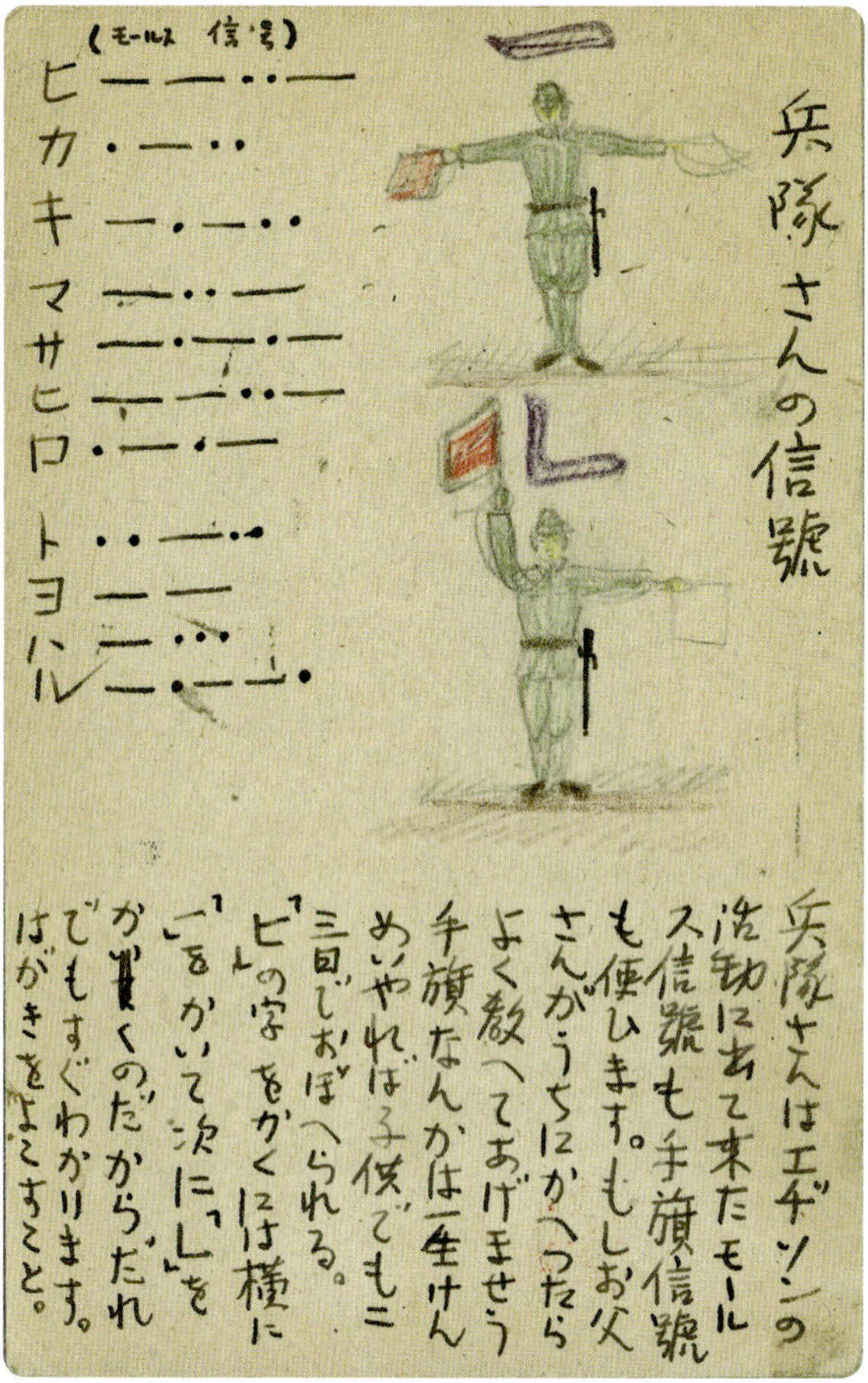

(モールス信号)
兵隊さんの信號
兵隊さんはエヂソンの
活動に出て来たモール
ス信號も手旗信號
も使ひます。もしお父
さんがうちにかへったら
よく教へてあげませう
手旗なんかは一生けん
めいやれば子供でも二
三日でおぼへられる。
「ヒ」の字をかくには横に
「一」をかいて次に「レ」を
かくのだからだれ
でもすぐわかります。
はがきをよこすこと。

て次に「L」を書くのだから誰にでもすぐわかります。葉書きをよこすこと。

昭和一七年三月三〇日　正浩　宛て

郵便局スタンプ「偲べ戦線　求めよ国債」

「エジソンの活動に出てきたモールス信号」とあるが「活動」とは活動写真つまり映画のことでアメリカ映画を戦前に一緒に見たことがあるような書き方をしている。長男にはもっと葉書を書くように催促しているが三〇〇枚以上残された葉書きの中にほんの数枚しか子供の書いたものはない。自分の戦時記録に多少でもかかわるもののみ残しているのかと思う。

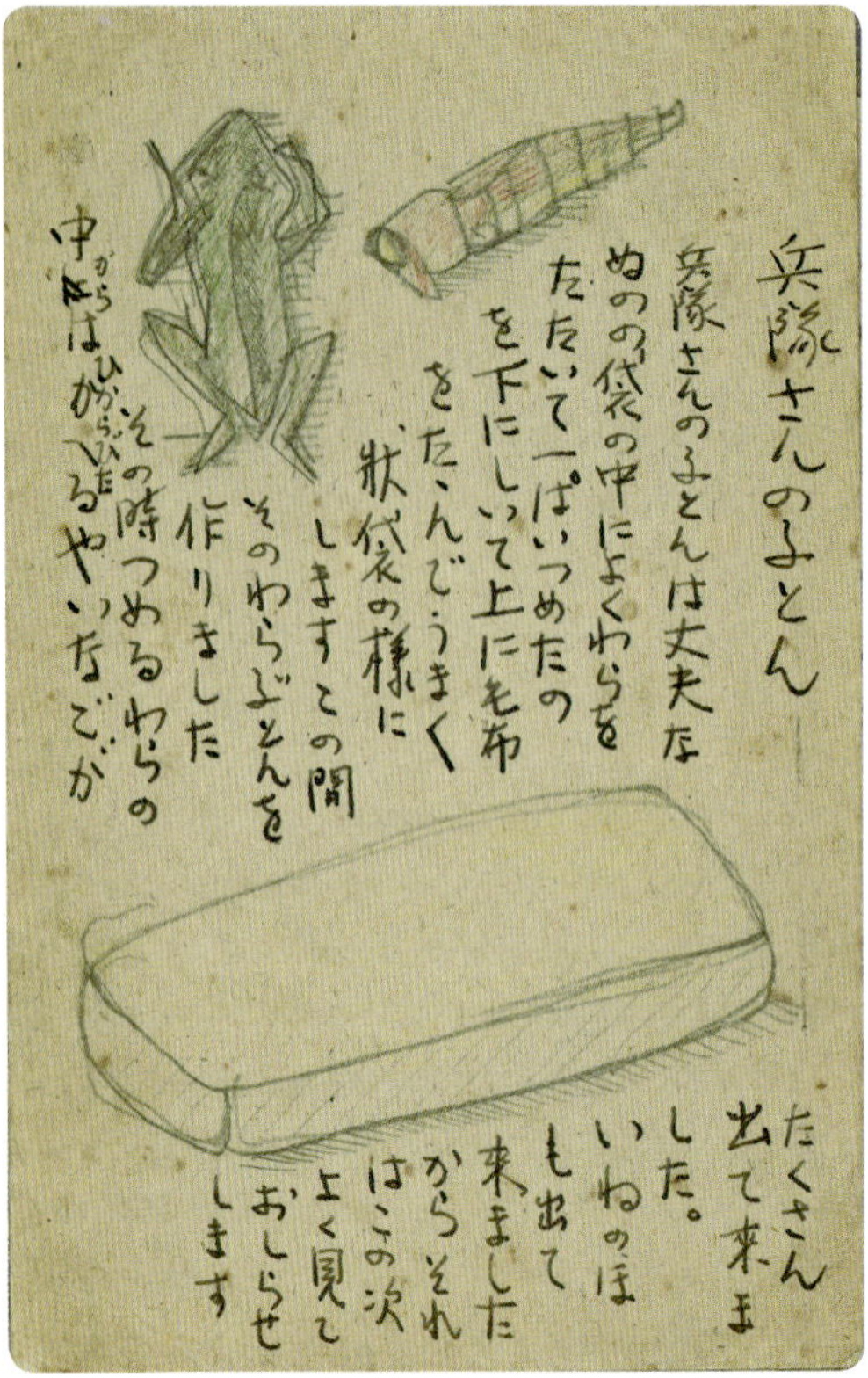
兵隊さんのふとん
兵隊さんのふとんは丈夫な
ぬのの袋の中によくわらを
たたいて一ぱいつめたの
を下にしいて上に毛布
をたたんでうまく
状袋の様に
しますこの間
そのわらぶとんを
作りました
その時つめるわらの
中からはひからびた
かえるやいなごが
たくさん
出て来ま
した。
いねのほ
も出て
来ました
からそれ
はこの次
よく見て
おしらせ
します

27

兵隊さんのふとん

兵隊さんのふとんは丈夫な布の中によくわらをたたいて一杯つめたのを下にしいて上に毛布をたたんでうまく状袋のようにします。この間そのわらぶとんを作りました。その時つめるわらの中からひからびた蛙やいなごがたくさん出てきました。稲の穂もでてきましたからそれはこの次よく見ておしらせします。

昭和一七年三月三〇日　直和　宛て

郵便局スタンプ「偲べ戦線　求めよ国債」

兵舎の生活の一部、寝具の敷布団について四歳になったばかりの三男に説明している。字も大きく書き漢字も使用をなるべく避けているが母が読んで聞かせたことだろう。絵を見ると白いズック地のようで丈夫を第一に考えられたものに見える。隊から敷布団の外側を支給され次に中身は綿でなく稲わらが与えられている。わらも軍隊専門の業者が準備、処理したものだろう。干からびた蛙やいなごが混じっており心をなごませる。乾燥した稲わらの匂いまで感じられるような気がしてくる。今ではたんぼには蛙も蛇もイナゴもほとんど姿を消したが昔のたんぼには更に数百羽の雀、それを一網打尽にするカスミ網が立てられ水中にはミズスマシ、げんごろう、オタマジャクシ、赤腹、たがめなど生き物の宝庫だった。これらがいなくなって「とき」やコウノトリも姿を消した。一七年初頭の出来事を振り返ってみると、戦勝祈願で伊勢神宮の参拝客が激増。東名高速道路計画が発足し東京、神戸間の自動車道路の測量開始。初等科音楽に「野菊」採用される。

一　遠い山から吹いてくる　こ寒い風に　揺れながら
け高く清く　匂う花　きれいな野菊　うす紫よ

二　秋の日差しを浴びて飛ぶ　とんぼを軽く　休ませて
静かに咲いた　野辺の花　やさしい野菊　薄紫よ

石森延男作詞　下総皖一作曲

昭和一七年三月「初等科音楽」

まだ戦争は始まったばかりで戦争とは無関係にいい詩や歌が生まれ後世に残る映画も製作されていた。しかし一方でアメリカの大攻勢が急速に準備され五月の珊瑚海の海戦が鏑矢となりそれがミッドウェー沖の大敗戦、ガダルカナル島とソロモン海海戦の敗北へと連なって行き戦況が一変しだす。負ければ負けるほどいわゆる軍国主義による国家的洗脳が行われ生活の隅々にまで戦時色に染まっていく。ベトナム戦争当時のように戦争反対の市民運動は生まれなかったが父のように面従腹背で戦った人たちが少なからずいたのである。

軍隊生活　バリカンで理髪

28 松毛虫

松毛虫が松の葉をばりばりと皆食べてしまいました。ウマイ　ウマイ　松は困って色々と考えましたが良い考えが浮かびません。すると一寸法師が「松さん、僕の刀の針のように鞘を作ることですよ。」と教えてくれましたので早速そうしました。それからあとは松の葉にさやがあります。

昭和一七年三月三〇日　豊春　宛て

郵便局スタンプ「貯めよう！　勝たう！」

松毛虫の絵が上手に描かれている。これも空で書けるものではあるまい。図書館へ図鑑を見に行ったのだろう。忙しいのに頑張る父である。

本物を見ないと書けるものではない。若いころ東京で暮らした時代に画塾へ通った形跡があるのでデッサンは素人離れしている。針のような毛に被われた毛虫。針と言えば一寸法師の剣と連想している。針のある木と言えば他にどんな木が思い浮かぶか考えた。からたち。

からたちと言えば北原白秋の「カラタチの花」

「…青い　青い針のとげだよ…」という一節が思い浮かぶ白秋は軍靴の音が段々響きだす中でこの曲を書いた。彼も戦時体制に協力を強いられた一人だがこの曲に見られるとおり戦争に賛同してはいなかっただろう。

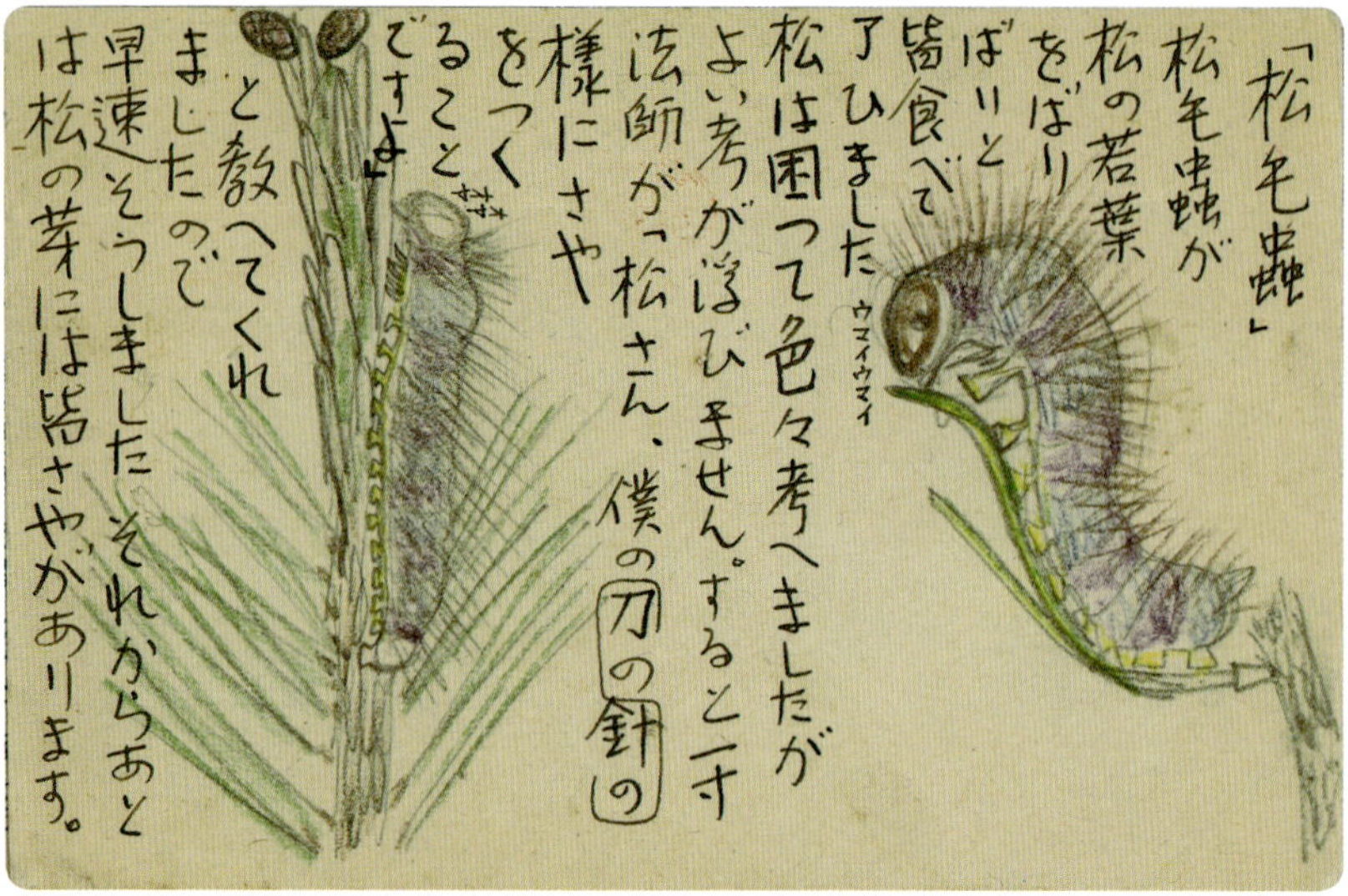
「松毛虫」
松毛虫が
松の若葉
をばり
ばりと
皆食べて
了ひました
ウマイウマイ
松は困って色々考へましたが
よい考が浮びません。すると一寸
法師が「松さん、僕の刀の針の
様にさや
をつく
ることですよ」
と教へてくれ
ましたので
早速そうしました それからあと
は松の芽には皆さやがあります。

からたちの花が咲いたよ
白い白い花が咲いたよ
からたちのとげはいたよ
青い青い針のとげだよ
からたちは畑の垣根よ
いつもいつも通る道だよ
からたちも秋は実るよ
まろいまろい金のたまだよ
からたちのそばで泣いたよ
みんなみんなやさしかったよ
からたちの花が咲いたよ
白い白い花が咲いたよ

日本の詩人の中でも傑出した才能を持ち多くの作品を残してくれた白秋はこの葉書きが発送された日はまだ存命で活躍中である。しかしこの年の一一月二日、五七歳で他界する。

この時代、歌詞にあるような日本らしい優しさが徐々に姿を消し軍歌が幅を利かす時代になっていく。軍隊のみならず憲兵、特高と言う存在もあり市民の自由はなかった。そんな中で白秋はこの詩を書いたのである。白秋も日本の将来を担う子供たちのことを考えて「逆に」はばをきかせる軍歌ではなく詩や歌を愛する心の火を消させまいと命がけで詩を書き綴ったのだと思う。しかし実際はやさしい心を持つ人々が口を封じられ筆を折った時代であった。

入隊して約三か月である。葉書き通信が軌道に乗ってくるにつれ相手がまだ幼い子供なので創作童話を思いつく。職業柄読書が仕事なので児童書にも手を伸ばすことになる。童話の語り口を覚え次々と童話を書き続けることになるが検閲があるので子供を思う親の気持ちを前面に出して許可を得る方策で書いてゆく。

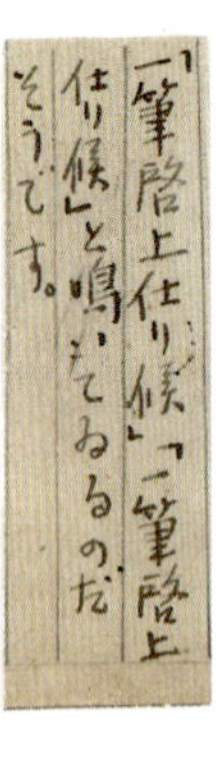
「一筆啓上仕り候」「一筆啓上仕り候」と鳴いてゐるのだそうです。

29 若葉

春ニナリマシタ。若葉達ガ
芽ヲ出シマシタ。シカシマダ
急ニ寒クナッタリ
ケダモノ
ガサハッテ
通ッタリ
スルノデ
芽ガシホレ
タリ折レタリ
シマシタ。ソコデ
草ヤ木ノ芽
ハ皆デ相談シテ
オ互ニ助ケ合フコト
ニシテ二枚ヅヽ一ショ
ニ力ヲ合セテ折レ
タリシナイ様ニシタリ
又小サイ赤ン
坊ノ芽ヲ少シ
大キイ葉ガ
両方カラ守
ッテアゲル
コトニ
キメ
マシ
タ。ソレカラハ
皆元氣ニクラ
シマシタ。

春になりました。若葉たちが芽を出しました。しかしまだ急に寒くなったりけだものが触って通ったりするので芽がしおれたり折れたりしました。そこで草や木の芽は皆で相談してお互いに助け合うことにして二枚づつ一緒に力を合わせて折れたりしないようにしたり又小さい赤ん坊の芽を少し大きい葉が両方から守ってあげることに決めました。それからは皆は元気にくらしました。

昭和一七年四月六日　千代子　直和宛て

郵便スタンプ「四月一日　料金改定」

三男、直和宛てなので年齢を配慮して全て片仮名書きである。読むのは無理と思い妻にだっこしてもらって妻に読んで聞かせるよう頼もうと宛名に妻の名も書いている。

手紙の内容のほうは若葉を主人公にし脇役の動物を登場させ幼い子を童話の世界にいざなっている。家では母親と男兄弟三人なので兄弟仲良く助け合い母親を助けて暮らしていくようにと教えている。

開戦してまだ半年もたっていないのにすでに食料の統制が開始されている。味噌、醤油、油、塩が配給となった。東京市（当時）では蔬菜は家庭でも作れると種を斡旋している。

30 羊歯のおじさん

春になりました。若葉が元気よく伸びだしました。すると困ったことには毛虫のおやじがのそのそと這い出してきてご馳走様とも何とも言わずにごしごし切って食べたいだけたべるので困ってしまひました。そこで皆は羊歯のおじさんにお願いしてかたきうちを頼みました。すると羊歯はばねじかけではねとばしてたちまち退治してくれました。

昭和一七年四月六日　豊春　宛て

郵便局スタンプ「四月一日　料金改定」

創作童話が続く。次男豊春は八歳、理解力はある。主人公は元気いっぱい

春になりました。
若葉が元氣よく伸
びだしましたすると
困ったことには
毛蟲の
おやぢがのそのそ
はい出して來て
ごち
そうさまとも何とも
言はずに
ごしごし
切って食
べたい
だけ
食べるので草や木は
困って了ひました。
そこで緒は
しだの
おぢさん
にお願ひして
かたきうちを頼みましたするとしだは
ばねじかけでたちまち退治してくれました。

の若葉、悪役は毛虫、それに若葉たちの味方、羊歯のおじさん登場。万緑の春、木々が一斉に芽を吹き始め野に山に緑が満ち溢れる季節になった。ところが虫たちも同時に卵から孵化し始める。食べられる方はみずみずしく柔らかな若葉たち。毛虫たちはのこぎりのようによく切れる歯でしごくように若葉を食べる。困った若葉たちが思いついたのは頭にげんこつの様な頭を持っている羊歯のおじさん。おじさんはその丸めたばねを使って毛虫たちをぶっ飛ばして助けてあげる話になっている。

毛虫の童話と言えば日本ではエリック・カールさんの「はらぺこ・あおむし」の絵本が有名である。ほとんどの子供たちが幼い頃、この絵本を見て過ごす。彼の描く若葉をしごいて食べる毛虫のイメージは新鮮でデフォルメされ幼児向けに楽しく印象深く描かれている。父の絵は毛虫の歯はのこぎりのイメージで羊歯のおじさんの頭はげんこつの様で手もついている。葉書きの周囲には虫食いの葉っぱが配置され念を入れて描こうとしている。二人の描き方は個性的でキュービズム的なカールさんと印象派的な父の描き方を比較すると面白い。

日付は四月六日、米海軍、空母ホーネットが急ピッチで日本本土空襲のため準備を急いでいる時である。予想もしない米海軍の回復力であった。参謀本部はこの時期の反撃は予想もしておらず晴天の霹靂であった。北九州、若松の兵舎周辺は春真っ盛りで草花が美しく生い茂り日本に暗雲が立ち込め始める直前の最後の春となるのである。

日中戦争が昭和一二年に始まっているがそのころからすでに日本は戦色に染まり始めており当時の兄たちの写真がありそれを証明しているので参考までに上げておきたい。

この写真の裏書には「昭和十二年

城南荘（馬場頭　三四の通称）兵隊坊ちゃんと言われたころ　正浩六歳豊春四歳」と添え書きが母の手でしてある。二人ともおもちゃの鉄兜をかぶりおもちゃの機関銃をもっている。二人とも緊張して目線は下を向いている。ひょっとして父が戦争中の記録写真として残そうとやらせで写したとも考えられなくもない。記録して残すことが歴史家の使命だという父の真骨頂が見て取れる。母が「兵隊坊ちゃん」と書きとめたところも歴史家の妻だけあると思う。

31

いじめっ子のわらび

春になったので虫たちが皆のこのこと這い出してみるとげんこつを振り上げていばっているものがあります。それはわらびでした。弱いもの虐めをしばらくしているとやがてかにさんも穴の中から出てきてちょきんと根もとから切ってしまいました。すると子供がやってきて「おいしそうなわらびだなあ」と言ってうちへ持って帰って食べてしまひました。

昭和一七年四月八日　豊春　宛て
郵便局スタンプ「四月一日　料金改定」

創作童話四連作の終わりである。子供向けの童話は色鉛筆を駆使して喜ばせようとひと努力してきれいである。コウモリまで黒インクで加えられている。蚊の姿も羽音付きで書かれている。全体に花（スミレ、菜の花）、昆虫（蟻、青筋アゲハ、かなぶん）、かに、こうもりまで描きこんであり字は珍しく青インクを使用。描いた動植物の種類も多く図書館の図鑑を詳しく見て準備の上描い

たようだ。子供向けの話を次々と考え作り出す発想の豊かさに驚く。父が生きていることを自ら実感しているように感じる文章である。

32　若戸フェリー

ただかずくんげんきですか。おとうさんはこんどはじどうしゃをはこぶふねにのりました。ここのおふねはみなあたまもしっぽもないからおかしいですよ。ふつうのおうちのようなものが　にかいにあってそこで　かじをとる　おぼれるひとをたすける　ぶいがまどのしたにかけてあるからよくみてごらんなさい。

昭和一七年四月七日　直和　宛て

郵便局スタンプ　なし

北九州にはフェリーが二か所あり若松、戸畑間と下関、門司間である。こちらのフェリーの方が小型なので若戸間のものであろう。

33　演芸大会　ハモニカ

昭和一七年（スタンプ不鮮明）三〇日　豊春　宛て

郵便局スタンプ「偲べ戦線　求めよ国債」葉書きに文章無し

演芸会で隊員二人がハモニカを演奏しているところ。茶色

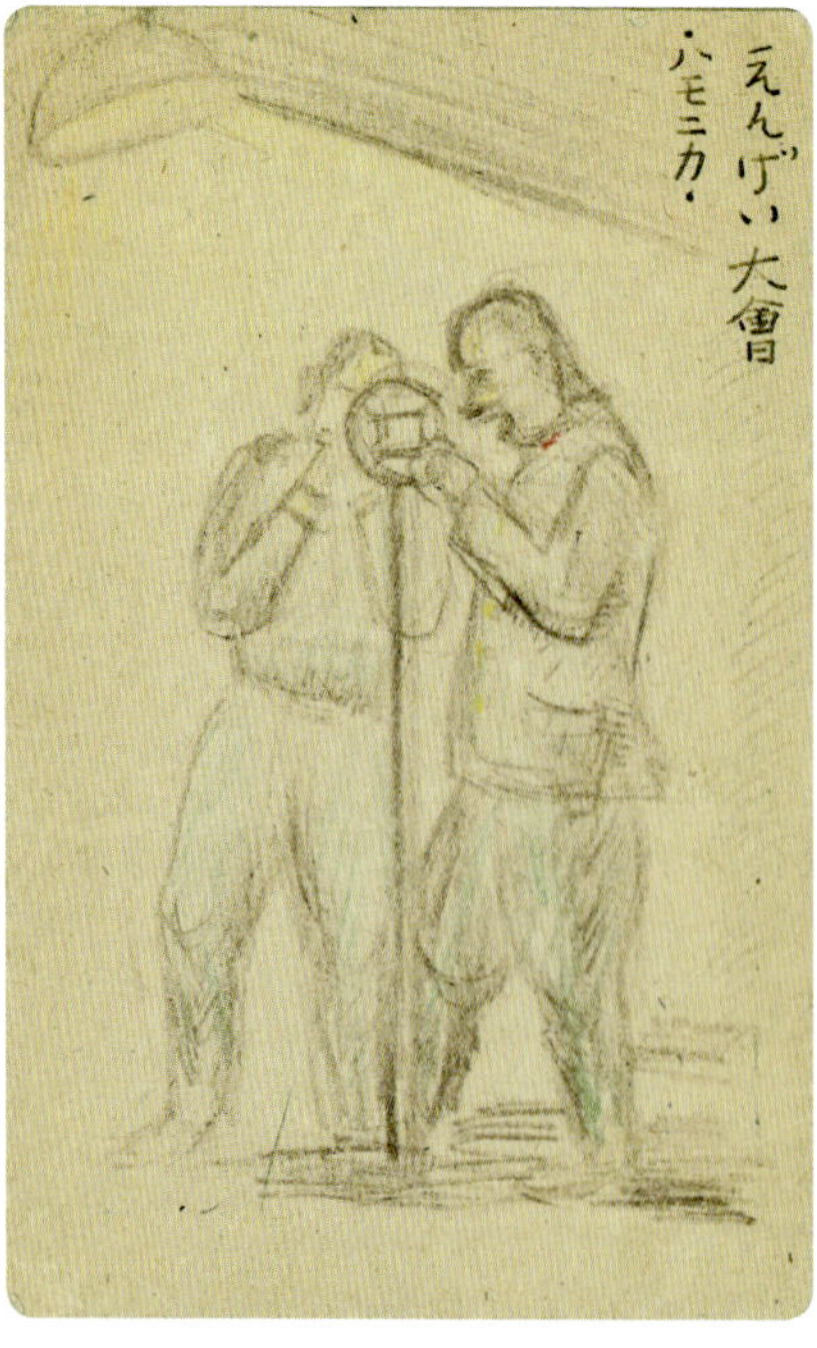

太田さんは
月に一度づつ
若松に帰
られる由
同情に
堪へず。

の色鉛筆を使いセピア色でまとめている。中央のマイクがレトロで時代を感じさせる。隊の懇親会が料亭あたりで催されたと想像する。二人で演奏しているので二重奏をしているのかもしれない。隊の中には様々な職種のプロが集まり色々な芸ができる人が集まっているので多種多様な芸が披露されくつろぐことができたろう。この本の表紙の写真にもあるように演劇の脚本を書く人もいれば演じる人もいて軍隊という所は色んな才能を持つ人の集合体だったことがわかる。

海外における日本軍兵士の精神安定は死と隣り合わせの生活が背景にあり並大抵ではなかったことが最近次第に明らかになってきている。内地にいればこの葉書きにあるような緊張緩和の機会があったろう。しかし四四年一一月八日の記録によればニューギニアで孤立し救出される見込みもなく餓死寸前の状態で殺し合いまで発展するケースが起きるようになり「演芸部隊」が設けられ気持ちをなごませたとある。

34 人形浄瑠璃　子別れの段

筑紫稚松子別の段　恋の逢瀬は越されもしょうが月に一度の親子の逢瀬、せくな香原の大明神、本地垂迹ありがたや。親子の縁が一世とはそりゃあんまりな。お月様さえ月に二度。月にむら雲、花に風、九（度？）切っても切れぬぞえ。（折？）から聞こえる鐘の音、てておやはっと立ち上がる。ととさん待ってと手をのべてすがるたもとのしがらみは文殊菩薩の大象もむすびてとけぬ（？）きてきのおともうらめしや。ビンビンビンピピピピピピピピ　（本地垂迹）インドの仏が衆生を済度（さいど）するために神となって我が国に現れると言う考え。

発送せず　検閲なし　帰省時　持ち帰り

検閲を避け帰省の許可の出た日に手持ちで福岡の自宅へ持ち帰り先着の葉書きにつけ加えている。いつ持ち帰ったのかわからない。

戦争中の軍隊というところは仕事が死と直結しているので日常生活のなかで緊張している時間が長くストレス

がかなり高い。精神的にバランスを保つことが容易でないのはよくわかる。隊員の気分転換、娯楽はとくに重要で若松の高射砲部隊の場合、部隊単位でよくリクレーションや演芸会をやっていたようである。その時の写真もあるし父の葉書きにも何度か描かれている。残された写真によると旅館や料亭で多少羽目を外して宴会が催されたようだ。

さてこの人形浄瑠璃である。隊内で企画された演芸会であるがかなり気合を入れ、よほど本気でやらないとできないだしものである。歌い手、人形師、三味線、太鼓？　など素人ではとてもできない芸である。香春《かわら》の大明神とあるので隊員の中に香春神社のある筑豊地方出身の人形浄瑠璃の経験者が少数いたのだろう。とにかく実演にこぎつけている。すごい！　戦争中にである。調べてみると当時日本中に同好の士がいて浄瑠璃は民間で人気だったようだ。日本文化のレベルの高さ！　昼は高射砲の訓練で汗みどろになった兵隊さんが夜寝る前に経験を積んだ隊員に指導されて上演迄こぎつけたのだ。

しかし戦時中である。一七年四月段階では南アジア、南太平洋では戦争の準備が整っていない米英蘭を相手に予想以上の勝ち戦さが続いている時期である。検閲の段階で多分この葉書きは検閲をパス出来ずに差し戻されたか父が出す前に判断して手で持ち帰ったかのどちらかだろう。内容が芸事なので外聞を気にして出すのを控える結果となったのかと思う。父は隊長と葉書きを出すか出さぬか真剣勝負をしている。それがうかがえる貴重な一枚である。

人形浄瑠璃とはどのようなものか説明すると明治の中ごろからは「文楽」とも言われ始めた。文楽は「泣きの芸能」と呼ばれるくらい観客をよく泣かす。とりわけ「子別れ物」は顕著で若松の高射砲部隊がやった「恋女房染分手綱」通称「重の井」は有名である。馬方となった三吉が涙ながらに唄う鈴鹿馬子唄は最後の駄目押しといったところだろう。「坂は照る照る、土山間（あい）の、間の山土、雨が降る、降る雨よりも親子の涙、中に時雨るる雨宿り…」の名文句が有名である。

主として琵琶や扇拍子を用いて広く民衆の間ではやった音曲で「浄瑠璃姫物語」が好評となり浄瑠璃と称せられるようになった。江戸時代末期から明治時代にかけて岡山、広島、島根、山口の各県にも淡路の旅芸人の影響を受けて育った人形座は数多く点在していた。

大正時代になると映画が地方興行をするようになり、この頃から人形芝居は廃れ始めそれぞれが廃業を余儀なくされた。戦後になると映画やテレビの普及と農村の過疎化でほとんど観られなくなった。大正一一年に出版された川端康成の「伊豆の踊子」の中の一節に「物乞い、旅芸人村に入るべからず」と言う文句が出ているように人形浄瑠璃は庶民の芸術からしめだされていった。

平成一五年には世界遺産に指定されている。元々人形浄瑠璃は宇佐（大分県宇佐市）の八幡信仰と西宮（兵庫県西宮の恵比寿信仰とが融合し瀬戸内海地方で成立した複合舞台芸術である。

葉書きの人形浄瑠璃に話を戻そう。

葉書きには「筑紫稚松子別れ段」とまず題名を書き葉書きの文中には「香春の大明神」とある。「香春《かわら》」の名は珍しいが福岡県の人たちには多少知られた名である。つまり筑豊地方の田川市にある香春神社のことである。人形遣いのイラストと「子別れの段」がヒントになって歌舞伎か浄瑠璃の世界に関連がありそうだと考えた。

筑豊地方の中心は飯塚市なので市立図書館へ出向き調査を開始した。司書の方が次々と香春神社や浄瑠璃関係の本を探してくださる。「子別れ」で探していると案の定出てきた。人形浄瑠璃の演題に「恋女房染分手綱」というのがあり、通称「重の井」。元作は近松門左衛門である。浄瑠璃にはいろいろなテーマがありこれは「子別れ」というジャンルで中でも圧倒的に人気があり、涙を誘う出し物で母親の重の井は故あって馬方となった我が子と再会するが涙ながらに認めることをせずわが身の不運を嘆き突き放す。そんな筋書きであるのによく隊員のみで演じたものと感心させられる。

当時は歌舞伎より人形浄瑠璃、文楽のほうが人気があり地方には同好の士が集まってよく上演したそうで、そういう地盤もしっかりあって兵舎の演芸会でもやれる文化的土壌があったことがわかる。今日、携帯やテレビのみならずインターネットが日本古来の文化を破壊する結果を招いていることが悔やまれる。父は日本文化の奥深さを誇りに思い、文化のみならず人命を奪う戦争の無意味さを書き残そうと思ってこの葉書きを書いたのだろう。

最後に通常は鉛筆で下書きをしてその上から黒インクをつけてペンで清書するのだが作成途中の鉛筆書きのままになっていることはこの内容では検閲を通るのは無理と考え手持ちで自宅の葉書きに加えようと結論を出したのだろう。

第一次大戦のあとドイツ軍の捕虜たちが徳島県鳴門市にあった捕虜収容所でベートーベンの第九を日本で初めて演奏している。それと比べ規模的には少人数ではあるが北九州若松で死を間近にした兵士たちが演じた人形浄瑠璃の話は語り継ぎたいものだ。死ぬ運命にある兵士たちが冥途の土産に演じたのだ。

35 小包破損

御送りの小包正に落手致しました。但し肩の所が破けて箱の中味は半分か五分の三位になっていたからお菓子は余り送ってもらはないことにしようかと思った程です。ちり紙はもう必要ならず。兵隊さんになるとおかしなものでピースはビールの相手に皆で喜んでたべた。箱の中に入っていたもののほかは大丈夫。（ねずみではなさそうです）肩の所に郵便

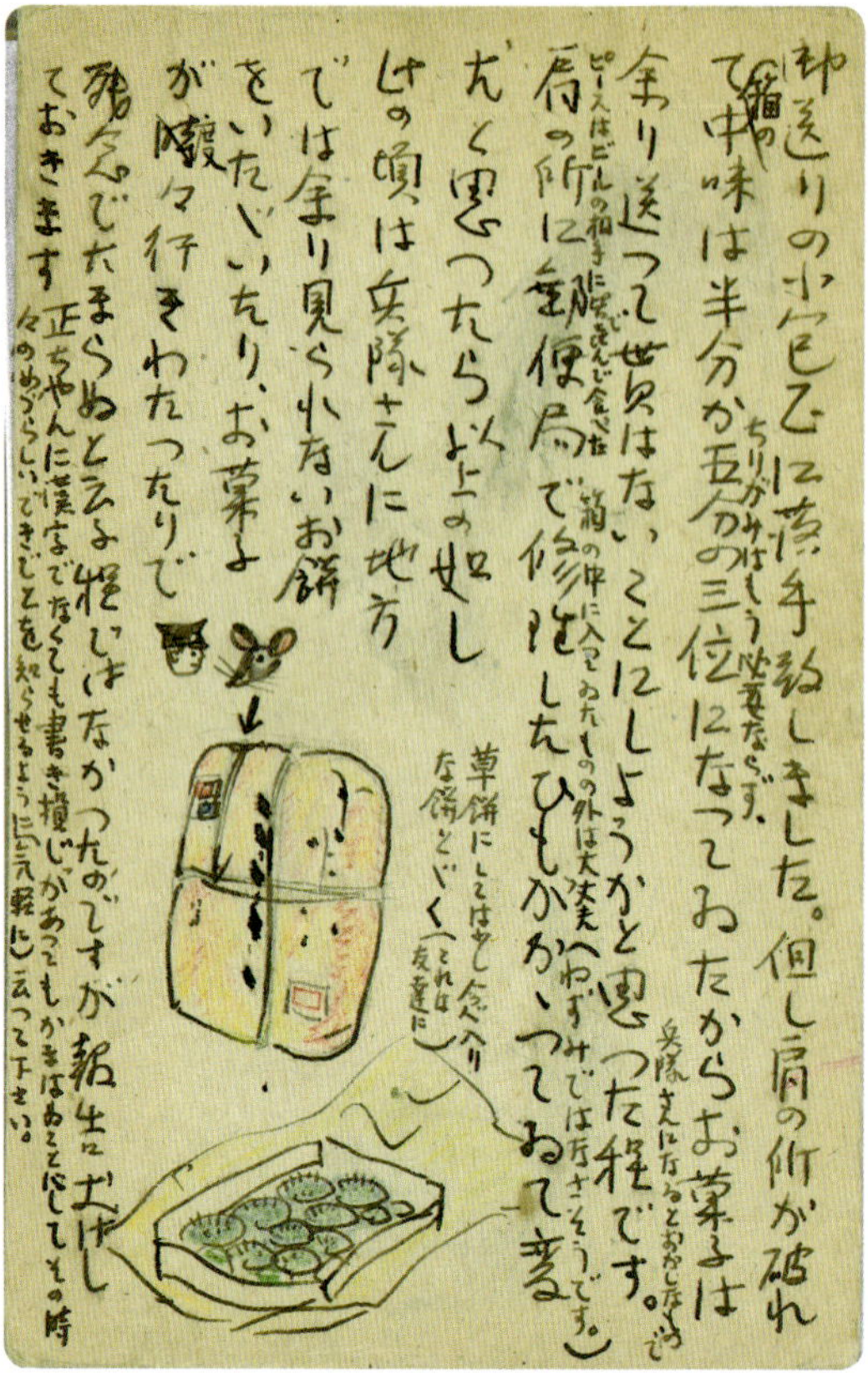

局で修理をしたひもがかかっていて変だと思ったら以上のごとし。この頃は兵隊さんに地方では余り見られない御餅をいただいたりお菓子が度々行きわたったりで残念でたまらぬという程ではなかったのですが報告だけはしておきます。正ちゃんには漢字でなくても書き損じがあっても構わぬことにしてその時々の珍しい出来事を知らせるように（気軽に）言ってください。（添え書き）草餅にしては少し念入りな餅届く（これは友達に）

昭和一七年四月一三日　千代子　宛て

郵便局スタンプ「国思う一票　国思う人に」

珍しく妻、千代子宛ての手紙である。送ってもらった慰問の品が破損して着いたので小包を送付する際は乱暴な取扱いによる事故のみならず物資不足の時節でもあり中味の抜き取りも考えられるので包装には注意するよう連絡している。ねずみと配達夫の漫画が描かれておりどちらが盗んで食べたのかと考えたことを示している。この一枚は戦時中の日本のありのままの姿を記録しておこうと日常生活の一こまを意図的に取り上げたものと思われる。一七年四月、開戦後まだ半年もたってないのに物資が不足し始めており普通に考えてこれではもう戦争遂行は無理と思われるレベルにきている。腹がへっては戦はできぬと言う言葉通りである。国内においては慰問袋や各家庭からの贈り物が手に入るが海外に派兵された兵士たちは心を和ませる機会もなかったであろう。

次の写真であるが昭和一三年に写したものである。若死にした父の父親が形見に残したものと思われるドイツ製の蛇腹のカメラが家にあったおかげで昔を偲ぶことができる写真が多少のこっているその一枚である。母親はシャッターを押す父に対して笑顔を向けている。子供たちの身なりがちゃんとしているのでここで使ってみた。母は江戸は神田の生まれ

で中々福岡、博多の文化になじまなかった人だった。子供にも東京風のものを着せたがった。男の子たちには全員半ズボンを冬でもはかせようとした。東京の子供は長ズボンなんかはかないよとびしっと言われたのは忘れられない。ズボンの問題はないとして上着について説明したい。母は子供によそいきの服を着せて東京の親類たちへ子供の成長を写真にとって見せようと思ったのだろう。長男は長袖のきちんとした服装をさせている。次に次男の上着についてであるがタンスの奥に昔からしゃれた子供服がしまってあった。聞いてみると母は福岡、天神の岩田屋製のオーダーメイドだと言ったので驚いた。そんなに立派な物ならと言うことで私の妻はアイロンをかけ直して私の息子が幼稚園の式典のときに着せたことがある。女性の振袖みたいに三〇年タンスに入っていた物を着せたことになる。抱っこされた三男がかぶっている帽子は鴎の水兵さんのかぶっている水兵帽である。私が幼いころ西鉄電車に乗って窓から顔を出した時風で飛ばされなくしたのが忘れられない。

36 振り子を止める

ランプの揺れるのを見て時計を発明したのはだれだったか知ってますか。振り子は大層役に立つが振り子を止めなくては困る時もある。この間水を桶に汲んで歩いていたらブランブランしてとても進めなかった。すると兵隊さんは、無理をするなと言ってくださった。お百姓のおばさんは後ろの綱をもちなさいと教えてくれたのでそのとおりにしたらそれからはうまく歩くことができました。

昭和一七年四月一五日

豊春　宛て　郵便局スタンプ　なし

敷地内の池の水を風呂用に汲んで運んでいる。一人でより小さな桶を二つ運んだり二人で大きなおけを天秤棒を通して運んだりしている。一旦揺れだすと水はこぼれ歩くのも難しくなる。あらゆる業種の専門家が集まっている軍隊ではどんな問題でも誰かが解決してくれる。その反面家庭からはその専門家が兵隊にとられいなくなるのだから奥さんは大変だ。子供を抱え親を助け一人で全てをこなさねばならない。

37

ほう白

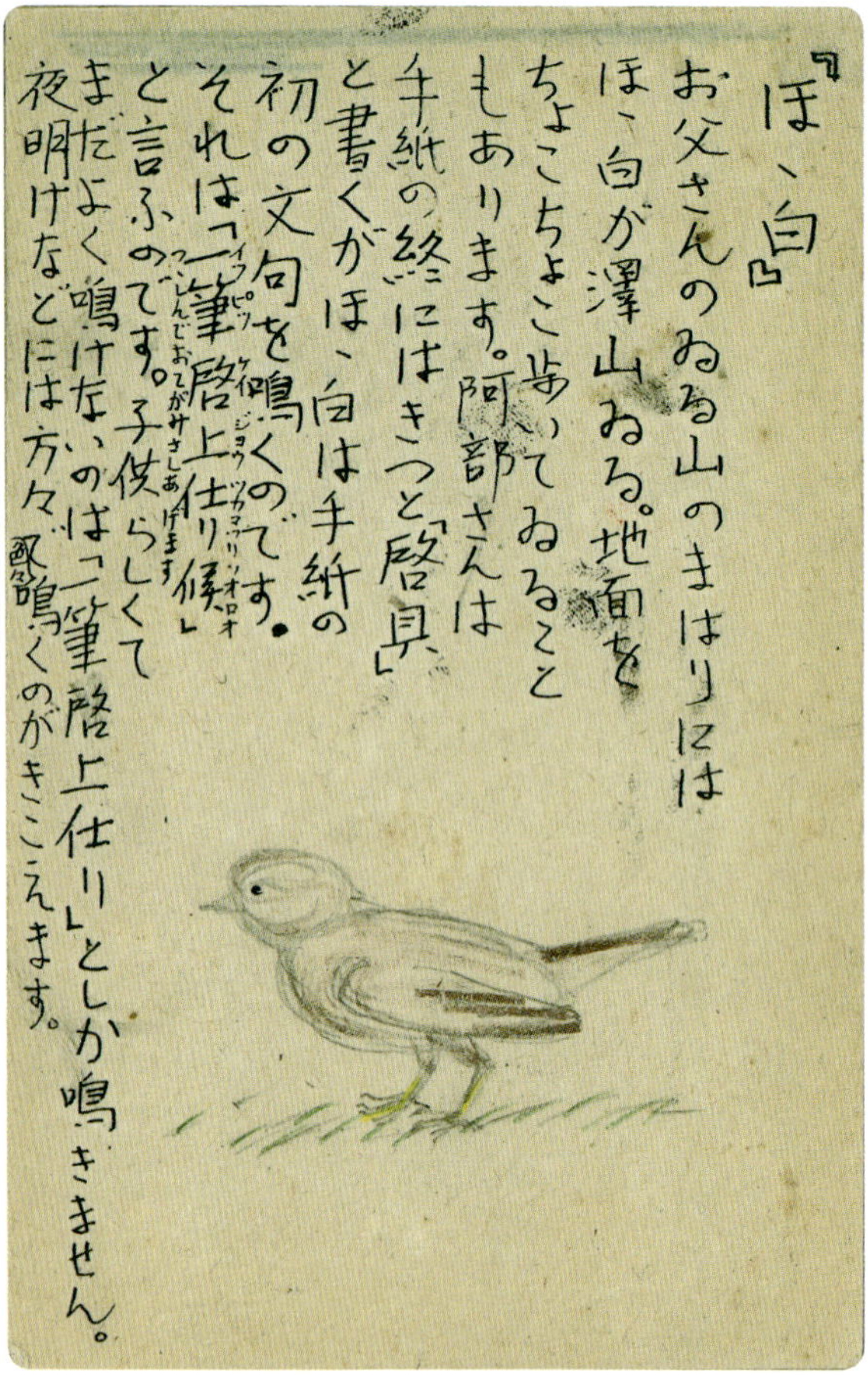

『ほゝ白』
お父さんのゐる山のまはりには
ほゝ白が澤山ゐる。地面を
ちょこちょこ歩いてゐること
もあります。阿部さんは
手紙の終にはきっと「啓具」
と書くがほゝ白は手紙の
初の文句を鳴くのです。
それは「一筆啓上仕り候」
と言ふのです。子供らしくて
まだよく鳴けないのは「一筆啓上仕り」としか鳴きません。
夜明けなどには方々で鳴くのがきこえます。

お父さんのいる山のまわりはほう白がたくさんいる。地面をちょこちょこ歩いていることもあります。阿部さんは手紙の終わりにはきっと「敬具」と書くが、ほう白は手紙のはじめの文句を鳴くのです。それは「一筆啓上仕り候」と言ふのです。子供らしくてまだよく鳴けないのは「一筆啓上仕り」としか鳴きません。夜明けなどには方々で色々鳴くのが聞こえます。

昭和一七年四月一五日　正浩　宛て

郵便局スタンプ　なし

八幡製鉄所の裏にある低い山のうえに高射砲が数台据え付けられておりその下に兵舎があった。陣地構築のためにある程度、人の手が入れられたが自然環境はほとんど残っている。小鳥がたくさんいるが特にほう白の鳴き声が良く響く。字が不自由で奥様が代筆をする阿部さんのお宅では手紙の終わりに「敬具」とのみ書いておしまいにするのだろうと父は推測している。しかしほう白の鳴き声は昔から「一筆啓上仕り候」と鳴くと伝えられてきた。「てっぺんかけたか」と鳴くほととぎすもいるし、

「ぶっぽうそう」と鳴く仏法僧という鳥もいる。ほう白の子供はうぐいすと同様きちんと鳴けないので「一筆啓上仕り」で終わる。

さてほう白を次々と登場させる父であるが少年時代目白を飼っていたと語ったことがある。戦後は研究に没頭しほとんど見向きもしなかったが母親の方が動物好きで色んな動物を飼った。犬は柴犬、ポインター、ラブラドル・レトリーバー、小鳥は目白、鶯、しめ、インコ、十姉妹、にわとり、あひるまで飼った。それぞれが忘れられない思い出となっているが数羽飼った目白のうちの一羽はさえずりが近所でも評判になるほどだった。そんな生活のなか、父にほう白が「一筆啓上つかまつり候」と鳴くことを教えてもらい感心した思い出となっている。

ほう白の鳴き声と共に起き朝の体操をして食事。それから射撃訓練と日常生活が始まる。訓練は自分の生死がかかっている。なぜ戦争をしなければならないのか毎日のように考えたであろう。虫も鳥も戦争が行われていることなど全く知らない。その日その日を全力で生きるだけである。父は今回の戦争を歴史家としてとらえようとしただろう。戦争は太古の昔から止むことなく行われてきた。自分が心から望むことはギリシャのヘロドトス、ツキジデスのように「歴史」を記録すること。しかし日本は今回の戦争を歴史の観点からとらえようとしていない。日中戦争はなぜ始めたか分からないと言われるような状況で開始されたと言われている。太平洋戦争も短期間で戦果を挙げ交渉に持ち込んで利権を獲得するのを狙って始めた。しかし喧嘩だってどっちかが負けるまでは終わらない。喧嘩は打撲傷ですむが戦争は相手が死ぬまでは終わらない。途中で都合の良い時にやめることは出来ないはなしである。海軍の意見の中にしばしば一、二年なら持つが早めに決着をつけてなど言う言葉が見られるがプロの軍人の判断とは思えない。しかし、実際に太平洋戦争は始まっている。自分としては歴史を記録し後世に判断を委ねる仕事をするのが任務と考えるが現実は高射砲部隊の兵卒として召集された。避けて通れない運命である。だから死を前提に観念して今日を生きている。人はちょっとした考えの違いだけでけんかをする。国家同士のけんかが戦争で聖書に出てくるカインの末裔だから避けて通れないことなのだ。父は死ぬことは受け入れるが生き方としては平和主義者としての人生を生きてその証拠を残してやると決心した。その証拠がこれら一六〇枚余の葉書きである。

図「のらくろ」漫画。田河水泡作。大日本雄弁会講談社。戦時中子供に人気だった長編漫画の主人公。

38 長男より父へ

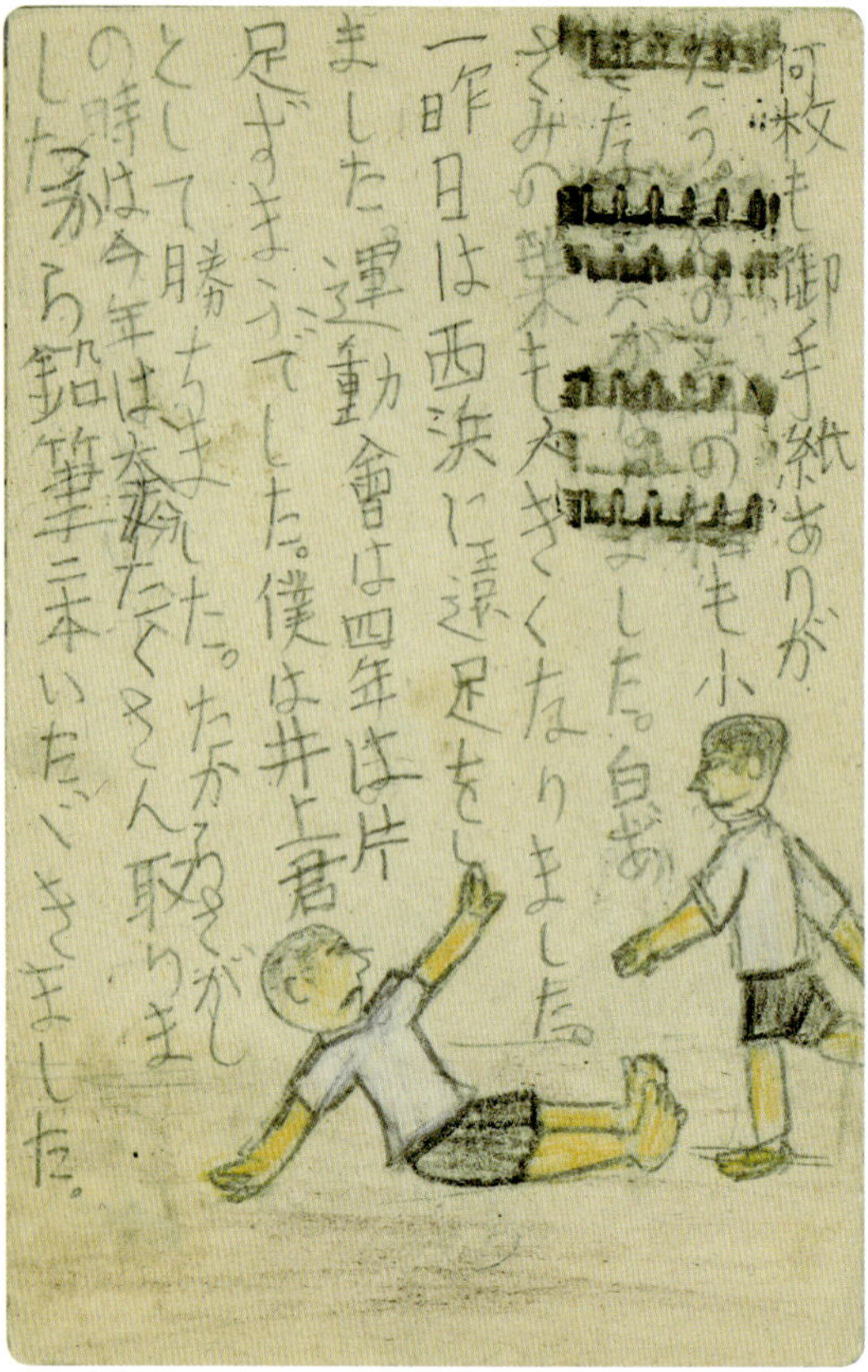
何枚も御手紙ありが[redacted]も小
[redacted]ました。白あ
[redacted]も大きくなりました
一昨日は西浜に遠足をしました。運動會は四年は片足ずもうでした。僕は井上君として勝ちました。たからさがしの時は今年は大分たくさん取りましたから鉛筆二本いただきました。

何枚もお手紙ありがとう。家の前の梅の木も小さな実がなりました。白あざみの葉も大きくなりました。一昨日は西浜に遠足をしました。運動会は四年は片足相撲でした。僕は井上君として勝ちました。宝探しの時は今年は大分沢山取りましたから鉛筆二本いただきました。

昭和一七年四月二一日

長男　正浩より　父へ

郵便局スタンプ「国思う一票　国思う人に」

長男正浩は当時、福岡女子師範学校付属小学校の四年生、父の影響か梅の木や白アザミなど植物に対する理解、関心を持ち始めている。福岡の西浜への遠足を報告しているが戦争は徐々に市民生活に影響を及ぼし始めているものの国内は平穏で学校では運動会が行われている。しかし三日前の一八日には米軍の空母、ホーネットより一六機の双発長距離爆撃機、ノースアメリカンB25による初空襲を受けており八幡は免れたものの高射砲陣地にはかなりの緊張が走ったことだろう。（B25図面　72頁参照）

39 デッドボール（九州大学ラグビー部OB　登場）

この間デッドボールをやった時、一人の大きな若い兵隊さんが投げつけたボールを必ず受けて止めてどうしても死なかった。何べんも何べんもチョンと受け止めてしまふのです。後で聞いてみるとその兵隊さんは九大のラグビーの選手さんでした。体が丈夫でいつもにこにこしていて気持の良いお友達です。

昭和一七年四月二四日　直和　宛て

郵便局スタンプ「国思う一票　国思う人に」

前回の葉書きで触れたが約一週間前ノースアメ

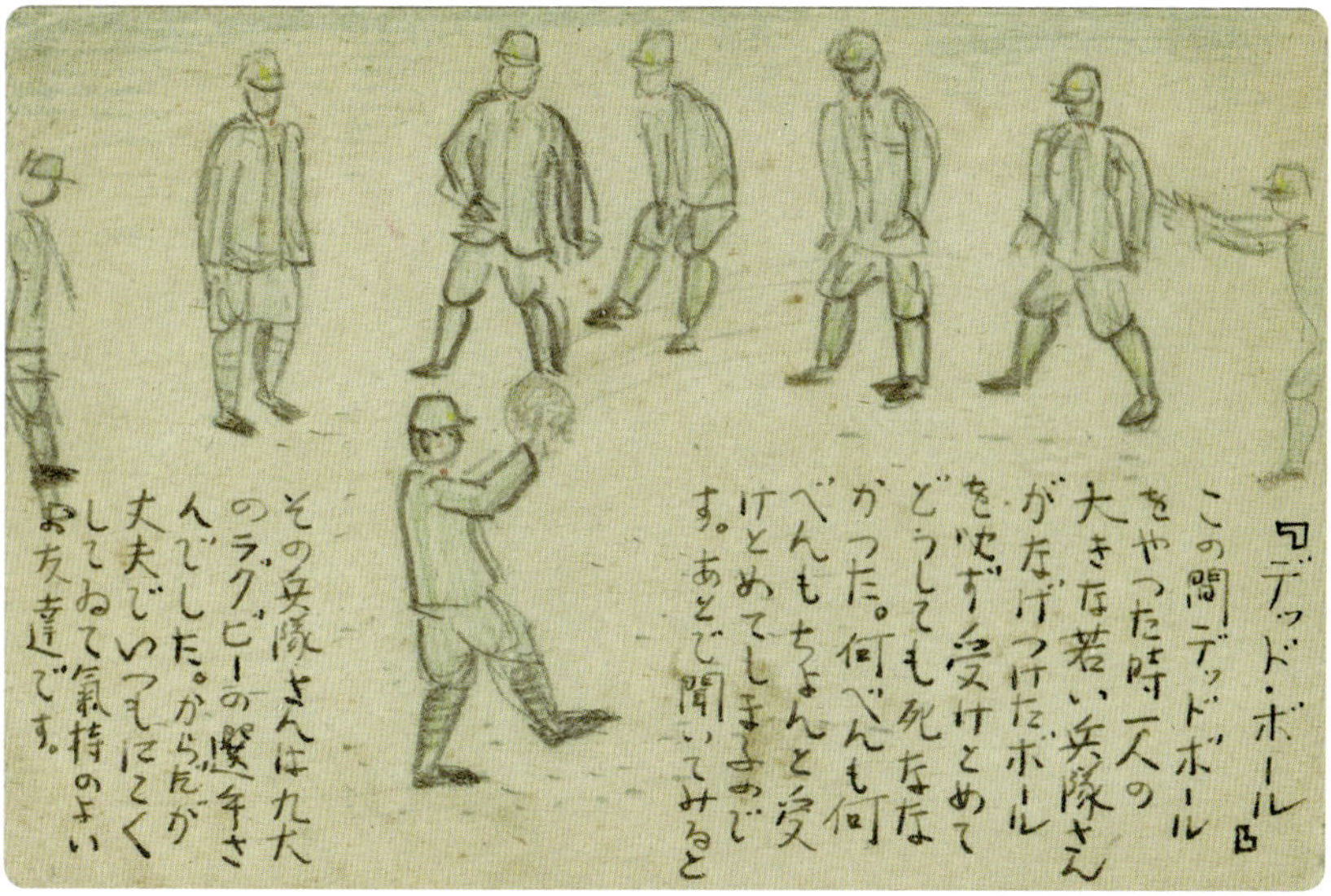
「デッド・ボール」
この間デッドボール
をやった時一人の
大きな若い兵隊さん
がなげつけたボール
を必ず受けとめて
どうしても死なな
かった。何べんも何
べんもちょんと受
けとめてしまふので
す。あとで聞いてみると
その兵隊さんは九大
のラグビーの選手さ
んでした。からだが
大夫でいつもにこ〳〵
してゐて氣持のよい
お友達です。

カン製B25、双発長距離爆撃機一六機が日本に飛来、本土初空襲をしたばかりである。予想もせぬ急な反撃で軍部としては表面上はかすり傷程度と新聞には書かせるものの動揺は隠せなかった。しかし高射砲部隊では予定どうりリクレーションのデッドボールを行っている。こういう状況であればこその気晴らし、デッドボールだと頭の柔らかい長野隊長の粋な計らいかもしれない。父に幼い子供向けの一六〇余枚の遺言代わりのはがきとほぼ同数の日本の民間伝承の記録を許可した長野隊長に感謝。

40 大風と蜂の子

今日は大風でした。地面を見ると小さい色々な虫の子が泣きそうな顔をして葉っぱにしがみついていました。蜂太郎はお母さんが今日は外で遊んではいけませんよ。外は大風でふきとばされてしまひますよとおっしゃったのに外に遊びに出ました。初めのうちは風に乗って飛行機だ、飛行機だと言って大得意でいましたがしまひには吹き飛ばされて木の葉にやっとしがみつきました。しかし間もなく地面に吹き落されて今度は土のかたまりにとりつきました。だがつちくれも吹き飛ばされてころがり出し始めまた。（つづき）もううちにもかへれなくなるかと泣いているとわらびの子供が土のとばないようにおさへてくれました。それからは言ふことを聞く良い子になりました。

昭和一七年四月二四日

直和　四歳　宛

郵便スタンプ「国思う一票国思う人に」

反戦を心の奥底に秘め、子供あてに絵入りの葉書きを遺言の思いを込めて執筆する父である。自然の美しさに目を向けるよう教えるだけでなく創作童話の形をとって自然の息吹を感じさせ子供の感性に働きかけるように工夫している。ところで葉書きの日付は四月二四日である。ほんの六日前に米軍、ドーリトル大佐の率いるB25、長距離爆撃機、一六機が日本に初空襲を行ったばかりである。米軍の日本に対する最初の反撃であり米国民はその快挙に沸き立ったという。空母ホーネットで日本近海まで接近し東京、川崎、四日市、神戸を爆撃して中国、成都へ着陸するという作戦であった。あまりにも早い反撃だったので太平洋上で発見され連絡を得ていたものの日本側は全く準備ができておらず対応できないありさまであった。九州は目標になっていなかったため北九州の高射砲部隊は難を逃れたがいよいよその時がきたと覚悟をきめたことだろう。北九州（八幡製鉄所）の初めての空襲は中国、成都からのB29、四七機によるものでこの二年あとの昭和一九年六月一六日であった。

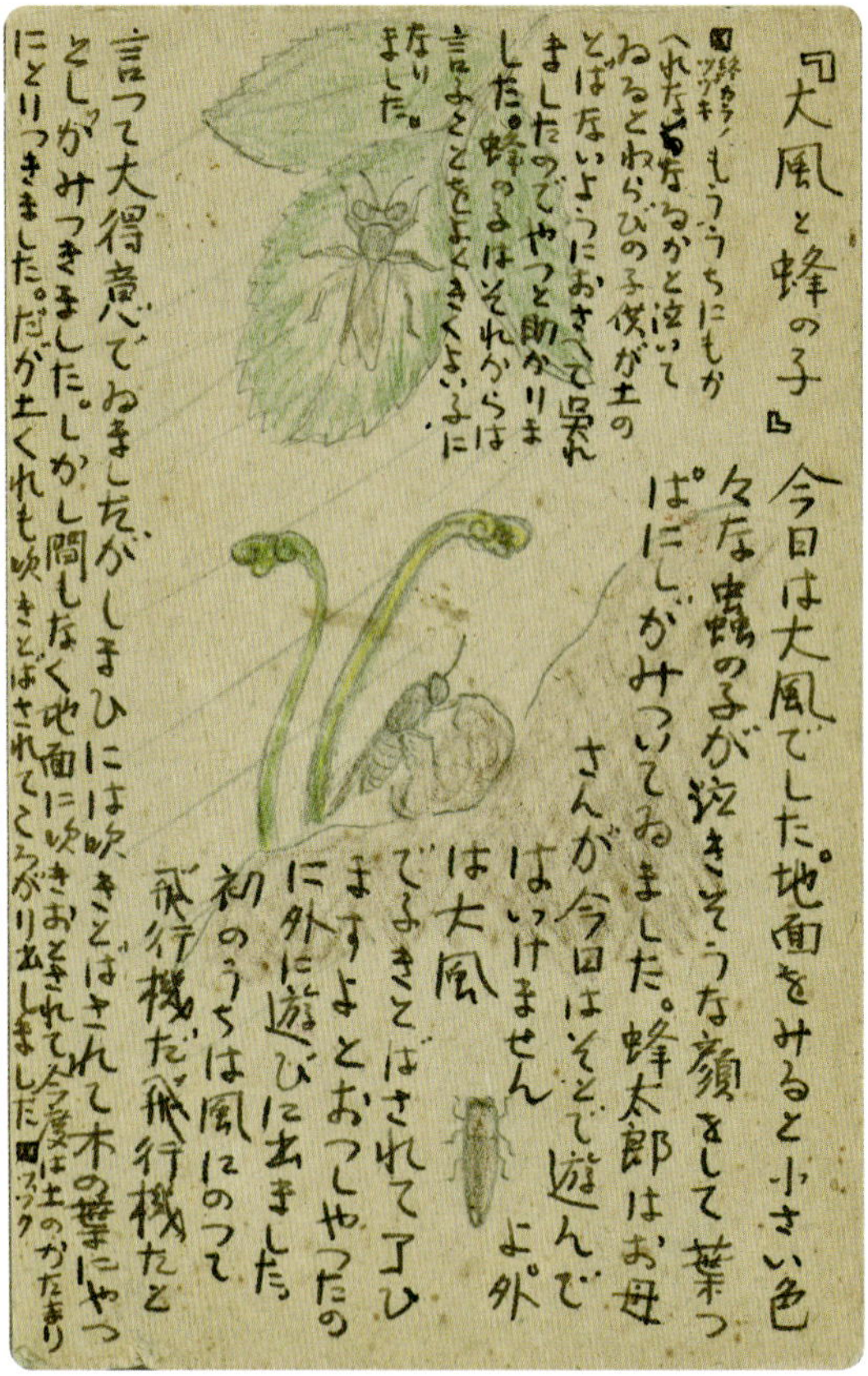
『大風と蜂の子』
今日は大風でした。地面をみると小さい色々な蟲の子が泣きそうな顔をして葉っぱにしがみついてゐました。蜂太郎はお母さんが今日はそとで遊んではいけません。外は大風でふきとばされてアブないですよとおっしゃったのに外に遊びに出ました。初のうちは風にのって飛行機だ飛行機だと言って大得意でゐましたがしまひには吹きとばされて木の葉にやっとしがみつきました。しかし間もなく地面に吹きおとされて今度は土のかたまりにとりつきました。だが土くれも吹きとばされてころがり出しました
もううちにもかへれなくなるかと泣いてゐるとわらびの子供が土のとばないようにおさへて呉れましたのでやっと助かりました。蜂の子はそれからは言ふことをよくきくようになりました。

話を戻すがドーリトル空襲の直後というのに子供には何事もなかったかのように気を落ち着かせ語りかける父の姿がある。

覚悟はしていたものの死ぬか生きるかの生き地獄へいよいよ足を踏み入れたことを実感したことだろう。それ故に遅れることなく妻子に別れの言葉を残しておかねば。家族の写真も正式に写真館でとってもらい残しておこう。兵舎便りも一通でも多く書き残しておこう。特に幼い子供たちは今はまだ字が読めないだろうがしっかり書いてあげよう。

そんなことを考えながら葉書きに向かって創作童話「大風と蜂の子」の構想を練ったのだろう。最近は子供たちのいたずらが激しくなり気の休まる暇がないと聞いた。母親の言うことを聞き教えを守れと諭してやろう。これが最後の葉書き、遺言になるかもしれない。

父の葉書きにはすべてと言っていいほ

ど絵が描かれている。空でこんな動物や植物の絵が描けるものだろうかと考えた。時間がかかったが私が出した結論は恐らく何か手がかりとかヒントになるものがないと描けないんじゃないか。絵描きはモデルを使う。父の場合は図鑑や百科事典を見に図書館へ行ったと結論を出した。多分間違ってなかろう。休み、非番の日には図書館へ通ったんだ。親爺らしいなと思う。

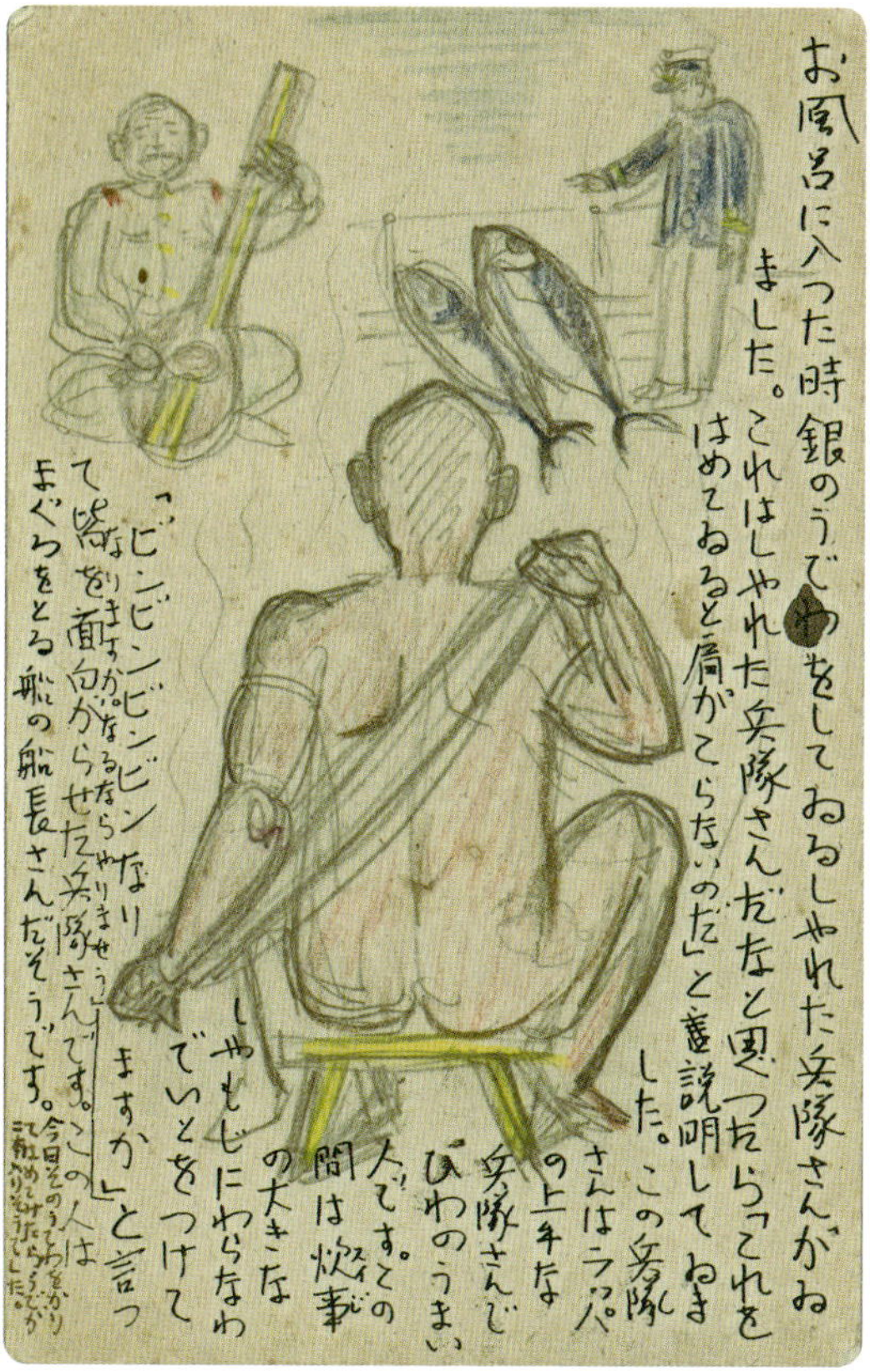

お風呂に入つた時銀のうで輪をしてゐるしやれた兵隊さんがゐました。
これはしやれた兵隊さんだなと思つたら「これをはめてゐると肩がこらないのだ」と說明してゐました。
この兵隊さんはラッパの上手な兵隊さんでびわのうまい人です。
この間は炊事の大きなしやもじにわらなわでいとをつけて
「ビンビンビンなりますか」と言つて
「なるならやりませう」と皆を面白がらせた兵隊さんです。
この人はまぐろをとる船の船長さんだそうです。

参考までに朝日新聞のドーリトル来襲記事の見出しを紹介する。

「四月一九日　民衆に非道の盲爆　暴《ぼう》戻《れい》　真に憎むべし／士気旺盛　敵機必滅を期す　名古屋　神戸にも敵機／神州全し　防空必勝の陣　敵九機を撃墜す」

（軍部の指示どおり書かされた新聞社は自己嫌悪に陥ったことだろう。非道暴戻はお互い様だし敵機撃墜は一機もなかった。）

41 銀の腕輪

お風呂に入った時、銀の腕輪をしているしゃれた兵隊さんがいました。これはしゃれた兵隊さんだなと思ったら「これをはめていると肩がこらないのだ」と説明していました。この兵隊さんはラッパの上手な兵隊さんでびわのうまい人です。この間は炊事の大きなしゃもじにわら縄で糸を付けて「ビンビンビン鳴りますか」と言ってなるならやりましょうと言って皆を面白がらせた兵隊さんです。この人はマグロを取る船の船長さんだそうです。今日その腕輪をかりてはめてみたところ腕が二本入りそうでした。

昭和一七年四月二九日　豊春　宛て

郵便局スタンプ「大東亜築く力だ　この一票」

マグロ漁をする船の船長さん藤村さんの登場である。まぐろは昔から高級魚であったようで高く売れそのおかげか腕には高価そうな銀の腕輪がはめてある。磁力効果が持たせてあり肩こりや腕の痛みに効くようである。中々器用な人の様で琵琶の名人で入隊してからはラッパを吹いている。冗談を言って人を笑わせたりもする気さくで明るい人柄と紹介している。

兵舎の食堂に大きなしゃもじがあり大釜に入ったお米やおかずになるものをかき混ぜるときに使うものだろうが彼はこれに縄を琵琶の弦のように張って隊員たちを笑わせている。社会を明るくする性格のひとである。しかし戦場では性格に価値はない。人格、人権すらない。藤村さんの場合、漁をして家族を養ってきた家の大黒柱が抜けたのである。家は崩壊する。演劇で言うどんでん返しが起きるのである。

さてここで北九州市若松区にあった高射砲陣地について説明しておこう。正確な図面はないので日本軍の典型的なパターンで高射砲が五台あった場合を示した。

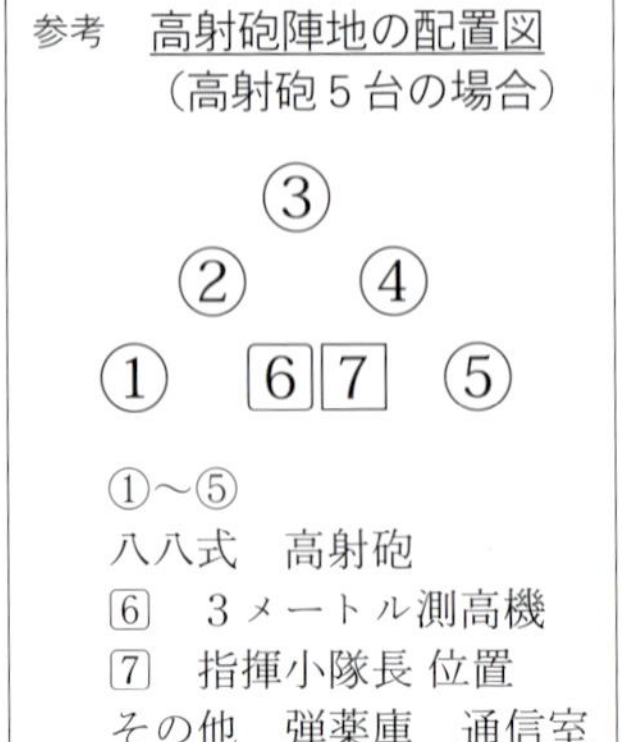

参考　高射砲陣地の配置図
（高射砲５台の場合）
③
②　④
①　6 7　⑤
①～⑤
八八式　高射砲
6　３メートル測高機
7　指揮小隊長 位置
その他　弾薬庫　通信室
中隊事務所　兵舎　等

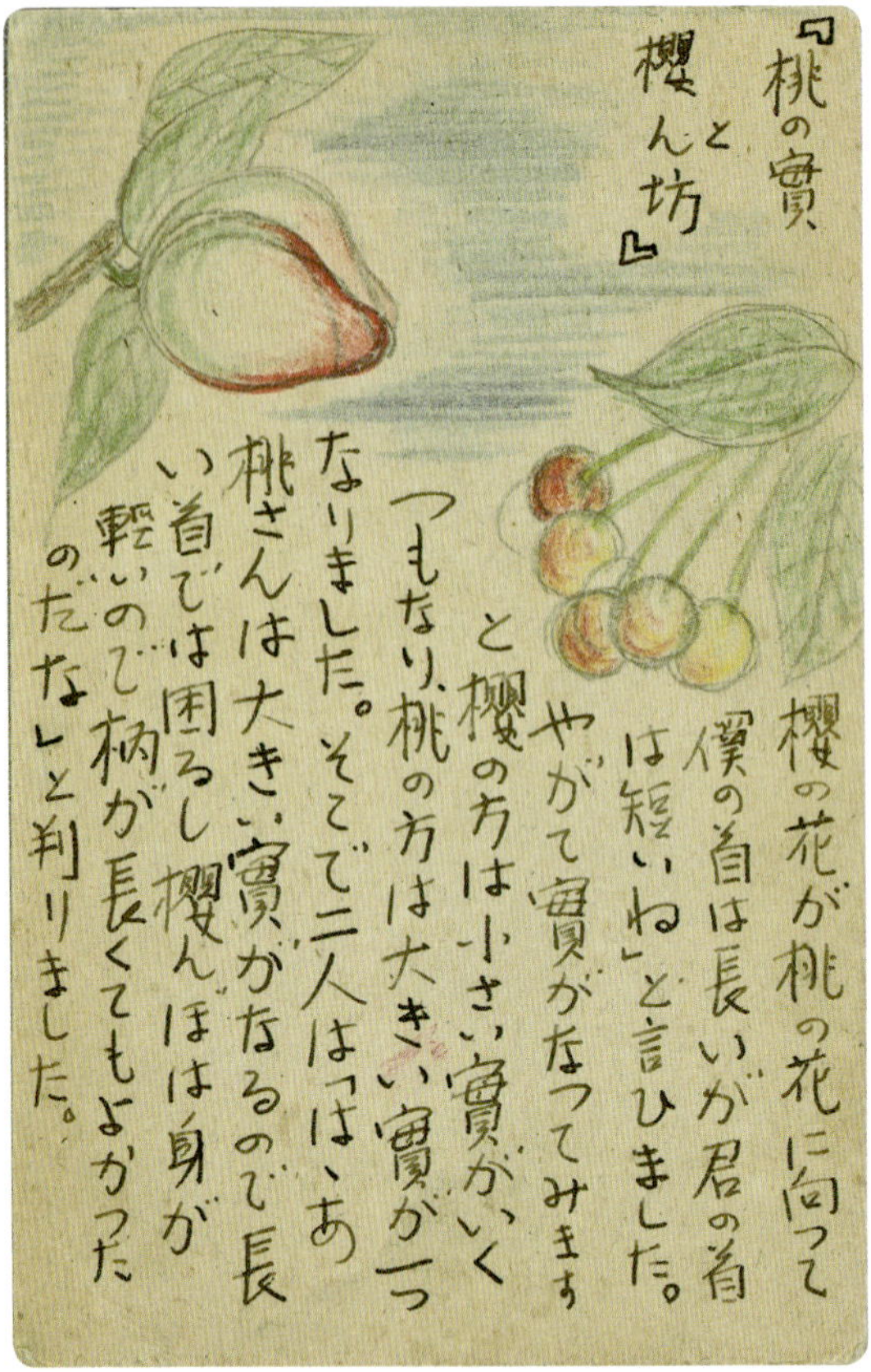

「桃の實と櫻ん坊」
櫻の花が桃の花に向って
「僕の首は長いが君の首
は短いね」と言ひました。
やがて實がなってみます
と櫻の方は小さい實がいく
つもなり桃の方は大きい實が一つ
なりました。そこで二人は「はゝあ
桃さんは大きい實がなるので長
い首では困るし櫻んぼは身が
軽いので柄が長くてもよかった
のだな」と判りました。

42

桃の実と桜ん坊

桜の花が桃の花に向かって「僕の首は長いが君の首は短いね。」と言ひました。やがて実がいくつもなり桃の方は大きい実がひとつなりました。そこで二人は「ははあ、桃さんは大きい実がなるので長い首では困るし桜んぼは身が軽いので柄が長くてもよかったのだな。」とわかりました。

昭和一七年四月二九日　直和　宛て

郵便局スタンプ「大東亜築く力だ　この一票」

一番幼い直和には父の記憶も乏しく、自分が死ねば記憶にほとんどなにも残ってないだろうと思いつつ書いたと思う。果物の柄の部分をテーマにして人もみんなそれぞれ違うから君も君らしく生きていけばいいんだよと教えている。

43 名所案内（近所にある面白い場所）

「鮒池」博多釣りクラブの大会でいつもご褒美をもらふ兵隊さんに釣りに来られちゃあかなはん。お友達が大分へってしまった。（鮒の焼いたのにソースをかけたのをごちそうになったら大分おいしかった。）

「わらび山」おいで、おいで、おいしい仲間が沢山いるよ。（わらびもごちそうになった。とうふと一緒に煮るとおいしいそうです。）

「おむすび池」僕は昔大人のおむすびが落ちてできた池です。水が濁っていてのめないから兵隊さんのお風呂の水にでも使ってもらうことにしようか。

「松虫」そろそろ夏も近づいたようですな。蝉さんの鳴くまで代わりに鳴くとしましょうか。「ジイー、ジイー」

「ほほ白が丘」兵隊さんが手紙ばかり出すので僕たちは顔まけだ。阿部さんが敬具ならば僕は一筆啓上だ。さあ皆夜明けだ。しっかりやりませう。

「筍谷」兵隊さんは出るとすぐに食べてしまうからかなはんよ。しかし兵隊さんは半分竹になった仲間をかじるから驚いた。

昭和一七年四月二九日　正浩　宛て

郵便局スタンプ「大東亜築く力だ　この一票」

兵舎の周りの環境を説明している。頂上にある高射砲陣地からふもとの兵舎まで往復する毎日なのでまるで自分の家の庭のように隅々まで知っている。池には鮒がいるが博多出身の戦友が釣りの名人で釣っては食べているので数が減ってきた。日本風の鮒焼きに洋風のソースをかけているがおいしいらしい。わらびも自生しており兵舎内で料理をしてもらっておいしく食べている。草むらには松虫、木には蝉。山には

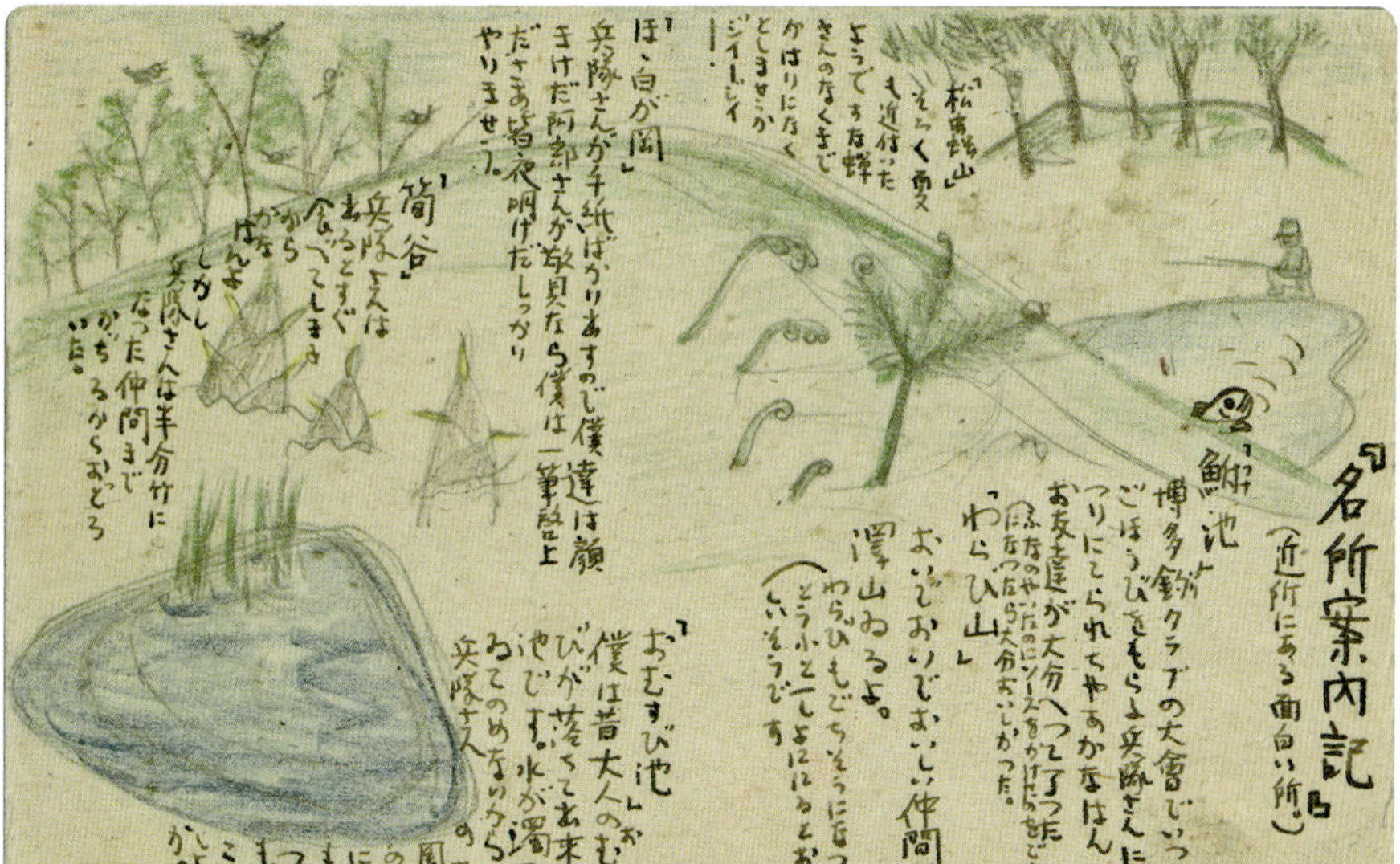

ほう白が「一筆啓上」とにぎやかに鳴いている。しかしおびただしい数の葉書きを書く兵隊がいてほう白がかないませんと頭をかいている。竹林もあるが筍堀りの名人がいて小さいものでも見つけて食べてしまう。伸びすぎて少々硬くなったものでも食べたとある。春を感じ故郷を懐かしんで食べたことだろう。いつも風呂の水を汲むおむすび池を見ては日本の昔話を思い出している。春真っ盛りであるが草むらの虫たちの声にも耳を傾けもうすぐ蝉が鳴き始めることを予期している。今回は小学校高学年の長男宛てなのであまり子供扱いせず伝えたいことを遠慮なく書いている。

戦局の方はフィリピンを支配下におくアメリカがマニラ及びコレヒドール島で日本軍と戦ってきたが三月一九日マッカーサーは豪州に避難し最後まで立て籠もっていた米軍も五月六日敗北した。フィリピンは日本が石油を中心とした資源確保のための中継地点として重要視している箇所である。しかし原住民による抗日ゲリラが組織され統治は容易ではなかった。

44 若葉

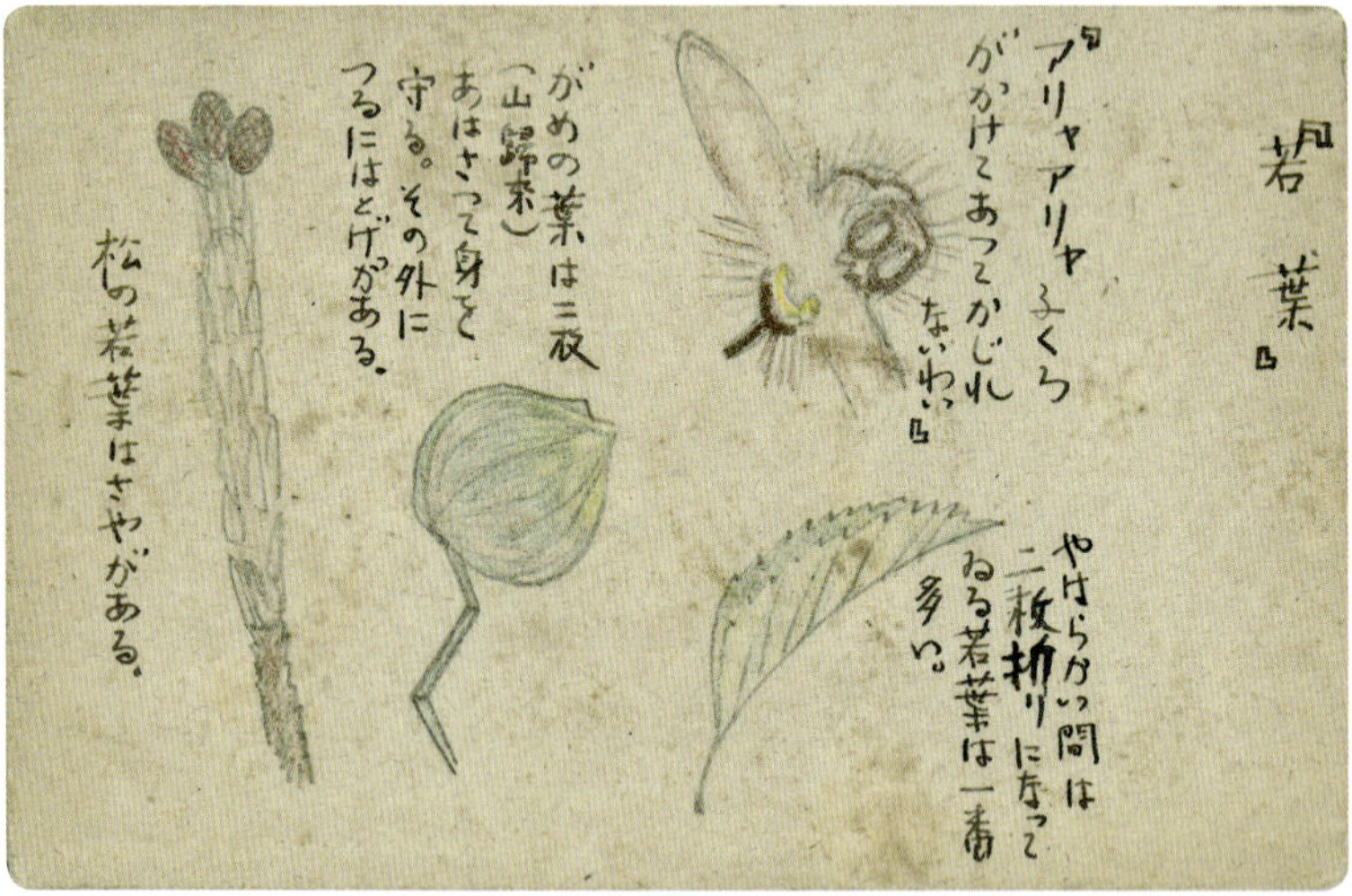

「アリャ　アリャ　ふくろがかけて　あってかじれないわい。」
やはらかい間は二枚折になっている若葉は一番多い。
がめの葉は二枚（山帰来）合はさって身を守る。その外につるにはとげがある。松の葉はさやがある。

日付　無し　宛名　無し
手で持ち帰り

帰省の許可が下りている日だったので出来上がっていた葉書きは検閲印をもらわなくても構わないと判断し手で持ち帰ることにした。大自然の中で生き抜く植物の知恵をテーマにしている。適者生存の法則は動物にのみでなく植物にもあることを言おうとしている。人間の食べる野菜や果物は害虫との戦いを制して初めて口に入る段階に至るが自然界で生きる植物は自分のみで生きていかなければならない。よく見れば彼らなりに害虫と戦い生き残っている。関心を持ってよく観察して見逃してしまうようなところを目を近づけ発見し子供たちに教えている。特に幼いころ、若いころは障害や事故が起こりやすく大変だ。親は大変だろうががんばってくれと遠回しに言っている。

文章の書き方は三男、直和宛に書いたものと思われるが珍しい戦前の幼稚園の様子がわかる写真があるので紹介しよう。長男、正浩の幼稚園の卒業式のものである。彼は福岡市のカナダ系カトリックの大濠幼稚園に通った。卒業生は免状を抱いている。中央はシスター、フランス系カナダ人の園長先生と思われる。母親千代は東京の女子学院で外国人教師達に洋式の教育をほどこされた。自分の子供にも同じ経験を積ませてあげようとこの幼稚園を選んだのだろう。私も自分の子供の幼稚園は母の事は意識せずにイタリアのモンテッソーリ教育を選んでいた。血筋は争えない。

フランスがドイツに占領され仏印と呼ばれたベトナムが統治不可能になると日本軍が直ちに軍隊を駐留させそれが米国の態度を硬化させ太平洋戦争の発端となったと記録されている。このシスターは其の後どんな運命をたどったのか気になる。

（写真　前から二列目左端が正浩。場所・福岡市大濠幼稚園　昭和一三年卒業式）

45 あひると猫柳

隊にこのごろかわいいあひるのひよこが来た。そのひよこがおむすび池のそばに行ってみるとやはらかい毛で包まれている猫柳に出会った。「やあ今日は。だが君はやはらかそうな毛皮をきていますね。」と言うと猫柳は「ああ、あひるさんか、君の毛も綿のようにやはらかいんだね。」と言ひました。そして二人は「子供は鳥でも草木でもみんなよく似てるね。」と言ひました。「神様が子供をあたたかくしてやろうと思っていらっしゃるのだろう。」とあひるは考へました。

昭和一七年四月三〇日　直和　宛て

郵便局スタンプ「大東亜築く力だ　この一票」

一番幼い直和宛てで母の膝にだっこされて読んでもらうよう書かれたものである。あひるの子や猫柳のようにまるまるとしてかわいい存在の子に向かってあやすように語りかけている。目的地が告げられることもなく輸送船に乗るまで分からない海外派遣の命令がいつ自分に下るか分からない日々である。ひと時でも子供にやさしい言葉をかけてやろうと頭をひねって作った話である。

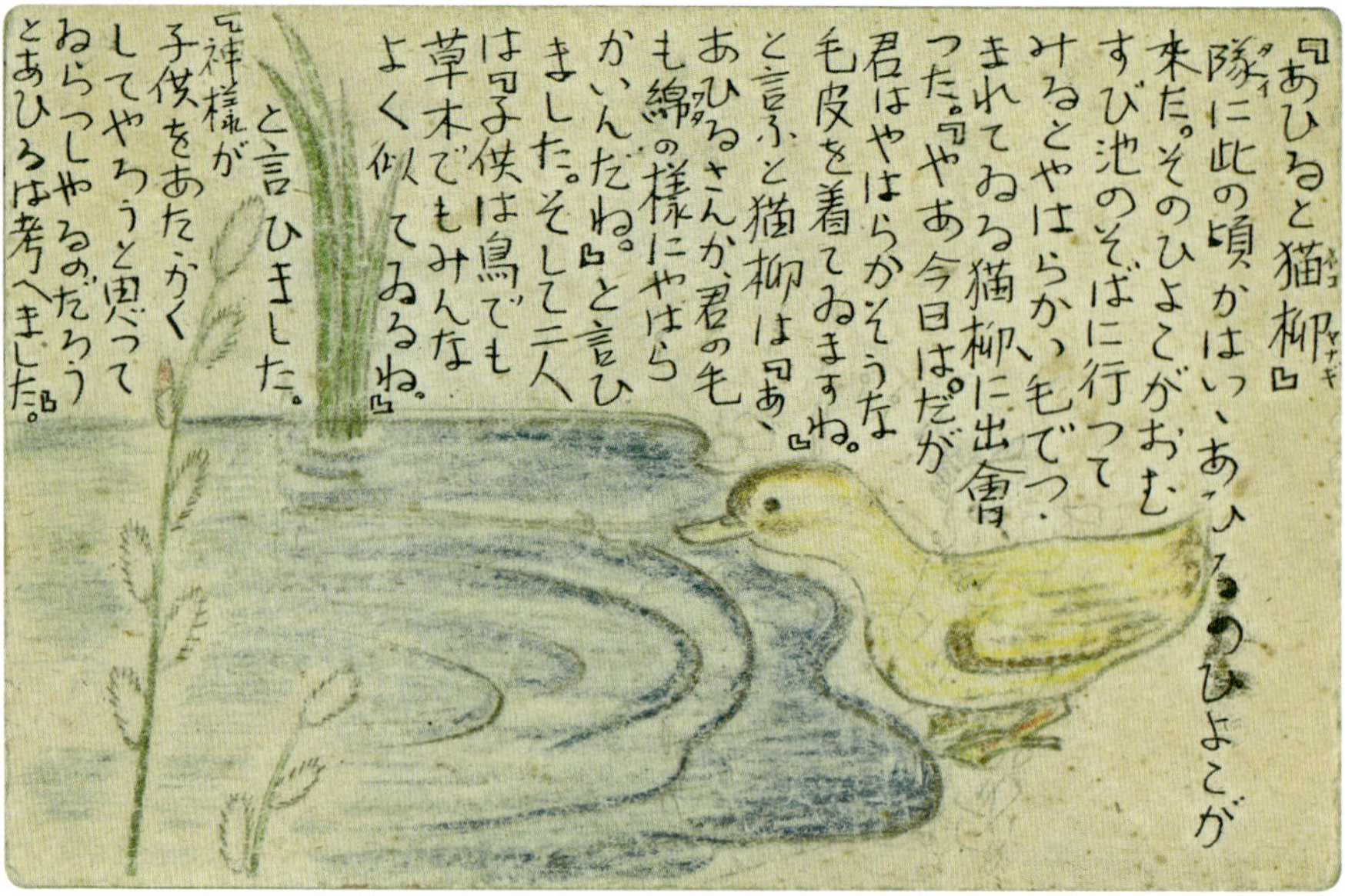
『あひると猫柳《ネコヤナギ》』
隊に此の頃かはいゝ、あひるのひよこが来た。そのひよこがおむすび池のそばに行ってみるとやはらかい毛でつゝまれてゐる猫柳に出會った。『やあ今日は。だが君はやはらかそうな毛皮を着てゐますね。』と言ふと猫柳は『あ、あひるさんか、君の毛も綿の様にやはらかいんだね。』と言ひました。そして二人は『子供は鳥でも草木でもみんなよく似てゐるね。』と言ひました。
『神様が子供をあたゝかくしてやろうと思ってゐらっしゃるのだろう』とあひるは考へました。』

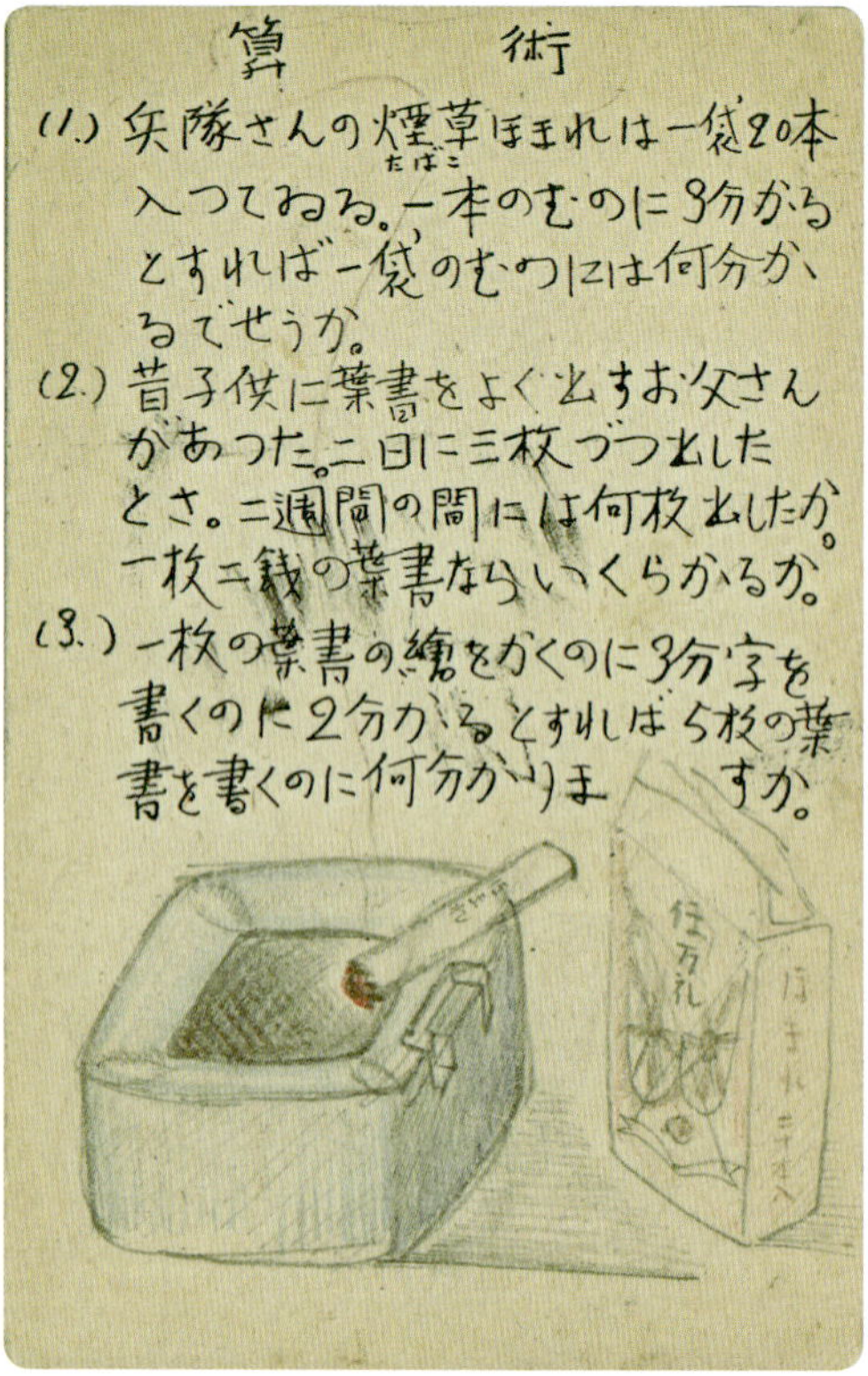
算術
(1.) 兵隊さんの煙草《たばこ》ほまれは一袋20本入ってゐる。一本のむのに3分かゝるとすれば一袋のむのには何分かゝるでせうか。
(2.) 昔子供に葉書をよく出すお父さんがあった。二日に三枚づつ出したとさ。二週間の間には何枚出したか。一枚二銭の葉書ならいくらかゝるか。
(3.) 一枚の葉書の繪をかくのに3分字を書くのに2分かゝるとすれば5枚の葉書を書くのに何分かゝりますか。

46

算術

（１）兵隊さんの煙草、ほまれは一袋二〇本入っている。一本飲むのに三分かかるとすれば一袋のむのに何分かかるでせうか。

（２）昔、子供に葉書きを出すお父さんがあった。二日に三枚づつだしたとさ。二週間の間に何枚だしたか。一枚二銭の葉書きならいくらかかるか。

（３）一枚の葉書きの絵を書くのに三分かかるとすれば五枚の葉書きをかくのに何分かかりますか。

昭和一七年四月三〇日

豊春　宛て

郵便局スタンプ「大東亜築く力だ　この一票」

小三の次男豊春に算数の問題を

出して勉強にもっと励むように促している。煙草の吸殻入れは舎内の机の上に置いてある物を描いたに違いない。煙草の紙箱は正面は「ほ万礼」、側面は「ほまれ」とあり箱の上部を開いたところを描くなど絵心のあるところを見せている。しかし煙草の販売は昭和一六年五月に一人一箱に制限されていることを付け加えておきたい。ついでながら七月には団体旅行、体育大会、競技会は厚生省より中止の通達があっている。一〇月にはガソリンの販売が中止されバスは木炭ガスで走るように改造された。

さて父のほうは帰るたびに子供らの勉強の進み具合を調べ助けてあげようとしていることがわかる。いつ海外派兵されて死ぬかもしれぬ我が身と考え父親らしいことを少しでもしておこうという気持ちが伝わってくる。「わだつみの声」を書いて若くして特攻で死んでいった若者たちとは異なり妻と三人の子供を持ち、出征の声がかかっていない今どんなことでもできることはしておこうという気持ちが伝わってくる。

日付は一七年四月三〇日である。豊春八歳、小学校二年生で算数をやっている。当時の小学校の正月行事に関する記録が出てきたので見てみよう。

「君が代」斉唱
ご真影　敬礼
教育勅語奉読
学校長訓話
「一月一日」斉唱
年の初めのためしとて　終わりなき世の目出度さを
門松たてて　門ごとに　祝う今日こそ　楽しけれ
町内では神社に集まり毎月八の日に勅語を読み上げる。
大詔奉戴日（興亜奉公日）

この当時の社会状況も見ておこう。

一六年より節分行事に豆まき中止。

大阪の小学校では鍛錬の行き過ぎにより倒れる子供続出。

食料事情悪化しキャベツは明治四年に輸入されたが普及していなかった。しかし野菜不足で一個を大勢で食べられることから急速に普及していった。

47 矢車草

草木がしださんに頼んでやっと毛虫を撃退した話はこの前の通りでしたが何しろ毛虫の増えることは驚くばかりであとからあとから押し寄せるので草木の若葉はまた毛虫に食べられ始めました。こんどはしださんも伸びてしまってどうにもできない。それでみんな泣いていると今までおとなしくしていた矢車草さんが矢をどんどん飛ばして皆を救ひました。

昭和一七年四月三〇日　正浩　宛て
郵便局スタンプ「大東亜築く力だ　この一票」

子供の教育をすっかり妻にまかせての軍隊生活なので少し

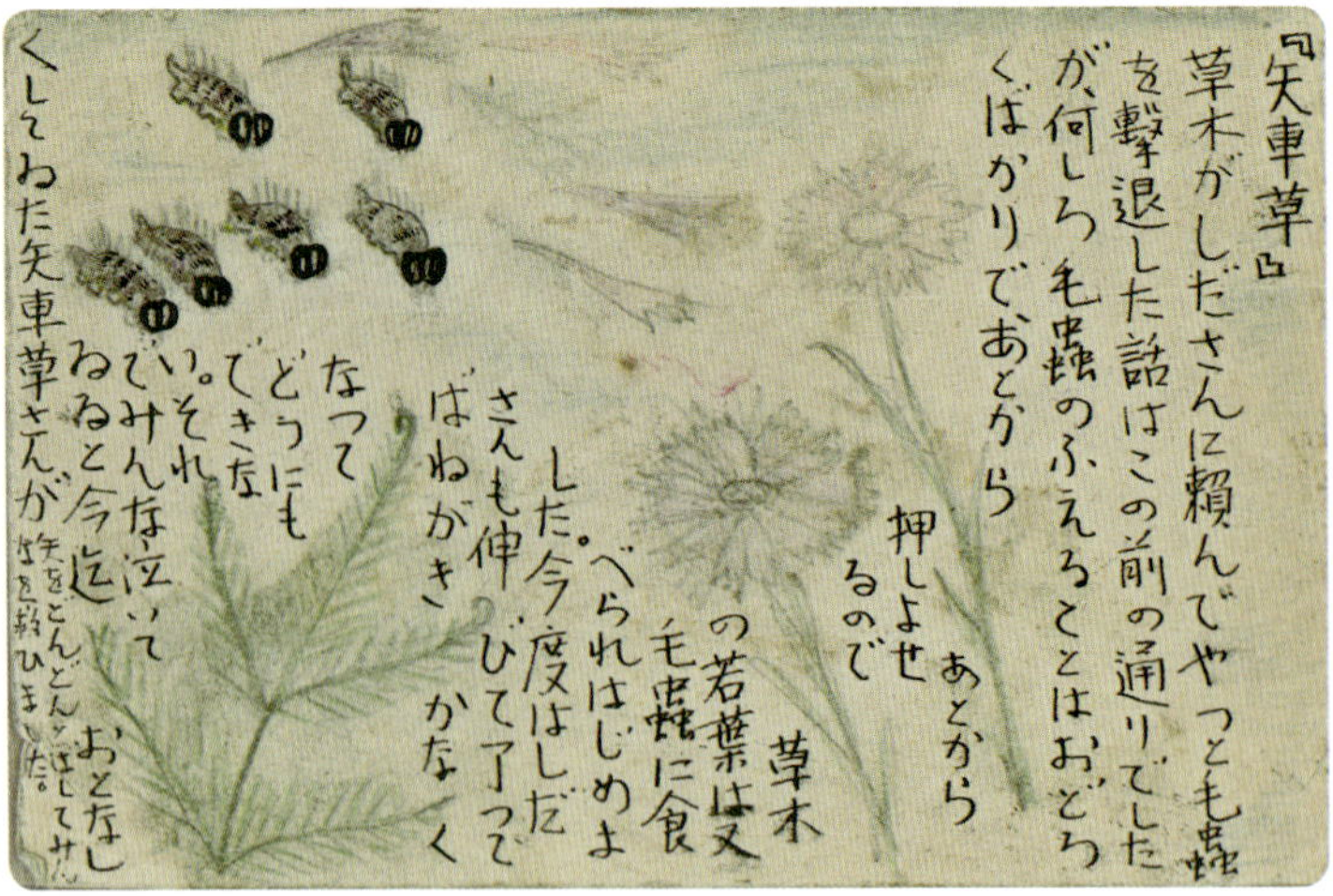
『矢車草』
草木がしださんに頼んでやっと毛虫
を撃退した話はこの前の通りでした
が何しろ毛虫のふえることはおどろ
くばかりであとから
あとから
押しよせ
るので
草木
の若葉は又
毛虫に食
べられはじめま
した。今度はしだ
さんも伸びて了って
ばねがき　かなく
なって
どうにも
できな
い。それ
でみんな泣いて
ゐると今迄
おとなし
くしてゐた矢車草さんが

でも子供に安心感をもたせようとして元気の出る創作童話を作っている。矢車草は先のとがった針状の小さな花の集まりで一つ一つは吹き矢の矢の形をしているので話の中で使っている。子供達を残してきた隊員は多いはずで父にならって少なからぬ同じ兵舎の隊員たちが妻子へ葉書きを書いたのではないかと思われる。

48 ほう白の話

谷間にも　嶺にも鳴くよ　ほう白が
立てこもったのか　此の岡の辺は

忙しくて手紙を出さぬ兵隊さんがありました。その兵隊さんのお母さんがほう白にどうか自分の息子の所に行って手紙をよこすように言ってくださいとたのみました。伝書鳩にたのむと一番よかったのですが伝書鳩は出征して留守だったので、ほう白さんに行ってもらうことにしたのです。ほう白は早速兵隊さんの所へ飛んで行って兵舎の近くで「さあ一筆仕り候と手紙を書きなさい、書きなさい。」と鳴きました。ところがその兵隊さんは疲れてぐっすり寝ていましたのでほかの兵隊さんがそれを聞きつけて「おや、おやもっと書かなくてはいけないのかな」と言って子供に度々たよりを出すようになりましたとさ。

昭和一七年五月一八日　直和　宛て
郵便局スタンプ「四月一日　料金改正」

短歌を読んでいる。ほう白が城に立て籠もったかのように多数で雄叫びをあげているかのごとく鳴いてにぎやかさは驚くばかりだと歌っている。この丘の辺には自分たち、日本陸軍の高射砲部隊も立て籠もっている。四月一八日のB25、一六機による日本爆撃は免れたが日本のピッツバーグと言われている八幡製鉄所は決して免れることはできないと覚悟している。市民のように防空壕に逃げ込むわけにはいかない。工場と市民をまもるために七五㍉の砲弾を死ぬまで撃ち上げ続けるのが自分達の仕事だ。

この山に立て籠もっているのが次の写真に写っている兵士達である。父が持ち帰った数枚の写真の内の一枚である。人数は一八名。山頂には恐らく四、五台程度の高射砲が設置されてあったようだ。正式には一台あたり一二名で操作すると書いてあるが最低四人でも可とあるからこの倍位の人数が兵舎で共同生活をしていたのかもしれない。父は最後列、左から四人目である。葉書きに登場する阿部さんはじめどの人が誰なのか分からないのが残念である。多くの人が二〇代と思われその後外地へ輸送船で送られはしなかったかあるいはB29の爆撃でやられやしなかったかと心が痛む。父は一人老けて見え子だくさんでもありそのせいで外され日本に残されたのかと推測する。（筑後地方出身、杜氏の大石さんは最後尾列、左から二人目）

父が死に場所と覚悟した北九州若松の高射砲部隊について調べてみた。航空機の進歩によりその脅威が増大し高射砲連隊の増設へと発展した。四一年（昭和一六年）一一月要地防空隊改編命令により東部、中部、西部の各軍は防空旅団を編成し高射連隊は防空連隊と改称した。又新たに一〇個の防空連隊が編成された。すなわち西部防空旅団（小倉）防空第二一～二三、二五連隊、全国で計三一連隊で太平洋戦争を迎えた。そのうち高射砲連隊は七個連隊であった。父の所属する防空連隊の名称は

通称　号　彗

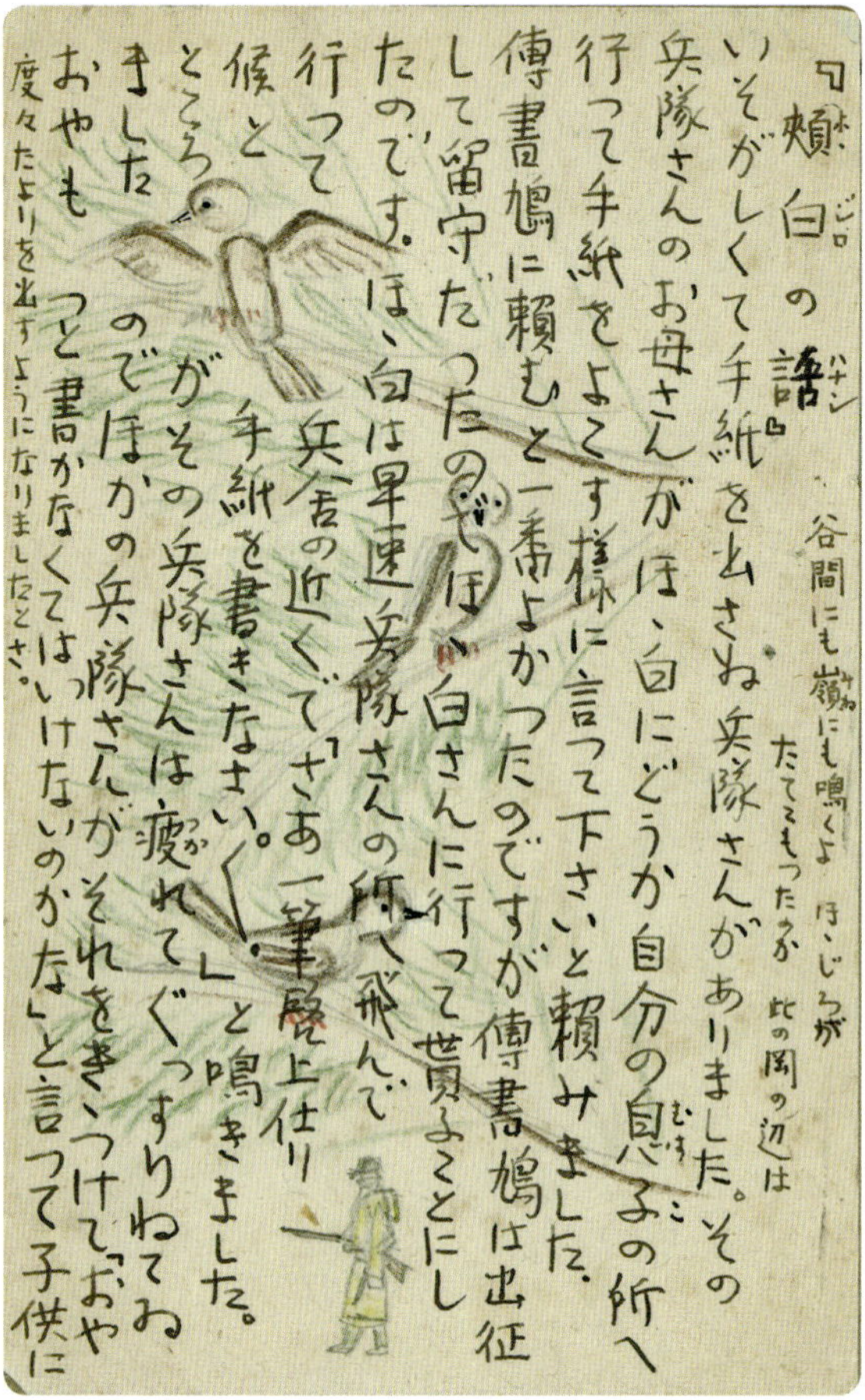
『頬《ホヽ》白《ジロ》の語《ハナシ》』
谷間にも嶺《みね》にも鳴くよ　ほゝじろが
たてこもつたか　此の岡の辺は
いそがしくて手紙を出さぬ兵隊さんがありました。その
兵隊さんのお母さんがほゝ白にどうか自分の息《むす》子《こ》の所へ
行つて手紙をよこす様に言つて下さいと頼みました。
傳書鳩に頼むと一番よかつたのですが傳書鳩は出征
して留守だつたのでほゝ白さんに行つて貰ふことにし
たのです。ほゝ白は早速兵隊さんの所へ飛んで
行つて　兵舎の近くで「さあ一筆啓上仕り
候と　手紙を書きなさい。」と鳴きました。
ところがその兵隊さんは疲《つか》れてぐつすりねてゐ
ましたのでほかの兵隊さんがそれをきゝつけておや
おやもつと書かなくてはいけないのかな」と言つて子供に
度々たよりを出すようになりましたとさ。

部隊名　第一三一連隊　八〇六一
部隊
編成地　八幡
編成時期　昭和一九年四月一九日
所在地　小倉、八幡
上級部隊高射砲第四師団

　というものであった。戦時中の防空連隊の活動の特記事項は第二五連隊がサイパン島防衛作戦で任務を遂行し玉砕した（父がもし一三一連隊ではなく二五連隊に所属して居れば命はなかったことになる。）ことと本土空襲が激化する中で全力を尽くしたことである。

　四三年、四四年と戦局の悪化に伴い高射砲部隊の新設、改編により人員、器材の所要量は増大の一途をたどり留守業務担当の補充隊をそのまま充当するなど苦肉の策を講じた。四四年九月、本土防衛部隊の改編強化が行われ東部、中部、西部防空集団司令部と改称し終戦を迎えた。

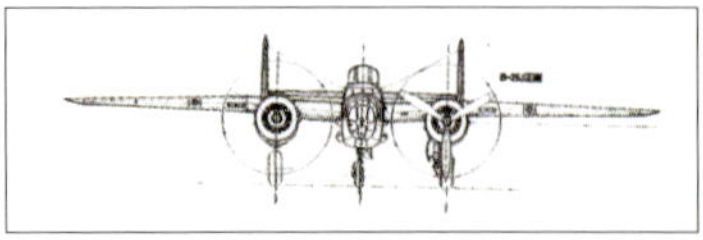
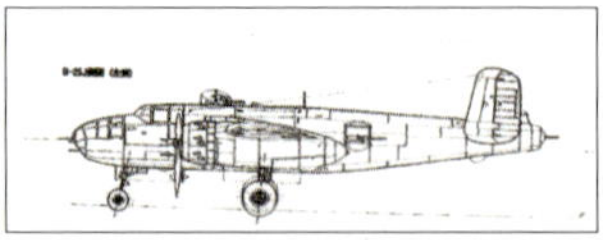

参考　B 25正面側面図（1942年4月16日、16機で日本初の空襲を行った。）

『木の皮をむく』
木の皮をむくのは春の彼岸から秋の彼岸までが水氣が多くてむきやすいそうです。それは何故か。寒くなって木が水をどんどん吸ひ上げてゐるとそれが氷って木はあぶない目に會ふから寒い間は水を餘り吸ひ上げないからしい。
水氣が多ければ皮がやはらかいからむきやすいということになる。

49

木の皮をむく

　木の皮をむくのは春の彼岸から秋の彼岸までが水気が多くむきやすいそうです。それは何故か。寒くなって木が水をどんどん吸い上げているとそれが凍って木は危ない目に合うから寒い間は水をあまり吸ひ上げていないからしい。水気が多ければ皮がやはらかいからむきやすいということになる。

昭和一七年〇月〇日（判読不可）正浩　宛て
郵便局スタンプ「貯めよう勝たう」

　兵舎の裏山から木を伐り出して何かを作ろうとしている。生木を伐採し枝を落とし皮をはぐ製材のプロもいる兵舎である。その時期は春の彼岸から秋の彼岸までに行う。自然と共に生きてきた人たちが発見した自然の法則である。当然ではあるが人間の営みが自然界の輪廻のなかに組み込まれていた時代の様子がわかって納得する。

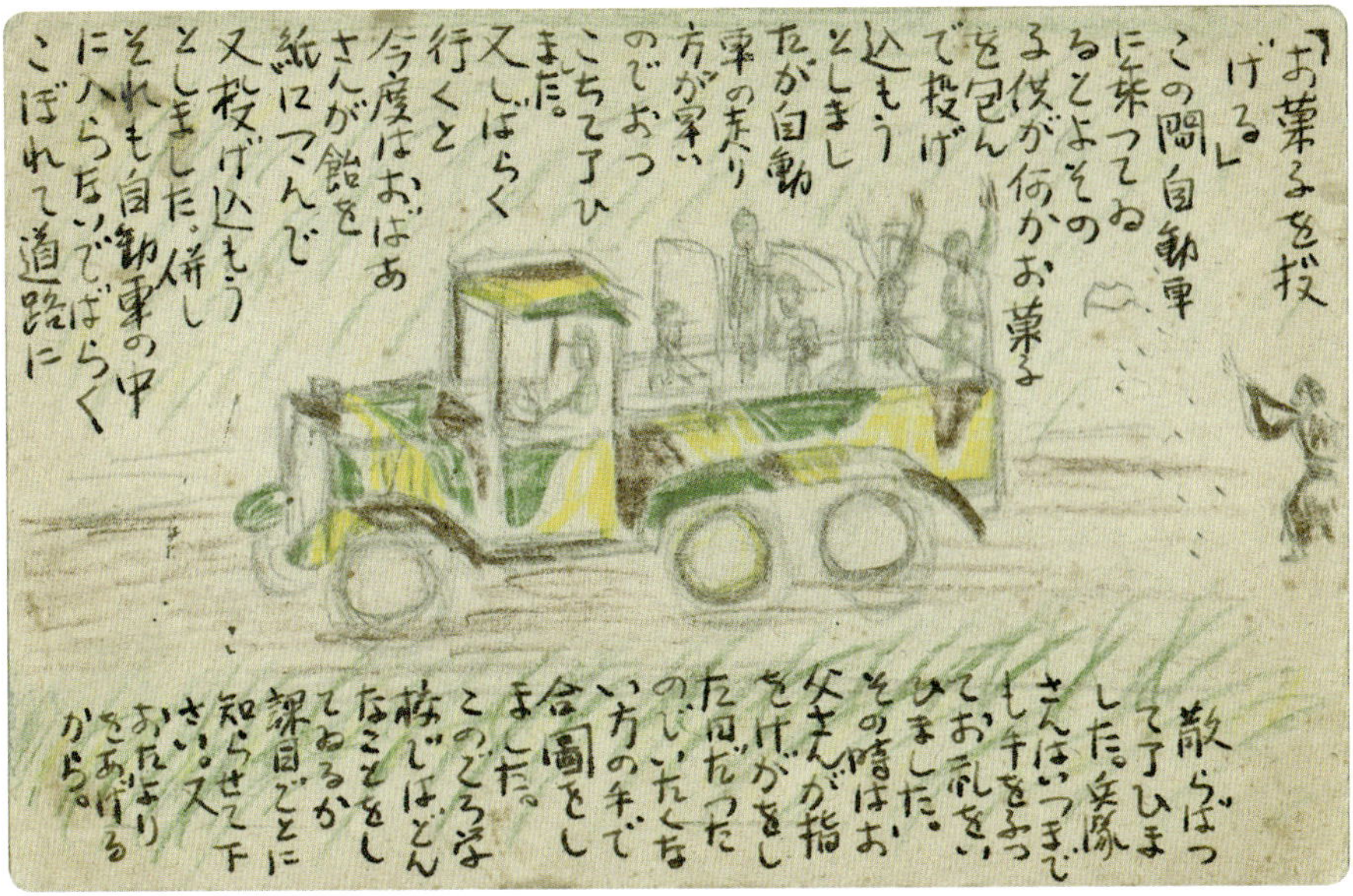

「お菓子を投げる」
この間自動車に乗ってゐるとよその子供が何かお菓子を包んで投げ込もうとしましたが自動車の走り方が早いのでおっこちてしまひました。
又しばらく行くと今度はおばあさんが飴を紙につんで又投げ込もうとしました。併しそれも自動車の中に入らないでばらばらくこぼれて道路に
散らばってしまひました。兵隊さんはいつまでも手をふってお礼を言ひました。その時はお父さんが指をけがをした日だったたのでいたくない方の手で合図をしました。
このごろ学校ではどんなことをしてゐるか課目ごとに知らせて下さい。又おたよりをあげるから。

50 お菓子を投げる

この間、自動車に乗っているとよその子供が何かお菓子を包んで投げ込もうとしましたが自動車の走り方が早いのでおっこちてしまひました。またしばらく行くと今度はおばあさんが飴を紙に包んで投げ込もうとしました。しかし、それもまた自動車の中に入らないでばらばらこぼれて道路に散らばってしまひました。兵隊さんはいつまでも手を振ってお礼を言ひました。その時はお父さんが指を怪我した日だったので痛くない方の手で合図をしました。この頃学校ではどんなことをしているか科目ごとに知らせてください。又、おたよりをあげるから。

昭和一七年五月二四日　正浩　宛て
郵便局スタンプ「貯めよう！　勝たう！」

この話は日本の国民が家族のために命をささげる軍人となった者たちへ死出のはなむけとして菓子を車の中へ投げ込むということが行われていた実例である。戦争の是非はともかくとして心を打つものがある。

戦後、占領軍の兵士がジープから「ギブミー　チョコレート」と叫ぶ子供たちへお菓子を投げて与えた話は有名だがまさにこれとは逆の行為で感動する。

暗い話ばかりの太平洋戦争の歴史の中でのひとすじの光のような話で

ある。まさに生き仏に菓子を供えるようなおばあさんの気持ちが伝わってくる。

葉書きの絵を見ると迷彩色の軍用トラックに数名の兵士が乗っている。おばあさんの投げた紙に包まれた飴が宙をとんでいる。荷台に乗っている兵士の所までは届かなかったがその気持ちは痛いほどわかったと思う。明日戦地へ送り出されるかもしれない若い兵士たちに深い感謝と惜別の念を抱いて準備してきた菓子だった。戦地に行って連絡の途絶えた息子の代わりにもらってもらおうと思っているのかもしれない。残念そうなおばあさん。

兵士たちには自分のおふくろのように見えたと思う。こころにぐっとくるものがあったろう。いつまでも手を振った兵士たち。父の脳裏に焼き付いたことだろう。父は怪我をしてない方の手を振ったと書いている。鉄の塊みたいな高射砲の操作で指を痛めたのではないかと推測する。六キロ以上ある砲弾を三、四秒に一発発射せねばならない失敗の許されない命がけの仕事である。手順が狂えば怪我が大きかろう。最後に子供の勉強のことを心配し少しでも助けてあげたい気持ちを伝えている。

左の写真は六名と言う少人数でなんらかの集まりで記念に撮ったものである。これも高射砲単位のひとチームのメンバーであろう。開戦後まだ半年である。父を除き皆若い。来月初旬にはミッドウェー海域で開戦後初めての決戦が始まる。

51 めだか

指の傷が治ったので池に洗濯に行きました。すると水の中でめだかが泳いでいるのが見えました。よく見ると石鹸のかけらや糸くずをぱくぱくと食べようとしている所でした。この頃はメダカをいりこにして食べたりする人が出てきたからめだかものんきにしてはいられなくなりましたそうです。

昭和一七年五月二四日　豊春　宛て
郵便局スタンプ「貯めよう！　勝たう！」

指の傷が治ったとあるが手を怪我したのは高射砲操作の訓練中だったと思われる。使用していたのは「八八式、七五ミリ高射砲」と推定されている。日本軍の八割が使用していたものである。二・六トンの鉄の塊のような高射砲を人の手で操作するのだからちょっとしたはずみで大怪我をする。父親は誤操作で痛い目にあったのだろう。父は痩せてひょろひょろした体型だったので照準手という目標の位置、高度、速度、角度など望遠鏡のついた機械で測定し射手に対して指示を出す役目だった。

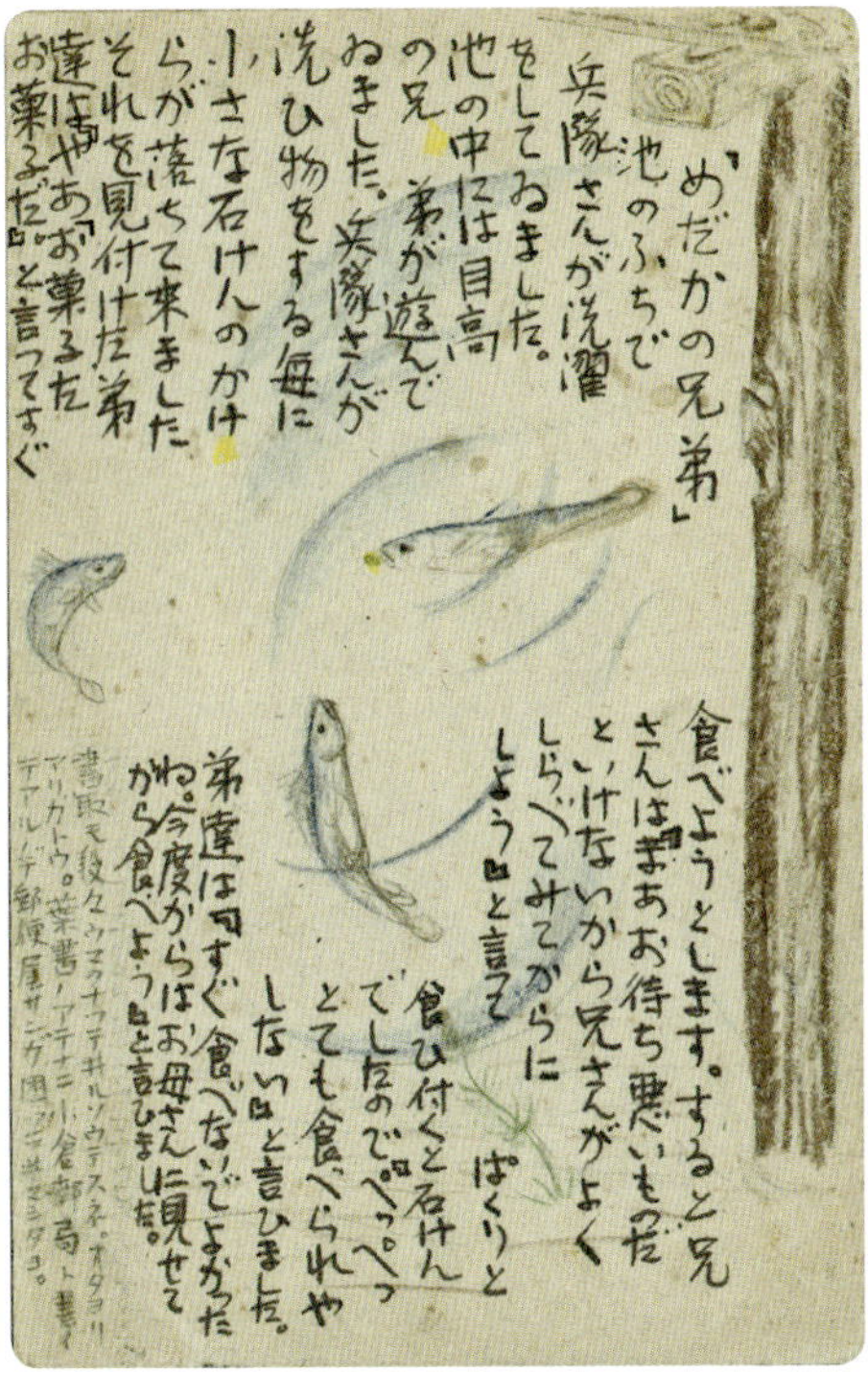

メダカを干して炒り子代わりにする人が出るほど食糧難が始まっている。戦争を初めて半年ばかりというのに。

52

めだかの兄弟

池のふちで兵隊さんが洗濯をしていました。池の中にはめだかの兄弟が遊んでいました。兵隊さんが洗ひ物をする毎に小さな石鹸のかけらが落ちてきました。それを見付けた弟たちは（やあ）「お菓子だ、お菓子だ」と言ってすぐに食べようとします。するとお兄さんは「まあお待ち。悪いものだといけないからお兄さんが良く調べてみてからにしよう。」と言ってぱくりと食いつくと石鹸でしたので「ぺっ、ぺっ、とても食べられやしない。」と言いました。弟たちは「すぐたべないでよかったね。今度からはお母さんに見せてから食べよう。」と言いました。

書き取りも段々うまくなっているそうですね。おたよりありがとう。葉書きの宛名に小倉郵便局とかいてあるので郵便屋さんが困っていましたよ。

昭和一七年六月三一日　正浩　宛て

郵便局スタンプ「貯めよう！　勝たう！」

自分が軍務で身近に居てやれない今何でも母に相談し賢く生きよと説いている。「今度からお母さんに見せてから食べよう」の一言が効いている。

53
阿部さんの話
大けがをした阿部さん

又阿部さんと同じ部屋にくらすことになった。この間けんけん相撲でぶつかって阿部さんは唇をひどく打ち、切ってしまった。二、三日たってある人がお見舞を言ったら阿部さんは「けがをした後は直る一方でございます。」と言ったのでみんなが大笑ひしました。

昭和一七年五月二四日　直和　宛て

郵便局スタンプ「貯めよう！　勝たう！」

阿部さんは山口県の山村の出身ですが人前で話す言葉がきれいで人の心を打つものがある。昔の日本にはこんなに礼儀正しい人が普通にいたことがわかる。家庭のしつけ、礼儀作法が社会的に徹底していたことの表れで素晴らしい。明治期に日本を訪れた外国人が経済的に貧しいと思われる人たちが卑屈にならず高いモラルを維持していることに驚いたという印象をいろいろ書き残しているのを思い出す。

54
阿部さんの手

阿部さんの右手は傷のあとだらけでどの指もきっと傷跡がある。「百姓はこうして草刈を憶えるのです。」と阿部さんは言っていますが、どうも阿部さんは苦心しないとなんでも上手になれないたちの人かもしれません。何でも下手なのは自分によく似ているようです。

昭和一七年五月四日　正浩宛て

郵便局スタンプ「貯めよう！　勝たう！」

手はその人の人生を物語る。だから手相を見る占い師がいる。農家の阿部さんの手は刃物を扱うことが多い。一番使うのは草刈り用の鎌だ。草刈りが農業の基本と言っている。目につくのは切り傷だけではない。重労働の結果指関節が大きくなっていること。爪もまた大きくなっているはずだ。阿部さんの手は手の手本である。

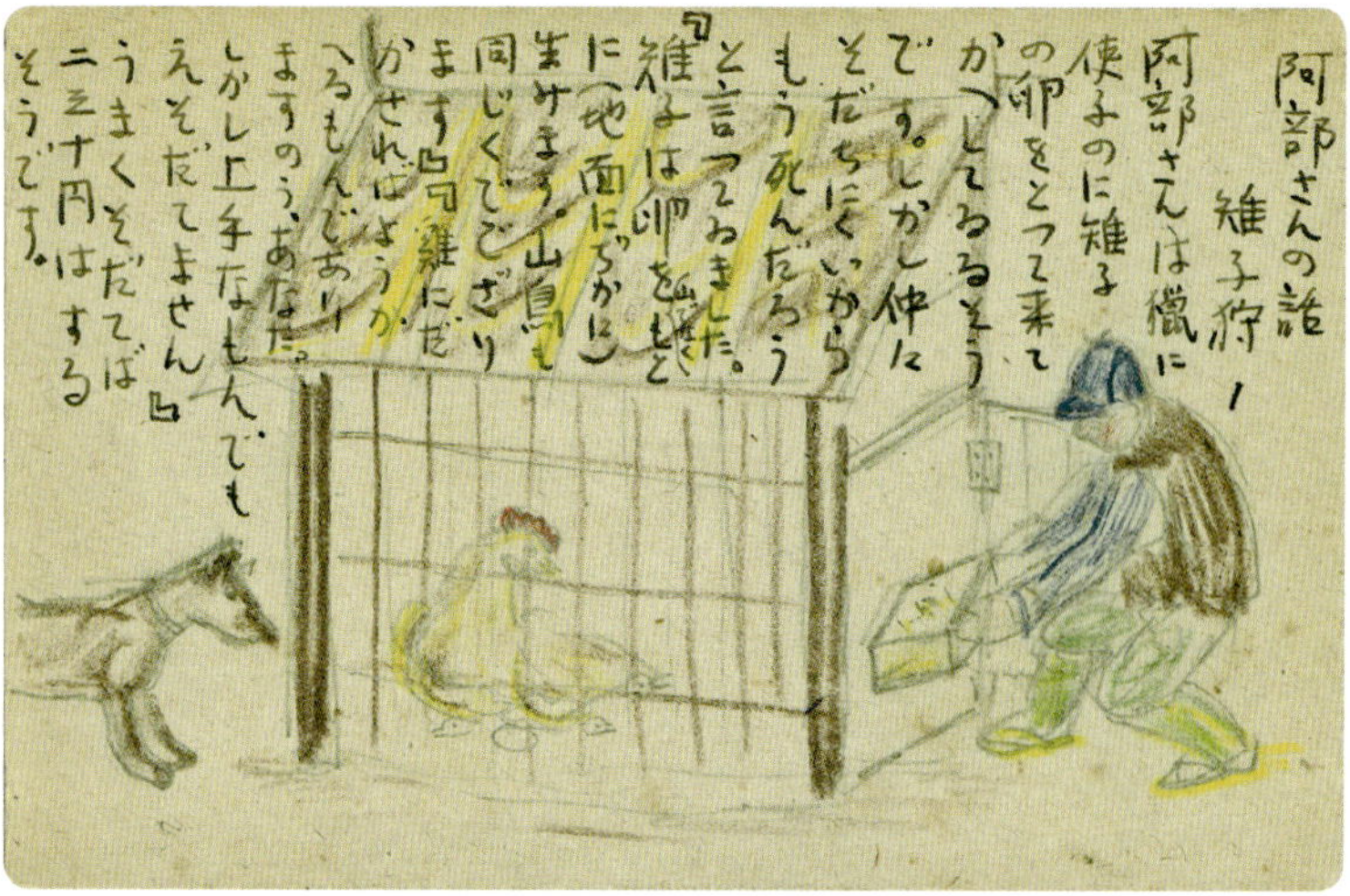

55
阿部さんの話
雉狩り　一

阿部さんは猟に使ふのに雉子の卵を取ってきてかへしているそうです。しかしなかなか育ちにくいからもう死んだろうと言っていました。「雉子は卵を山ではなくもとに（地面にぢかに）生みます。山鳥も同じくでございます。」「鶏に抱かせればようかへるもんでありますのう、あなた。しかし、上手なもんでもえそだてません。」うまく育てば二、三十円はするそうです。

昭和一七年六月四日　直和　宛て
郵便局スタンプ「貯めよう！　勝たう！」

阿部さんとは再度同室となり話す機会も増え語りの第二弾が始まった。雉子は卵を地面にじかに生む。鶏でも上手に孵す。然し山鳥と同様飼育は困難という。

でもうまく育てば高い値段で売れるそうだ。

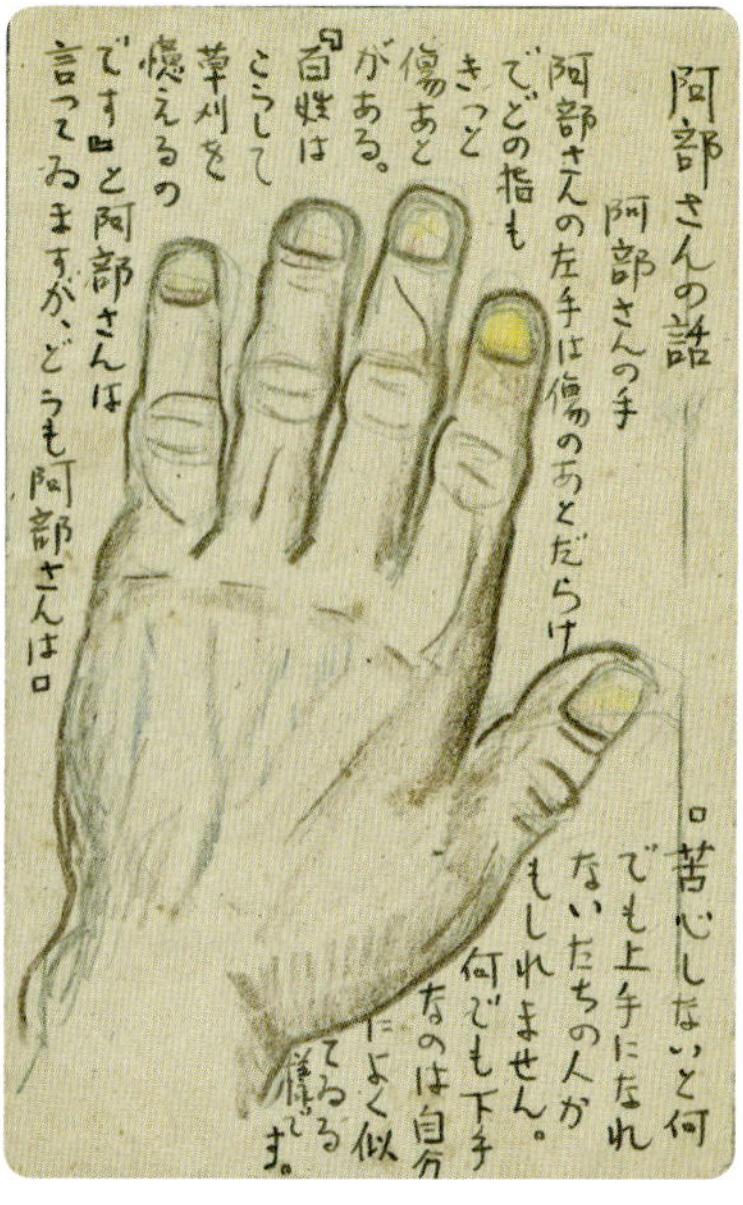

さて真珠湾奇襲後、四月一八日のドーリトル中佐率いるB25、一六機による日本本土空襲後、米軍の反攻が開始された。一方日本軍は南太平洋のラバウルを最重要根拠地とすべく陸海軍計九万人を配置した。将来の布石とし体制を整えた時期である。

ビスマルク諸島の中心ニューブリテン島の北端にあるラバウルは一九一〇年、ドイツ領ニューギニア植民地の首都であった。しかし一九一四年第一次世界大戦によりオーストラリア軍が占領して統治することになった。一九三七年二個の火山が大噴火し統治本部をニューブリテン島の西にあるニューギニア島のラエに移転した。日本海軍は艦隊泊地としてのトラック島（ラバウルの北約千キロ）の航空防衛及びオーストラリア方面に対する防衛拠点としてラバウルに航空基地を造る計画を持っていた。開戦前から陸軍に協力を申し出ていたが遠すぎることを理由に難色を示されていたが結局グアム島攻略後の南海支援隊をラバウル攻略にあてることになった。日本海軍は四二年一月四日から二月六日にかけラバウル攻略作戦を実行する。しかし反撃は少なく市街地、飛行場を占領した。以後ラバウルは海軍最大の航空基地として航空作戦の中心となった。そして陸海軍合わせて九万人の兵員を配置した。日付は六月四日である。前月の五月六日、南太平洋では中規模ではあるが将来に重要な影響を与える海空戦が行われた。ニューギニア島の東海上、珊瑚海で行われた戦いである。日本軍はツラギとポートモレスビーに空軍基地を建設して米、豪を牽制しようとした。その作戦を重く見た米、豪軍はポートモレスビーを奪回する動きに出た。日本軍は軍備の整っていない段階で攻撃を受け敗退したがこの海域で行われた攻防戦が珊瑚海海戦とよばれている。詳しく見てみよう。

（ポートモレスビー　地図　下記、123頁参照）

五月三日　米機動艦隊の艦載機は日本の駆逐艦一、掃海艇一、上陸用舟艇数隻を撃沈した。

五月四日　日本軍は米フレッチャー艦隊と珊瑚海で衝突。

五月五、六日　索敵

五月七日　日本軍、米駆逐艦一、給油艦一を撃沈。米、艦載機は日本軍の空母「祥鳳」と巡洋艦一を撃沈。

五月八日　日本軍航空機、米軍機、米空母、レキシントン撃沈、ヨークタウンに損害。米軍機、日本の大型空母「翔鶴」を大破。日本軍、多くの航空機を失いポートモレスビー攻略失敗、ラバウルに引き返す。

この珊瑚礁の戦いを突破口に米、豪軍は怒涛のごとく日本軍が支配していた領域に侵入してくることになるがこの海戦は内容的に小競り合いレベルの偶発的な規模ではなく本格的なものといえる。両軍の勝敗は判じがたいが本命はポートモレスビーの争奪戦であるから米・豪軍の勝利と言われている。

日本軍が太平洋作戦の中心となるように大規模な施設として建設したラバウルは有名で歌にもなっている。戦歌で特に有名なのは「ラバウル小唄」（さらばラバウルよ　又来るまでは）「同期の桜」（貴様と俺とは　同期の桜）「麦と兵隊」（徐州　徐州と人馬はすすむ）あた

参考図

中部太平洋方面図
千島列島
日本
硫黄島
南鳥島
ウェーク島
サイパン
グアム
マリアナ諸島
エニウェトク環礁
パラオ諸島
トラック島
マーシャル諸島
クェゼリン
マキン
タラワ
ギルバート諸島
ラバウル
ビスマルク
ニューギニア
ラエ
ソロモン諸島
ポート
モレスビ
ガダルカナル島
オーストラリア

りか？　しかし歌にまでなったラバウルも四年足らずで日本との縁が薄れてしまったのは残念である。

阿部さんの話
雉子狩2
大人の雉子は木につないでまちうけておることもある
又「ほうりあげといて」羽根の音で仲間を呼ぶこともある。
又竹に鳥の羽根をつけてそれでばさくとやって雉子を集めることもするそうです。つゞく
雉子はひなをとって来てそだてることもあるそうですが一つの巣に八匹から十二匹位が普通

56
阿部さんの話　雉子狩　二

大人の雉子は木につないで待ち受けていることもある。又、「つないどいてほうりあげといて」羽の音で仲間を呼ぶこともある。又、竹に鳥の羽をつけてそれでばさばさとやって雉子を集めることもするそうです。（つづく）雉子は雛を取ってきて育てることもあるそうですが一つの巣に八匹から一二匹くらいが普通。

昭和一七年六月四日　直和　宛て

郵便局スタンプ「貯めよう！　勝たう！」

専門的な雉狩りの話になっている。民俗学上一番人気のある分野である。細部に至るまで細かく話を聞き確認しながら真剣にペンを走らせ民俗学の研究者として勝負に出ている。銃を使って撃つだけでなくおとりを使って狩りをする。縄につないだ雉子を空へ投げ上げる、鳴かせて縄張り争いをさせる、竹竿に羽を結び付け打ち合わせる。きわめて専門的な方法で特筆に値するいい話を聞き出せたと満足したことだろう。葉書きの中の絵を見ると藪の中に身を隠している阿部さんの目と名犬の尻尾が臨場感を高めている。

57
阿部さんの話　雉子狩　三

雉子は縄につないでおいて放かり上げ（ほうり上げ）て羽の音で仲間を呼ぶか又、笛で鳴き声をチーヨ、チーヨ鳴らして集めることもある。「笛は三つ位持たにゃあ、つまりません。つづ（つば）がはえるからのお」と阿部さんは話してくれました。

阿部さんの話
雉子狩
雉子はつなりでおいて
ほうかり上げ（ほうり上げ）
て羽根の音で仲間を
呼ぶが又笛で鳴き聲
をチーヨチーヨならして
集めることもある。
笛は三つ
位持た
にやあっ
まりませ
んづっ（つ
ば）がは
えるから
のお山と
阿部さん
は話して
くれました。
其のチーヨ
チーヨと言ふ
音の高低の
まねが流石
にうまいものです。

そのチーヨ、チーヨという音の高低のまねがさすがにうまいものです。

昭和一七年六月四日　直和　宛て
郵便局スタンプ「貯めよう！　勝たう！」

雉子を呼び寄せるのに笛を吹くこともある。特別な笛があるが長く使用すると唾が入り音が変わり使用できなくなるので三種類は携帯するという。本当にプロだと感心させられる。

雉子狩りの話を三連続で書いている。三通とも直和宛であるが幼い子供に書く配慮はしておらず子供達全員を対象にして遺言のつもりである。物心がついてから葉書きを読み直して親爺をしのんでくれと思いつつ書いている。珍しい雉猟の楽しさもいい話だが加えて人として尊敬できる阿部さんの様な友人がいることとの重要性を教えようとしている。

さて太平洋に目を向けると米軍は全力で反撃の準備を急いでいる。一方日本軍は軍事方面のみならず民間レベルの進出も行っている。パラオには「南洋庁中学校」が設置された。又、五月二一日には「大東亜建設に処する文教政策」が制定され「日本人をアジアの指導者的国民」とするとした。帝国主義の犠牲となってきたアジアの解放を大義名分とした太平洋戦争であった。

日付は六月四日である。明日五日、これで太平洋戦争の勝敗が決まると判定できるミッドウェー海戦が始まる。勝てば相手に譲歩を迫り長期的には勝ち目がないこの戦争に終止符を打ちたかった。しかし日本海軍は大敗、逆に米海軍が戦勢を立て直す契機となった。詳しく見てみよう。

日本海軍はハワイ奇襲後、西太平洋の制空海権を完全に掌握し、ハワイ攻略の前段としてミッドウェー島の攻略を図った。山本五十六連合艦隊司令官の意図は同島の攻略自体よりそれを阻止するための出撃が予定される米空母艦隊の撃滅にあり、勝って軍事的優勢を確立し米国との和平交渉の契機とする狙いもあった。しかし実際は米海軍は日本軍の暗号解読、情報分析で奇襲に成功する。日本海軍は母艦上の航空機が対地攻撃兵装から対艦攻撃兵装に転換中の状態を攻撃されたため甲板上の機体と爆弾、魚雷が誘爆し瞬時に三隻の空母「赤城、加賀、蒼龍」が戦闘不能になった。残る一隻の空母「飛龍」の反撃で「ヨークタウン」を大破させたが攻撃を受け同じ道をたどった。空母機動部隊の圧倒的な打撃力を失い米国と和平交渉に入る山本の構想も挫折した。

ミッドウェー以降、米軍は重空母を使い圧倒的に優位に立ち島から島へと「飛び石作戦」によって日本へ向かって軍を進めた。そしてついには日本は米軍爆撃機の航続圏内に入ることになるのである。

指揮官
日　南雲忠一中将
米　レイモンド・スプルーアンス中将

日米戦力比（日本：米国）

大型空母	2：3
中型空母	2：0
小型空母	1
戦　艦	11
重巡洋艦	10：7
軽巡洋艦	6：1
駆 逐 艦	53：15
航 空 機	319：233

＋基地航空機 115

※資料によって細かい数字が合わないところあり。

上の表は戦闘開始前の戦力比であるが下に本海戦の結果をまとめている。大本営は戦況の第一報から終戦まで日本が勝っている様に数字をごまかして発表し続けた。信じられないが事実である。しかし報道する新聞社は逆らうことができず虚報をそのまま書かざるを得なかった。軍部の情報統制には逆らえなかった。しかし「東日」では女子トイレをひそかに改造して短波受信をし外国のラジオ放送を「便所通信」と呼んで二四時間体制で傍受した。ミッドウェーの敗戦もいち早く知ったが検閲があるので報道できなかった。

ミッドウェー海戦損失表

・大本営発表（虚報）
米　空母２隻　航空機 120 機
日　空母１隻／空母１隻大破／巡洋艦１隻大破／未帰還機 35 機

・実際（事実）

米	空　母	1 隻
	駆逐艦	1 隻
	航空機	150 機
	死　者	362 名
日	主力空母	4 隻
	重巡洋艦	1 隻
	航空機	322 機
	死　者	3000 名

58　藤村物語　魔法の壺 ― 底あみ

藤村さんは前にも一度言った通り漁師さんであります。藤村さんは瀬戸内海を機械と帆と両方で走る船で海の底を三つか五つくらいの網を引いて底にいる色んな魚、いか、たこ、えびなどをとっていた。余り早く走ると網が浮いて魚がとれず余り遅く走ると網が底に引っかかってしまふので魚を取るのも仲々むつかしいらしい。又、季節によってさかなの居所が違ふので魚は冬は海の深い所にいるし暖かくなると浅い所に出てくるそうです。（藤村さん写真　97頁参照）

昭和一七年六月四日　正浩　宛

郵便局スタンプ「貯めよう！　勝たう！」

葉書きの絵をよく見ると前に帆が張られ後ろにエンジンが搭載され煙突が見える。今このスタイルの漁船は全くないわけで恐らく昔からやってきた帆による帆走の伝統がまだ残っ

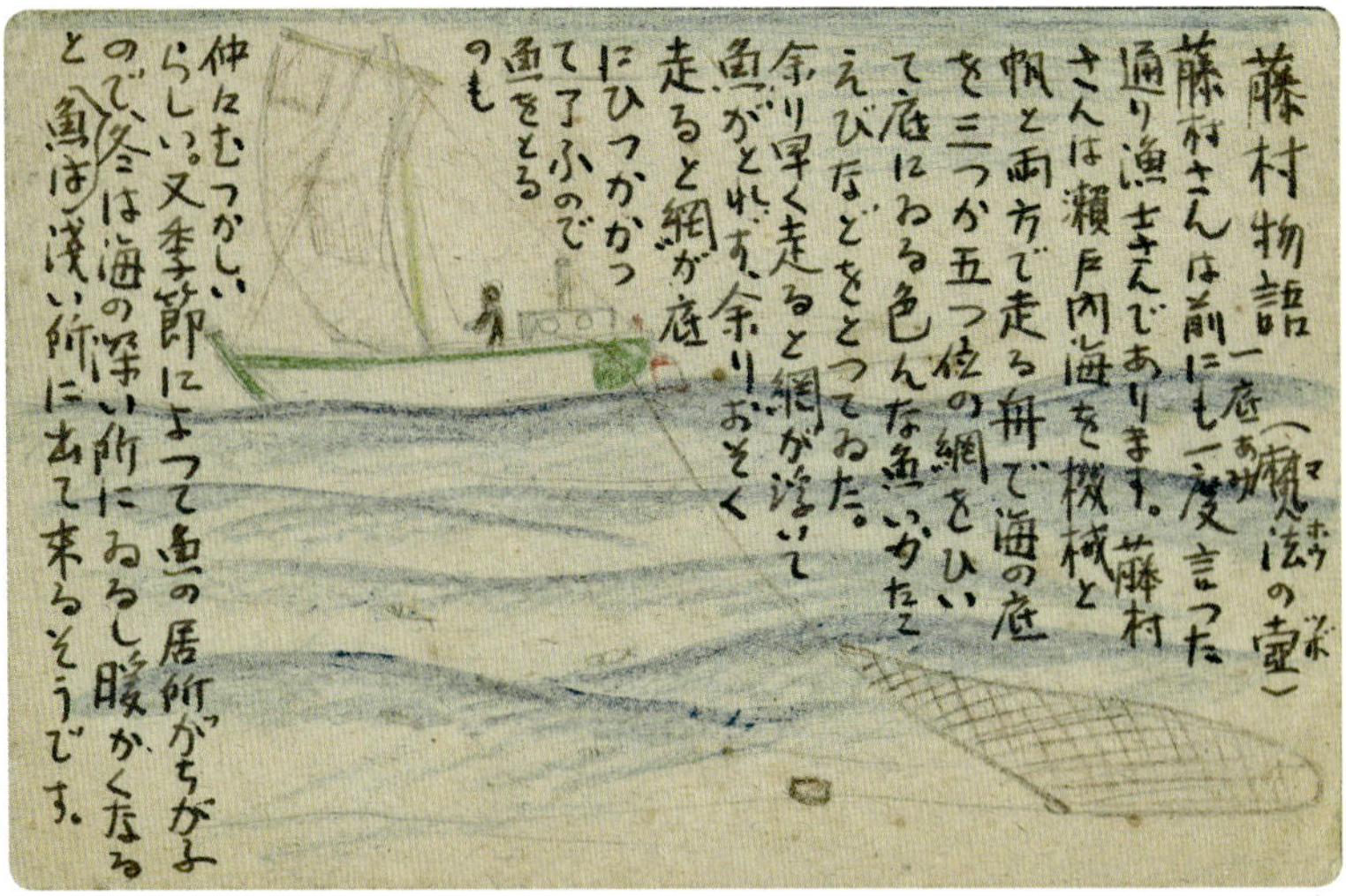
藤村物語 一 底あみ（魔法《マホウ》の壺《ツボ》）
藤村さんは前にも一度言った通り漁士さんであります。藤村さんは瀬戸内海を機械と帆と両方で走る舟で海の底を三つか五つ位の網をひいて底にゐる色んな魚いかたこえびなどをとつてゐた。
余り早く走ると網が浮いて魚がとれず、余りおそく走ると網が底にひつかかつて了ふので魚をとるのも
仲々むつかしいらしい。又季節によって魚の居所がちがふので冬は海の深い所にゐるし暖かくなると魚は浅い所に出て来るそうです。

ていたのだろうと推測される。油の統制が行われ旧来の帆掛け船に逆戻りして漁をせざるをえなくなったのだろう。帆の形が旧式で操作も大変そうだ。

59 藤村物語　二　どう亀の話

網には色々なものがかかるそうですが一番珍しいのは海亀で「どう亀」と言っているとのことです。大きいのはたたみ二枚位もある。かきや青のりのついているのもある。取って帰ったり売ったりすると自分の命が短くなると言ふのでいつも逃がすけれどもお酒があればそれを呑ますといくらでも飲んでいっぺん逃がしてやった時は見えなくなるまであとを振り返り振り返り泳いで行ったそうです。浦島太郎のようですね。

昭和一七年六月四日　直和　宛て

郵便局スタンプ「貯めよう！　勝たう！」

鶴は千年、亀は万年といって長生きの象徴となっている。漁師たちは亀を大切にする。だから網にかかってきた場合には日本酒を瓶から口の中に入れて飲ませ逃がしてやるのが昔からのしきたりである。飲ませた後、海に放すのだが後を振り返り振り返り泳いで行くとあり、心の交流でもあるかのような心温まる話となっている。亀と言えば浦島太郎の昔話が有名だがあのやさしさやとぼけた顔つきが人気の原因だろう。

60 藤村物語　三　魔法の壺

ある日のこと藤村さんが宇部の沖で網を引いると不思議な壺がかかってきました。少しも割れていないので家に持って帰ることにしました。茶色の濃い壺であったそうです。

昭和一七年六月四日　豊春　宛て

郵便局スタンプ「貯めよう！　勝とたう！」

瀬戸内海の海底から古い壺が無傷のまま網にかかって上がってきた。きわめて珍しいとはいえありそうな話でもある。荒れる日本海よりうち海の瀬戸内海が船舶に利用されるのはもっと

藤村物語　二、どう亀の話
網には色々なものが
かゝるそうですが
一番めづら
しいのは海
がめでせう
亀と言ってゐる
とのことです）
大きいのは
たゝみ二枚
位もある。
とってかへつ
たり売ったり
すると自分の命
が短かくなると
言ふのでいつも
にがすけれどもお酒
があればそれを
呑ませると
いくらでも
呑んで一ぺん逃がしてやった時
はみえなくなるまであとをふりかへりゝ泳い
で行ったそうです浦島太郎の様ですね。

藤村物語
三、魔法の壺
或日のこと藤村
さんが宇部の
沖で網を引いて
ゐると不思議な壺か
かゝって来ました。
少しもわれて
ゐないので
家に
持って
帰ることにしました
茶色の面白い壺で
あったそうです。

もなことだ。国内の船のみならず朝鮮、中国からの交易船も行き来したことだろう。そこで海難事故も発生する。水中考古学という学問があり今一番知られているのは蒙古軍が集結していたところを台風にやられた長崎県、鷹島である。陶器製の大砲の弾から食器類まで続々出てくる。それと同じく瀬戸内からも交易品が出てくる話である。

61

藤村物語　四
隣の提燈屋

網にかかった壺を持って帰った藤村さんはなんでもない壺だと思ったから裏庭の木の根と（根もとのこと）にちょっとおいておきました。すると隣の提燈屋で撃剣の先生をしている人が「藤村さんこれを私にくれませんか。」と言ひました。藤村さんは「よろしいですとも」と言ってそのつぼをお隣の人にあげました。

昭和一七年六月八日　直和　宛て　郵便局スタンプ「貯めよう！　勝たう！」

職業は提燈屋をしていて副業が撃剣の先生という珍しい人が登場してきた。絵を見ると隣の家の窓からその先生が垣根越しにのぞいている。藤村さんの庭には網が干され、いけすの竹籠が二つ置かれている。野菜畑の横では藤村さんの娘さんと男の子がままごとをして遊んでいる。子供さんの数まで聞いたようだ。軒下には猫まで描いてある。今回は気合が入って絵が念入りである。木の根元には茶色の茶壺らしきものが無造作においてある。この壺の運命がどう展開していくか？

藤村物語　四　隣の灯燈屋
網にかゝつた壺を持つて歸つた藤村さんは
何でもない壺だと思つたから裏庭
の木の根もと（根もとのこと）に一寸おいて
おきました。すると隣の灯燈屋で撃剣
の先生をしてゐる人が「藤村さんこれを
わたしに呉れ
ませんか」と
言ひました。
藤村さんは
「よろしい
ですとも」と言つてその壺をお隣の人にあげました。

62 藤村物語　五
魔法の壺

提燈屋さんの剣術つかひは藤村さんにお礼だと言って七五銭位の提燈を二つはって呉れた。そしてその壺を山口の品評会に出したら昔の支那の茶壺である

藤村物語　五　魔法の壺
灯燈屋さんの劍術使ひは藤村さんにお礼
だと言つて七十五銭位の灯燈を二つはつて呉れ
た。そしてその壺を山口の品評會に出したら
昔の支那の
茶壺である
ことが判つた。
そしてとうとう七十五円に賣れたそうです
が灯燈屋はあまりもうけすぎてきまりが悪かつ
たものですから大分たつてから其の話をしたそうです。

ことがわかった。そしてとうとう七五円に売れたそうですが、提燈屋はあまりもうけすぎてきまりがわるかったものですから大部たってからその話をしたそうです。

昭和一七年六月一四日　正浩　宛
郵便局すたんぷ「貯めよう！　勝たう！」

骨董の世界は難しい。新しかったり偽物だったりすると二束三文だが本物はプレミアムがついて何十万、何百万の世界である。七五円とあるが今でいうといくら位になるのか？　ひょっとして朝鮮の李朝時代の焼き物、あるいは中国の景徳鎮で焼かれたものかもしれない。骨董の世界は夢の世界である。床の間には掛軸が掛けてありくずし字で何やら書いてある。父が何と書いたのか知りたいものだが読める人に解説してもらいたいものだ。

63　藤村物語　六　難船

藤村さんは海で死にそうになったことが二度ある。一ぺんは朝鮮の釜山沖で一ぺんは宇部、新川から船を出して長府に流れついたそうです。「山口県と九州は一三里しかわたりはないんじゃから漁のある時は警報が入っても少々きばってやるですよ。そうしてついふわりと命を捨てるですよ。」

「危なくなると五体をいよいよ船にきびっちょるですよ。ほかされんごと。」

「しかし、漁師はじゃくじゃく（覚悟ということ）を決めとるです。漁業の上で死ぬりゃあ本望というように。兵隊が戦争で死ぬりゃあ本望というのと同じことです。」と言っていました。藤村さんは中々覚悟の良い人ですね。

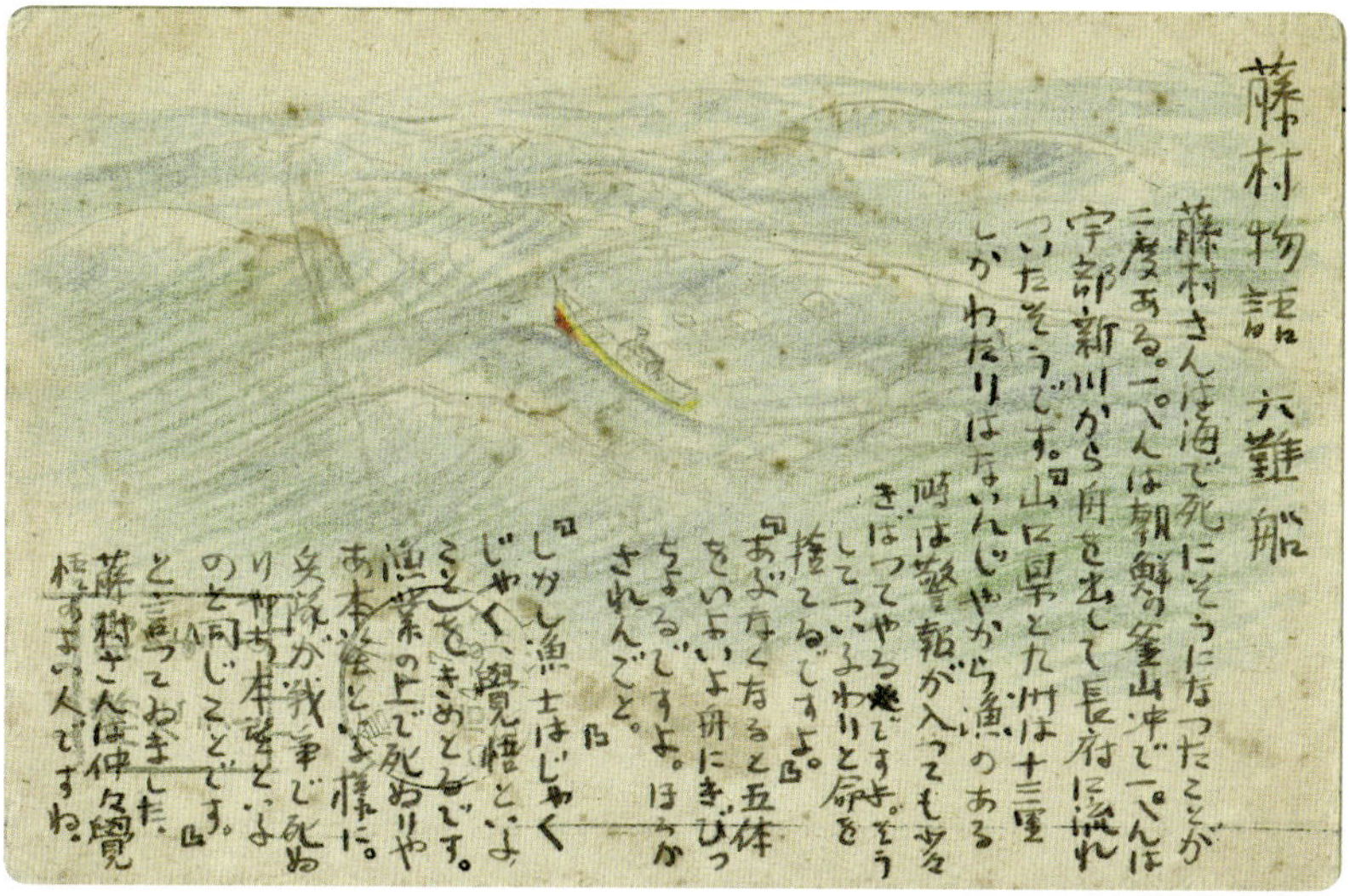

昭和一七年六月一七日
正浩　宛
郵便局スタンプ
「貯めよう！　勝たう！」

宇部、新川は現在の宇部港の一部になっている。死と隣り合わせの漁師の仕事をしてきたので戦争で死ぬのも同じことと割り切っていてけろりとしている。妻へかける苦労とか子育ての協力もできな

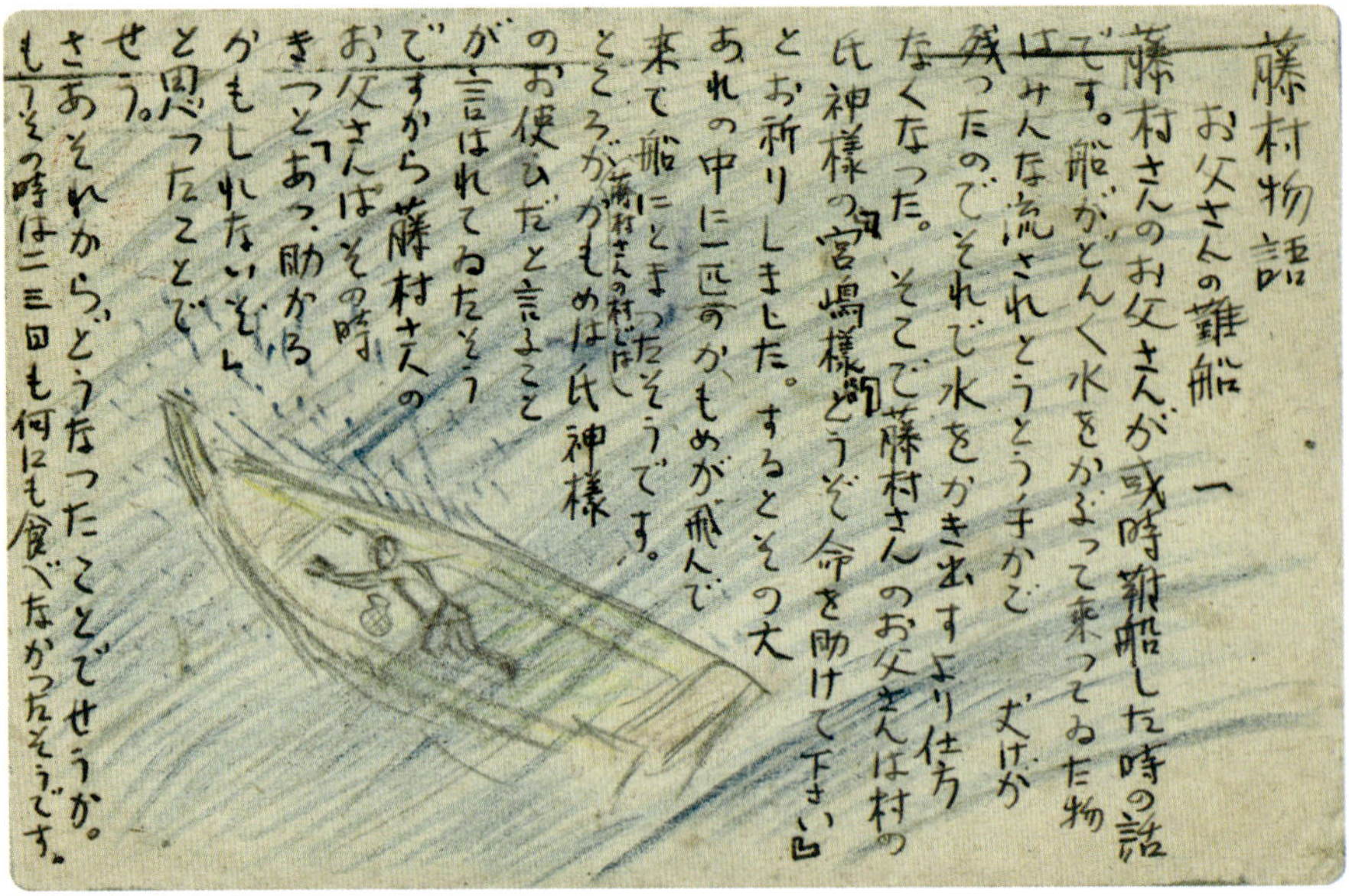
藤村物語
お父さんの難船 一
藤村さんのお父さんが或時難船した時の話
です。船がどんどん水をかぶって乗ってゐた物
はみんな流されとうとう手かご丈けが
残ったのでそれで水をかき出すより仕方
なくなった。そこで藤村さんのお父さんは村の
氏神様の宮嶋様どうぞ命を助けて下さい」
とお祈りしました。するとその大
あれの中に一匹のかもめが飛んで
来て船にとまったそうです。
ところが藤村さんの村ではかもめは氏神様
のお使ひだと言ふこと
が言はれてゐたそう
ですから藤村さんの
お父さんはその時
きっと「あっ助かる
かもしれないぞ」
と思ったことで
せう。
さあそれからどうなったことでせうか。
もうその時は二三日も何にも食べなかったそうです。

いこととか申し訳ない気持ちでいっぱいの父とは対照的な藤村さんである。

64 藤村物語　お父さんの難船　一

藤村さんのお父さんがある時難船した時の話です。船がどんどん水をかぶって乗っていた物は皆流されとうとう手かごだけが残ったのでそれで水をかき出すより仕方がなくなった。そこで藤村さんのお父さんは村の氏神様の「宮嶋様どうぞ命を助けて下さい」とお祈りしました。するとその大荒れのなかに一匹のかもめが飛んできて船にとまったそうです。ところが藤村さんの村ではかもめは氏神様のお使いだということが言われていたそうですから藤村さんのおとうさんはその時きっと「あっ、たすかるかもしれないぞ」と思ったことでせう。さあそれからどうなったことでせうか。もうその時は二、三日も何も食べなかったそうです。

昭和一七年七月五日　正浩　宛て　郵便局スタンプ「貯めよう！　勝たう！」

葉書きの日付が前のものと前後しているが、書いてある内容に従って並べ替えた。藤村さん本人が二度死にかかったことがありそのお父さんも三日間漂流した経験を持っていた。漁師さんは大変だ。

65 藤村物語　お父さんの難船　二

鴎が船にとまるとにわかに風がなぎ波も静かになってしまいひました。間もなくほかの人の船にみつけられ八島に連れて行かれたそうです。すると助けてくれた人は「このあらしに船を出すやつがあるかっ。」と言って

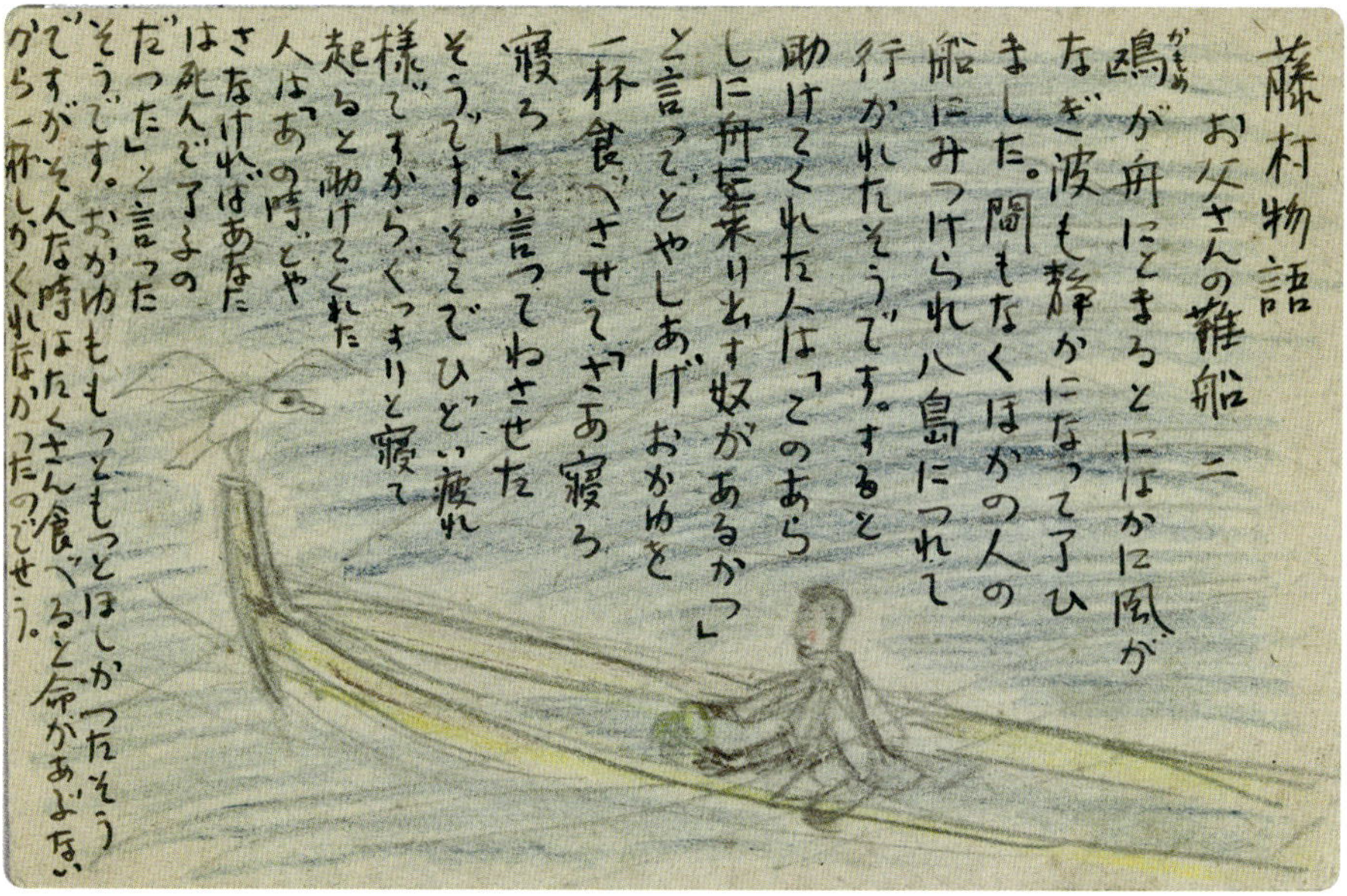

どやしあげおかゆを一杯食べさせて「さあ寝ろ寝ろ」と言って寝させたそうです。そこでひどい疲れ様ですからぐっすりと寝て起きると助けてくれた人は「あの時どやさなければあなたは死んでしまうのだった。」と言ったそうです。おかゆももっともっとほしかったそうですがそんな時はたくさん食べると命があぶないから一杯しかくれなかったのでしょう。

昭和一七年七月五日　正浩　宛て　郵便局スタンプ「貯めよう！　勝たう！」

藤村さんのお父さんの例を取りあげ船板一枚外は地獄を証明している。生き残ったから話になったものの死にでもしたら人に言えない話である。命があればこそ安芸の宮島や神の使いの鴎がありがたく思える。

66

藤村物語

雨の降る日に藤村さんが知らない間に自分の船の絵を書いて見せてくれた。藤村さんの描いた自分の船。機械は油がないので取り外してある。帆で早い時は一時間に四里も走る。

昭和一七年七月五日　正浩　宛て　郵便局スタンプ「貯めよう！　勝たう！」

船舶用の油が統制を受け入手できなくなって元の帆船に逆戻りして魚を取っている。藤村さんは父がまだ戻らない前に机の所に来て、置いてある葉書きや筆記用具などを使って自分で船の絵を描いておいたと言う。人には遺言替わりとは決して言わないが家族通信のかたちで兵舎内の友達のことや故郷の話、近所の自然の様子などことこまかに妻子に書き送っているのは隊長以下全員に知れ渡っている。藤村さんの船の絵は上手なものではなかったようで父は原画を尊重しながら帆の形だけは書き変えたようだ。

葉書きの左端の「船名　藤丸」は彼の自筆である。（四里とはメートル法で一六キロ）

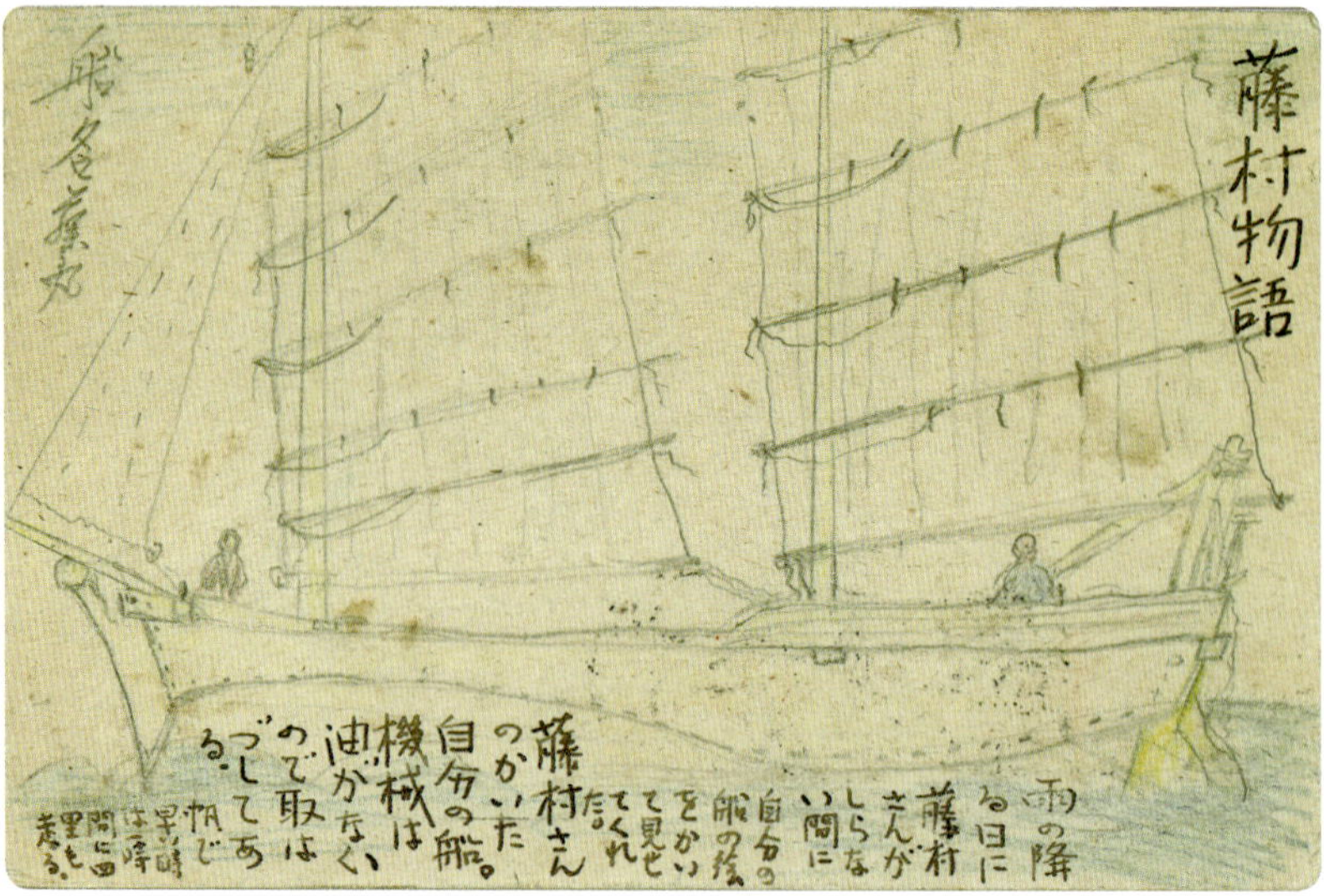

67 藤村物語　藤丸の最後

この間の嵐で海から五、六間しか離れていなかった藤村さんの家はたちまち波にさらはれてしまった。その時海岸に引き上げてあった藤丸も波のために流されて影も形もなくなってしまひました。かはいい子供や奥さんと寝起きした懐かしい船はもう二度と海の上に浮かび勇ましく魚とりに行くことはないかもしれない。藤村さんは電報で急いで家に帰ったが藤丸は波の底か遠い沖合で水浸しになって泣いていることでしょう。

昭和一七年八月三日

豊春　宛て

郵便局スタンプ

「一億一心　挙って防諜」

日付は八月三日で台風が来るには早すぎるがひどい高

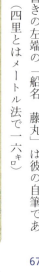

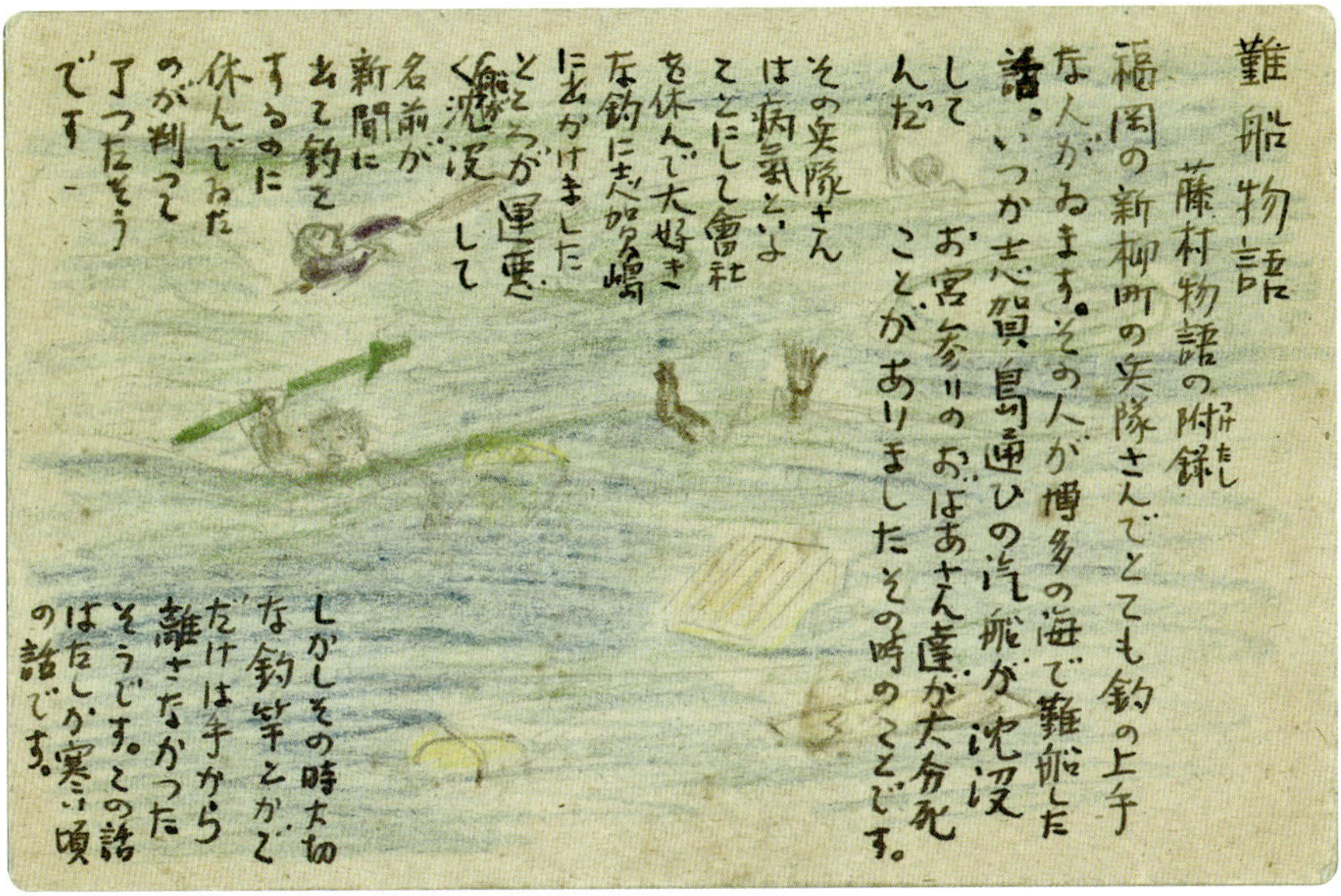

潮による被害である。藤村家は船も家も漁具もすべて失ってしまった。海からあげてあった船まで波に持って行かれたのだから予想もしない災害である。藤村家は生産手段を失ったことになる。これで戦場で藤村さん自身が亡くなれば一体家族はどうなるのか。

68
難船物語
藤村物語の付録

福岡の新柳町の兵隊さんでとても釣りの上手な人がいます。その人が博多の海で難船した話。いつか志賀島通ひの汽船が沈没してお宮参りのおばあさんが大分死んだことがありました。その時のことです。其の兵隊さんは病気といふことにして会社を休んで大好きな釣りに志賀島に出かけました。ところが運悪く船が沈没して名前が新聞に出て釣りをするのに休んでいたことが判ってしまったそうです。しかしその時大切な釣竿とかごだけは手から離さなかったそうです。この話はたしか寒いころの話です。

昭和一七年八月九日

豊春　宛

郵便局スタンプ

「一億一心　挙って防諜」

海難関連で父に語られた滑稽な話。話の内容からして本人のプライバシーにかかわるので名前は伏せてある。会社には仮病を使って実は釣りに行ってばれた話。兵舎には釣り具を持ってきているが休みの日にやるのは問題ないらしい。阿部さんも猟銃を兵舎に持ってきて父に見せている。

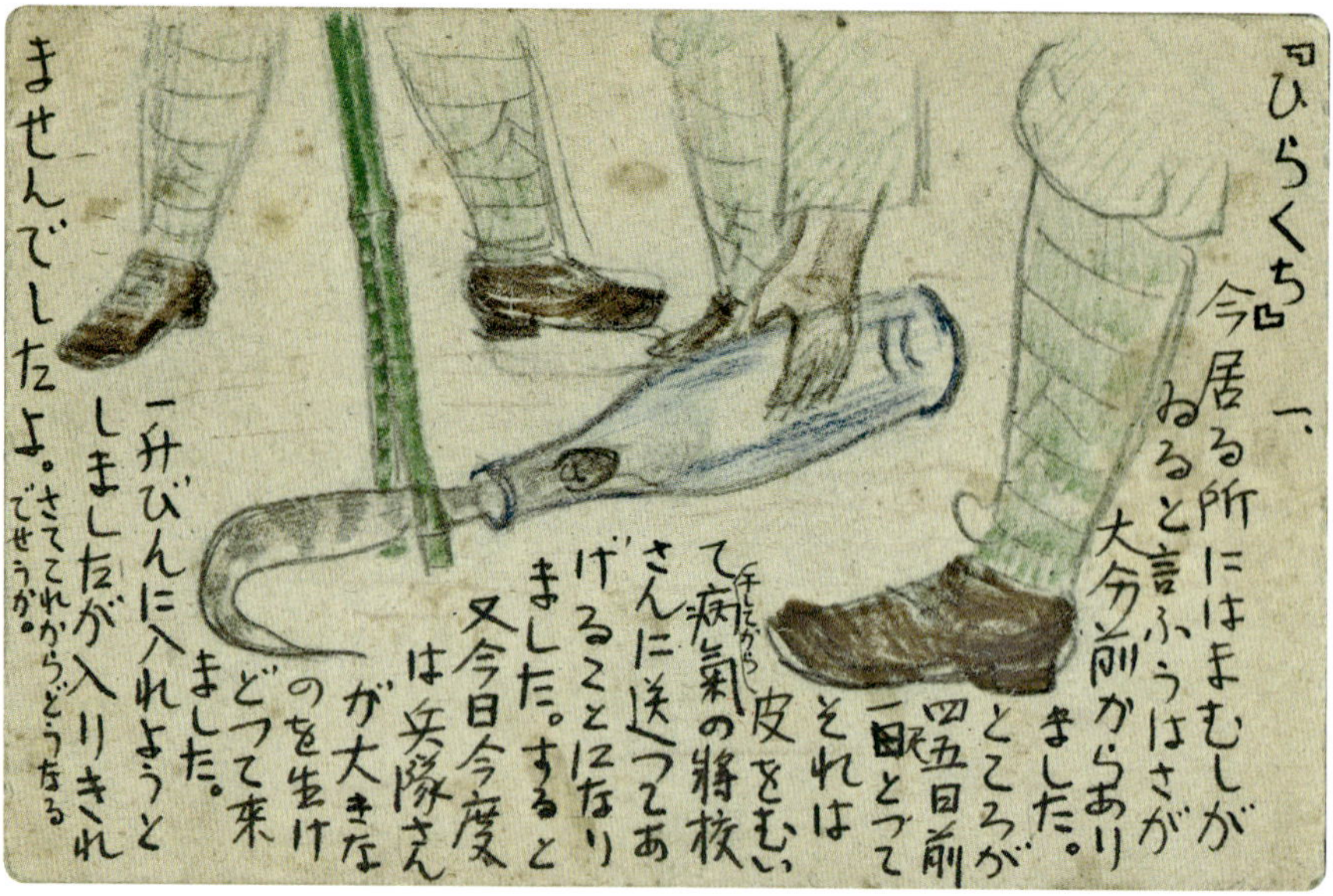
『ひらくち』一、
今居る所にはまむしが
ゐると言ふうはさが
大分前からあり
ました。ところが
四五日前
一匹とつて
それは
皮をむい
て（干してから）病氣の將校
さんに送つてあ
げることになり
ました。すると
又今日今度
は兵隊さん
が大きな
のを生け
どつて来
ました。
一升びんに入れようと
しましたが入りきれ
ませんでしたよ。さてこれからどうなる
でせうか。

69

ひらくち　一

今居るところはまむしがいるといふうはさが大分前からありました。ところが四、五日前一匹取ってそれはかわをむいて干してから病気の将校さんに送ってあげることになりました。すると又、今日今度は兵隊さんが大きなのを生け捕ってきました。一升瓶に入れようとしましたが入りきれませんでしたよ。さてこれならどうなるでせうか。

昭和一七年五月三〇日　直和　宛て
郵便局スタンプ「貯めよう！　勝たう！」

葉書きの日付に従って並べるのが基本だがテーマでまとめたほうが読みやすい場合がありこの部分は「ひらくち」でまとめた。高射砲の基地は丘や小山の上に作られるのでまず運搬用の山道が工兵隊によってつけられる。次にトラックによって高射砲が運び上げられるとふもとに兵舎が立てられる。この位の工事であれば兵舎の周辺の自然環境は保たれるようだ。だから蛇も毎日のように捕まる。一匹目は頭、内臓を取り除き皮をむいて日陰干しをし病気で休んでいる将校さんへプレゼントされた。

70

ひらくち　二
ひらくちの目ん玉

ひらくちの目ん玉を飲むと目がきける（よく見える）様になるそうです。それでこの前皮をむいたほうの目玉は武下さんという兵隊さんがペロリと呑んでしまひました。

ひらくちは人が行っても逃げないそうです。毒の牙を持っているから人間をたいしてこはくないと思っているかららしい。牙の自慢をしているうちに兵隊さんに捕まってしまったまむしは瓶の中で底の方にもぐっては水の上に出てきて鼻からぶくぶ

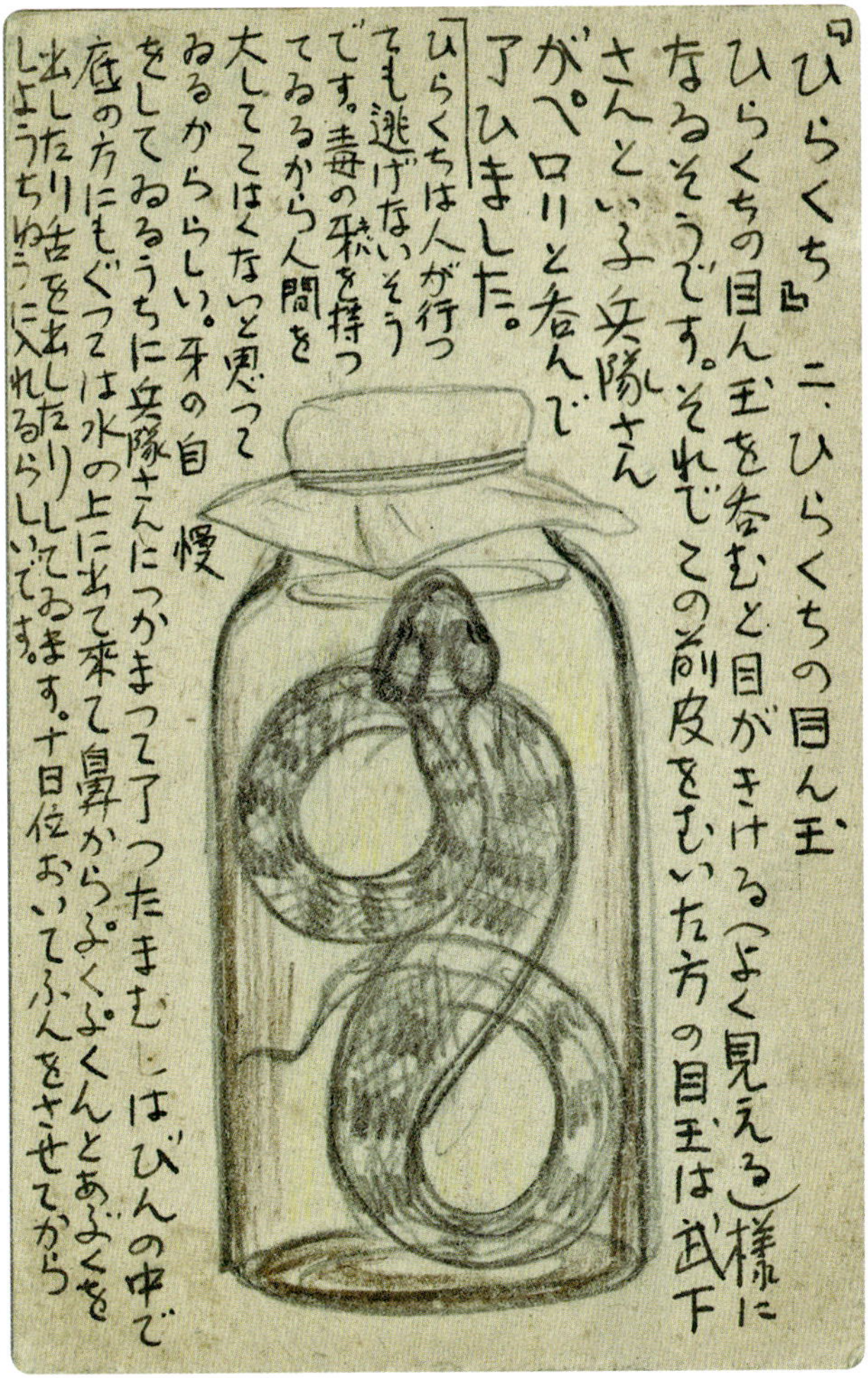
『ひらくち』
二、ひらくちの目ん玉
ひらくちの目ん玉を呑むと目がきける（よく見える）様に
なるそうです。それでこの前皮をむいた方の目玉は武下
さんという兵隊さん
がペロリと呑んで
了ひました。
「ひらくちは人が行っても逃げないそうです。毒の牙を持ってゐるから人間を大してこはくないと思ってゐるかららしい。牙の自慢をしてゐるうちに兵隊さんにつかまって了ったまむしはびんの中で
底の方にもぐっては水の上に出て来て鼻からぷくぷくんとあぶくを
出したり舌を出したりしてゐます。十日位おいてふんをさせてから
しょうちゅうに入れるらしいです。

くんとあぶくを出したり舌を出したりして
います。一〇日位おいて糞をさせてから焼
酎に入れるらしいです。

昭和一七年五月三〇日
正浩　宛て
郵便局スタンプ「貯めよう！　勝たう！」
まむし酒の作り方を教えてもらっている。

父は都会の出身なので怖いもの見たさで心がわくわくしたことだろう。一升瓶の中にまず水をいれ体を洗ってそれから絶食させ糞、尿をすっかり出させそれから焼酎に入れる。焼酎はふつう二五度のものを飲むがまむしは腐敗をさせないように今なら四〇度以上のものに漬ける。戦前はどうだったのか興味がある。それにまむしは体内に毒を持っているのでそれが微量ではあるが溶け出したとこを飲むのがうれしいのである。寝る前に猪口一杯きゅっとやっていい気持ちで寝る。

話は戻るがまむしの干物を上官へ送った話だがいい話である。日常的にパワハラが行われていたと思われている軍隊であるが逆に部下たちが上官をいたわっている構図が見て取られ残しておきたい話である。一方部下を大切にする上官の話も残っており終戦が宣言された後で部下を死なせた責任を取って一人特攻に出て行った人、部下の実家を訪ね歩き詫びを言って回った後自殺した人もいたという。

次頁の歌は当時流行し最近でもよく聞かれる歌ですが元来はＮＨＫの「国民歌謡」です。レコードは昭和一七年一二月にビクターより発売されました。

戦時色の濃い、はずんだ曲調が戦勝に湧く戦争初期の気分にマッチして広く親しまれヒットしていった曲と言われています。

「朝だ元気で」

八十島稔作詞　飯田信夫作曲

一　朝だ朝だよ　朝陽がのぼる
燃ゆる大空　陽がのぼる
みんな元気で　元気で起てよ
朝は心を　きりりとしめて
あなたもわたしも
君らも僕も
ひとり残らず　そら起て朝だ

二　朝だ朝だよ　朝陽がのぼる
今日も歓喜の　陽がのぼる
みんな明るく　明るく起てよ
朝は心もからりと晴れる
あなたもわたしも
君らも僕も
ひとり残らず　そら起て朝だ

71 ひらくち　三　まむしの歌

一　まむしは蛇の中の蛇　鳥の中の鷹　犬の中での日本犬　引き締まった小さい体、ぬれた様に光った皮　金色の目玉　背中にはかすりの様なくっきりした模様　決して降参はしないぞと牙を奥深く隠して
しっかり敵をにらみつけていた

二　蛇の中の勇士　何を考えているのか　どうして捕まえた人間をくひつかなかったかといふことか　それとも楽しい藪の中の巣のことか　晩御飯の時の事か

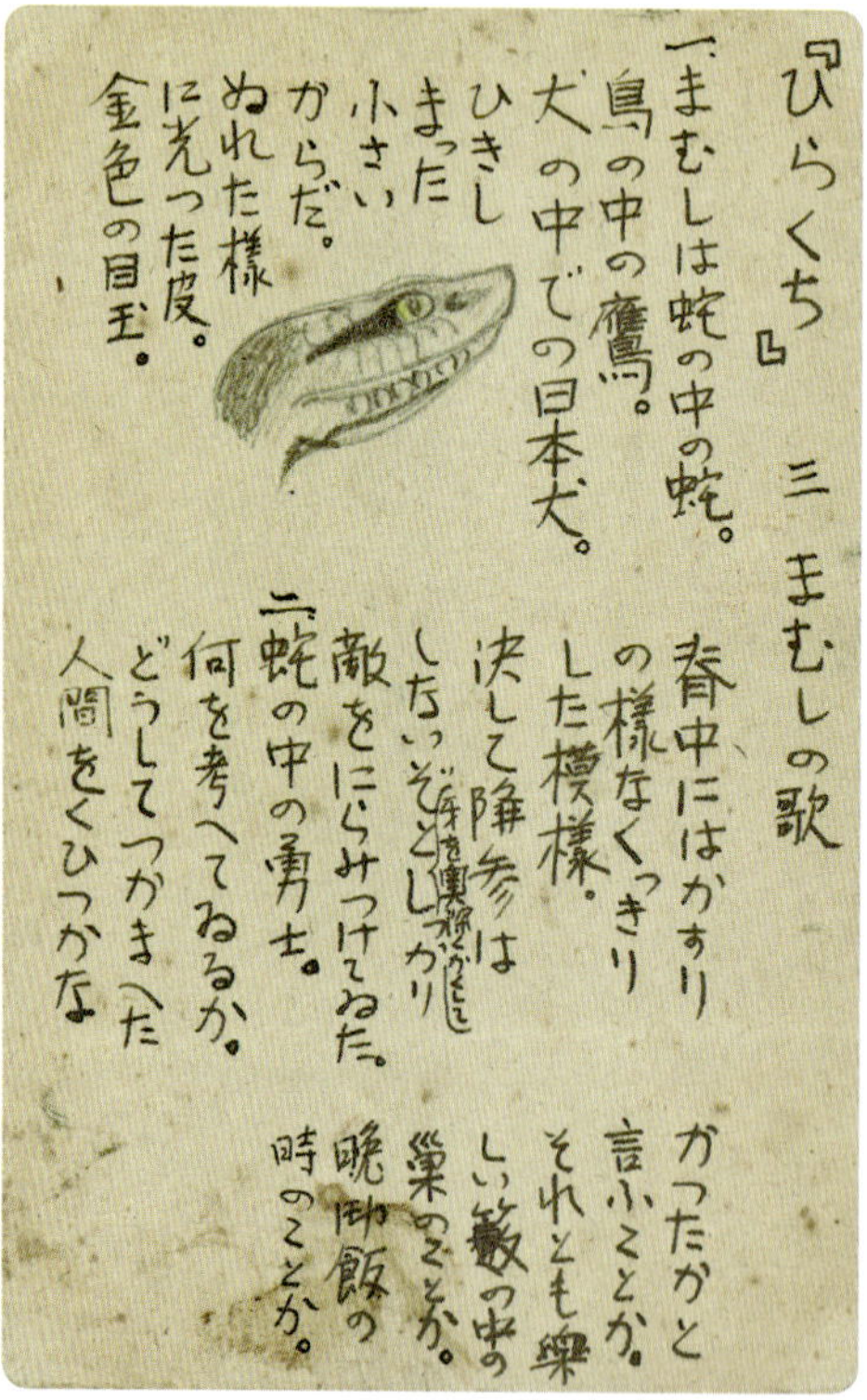
『ひらくち』　三　まむしの歌
一、まむしは蛇の中の蛇。鳥の中の鷹。犬の中での日本犬。ひきしまった小さいからだ。ぬれた様に光った皮。金色の目玉。背中にはかすりの様なくっきりした模様。決して降参はしないぞと牙を奥深くかくしてしっかり敵をにらみつけてゐた。
二、蛇の中の勇士。何を考へてゐるか。どうしてつかまへた人間をくひつかなかったかと言ふことか。それとも楽しい藪の中の巣のことか。晩御飯の時のことか。

昭和一七年六月一日　正浩　宛

郵便局スタンプ「貯めよう！　勝たう！」

まずひらくちのデッサンである。葉書きに描いてやろうと細かく観察したに違いない。戦士のごとく人をも殺すまむし。俺たちも人を殺そうと訓練中だ。

しかしこっちがやられるかもしれない。お互い似てるな。晩御飯はおいしかったか？　似てるな、俺たち。

72 ひらくち　四　蛙を吐き出す

瓶に入ったまむしはあまりお腹が大きいので子供が中に入っているのだろうと皆が言っていました。するといつの間にか大きな蛙を吐き出しているので水

を変えて蛙を捨てなければならなくなったのです。こはごは手伝ひをすることになったのですがいざとなると上から網をかけて火箸でちょんと頭をつまんでおいてとてもみやすく水をかへました。

昭和一七年五月三一日　直和　宛
郵便局スタンプ「貯めよう！　勝たう！」

まむしは卵を産むのではなくてお腹の中で子供を孵して子蛇の状態で生むと本に書いてある。だからお腹が大きいのである。知っている人はそのつもりで言ったと思う。しかし本当はカエルを飲み込んでいた。まむし酒を造るのには邪魔である。上手に蛇もカエルも火箸でつまんで外に出して水を変えて入れなおし。準備は進む。

73 ひらくち　五　ひらくちの干物

皮をむいた方のまむしは一体どこに干してあるのかなあと思っていたのですが今日こうせんの缶の置いてある所でひょっと上を見ると何だか骨ばかりの様なものが木切れにさしてほしてあった。まむしの干したの粉は味の素の味がするそうで味の素にはまむしの粉が入っているのだと言っている兵隊さんもある。

昭和一七年五月三一日　豊春　宛
郵便局スタンプ「貯めよう！　勝たう！」

昭和の時代、お祭りの屋台でまむしの粉末が瓶に入れられて売られていたのを思い出す。祭りの一般的な光景で珍しくはなかった。飲んでる人も周りにいてま

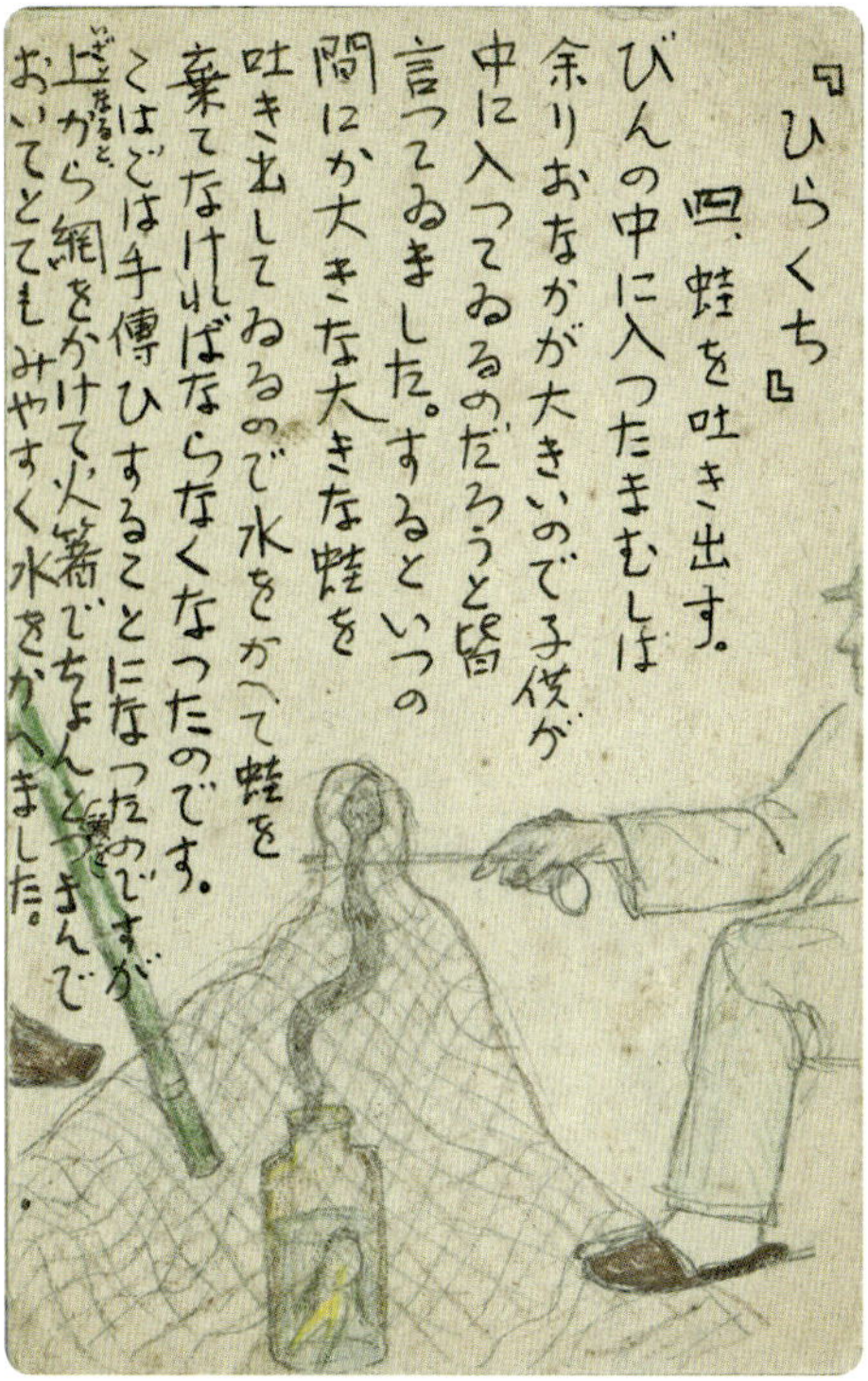
『ひらくち』
四、蛙を吐き出す。
びんの中に入ったまむしは
余りおなかが大きいので子供が
中に入ってゐるのだらうと皆
言ってゐました。するといつの
間にか大きな大きな蛙を
吐き出してゐるので水をかへて蛙を
棄てなければならなくなったのです。
こはごは手傳ひすることになったのですが
いざなると
上から網をかけて火箸でちょんと頭をつまんで
おいてとてもみやすく水をかへました。

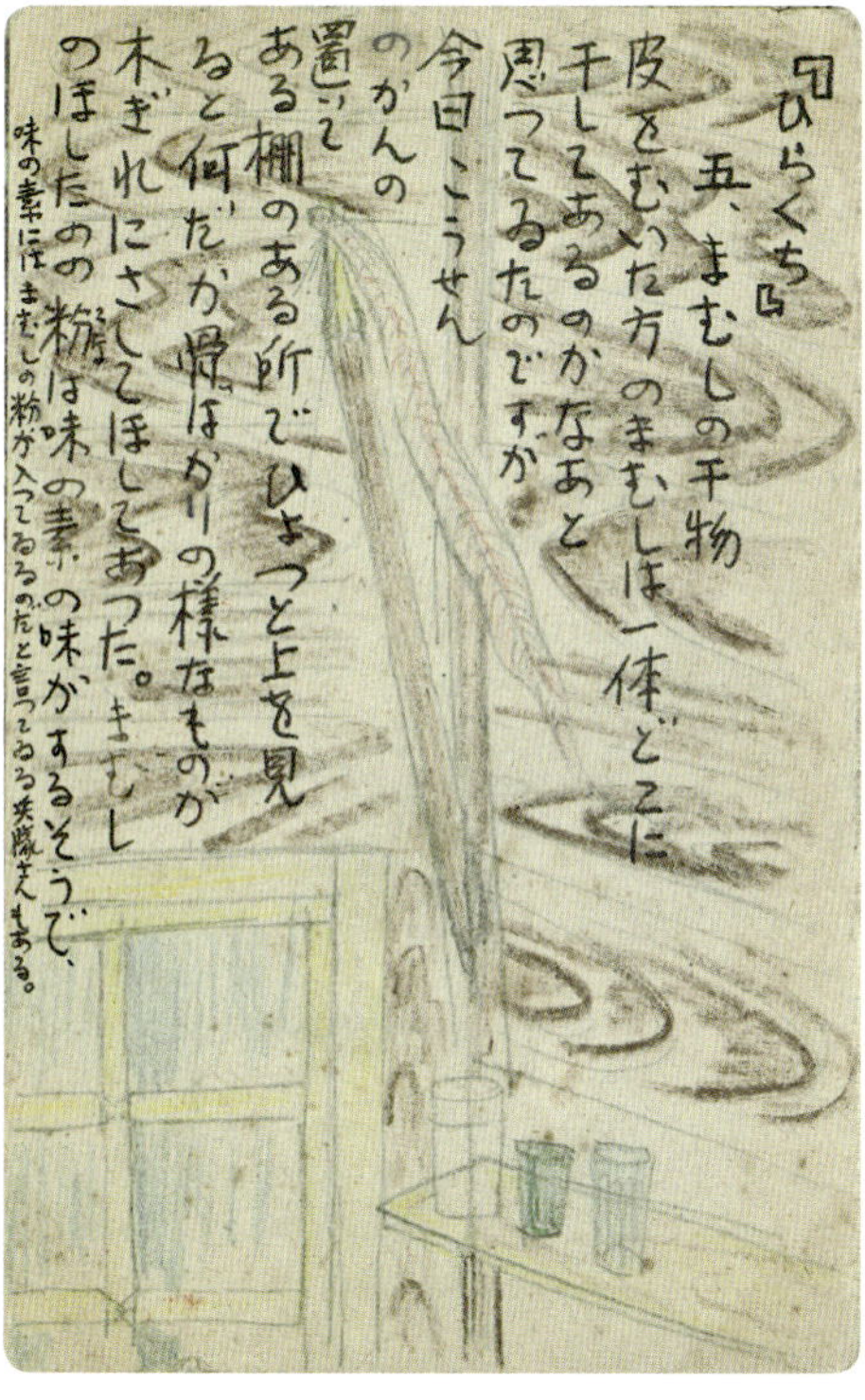
『ひらくち』
五、まむしの干物
皮をむいた方のまむしは一体どこに
干してあるのかなあと
思ってゐたのですが
今日こうせん
のかんの
置いて
ある棚のある所でひょっと上を見
ると何だか骨ばかりの様なものが
木ぎれにさしてほしてあった。まむし
のほしたのの粉は味の素の味がするそうで、
味の素にはまむしの粉が入ってゐるのだと言ってゐる兵隊さんもある。

むしの粉は味の素の味がするとか味の素はまむしの粉を混ぜているとかいう話も聞いたことがある。つまりタンパク質、アミノ酸の味がすると言っていたのだと思う。私も大学生のころ群馬県の山村でまむしの干したやつを囲炉裏で焼いて食べさせてもらったことがあるが少し生臭さがあったがタンパク質のおいしい味がして今でも忘れられない。

74
ひらくち　六
三日目　まむしのあくび

山の勇士、まむしも三日目には大分くたびれたらしい。大きく息をしては浮いたり沈んだりしている。夜になると今まで開かなかった口を何べんも大きく開いてぱくりぱくりとやったので「あくびをしとるぞ、あくびをしとるぞ」と兵隊さんが言ひ出した程でした。

それから七日程たった日のことふと瓶の中をのぞくと全く頭から体から三分の一位にやせ細っていたのでこんなにやせたら薬にもなるまいと思ったらそれは新しくとれたまむしでした。あぶない、あぶない。

昭和一七年六月一七日

直和　宛て　郵便局スタンプ　なし

一週間も絶食するとさすがのまむしも絶命するようである。それから何か月くらいでまむし酒が飲めるようになるのか知りたいものだが父は酒は全くやらないので記録がないのが残念である。梅酒と同様一年物、二年物等というのだろうか。毎日命がけの訓練のあとずらりと並んだまむし酒に目をやりながら顔がほころぶのだろう。こんな楽しみがないと兵隊稼業はやってられないと真面目に思う。

75
「蟹の木登り」一

池に洗濯に行くとき、山の中の道

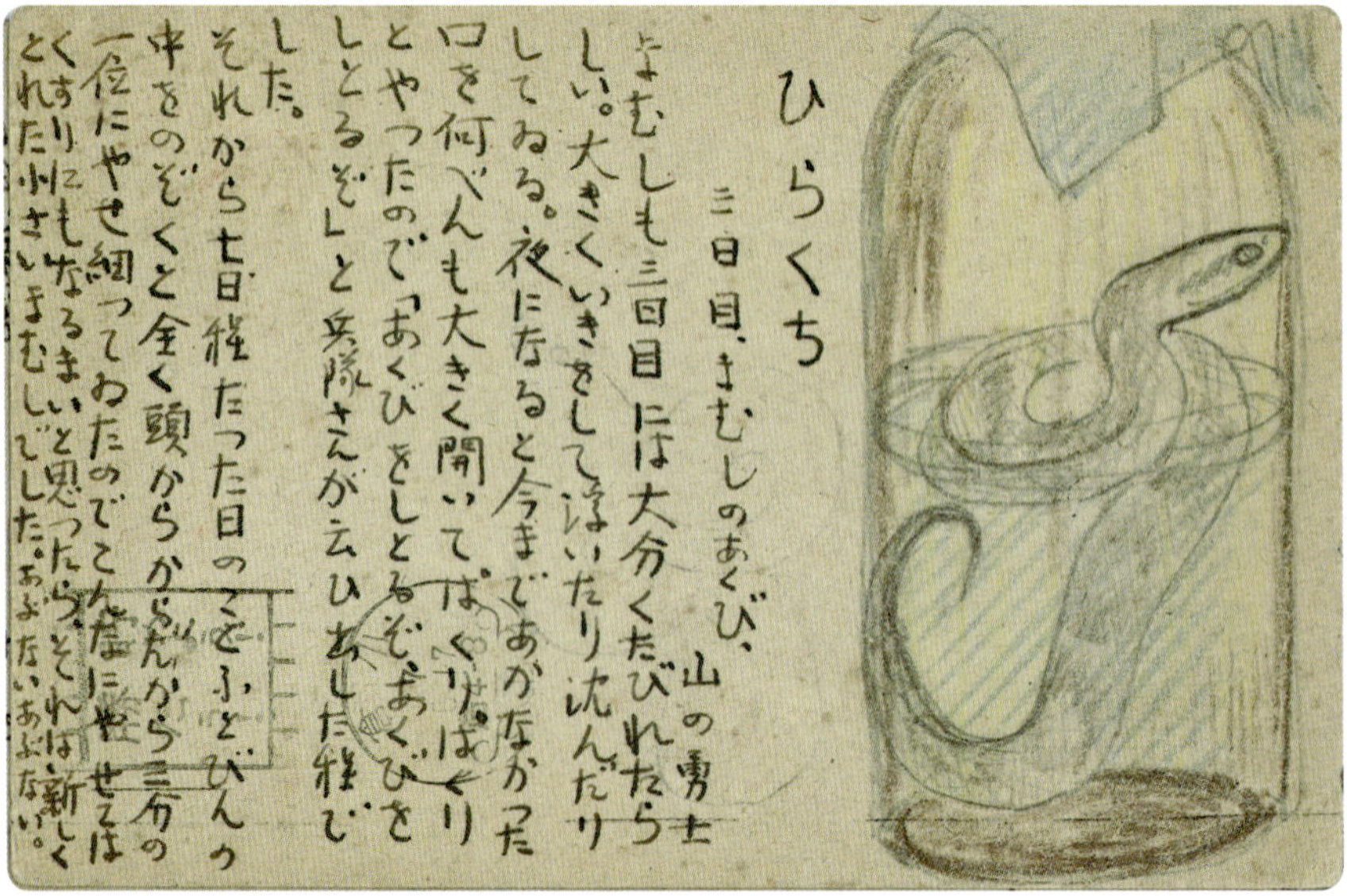

を通ったら蟹が木登りをやっていました。この蟹は猿蟹合戦でこりごりしたので一生懸命木登りを稽古してとうとう一人で木に登れるようになったのかもしれません。蟹の登っていたのは桜の木でしたから「どれ桜ん坊でもご馳走になろうかな。」と思ったのでせう。

昭和一七年六月一四日　直和　宛て

郵便局スタンプ「貯めよう！　勝たう！」

山道を少し上った先に池があって洗濯をやっている。飲み水にはならないが洗濯程度なら使える水でメダカも泳いでいる。鉄の塊のような高射砲を操作するのはまさに重労働で大量の汗をかくだろう。洗濯は毎日の日課になっていたと思う。

『蟹の木登り』一
池に洗濯に行く時山の中の道を通ったら蟹が木登りを
やってゐました。この蟹は
猿蟹合戦でこりごりした
ので一生
けん命
木登りを
けいこして
とうとう
一人で木に登れる様に
なったのかもしれませ
ん。蟹の上ってゐたのは
櫻の木でしたから「どれ櫻ん坊でもごちそうになろうかなと」
思ったのでせう。

池に行く途中桜の木に蟹が登っているところを見付けている。周囲の動植物の観察に油断のない父である。

76 蟹の木登り　二

この頃近くの桜ん坊が実り出しました。今日は日曜日なので近所の小学生が何人も桜ん坊を取りにやってきました。そして、時々めりめりどしいんというものすごい音をさせたりしてにぎやかでした。口のまはりも手も紫にして半日の間に大分食べたらしい。これでは蟹の子供がやっと木の

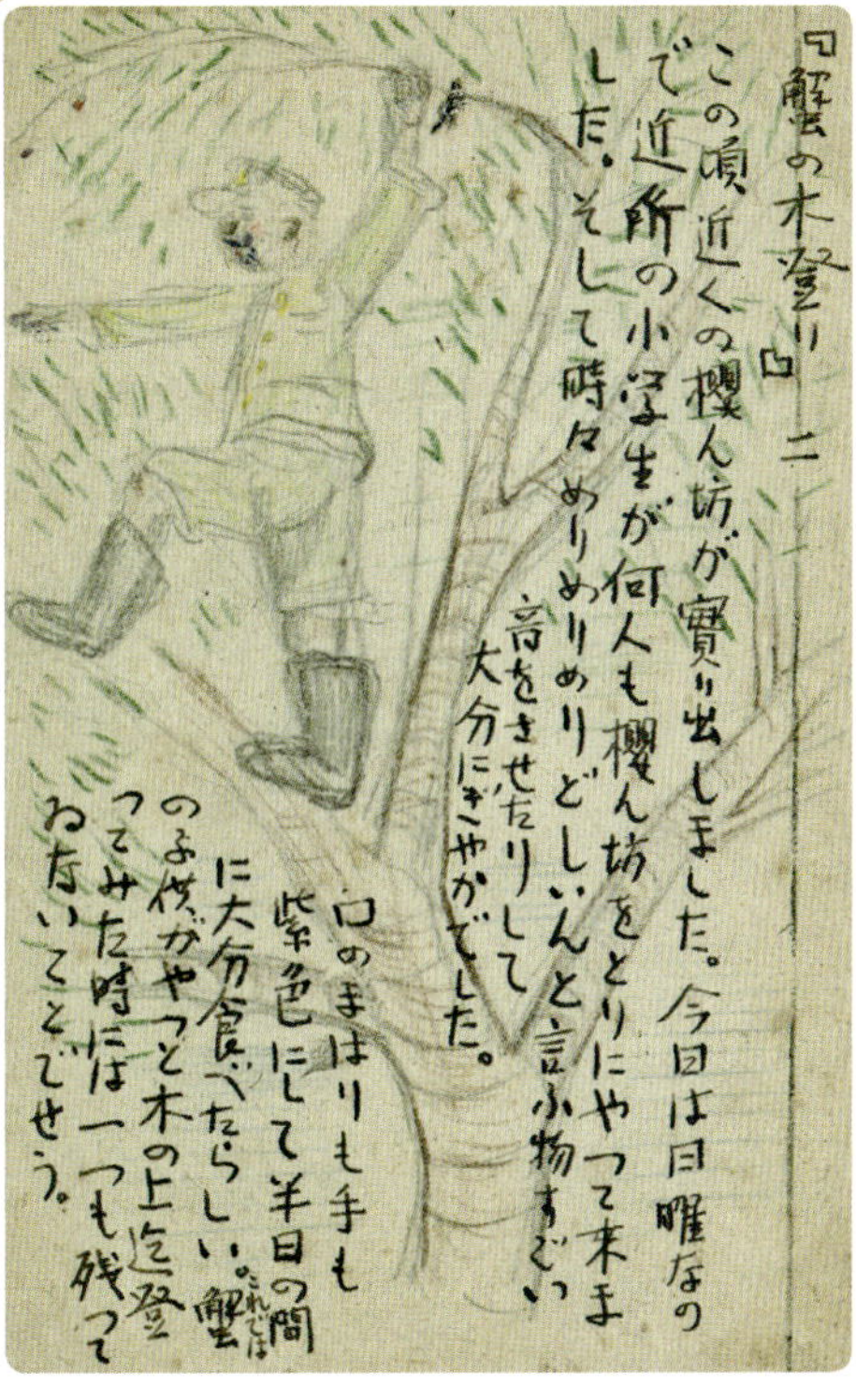
『蟹の木登り』二
この頃近くの櫻ん坊が實り出しました。今日は日曜なので
近所の小學生が何人も櫻ん坊をとりにやって來ま
した。そして時々めりめりめりどしいんと言ふ物すごい
音をさせたりして
大分にぎやかでした。
口のまはりも手も
紫色にして半日の間
に大分食べたらしい。これでは蟹
の子供がやっと木の上迄登
ってみた時には一つも殘って
ゐないことでせう。

上まで登ってみた時には一つも残っていないでせう。

昭和一七年六月一四日　豊春　宛て

郵便局スタンプ　なし

桜ん坊とはいっても今ある東北産や輸入されたチェリーとは異なり染井吉野の木になる実なので小さく甘さは少なくむしろ酸っぱさの方がまさっている。しかし昔は子供にとってはおやつがわりだった。食べると手や口のまわりが紫色に染まった。木の枝が折れて地面に落ちることもよくあった。おやつなどなかった時代、子供たちは冬いちご、ぐみ、ちがや（つばな）の芯、あけびなど山野にある食べれるものはなんでも食べた。枝が道端に出ている柿、イチジクなど手の届くところにあるものはこっそり失敬して食べて怒られたものだ。私の友人で大根を引き抜いて泥をぬぐって食べたこともあると語った者もいた。

77 高射砲部隊　記念写真

（＊は葉書に登場）（194頁写真参照）

写真に写っている人たち

久我さん　山田さん
篠栗の兵長・田代さん
里中さん　渡辺さん
阿部さん＊　衛生兵さん＊
山崎さん（お百姓さん　優等生のお父さん）
林田さん　安川さん
宿のお嫁さん　田中さん
宿のおぢいさん　宿の娘さん
大平さん（広島の呉服屋の番頭さん）
伍長・井上さん　原口さん
増田さん（宇部の近くのお百姓さん）＊
細田さん（萩の大工さん）＊
宿のおばあさん
「先生」と言はれている人＊
国重さん（鉄道の）（先頃子供さんが無くなった。）＊
（藤丸の船長さんの）藤村さん＊
来原《くりはら》さん（村役場のお役人さん　村長さんになるかもしれない）＊
中村さん　写真に写っている人の名（色を塗ってあるのが一緒に写真に入ったお友達）

昭和一七年七月一日　正浩　宛て

郵便局スタンプ　なし

北九州、若松の八幡製鉄所の裏山に配置された西部高射砲部隊一三一連隊、第八〇六一部隊の隊員たちである。市内のどこかの旅館か料亭で慰労会を行った時の写真を葉書きに描き写し名前を書きとどめている。自分が一緒に生活している戦友たちの証拠、証明として検閲印を取得し実家へ送っている。写真そのものは手持ちで持ち帰り葉書きと一緒に保管している。第一級の記録写真になっている。

葉書きに登場してくる隊員全員の顔と名前が一致するところがすごい。一人でも多くのご氏族の方がこの写真を見てくださることを祈るばかりである。旅館のおばさんと娘さん、紅二点を中心にして恥ずかしそうなおばあさんも写真を盛り上げている。必ず死ぬ運命にある兵士たちの遺影とすべく写真屋さんを頼んで写している。隊員一人一人は心の中では何を考えているのだろう。後に残してきた

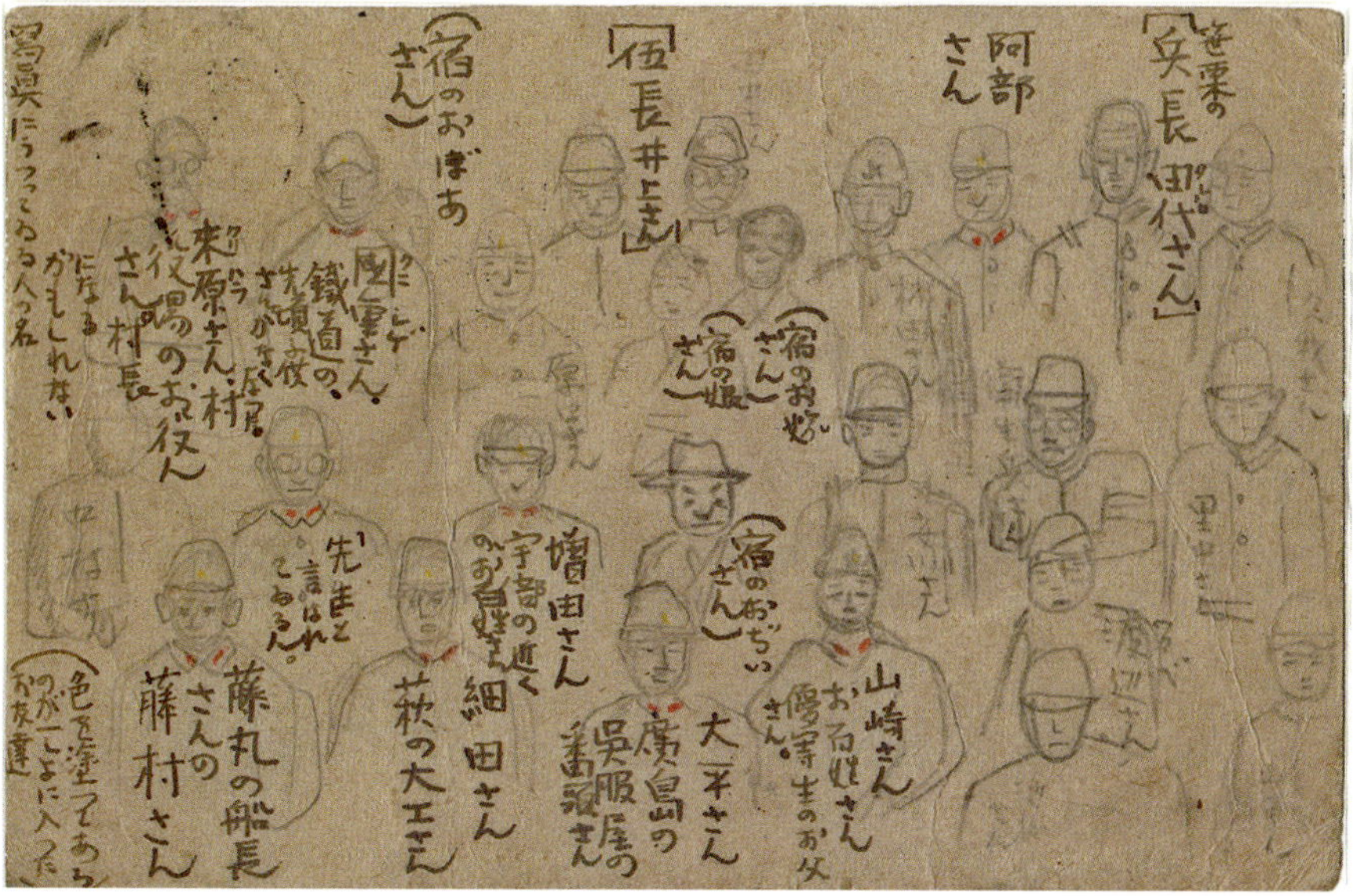

家族に対して今日という日を生きている幸せを伝えているのだろう。と同時に自分が死んだら後は自分の分まで幸せに生きてくれと心の中で手を合わせているのかもしれない。

襟章に赤の色鉛筆で着色して同期の仲間を区別しているのも念が入っている。又自分のことは「先生」と呼ばれている人と注釈をつけているが兵舎の皆にはそんなあだ名で呼ばれていたことが判る。夜な夜な食堂かどこかの裸電球の下でメモ用紙を前に鉛筆を構えた父を数名が取り囲み民俗学の調査のやりかたを思い浮かべながら隊員たちの話に耳をかたむける父であった。この部隊の親密な人間関係がわかり凄惨な戦地のそれと比べて心温まる思いがする。父にとってはまるで宝の様な戦友達であるがこのうち何人が生き延びて終戦を迎えることができたのか考えるとき心が痛む。戦況はこの時期から劣性となりあらゆる戦場で玉砕が始まるのである。兵が不足し若い人から次々に南方へ送られていったと思われる。葉書きの日付は七月一日である。ミッドウェーで大敗を喫した日本海軍であった。戦果は隠匿され兵士には箝口令が惹かれ一部の兵士は隔離されもした。新聞は勝利と報道し恐らく八〇六一部隊も勝ったと思いスケジュール通り慰労会を行ったと思われる。慰労会の実施とミッドウェーの大敗北を重ね合わせる時太平洋戦争の無意味さがきわだっているのを感じる。ミッドウェーの敗戦から二〇年の八月まで全く意味のない敗戦を続け三一〇万人が死んだのである。津波、台風、洪水など自然災害とくらべて死亡した人の数があまりにも膨大である。特に四四年（昭和一九年）八月から四五年（昭和二〇年）八月までに二〇〇万人が死んでおり軍部の責任は重大である。

78

ほう白

ほう白は今でもしきりに鳴いているようですがこの先ごろから巣をかけはじめました。中にものんきなのは兵舎の出口の真ん前にある松の木に巣をつくりました。卵が一つ生んであるらしいのですが兵隊さんがのぞいてみたのでもう来なくなった。その外、雀も子供をつれてそこいら中を飛びまはっています。

昭和一七年七月五日　豊春　宛て

郵便局スタンプ「貯めよう！　勝たう！」

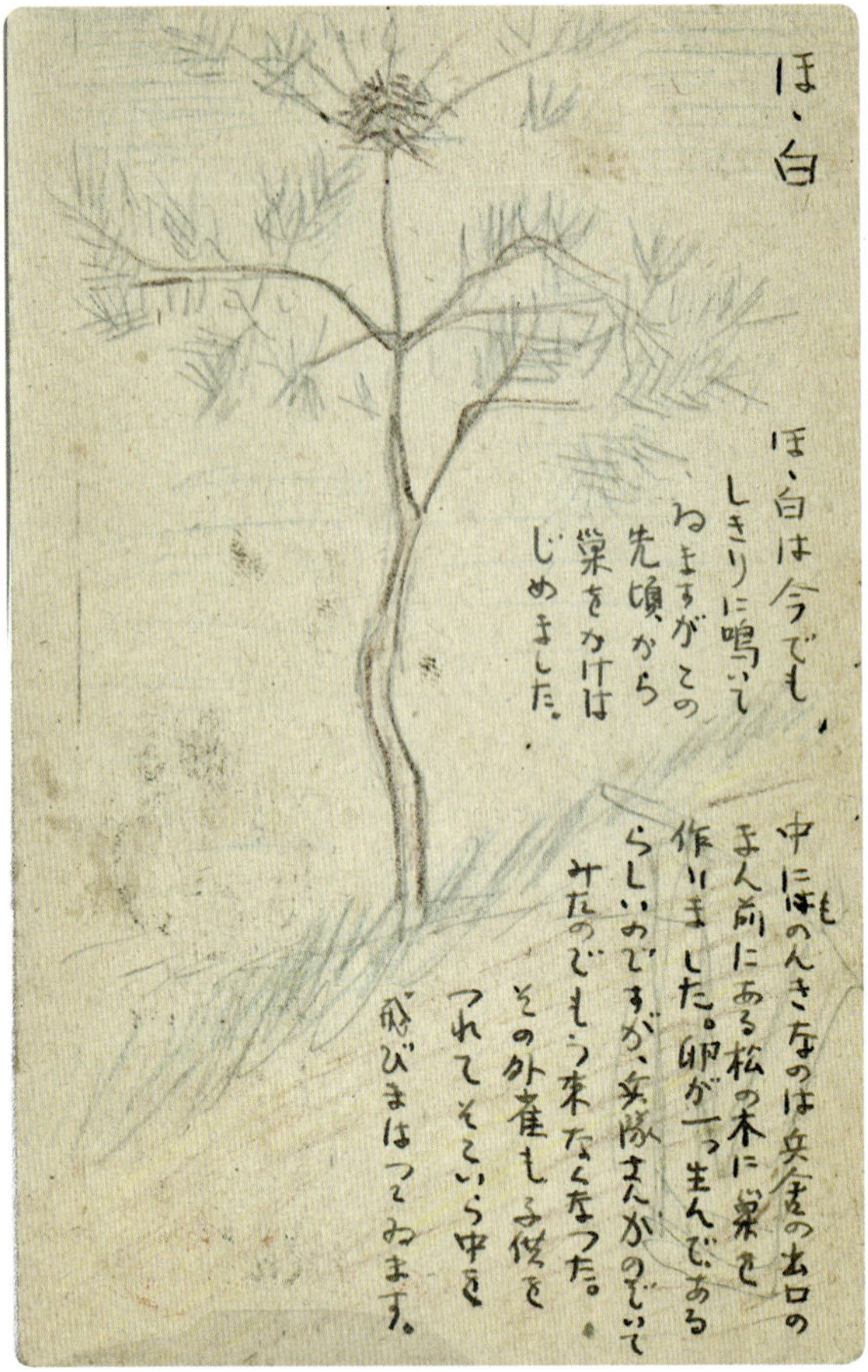
ほ、白
ほ、白は今でも
しきりに鳴いて
ゐますがこの
先頃から
巣をかけは
じめました。
中にもものんきなのは兵舎の出口の
まん前にある松の木に巣を
作りました。卵が一つ生んである
らしいのですが、兵隊さんかのぞいて
みたのでもう来なくなつた。
その外雀も子供を
つれてそこいら中を
飛びまはつてゐます。

高射砲陣地のあるこの山は美しく今日では自然の宝庫と呼べるレベルである。兵舎の出口のところにある木の枝にほう白が営巣した。洞海湾を挟んだ向こう側は八幡製鉄所である。そこを守るために小高い山の上に高射砲陣地を構築した。鉄の塊みたいな重量のある高射砲を運び上げるためにトラックの通る山道を造成しふもとにはそれを操作する兵士の宿舎を建設した。しかしそれくらいでは自然環境はびくともしていない。兵隊さんの一人が木に登って卵が一個産んであると皆に報告したがそれを見ていた親鳥が危険を察知して巣を放棄している。私にも同じような経験がある。うちの庭にキウイの棚がありヒヨドリが卵を二個産んだ。

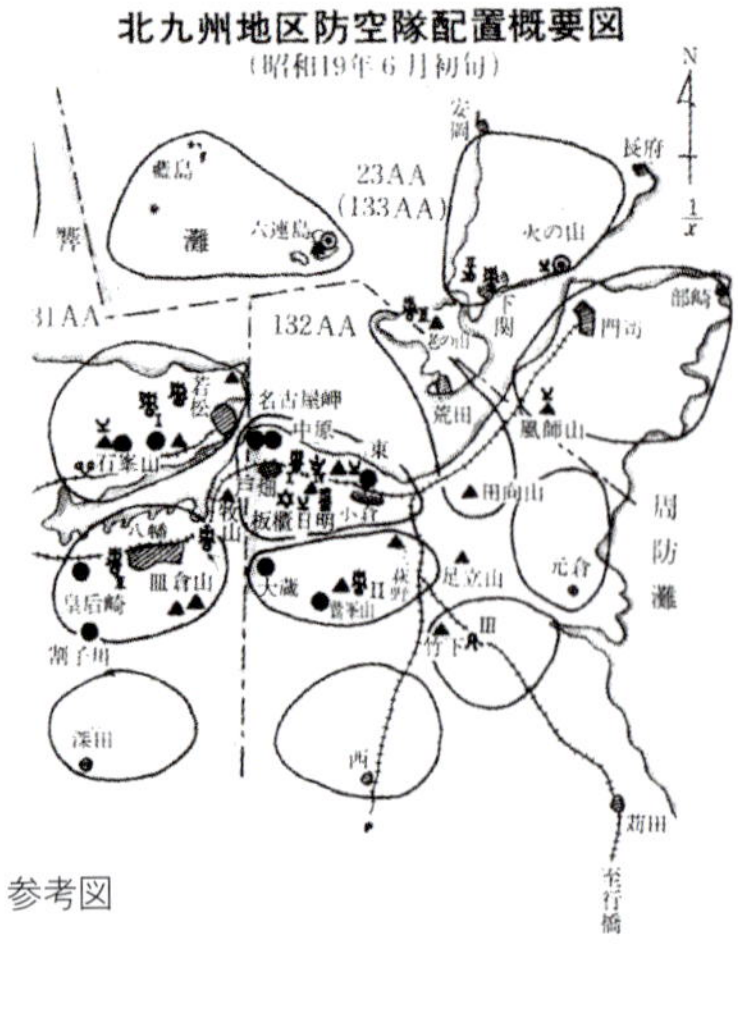
北九州地区防空隊配置概要図
（昭和19年6月初旬）
23AA
（133AA）
132AA
31AA
藍島
六連島
響
灘
火の山
長府
下関
部崎
門司
若松
名古屋岬
中原
東
石峯山
八幡
皿倉山
皇后崎
割子川
深田
大蔵
足立山
竹下
周
防
灘
苅田

参考図

雛がかえったので写真を撮ったのだが親鳥に警戒され二度と戻ってこなくなった。二日目にこれ以上放置すると死ぬとと判断し久留米にある鳥類センターへ飼育をお願いしに行ったことを思い出す。自然はとてもデリケートであることを思い知らされた。父も子供たちに自然との付き合い方を教えようとしている。

若松の兵舎でほう白が営巣したのと同じ頃、米軍は着実に反撃の作戦を推し進めていたが障害となるのがラバウルの存在だった。ガダルカナルを占領したのもラバウル攻略のためであった。しかし大兵力を有するラバウルを攻略しようとすれば多大の犠牲を払うことになるのでラバウル上陸作戦は止めニューギニアの基地からラバウルに昼間空襲を行い無力化する作戦を行った。ブーゲンビル島を占領したのもそのためである。日本軍の古賀峯一連合艦隊司令長官は空母艦上機をラバウルに進出させ大規模な攻撃を行う「ろ号」作戦を行ったが逆に反撃を受け損害を拡大してしまいラバウルの弱体化につながった。米軍はさらにブーゲンビルの飛行場から一八年一二月以降空襲を繰り返し一九年四月までに延べ三五〇〇機を投入しそのため日本軍は残存している航空機八七機を移動せざるを得なくなり事実上ラバウルは無力化した。加えて米軍は周辺の島々を攻略し一九年三月までにはラバウルは周辺を占領されることで外部との連絡を絶たれ孤立した。日本軍の太平洋南東部における防衛線は完全に崩壊し地下要塞持久戦に入った。（ガダルカナル、ブーゲンビル　123頁参照）

これを「ラバウル籠城」という。地下防空壕は四四年末には海軍七〇キロ、陸軍八〇キロ、終戦時にはその約倍となり住居、病院、通信施設など洞窟陣地完備の状態を作り上げていた。しかし、結局日本軍は兵力一三万（陸海合わせ）艦艇一一〇隻、船舶一一五隻航空機多数をこの戦域で失った。（ラバウル　123頁参照）

その後一〇万人近い将兵が補給を断たれた状態で土地を耕し自活を余儀なくされ終戦まで生き延び終戦後九万名もの将兵が帰国することができたのである。

若松の高射砲陣地ではほう白が巣をかけ隊員たちがやさしいほほえみを浮かべて巣を見上げている時にニューギニア島東海上ではすでに右記のような死闘が開始されていたのである。

79　妻宛て　子供の学習

御葉書き拝見。皆体を大切にして下さい。人手が足らぬ時は御婆さんを頼んでうまく調子をとること。病気にかかったら簡単なものはべつですが少しややこしい病気だったら然るべくなるべく早くお医者に見せること。直和君はいかがですか。子供の宿題なり勉強は最初に依頼心を起こして悪い癖のつかぬようにして助けてやる事。ひどく忙しければどんどん手伝って片づけてしまい暇な時またやらせてみるのもよいでしょう。何れにせよ睡眠第一。疲れていては集中してやれないから何にもならない。勉強も大事だがうまく休息させるのも大切だからだらだ

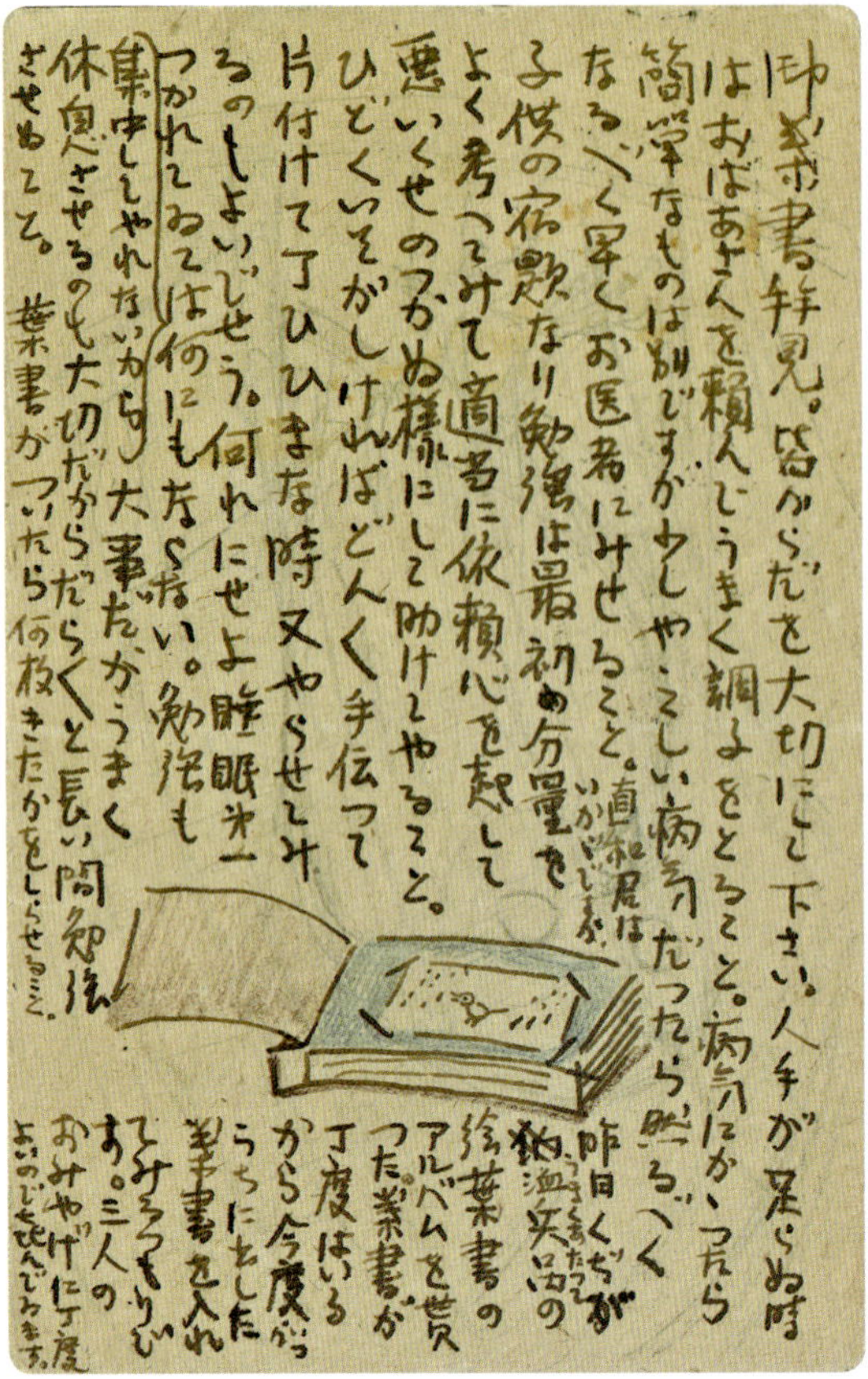

らと長い間勉強させぬこと。葉書きがついたら何枚来たかを知らせること。昨日くじがうまくあたって「恤兵品」の絵葉書のアルバムを貰った。葉書きが丁度入るから今度いつか家に出した葉書きを入れてみるつもりです。三人のおみあげに丁度良いので喜んでいます。

昭和一七年七月五日　千代子　宛て

郵便局スタンプ
「貯めよう！　勝たう！」

妊娠八か月であり、三人の子育てに追い回され疲れ果てる妻へ激励の葉書きを書いている。（注）恤《じゅっ》兵　お金や物品を贈り戦地の兵士を慰問すること）

80 飛行機から見た子供たち

この間、福岡偵察飛行に行ったとき城南荘の上に来ると子供達が多勢遊んでいるのが見えました。間もなく聴音気が鳴り出した。小さな子供は竹棒を持って「前へ～進め」と言っていました。三年位の子供は「リレー競争をしよう、しよう」と言われたら「俺、遅いけん損するな」などと言っている。それから昆虫を取りに山の中入って見えなくなった。四年位の子供はボール投げと相撲をやっていた。この頃強くなったらしくて大得意でやっていましたよ。ボールはまだそうまくなかった。そこで帰りの時間が来たので向きを変えて帰ってきました。皆元気で言うことをよく聞いていますか。

昭和一七年七月五日　正浩、豊春、直和　宛て
郵便局スタンプ「貯めよう！　勝たう！」

まとめて子供三人にあてた葉書きである。お父さんはお前たちのことは絶対に忘れてないからなというメッセージである。天国へ行っても空の上から見守っているぞと言っている。帰省した時の子供達との会話から日頃子供が何をやってるか細かく聞き出していることがわかる。（城南荘とは

住所、馬場頭の通称）

住所の説明をしたところで戦時中の葉書きの表書きについて注意して見よう。郵便はがきの横書きは右から左へ書いていく。これはその後戦争中に左から右に訂正をされる。変わっているのは左上のキャッチコピーである。今このようなものはない。これには「貯めよう　勝たう」のはんこが押されている。しかしどういうわけか戦況が思わしくなくなると途中で自然に消滅してしまう。数種類あるのでまとめておいた。（153頁参照）

その下に日付印があるが手押しなのでよく読めないことがあり拡大鏡を使っても判別できず苦労させられた。その下には問題の検閲印が押してある。隊長印が押されるのであるがどの程度隊長自身が押したかは疑問である。多分専門の係官がいたのではないかと思う。住所はそのままであるがこの葉書きの場合、城南荘という通称が付いており今でいう分譲住宅形式の貸家が並んでいた。大濠公園の南側、護国神社（練兵場を兼ねる）のさらに南、山手になった緩い斜面に十数軒三段に分けて横に並んでいた。丘陵になっていて山の向こう側には西鉄城南線の桜坂（旧名　練塀町）、天狗松駅（今は消滅）があった。

●福岡市　馬場頭　三四　城南荘　隣組(昭和一六～二〇）権藤、山本（岩田屋）、中島、野間（日通）、園（教師）、川口、檜垣（九州大学）、三井田（清水建設）、森山（銀行）、山田（海軍）、？（日本光学）、中村（後、松崎）、西尾、広井

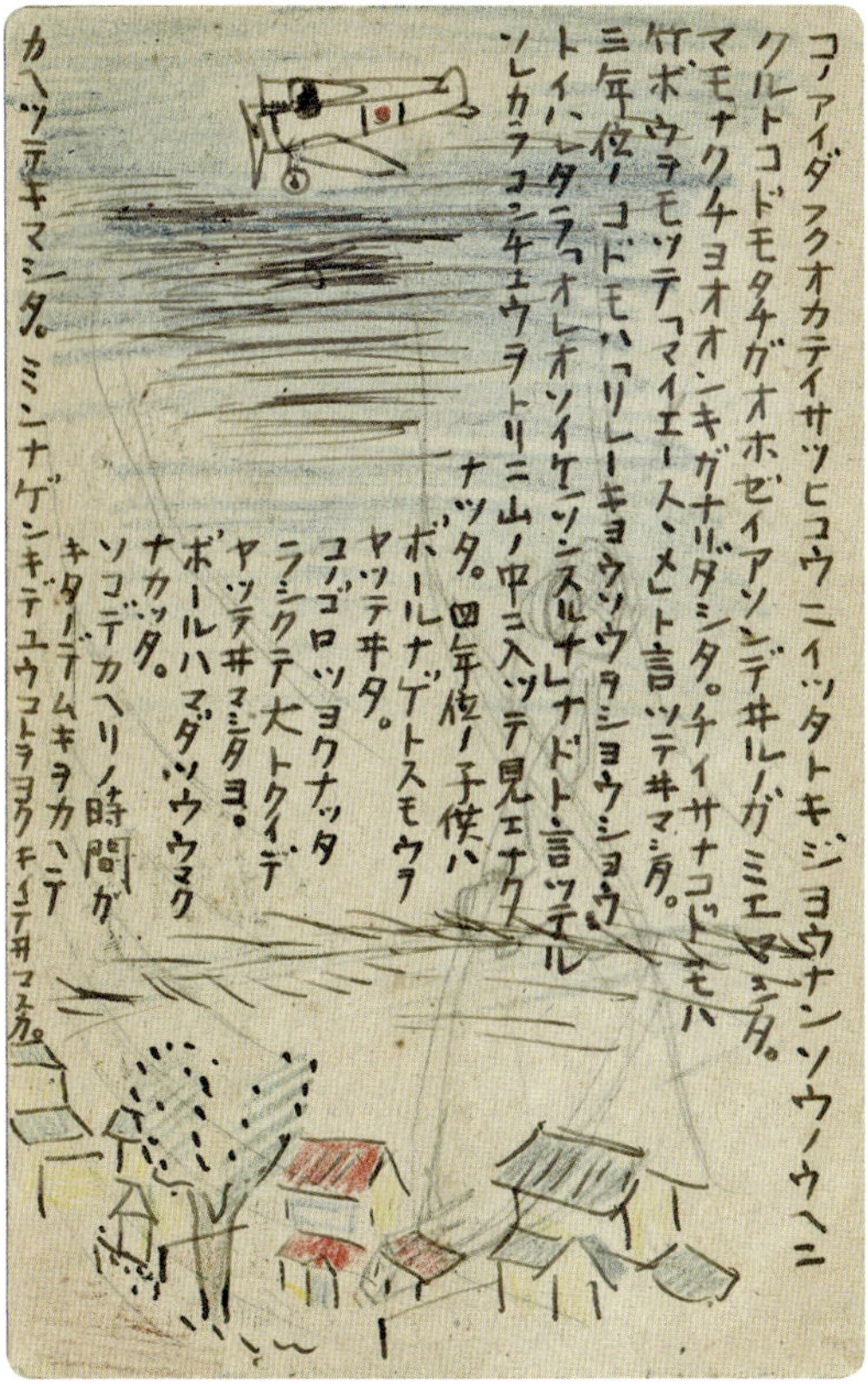
コノアイダフクオカテイサツヒコウニイッタトキジョウナンソウノウヘニ
クルトコドモタチガオホゼイアソンデ井ルノガミエマシタ。
マモナクイチヨオオンキガナリダシタ。チイサナコドモハ
竹ボウヲモッテ「マイエース、メ」ト言ッテ井マシタ。
三年位ノコドモハ「リレーキョウソウヲシヨウシヨウ」
トイハレタラ「オレオソイケンスルナ」ナドト言ッテ井ル
ソレカラコンチユウヲトリニ山ノ中ニ入ッテ見エナク
ナッタ。四年位ノ子供ハ
ボールナゲトスモウヲ
ヤッテ井タ。
コノゴロツヨクナッタ
ラシクテ大トクイデ
ヤッテ井マシタヨ。
ボールハマダツウウマク
ナカッタ。
ソコデカヘリノ時間ガ
キタノデムキヨカヘテ
カヘッテキマシタ。ミンナゲンキデユウコトヲヨクキイテ井マスカ。

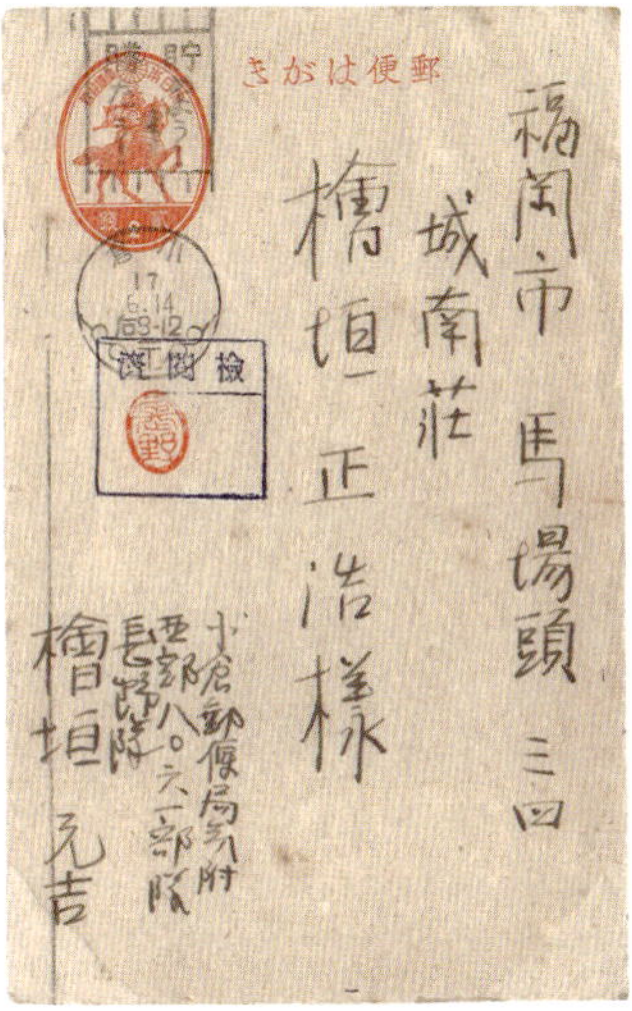
郵便はがき
検閲済
福岡市　馬場頭　三四
城南荘
檜垣正浩様
小倉郵便局気附
西部第八〇六一部隊
長野隊
檜垣元吉
左上に「貯めよう 勝たう」とはんこが押されている

81 ふくろう

つゆの雨が降っているある日のこと長野隊にふくろの子供が貰はれてきました。しゃがんで見ておられた隊長さんが通りかかった自分に「檜垣、又書いて出すものがある。」と呼び止められ言われました。そして「何処 どうこと鳴くもんね。」と言はれました。

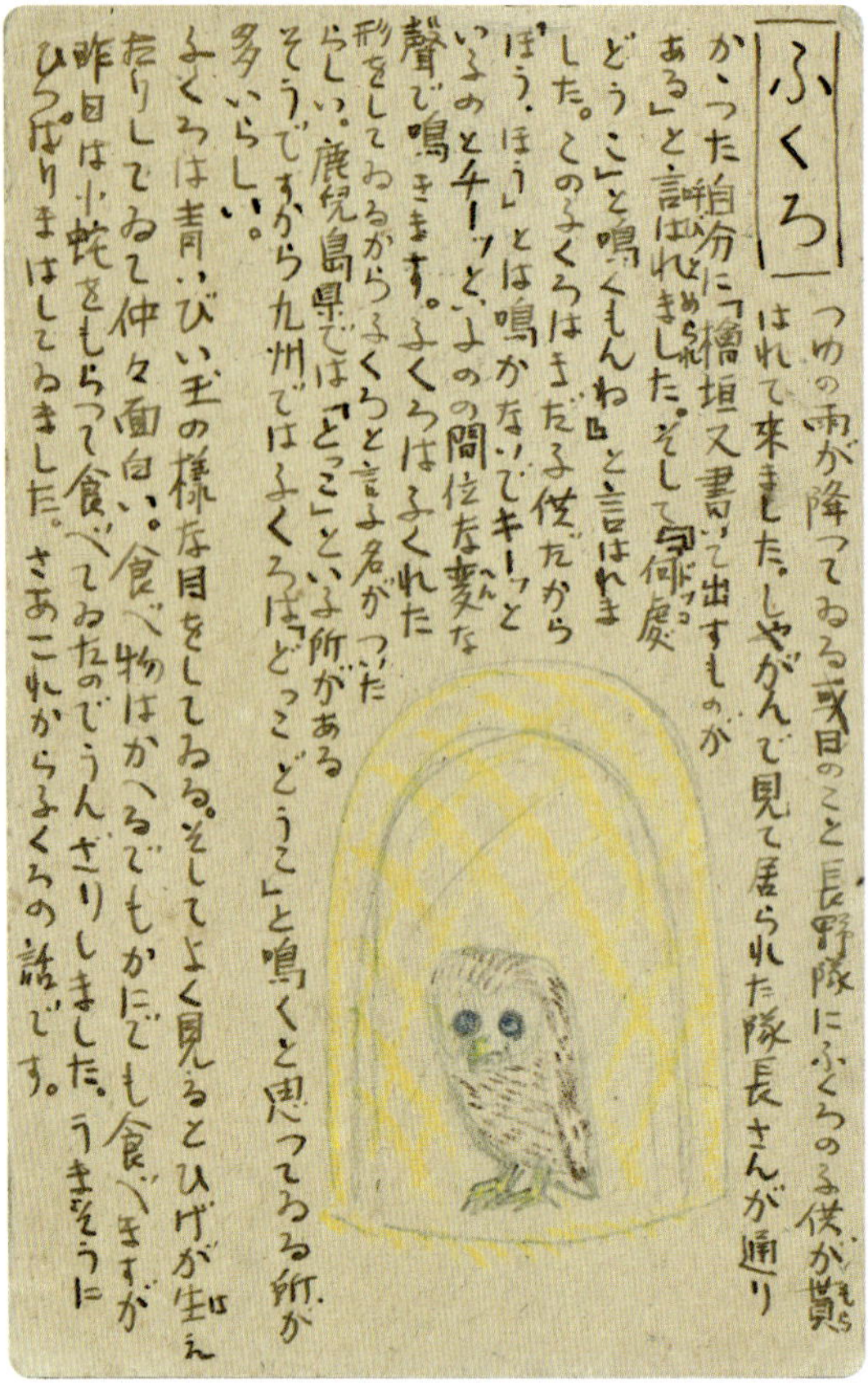
ふくろ
つゆの雨が降ってゐる或日のこと長野隊にふくろの子供が貰《もら》はれて来ました。しやがんで見て居られた隊長さんが通りかゝった自分に「檜垣又書いて出すものがある」と話はれました。そして「何処《どっこ》どうこ」と鳴くもんね」と言はれました。このふくろはまだ子供だから「ほう、ほう」とは鳴かないでキーッというのとチーッというのの間位な変な聲で鳴きます。ふくろはふくれた形をしてゐるからふくろと言ふ名がついたらしい。鹿児島県では「どっこ」と言ふ所があるそうですから九州ではふくろは「どっこどうこ」と鳴くと思ってゐる所が多いらしい。
ふくろは青いびい玉の様な目をしてゐる。そしてよく見るとひげが生えたりしてゐて仲々面白い。食べ物はかへるでもかにでも食べますが昨日は小蛇をもらって食べてみたのでうんざりしました。うまそうにひっぱりまはしてゐました。さあこれからふくろの話です。

このふくろはまだ子供だから「ほうほう」とは鳴かないでキーッというのとチーッというのの間くらいな変な声で鳴きます。ふくろはふくれた形をしているからふくろという名がついたらしい。鹿児島県では「とっこ」という所があるそうですから九州ではふくろは「どっこ どうこ」と鳴くと思っている所が多いらしい。

ふくろは青いびい玉の様な目をしている。そしてよく見るとひげがはえたりしていてなかなか面白い。食べ物はカエルでもかにでも食べますが昨日は子蛇をもらってたべていたのでうんざりしました。うまそうにひっぱりまはしていました。さあこれからふくろの話です。

郵便スタンプ 「貯めよう！ 勝たう！」 豊春 二男（九歳） 宛て
昭和一七年六月三〇日

入隊して約六か月。絵葉書も八〇通を超した。ほとんど毎晩のように夕食後父は裸電球の下で車座になった戦友たちの中に座り、ある話題で盛り上がってくるとそれを民俗学のレベルでまとめ、絵をかきこみ、文章にして清書し、隊員たちに書きあげた葉書きを見せ、我が子宛てに発送を行っている。隊員たちも自分の語る話が形をなして残されることに喜びを感じたことだろう。

まむしシリーズ六話が終了したら次はふくろうの話題である。自然の観察には余念のない父なので細部まで観察し表現しようとしている。

この日、長野隊長が兵舎をたまたま見回りにきている。父とばったり出くわして隊長「檜垣、また書いて出すものがある。」と声をかける。この言葉に私は深い感動を覚えた。隊長が伏せられた竹籠のなかのふくろうを見ているところに偶然父が通りかかった。近所の子供がふくろうの雛を捕まえたところに隊員の一人が通りかかりそれをたのんでもらってきたものだろう。隊長はその雛につい見とれている。そして檜垣二等兵が必ず子供へ出す手紙の題にするなと直感したところに父が通りかかる。そして「檜垣、又書いて出すものがある。」部下思いの隊長は心の中で幸せそうな父の家庭を思い浮かべ、かわいい葉書きをまた書いて出せよと言っている。父のほうはもちろん民俗学上の視点からこのふくろうで面白い話が書けるぞと期待している。そして子供たちに北九州の里山の豊かな自然に花を添えるような話を書き送れることになったことをうれしく思ったことだろう。

　ところで葉書きの日付は六月三〇日である。ミッドウェーでの海戦は終了して三週間あまり。結果は大敗に終わっていた。大型空母四隻とそれに伴って多くの航空機を失い同時に最もよく訓練されたパイロットたちも失った。大本営は愕然となり色を失ったがあまりの負け戦に国民に真実を告げることができず戦勝の言葉で紙面を粉飾した。虚偽の報道は終戦まで続く。

　父がこの時点でどの程度ミッドウェーの実情を知っていたか分からないがプロの歴史家である父は少なくとも数字を鵜呑みにすることなく静観したことだろう。父はこれから「ふくろう」シリーズを書き始める。創作童話に発展させるが結論は「森の賢者」ふくろうである。子供たちに時代に流されることなく賢い人になれと教えている。

82　創作童話　ふくろの話

或る山の中に二匹のふくろの子供があったとさ。或る日のこと一匹のほうは「もっとよく見える目になりたいなあ」と考へました。もう一匹のほうは「もっとよく耳が聞こえるようになるといいな

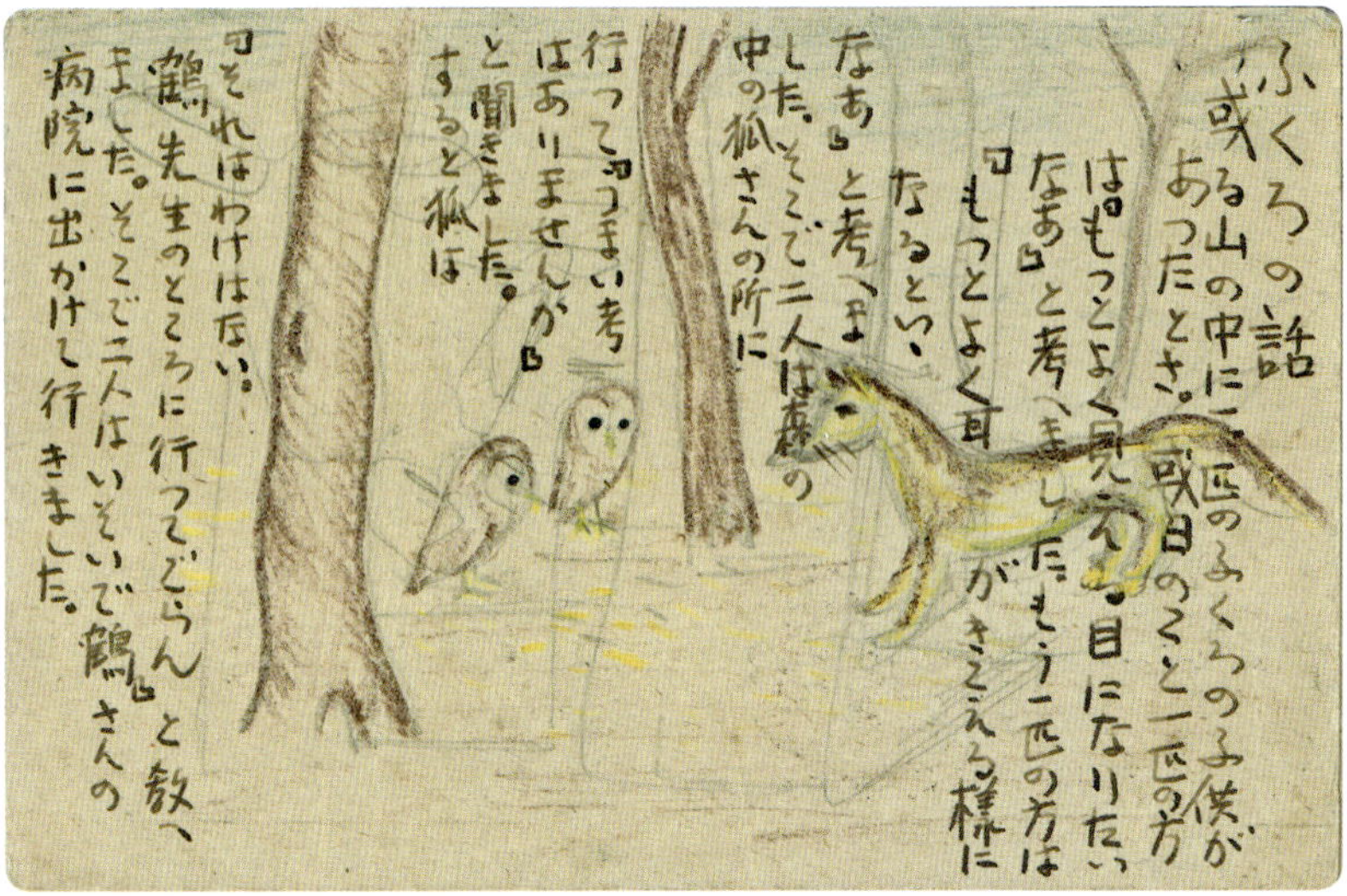

あ」と考へました。そこで二人は森の中の狐さんの所に行って「うまい考えはありませんか。」と聞きました。すると狐は「それはわけはない。鶴先生の所に行ってごらん。」と教へました。そこで二人は急いで鶴さんの病院に出かけて行きました。

昭和一七年七月五日　直和宛て
郵便局スタンプ「貯めよう！
勝たう！」

先日、ふくろうの子が兵舎に持って来られ育てられてきたが段々大きくなり隊員たちのペットになってみんなの気持ちをなごませる存在になっている。父としては隊長から葉書きにいい話を期待していると言われているのでしばらく構想を練っていたにちがいない。主人公がふくろう、わき役が狐と鶴で創作童話を作り上げた。三連作である。

83 ふくろの話

鶴先生はたちまち一匹の目をおおきくし一匹の耳をよく聞こえるようにしてくれました。ところがふくろの子供達が驚いたことには一匹は眼が大きくなりすぎてまぶしくてたまらず一匹は耳が良く聞こえすぎてとてもやかましくて大変です。そこで又鶴病院にかけつけてみるともう鶴病院はお休みになっていました。なぜでしょう。

昭和一七年七月一一日　豊春　宛て
郵便局スタンプ「貯めよう！　勝たう！」

検閲印を押す隊長を感心させるような葉書きにするにはどんな内容にすればいいか考えた結果が鶴先生の登場である。春になると北国へ帰る渡り鳥の鶴を使い話を構成した。この展開は「お父さん、いい話を考えたね。」と言ってあげたい。長野隊長も「ほう、そうきたか！」と笑みがこぼれただろう。楽しみの少ない軍隊生活を送っている中で父が書く葉書きは兵舎暮らしをする戦友たちが脇から覗き込んだであろうし隊長も兵舎内に広がる笑みの輪にほっとするものを感じたと思われる。

84 ふくろの話

ふくろの子供はおどろきましたがつるさんは渡り鳥なので冬の間しか病院はないことがわかりました。そこで静かでまぶしくない夜しか二人はなにもできなくなりました。ふくろ達が何時も「どっこ、どうこ」となくのはつるさんはどこにいったのだろうかと思ってさがして鳴くためでせう。しかしふくろ達は静かな夜一生懸命勉強して森の中で一番の学者になりました。仲々えらいですね。

昭和一七年七月一一日　直和　宛て
郵便局スタンプ「貯めよう！　勝たう！」

鹿児島ではふくろうは「どっこ、どうこ」「何処、何処」と鳴くと教えてもらったことにかけて話をつくっている。上手に話をまとめている。又西洋ではふくろうは「森の賢者」として扱われていることも知っており話の落ちに使っている。

85 古猫の子供

年をとった猫の子供は耳が大きいそうです。今日、七つ位の親猫が生んだ子猫を見たらなる程大きな耳をしている。うちの人は耳が大きく可愛らしくないと言っていました。

昭和一七年七月一日　直和　宛て
郵便局スタンプ「貯めよう！　勝たう！」

今は猫ブームである。ペットの中では犬を抜いて一番になったらしい。マンション住まいの人が多いのも理由のひとつだろう。都会生活のストレスから何かしら癒されるものを求めて犬よりはむしろ猫を飼う人が増えているようだ。毛の「もふもふ」感が心地よいという表現もしばしば聞こえてくる。耳が小さい方が大きいのよりかわいいという昔の人たちの感覚が面白く思える。今頃耳の大小を問題にする人はまずいなくなってしまったようだ。

思えばカナリア、インコ、十姉妹な

どの小鳥を飼っている人の話は聞かなくなった。野鳥の鶯、目白、ほう白などは許可制になり保護されている。また声を出さず一日ほったらかされても気にせず、しかし餌をやる飼い主にはなつくと言われる爬虫類は一人暮らしの人に人気があると聞いた。平和は爬虫類にとっても有り難いことなのだ。

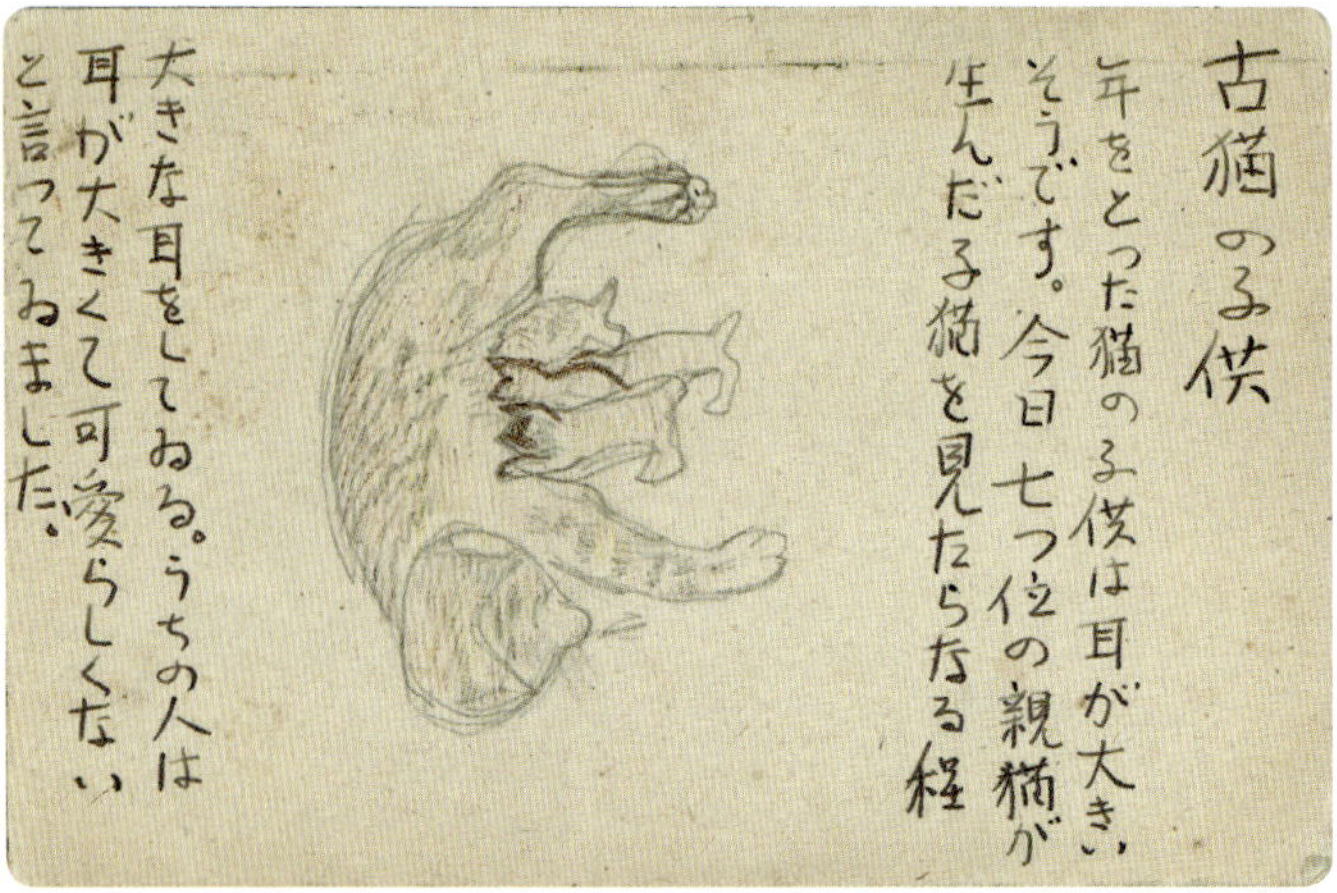
古猫の子供
年をとった猫の子供は耳が大きいそうです。今日七つ位の親猫が生んだ子猫を見たらなる程大きな耳をしてゐる。うちの人は耳が大きくて可愛らしくないと言ってゐました。

86 ねずみを取る猫、とらぬ猫

猫の首をつまんで下げた時足をだらりと下げたままの猫はねずみをとらぬそうです。つまり吊り下げられたとき猫でも後ろ足をちぢめる猫が大きくなってもねずみを取るといふ理くつです。人の言ふなりとか人にされるなりにだらりとしているものは何でもつまらぬものらしいですね。

昭和一七年七月一二日　直和　宛て

郵便局スタンプ「貯めよう！　勝たう！」

『ねずみをとる猫、とらぬ猫』
猫の首をつまんで下げた時後足をだらりと下げたまゝの猫はねずみをとらぬそうです。つまりつり下げられた時子猫でも後足をちぢめる猫が大きくなってもねずみをとると言ふ理くつです。人の言ふなりとか人にされるなりにだらりとしてゐるものは何でもつまらぬものらしいですね。

まず猫のつかみ方に目が行く。猫を持ち上げる時この頃このように首の後ろを片手でつかむ人はまずいない。昔は確かに首筋を片手でつかんで持ったものだ。

今は前足の脇に両手を入れて持ち上げる。次に抱き上げた時後ろ足をだらりと下げるか縮めるかの問題だが今時分猫はペットとして飼っているのでねずみをとることは期待されていない。ねずみの方も姿を消したようだ。だから後ろ足を縮めようが伸ばそうが誰も気にもしないのである。役に立たない猫が増えたとも言える。猫は野性をますます失った。

87 予告編（これから始まる話）

兵隊さん位、色々面白い話を持ったものはありません。ハワイに住んでいてハワイ大空襲の活動写真にお姉さんの住んでいるすぐ側の木が出てくると言ふハワイに住んでいた人。上海で今では日本のものになっている砲艦「多々良」が逃げ出さない様に見張っていた人などがあります。これからその人達のハワイでパイナップルを作っていた話。多々良がどんな風に降参したかをお知らせしませう。

（砲艦　多々良　34頁参照）

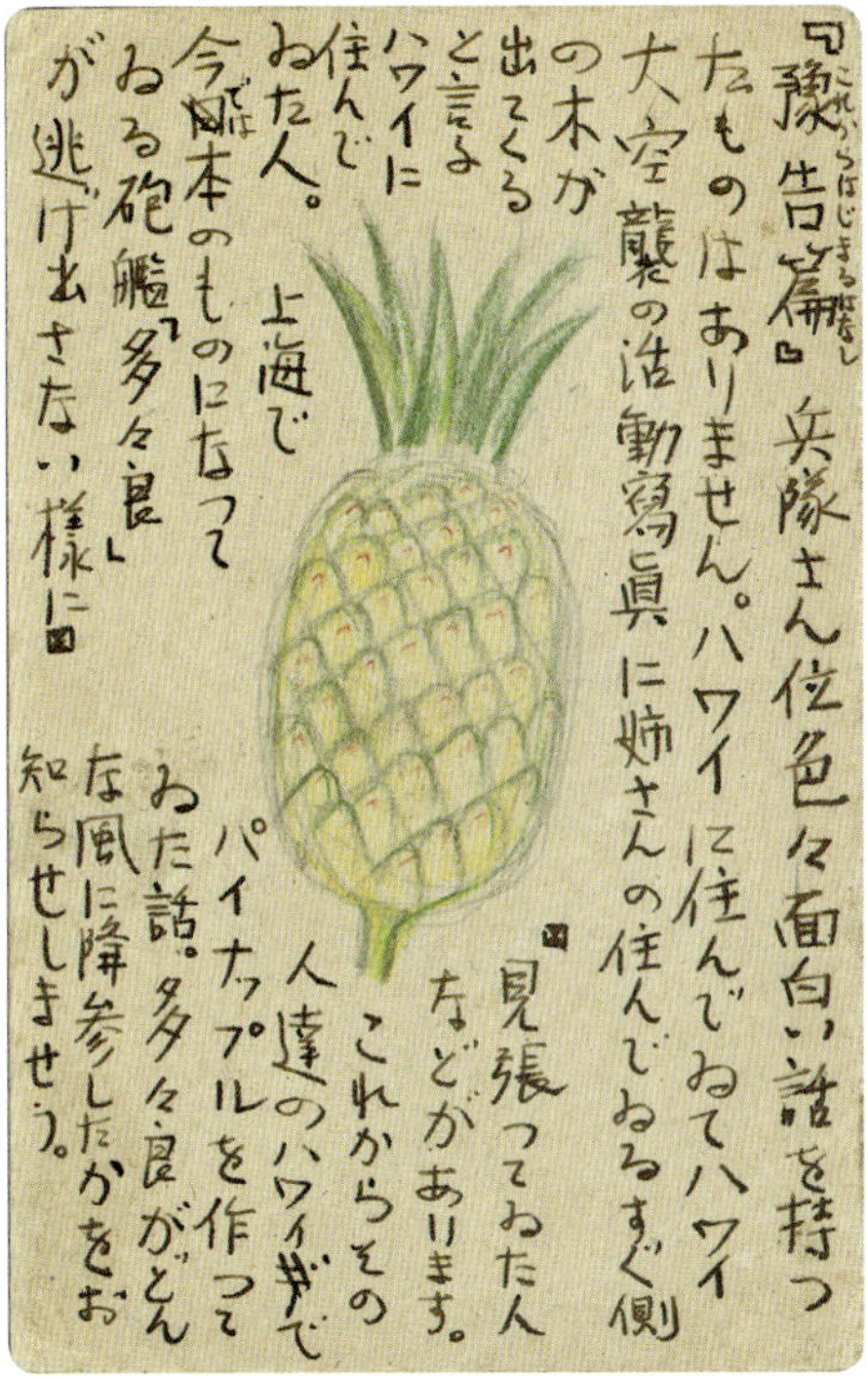

これからはじまるおはなし
『豫告篇』
兵隊さん位色々面白い話を持ったものはありません。ハワイ大空襲の活動寫眞に姉さんの住んでゐるすぐ側の木が出てくると言ふハワイに住んでゐた人。
上海で今は日本のものになってゐる砲艦「多々良」が逃げ出さない様に
見張ってゐた人などがあります。
これからその人達のハワイでパイナップルを作ってゐた話。多々良がどんな風に降参したかをお知らせしませう。

昭和一七年七月八日

郵便局スタンプ「貯めよう！　勝たう！」　豊春　宛て

早晩戦場へ赴かねばならなくなる宿命を感じ父親らしいこともろくにできないまま死んでゆく覚悟である。子供たちの記憶に少しでも残るように自分ができることは遺言のごとく一枚でも多くの葉書きを書き残すことだと思いこれまで毎日のごとく葉書きを書き続けてきた。ここでもう一遍気を引き締めなおして北九州、若松の高射砲部隊の兵士の人となり、故郷での生活を書き残そうとしている。ここにいる一人一人が日本の歯車のひとつとなって生活を築いてきたのである。この人達のことを書き残し平和だった昔の日本を取り戻すのが自分に与えられた仕事である。子供達は父親の心を読み取ってこの葉書きを父の遺言と思い人生の指標としてくれと言っている。

88 ハワイのパイナップル

パイナップルは植えて一八ヶ月で実るそうです。そうすると棒でたたいて音を聞いてもぐ。こやしは鉄分とアンモニアをやる。面白いことは草が生えないように地面に紙をしいておくこと。これはトラクターでひくらしい。それから二年目の実は一二箇月でなるのですが木の高さを同じにする為に（機械でやるからでこぼこがあっては困るから）カーバイト（アセチリンガスをともす粉）を切り口にいれて同じ高さに焼ききる。それから市場に出してもうからなければおしいともなんとも思はないで捨ててしまふそうです。

昭和一七年七月五日　直和　宛て
郵便局スタンプ「貯めよう！　勝たう！」

ハワイ移民でハワイへ渡り開戦直前に帰国した人が部隊にいた。農業の機械化が進むハワイのパイナップル栽培のやり方が紹介されている。英語を教科書からではなく現地で生活している人から直接学んだのでアセチレンがアセチリンとなっているところがいい。父は民俗学調査の感覚で取材しているので言葉の微妙な変化まで追求しているところがプロだなと思う。

89 銘々伝　国重　昌作伝

つい先頃山本さんからの慰問のお菓子

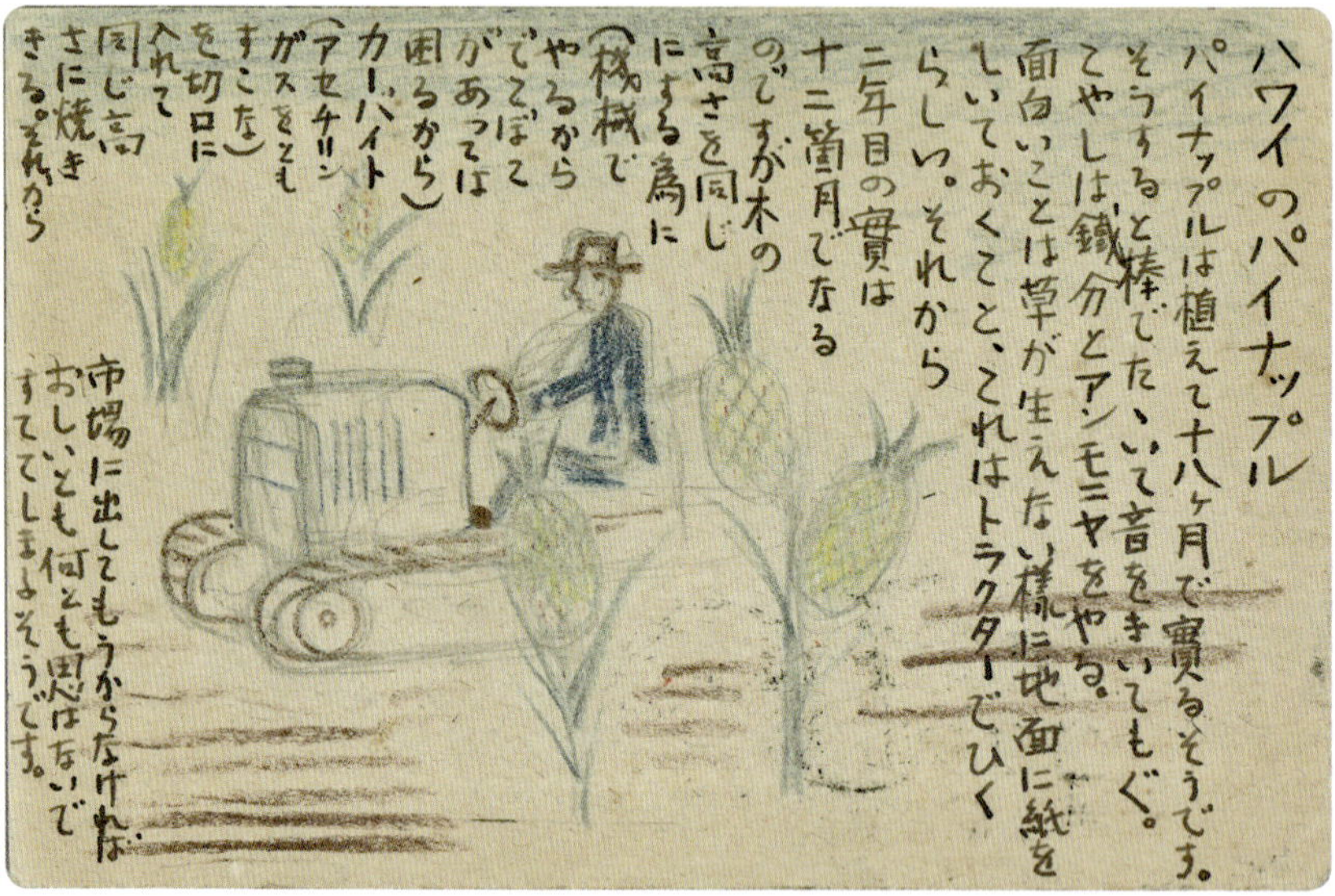
ハワイのパイナップル
パイナップルは植えて十八ヶ月で實るそうです。
そうすると棒でたゝいて音をきいてもぐ。
こやしは鐵分とアンモニヤをやる。
面白いことは草が生えない様に地面に紙をしいておくこと、これはトラクターでひくらしい。それから
二年目の實は十二箇月でなるのですが木の高さを同じにする為に（機械でやるからでこぼこがあっては困るから）カーバイト（アセチリンガスをともすこな）を切口に入れて同じ高さに焼ききる。それから
市場に出してもうからなければおしいとも何とも思はないですててしまふそうです。

が届いた。その中に鹿の糞位のお菓子があったから五つ国重さんにあげた。ところが翌朝「少ないですけれども」と言って卵を二つくれた。気の毒だったがこちらも兵隊さんだから遠慮なく貰っておいた。国重さんは「何をしていましたか」ときくと「広鉄」に出ておりました」と答へます。広島の駅で信号を出しておられたのです。君たちが広島駅を通った時はいつかあの二階の様な信号所で機械をがちゃんとやってシグナルを赤にしたり青にしたりして居られたかも知れない。卵は御飯にかけて食べたが毎日卵がほしくなってしまひました。

山本さん隣組　101頁参照　（国重さん写真　97頁参照）

昭和一七年七月一二日　豊春宛て
郵便スタンプ「貯めよう！　勝たう！」

福岡の実家のある隣組の山本さんから慰問袋を頂戴し、戦友の国重さんにお菓子のおすそ分けをし

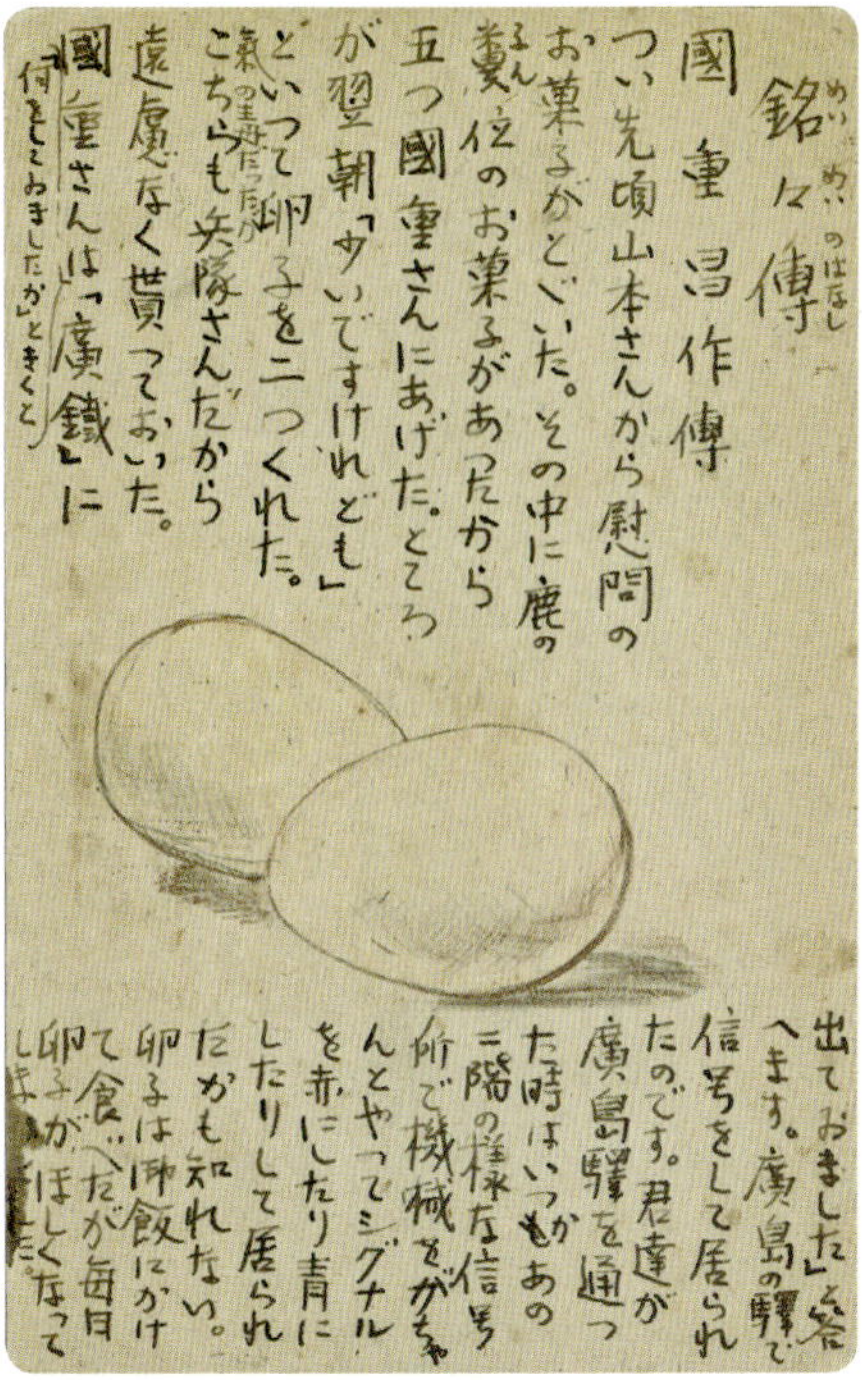
銘々傳《めいめいのはなし》
國重昌作傳
つい先頃山本さんから慰問の
お菓子がとゞいた。その中に鹿の
饅位のお菓子があったから
五つ國重さんにあげた。ところ
が翌朝「少いですけれども」
といって卵子を二つくれた。
氣の毒だったが
こちらも兵隊さんだから
遠慮なく貰っておいた。
國重さんは「廣鐵」に
何をしてゐましたか」ときくと
出ておきました」と答へます。廣島の驛で
信号をして居られ
たのです。君達が
廣島驛を通っ
た時はいつかもあの
二階の様な信号
所で機械をがちゃ
んとやってシグナル
を赤にしたり青に
したりして居られ
たかも知れない。
卵子は御飯にかけ
て食べたが毎日
卵子がほしくなって
しまった。

たところ貴重な生卵二個を頂き恐縮している。彼は国鉄、広島駅の信号所で切り替えを仕事にしており自分たちも世話になったことがあるだろうと言っている。国重さんの実家は農家で鶏を飼っているようで卵を貰いとても喜んでいる。弾の飛んでこない国内は静かな時が流れている。

90 山崎さん

山崎さんがライスカレーを白いズボン下にこぼしたので一生懸命に洗っているけれども中々黄色いあとは落ちなくて困っています。ところが面白いことには石鹸をつけると黄色い所は赤くなることです。石鹸を洗ひ落すとまた元の黄色にかへるといふわけで中々おちないのです。（山崎さん写真　97頁参照）

昭和一七年七月一一日

豊春　宛て

郵便局スタンプ

「貯めよう！　勝たう！」

こぼれたライスカレーが下着までしみ込んでいくら洗ってもおちなくて困っている。洗濯場に使っているおむすび池でのことである。

しかし約一か月前にはミッドウェー島付近の大海戦で勝つ予定の日本海軍は暗号を米軍に読まれ惨敗を喫している。新聞紙上では勝ったこととし、ひた隠しに隠した。若松の高射砲部隊でもこの時点ではまだわかっていないのではなかろうか。いつ出征の呼び出しがかかるかわからない緊張感はぬぐえないものの自分の洗濯ものを落ち着いてできる国内の防空基地の日常生活である。

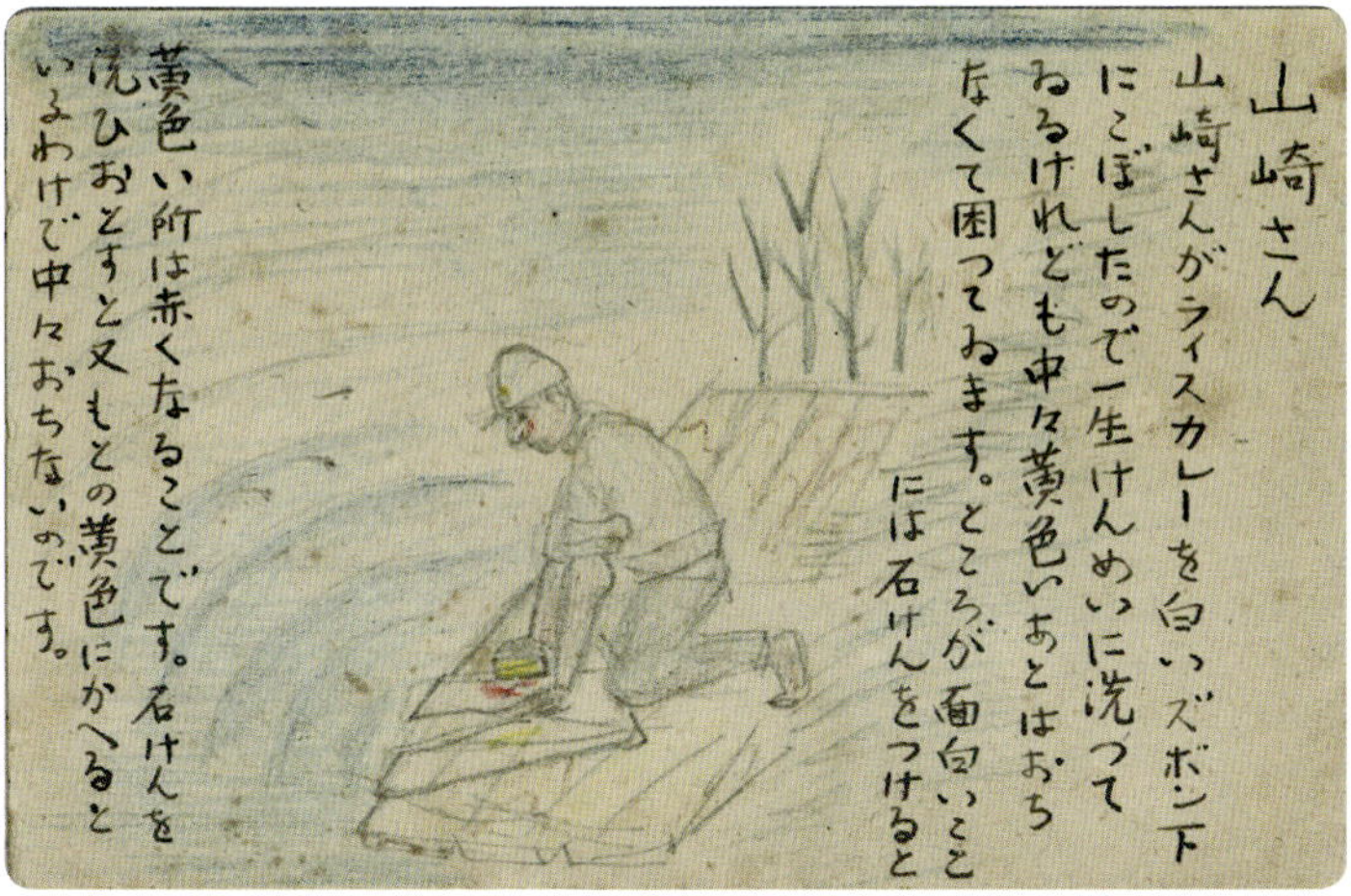
山崎さん
山崎さんがライスカレーを白いズボン下
にこぼしたので一生けんめいに洗って
ゐるけれども中々黄色いあとはおち
なくて困ってゐます。ところが面白いこと
には石けんをつけると
黄色い所は赤くなることです。石けんを
洗ひおとすと又もとの黄色にかへると
いふわけで中々おちないのです。

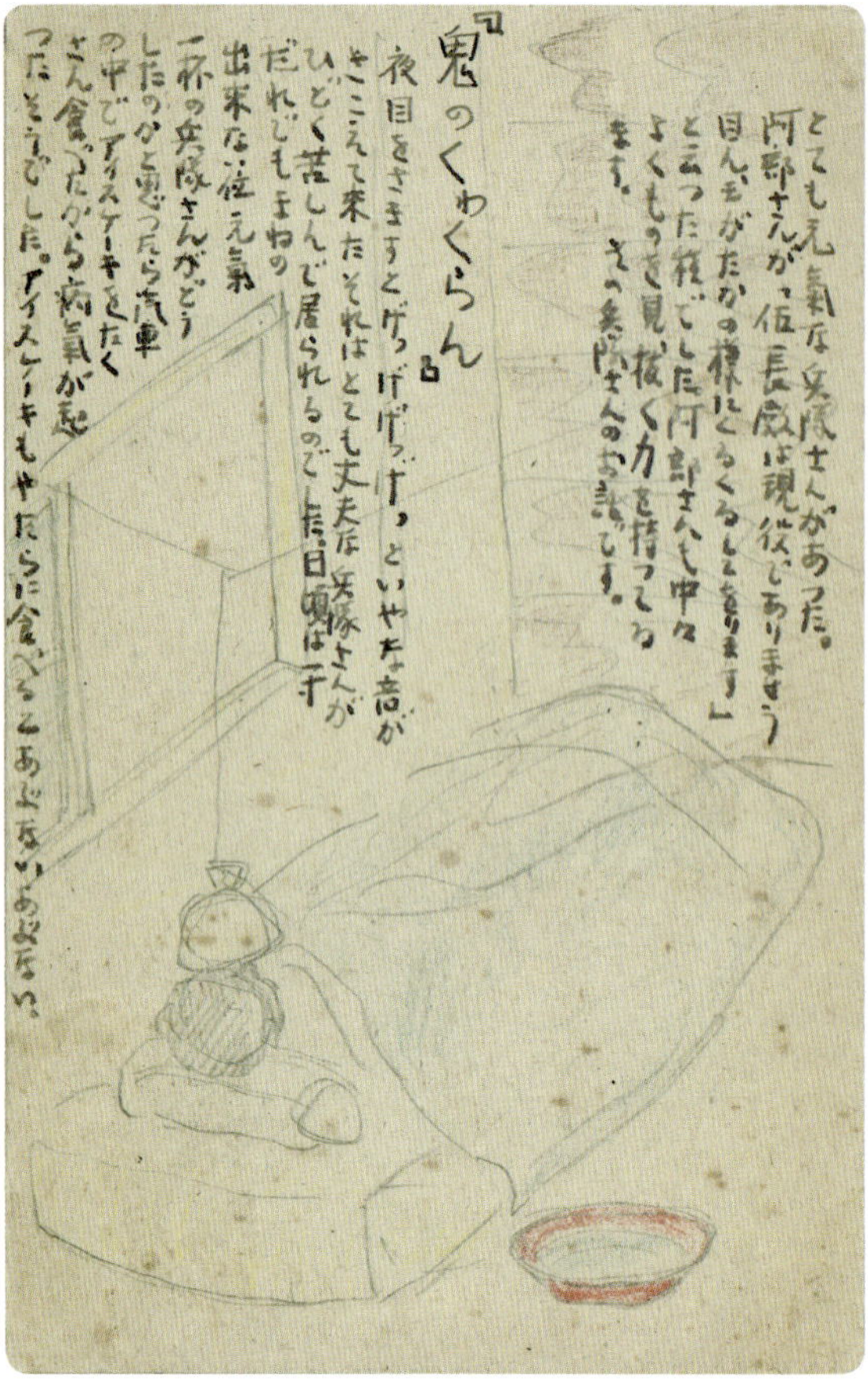

91 鬼のくゎくらん

とても元気な兵隊さんがあった。阿部さんが「伍長は現役でありましょう。目ん玉がたかのようにくるくるしております。」と言ったほどでした。阿部さんも中々よくものを見抜く力を持っています。その兵隊さんの話です。

「鬼のくゎくらん」

夜目を覚ますとげっげっげっといやな音が聞こえてきた。それはとても丈夫な兵隊さんがひどく苦しんでおられるのでした。日頃は一寸だれでもまねの出来ない程元気いっぱいの兵隊さんがどうしたのかと思ったら汽車の中でアイスクリームをたくさん食べたから病気が起ったそうです。アイスクリームもやたらに食べるとあぶないあぶない。

昭和一七年七月一三日　正浩　宛

郵便局スタンプ「一億一心　挙って防諜」

衛生面の関心が低かった昔である。今はやりすぎなほど徹底しているが昔なら頻繁に起こっていそうな話である。絵が良く描けている。天井から吊り下げられた氷嚢、枕元の吐いた物を入れる金だらい。今では見られない光景だ。

92 阿部さんの話　狸狩り

たぬきをとるには穴を見付けて交代でうんさうんさと掘るのだそうです。大ていは三匹位は一つ穴でとれ、多い時は五匹もとれる。狸は豚のようにからだは皆油だから鉄砲で一発や二発うってもこたへない。そこで穴を掘って外で網や棒を持って待ち構えていてとるそうです。阿部さんが売った犬は買った人がすぐ五〇円で又よその人に売ったそうです。よほどいい犬だったらしい。

昭和一七年七月一日　豊春　宛

郵便局スタンプ「貯めよう！　勝たう！」

雉子や山鳥、狸など自然界の生き物をごく自然にある食料として食べる農村の暮らしがわかる。一方で科学が自然を破壊し人間の暮らしを危うくしている現代社会が気になるこのごろである。そして再度猟師としての阿部さんの狸狩りの話である。狸の特殊性は皮下脂肪の厚さで鉄砲の弾が二、三発当たっても死なないと言っている。あり得ない話と言いたいが阿部さんほどの狩猟のベテランが言っているのでうなずくほかなさそうである。三〇円で売った猟犬が転売されて五〇円にまでなっている。よほどの名犬だったことが証明されたことになる。

阿部さんの話
狸狩
たぬきをとるには穴を見付けて交替でうんさうんさと掘るのだそうです。大ていは三匹位は一つ穴でとれ、多い時は五匹もとれる。
狸は豚の様にからだは皆油だから鉄砲で一発や二発うってもこたへない。
そこで穴を掘って外で網や棒を持って待ちかまへてゐるとるそうです。
阿部さんが賣った犬は買った人がすぐ五十円で又よその人に賣ったそうです。よほどいい犬だったらしい。

93

阿部さんの話（リューマチ）

阿部さんは家で田をすくのを手伝って帰ってきたがリューマチになってしまった。足がいたくてたまらないので鍼をしてくれる所に行って治療をしてもらひに行きました。一回、一円五十銭のを八十銭にまけてくれたそうですが大してよくはないらしくて困っているので気の毒です。この間その鍼をする家の前を通ったら鍼灸天佑療院と書いてあった。

昭和一七年七月一一日　豊春　宛て

郵便局スタンプ「貯めよう！　勝たう！」

戦争中とはいえ季節は巡るわけで阿部さんの田舎では田をすく時期となって猫の手を借りたいほど忙しくなり休暇に合わせ貴重な労働力として手伝いに帰省している。鉄の塊のような高射砲の操作を行う重労働の毎日であるのに農家の

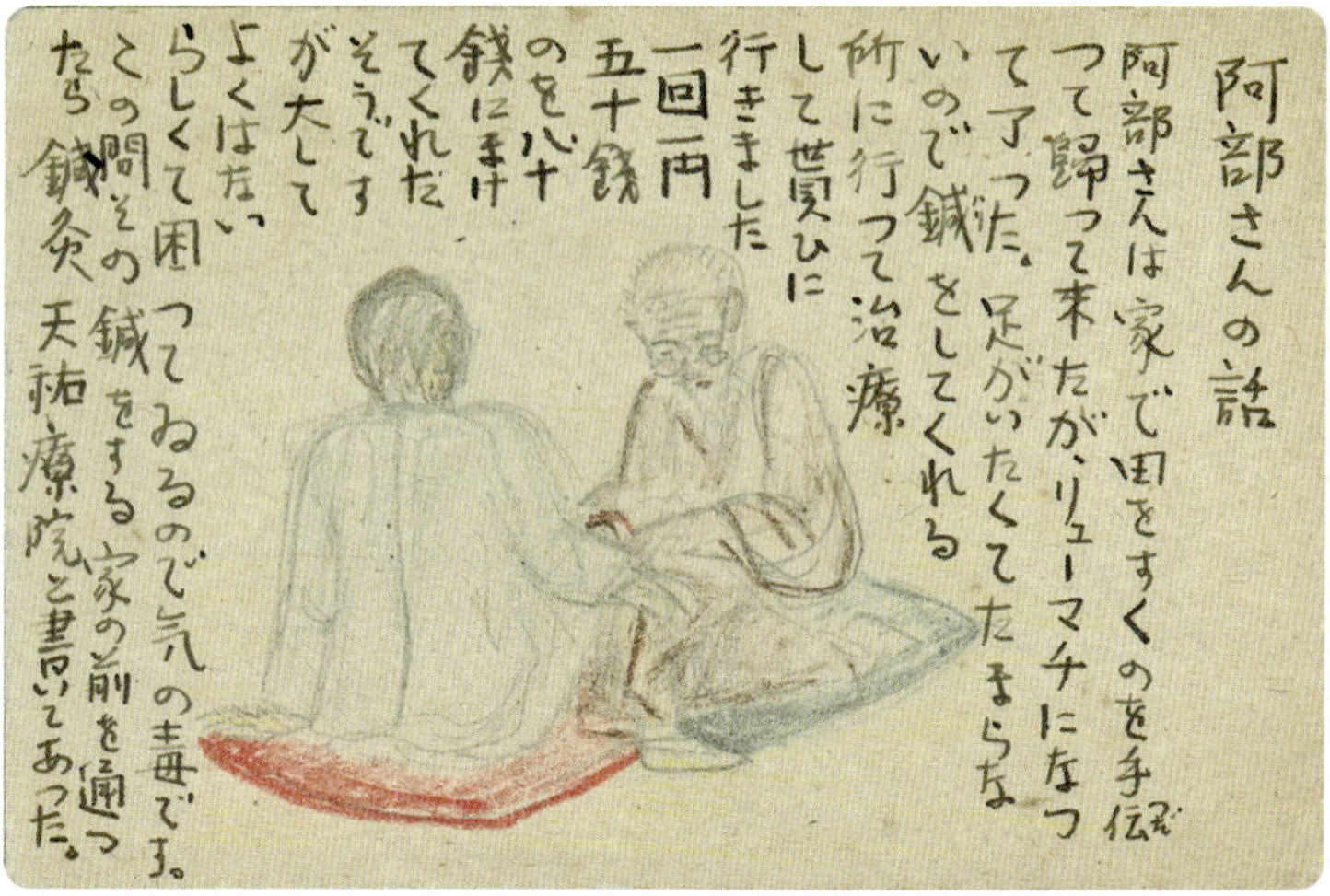
阿部さんの話
阿部さんは家で田をすくのを手伝って帰って来たが、リューマチになつて了った。足がいたくてたまらないので鍼をしてくれる所に行って治療して貰ひに行きました
一回一円五十銭のを八十銭にまけてくれたそうですが大してよくはないらしくて困ってゐるので気の毒です。
この間その鍼をする家の前を通つたら鍼灸天祐療院と書いてあった。

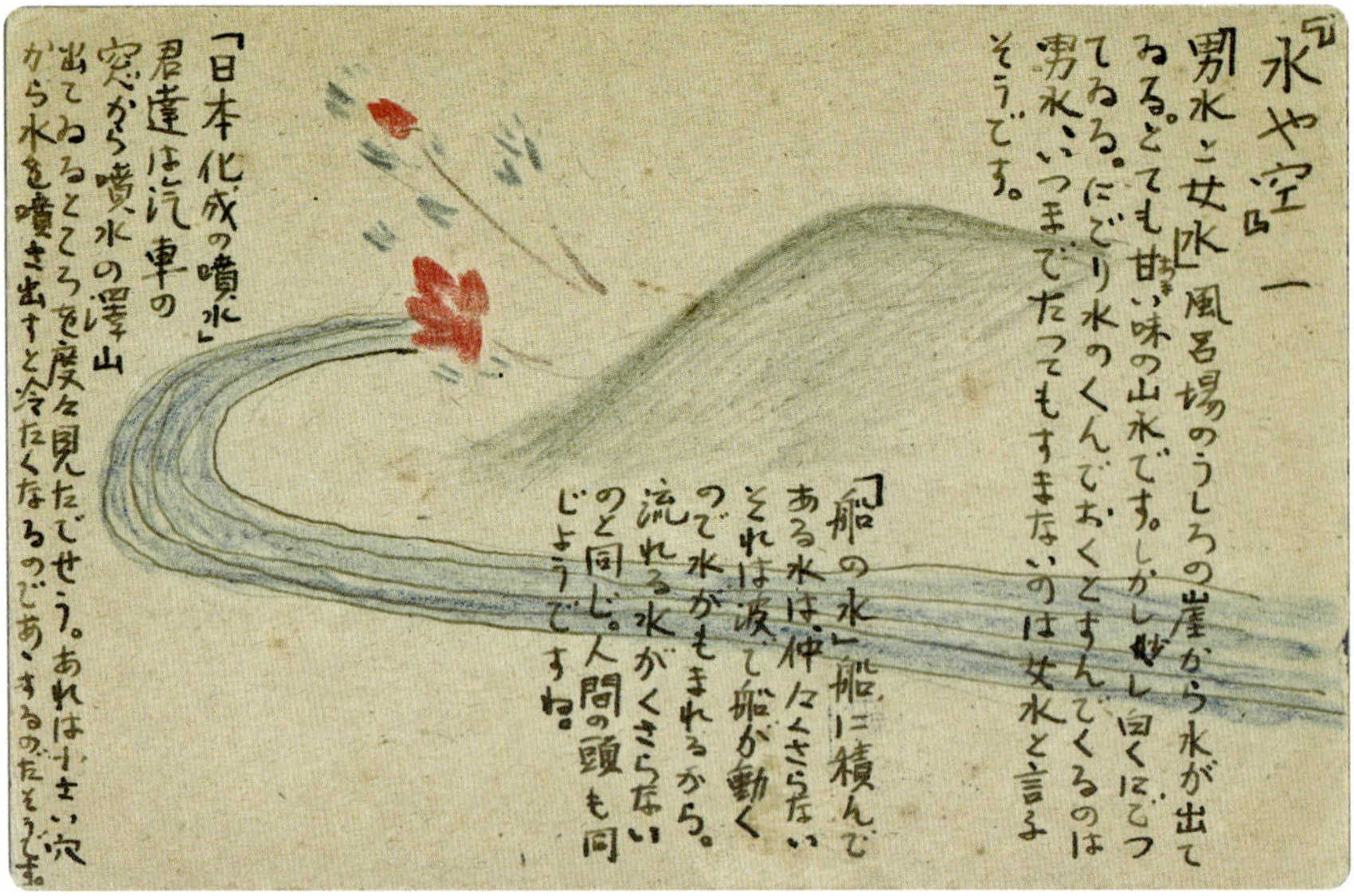

阿部さんは帰省すれば終日、田をすかねばならずこれまた重労働をしなければならない。体がいくつあっても足らないとはこのことである。それでついに体が壊れてしまった。鍼灸治療程度ではとても直りはしない。一番の治療は休養であることは分かっているのだが。

94 「水や空」一

「男水と女水」　風呂場のうしろの崖から水が出ている。とても甘い味のする山水です。しかし少しにごっている。にごり水のくんでおくとすんでくるのは男水。いつまでたってもすまないのは女水と言ふそうです。

「船の水」　船に積んである水はなかなかくさらない。それは波で船が動くので水がもまれるから。流れる水がくさらないのと同じ。人間の頭も同じようですね。

「日本化成の噴水」　君たちは汽車の窓から噴水の沢山出ているところを度々みたでせう。あれは小さい穴から水を吹き出すと冷たくなるのでああするのだそうです。

昭和一七年七月一二日　正浩　宛

郵便局スタンプ　「貯めよう！　勝たう！」

今では全く聞かれなくなった湧水の識別の仕方、「男水と女水」。人間が完全に自然に密着して暮らしていた証明である。地球温暖化によってひどい自然災害が多発する今日この頃、山水が湧き出す崖も危険な場所に変化せぬよう願わねばならないこの頃である。

95 「水や空」二

風のある日に空を見ると雲の形が色々で風がどちらへ吹いているのかが判らないことがある。反対に動いている雲さえもある。横になびいているものもある。ふはりと綿のように浮いているものもある。斜めに進んでいる雲もある。これはどうも風の向きや速さが方々でちがっている為らしいです。こうなると飛行機の飛ぶのもらくではないことがわかる。

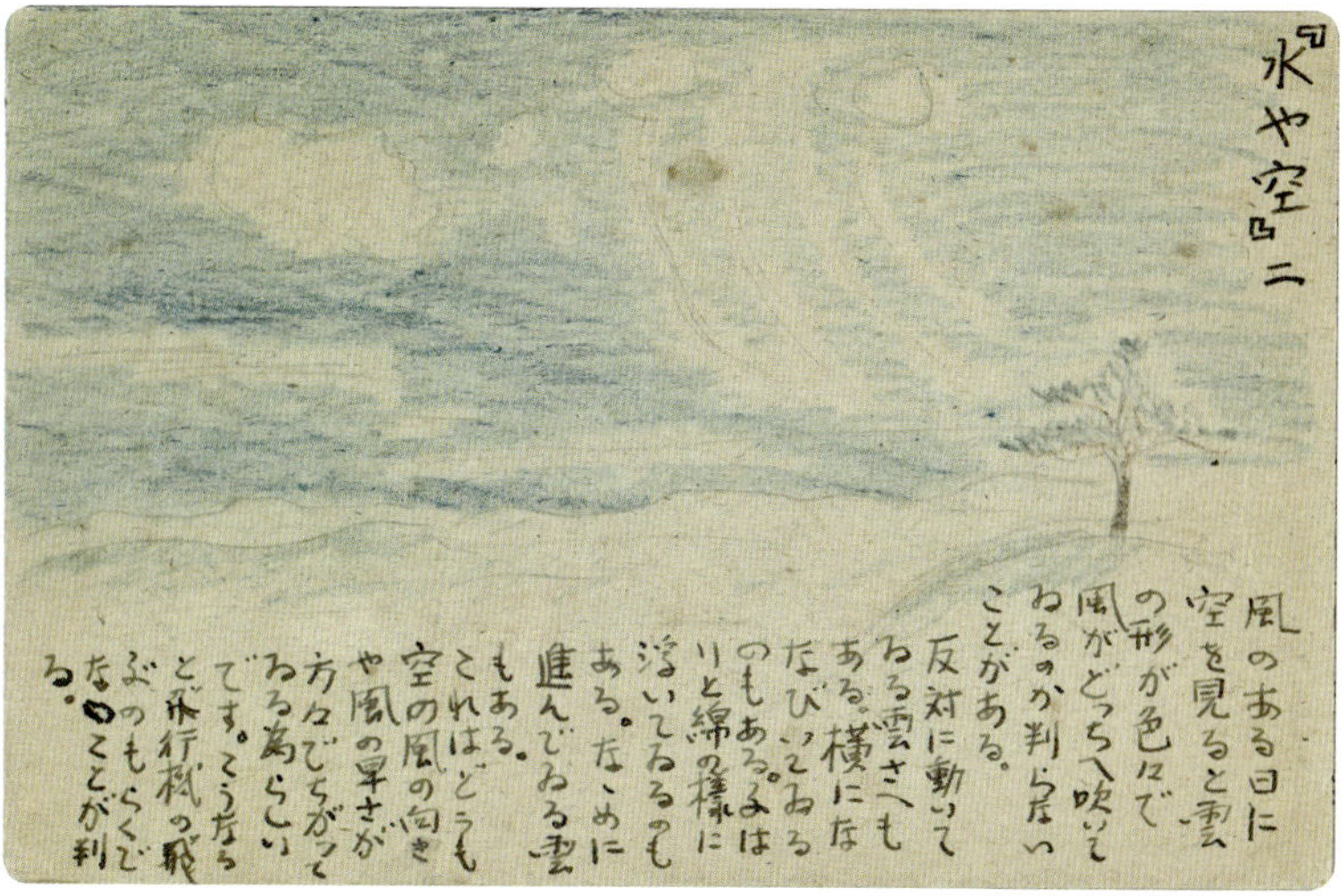
『水や空』二
風のある日に空を見ると雲の形が色々で風がどっちへ吹いてゐるのか判らないことがある。
反対に動いてゐる雲さへもある。横になびいてゐるのもある。又はりと綿の様に浮いてゐるのもある。ななめに進んでゐる雲もある。
これはどうも空の風の向きや風の早さが方々でちがってゐる為らしいです。こうなると飛行機の飛ぶのもらくでないことが判る。

昭和一七年七月一二日　豊春　宛て
郵便局スタンプなし

仕事は上空に侵入してくるB29を撃ち落とすことである。大砲の筒の先を見て高度、速度、方向を機械で測定し射手に伝えることが父の仕事だ。筒の先に敵機がいなければ雲が見える。雲の動きに興味をもつようになってきた。雲は皆一定方向に流れていないことに気が付いて観察していると不思議なことに雲は複雑な動きをしていることが判った。飛行機を操縦することも大変なことだろうとB29の操縦士の苦労を思いやっている。敵も味方も命がけで馬鹿をやってるなと思っている。

96

友達をよぶむかで

将校さんの部屋に度々むかでが出て来ます。首すじのところへ続いて三度も出てきたのですから大分ぶっそうな話です。すると或る兵隊さんが「むかでは一匹殺すと又出て来ますから」と

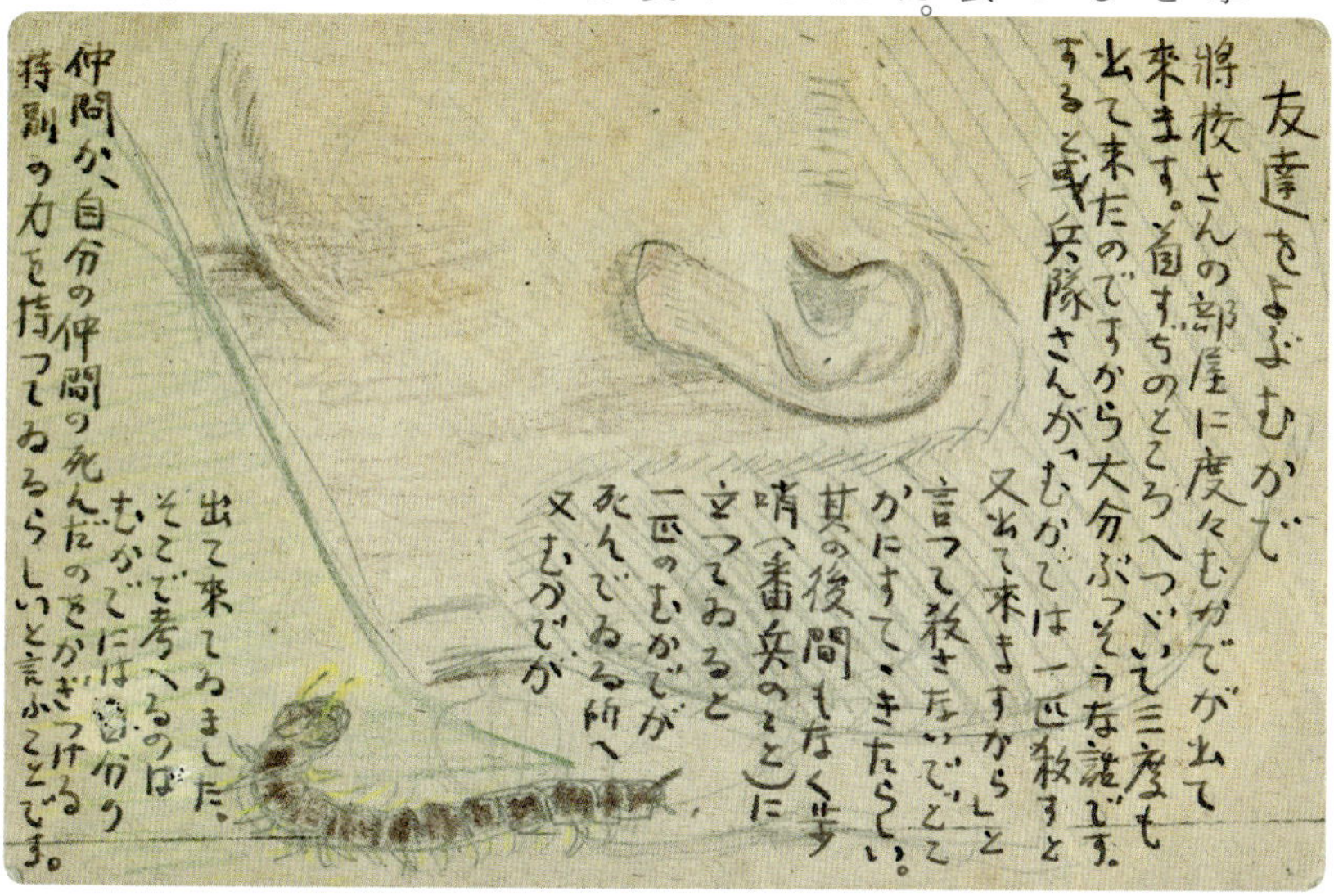
友達をよぶむかで
将校さんの部屋に度々むかでが出て来ます。首すぢのところへつゞいて三度も出て来たのですから大分ぶっそうな話です。

する或兵隊さんが「むかでは一匹殺すと又出て来ますから」と言って殺さないでどこかにすてゝきたらしい。

其の後間もなく歩哨（番兵のこと）に立ってゐると一匹のむかでが死んでゐる所へ又むかでが出て来てゐました。

そこで考へるのはむかでには自分の仲間が、自分の仲間の死んだのをかぎつける特別の力を持ってゐるらしいと言ふことです。

言って殺さないでどこかに捨ててきたらしい。其の後間もなく歩哨（番兵のこと）に立っていると一匹のむかでが死んでいる所へ又むかでが出てきていました。そこで考えるのはむかでには自分の仲間か仲間の死んだのを嗅ぎつける特別の力を持っているらしいと言ふことです。

昭和一七年七月一七日

郵便局スタンプ「貯めよう！　勝たう！」　豊春　宛て

むかでは生命力が強く今でも我が家の庭や台所で目にする。しかし昔いたようなぎょっとするほどの大型のむかではいなくなった。このむかでの習性である。殺したところに必ずまた別のむかでが出ると言う習性を話題にしている。ここに民俗学の楽しさがある。今は殺せばそれでおしまい。しかしむかでが繁殖できる環境があった昔、人はむかでの習性まで理解していた。本当の意味で共存していたのである。

97 「あがりもの」

製材所へ材木をとりに行って火にあたっていたら前にパン屋があって皆で沢山パンを食べました。送れるものなら送ってあげたかった。もっとも送る程沢山ではなかったのですが。小さい内田さんが一つ余計に食べたので「お寺はこまいが上がり物は多い」と言ってからかわれました。（内田さん写真　148頁参照）

昭和一七年（日付判読不可）

直和　宛て　郵便局スタンプ無し

あがりもの（神仏への供え物。他人の食物の敬称。召し上がりもの）

この言葉は最近は全く耳にすることがなくなった。国民皆兵なのでお坊さんも兵隊にとられていることが判る。仕事で製材所へ材木を引き取りに出かけた際パン屋さんにパンがあるのを見つけた。一緒にいた全員で平等に分けて購入し食べて気持ちの安らぐひと時を持ってつかの間の幸せを共有している。しかし一個だけ残ったパンにたまりかねたお坊さんの兵隊さんが手を伸ばし口に入れ皆にからかわれている。寺は小さいと軽んじられるし生きるも死ぬも一緒なことを忘れるなと逆に説教されてもいる。

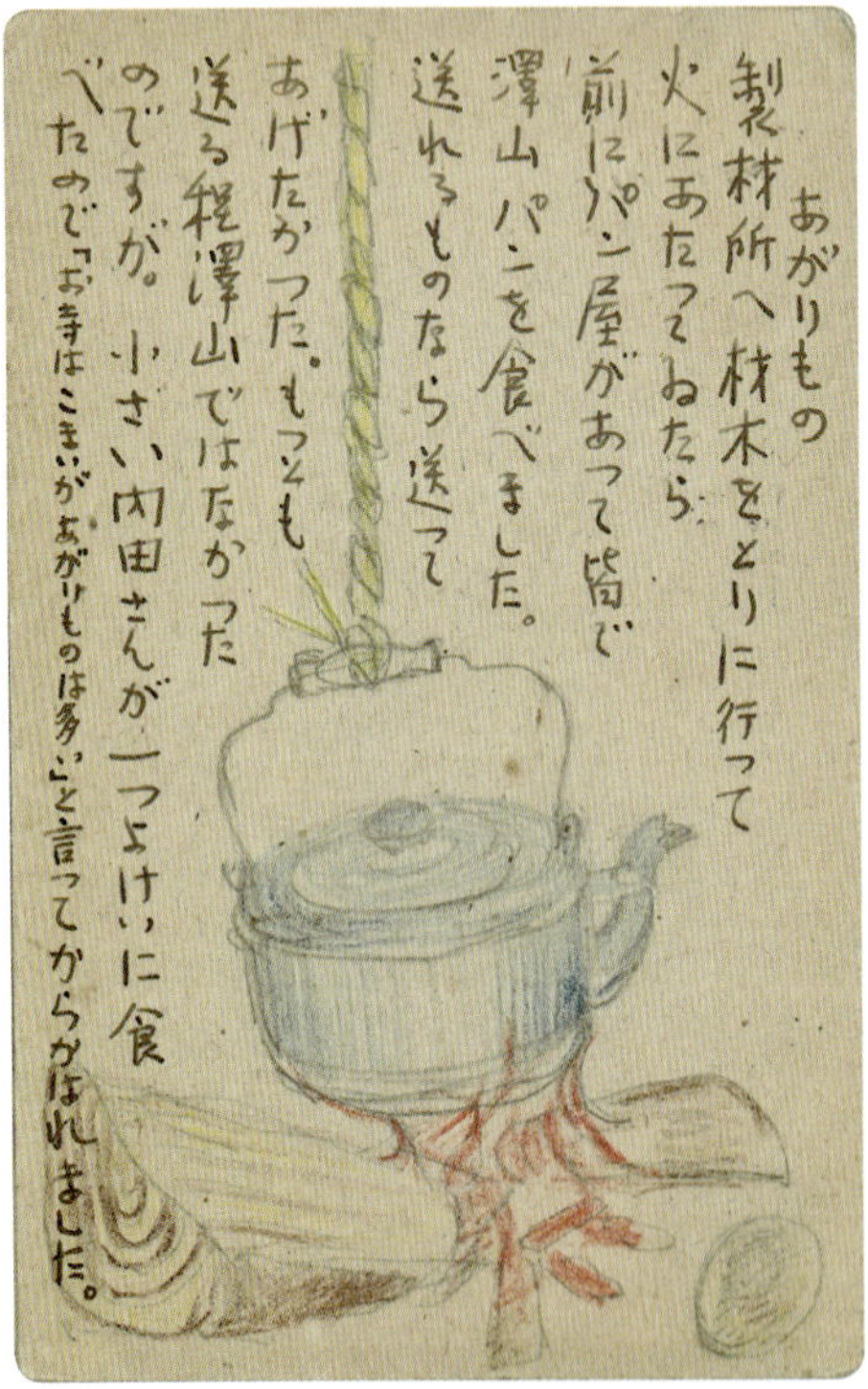

98 「・・呑兵衛さん」

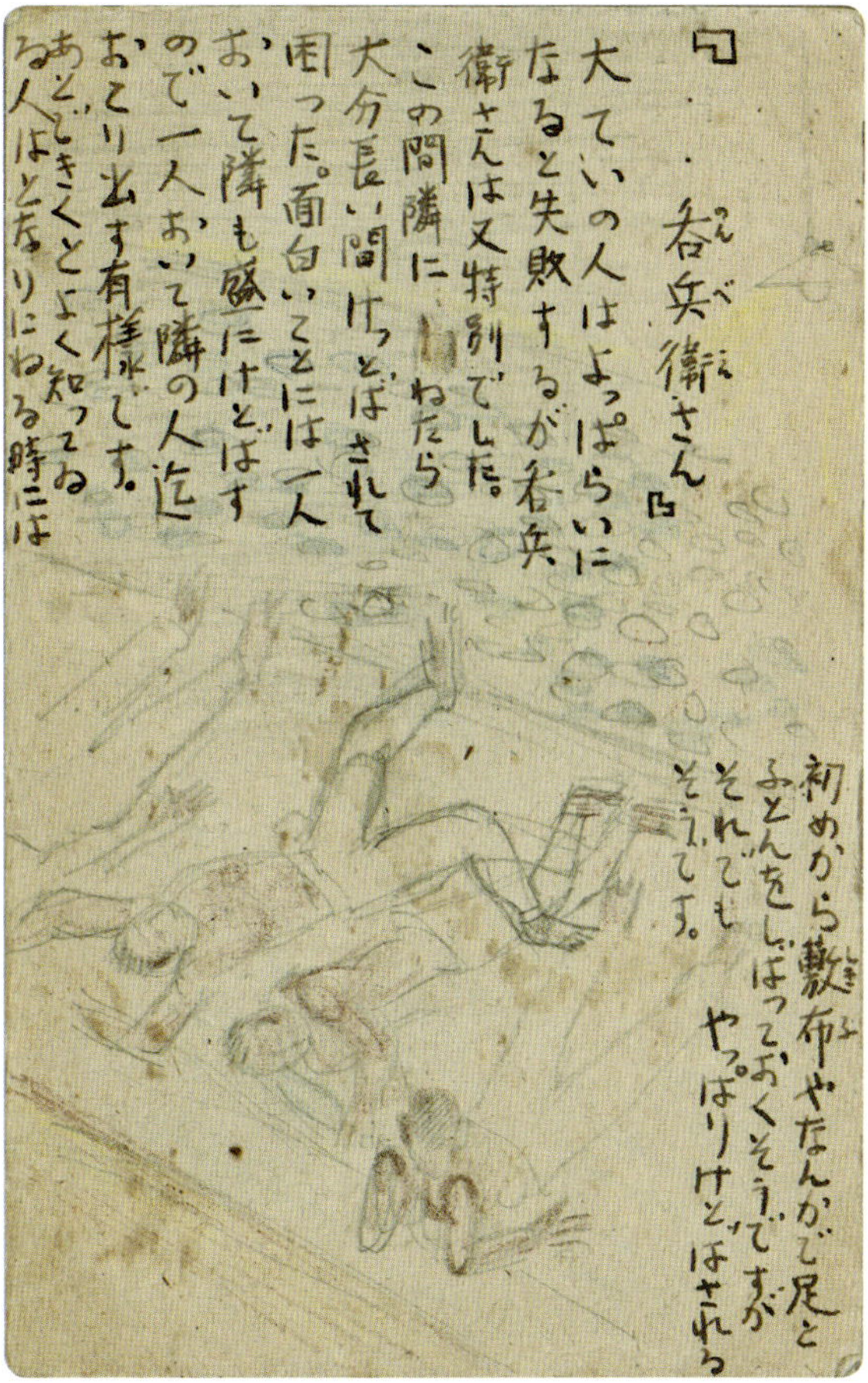
「・・呑兵衛《のんべえ》さん」
大ていの人はよっぱらいになると失敗するが呑兵衛さんは又特別でした。この間隣にねたら大分長い間けっとばされて困った。面白いことには一人おいて隣も盛にけとばすので一人おいて隣の人迄おこり出す有様です。あとできくとよく知ってゐる人はとなりにねる時には
初めから敷布やなんかで足とふとんをしばっておくそうですがそれでもやっぱりけとばされるそうです。

たいていの人はよっぱらいになると失敗するが呑兵衛さんは又特別でした。この間隣に寝たら大分長い間蹴っ飛ばされて困った。面白いことには一人置いて隣も盛んに蹴飛ばすので一人置いて隣の人まで怒り出す有様です。後で聞くとよく知っている人は隣に寝る時には初めから敷布やなんかで足と布団を縛っておくそうですがそれでもやはりけっとばされるそうです。

昭和一七年七月一八日　豊春　宛て
郵便局スタンプ「一億一心挙って防諜」

毎日が兵舎の大部屋で雑魚寝の生活。酔っぱらった人が隣で寝相が悪いとよく寝れないと困っている。しかし戦地での野営や仮の宿泊所と比べれば天国と言って良いことは分かっているはず。

一七年五月、珊瑚海でニューギニアのポートモレスビー攻略作戦途中で米海軍と接触、交戦したが敗北。六月初ミッドウェー海戦大敗、この時期から連合国側の戦闘準備が徐々に整い始め手ひどい敗戦を経験することになる。航空機の進歩によりその脅威が増大し高射砲連隊の増設が進められている。

99 「ラムネ玉」

この間ラムネを飲むことになったが口を開けるものがなくて困っていると高田さんといふ人が「なんでもないです」と言って指でガラス玉を一寸押して飲んでみせた。自分もやってみたら何のことなくすぐ口があきました。なんでも特別な道具がないとやれないと思っているのは知恵の無い話で何でも気楽にやってみるに限る。この高田

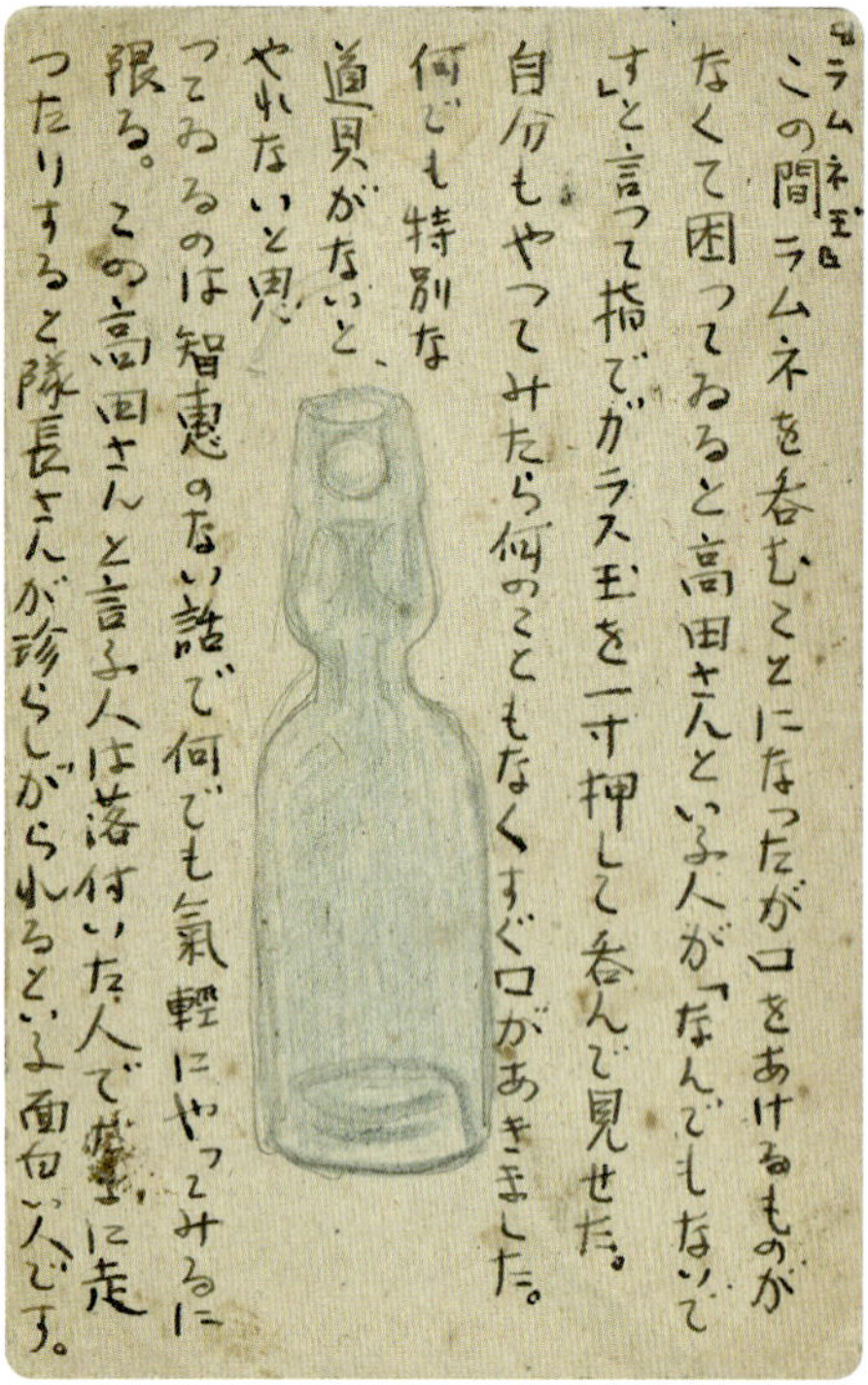
「ラムネ玉」
この間ラムネを呑むことになったが口をあけるものが
なくて困ってゐると高田さんといふ人が「なんでもないで
す」と言って指でガラス玉を一寸押して呑んで見せた。
自分もやってみたら何のこともなくすぐ口があきました。
何でも特別な
道具がないと
やれないと思
ってゐるのは智恵のない話で何でも氣軽にやってみるに
限る。この高田さんと言ふ人は落付いた人で偶に走
ったりすると隊長さんが珍らしがられるといふ面白い人で
す。

さんという人は落ち着いた人でたまに走ったりすると隊長さんから珍しがられるといふ面白い人です。

昭和一七年七月一八日

直和　宛て

郵便局スタンプ「一億一心挙って防諜」

この葉書きで父が言いたいことは何にでも先入観を持たずに素直にやってみることである。人生の生き方のヒントを子供達へ教えようとしている。高田さんの人柄についてだが軍人といえばアスリート、格闘家のイメージだが国民皆兵だと高田さんの様に物静かで女性的とも言えるほどやさしい感じの人も中にいることは十分考えられる。しかしやる時は人が驚くほどのパワーや知恵を出す。軍隊にはいろんな人が集まっていて様々な才能の集合体になっている。

100

村の真ん中の家

甲斐さんといふ兵隊さんの家は村の真ん中にあるのでたまに家に帰ると村中の人が「甲斐さんな帰られたそうだ」と言って村中から集まってきて色々物をくれるのでうちに帰りにくいそうです。中々おもしろい。

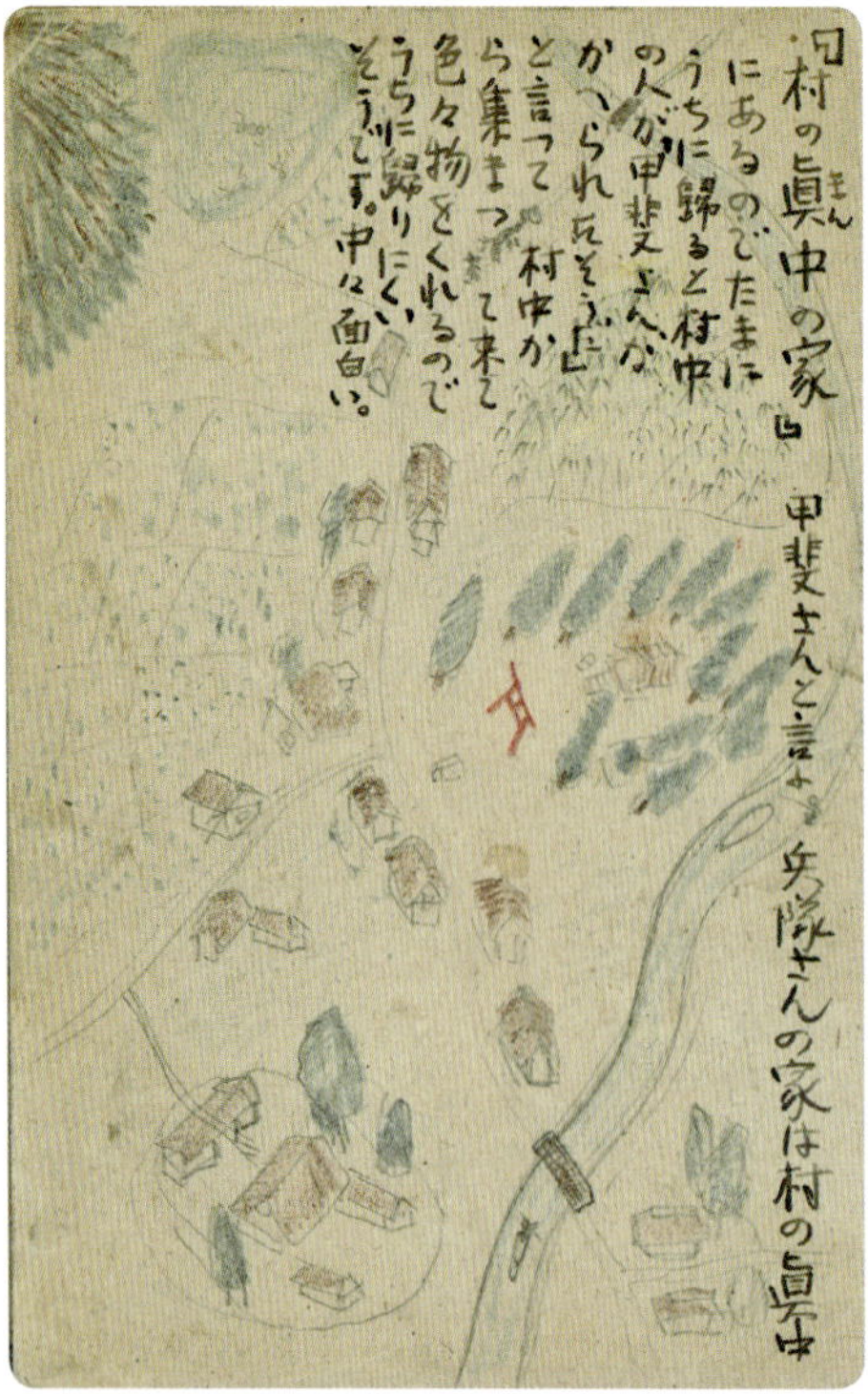
「村の真《まん》中の家」
甲斐さんと言ふ兵隊さんの家は村の真中
にあるのでたまに
うちに帰ると村中
の人が「甲斐さんな
かへられたそうだ」
と言って村中か
ら集まって来て
色々物をくれるので
うちに帰りにくい
そうです。中々面白い。

昭和一七年七月一八日

正浩　宛て

郵便局スタンプ

「一億一心挙って防諜」

村落共同体、地域社会という言葉を思い出す話になっている。人は力を合わせなければ社会が成り立たないという原則が実際にあることを証明する話である。家族がいて隣組が出来、地域社会が構成さ

れていざ戦争となればある年齢の者が地域共同体の代表であるかのように出征する。だからみんなで千人針も作るし武運長久の旗も持たせる。甲斐さんの家は地理的に村の中心に位置してはいるがそれよりも村の代表として国に捧げられた感じを受ける。この構図は甲斐さんの所だけではない。日本中そうである。沢山の物を頂くのでそれが心苦しいと言っているが、それは現人神《あらひとがみ》に捧げる供物のようである。この村で現人神は天皇では無く高田さんなのである。

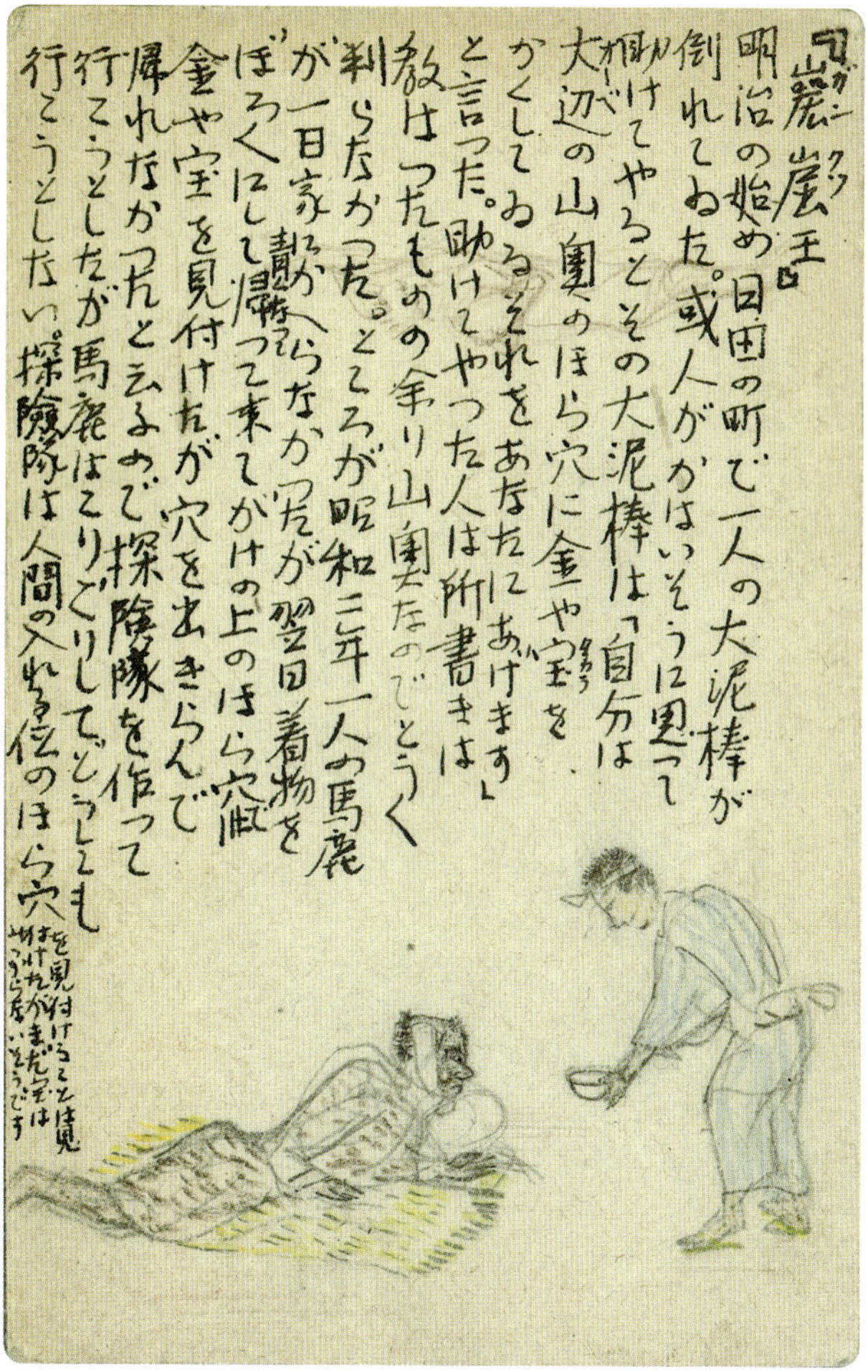
岩窟王
明治の始め日田の町で一人の大泥棒が
倒れておた。或人がかはいそうに思って
助けてやるとその大泥棒は「自分は
大辺の山奥のほら穴に金や宝を
かくしてゐるそれをあなたにあげます」
と言った。助けてやった人は所書きは
教はったものの余り山奥なのでとうとう
判らなかった。ところが昭和二年一人の馬鹿
が一日家に帰らなかったが翌日着物を
ぼろぼろにして帰って来てがけの上のほら穴で
金や宝を見付けたが穴を出きらんで
帰れなかったと云ふので探険隊を作って
行こうとしたが馬鹿はこりごりしてどうしても
行こうとしない。探険隊は人間の入れる位のほら穴
を見付けることは見付けたがまだ宝は見つからないそうです

101 岩窟王

明治の始め日田の町で一人の大泥棒が倒れていた。ある人がかはいそうに思って助けてやるとその大泥棒は「自分は大《おう》辺《べ》の山奥の洞穴に金や宝をかくしている。それをあなたにあげます」と言った。助けてやった人は所書きは教はったものの余り山奥なのでとうとう判らなかった。ところが昭和二年、一人の馬鹿が一日家に帰らなかったが翌日着物をぼろぼろにして青くなって帰ってきた。崖の上の洞穴で金や宝を見付けたが穴を出来らんで帰れなかったと言ふので探検隊を作って行こうとしたが馬鹿はこりごりしてどうしても行こうとしない。探検隊は人間の入れる位の洞穴を見付けることは見つけたがまだ宝はみつからないそうです。

日付判読不可
豊春　宛て
郵便局スタンプ（判読不可）

102

とろく善哉とかぼちゃ善哉

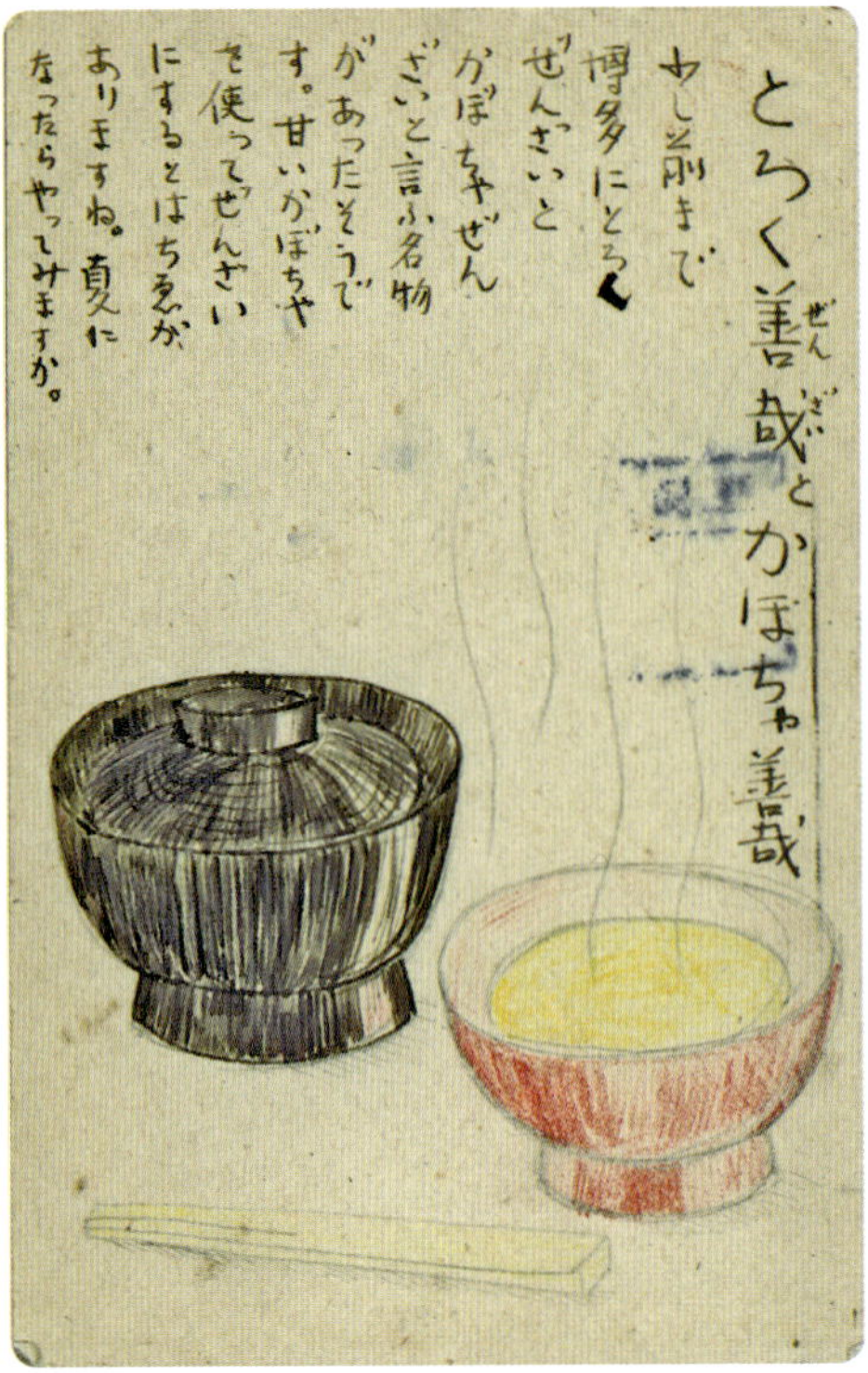

少し前まで博多にとろくぜんざいとかぼちゃぜんざいといふ名物があったそうです。甘いかぼちゃを使ってぜんざいにするとはちえがありますね。夏になったらやってみますか。

昭和一七年七月三〇日　直和　宛

郵便局スタンプ「貯めよう！　勝たう！」

今はあまり聞かないが昔博多にあった善哉、二種の話である。小豆が容易に手に入らなくなってその代用としてのぜんざいの話である。しかしないのはあずきだけでなく砂糖だって制限を受け配給の対象になっているはずである。開戦してまだ半年余りというのに米、砂糖、小麦粉、食用油、乳製品、マッチ、味噌、醤油が配給の対象となり自由に入手できなくなっている。しかし、考えてみれば腹がへっては戦はできぬである。食料はまず軍隊が確保した。余りがその他国民に配布される。そこでしわ寄せが残された家族にくるのである。太平洋戦争では日本兵は消耗品であるかのように扱われ死んで行った。死ねば補充せねばならない。輸送船に詰め込まれ潜水艦の脅威にさらされながらなんとか目的地についても補充兵の体はやせ細っていたと記録にある。体格検査で甲種合格は期待できず基準を下げて採用せねばならなくなる。

さて開戦から一七年までの軍事情勢をまとめてみよう。四月までの数か月は準備の整っていない相手を攻撃するのだから連戦連勝である。しかし、半年もあれば準備を整え組織的反攻を始める。後は負けるばかりの日本軍となる。

★一九四一年（昭和一六年）

一二月一〇日　マレー沖海戦
英、戦艦　プリンス・オヴ・ウェールズ、巡洋艦　レパルス　二隻撃沈
一六日　戦艦「大和」竣工
二五日　香港全島占領

★一九四二年（昭和一七年）

一月　二日　マニラ占領
二月一五日　シンガポールの英軍降伏
三月八日　ラングーン占領
九日　ジャワ・オランダ軍降伏
四月一八日　米陸軍B25一六機日本空襲

五月一日　ビルマ・マンダレー占領
七日　マニラ　米軍降伏
八日　珊瑚海海戦　ポートモレスビー作戦失敗
六月五日　ミッドウェー海戦　日本　四空母喪失
七月一一日　敗退を受け大本営南太平洋侵攻作戦中止
八月　七日　米軍　ガダルカナル島上陸
八日　第一次ソロモン海海戦
一三日　米軍　原爆　マンハッタン計画開始
二四日　第二次ソロモン海海戦
一一月一四日　第三次ソロモン海海戦
一二月一日　ガダルカナル撤退決定
二日　アメリカ　シカゴでウラン核分裂連鎖反応実験成功
※この年日本銑鉄生産量戦前最高となる。
（四二五万六〇〇〇トン）

ここで触れておかねばならないことは原子爆弾の実用化へのプロセスである。マンハッタン計画とよばれている。原子爆弾製造計画の暗号である。原爆製造をドイツより先んじるため研究を開始した時期である。四一年一二月本格的に計画を拡充、強化することを決定した。四二年八月、陸軍工兵団で製造に着手し、同年一二月二日に実験成功した。原爆の製造はニューメキシコ州、ロスアラモスの原爆研究所で行われた。四五年七月一六日、同州アラマゴードで史上初の原爆実験に成功した。そして八月六日、広島に原爆投下となるのである。

103 若松さんの話 一 （モビーディック）

若松さんは前にお話したマグロを取る船の船長さんです。台湾の高雄という港にはある神様が祭られてあってそのお使ひの大鮫がその港の近くにいると言はれていました。土地の人も見たことがないと言っていましたが或る日一五、六間もあるそのさめが急に出てきて船と長さを比べはじめました。背中に白い星のあるすごいさめなので船の人たちは大急ぎで帆柱をたほしたり何かして前と後ろを継ぎ足して船の大きさが本当の長さより大きく見えるようにしたそうです。そうしないと自分より小さいと見たらさめはすぐ船をひっくり返そうとするからです。その時もりで突いてみたそうですがびくともしなかったそうです。

昭和一七年八月九日　正浩　宛
郵便局スタンプ「一億一心　挙って防諜」

戦前、日本のマグロ漁船が台湾沖まで漁に出かけていたことがわかる。海の守護神の使いである鮫とあるが大きさと星のもようがあることからジンベイザメのようだ。一五、六間あると言っているので二〇メートル以上あり最大級のものが現れた。長さ比べをして船を守るやりかたが民俗学上記録に値しいい話を聞いたと父もにんまりである。

台湾の海の神様の事が元漁師の兵隊によって語られている。私は長崎のランタン祭りに行ったことがあり、女性の神様で印象に残っている。そこで台湾の大学で講義をしている知人に問い合わせたと

「モビーディック」一
（若松さんの話）
若松さんは前にお話したまぐろを取る船の船長さんです。台湾《たいわん》の高雄《たかを》という港には或神様が祭られてあってそのお使ひの大ざめがその港の近くにゐると言はれてゐました。土地の人も見たことがないと言はれてゐましたが或日十五六間もあるそのさめが船と長さをくらべはじめました。背中に白い星のあるすごいさめなので船の人達は大いそぎで帆柱をたおしたり何かして船のうしろをつぎ足して船の大きさが本当の長さより大きく見える様にしたそうです。そうしないと自分より小さいとそのさめはすぐ船をひっくりかへそうとするからです。

ころ次のようなことを連絡してくれた。

台湾の海神、媽祖と呼ばれている。航海、漁業の守護神として中国沿岸部を中心に信仰をあつめる道教の女神。則天武后と同じ天后が付せられ最も地位の高い神とされる。

台湾、福建省、湖州で特に強い信仰を集め日本でもオトタチバナヒメ信仰と混淆して広まった。

台湾には福建南部から移住した開拓民が多数存在した。これらの移民は媽祖を祀って航海中の安全を祈り、無事に台湾島へ到着したことを感謝し台湾島内に媽祖の廟祇を建てた。このため台湾では媽祖が広く信奉され最も台湾で親しまれている神とされることも多い。

日本統治の終了後は活発な信仰を呼び新しい廟祇も数多く建立されるようになった。なお毎年旧暦の三月二三日は媽祖の誕生日とされ台湾の媽祖廟で盛大な祭りが開催されている。

ひとつ前の葉書きの末尾で開戦当初の戦況についてまとめたので次は社会、文化面の状況を見てみよう。

★一九四一年（昭和一六年）

一二月八日　真珠湾奇襲により太平洋戦争開始。新聞、ラジオの天気予報、気象報道中止。
一九日　言論出版、集会結社取締法公布

★一九四二年（昭和一七年）

一月一日　食塩の通帳配給制実施
一月八日　第一回大詔奉戴日（以後毎月八日実施、天皇への忠誠を確認する日）
二月一日　衣料、味噌、醤油切符制度実施
三月二一日　全出版物の発行承認制実施
四月二四日　選挙干渉　不敬罪全国的に行われる
五月九日　金属強制回収　お寺の鐘など
六月一一日　関門トンネル竣工
七月八日　海軍、物理学者により原子爆弾開発着手
一二日　朝日新聞二六回に渡る全国

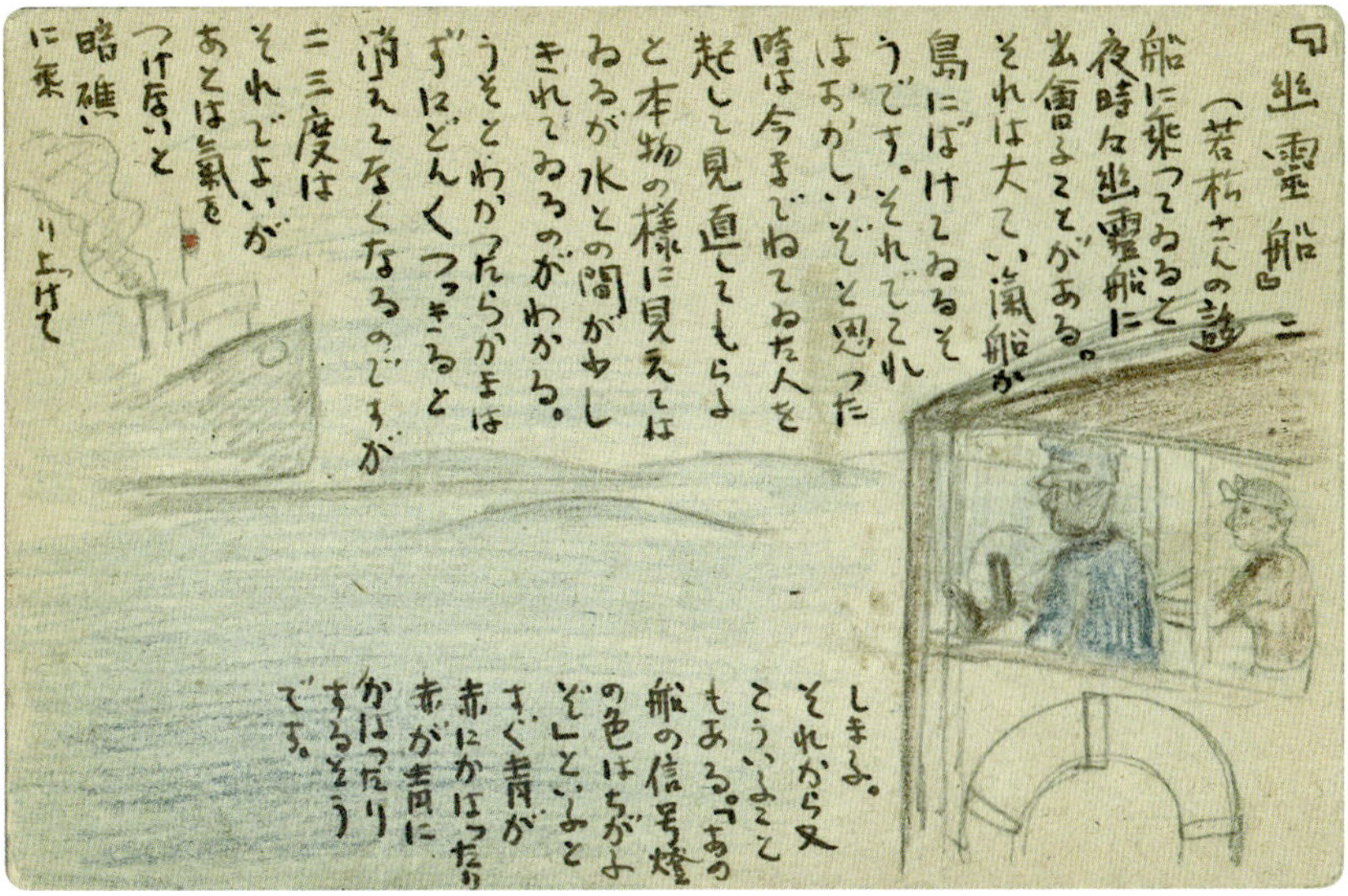
「幽霊船」二
（若松さんの話）
船に乗つてゐると
夜時々幽霊船に
出會ふことがある。
それは大てい汽船が
島にばけてゐるそ
うです。それでこれ
はおかしいぞと思つた
時は今までねてゐた人を
起して見直してもらふ
と本物の様に見えては
ゐるが水との間が少し
きれてゐるのがわかる。
うそとわかつたらかまはは
ずにどんどんつつきると
消えてなくなるのですが
二三度は
それでよいが
あとは氣を
つけないと
暗礁に乗
り上げて
しまふ。
それから又
こういふこと
もある。「あの
船の信号燈
の色はちがふ
ぞ」といふと
すぐ青が
赤にかはつたり
赤が青に
かはつたり
するそう
です。

中学校野球大会中止
一七日　国語審議会、横書きは左からに統一。仮名遣いも「てふ」が「ちょう」に。
八月　南方占領の戦果としてコーヒー、紅茶の配給。鳥取市内国民学校、青い目の人形を「鬼畜米英」と叫んで焼却処分。長崎造船所にて「武蔵」完成。
九月　京都植物園　外国名の花を日本語化

104　若松さんの話　二
幽霊船

船に乗っていると夜、時々幽霊船に出会ふことがある。それは大抵汽船が島に化けているそうです。それでこれはおかしいぞと思ったときは今まで寝ていた人を起こして見直してもらふと本物のように見えているが水との間が少し切れているのがわかる。嘘と判ったら構わはずにどんどん突っ切ると消えてなくなるのですが二、三度はそれでよいが後は気をつけないと暗礁に乗り上げてしまふ。それから又こういふこともある。「あの船の信号灯の色は違ふぞ」というと青が赤に変わったり赤が青にかはったりするそうです。

昭和一七年八月九日　豊春　宛
郵便局スタンプ
「一億一心　挙って防諜」

幽霊船がテーマになっているが今でいう蜃気楼のことである。蜃気楼は発生しやすい場所があり、それゆえに新聞やテレビで取り上げられ今では馴染みの物になっていると言える。船や飛行機の安全灯については右が青、左が赤と国際的に決められており混乱はあり得ないと思われるが自然界には理屈では説明できないことも起きるだろう。

105 若松さんの話 三（子鯨のひるね）

或るなぎの日の話。子供の鯨がのんきそうにじっと海のうえにうかんでいました。船の若い者が若松さんの止めるのに伝馬で出かけて行って一人は尾を縄で縛り一人は潮を吹く穴に竹を突っ込んで面白半分に生け捕りにしようとしたらたちまち鯨は暴れ出し船はひっくりかへるし道具はなくしてしまうし命からがら本船に逃げ帰ったそうです。

昭和一七年八月九日　直和　宛

郵便局スタンプ「一億一心　挙って防諜」

子鯨を生け捕りしようとしている若い漁師たちの噴飯ものの話となっている。しかしながら太平洋の東南海上、ガダルカナル島周辺では太平洋戦争の勝敗をかけた大海戦が開始される。七月六日、日本軍はガダルカナル島へ上陸、米軍の反攻は一八年になってからと予想していた。しかし米軍は日本軍が基地建設をしてしまう前に島を獲得して優位に戦いを進められるように八月七日米海兵隊は攻撃の準備を整え同島に上陸、占領している。八月九日からは第一次ソロモン海海戦が始まる。日本にとってもうこれ以上負けられない決死の戦いであった。

『子鯨のひるね』
（若松さんの話）三
或なぎの日の話
子供の鯨がのんき
そうにじっと海の上
にうかんでゐました。
船の若い者が若松
さんのとめるのにてん
まで出かけて行って
一人は尾をなはでし
ばり一人はしほを
ふく穴に竹をつっこん
で面白半分に生け捕
りにしようとしたら
忽ち子鯨はあば
れ出して船はひっ
くりかへるし道具
はなくしてしまう
し命からがら
本船ににげ
かへったそうで
す。

106 水の重さ

水を飯田さんと言ふ兵隊さんと担ぐことになった。飯田さんは水の容れ物に直接棒を通さずにそれをいったん縄に通してかつぐようにしました。そして「低くする程軽いですよ」といっていました。なる程低くする方が大分軽かったのですがこれは一体どういふわけなのでせうか。

（飯田さん写真　148頁参照）

昭和一七年八月九日　正浩　宛

郵便局スタンプ「一億一心　挙って防諜」

図を見ると二つの桶を天秤棒で担いでいる。桶の位置を出来るだけ低くするとより軽くなると教えられている。しかし重さは変わらないわけで桶の高さが変わるだけである。低くすれば安定感は増すから桶が左右に振れないと歩きやすくなりそれが軽さに影響するのだろう。

さて八月九日と言えば第一次ソロモン海海戦が行われている時期である。ミッ

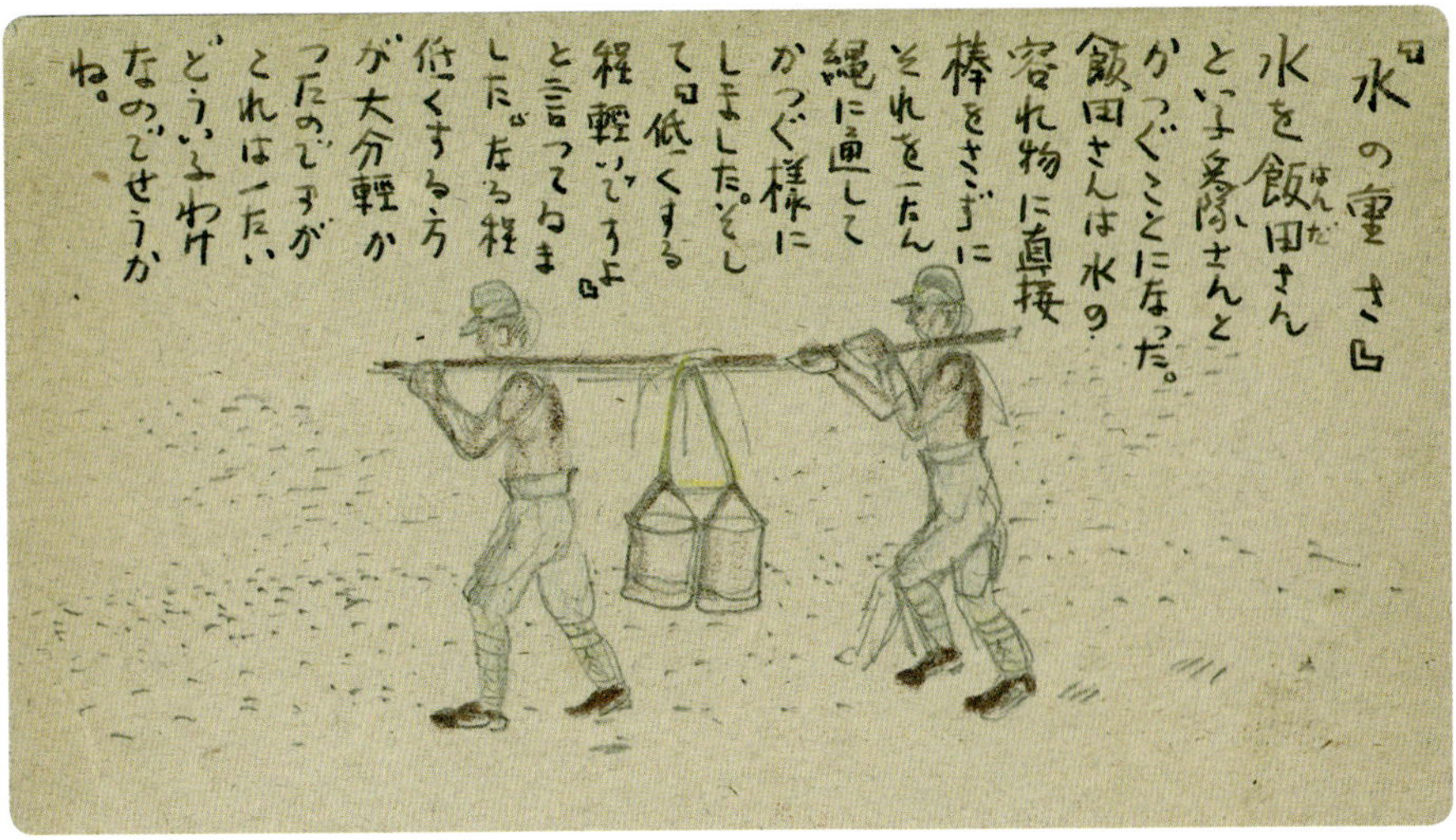
『水の重さ』
水を飯田《はんだ》さんといふ分隊士さんとかつぐことになった。飯田さんは水の容れ物に直接棒をさゞにそれを一たん縄に通してかつぐ様にしました。そして『低くする程軽いですよ』と言ってゐました。なる程低くする方が大分軽かったのですがこれは一たいどういふわけなのでせうかね。

ドゥェーの海戦から二か月、日本軍は戦線を縮小して米軍を中心とする連合軍と雌雄を決する戦いを実行しようとしている。それがソロモン海の海戦である。三つの時期に分けられる。初戦は八月七日開始、その前の七月六日、日本軍はソロモン海南部のガダルカナル島に上陸。米軍を主力とする連合軍の反撃を予想して航空基地を建設しはじめる。一方連合軍はこれを日本軍が太平洋東南部へ進出するまえぶれと判断しソロモン海域への進出を急いだ。日本軍が基地を作り上げる前に攻撃しそのさきのラバウルへの侵攻を容易にするためであった。アメリカ第一海兵隊は八月七日、ガダルカナル、ツラギ、その他の近接する諸島へ上陸したが抵抗はほとんどなかった。八月八日、夜までにはガダルカナルのルンガ・ポイントの日本軍飛行場と良港ツラギを占領したが、この作戦は連合軍による太平洋戦争での最初の大攻勢であった。手遅れになったものの日本軍はガダルカナル島の確保を決意して激烈な戦闘を行うことになった。日本軍はラバウルからガダルカナルへ増援部隊を送り海軍艦艇を出動させて戦い海岸の連合軍陣地を砲、爆撃し輸送船を撃沈。同時に増援部隊の輸送船援護を図った。八月八日深夜から九日早朝にかけて日本の巡洋艦、駆逐艦は上陸地帯を援護中の米艦船を奇襲して巡洋艦四隻、駆逐艦一隻を撃破した。日本側の損傷は巡洋艦が二隻で其のうち一隻は八月一〇日米潜水艦に撃沈された。これが第一次ソロモン海海戦のあらましである。これから一七年、年末にかけて雌雄を決する戦いへと発展していく。

参考図

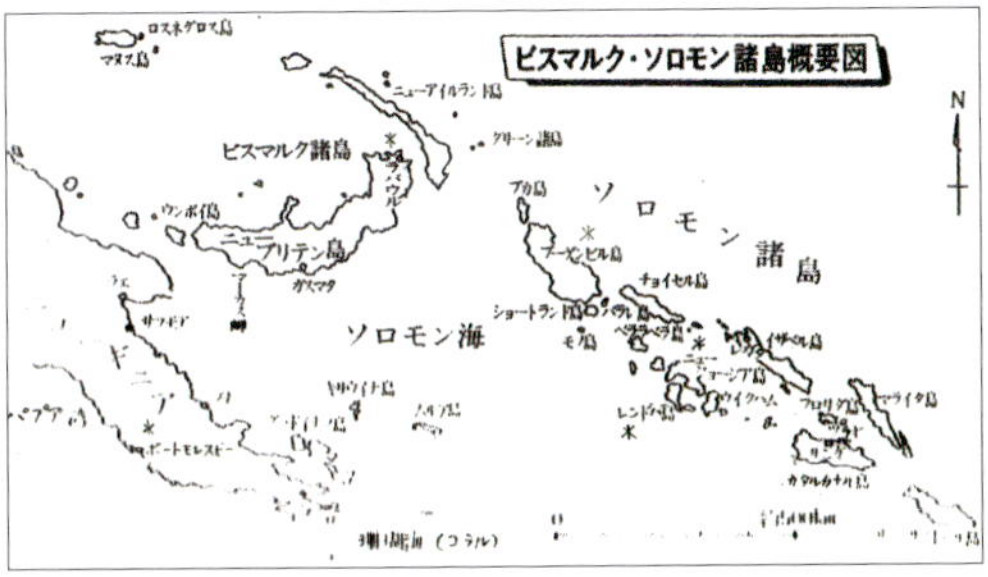
ビスマルク・ソロモン諸島概要図
N
ロスネグロス島
マヌス島
ニューアイルランド島
グリーン諸島
ビスマルク諸島
ラバウル
ウンボイ島
ニューブリテン島
ガスマタ
ブカ島
ソロモン諸島
ブーゲンビル島
チョイセル島
ショートランド島
ソロモン海
ベララベラ島
イサベル島
ニュージョージア島
レンドバ島
フロリダ島
マライタ島
ガダルカナル島
サラモア
ブナ
ポートモレスビー
パプア
珊瑚海（コラル）

107
この前かへる時

停電　困ったな。

腕時計が止まっている。

なほ困る。

やっとはじめの電車が来たら故障車で行ってしまった。

いくら待っても来ない。ここで矢崎先生にお目にかかりました。

古子烏では線路がまがっていてそれを直している。

ジンクロウというもので直している。電車も危ないのでそろそろと通る。脱線したら大変。

間に合った、間に合った。余り暑いので汽車に乗り手はごく少なくて一列にもなっていませんでした。

この前は子供たちと一緒だったらきっと遅れたと思う位でした。ごらんの通りです。

昭和一七年八月一三日　直和宛て
郵便局スタンプ「一億一心　挙って防諜」

ある帰省した日の出来事。当時西鉄電車の城南線が西新―六本松―古子烏―渡辺通り―博多駅の間を走っていた。

108
のみの宿祢

今一緒にいる兵隊さんにとてものみとりの上手な人がいます。いつも一大事が起こったような困った顔つきをして太っているのでフー、フー言ひながらよく蚤をとっています。どうも蚤嫌ひな人によく蚤がつくらしい。

昭和一七年八月一八日　正浩宛て
郵便局スタンプ「一億一心　挙って防諜」

同じ兵舎の中にのみの宿祢を思わせるような体の大きな兵隊さんがいる。この兵隊さんの特技は蚤取りである。多分父がこの人をテーマに葉書きを書こうときめたのは自分たちの仕事の対象は超空の要塞と呼ばれるほどの巨大なB

父が生命を賭して対決したＢ 29 の明細　アメリカの戦略爆撃機（日本空爆の主力機）

昭和 14 年開発計画開始。
昭和 17 年初飛行。
昭和 19 年 4 月 24 日インドから成都へ二機到着。6 月 16 日成都から八幡へ第 1 回日本本土爆撃開始。搭載爆弾 2トン。焼夷弾 3840 発。

中翼単葉プロペラ 4 発　三車輪式
発動機　ライトサイクロン　R 3350 系統、18 気筒、二重星型空冷 2130 馬力 4 個
全備重量　42 ～ 46トン
最大速度　600キロ

実用上昇限度　12500メートル
航続距離（かっこ内　行動半径）
爆弾　1 トン 7000キロ（3000キロ）
　　　2 トン 6500キロ（2700キロ）
　　　3 トン 6000キロ（2500キロ）
　　　4 トン 5500キロ（2200キロ）
武装　20ミリ機関砲　6 門
　　　13ミリ機関砲　16 門
乗員　12 名
※ 1946 年（昭和 21 年）までにボーイング、ベル、マーチンの各社により 3970 機が生産された。

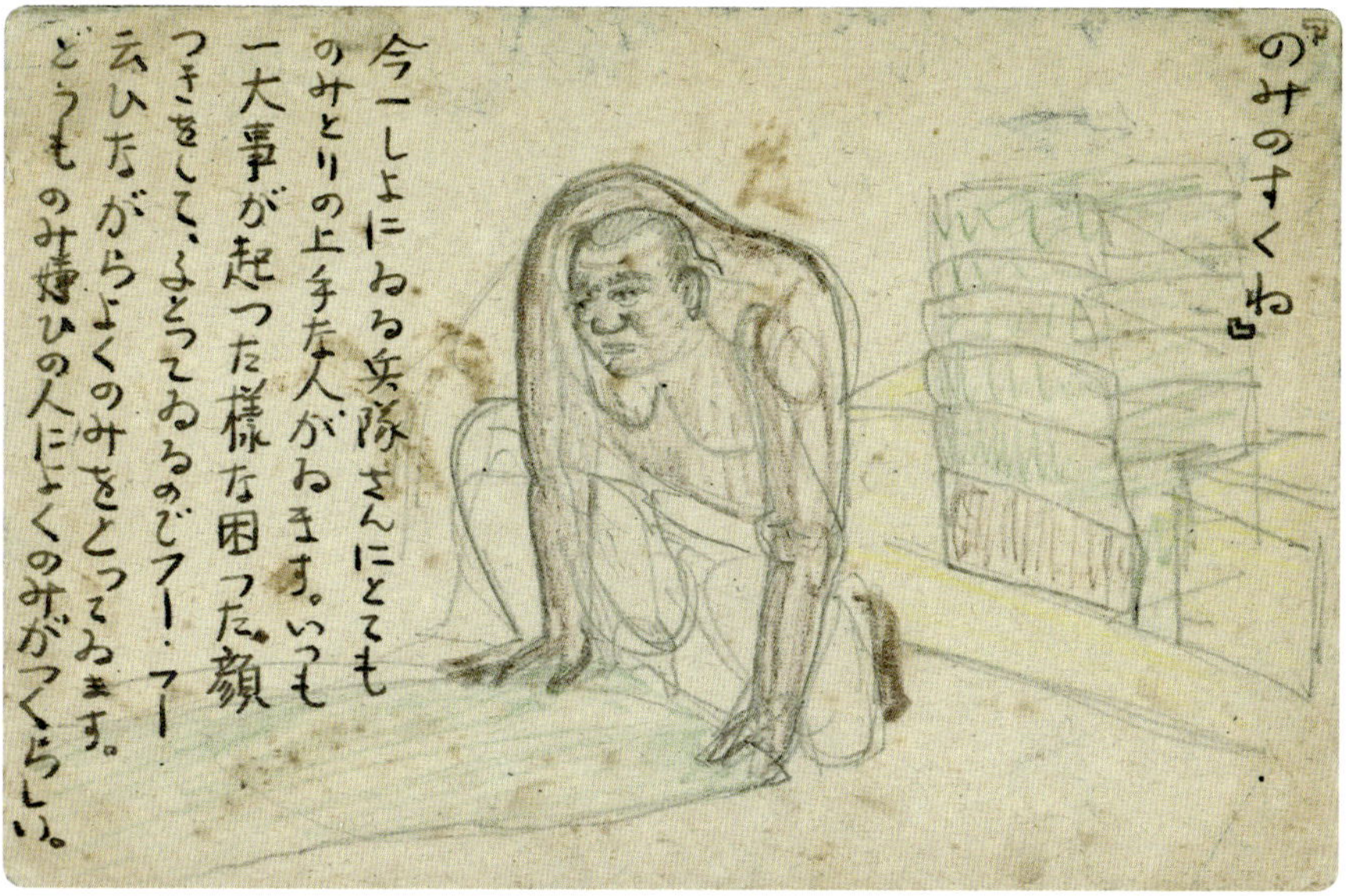

のみのすくね
今一しよにゐる兵隊さんにとても
のみとりの上手な人がゐます。いつも
一大事が起つた様な困つた顔
つきをして、ふとってゐるのでフー・フー
云ひながらよくのみをとってゐます。
どうものみ嫌ひの人によくのみがつくらしい。

29であるのにこの人が全力でとりくむのが蚤取りの仕事に見えたからだろう。Ｂ29の大きさは全長三〇メートル、全幅四三メートル、重量四六トンでそれと蚤の大きさとの対比である。比較と言えば考えるべきは日、米の戦闘力であろう。長距離爆撃機だけを例にとっても米軍はサイパンだけで終戦直前の時点で一千機以上で日本本土を爆撃している。日本には長距離爆撃機は何機残っていたのだろうか。

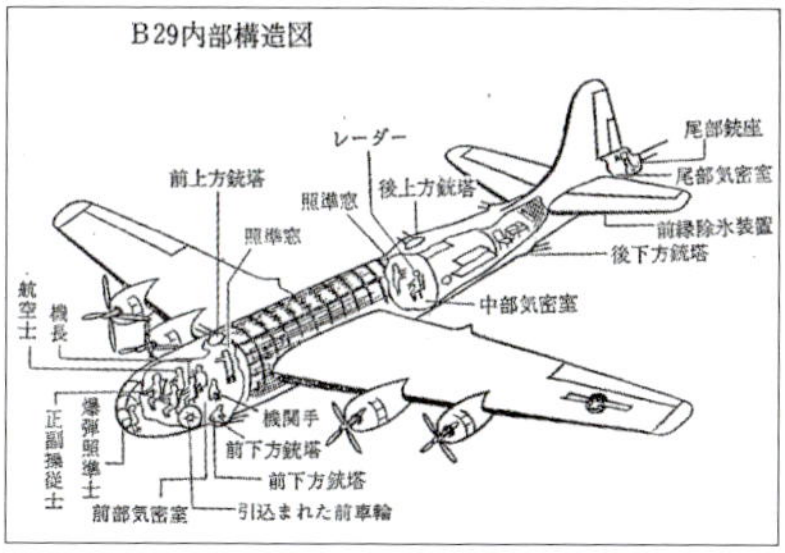

B29内部構造図
レーダー
尾部銃座
前上方銃塔
照準窓
後上方銃塔
尾部気密室
照準窓
前縁除氷装置
後下方銃塔
中部気密室
航空士
機長
正副操縦士
爆弾照準士
機関手
前下方銃塔
前下方銃塔
前部気密室
引込まれた前車輪

参考図

うなぎつり
おぼんのこと、皆が橋の側で休んだら
川の石垣からうなぎが口さきを出して
あつい〱といきをしてゐた。それから
土用うなぎ土用うなぎと夢中になって
休になるとすぐ針に紡績糸二本を
よったのをつけて釣らうとしたら、あはて
ひいたのでぷつりと切れて了ひました。
それで皆がっかり。
しかし一人が細い釣糸と
普通の針にみゝずをつけて同じ穴の前にたらし
忽ちつり上げました。むつかしい方法を考へ
るよりてっとり早くす早くやるにかぎる。

109 うなぎつり

お盆の事、皆が橋の側で休んだら川の石垣からうなぎが口先を出してあついあついと息をしていた。それから土用うなぎ、土用うなぎと夢中になって休みになるとすぐうなぎ汁、うなぎ汁と針を探し大きな紡績糸二本をよったのをつけて釣ろうとしたらあはてて引いたのでぷつりと切れてしまひました。それで皆ががっかり。しかし一人が細い釣り糸と普通の針にみみずをつけて同じ穴の前にたらし、たちまち釣りあげました。難しい方法を考えるよりてっとり早くすばやくやるに限る。

昭和一七年八月一九日　郵便局スタンプ「一億一心　挙って防諜」　豊春　宛て

食事は保障されている軍隊生活であるがうなぎなど高級なものは出されることはなかろう。しかし訓練が終われば趣味は認められていたようで鉄砲や釣り道具を持ち込んだ者もいる。その延長で父は民俗学研究を認められていると考えられる。鰻のかば焼きは全員に分けられないだろうがうなぎ汁なら全員で一切れずつ食べれたかもしれない。

110 慰問袋

今日、慰問袋を頂きました。一番偉い兵隊さんに一番大きい袋をさしあげたら塵紙がたくさん入っていました。お父さんのにはとてもいいものばかりの一番よいのが当たりましたよ。アラレと煎り豆はご馳走しましょう。お手玉の中の豆はよく煎ってご馳走しましょう。

昭和一七年八月二三日　郵便局スタンプ「偲べ戦線求めよ国債」　豊春　宛て

描かれた絵を見ると中にはかみそり、あられ、煎り豆、お手玉（中に小豆）、海苔、きせる、たばこ、手紙、雑誌、紙風船、ふりかけなどが見える。自分は食べないで福岡の家の妻子へのおみあげにしようと考えている。慰問袋を贈る側の気持ちも伝わってくるようだ。

総力を挙げて戦った第一次ソロモン海海戦で反撃は撃退され南太平洋に暗雲が垂れ込め始めた時期である。結果はひたすら隠匿され国民は真実を知らされていない。国防に携わっていた兵士も続々と南方へと送られていく。慰問袋を送る側ももらう側も複雑な心境であったことだろう。

111　夏休みの宿題

大体図の通りの植物地図を書いて標本に添える。標本にしたものには○でもつけて印にする。色鉛筆ででもきれいに色どること。もう一つ注意するのは上の段のしみ出てくる水によって来る「たで」「せり」がはえていることに力を入れて水路をはっきりさせる。たでは柳によく似た葉で茶色の節があり今、白い小さい花のもあるから解るはずです。どくだみも標本にする。何れも小さい目のを取りすぐにしておく。急には間に合はないから。

昭和一七年八月二三日

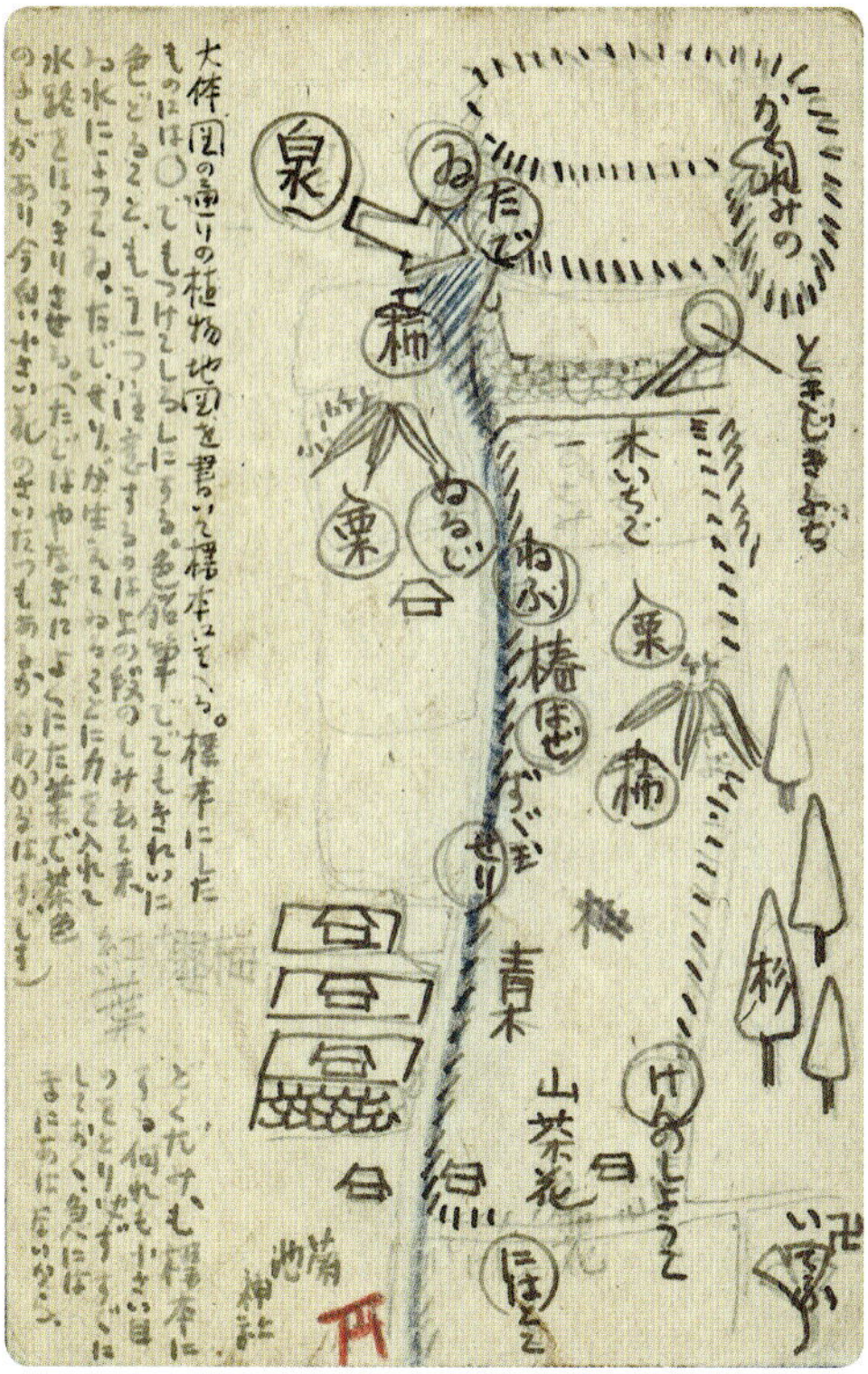

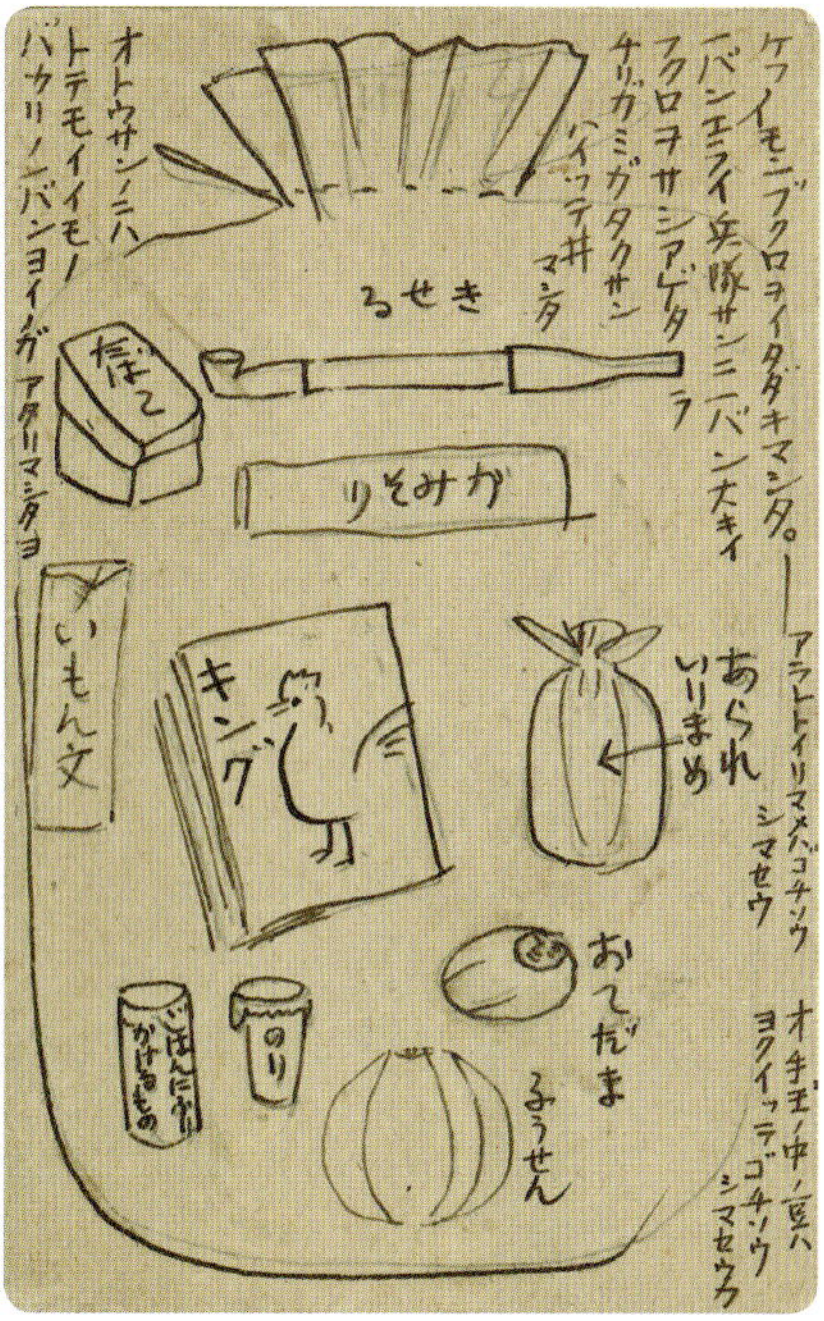

正浩　宛て

郵便局スタンプ

「一億一心挙って防諜」

この写真は開戦前に福岡市の自宅で撮ったものである。父は研究生活に打ち込んでおり三人目の子供が出来てうれしく思いスナップをとったつもりだが日頃愛想の悪い事を知っているので上二人はにこりともしてない。

112 「柿」

食器を洗ふ所のそばに柿の木がある。甘がきと言ふので皆は食べたそうに眺めてはいるがまだ青くてだめです。甘柿の葉はまるみがあり渋柿の葉はとがっている。甘柿の木の皮は割れ目が割合大きく渋柿のは目がこまかいそうです。

昭和一七年八月三〇日　豊春宛て

郵便局スタンプ「一億一心挙って防諜」

ミッドウェーでの敗戦後、日本海軍はフィジー、サモア（SF作戦）攻略を中止する代わりに豪州を拠点とした米軍の反攻を阻止するため米と豪の遮断を図った。その一環としてガダルカナル島に航空基地の設定を図ったが米軍は大量の兵器、物資を投入して阻止、制空権確保、その後日本軍は三次にわたる奪還作戦を全力で行うが全て失敗に終わる。

一七年八月ごろのガダルカナル島とその周辺のソロモン海の状況をみてみよう。八月二〇日から二一日にかけて日本軍はガダルカナル島の重要性を考え米軍の上陸地点を再度攻撃したが撃退された。ガダルカナル島をめぐる攻防戦は海上でも熾烈な戦いが行われ八月二三日から二五日にかけて行われたものは第二次ソロモン海海戦とよばれている。

双方ともに満身創痍になったが結果は、米軍による日本軍の損失は軽巡洋艦、駆逐艦、潜水艦各一隻撃沈。巡洋艦、水上機母艦各一隻損傷。日本軍による連合軍の損失は駆逐艦一隻撃沈、重巡洋艦一隻大破、後八月三一日、空母、一隻大破。九月一五日、空母ワスプが日本潜水艦により撃沈。戦艦一隻損傷。

九月にも戦闘は継続されるが日本軍は全く勝機を見いだせないまま一〇月になる。

一〇月半ばまでに日本軍は二二〇〇〇人の兵力を結集、米軍は二三〇〇〇人結集して総力戦を行った。海上ではエスペランス岬の海戦、サンタクルーズ諸島の海戦が行われその結果、日本側損失、巡洋艦、駆逐艦各二隻が撃沈され、空母三、駆逐艦二隻が損傷。

米軍側は空母一、駆逐艦二隻が撃沈され艦船六隻が損害を受けている。一〇月末で第二次ソロモン海海戦は終了するが日本の地上軍の攻撃は失敗に終わった。

四二年（昭和一七年）一〇月以降、連合軍はガダルカナルの空軍、地上軍の兵力を増強した。一方、日本軍はまたも同島増援の大規模な計画を立てたが一一月一三日から一五日までの「第三次ソロモン海戦」で戦艦二隻、駆逐艦三隻、巡洋艦一隻、潜水艦二隻を失い、一一月、重火器、兵員、食料を輸送中のガダルカナルむけ貨物船、輸送船団一一隻を失った。これに対し連合軍側は巡洋艦二隻、駆逐艦七隻を撃沈され戦艦、巡洋艦それぞれ一隻が損害をこうむった。上陸を企てた日本軍約一二五〇〇のうちわずか四〇〇〇名がかろうじて上陸したが弾薬、食料は携帯していなかった。

一一月三〇日、日本の駆逐艦八隻が再び部隊を上陸させようとしたが失敗し駆逐艦一隻は撃沈、もう一隻は大破した。この戦闘で連合軍側は巡洋艦一隻を撃沈され三隻が損害を被った。

米陸海軍はガダルカナル島における支配圏を漸次拡大した。

四三年一月五日までに連合軍兵力は四四〇〇〇人に達し日本軍は二二五〇〇人であった。連合軍は着実に日本軍を北方に圧迫した。一一月初め日本軍は残存隊の撤退を決定した。四三年二月の最初の一週間で一二〇〇〇人が脱出に成功した。

ガダルカナル作戦で日本側は二四〇〇〇人死去、連合国側は一六〇〇人、戦傷者四二五〇人だった。艦船の損失は連合国側は大型空母三隻、重巡洋艦六隻、軽巡洋艦二隻、駆逐艦一四隻で日本側は戦艦二隻、小型空母一隻、重巡洋艦三隻、軽巡洋艦一隻、駆逐艦一一隻、潜水艦六隻であった。

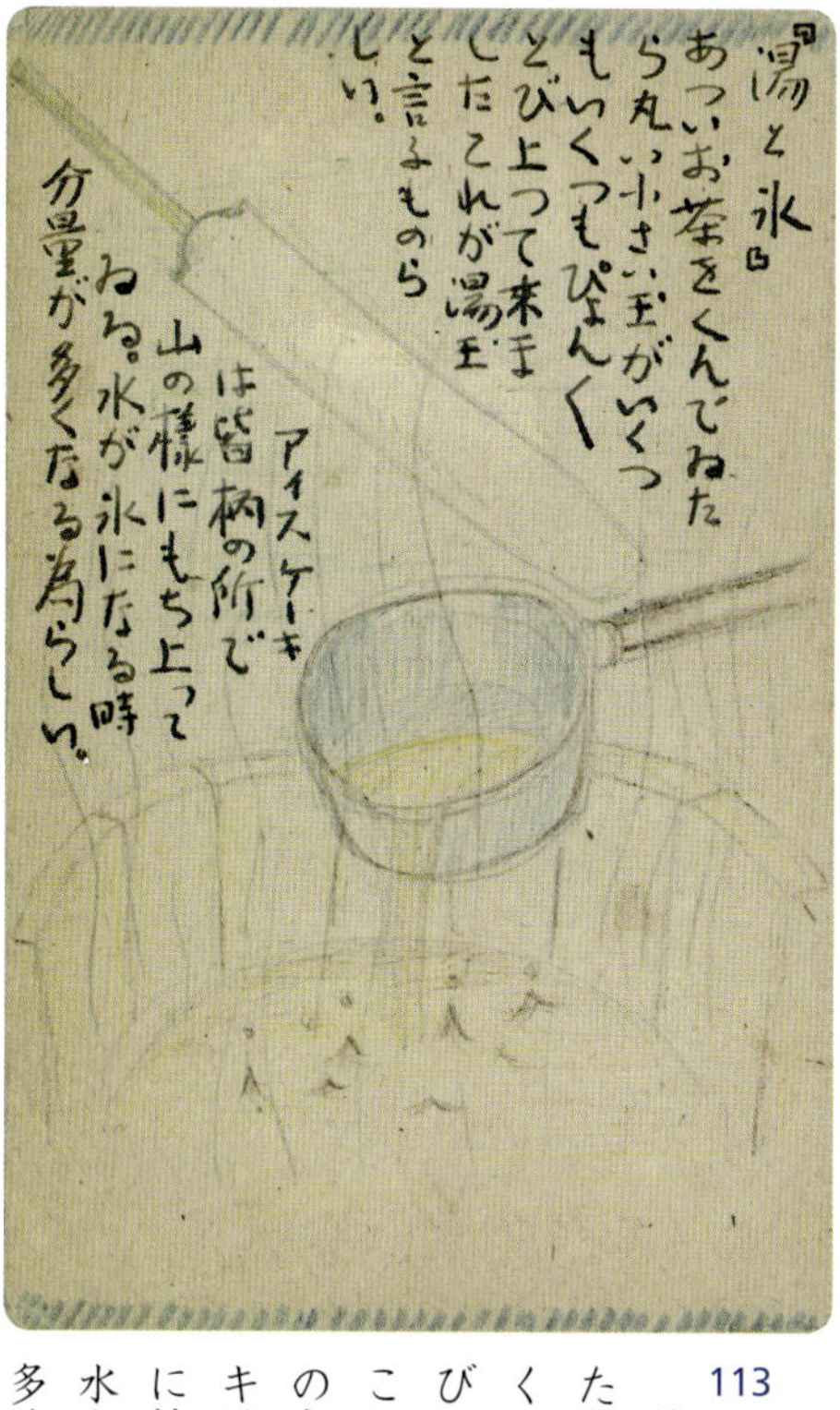

113

湯と水

熱いお茶を汲んでいたら丸い小さい玉がいくつもぴょんぴょん飛び上がってきました。これが湯の玉といふものらしい。アイスケーキは皆柄の所で山の様に持ち上がっている。水が氷になる時分量が多くなる為らしい。

昭和一七年八月三〇日　正浩　宛

郵便局スタンプ「一億一心挙って防諜」

湯の玉と言えば童謡の「村の鍛冶屋」という歌を思い出す。

「しばしも休まず　槌打つ響き
飛び散る火花よ　走る湯玉
ふいごの風さえ　息をもつがず
仕事に精出す　村の鍛冶屋」

走る湯玉、ここにゆだまという言葉が出てくる。鍛冶屋さんは刃物を打つ職人さんで私の住む福岡県久留米市の東側の農業地域に二軒ほどと大分県日田市に一軒あったが一軒は廃業したと聞く。刃物を焼き入れするとき真っ赤に焼けた刃物を水に入れる瞬間がある。あの時湯玉がはしる。あの作業の様子はだんだん見られなくなってきたようだ。

114 男子高等

隊に鶏とあひるのひよこが沢山来ました。人の話では一匹三銭だそうで卵より安いから相当なものです。さて大分近頃大きくなったのですが鶏は皆雄でけんかをしたり小屋から出たり中々いたずらをします。あひるの方も雄ばかりだそうですからまるで男子高等の様です。しかしとさかの形、くちばしの色にも色々あってよく見るとおもしろい。

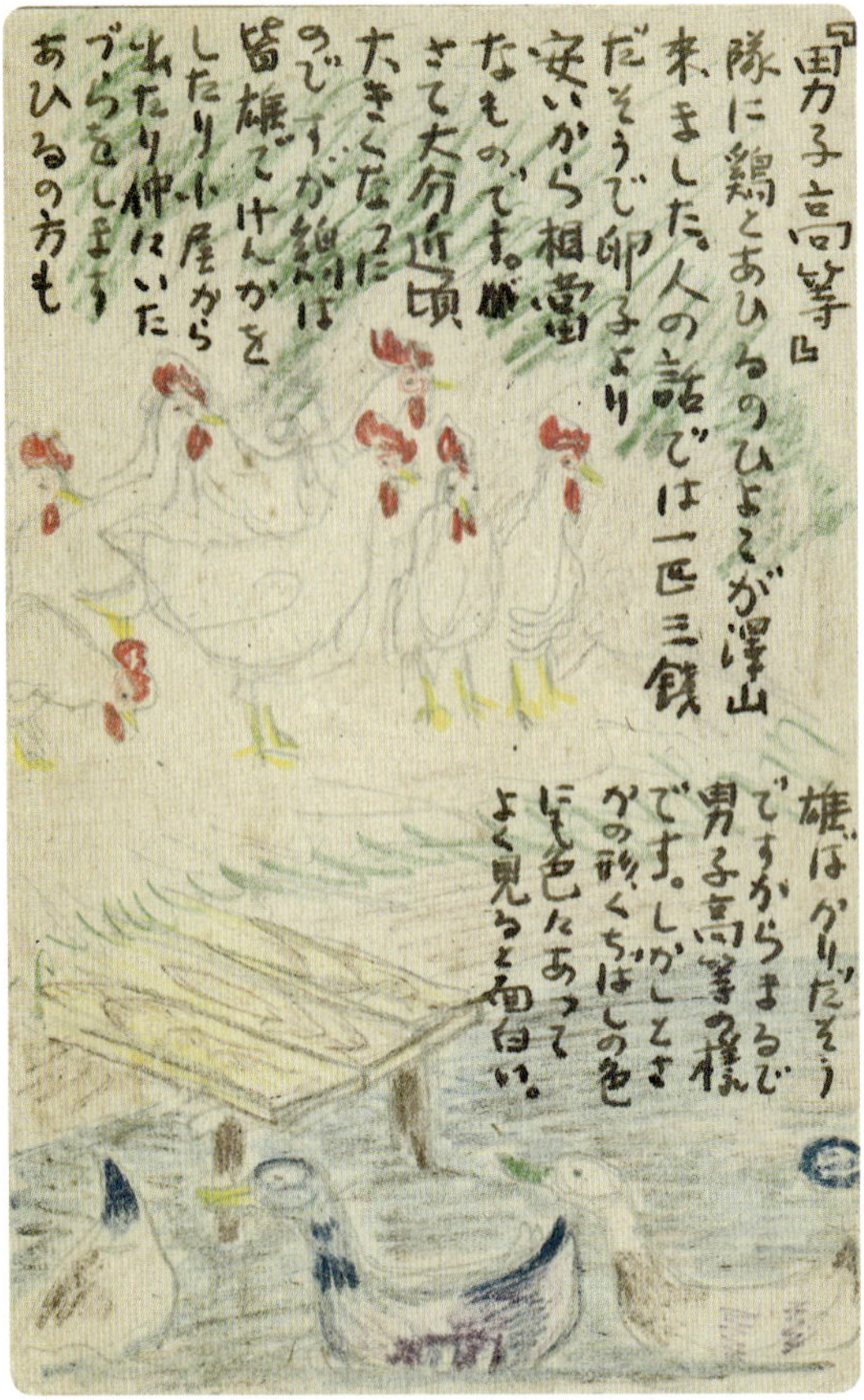
『男子高等』
隊に鶏とあひるのひよこが澤山来ました。人の話では一匹三銭だそうで卵子より安いから相當なものです。さて大分近頃大きくなったのですが鶏は皆雄でけんかをしたり小屋から出たり仲々いたづらをしますあひるの方も雄ばかりだそうですからまるで男子高等の様です。しかしとさかの形くちばしの色にも色々あってよく見ると面白い。

昭和一七年八月三〇日　直和　宛

郵便局スタンプ「一億一心挙って防諜」

雄の鶏のヒヨコの値段は葉書きより少し高い程度だったことがわかる。この頃の社会状況をみてみると五万分の一地図販売禁止、君死にたもうことなかれの与謝野晶子六五歳で死亡。パーマネントの名称変更。

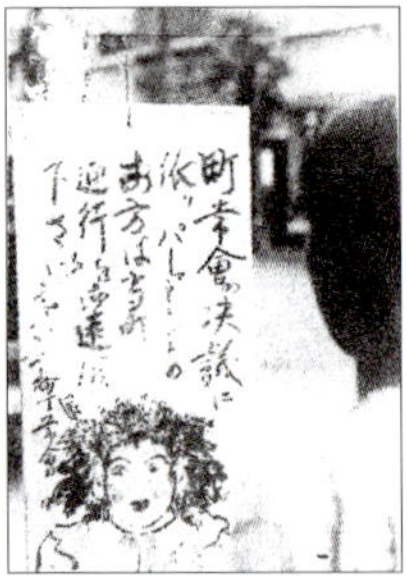

パーマネントをかけた人は町内を歩くなと書いてある。

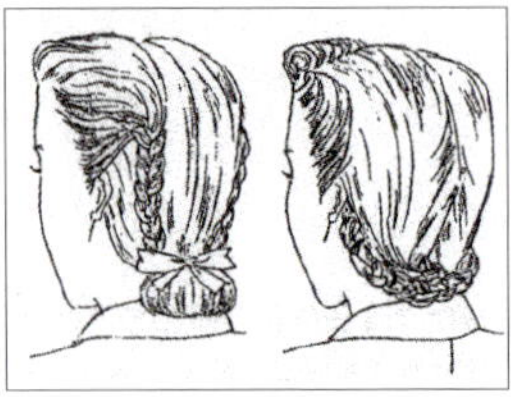

参考　決戦型結髪

115

あらしの後

にはとりは小屋が倒れて宿なしになり垣に並んで困った困ったと言っていました。あひるはあらしの最中、不沈鑑の様に大得意で池を泳ぎまはっていたのにはおどろきました。柿の実は大分落ちてしまひました。翌朝兵隊さんがかじってみてぺっぺっと吐き出していたのを見るとまだしぶいらしい。

昭和一七年九月三日　豊春　宛て
郵便局スタンプ「一億一心挙って防諜」

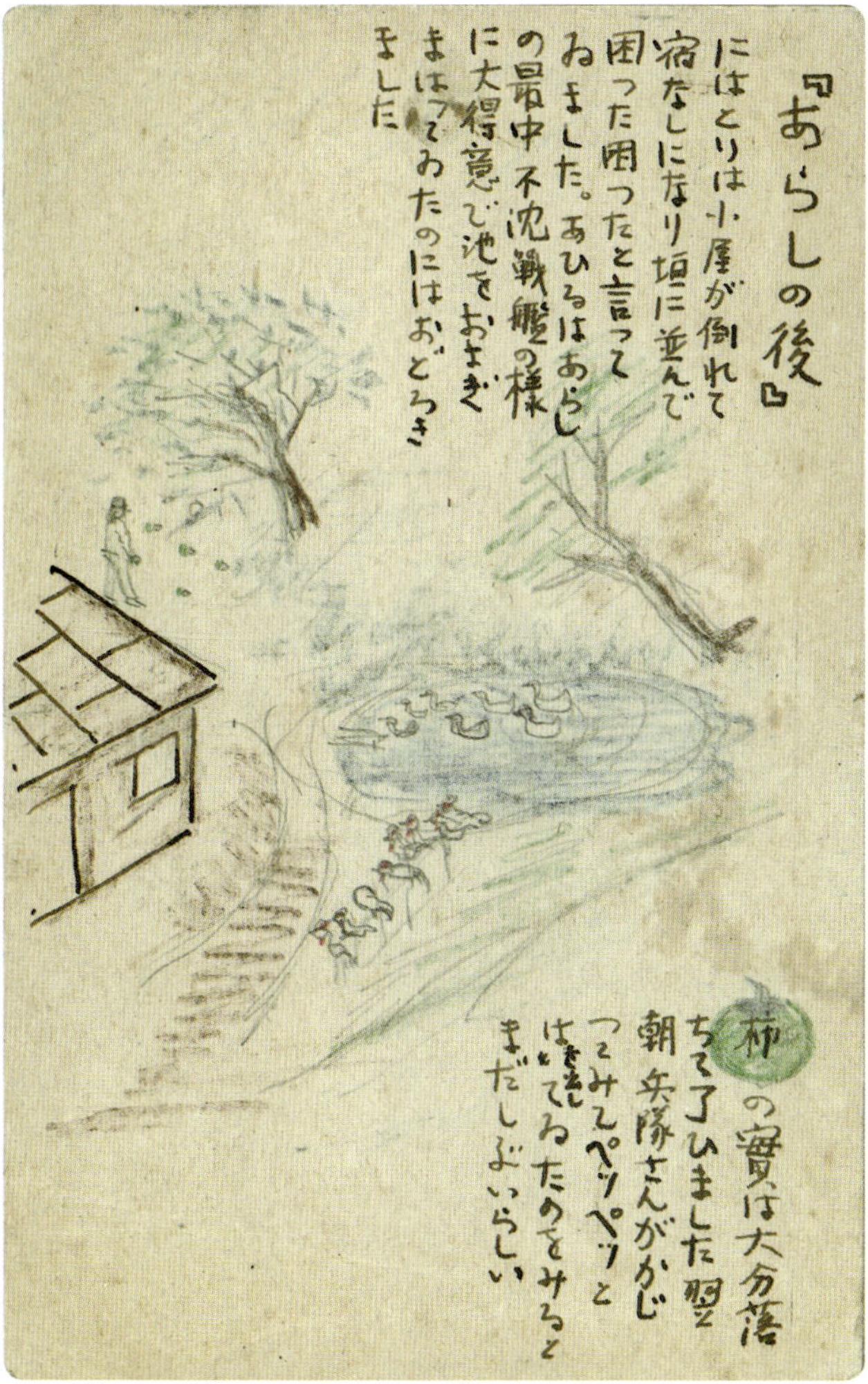

『あらしの後』
にはとりは小屋が倒れて
宿なしになり垣に並んで
困った困ったと言って
ゐました。あひるはあらし
の最中不沈戦艦の様
に大得意で池をおよぎ
まはってゐたのにはおどろき
ました
柿の實は大分落
ちて了ひました翌
朝兵隊さんがかじ
ってみてペッペッと
はき出してゐたのをみると
まだしぶいらしい

若松の高射砲陣地のふもとにある兵舎に初秋ではあるが嵐が襲った。台風が来たのかもしれない。小屋が倒壊して鶏はパニックに、でもあひるはけろりとして気にしている様子もない。その対照的な態度を見て父は笑っている。ガダルカナル島では嵐ならぬ弾丸が陸上、海上で嵐のように飛びかっている。軍事力で勝る連合軍は陸上で日本軍を圧倒し海上でも優勢に戦いを進め日本軍の人的、物資的補給を阻止することに成功している。この時期の海上戦を第二次ソロモン海海戦と呼んでいる。陸上では日本軍は補給ができず食料も弾薬もない地獄の様相を呈し始めている。

116 銘々伝　来原さん

来原さんの写真を先ず御らんなさい。うまそうな口つきですね。前から「あなたはうちでうまいものばかり食べていたでせう。」と聞いても「そんなでもありませんよ。」と言っていつも返事は同じことでしたが段々聞いてみるとやはりごちそう好きにまちがひなかった。ビフテキを五枚一度に食べたりアイスクリームの食べごっこをしてとうとう十二杯食べてお金を相手に払わせたことがあったりしたそうです。但し十二杯目になると口がにがかったそうです。何でもかでもおいしい物ばかりを食べたのではじめにきはらさんと言っていたのが栗原さんと人が呼ぶようになったのかもしれません。（来原さん　写真　97頁参照）

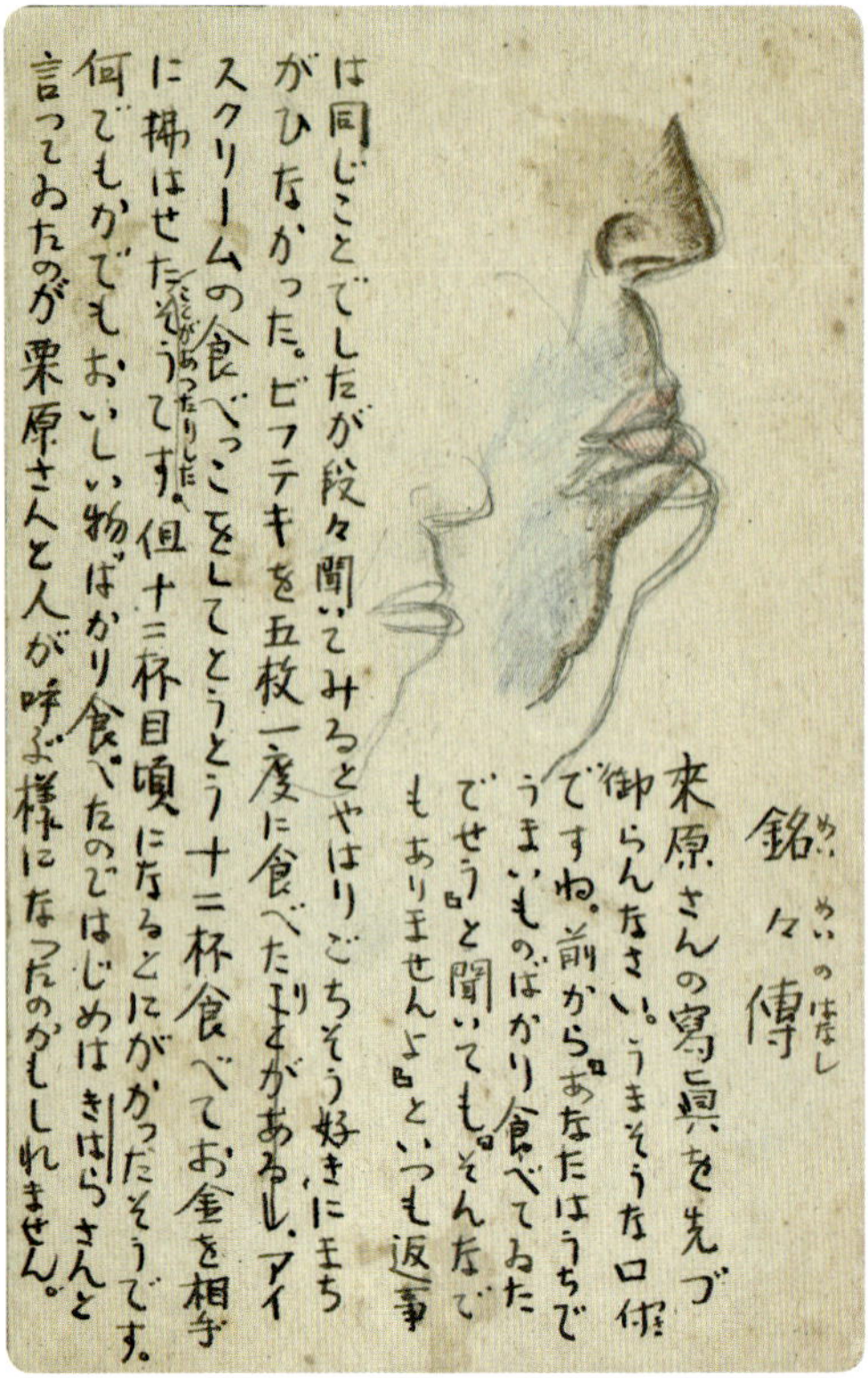

銘々傳《めいめいのはなし》
来原さんの寫眞を先づ御らんなさい。うまそうな口付ですね。前から「あなたはうちでうまいものばかり食べてゐたでせう。」と聞いても「そんなでもありませんよ」といつも返事は同じことでしたが段々聞いてみるとやはりごちそう好きにまちがひなかった。ビフテキを五枚一度に食べたりしたことがあるし、アイスクリームの食べっこをしてとうとう十二杯食べてお金を相手に払はせたそうです。但十二杯目頃になるとにがかったそうです。何でもかでもおいしい物ばかり食べたのではじめはきはらさんと言ってゐたのが栗原さんと人が呼ぶ様になったのかもしれません。

昭和一七年九月三日　正浩　宛
郵便局スタンプ「一億一心挙って防諜」

これまで村役場で働いてきて将来は村長さん候補の来原さんと父が話すようになってから彼の唇の形に特徴があることに気が付いた。ひょっとしてグルメに関心があるのでは？　兵舎中の兵隊さんを細かく観察し顔つき、体つき、手の形、言葉使い、特技などあらゆる点を観察している。おびただしい数の餓死者が出ているガダルカナル島と比べてあまりにも平和な時間が流れる兵舎の中。

117 犬と家鴨の競争

隊にこの頃、小さな犬が紛れ込んで来ました。ところが間もなくにはとりやあひるを追ひまわしはじめた。昨日は池で家鴨が泳いでいるとザブンと飛び込んで追ひかけはじめました。しかしあひるは不沈艦だからぐんぐん泳いでいってしまひます。犬はくたびれて池のふちで休んでは又追ひかけ又追ひかけするのでとてもおかしくありました。余りいつまでもやっているいのでとうとう終わりまで見ずに帰ってきました。

昭和一七年九月六日豊春　宛
郵便局スタンプ「一億一心　挙って防諜」

九月六日はガダルカナル作戦が進行中だが東部ニューギニアではもう一つの重

『犬と家鴨の競争』
隊にこの頃小さな犬
がまぎれ込んで来ま
した。ところが間もなくにはとりやあひるを追
ひまはしはじめた。昨日は池で家鴨が泳いで
ゐるとザブンと池にとび込んで追ひかけ出
しました。然しあひるは
不沈戦艦だから
ぐんぐん泳いで
行って了ひます。
犬はくたびれ
て池のふちで
休んでは又
追ひかけ又
追ひかけす
るのでとても
おかしくあり
ました。余り
いつまでもやっ
てゐるのでとう
とう終まで見
ずにかへってき
ました

要な地上作戦が行われていた。日本軍はニューギニアのパプア地域北岸に進出し山岳地帯を越えてポートモレスビーの占領作戦を開始した。しかし九月半ばポートモレスビーから五〇㌔離れたオーエン・スタンレー山脈の嶺線まで到達したが悪疫と進軍に伴う補給の不足とによりほとんど餓死寸前の状態に陥り証言によれば一発撃てば五〇発撃ち返されて撤退している。（138頁参照参照）

118

歯医者と三男坊

この間は元気を出して歯医者さんに行ったそうですね。中々偉い。今度ご褒美をあげませう。この頃二度慰問袋を頂いたので面白いおもちゃが大分たまりましたからその中で一番あかちゃんによさそうなものをあげることにしませう。今日は雨降りでお休みです。その上日本軍が南方でぶんどりしたメリケン粉や赤砂糖などで作ったおまんじゅうをいただくことになっています。この間は同じ材料で作ったおしるこを頂きました。

昭和一七年九月六日　直和　宛て
郵便局スタンプ「一億一心挙って防諜」

戦争があっていようがなかろうが虫歯になるし病気にもなる。四歳の直和は歯科の治療を受けている。しかし戦地において歯科医、医師不足は深刻であった。特に歯科医不足は問題だったと報じられている。国内に置いても医療状況はひどいもので私の弟は終戦直後だがBCGの予防接種で雑菌が入り集団で幼児が死亡したことが福岡であり弟も死にかけたが母が子供二人を百道の海岸へ一升瓶を持たせ海水をくみにやらせへそ下までしお湯につからせて命をとりとめている。

119

酒・煙草

お酒を飲みすぎて大失敗をして重い罰に合った人とお風呂であったら手首に「もうこりごりだ。お酒は決して飲まないことにした。」と入れ墨してありました。おやおや痛い思ひをしただけ損だったなと思ったらその上の方に盃が下向きにほってあった。お酒は飲みだすとうっかり沢山呑みすぎてやめられないらしいですね。上等のお酒を造るのは四斗（一俵）のお米をついて一斗六升になる程お米の芯だけにして作るそうです。そんなお酒は普通のお酒の五倍もしたそうですがもうそんなお酒はなさそうです。又今のお酒が皆悪いおさけになってしまったわけもわかるでせう。つまりぬかがまじるとその米で作った酒はばい菌がつきやすくなり、従って味が変はりやすくなるしまづくなるわけです。

昭和一七年九月二一日　豊春　宛て

郵便局スタンプ「一億一心挙って防諜」

父が入隊して一番に感じたことはいろんな人が関西から鹿児島の種子島まで北九州に集まっていることだった。そこで考えたのが民俗学研究だった。入れ墨までして禁酒を試みる人、最高の酒、大吟醸の作り方。

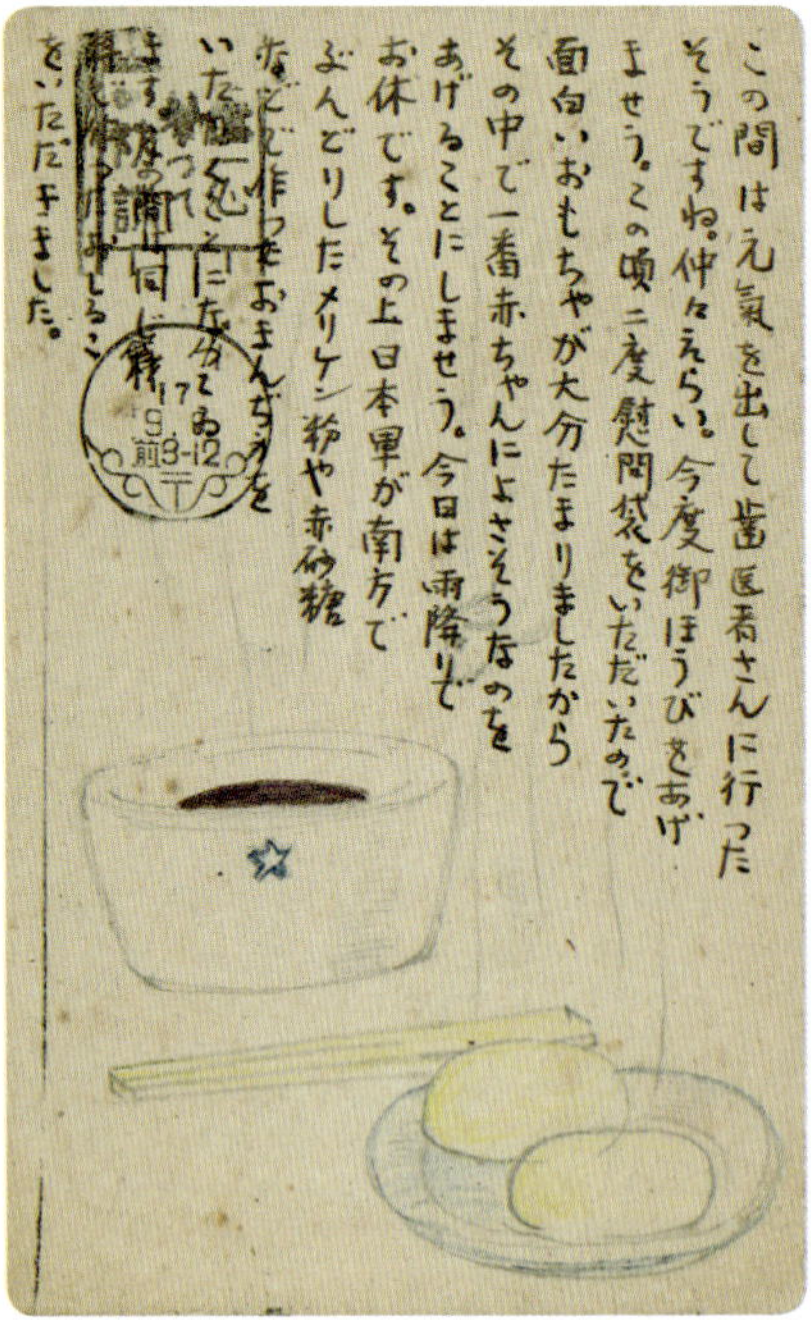

この間は元気を出して歯医者さんに行ったそうですね。仲々えらい。今度御ほうびをあげませう。この頃二度慰問袋をいただいたので面白いおもちゃが大分たまりましたからその中で一番赤ちゃんによさそうなのをあげることにしませう。今日は雨降りでお休です。その上日本軍が南方でぶんどりしたメリケン粉や赤砂糖などで作ったおまんぢうをいただきました。

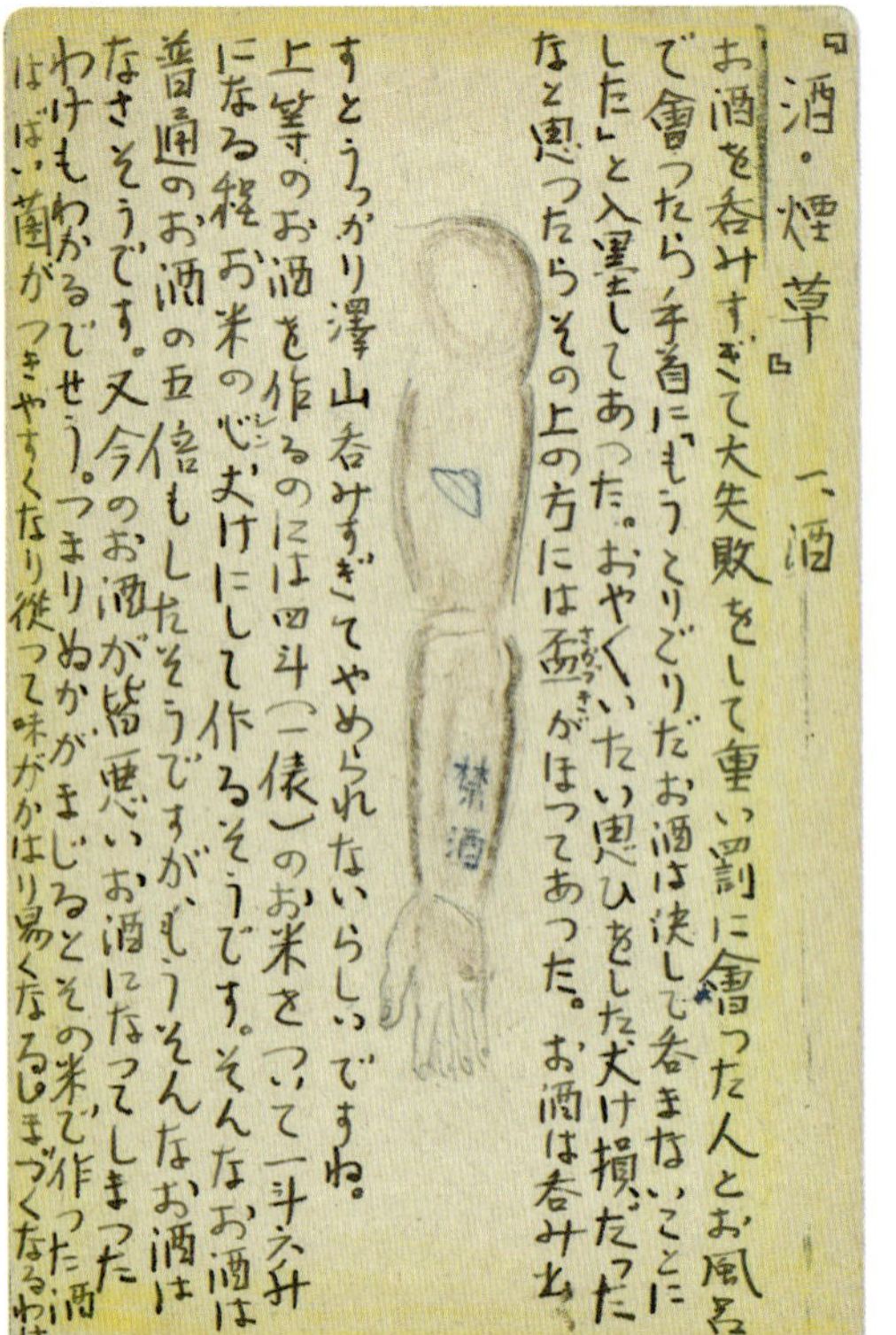

『酒・煙草』

一、酒

お酒を呑みすぎて大失敗をして重い罰に會った人とお風呂で會ったら手首に「もうこりごりだお酒は決して呑まないことにした」と入墨してあった。おやおやいたい思ひをした丈け損だったなと思ったらその上の方には盃《さかずき》がほってあった。お酒は呑み出すとうっかり澤山呑みすぎてやめられないらしいですね。上等のお酒を作るのには四斗（一俵）のお米をついて一斗六升になる程お米の芯丈けにして作るそうです。そんなお酒は普通のお酒の五倍もしたそうですが、もうそんなお酒はなさそうです。又今のお酒が皆悪いお酒になってしまったわけもわかるでせう。つまりぬかがまじるとその米で作った酒ははばい菌がつきやすくなり従って味がかはり易くなるしまづくなるわけ。

120

一本松

今いるに所に一本の松がはえています。百年たった松ですが遠くから目印になる

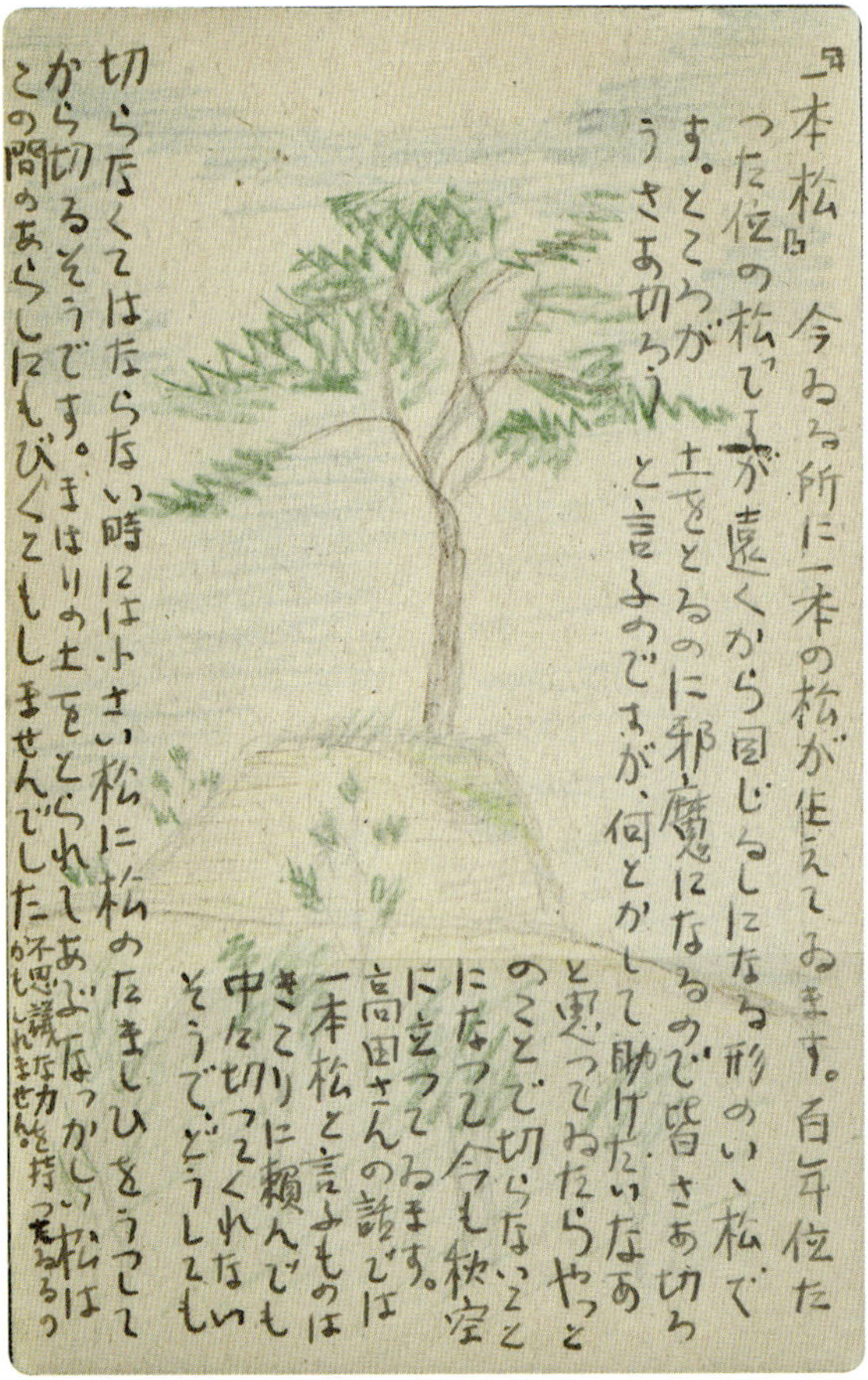
一本松　今ゐる所に一本の松が生えてゐます。百年位たった位の松ですが遠くから目じるしになる形のいゝ松です。ところが土をとるのに邪魔になるので皆さあ切ろうさあ切ろうと言ふのですが、何とかして助けたいなあと思ってゐたらやっとのことで切らないことになって今も秋空に立ってゐます。高田さんの話では一本松と言ふものはきこりに頼んでも中々切ってくれないそうで、どうしても切らなくてはならない時には小さい松に松のたましひをうつしてから切るそうです。まはりの土をとられてあぶなっかしい松はこの間のあらしにもびくともしませんでした。不思議な力を持ってゐるのかもしれません。

形のいい松です。ところが土をとるのに邪魔になるので皆さあ切ろうさあ切ろうと言ふのですが何とかして助けたいなあと思っていたらやっとのことで切らないことになって今も秋空に立っています。高田さんの話では一本松といふものは木こりに頼んでも切ってくれないそうでどうしても切らなくてはならない時には松のたましひを移してから切るそうです。まわりの土を取られてあぶなっかしい松はこの間のあらしにもびくともしませんでした。不思議な力を持っているのかもしれません。

昭和一七年九月二一日　正浩　宛

郵便局スタンプ「一億一心挙って防諜」

ガダルカナル島の争奪戦、食料、軍事物資の支援、覇権確立戦が第二段階に入っている。海上輸送が思うようにできず島内では弾、食料もなく飢餓状態で餓島と呼ばれ始める。一方北九州、若松の高射砲部隊では陣地のさらなる補強となる土木工事用の土を掘っているが百年を超える松の古木が切られようとしている。木こりさんがゲンを担いで首を縦に振らない。ここにも民俗学が顔を出して父喜ぶ。

121 四男誕生

先日は丁度良い所に帰って何より仕合はせ。直和君の様に何か不思議な魔的威力を持った子供かもしれません。生まれた最初から運が良いことはたしかだから何より嬉しい次第です。親父は結局一家の運転手だから結局無事で家に帰らないと子供の勉強でも何でもはかどらないから困ったものですが幸いにして帰れたら計画を立てて福岡付近の山は全部自分のうちの裏山の様にして子供と一緒に歩いてみるつもりです。今度帰ってみると正ちゃんが自分で勉強して中々科学者になっているので感心しました。必要なものがあったら買ってやって下さい、今度ゆっくりしたら島津製作所に行ってみましょう。

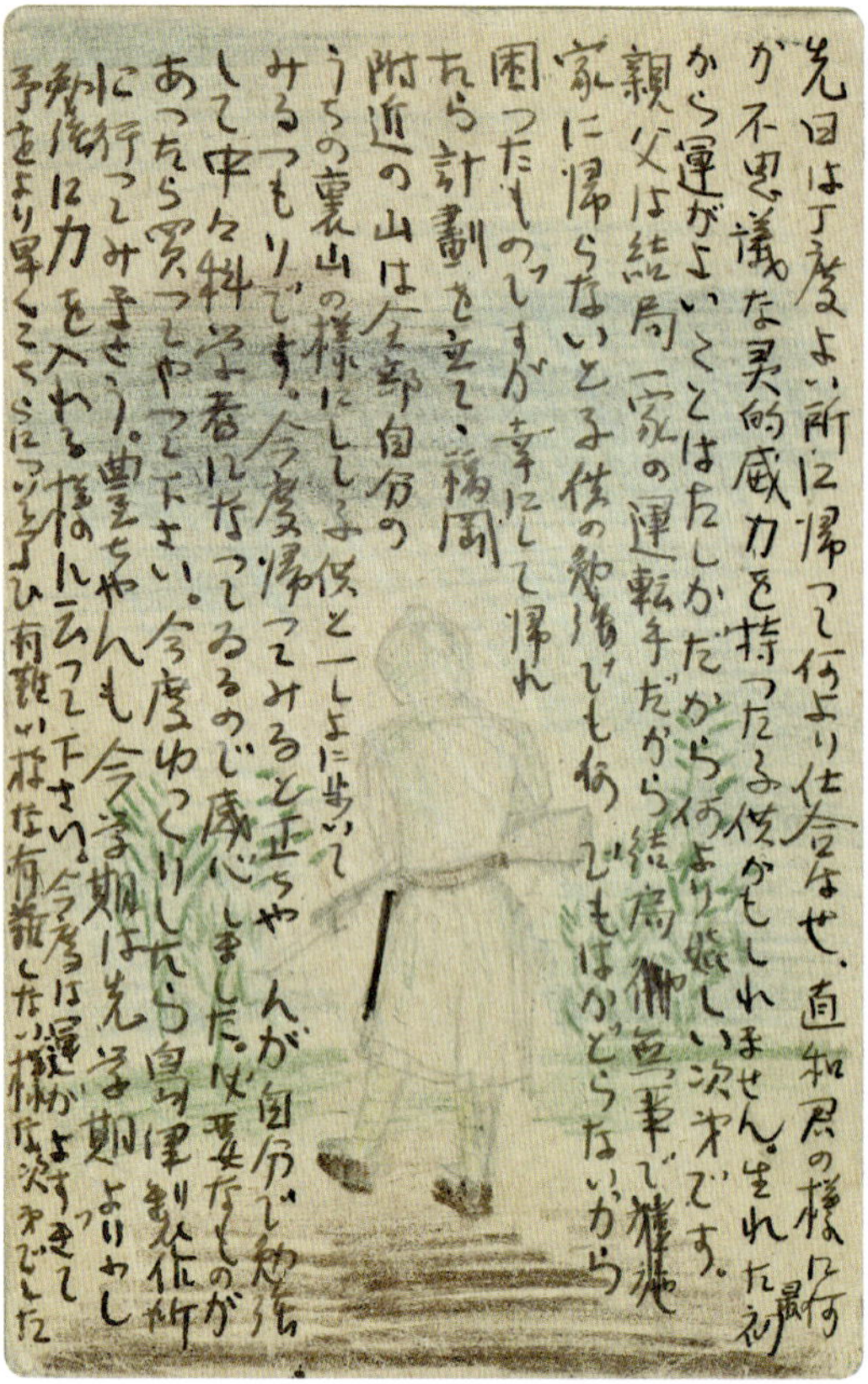
先日は丁度よい所に帰って何より仕合なせ、直和君の様に何
か不思議な霊的威力を持ったる子供かもしれません。生れた最初
から運がよいことはたしかだから何より嬉しい次第です。
親父は結局一家の運転手だから
家に帰らないと子供の勉強でも何でもはかどらないから
困ったものですが幸にして帰れ
たら計劃を立て、福岡
附近の山は全部自分の
うちの裏山の様にして子供と一しょに歩いて
みるつもりです。今度帰ってみると正ちゃんが自分で勉強
して中々科学者になってるるので感心しました。必要なものが
あったら買ってやって下さい。今度ゆっくりしたら島津製作所
に行ってみませう。豊ちゃんも今学期は先学期よりかし
勉強に力を入れる様に云って下さい。今度は運がよすぎて
予定より早くこちらについてしまひ有難い様な有難くない様な次第でした

（豊ちゃんも今学期は先学期よりも少し勉強に力を入れるように言ってください。）今度は運がよすぎて予定より早くこちらについてしまひ有り難いような有り難くないような次第でした。

昭和一七年九月二一日　直和宛

郵便局スタンプ「一億一心挙って防諜」

九月一一日に私が誕生してそれを先ず喜んでいる。生まれた最初から運が良いとあるが何のことか？このことは聞かされてない。しかし男の子が四人揃ったわけでとても喜んでいる。自分が死んでも四人で母親をしっかり守ってくれと思っているようだ。一つよく言われたのが私は四番目の子なので母としては今度こそ女の子が欲しかったが頭に黒い毛がしっかり生えて生まれてきたのでお産婆さんが「おんなの子ですよ」と大きな声を上げたので母はやったと喜んだのに「あらまあ…」となったので大変がっかりしたという話はよく聞かされた。しかし父はついうっかり今まで心に蓋をしておいた本音をつい漏らしている。それは「幸いにして帰れたら」の箇所である。これだけは言ってはならぬと抑え込んできた気持ちである。ぽろりと口から出てしまって子供全員を連れて山歩きをしたい、理化学用教材メーカーの島津製作所で理化学関係の器具を買ってあげたいなどつい筆を滑らせているところがジンとくる。しかし父親自身は終戦後は研究生活に没頭し子供たちは全くといいほど顧みられることはなかったので一緒に山歩きなどはやっていない。にもかかわらず全員登山好きになった。長男は北アルプスを我が庭のように歩きまわり、私はヨーロッパアルプス、マチュピチュまで遠征することになった。

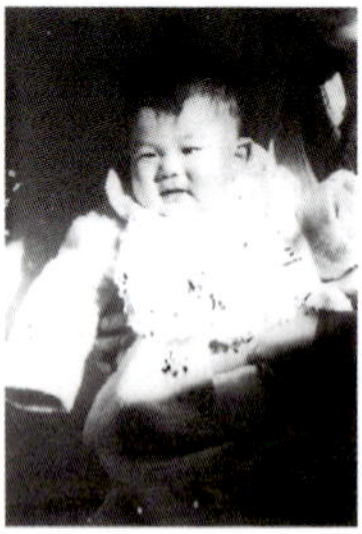
四男　御楯

その反面母親の千代はいついかなるときでも子供に寄り添った。世間並みの苦労はすべて我が家にもあったし子供が五人だったから振り回されたと思うが毅然と子供を守る姿は今も目に焼き付いて薄れる

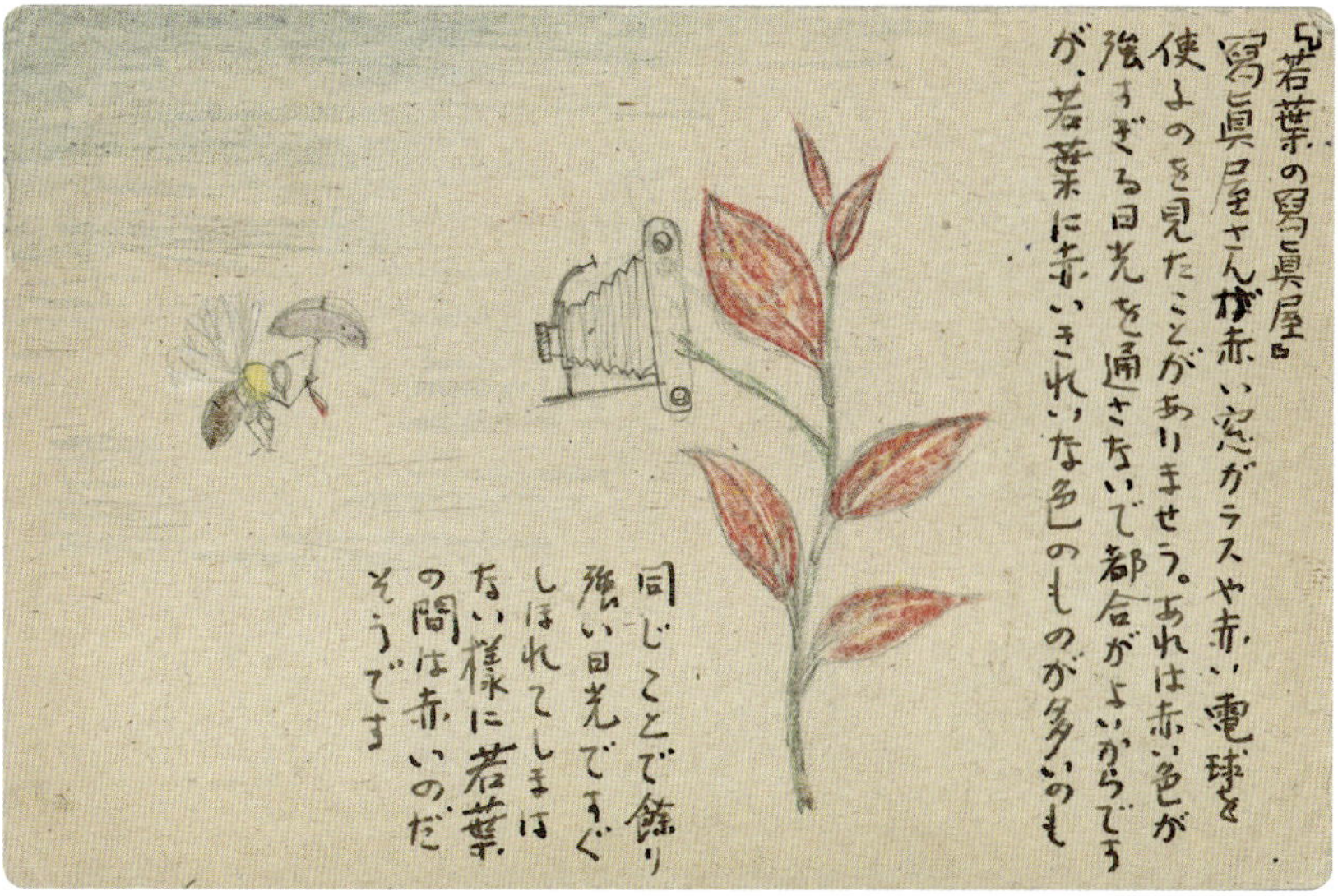
「若葉の寫眞屋」
寫眞屋さんが赤い窓ガラスや赤い電球を
使ふのを見たことがありませう。あれは赤い色が
強すぎる日光を通さないで都合がよいからです
が、若葉に赤いきれいな色のものが多いのも
同じことで餘り
強い日光ですぐ
しほれてしまは
ない樣に若葉
の間は赤いのだ
そうです

ことはない。

今から見れば暗黒の戦時中であるが音楽家や作詞家、詩人たちは負けていなかったと思う。次の曲は昭和一六年一二月に作られたもので日本放送協会「幼児の時間」で使われたもので今も歌いつがれている。しかし昭和一九年ごろから全国的に日本は負けているのではないかとのうわさが広まりだしたことを受け逆に元気で明るい童謡を盛んに利用し始めたと言われている。

たき火　巽聖歌 作詞　渡辺茂 作曲

一　かきねの　かきねの　まがり角
たき火だ　たき火だ　落ち葉焚き
あたろうか　あたろうよ
北風ぴいぷう　吹いている

122 若葉の写真屋

写真屋さんが赤い窓ガラスや赤い電球を使ふのを見たことがありませう。あれは赤い色が強すぎる日光を通さないで都合がよいからですが若葉に赤いきれいな色のものが多いのも同じことで余り強い日光ですぐにしほれてしまはないように若葉の間は赤いのだそうです。

昭和一七年一〇月六日　豊春　宛て
郵便局スタンプ「護れ遺家族　傷病兵」

新緑と言う表現もあるが若葉はみずみずしい黄緑色をしている。しかし中には赤いものもある。不思議に思って図書館に行って調べたのかあるいは家で子供のためにとっている「子供の科学」をヒントにして書いたのではないかと思う。典型的な文型の人間なのに何にでも興味をもつタイプの人である。光線について調べている。新芽なのに赤いのがあるがどうしてか。赤には光をおさえる力がある。昭和の時代は写真屋さんが町のいたるところにあって現像、焼き付け、をやってもらっていた。その時赤色光が利用されていた。このことを言っている。

123 目白と飛行機

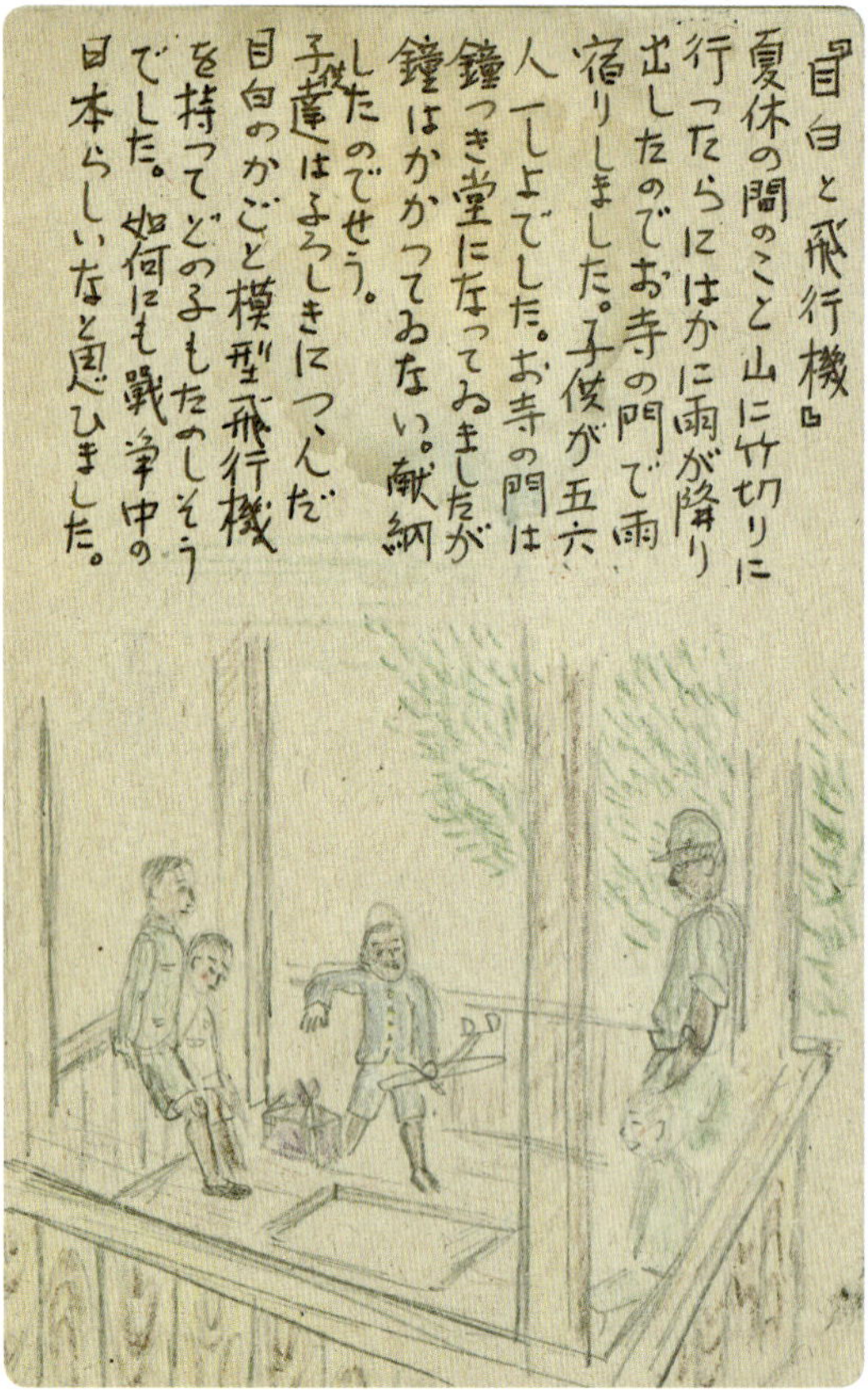

夏休みの間のこと山に竹切りに行ったらにわかに雨が降り出したのでお寺の門で雨宿りしました。子供が五、六人一緒でした。お寺の門は鐘つき堂になっていましたが鐘はかかっていない。献納したのでせう。

子供たちは風呂敷に包んだ目白のかごと模型飛行機を持ってどの子も楽しそうでした。いかにも戦争中の日本らしいと思ひました。

昭和一七年一〇月六日　正浩　宛

郵便局スタンプ「護れ遺家族傷病兵」

部隊の業務で近くの山に竹を切りに行っている。にわか雨に合い側にあったお寺の門に避難したが目白かごと模型飛行機を持った近所の子供達と一緒になった。目白かごで目白を取る方法はふた通りありよくさえずる目白を入れた籠を枝に下げ、近くに捕り餅を塗った竹を立てその枝に止まって足の自由が利かなくなったところを捕まえる縄張り意識を利用する方法と落し籠と言って罠の役目をする上の空いた籠の中にミカンなどのえさを入れれば自動的にふたがしまるやりかたがある。

次に模型飛行機の話がでてくるがこの種のおもちゃがまだ店で売られていたことが判る。一七年は本土への本格的な空襲はまだ行われていない。しかし日本をほぼ完全に焼き尽くすB29による焦土作戦は第一波が中国成都から一八年六月一六日に若松の八幡製鉄所に向かってくる。それまでは昔のままの日本の生活はいろんな形で残っていたことがわかる。

若松の裏山で子供たちが模型飛行機を飛ばし、目白取りをしてあそんでいたころ血で血を洗うような戦争が行われ

参考図

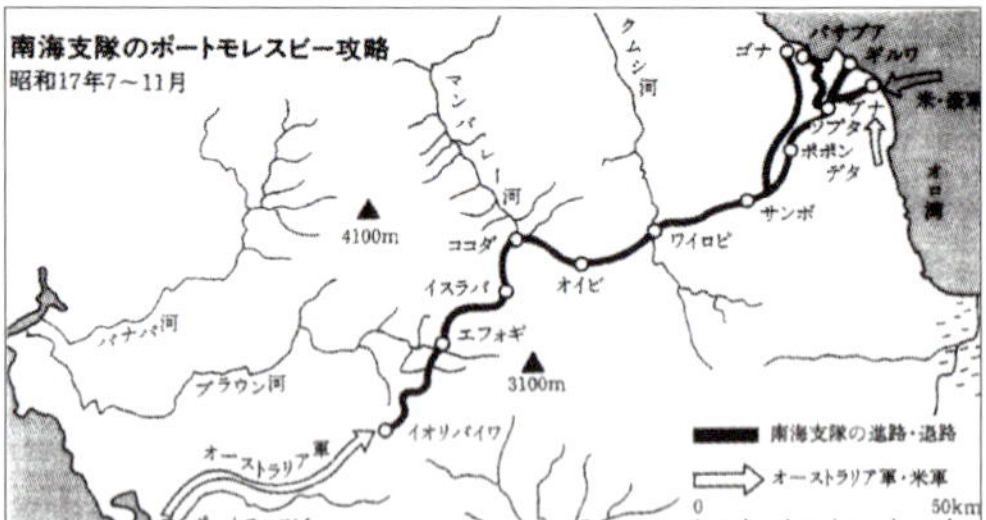

ていたのがガダルカナル島、ソロモン海、ニューギニア島である。ニューギニアに目を転じてみよう。ガダルカナル作戦が進行中に米軍は米・豪間の輸送線確保のためにニューギニアを確保し同島の東北部海岸のラエ地区とラバウルのあるニューブリテン島攻撃の計画を立てていた。一方日本軍はニューギニア島のゴナ、ブナ地区に進出し山岳地帯を越えてポートモレスビーの占領作戦を開始した。重火器の運搬もあり地図から判断すると約二〇〇キロある。四二年九月半ばポートモレスビーまで五〇キロの地点にやっと到着し遠くに町の灯を望むところまで来たとき豪軍が待ち受けており強力な反撃を受ける。イオリバイワに到着したところで悪疫と進撃に伴う補給の不足とによりほとんど餓死寸前に陥って前進不可能になっていた。一週間後にはココダに撤退しガダルカナル作戦の結果を待つように命令されるが其の後豪軍の追撃を受けながら海岸線まで後退し抵抗したが四三年一月に降伏している。パプア作戦による日本側損失一二〇〇〇名死亡。捕虜三五〇名、脱出者　四〇〇〇名、連合軍側は死亡三三〇〇名、戦傷　五五〇〇名。

124 「秋の山」

この頃は秋の山を歩くことが多いのですが色んなものが沢山あるのには驚きます。山芋、柿、栗、きのこ、そのほか秋ぐみもたべられるし、しひ、どんぐりなどもある。近所の柿の木に一杯実がなっているけれども少し高すぎてとれないなあと思っていたら五、六人子供がやってきて足でどんどんゆすぶって落としてしまったので子供にはかなはないなあと思ひました。

昭和一七年
一〇月二三日

『秋の山』
この頃は秋の山を
歩くことが多いので
ちが色んな
ものが澤山ある
のにはおどろきます
山いも、柿・栗・きのこ
その外秋ぐみも
食べられるし
しひ・どんぐり
などもある
近所の柿の木に
一ぱい實が
なってゐるけれ
ども少し高すぎて
とれないなあと思って見てゐたら
五六人子供がやってきて足で
どんどんゆすぶって落して了つ
たので子供にはかなは
ないなあと思ひ
ました

正浩　宛

郵便局スタンプ「銃後の護りを固めませう」

実りの秋を迎え自然豊かな里山の風景を描いている。木の高い所にある柿には手が届かずながめるだけだったが近所の子供は慣れたもので木を蹴ったりゆすったりして全部とってしまった。

ガダルカナル島の攻防戦、ソロモン群島周辺の海戦はともに後半戦を迎え日本軍と米豪連合軍との力の差がはっきりしだした。勝負がつきはじめている。

125 大人と子供

この間よそに泊ったとき大きすぎる人が枕元の棚で頭をゴツンと打ったところがその隣に寝ていた小さな人がその音でねぼけて起き上がって「あいた」と言って頭をおさへたら「おれが頭を打ったのにどうしてお前がいたいか」と言っておこられた。おもしろいでしょう。小さいほうの人は蟹かん村の話をしてくれた兵隊さんで柳河で昔のお侍さんの家の風呂焚きをしていたのだそうです。兵隊さんにはいろんな人がいるでしょう。

昭和一七年一〇月二三日
郵便局スタンプ「銃後の護りを固めませう」　豊春　宛て

まるで落語に出てくるような滑稽な話が記録されている。検閲を無事に通るように「よそに止まったとき」と意識的に場所、地名を明記しないように避けている。「蟹かん村」の話を書いた葉書きは見当たらない。昭和の一七年のできごとであるが怒られた方の兵隊さんは江戸時代ご先祖が福岡（筑前）、柳川藩のお侍の家の風呂焚きをやっていたという話がほんの少し前の出来事であるかのように語られているのが面白い。

126 あひるの浮き寝

この頃夜おそく池のそばを通ることが多いのですが池ではあひるがみな浮いたままねています。

にはとりのほうは高い木の枝にねるくせがついて夜見ても白くかたまって寝ています。

昭和一七年一〇月二三日
郵便局スタンプ「銃後の護りを固めませう」　直和　宛て

歩哨の仕事で深夜に暗い道を歩いて帰ることがあるようで夜の鶏、あひるの生態を観察している。軍務に服しているとはいえ仕事が終われば全くの市民感覚で兵士であることを忘れたかのごとく今日は池周辺で何か面白いものはないか見回し、夜店で仲間が買ってきた鶏、あひるに注意を向けている。ほおっておけば勝手に大きくなるので皆でいつかつぶして食べる魂胆なのだろう。あひるは水の上、鶏は木の高い所で安全を確保して寝ている。ガダルカナルでは万単位の兵士が死んでいることなど全く知るよしもなく出征の呼び出しがあるのを恐れながら今日も終わった。

127 柿の渋 一

近くの山には沢山柿がなるので皆で干し柿にして食べました。小さくて種ばかりで渋をとるのにしか役に立たないのはがらがら柿。渋を抜くには色んな方法があって酒樽のあいたのに入れておいたのがたる柿。どぶに漬けて渋をぬいたのがどべ柿。その外海の塩水をくんで来てつけておいても抜けるし、湯につけても抜ける。お風呂に入ったあとにつけておくと翌朝は食べられるそうです。

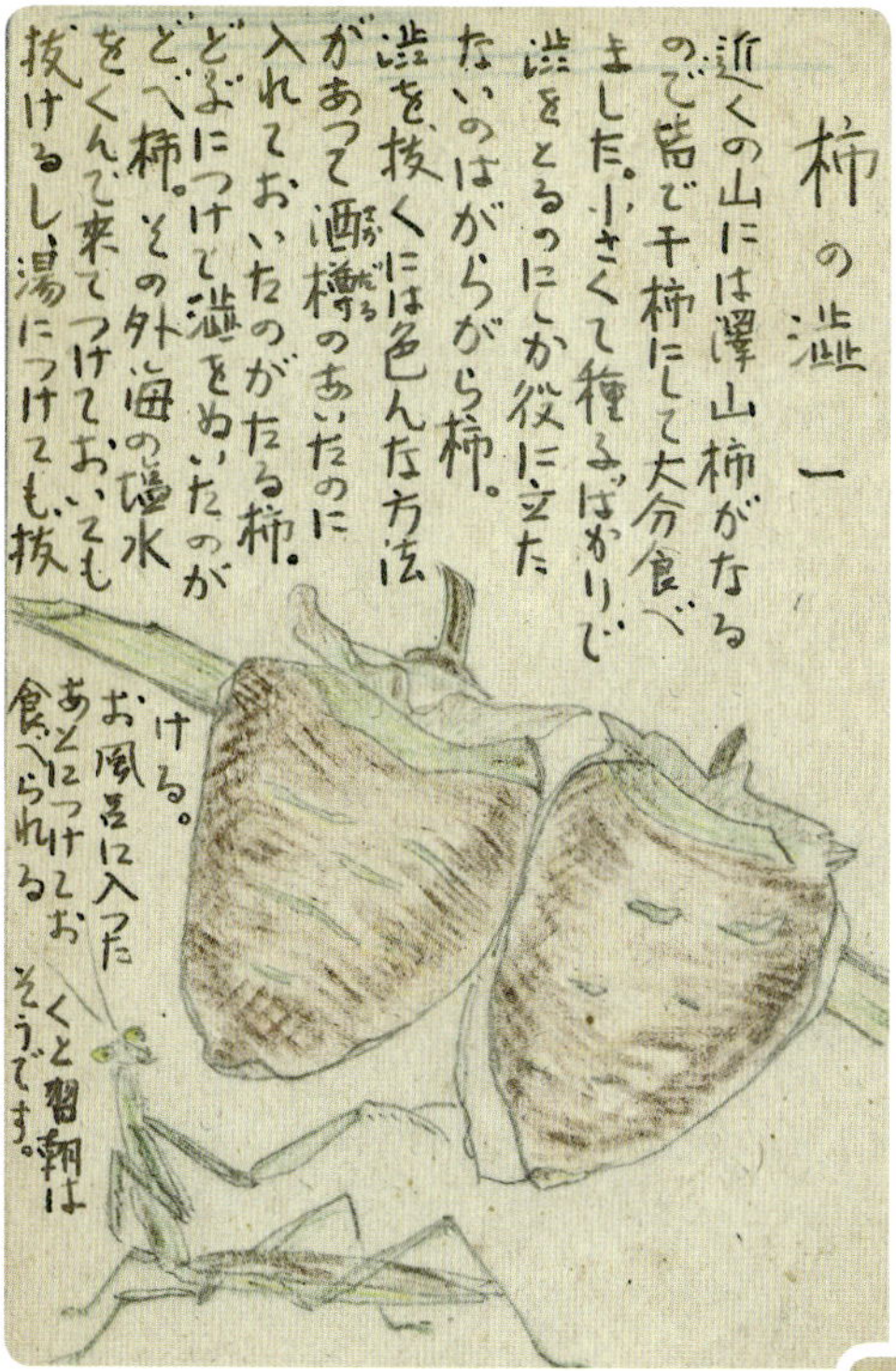
柿の澁 一
近くの山には澤山柿がなるので皆で干柿にして大分食べました。小さくて種ばかりで澁をとるのにしか役に立たないのはがらがら柿。
澁を抜くには色んな方法があって酒樽《さかだる》のあいたのに入れておいたのがたる柿。
どぶにつけて澁をぬいたのがどべ柿。その外海の塩水をくんで来てつけておいても抜けるし湯につけても抜ける。
お風呂に入ったあとにつけておくと翌朝は食べられるそうです。

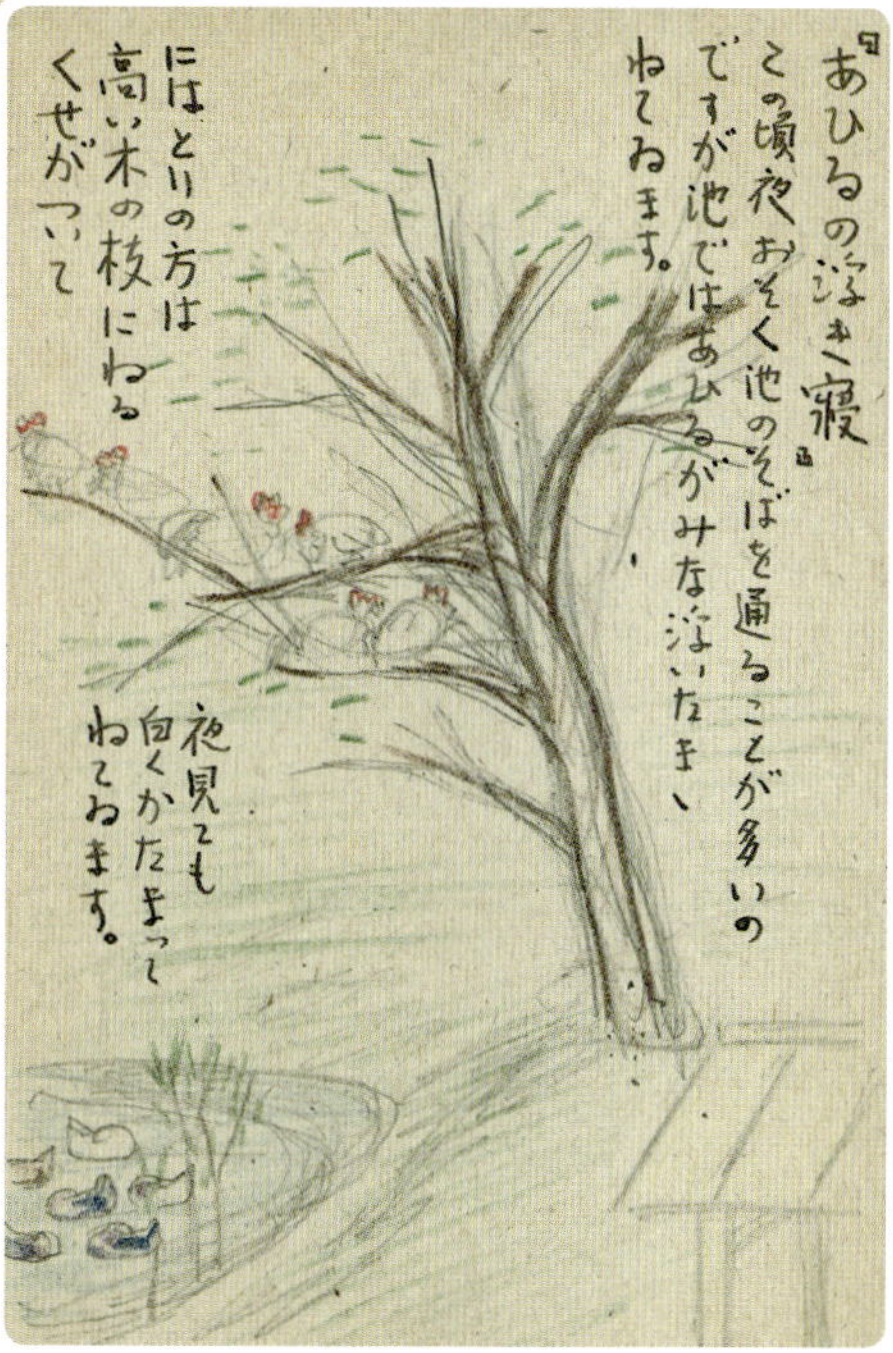
あひるの浮き寝
この頃夜おそく池のそばを通ることが多いのですが池ではあひるがみな浮いたまゝねてゐます。
にはとりの方は高い木の枝にねるくせがついて
夜見ても白くかたまってねてゐます。

昭和一七年一一月八日　直和　宛て

郵便局スタンプ「銃後の護りを固めませう」

今回は渋柿の民俗学である。渋の抜き方は地方によりかなり異なることがわかる。今夜も寝る前に裸電球の下机の周りに集まって自分たちで作った干し柿をたべながら父の出したテーマ渋柿の渋抜きの方法についてやりかたを教え合っている。やりかたにはさまざまあってひとりひとりが感心したことだろう。

一方、ガダルカナルでは一木清直支隊が八月二一日ほぼ全滅。一一月一四日第三次ソロモン海海戦が始まる。

128 柿の渋 二

甘柿でも一旦甘くなってから又しぶくなったりします。それを「渋がもどった」と言ふそうです。それも木の上と下とでかはるがはるで五日間位上が甘くて下が渋くすると次にはしたが甘くなって上が渋くなったりしてとうとう皆甘くなる。渋柿から渋をとるのには柿を打ち砕いて水を柿とすれすれに入れて一週間位おいておくととれる。網に渋を塗ると丈夫になるばかりでなく水をはじくから網の目から水がよくもって大変都合がよいのです。

昭和一七年一一月一一日　正浩宛て

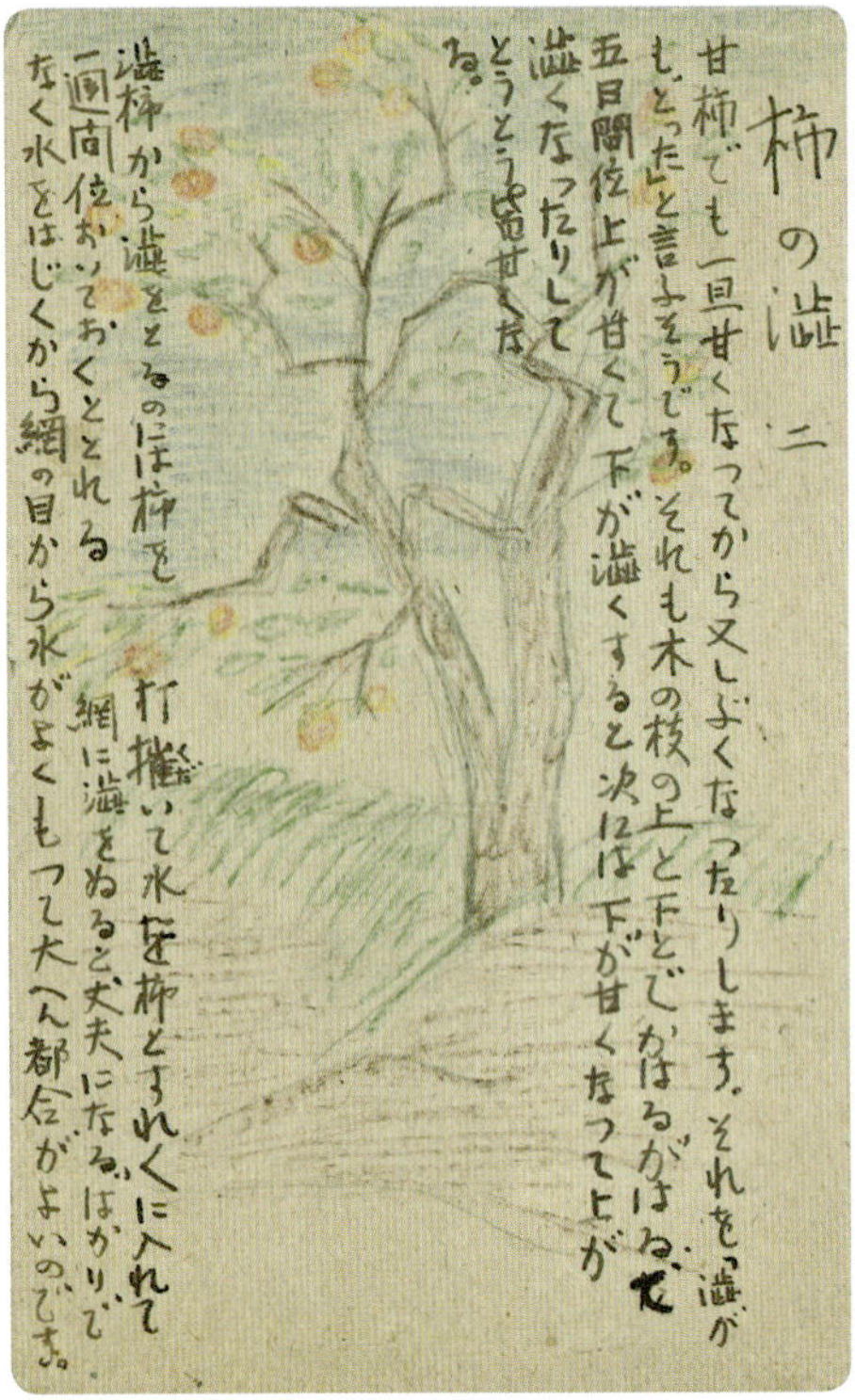

郵便局スタンプ「銃後の護りを固めませう」

高射砲部隊に集められた地方出身の隊員達は柿の実が熟していく過程を体験を通し詳しく知っており民俗学調査をしている父を中心に置いて話に熱中している姿が目に浮かぶ。今日では農村に暮らす人たちでさえ知らないのではないかと思われる内容である。今でもここ久留米では「柿渋あります」の張り紙がお店の玄関の戸に貼られている。

129 すごろく「自《オノレ》に出でて自《オノレ》に帰る」

すごろく画

ふりだし　タイトル

「おのれに出でておのれに帰る」（自分から出たものは自分に帰ってくる）

初《ふりだし》　子供三人に葉書きを出そう。

郵便を調べる係り

これはいかん、出させぬようにしよう。

一枚はいかんばい。

郵便。葉書き二枚です。

赤ちゃん　「ぼくのがないよ。あーん」

郵便の係りの兵隊さんが病気になられた。

日光消毒

風

終《あがり》　「自分の物は自分に帰ってくるもんだな。」

昭和一七年一一月一一日

直和　宛て

郵便局スタンプ

「銃後の護りを固めませう」

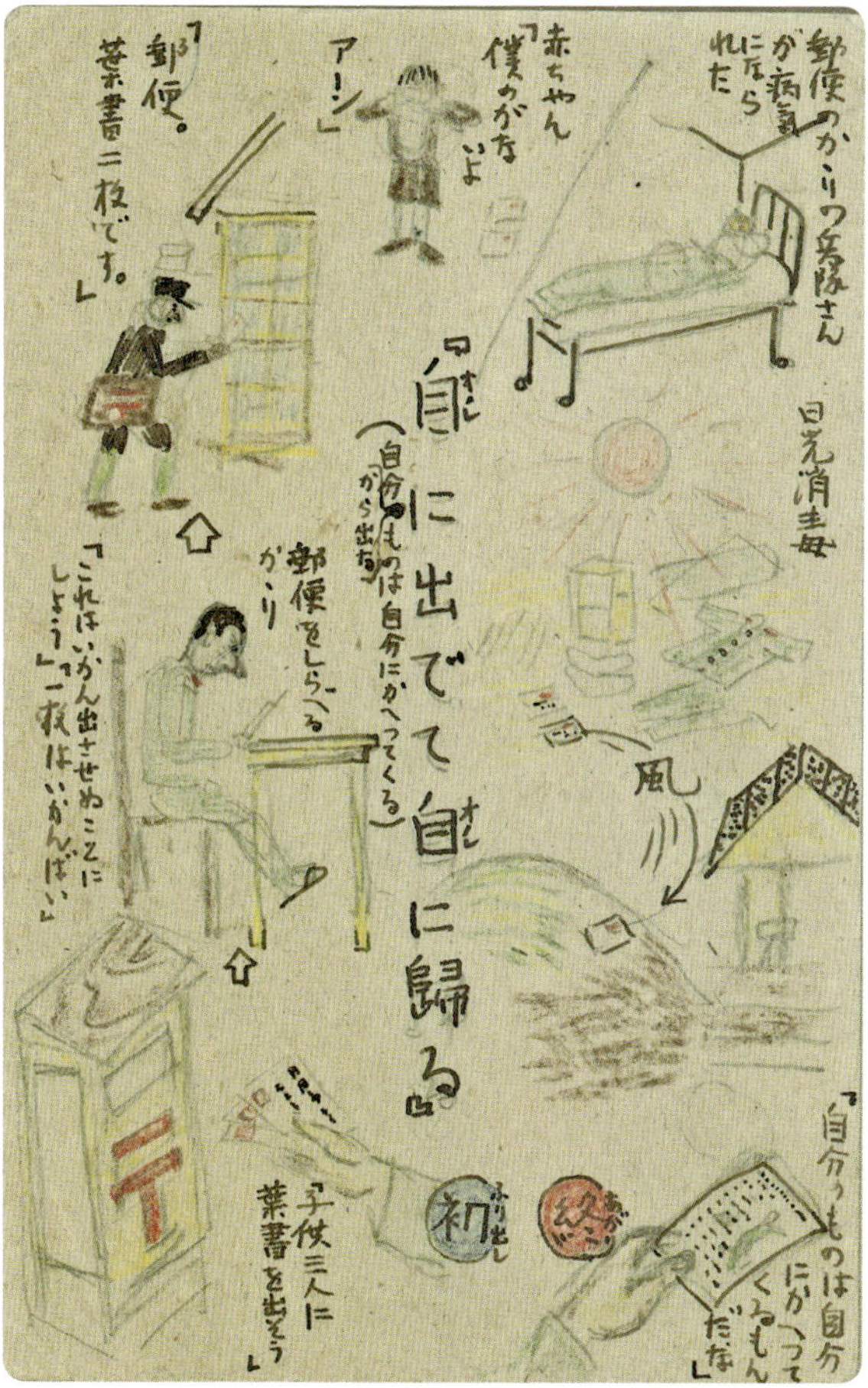

父は自分の葉書きは三人の子供たちと生まれたばかりの私に対して死ぬ運命にある自分がどんな父親だったかを書き残しておこうと一通でも多くの葉書を書いた。将来、自分が戦死したあと日本兵の一人としてかく戦えりと歴史的記録にもなるように客観性を持たせたいので検閲の印を取れるよう意図している。同時に一人でも多くの兵士たちを登場させ戦争の舞台裏を表に出し戦争がいかに空しいものかを証言したかった。それ故言葉の裏にはいつも平和な伝統的日本社会の姿が垣間見える。

この葉書きで父が言っていることは子供が四人いるのだが乳飲み子の私は別にして葉書きを三枚書いて検閲係の所へ持って行ったが一枚が認められず二枚のみ配達された。末っ子の直和が自分のがないと泣いている。

検閲係の隊員が風邪をひき寝込んでしまいその検閲に引っかかった葉書きは風の菌を消毒しようと日に当てていたら風に吹かれて窓からひらひら舞って出てそれを偶然父が拾ったという話になっている。確かに何枚かシリーズもので書いた葉書きで欠番があるものがある。それは軍がやる検閲の実際を知らせたかったので証拠としてわかるように意図的に欠番はそのままにしたものなのである。葉書きは風のいたずらで置いてあった所から吹き飛ばされて郵便局へ持っていかれなかったことを理由にしている。手の込んだ理由を作り上げているがまあいいかと係りの隊員が判断してくれたのかもしれない。

太平洋南東部、ソロモン海、ガダルカナル島はミッドウェーを上回る血で血を洗う大規模な戦闘の真っ最中である。四二年十月以降、連合軍はガダルカナルの空軍、地上軍の兵力を増強した。

一方日本軍はまたも同島増強の大規模

な計画を立てたが一一月一三日から一五日までの「第三次ソロモン海戦」で戦艦二隻、駆逐艦三隻、巡洋艦一隻、潜水艦二隻、貨物船、輸送船合わせて一一隻を失った。これに対し連合軍側は巡洋艦二隻、駆逐艦七隻、を撃沈され戦艦、巡洋艦それぞれ一隻が損害を被った。上陸を企てた日本軍は一万二五〇〇人のうちわずか四〇〇〇人がかろうじて海岸に上がったが弾薬、食料その他携行していなかった。一一月三〇日、日本の駆逐艦八隻が再び部隊を上陸させようとしたが失敗し駆逐艦一隻は撃沈、一隻は大破された。この戦闘で連合軍側は巡洋艦一隻を撃沈され三隻が損害をこうむった。四三年一月五日までに連合軍守備部隊の兵力は四万四千人に達した。これに対し日本軍は二万二五〇〇人であった。其の後米軍は着実に日本軍を北方に圧迫した。一月初め日本軍は残存部隊の撤退を決定した。

130 「松の災難」

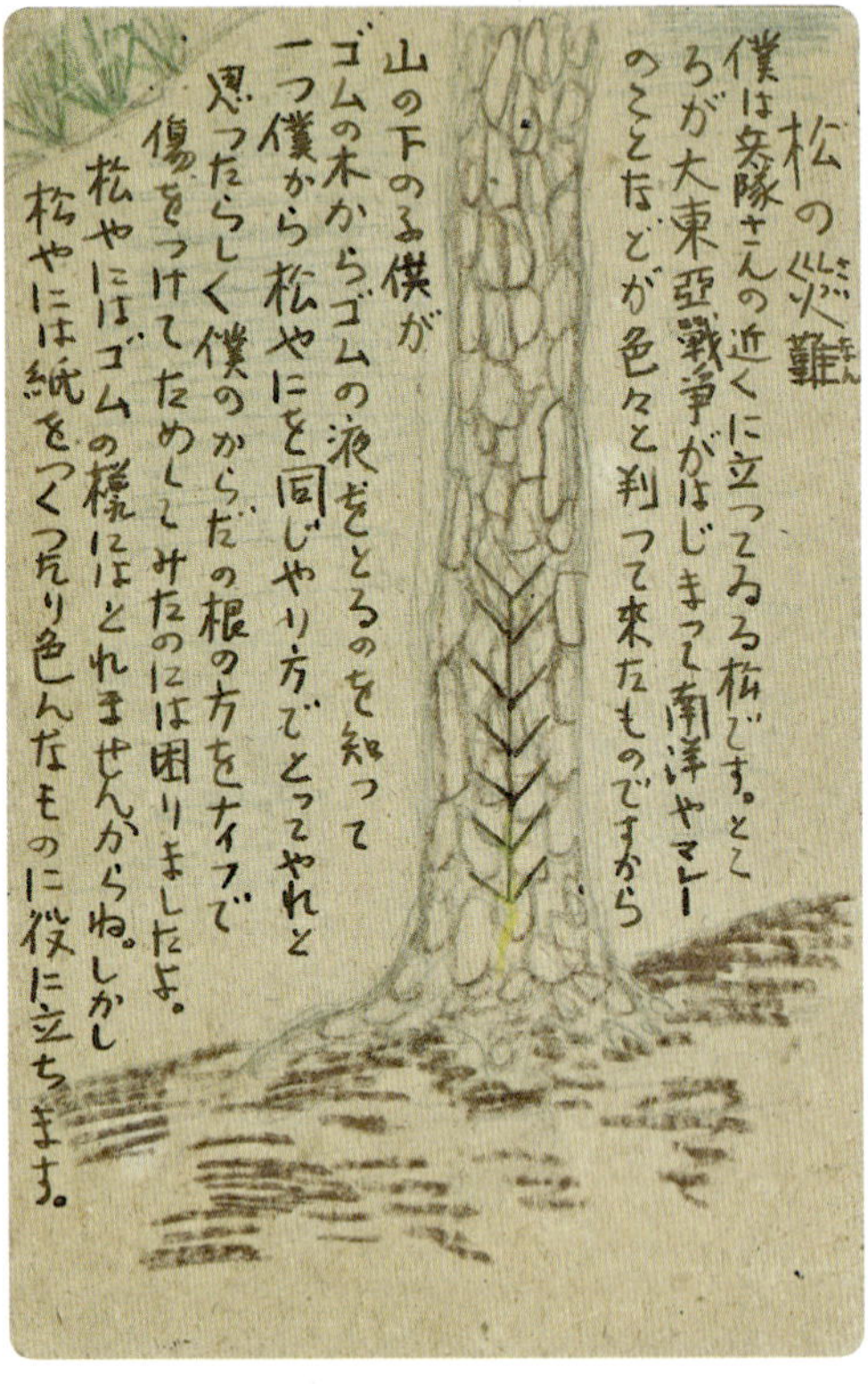

松の災難《さいなん》
僕は兵隊さんの近くに立ってゐる松です。ところが大東亜戦争がはじまって南洋やマレーのことなどが色々と判って来たものですから
山の下の子供がゴムの木からゴムの液をとるのを知って一つ僕から松やにを同じやり方でとってやれと思ったらしく僕のからだの根の方をナイフで傷をつけてためしてみたのには困りましたよ。
松やにはゴムの様にはとれませんからね。しかし
松やには紙をつくったり色んなものに役に立ちます。

僕は兵隊さんの近くに立っている松です。ところが大東亜戦争が始まって南洋やマレーのことなどが色々とわかってきたものですから山の下の子供がゴムの木からゴムの液を取るのを知って一つ僕から松やにを同じやり方でとってやれと思ったらしく僕のからだの根の方をナイフで傷をつけてためしてみたのには困りましたよ。松やにはゴムのようにはとれませんからね。しかし松やには紙を作ったり色んなものに役たちます。

昭和一七年一一月一一日 豊春宛て

郵便局スタンプ「銃後の護りを固めませう」

南アジアの国々や島々から物資や資源を輸入して戦争を遂行する予定であったが米軍の潜水艦などを中心とする反撃はすさまじく国内の生産だけではとても需要に追い付かない。松の樹液からガソリンを得ようとしたりテレピン油を取ろうとしたが量が少な過ぎて途中でやめている。注意して見ると今でも松の木の幹に樹液採取のために樹皮が傷付けられた痕のあるものが散見される。

131 銘々伝　細田寿熊伝

細田さんは大工さんです。細田さんのうちは殿様の船を造っていたそうで前には二宮という名前だったのをその毛利さんのお舟大工の時の名前にかへって細田と言ふ名前にしたのだと言っていました。細田さんは萩の人です。（細田さん写真97頁参照）

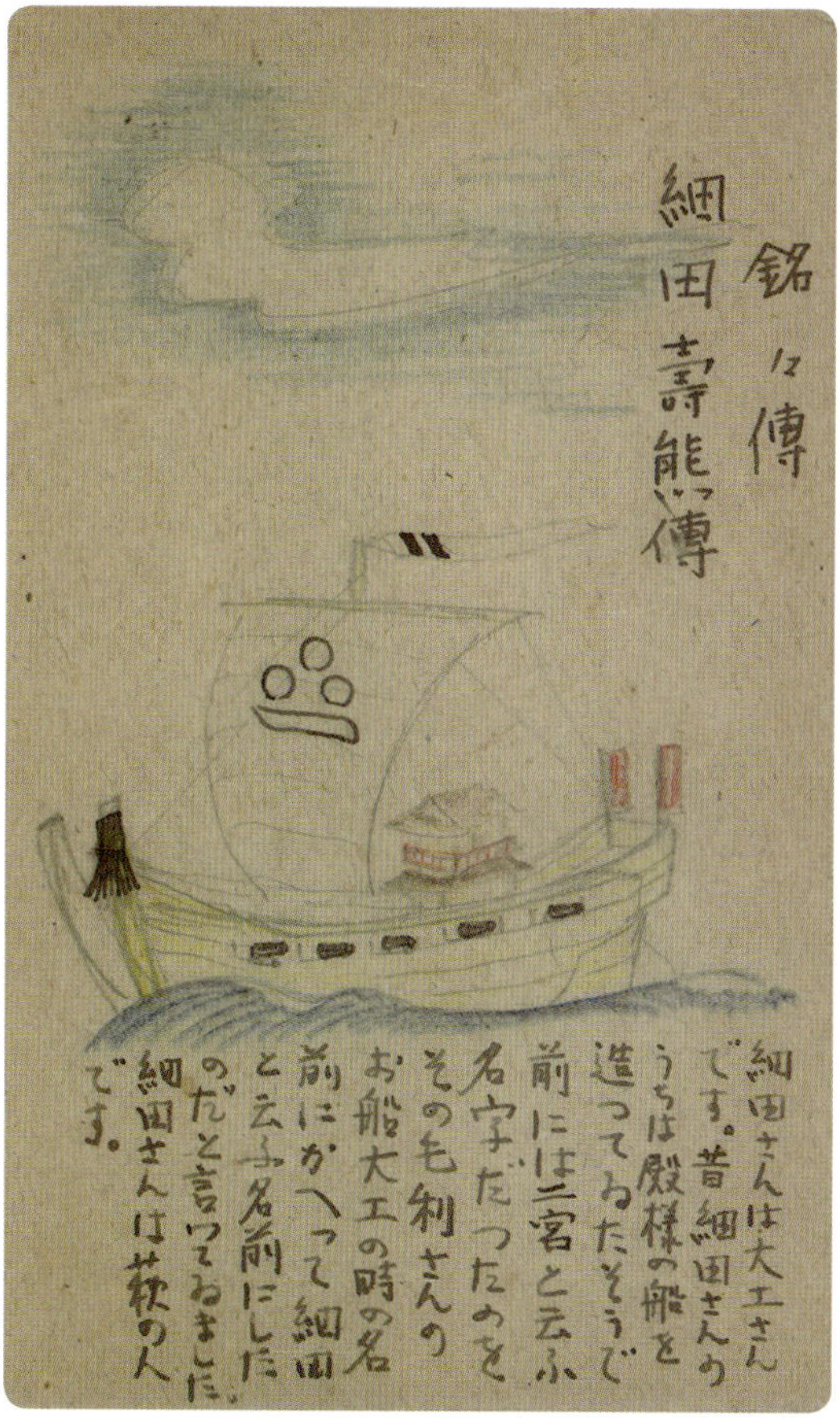

昭和一七年一一月八日　正浩　宛

郵便局スタンプ「銃後の護りを固めませう」

新たな語り部登場、山口県萩の出身細田さん。江戸時代まで萩で毛利藩に仕え船大工をしていた。旧姓二宮だったが毛利藩に仕えていた時代の姓の細田姓に戻したと言う。葉書きの絵を見ても船の帆に毛利藩の家紋が描かれている。我が家の先祖も江戸時代まで萩にいたのでお互いに縁を感じたであろう。

一七年も終わりが近い。ガダルカナル島、ソロモン海では日本軍は総力を挙げて決戦を挑むが全く事態は好転しない。悪化の一途である。ガダルカナルでは飢餓街道と呼ばれる敗走の道をたどり後退を余儀なくされている。大本営もこれ以上打つ手がなく撤退を考え始めている。

132 銘々伝　増田勝馬伝　一

増田さんのおうちには田畑が二町位ある。普通のお百姓の十倍足らず程の広さだから大きいお百姓さんです。増田さんも狸狩りに行ったそうで一つの穴で六匹もとったそうですが狸のちょこちょこかぶりと言ってうっかり手でつかまえようとすると手をちょこちょこかまれるので箱を穴にあてがって入ったところをとるそうです。（増田さん写真97頁参照）

昭和一七年一一月八日　豊春　宛

郵便局スタンプ「銃後の護りを固めませう」

鉄砲の名人阿部さんの次の猟師さんが増田さんである。彼もまた狸狩りをしたことがあり穴の前に箱を据えて子供まで全部取るやり方で同じである。

面白いのは子狸は人の手をちょこちょこ噛みつくというところである。実家は畑を二町歩（約六〇〇〇坪）持っている大百姓さんである。この時期、ガダルカナル島とソロモン海ではあと五日後に三度目の最終戦が行われる。若松の高射砲部隊では毎晩故郷の話の聞き取りが行われているが南太平洋では死を目前にした悲壮な決意の兵士達がいたのである。

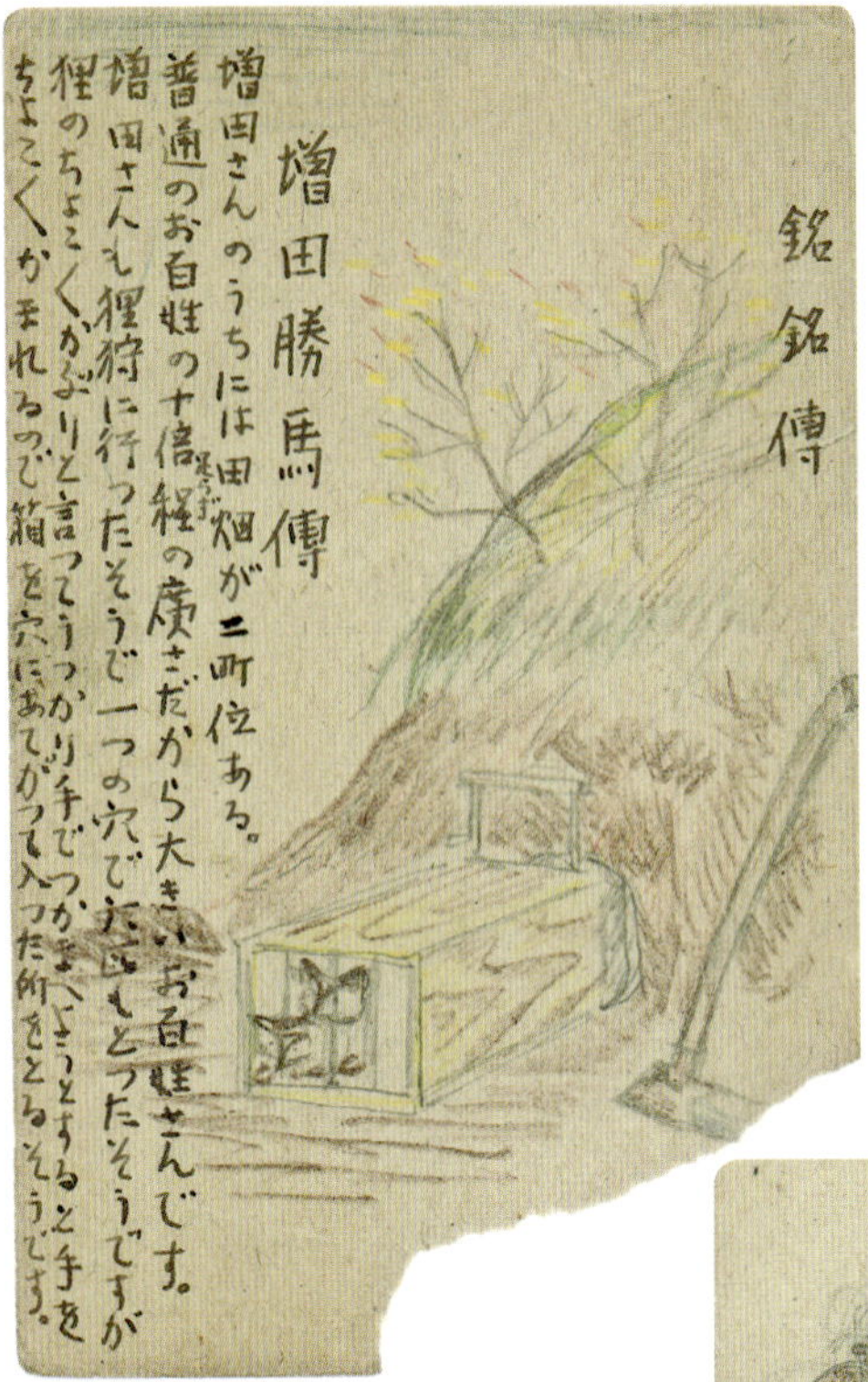

銘銘傳
増田勝馬傳
増田さんのうちには田畑が二町位ある。
普通のお百姓の十倍程の廣さだから大きいお百姓さんです。
増田さんも狸狩に行ったそうで一つの穴で六匹もとったそうですが
ちょこくかまれるので箱を穴にあてゞかって入った所をとるそうです。

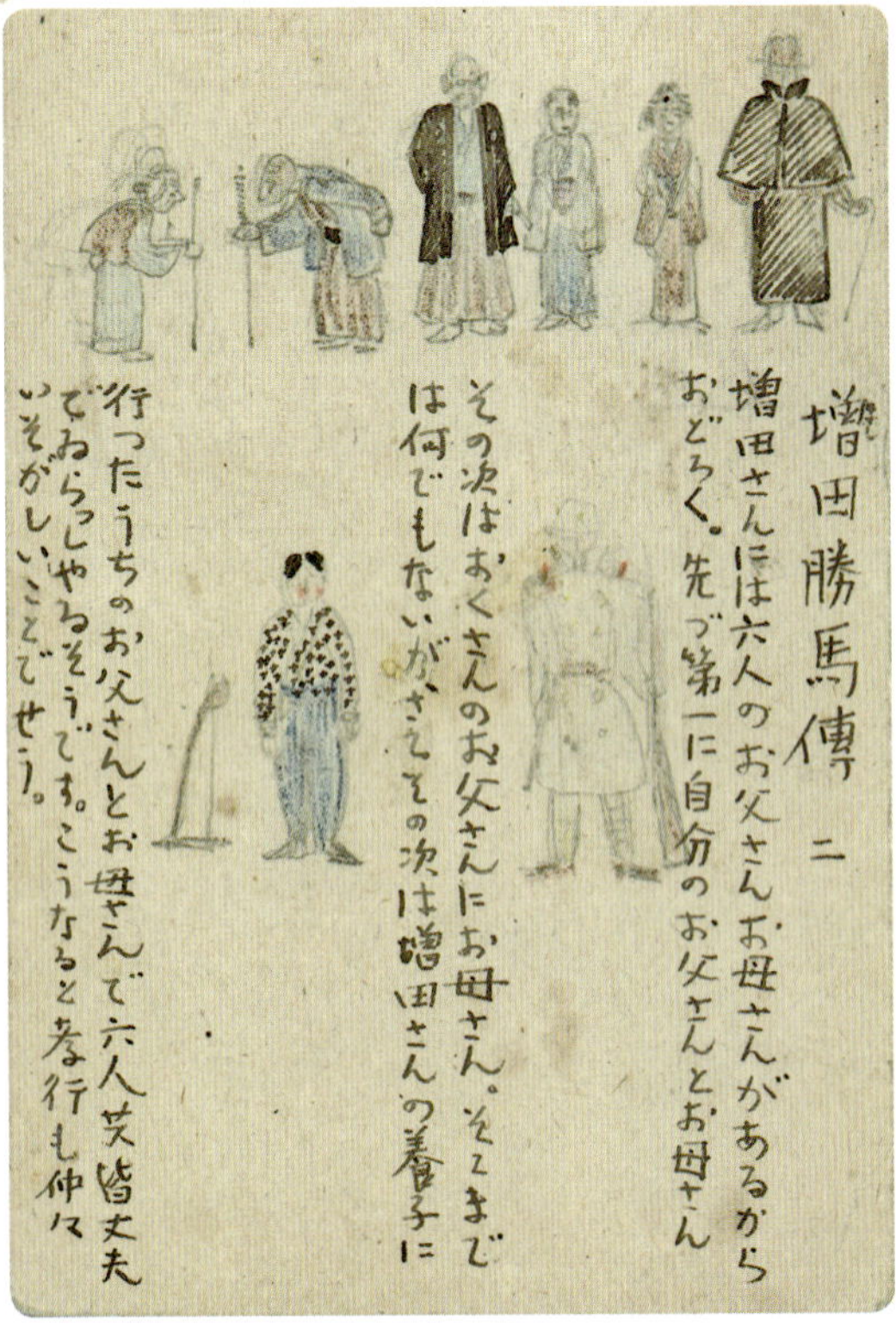

増田勝馬傳 二
増田さんには六人のお父さんお母さんがあるから
おどろく。先ず第一に自分のお父さんとお母さん
その次はおくさんのお父さんにお母さん。そこまで
は何でもないがさてその次は増田さんの養子に
行ったうちのお父さんとお母さんで六人共皆丈夫
でおらっしゃるそうです。こうなると孝行も仲々
いそがしいことでせう。

133 増田勝馬伝　二

増田さんには六人のお父さんとお母さんがあるから驚く。先ず第一に自分のお父さんとお母さん。その次は奥さんのお父さんとお母さん。そこまでは何でもないがさてその次は増田さんの養子にいったうちのお父さんとお母さんで六人共皆丈夫でいらっしゃるそうです。こうなると孝行も中々忙しい事でせう。

昭和一七年一二月五日　直和　宛
郵便局スタンプ「銃後の護りを固めませう」

増田さんは跡継ぎのいない広い畑をもっている農家の後継ぎになるために養子に行っている。絵を見るとまだ子供さんはいないようだ。本人は軍人で冬の征服、左手に銃、右手は短剣に触れている。奥さんはモンペ姿で上は絣のきもの、鍬の側に立っている。三組のご両親はそれぞれ和服の正装をしたりしゃれたコートを着たり杖を持ったりしている。さすが大百姓さんだけあって身なりがいいように想像してうまく描いている。

134 増田勝馬伝　三

増田さんは家にいる時は中々面白くくらしていたらしい。狸をとったり、兎狩をしたり、食用蛙をつかまへたりしていたそうです。食用蛙は近所にいくらでもいて大抵刺身にして食べるそうです。兎は死にやすい動物で鼻を吹いても死んでしまふそうです。それからこれは阿部さんの話ですが兎の走っていくのをうつ時には「タッ」というとうさぎがびっくりして一寸とまるそこをズドンとうつということです。

昭和一七年一二月五日　豊春　宛
郵便局スタンプ「銃後の護りを固めませう」

民俗学上の注目すべき話が次々と出てくる。今回は兎と食用蛙の話が秀逸である。兎は非常に繊細な生き物で鼻に息を吹きかけるだけで死んでしまったり食用蛙は家の周りにざらにいて刺身にして食べることが多いとか地方色豊かな話が語られている。一方この時期ポートモレスビー、ニューギニア島、ガダルカナル島が米、豪の連合軍に占領されソロモン海域から排除された日本軍はラバウルへ撤退し兵員、艦船、航空機を大量に失っている。もう勝負はついたと言って良い。

135　兵隊芝居一座

（＊葉書きに登場）

兵隊芝居一座
　これから説明を始めます

立石さん
恵濃《えの》さん
精野さん（頑固おやじの奥さん）
横田さん
先生（ハイカラ親父）＊
飯田さん（ハイカラ息子）＊
辻丸さん
小川さん（頑固親父の娘）
坂本さん
中野さん（頑固親父）
大石さん＊
内田さん＊
叶さん
糸山さん
一一月二九日（カバー写真参照）
昭和一七年一一月二九日
正浩　宛て

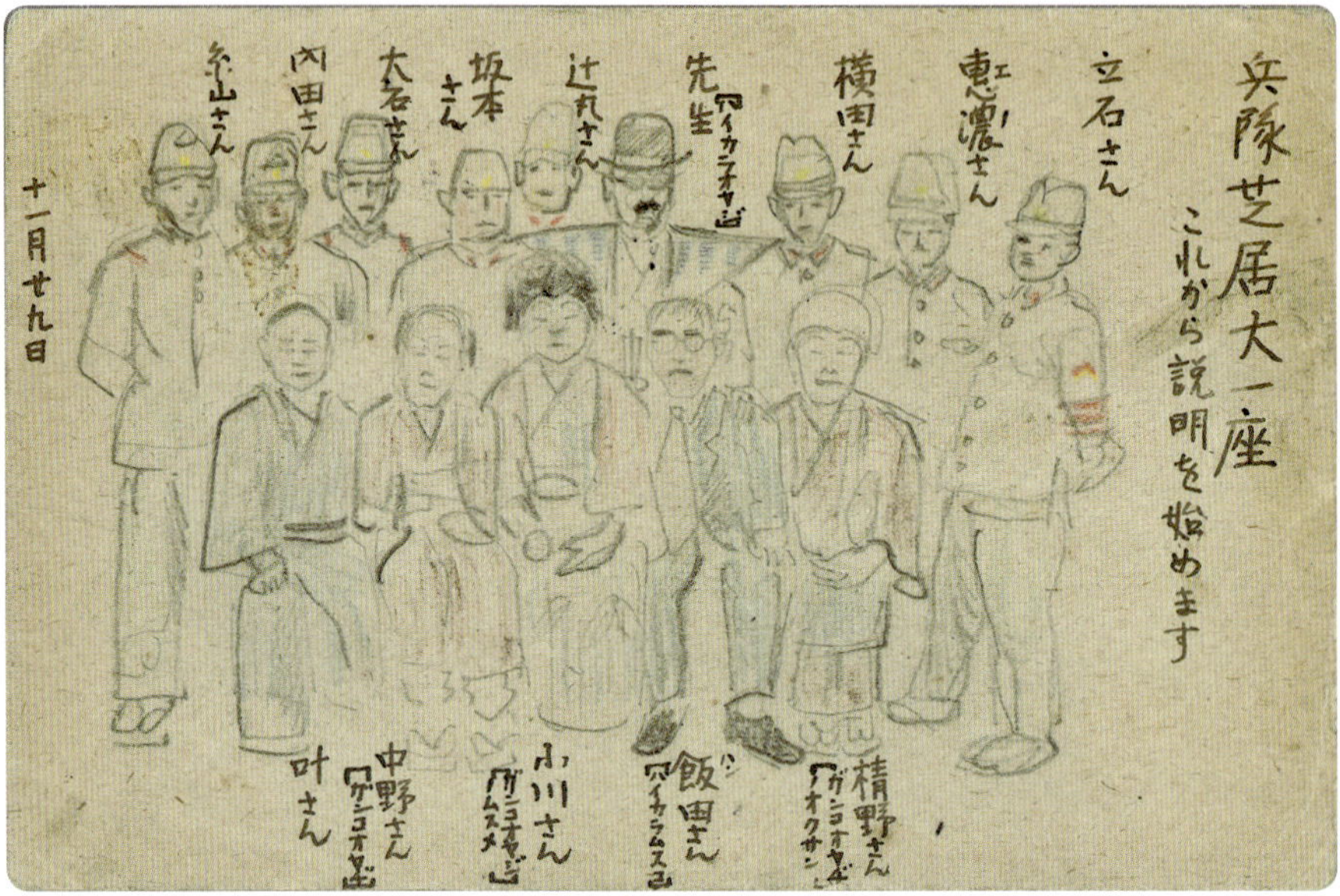

郵便局スタンプ　判読不可

郵便局のスタンプが全く判読できないほど薄く日時の特定ができずあきらめるしかない状態の表書きであるが幸運にも手書きで左端に書かれていた。撮影場所は後ろの建物の玄関の上に「一号兵舎」とあるがここで素人芝居をやったのかどこか外でやって帰って来たのかわからない。一号兵舎とあるのだから二号、三号、などほかにもありそうである。明日をも知れぬ運命の兵隊であるからこそであろう何度も気晴らしの行事をやっていたようだ。気も狂わんばかりの運命に耐えて兵士たちは毎日を生きている。今で言う精神衛生が考慮されていたことがわかる。戦地では医師により病気と判断されるまでは戦場を離れることはできなかったろうが国内では精神面を考慮する余裕があったように思える。この写真がその証拠であると思う。私の手元に残された数枚の写真を見るとその写真も一七年で終わっているようだ。四三年になると日本はどうも負け始めているようだとのうわさが全国的に流れだす。そして四四年半ばからB29による空爆が次第に本格化する。第一回が四四年（昭和一九年）六月一六日、中国成都から八幡製鉄所を目標にB29、四七機が来襲した。同年一一月二四日からはマリアナ（サイパン、テニアン、グアム）から北海道を除く日本本土全土に来襲するようになる。内地も外地もなくなり市民まで犠牲になりだす。部隊における演芸会、芝居、リクレーションは無くなっていく。四五年になると日本全土への焦土作戦が開始され父はペンを折らざるをえなくなるのである。日本本土へのB29による攻撃が危惧され出すと子供あてといえども葉書きは書きずらい雰囲気となりほとんど消滅したと言っていい。

蓄音機を中心にしてレコードを聴いている

136 「風呂たき」

風呂をたいていても中々面白いことが多い。この間石炭をたいて燃えている最中にかきまぜたらまっかな石炭が飴のように付き合ってねばねばくっ付きあっていました。これは良い石炭だからだそうですがこれの事を調べるとたしかに面白い。そうしてお風呂なんかにたくにはこういう石炭は良すぎるそうです。それからこれは飯田さんから聞いたのですがお湯がわいてしまってからお湯をさまさないようにするには火を落とした後で釜からかきだした灰や半分燃えたガラやなんかのすこししめったのをまっかにやけた石炭の上にかけておくと長い間火が消えないでお湯はいつまでもさめない。このもえがらをアースというのだそうです。（飯田さん 148頁参照）

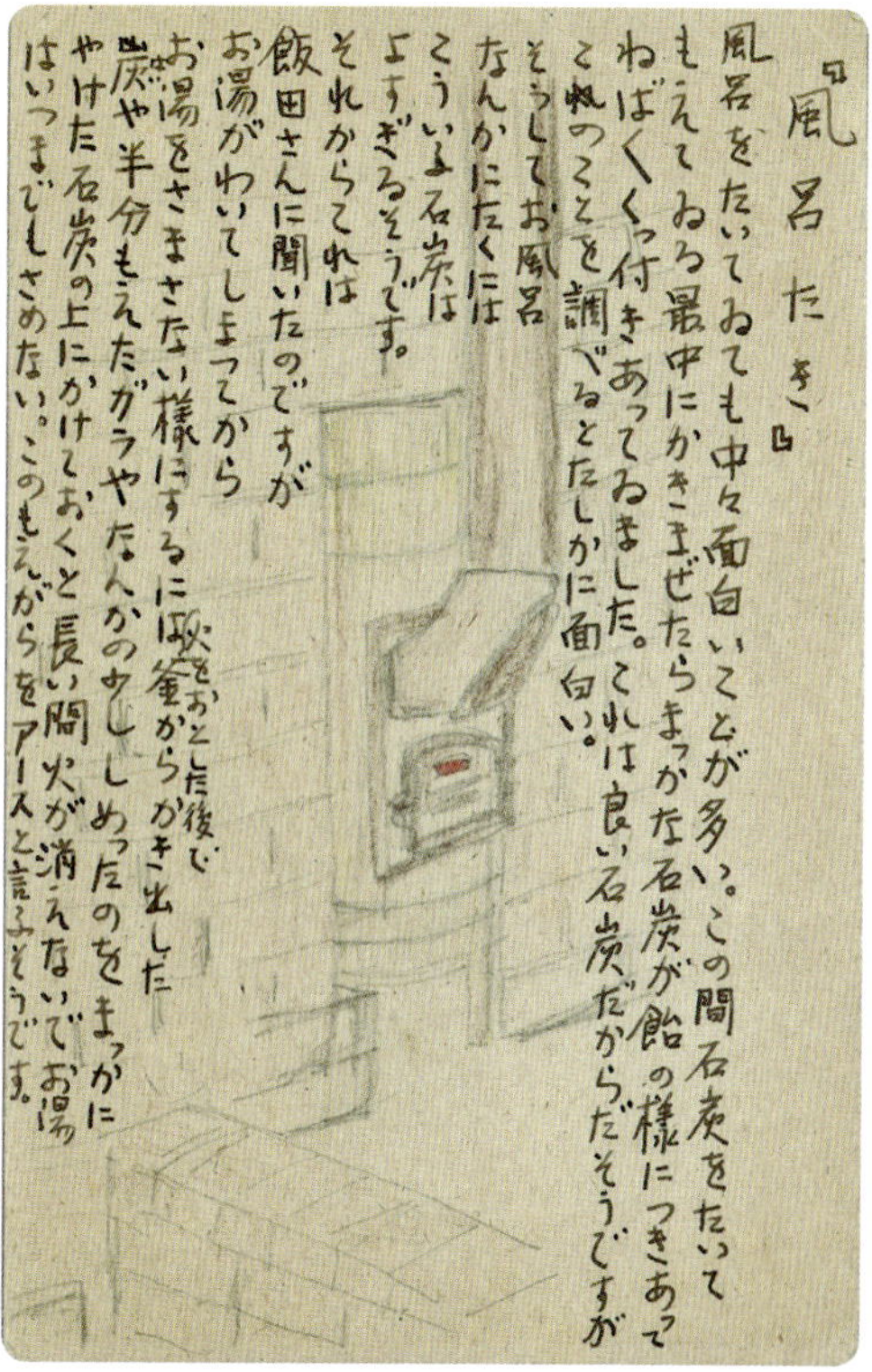

昭和一七年一二月五日　正浩　宛

郵便局スタンプ「銃後の護りを固めませう」

石炭の品質と言うか種類について専門的な説明を受けている。燃えがらつまり灰のことをアースと英語で表現している。この兵隊さんは恐らく製鉄所で働いていた石炭をコークスにする専門職の人ではなかったか？

137 阿部さんの話 阿部さんの鉄砲

先頃、阿部さんの鉄砲を見ることができました。いかにも阿部さんが持ちそうな鉄砲なので面白かった。鉄砲が来てからは時々秋空にドンドンと音が響くのがきこえていました。人に聞いたら一六発撃って雀が十羽とれたと言うので阿部さんに「本当ですか」ときいてみたら「あれは人が撃ったのです。」と言っていました。

阿部さんがうてば百発百中なのですから。

昭和一七年一二月一四日　豊春　宛て

郵便局スタンプ「銃後の護りを固めませう」

兵舎には釣道具や鉄砲など趣味に関連する道具の持ち込みが許可されておりストレスに対する配慮が感じられる。生きるか死ぬかの極限状態にある兵士たちの精神状態には特別な配慮がなされていたことがわかかる。阿部さんは得意の狩猟をしようと猟銃を持ち込んでいる。高価なブランドの銃ではなく長年使い込んだ黒光りのする手入れの行き届いたほれぼれするような鉄砲だったことだろう。獲物を狙って打ち損じはあり得ないとさらりと胸のすくようなことを言ってのける阿部さんはさすがである。

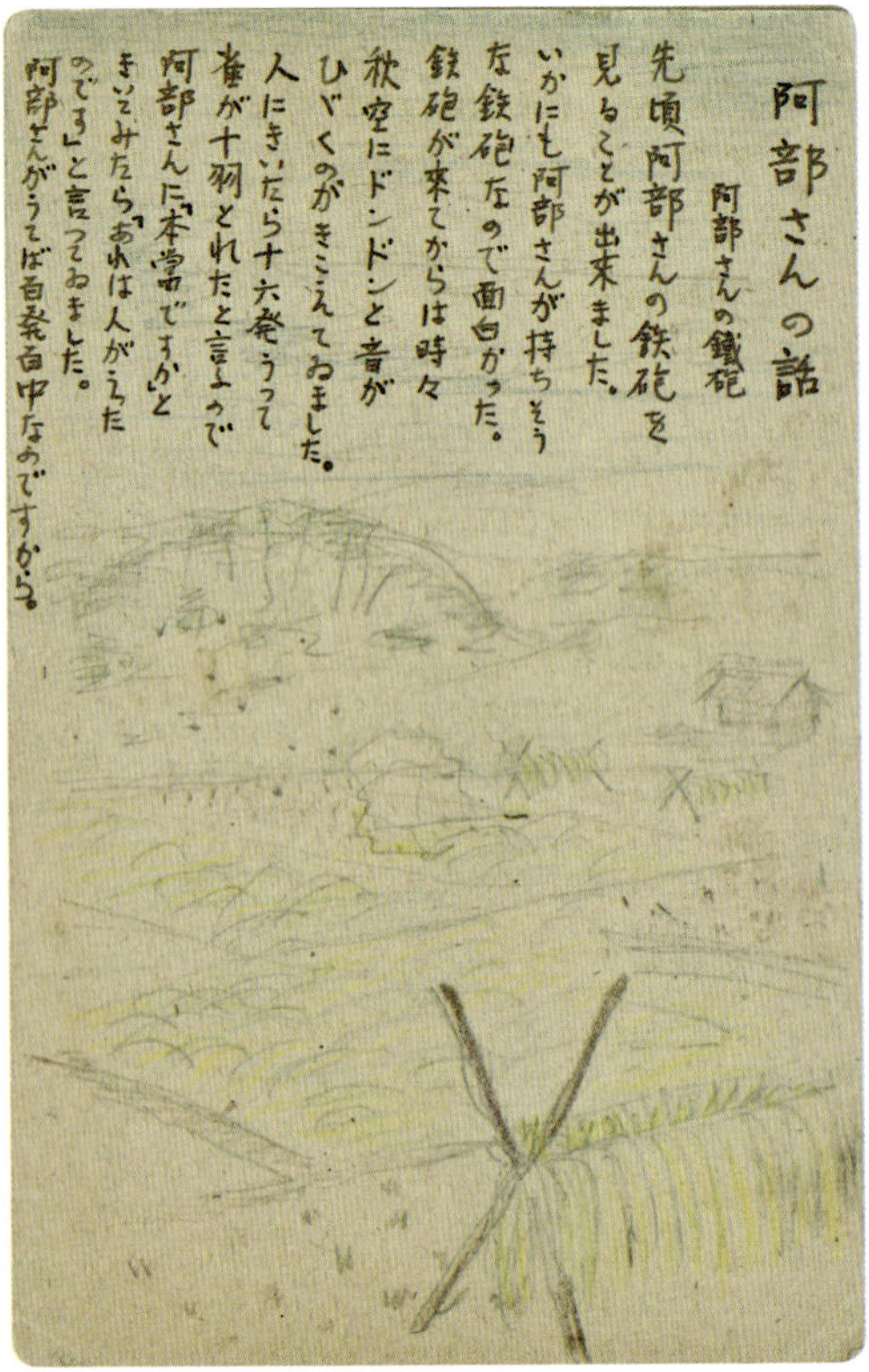

138 虹

この頃は寒い冬の雨がしきりに降り続いています。今日は冬の雨の中に立ったとても珍しい虹を見ましたよ。それは虹が二つもいっしょに立ってそのうちの一つは七色の外にもっと内側に二組も子供の虹を持ったものでした。それは紫の色だけがはっきり見えていました。それだけでも大分面白いのですがその虹が雨をふらせながら近づいてくる雨雲と一緒にドンドン近寄ってきてこれは虹の下をくぐることになるかもしれないと思ったほどでしたが二百メートル位の所まで来てすっと消えてしまったのでがっかりしました。まるで地面の底にうづまっているたから物が光かがやいているように見えました。

昭和一七年一二月一四日　正浩　宛

郵便局スタンプ「銃後の護りを固めませう」

ミッドウェー、ソロモン海の大海戦に負け、ガダルカナル島の争奪戦にも負けた日本軍に悲壮感が漂う中、一七年が暮れようとしている。地球上の人の暮らしとは全く関わりなく地球は回転し季節はめぐる。北九州の若松では冷たい雨が降り虹が立っている。四二年（昭和一七年）末の三度目の正直で戦った第三次ソロモン海海戦でも敗退し、日本軍は四二年一二月三一日の御前会議でガダルカナル島放棄を決定し、四三年（昭和一八年）二月一日から二月七日にわたる決死の撤収作戦を実施し一万二千名の兵士の救出に成功する。（※左記　表参照）

日本軍は図らずもガダルカナル島で消耗戦に引きずりこまれ以後、米軍に対する戦略的な主導権を回復できなかった。

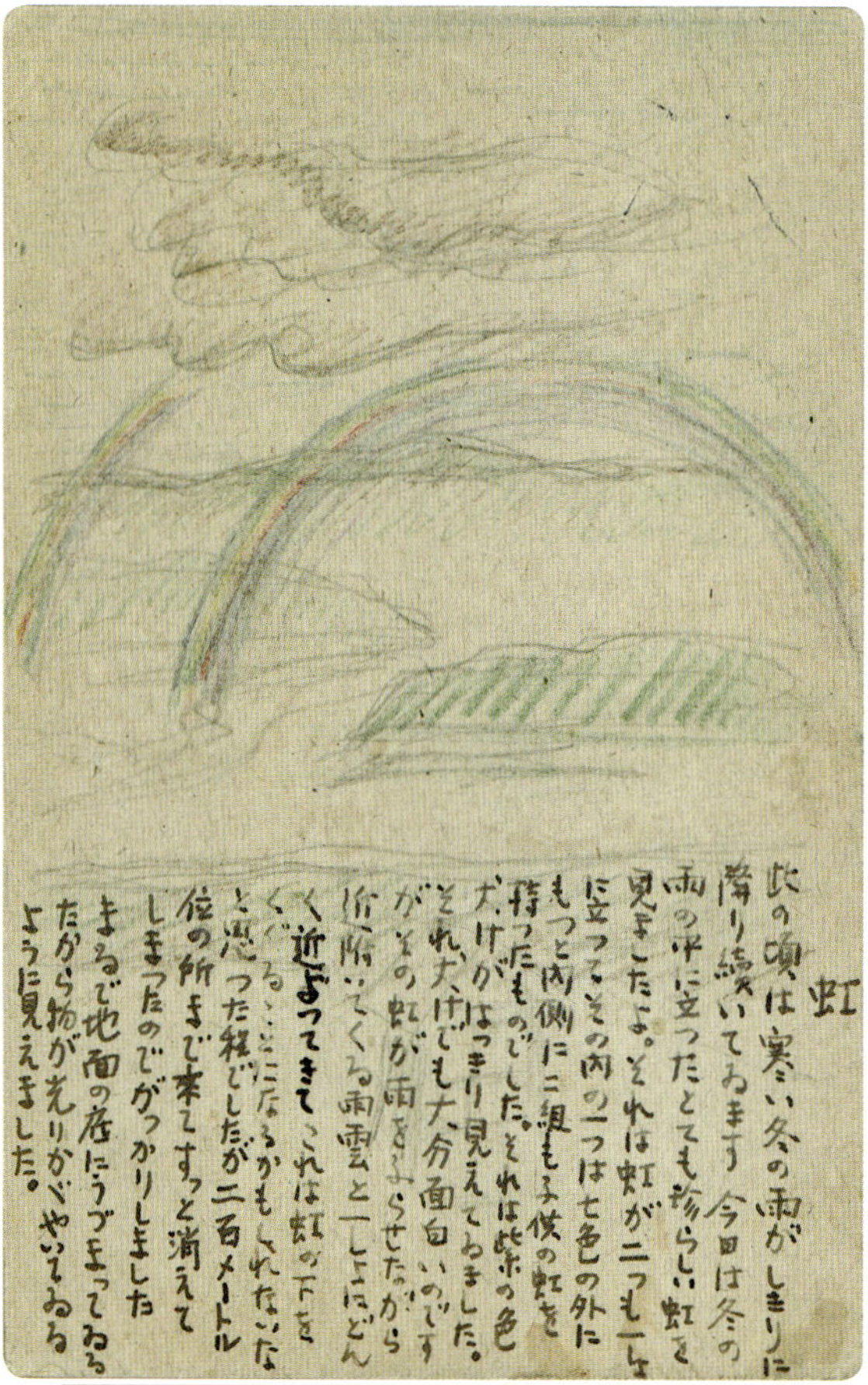
虹

此の頃は寒い冬の雨がしきりに降り続いてゐます　今日は冬の雨の中に立ったとても珍らしい虹を見ましたよ。それは虹が二つも一しょに立ってその内の一つは七色の外にもっと内側に二組も子供の虹を持ったものでした。それは外側の色だけがはっきり見えてゐました。それだけでも大分面白いのですがその虹が雨をふらせながら所附いてくる雨雲と一しょにどんどん近よってきて　これは虹の下をくぐることになるかもしれないなと思った程でしたが二百メートル位の所まで来てすっと消えてしまったのでがっかりしました　まるで地面の底にうづまってゐるたから物が光りかゞやいてゐるように見えました。

※参考　損失表

日本軍　31,000 人投入。
- 戦死　20,000 人（内　15,000 人は餓死と戦病死）
- 戦艦　2　小型空母　1　重巡洋艦　3
- 潜水艦　6　駆逐艦　11　軽巡洋艦　1（計 24）
- 航空機　983

米軍　60,000 人投入。
- 戦死　1,600 人　戦傷　4,300 人
- 大型空母　2　駆逐艦　14　航空機　615

参考図「冒険ダン吉」
戦時中、人気を博した漫画。作者は島田啓三。資源獲得を目指した日本の太平洋への進出を背景に子供たちの南洋諸島への関心を高める要因のひとつとなった。

139

鶏の冬ふとん

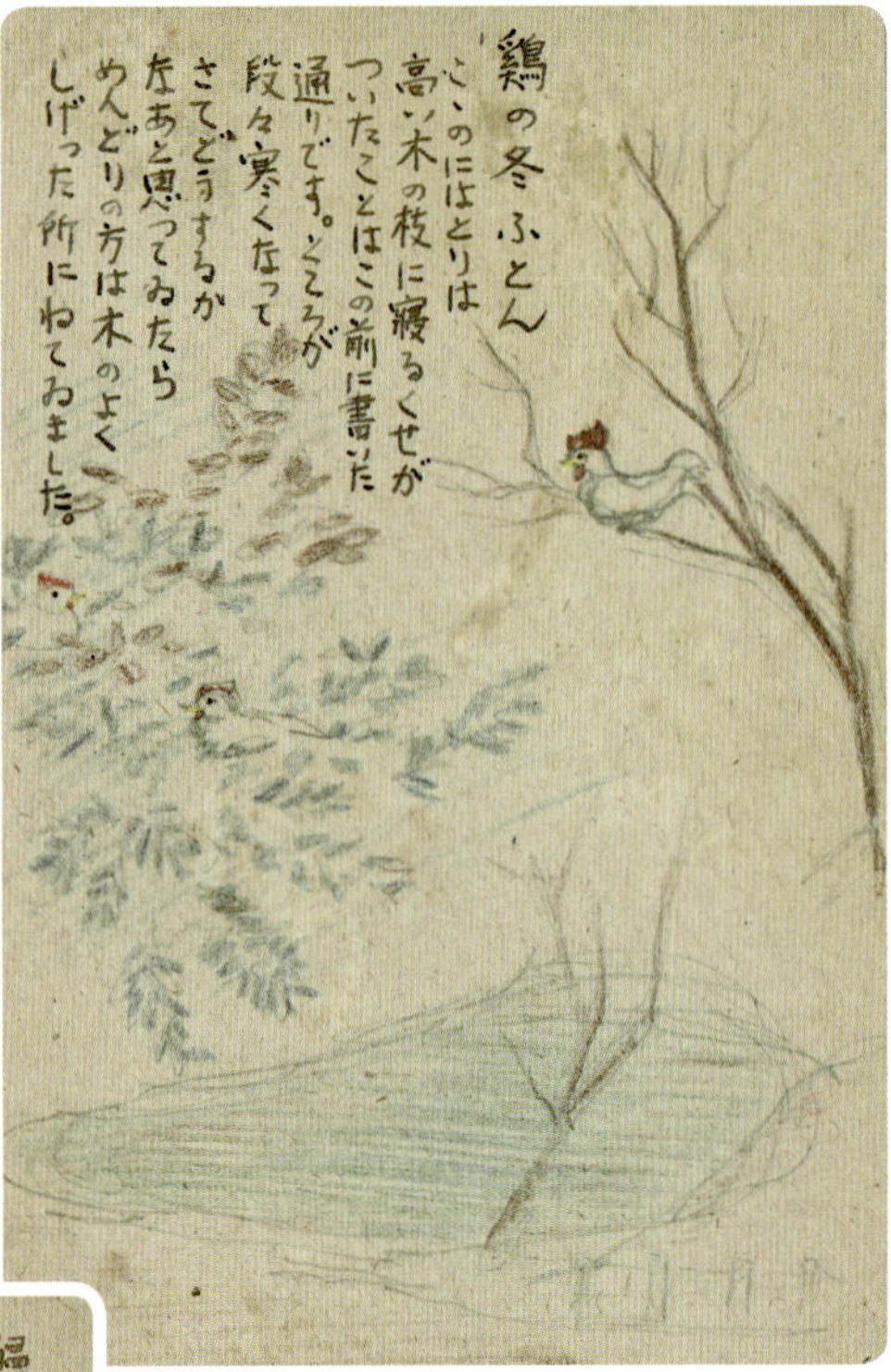
鶏の冬ふとん
こゝのにはとりは
高い木の枝に寝るくせが
ついたことはこの前に書いた
通りです。ところが
段々寒くなって
さてどうするか
なあと思ってゐたら
めんどりの方は木のよく
しげった所にねてゐました。

ここのにわとりは高い木に寝るくせがついたことはこの前に書いた通りです。ところが段々寒くなってきてさあどうするかなと思っていたらめんどりのほうは木のよくしげったところに寝ていました。

昭和一七年一二月二〇日　豊春　宛て

郵便局スタンプ「銃後の護りを固めませう」

一七年が暮れていく。ガダルカナル島では総力を挙げての戦いに惨敗。島周辺のソロモン海海戦でも海軍の主力が失われ陸軍も同様であった。圧倒的な米軍の戦力を判断しこの時点で戦争は中止すべきであった。

アメリカでは一二月二日にシカゴでウラン核分裂連鎖反応の実験に成功している。一二月一六日、ドイツではジプシー絶滅計画スタート。（五〇万人死亡）一二月、英米の楽曲の放送が禁止された。

しかし戦争中にもかかわらず詩人や音楽家達は平和を切に願い作品で反逆した。北原白秋の場合官僚が作る「唱歌」に反発し「童謡」を創生し社会に受け入れられ国民詩人の地位を確立する。

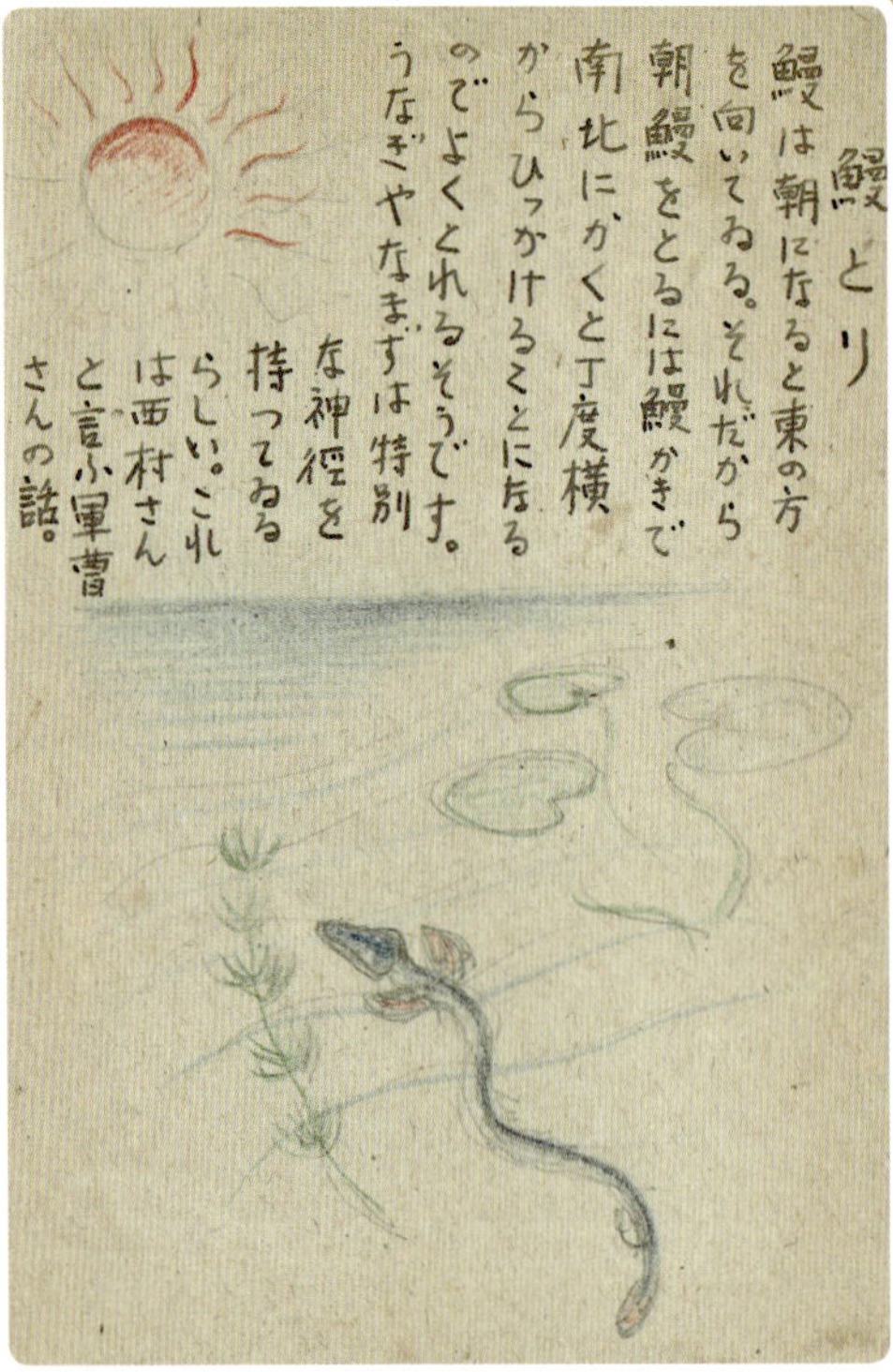
鰻とり
鰻は朝になると東の方
を向いてゐる。それだから
朝鰻をとるには鰻かきで
南北にかくと丁度横
からひっかけることになる
のでよくとれるそうです。
うなぎやなまずは特別
な神経を
持ってゐる
らしい。これ
は西村さん
と言ふ軍曹
さんの話。

140

鰻とり

鰻は朝になると東の方を向いている。それだから朝、鰻をとるには鰻かきで南北にかくと丁度横からひっかけることになるのでよくとれるそうです。うなぎやなまずは特別な神経を持っているらしい。これは西村さんという軍曹さんの話。

昭和一七年一二月二〇日

正浩　宛

郵便局スタンプ

「銃後の護りを固めませう」

鰻の絶滅がしばしばニュースになるこの頃である。しかし昭和一〇年代は至る所に鰻がいたようだ。最近は全く聞かれないが鰻は本能的に東西南北を感知する能力を持っていると言う兵士が登場している。民俗学的には価値ある情報で父も早速書き留めている。

さて開戦して一年、六月のミッドウェーの敗戦は大本営によって隠蔽され勝ったような気分にされた国民であったがすでに決着がついたガダルカナル、ソロモン海の戦いでもあたかも勝ったかのような報道が紙面を飾っている。しかし一八年には日本がどうも負け始めていると言う情報が流れ出す。真実は隠せるものではない。

ここで郵便のキャッチコピーをまとめてみよう（下記）。しかし、これらも戦況が不利になるにつれ消える。

※参考　郵便キャッチコピー

○ 銃後の護りを固めませう
○ 大東亜築く力だ　この一票
○ 一億一心　挙って防諜
○ 貯めよう！　勝たう！
○ 偲べ戦線　求めよ国債
○ 護れ遺族　傷病兵
○ 国思う一票　国思う人に
○ 先ず国債で　ご奉公

141

小田さんの知恵　一

或る夜のこと田中さんの猫が井戸のふたを踏み外して深い井戸に落ち込んだ。幸いなことに井戸のふたも一緒に落ちたので猫はその上に乗ってやっと溺れないで済んだのですがとにかく寒いので放っておけば死んでしまひます。きたないことは大してちがはないのですが死んでしまはれては顔を洗ったりする井戸ですから大変だというので衛生兵さんがあげることになりました。

昭和一七年一二月一四日　直和　宛て
郵便局スタンプ「銃後の護りを固めませう」
（衛生兵さん　97頁参照）

田中さんの猫という表現なので恐らく兵舎の敷地の近所のお宅の猫と想像される。井戸の蓋を踏み外して中へ墜落し井戸水が不衛生になってしまった。死んでしまっては困るので救助が始まる。しかし軍隊と言うところはプロの職人の集まりなので必ず誰かが知恵を出す。

ガダルカナル島では人間の誇りも尊厳もなく兵士が死んで行っているのに若松の高射砲部隊では一匹の猫を救出するために全員が頭を絞り組んでいる。父はこれを言いたい。

142　小田さんの知恵　二

猫が井戸の中で死んでしまっては衛生上悪いと言うわけで衛生兵が猫をあげることになったが中々あがらない。何かおろしても板の上に乗っているからすぐそれにつかまってあがろうとしません。籠にさかなを入れて下すか人間が綱で降りて行くかしなければ助からなそうになりました。井戸はとても深いので困ったことになった。

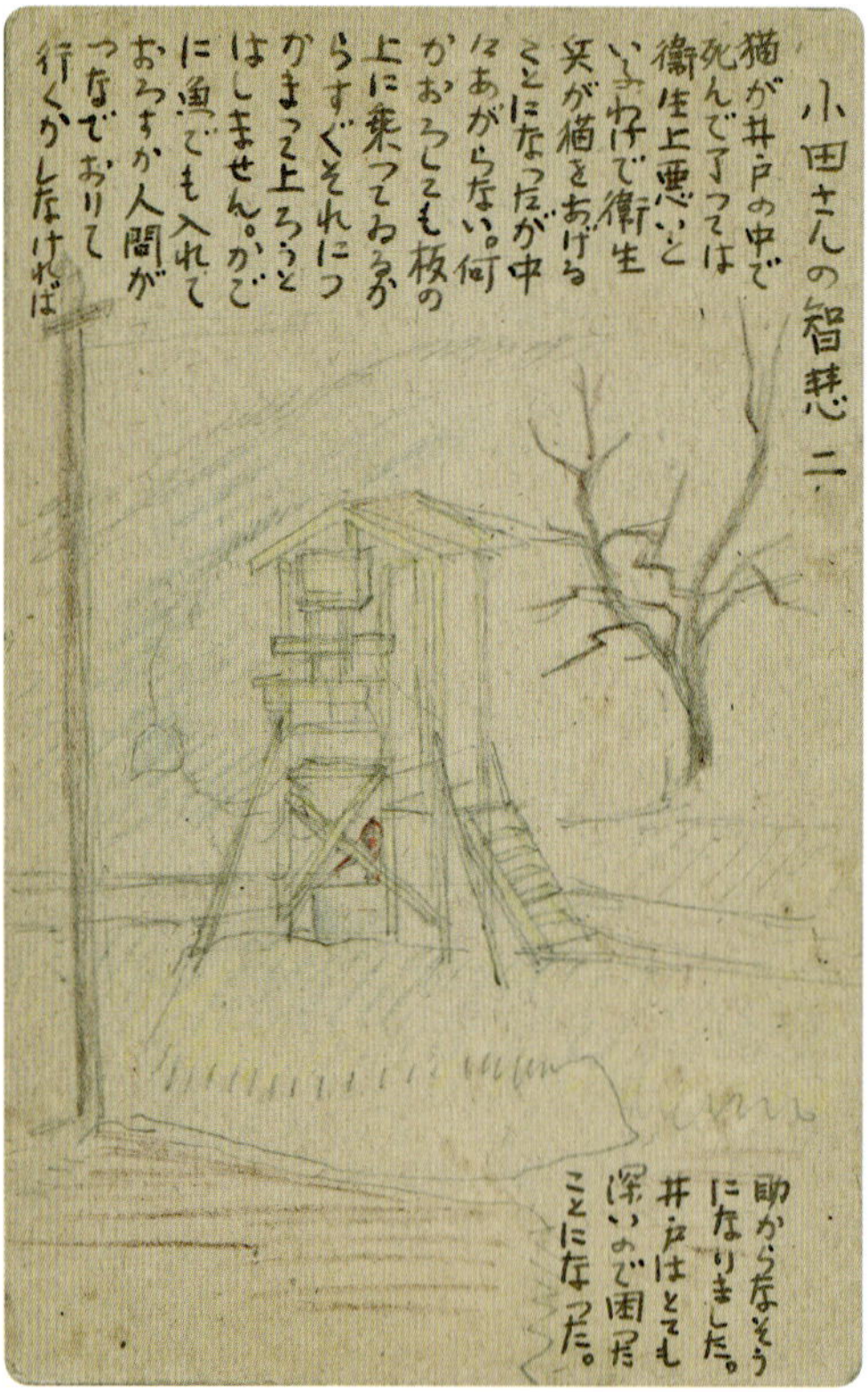

昭和一七年一二月二〇日　直和　宛て
郵便局スタンプ「銃後の護りを固めませう」

この井戸水は生活用水なので猫に汚され困っている。かつ深いので簡単に引き上げられない。業務上、衛生兵が呼ばれたがいい考えが浮かばない。

井戸の構造をよく見るとあまり見たことのない形をしている。上に櫓が組んである。二階の部分に大きな箱状の物が乗っている。つまり水を貯めておくものだ。ポンプを押して水を汲みあげておいて下で使いたいときに蛇口をひねればいつでも使えるような設備であることがわかる。昔はこんなものがあったのだ。

143

小田さんの知恵　三

小田さんの智慧 三
衛生兵の失敗のあとに小田さんと言ふ若い上等兵さんが猫を助けることになりました。さて小田さんはどうしたでせう。
それは先づざるに練瓦を乗せてひっくり返らない様にして下した。
その次には熊手を下げて猫の乗ってゐる井戸のふたをひっくり返しました。そこで猫は嫌でもざるに乗ることになりあぶない命を助かりました。

衛生兵の失敗のあとに小田さんと言ふ若い上等兵さんが猫を助けることになりました。さて小田さんはどうしたでせう。それはまずザルに煉瓦を乗せてひっくり返さないようにして下した。その次には熊手を下げて猫の乗っているふたをひっくり返しました。そこで猫は嫌でもザルに乗ることになりあぶない命を助かりました。

昭和一七年一二月二八日　直和　宛て

郵便局スタンプ「銃後の護りを固めませう」

人が一対一で殺し合うのを決闘と言う。複数で殺し合うと戦争になる。旧約聖書ではカインが弟を殺してから人間は殺人を犯すようになった。だから人間が人間である以上決して人殺しはなくならない。しかし、人殺しをする人間は一匹の猫ですら救うのに全力を尽くしもする。全く逆の行為である。毎日人殺しの訓練に励みながら猫の命をいとおしむ。この矛盾した人間というものを書き残すのが自分の職務であると思い葉書きにペンを走らせる父である。

144

小田さんの知恵　付録

ある夏のこと田舎のうちの井戸につるしてあった魚がひっくり返って井戸の底に沈んでしまった。これは井戸がへでもしなくてはならないかなと思ったら近所のおじいさんが竿の先にきりをむすびつけて底をついてみんな上げてしまひました。

昭和一七年一二月二八日

豊春　宛て

郵便局スタンプ「銃後の護りを固めませう」

話の内容からして事件後、いつもの様に寝る前に皆で集まり猫の落水事件のことを話していた時、小田さんが故郷の井戸にまつわる話を思い出して語ったものだろう。家の近くの川で釣ってきた魚、ふな、はや、カジカ、あるいはヤマメかうぐいを誤って井戸の中に入れ物ごと落としてしまった話である。近所のおじいさんが知恵を出して上手に竿の先端にきりを縛り付けて上手に一匹ずつ刺して回収したとのこと。小田さんを囲むようにしてその晩は消灯まで兵舎の一室で年も暮れかかった一二月の寒い晩火鉢を囲んで笑ったり感心したりで楽しく和やかな時間が流れたことであろう。

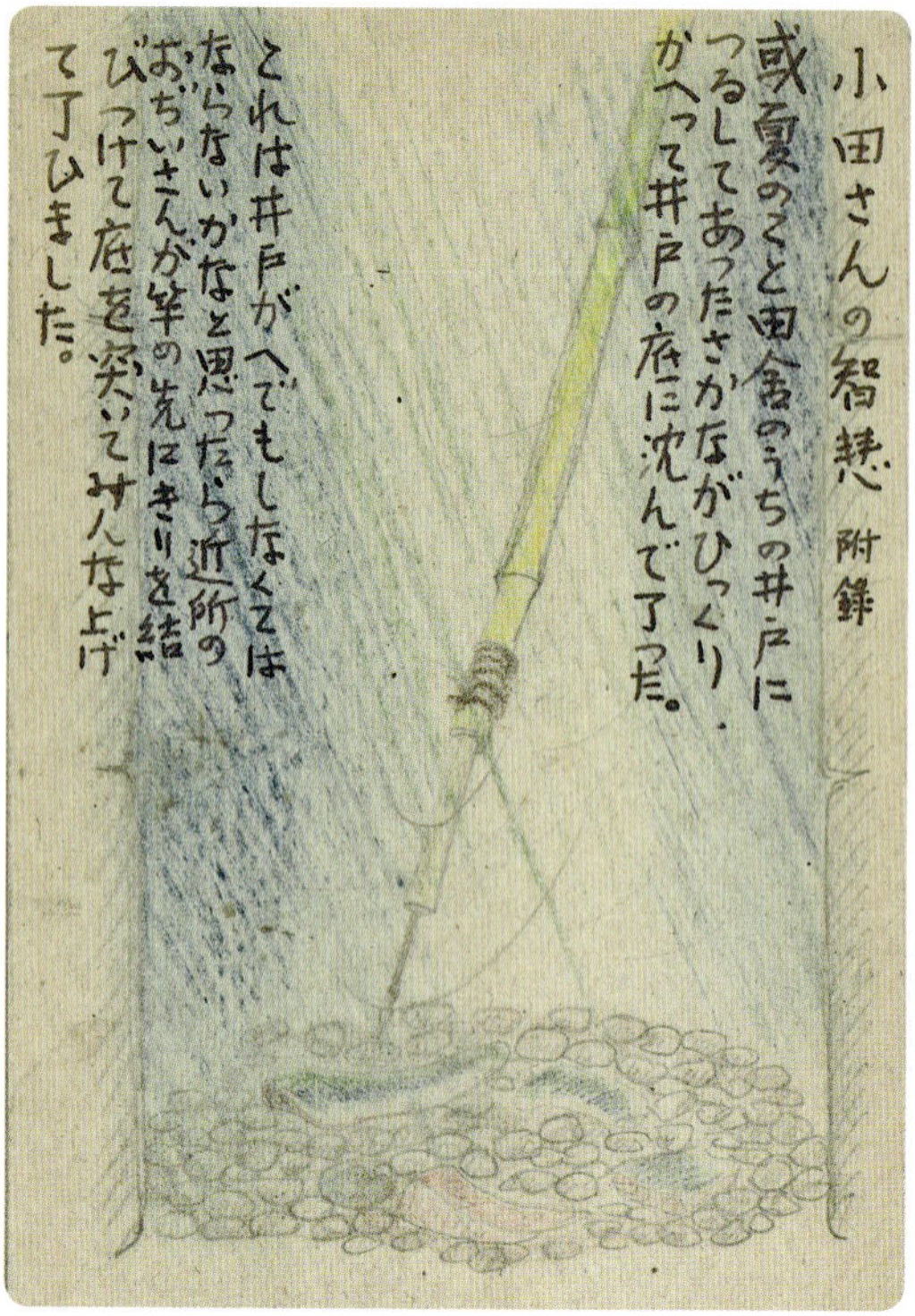
小田さんの智慧　附録
或夏のこと田舎のうちの井戸につるしてあったさかながひっくりかへって井戸の底に沈んで了った。
これは井戸がへでもしなくてはならないかなと思ったら近所のおぢいさんが竿の先にきりを結びつけて底を突いてみんな上げて了ひました。

145 「大石さん」

大石さんは筑後のお酒を造る人です。しかし軍隊ではお酒を造るわけにもいかないので吉良の首ではなしに植木の首をちょんちょんと切るのがお役目です。その梯子のなはをひっぱるのが大平さん。（大石さん写真　148頁参照）

昭和一八年二月一二日　豊春　宛
郵便局スタンプ「貯めよう！　勝たう！」

筑後とは福岡県の南部の筑後地方のことで私の住む久留米市もその一部です。酒つくりで有名で伏見、灘、筑後地方は日本三大生産地と言われています。筑後川流域は筑後平野と呼ばれ肥沃な田園地帯を形成しています。農作物を中心として果樹、植木などが大規模に生産されています。

大石さんはこの筑後出身ということですがかなり広域なので筑後地方のどこの出身なのか知りたいものです。植木の選定も得意のようですから植木と言えば久留米市の東部にある田主丸町が日本一の植木の町と言われているので可能性が高い。

日付は四三年（昭和一八年）二月である。ガダルカナル島では一二〇〇〇名の兵を救出して島を放棄したが新聞では「転進」と表現して軍部は国民に敗戦を知らせまいとしている。然し五月三〇日以降の敗戦は「玉砕」に表現を統一する。

ここで四三年度の社会の動きをまとめてみよう。

この年は鉄使用の楽器製造が禁止された。

米、英曲一〇〇〇曲が演奏禁止。

映画「無法松の一生」公開。しかし、内務省判断により大幅カット。

二月　商工省　スカート禁止、もんぺに。欧米の模倣主義を一掃。パーマは禁止。決戦型髪型考案。
三月二日　高等女学校の課目に体練科が新設。女子にも軍事教練が始まる。
四月三日　東京銀座　鉄供出のため街路灯撤去。
五月　谷崎潤一郎「細雪」中央公論　軍の圧力で中断。
六月一日　銀座昭和通り開墾して菜園に。
一三日　水泳パンツ禁止　ふんどしに。
二六日　内務省　防空壕の整備決定。
七月　静岡県　登呂遺跡発見。住友金属静岡工場。東京市が東京都に都制施行。
九月四日　上野動物園　熊、ライオン、豹、虎、にしき蛇　空襲に備え処分。
京都植物園　植物の名称を日本語に言い換え。コスモスは秋桜、プラタナスは鈴懸の樹。
二一日　一七職種に男子の就職を禁止し女子に変える。
一〇月二一日　学徒壮行会　神宮外苑競技場
二四日　徴兵制度変更　一歳繰り下げ一九歳に。
一二月　ラバウル空襲激しくなり約三〇〇人の従軍看護婦、事務職員等を引き揚げ。
この年の秋ごろから息子が召集されると入営までに結婚させるケースが全国的に広がった。家を絶やさぬように考えたもの。

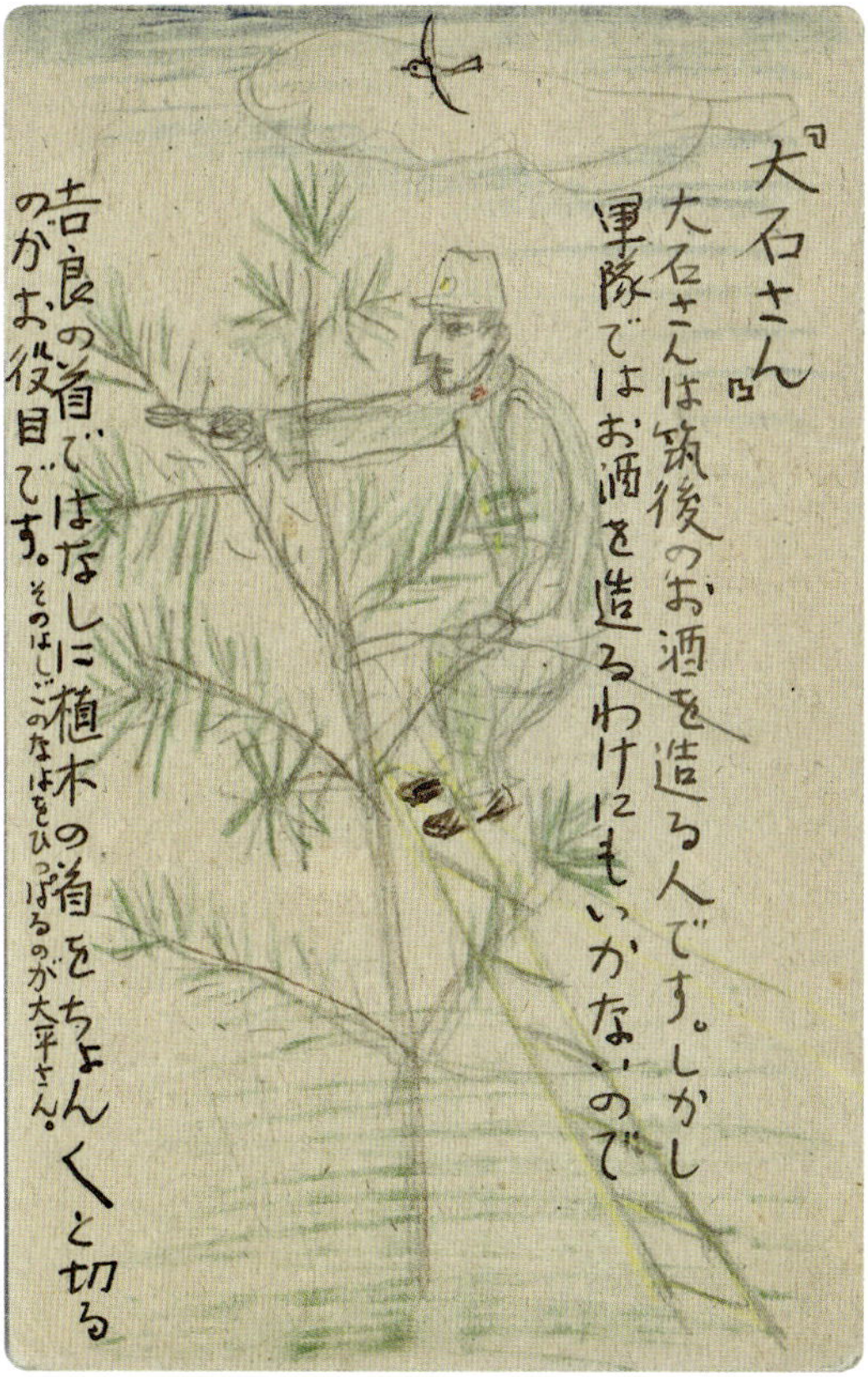

大石さん
大石さんは筑後のお酒を造る人です。しかし軍隊ではお酒を造るわけにもいかないので
吉良の首ではなしに植木の首をちょん〳〵と切るのがお役目です。
そのはしごのなはをひっぱるのが大平さん。

146

ひらくち

冬が近づきました。まむしさん達のうちでも冬籠りしなくてはならなくなりました。平口さんのお家ではお父さんお母さんと子供達は一生懸命ひと冬の間の住み家を探して引っ越しをしました。ところがお隣のまむしさんの家では寒くなるのにぶらぶらと蛙を追いかけたり虫を追いかけたり遊んでしまってひどく寒さがきびしくなってからいいかげんな所に無理にもぐり込んだのです。そこはすぐ人に掘り出されるようなところだったので兵隊さんに掘り出されて目ん玉をぺろりと呑まれたりきもを呑まれたり

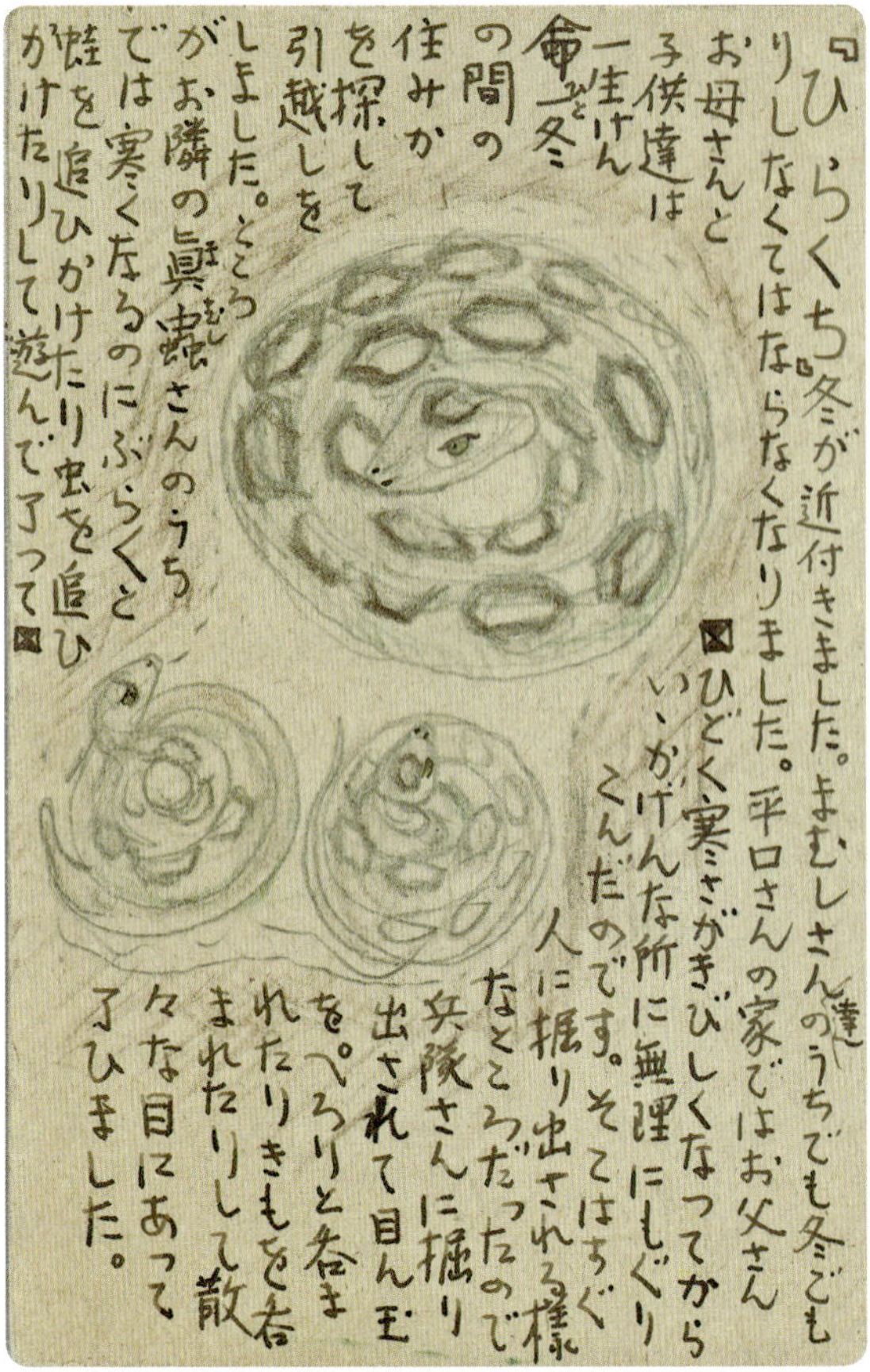
ひらくち冬が近付きました。まむしさん達のうちでも冬ごもりしなくてはならなくなりました。平口さんの家ではお父さんお母さんと子供達は一生けん命で冬の間の住みかを探して引越しをしました。ところがお隣の真蟲《まむし》さんのうちでは寒くなるのにぶらくと蛙を追ひかけたり虫を追ひかけたりして遊んで了って
ひどく寒さがきびしくなってからいゝかげんな所に無理にもぐりこんだのです。そこはすぐ人に掘り出される様なところだったので兵隊さんに掘り出されて目ん玉をぺろりと呑まれたりきもを呑まれたりして散々な目にあって了ひました。

して散々な目にあってしまひました。

昭和一八年二月一二日　直和　宛て

郵便局スタンプ「貯めよう！　勝たう」

まむし別名ひらくちは噛まれると死ぬのでこわいが男子にとってはとても興味のある生き物です。高射砲部隊ではB29に照準を合わせるために視力が重要なので目には気を使っている。目に効くまむしの生き目は人気があったろう。強壮剤としてのまむしの粉末、強精効果のあるまむし酒など兵隊にはいかにも好まれそうな食材である。

147

次男　豊春、妻　千代から

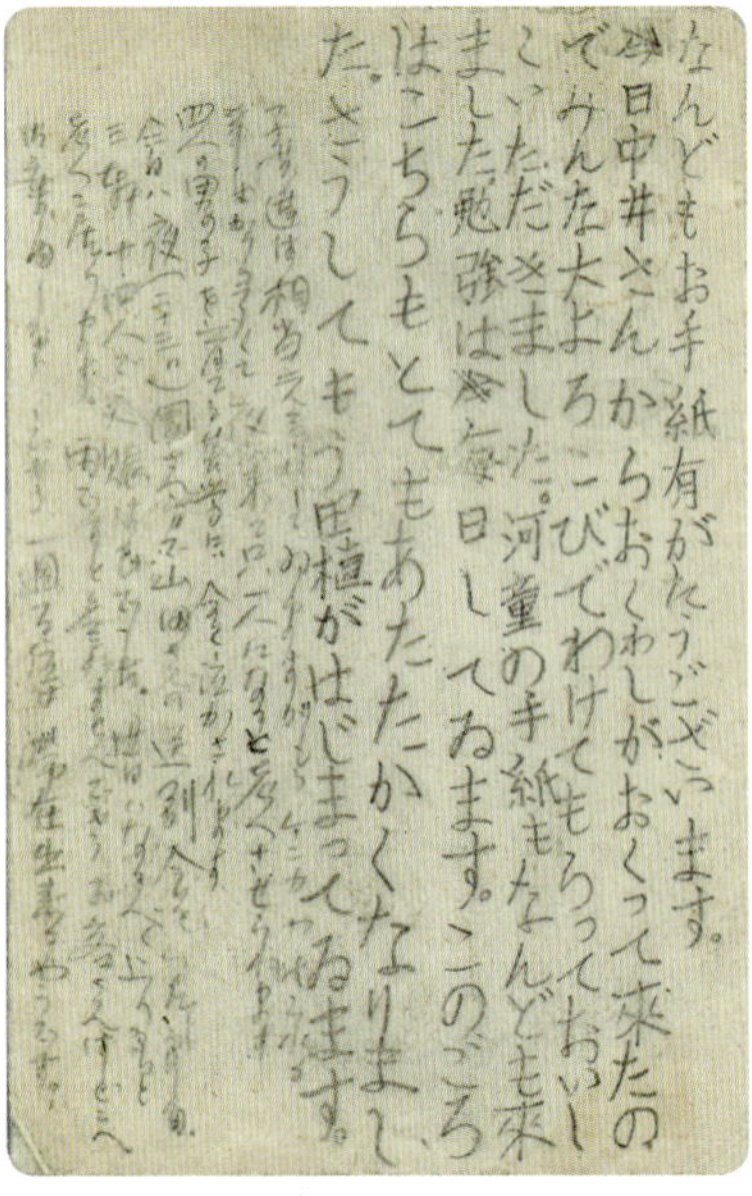
なんどもお手紙有がたうございます。今日中井さんからおくゎしがおくって来たのでみんな大よろこびでわけてもらっておいしくいただきました。河童の手紙もなんども来ました。勉強は毎日してゐます。このごろはこちらもとてもあたたかくなりました。さうしてもう田植がはじまってゐます。

何度もお手紙ありがとうございます。日中、中井さんからおくゎしが送ってきたので皆大喜びでわけてもらっておいしくいただきました。河童の手紙もなんども来ました。勉強は毎日しています。このごろはこちらもとてもあたたかくなりました。そうしてもう田植えがはじまっています。（豊春）子供達は相当元気にしていますがもう喧嘩や叱られる事ばかり多くて夜が来て只一人になると考えさせられます。四人の男のを育てる苦労には全く泣かされます。今日は夜（二三日）園さんの方で山田さんの送別会をいたしました。三軒一四人で大賑わいでした。

（千代　私事　省略）

昭和一八年五月二四日　元吉　宛て

郵便局スタンプ　無し

次男、豊春はまだ幼いが漢字も少し覚え母の手助けを受けながら手紙をやっと書いている。豊春の葉書きで残っているのはこれ一枚きりである。もっと書いたはずであるが恐らく父としては記録としては利用価値は薄いと考えこれ一枚のみ残している。河童の手紙と書いているが隊員が様々なテーマで語る中で地方で語り継がれてきた話は日本の文化そのものであり民俗学上記録するべきものなのでこの分野の話の収録も軌道に乗ってきたのだろう。兵舎で一緒に暮らす兵士の数は限られているので個人レベルの語りから特定の地方の民話の分野に範囲を広げたと思われる。河童の話は全国にあるが九州は特に多いと思われ話す方も記録を取る方も熱が入ってきて面白い展開をするようになる。この分野はこの本の第二編で紹介する予定である。男親が召集を受けた家庭は母親がその分働かなくてはならずいかに大変かをつい妻として訴えているところが子供の側としてはつらいものがある。

園さんはうちの左手のお隣さん。兄たちに言わせるとポインターを飼っておられたそうです。その写真がたまたまあるのでご覧に入れます。見事な純血種、血統書付きレベルです。イングリシュ・ポインターだとおもわれます。開戦当初まだこんなのが日本中にいたのです。どこかで読んだことがあるのですが、当時横文字廃止運動があっており、歌、スポーツ、花の名、など坊主憎けりゃ袈裟まで憎いを国家的規模でやってしまい日本史の汚点となっていますがビーグル犬という洋種の犬をご損じですか。イギリスのキツネ狩りを専門とする小型犬です。貴族たちが馬に乗り数十匹のビーグルを連れて野原を駆ける姿は見事です。あのビーグルは特に佐賀県の唐津地方で唐津ビーグルと呼ばれ猟犬として有名でした。それがけしからんというわけで処分の対象にされたのですが地域住民のみなさんが自分たちの狩猟のために欠かせないものだから処分の対象から外すよう運動して守ったといわれています。これはいい話です。（園さん　山田さん　隣組101頁参照）

話を戻してこの園さんの家のポインターが長生き出来たことを祈るばかりです。しかし心配的中、やはり洋犬の運命は過酷でした。色々調べているうちに四四年（昭和一九年）一二月二七日軍事省から和洋を問わず飼い犬は供出を迫られます。航空服に犬の毛皮が必要になったからです。食べられもしたことでしょう。この園さん宅のポインターがどうなったか気になるところです。兄によると山田さんの送別会とあるのは山田さんはお向かいに住んであったが、ご主人が敦賀の海軍基地で船のマストに登って作業中に転落事故に合い退職、東京駅前のトヨタの部品販売店に転職したため隣組で送別会をしてあげたとか。

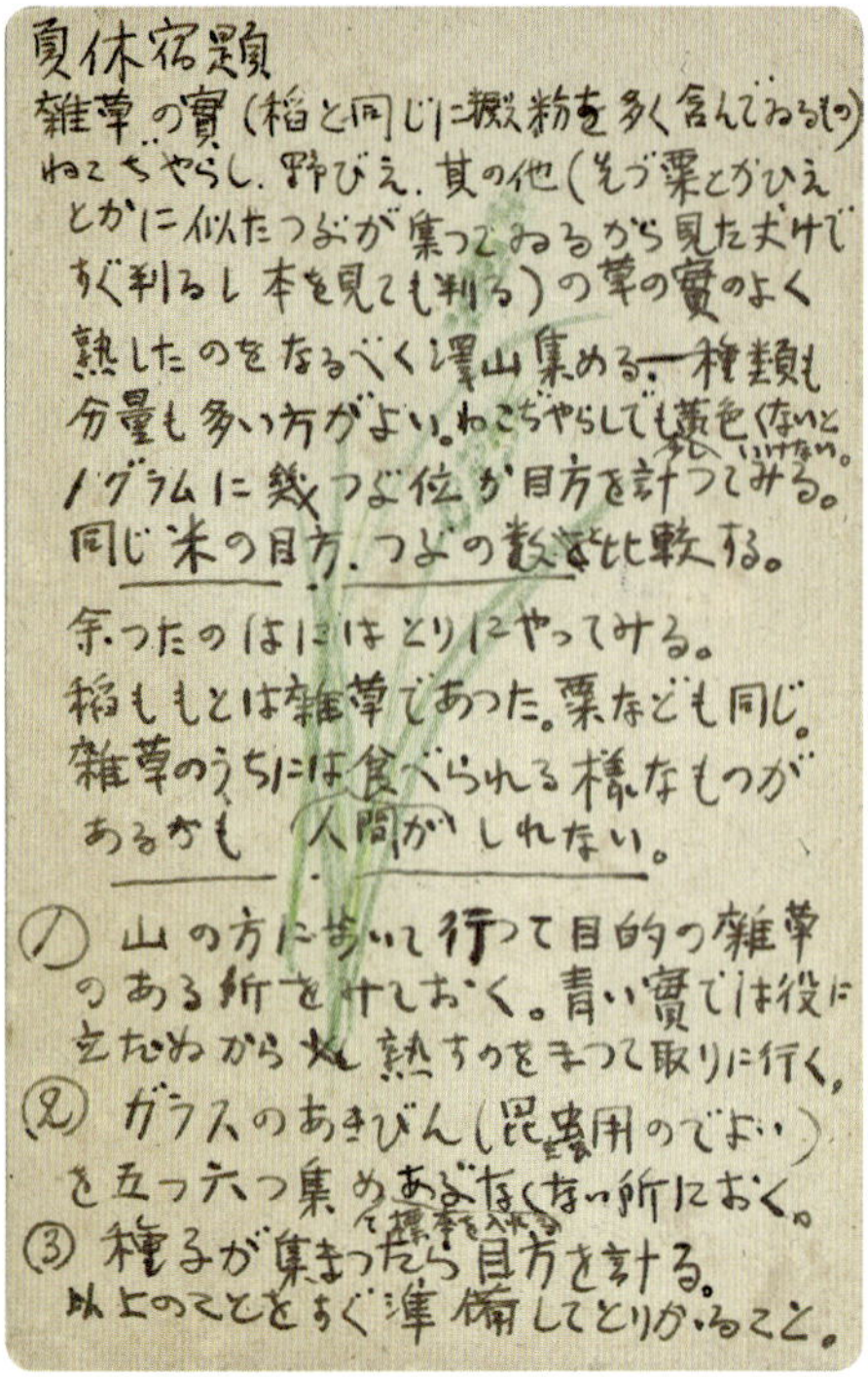
夏休宿題
雑草の實（稲と同じに澱粉を多く含んでゐるもの）
ねこぢやらし、野びえ、其の他（まづ粟とかひえ
とかに似たつぶが集つてゐるから見た丈けで
すぐ判るし本を見ても判る）の草の實のよく
熟したのをなるべく沢山集める。種類も
分量も多い方がよい。ねこぢやらしでも黄色くないといけない。
１グラムに幾つぶ位か目方を計つてみる。
同じ米の目方、つぶの数と比較する。
余つたのはにはとりにやつてみる。
稲ももとは雑草であつた。粟なども同じ。
雑草のうちには人間が食べられる様なものが
あるかもしれない。
① 山の方に歩いて行つて目的の雑草
のある所を見付けておく。青い實では役に
立たぬから熟すのをまつて取りに行く。
② ガラスのあきびん（昆虫用のでよい）
を五つ六つ集めて標本を入れる。
③ 種子が集まつたら目方を計る。
以上のことをすぐ準備してとりかゝること。

148

夏休み宿題

雑草の実（稲と同じに澱粉を多く含んでいるもの）猫じゃらし、野びえ、その他（まず粟とかひえとかに似た粒が集まっているから見ただけですぐ判るし本を見てもわかる）の草の実をよく熟したのをなるべく沢山集める。種類も分量も多いほうが良い。ねこじゃらしでも少し黄色くないといけない。一グラムに幾つぶ位か目方を計ってみる。同じ米の目方、粒の数と比較する。

余ったものはとりにやってみる。稲ももとは雑草であった。粟なども同じ。雑草のうちには人間が食べられる様なものがあるかもしれない。

①　山の方に歩いて行って目的の雑草のある所を見付けておく。青い実では役に立たぬから熟すのをまって取りに行く。

②　ガラスのあきびん（昆虫用のでよい）を五つ、六つ集めて標本を入れる。

③　種子が集まったら目方を計る。以上のことをすぐ準備して取り掛かること。

昭和一八年七月二日　正浩　宛

郵便局スタンプ

「貯めよう！　勝たう！」

いつまで子供の世話ができるか、できる間は最大限やるつもりの父である。

149

兵隊さんのいびき

この頃新しく入った兵隊さんと一緒に寝ることになった。夜遅く帰って寝ようとするととなりの兵隊さんがひどいいびきをかいていてとてもねつかれそうもない。手をひっぱても頭をゆり動かしても一向いびきをかくことに変わりはない。仕方ないからあきらめて枕元にのみとり粉をふりはじめました。すると隣のいびきの兵隊がにわかに半身起き上がりゲエーッ、ヒュー・グワッ・グワッと死にそうにしていたが半分ねているのですぐ又ムニャ、ムニャとねてしまった。のみとり粉がのどに入ったらしい。おかげでいびきは止まりました。

昭和一八年七月三日　正浩　宛

郵便局スタンプ「貯めよう！　勝たう！」

夜の歩哨の仕事に就いた後、帰隊して寝ようとするが隣の兵隊さんのいびきが大きくて寝れそうにない。そこで自宅か

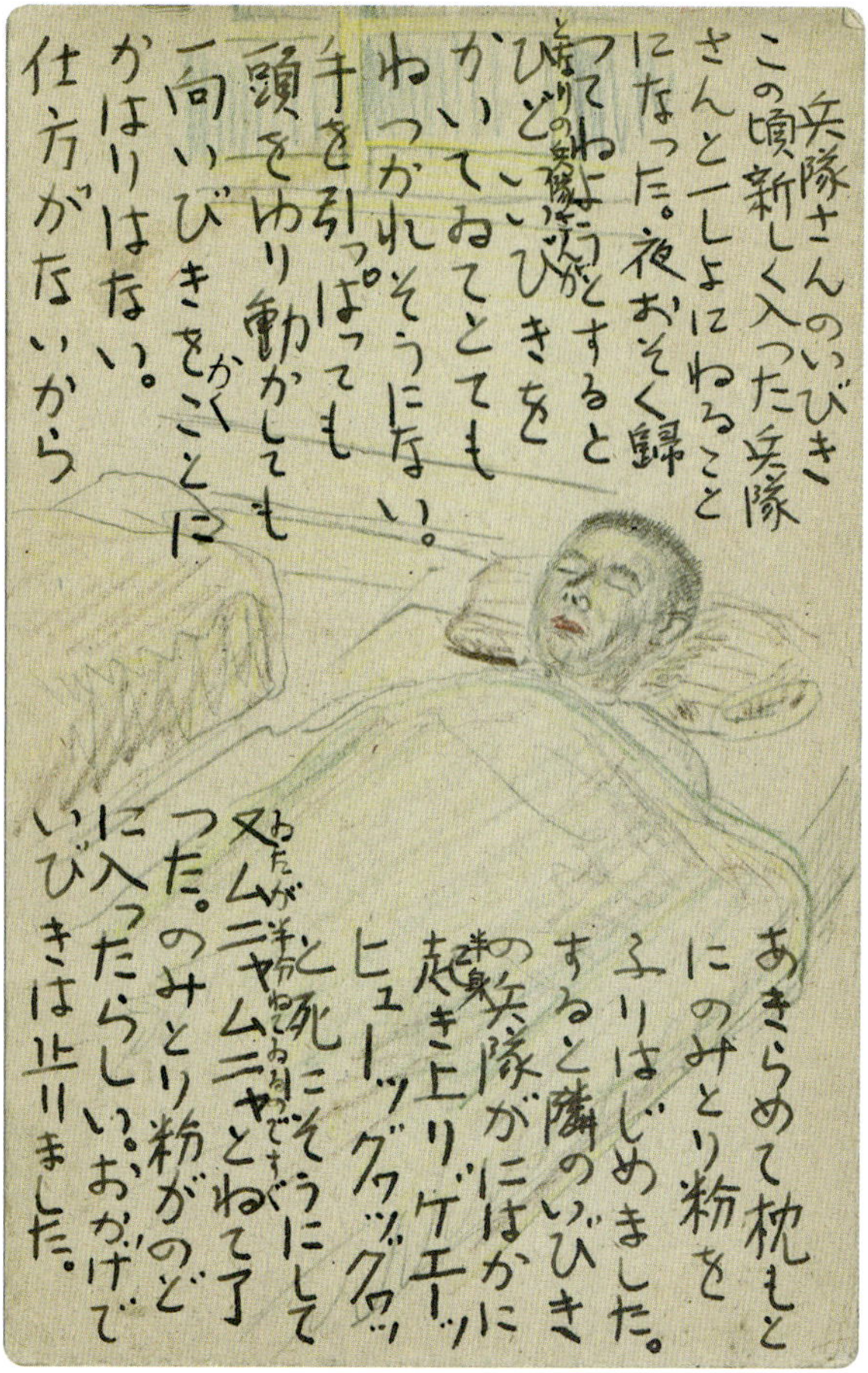
兵隊さんのいびき
この頃新しく入った兵隊
さんと一しよにねること
になった。夜おそく帰
ってねようとすると
隣りの兵隊さんが
ひどいいびきを
かいてねてとても
ねつかれそうにない。
手を引っぱっても
頭をゆり動かしても
一向いびきをかくことに
かはりはない。
仕方がないから
あきらめて枕もと
にのみとり粉を
ふりはじめました。
すると隣のいびき
の兵隊がにはかに
起き上りゲエーッ
ヒューッグワッグワッ
と死にそうにして
ムニャムニャとねて了
った。のみとり粉がのど
に入ったらしい。おかげで
いびきは止りました。

ら持ってきた蚤取り粉をその兵隊さんの枕のまわりに撒いてみたところ咳き込み始め大変だったがうまくいびきが収まった話。蚤、しらみはもう最近は日本から絶滅したのではないかと思われるが昔は今日のごきぶりなみにいたのだ。

150 夏休み宿題

夏休はひまがあるからゆっくりものを見たり夜の空を調べたりできるから十分時間をかけてこまかく考えてみる。

① 貝の採集　生松原《いきのまつばら》の海岸で出来るだけ多くの種類の貝を集めて名前を調べる。さてそれから貝を集めたりしているうちに思いつくことはないか。

② 草の種子　草の種子の種類をなるべく多く集めて調べる。栗に似たのやらカラス麦に似たのやらあるからそれをいろいろに調べてみる。

②に　かやの手を切る所を顕微鏡で見る。

③ 八月の星と月　望遠で（お母さんに少し手伝ってもらってもよい。）月をよく見て図を書く。八月の子供の科学、その他の雑誌を見ると夜の空の絵があるからそれと引き比べてみる。北斗七星をはっきりおぼえる。

④ とんぼの幼虫　唐津線の方のみぞで少ししゃくえばかっぱ（蚊の間違い？）やトンボの幼虫が取れると思うからそれをかっておいてとんぼになるまでくゎんさつする。

⑤ つた、やぶからしの葉　つたのある所を見付けておく。やぶからしは蝶のよく集まるこまかい花の咲くつる草です。そのつるがどう伸びていくかど

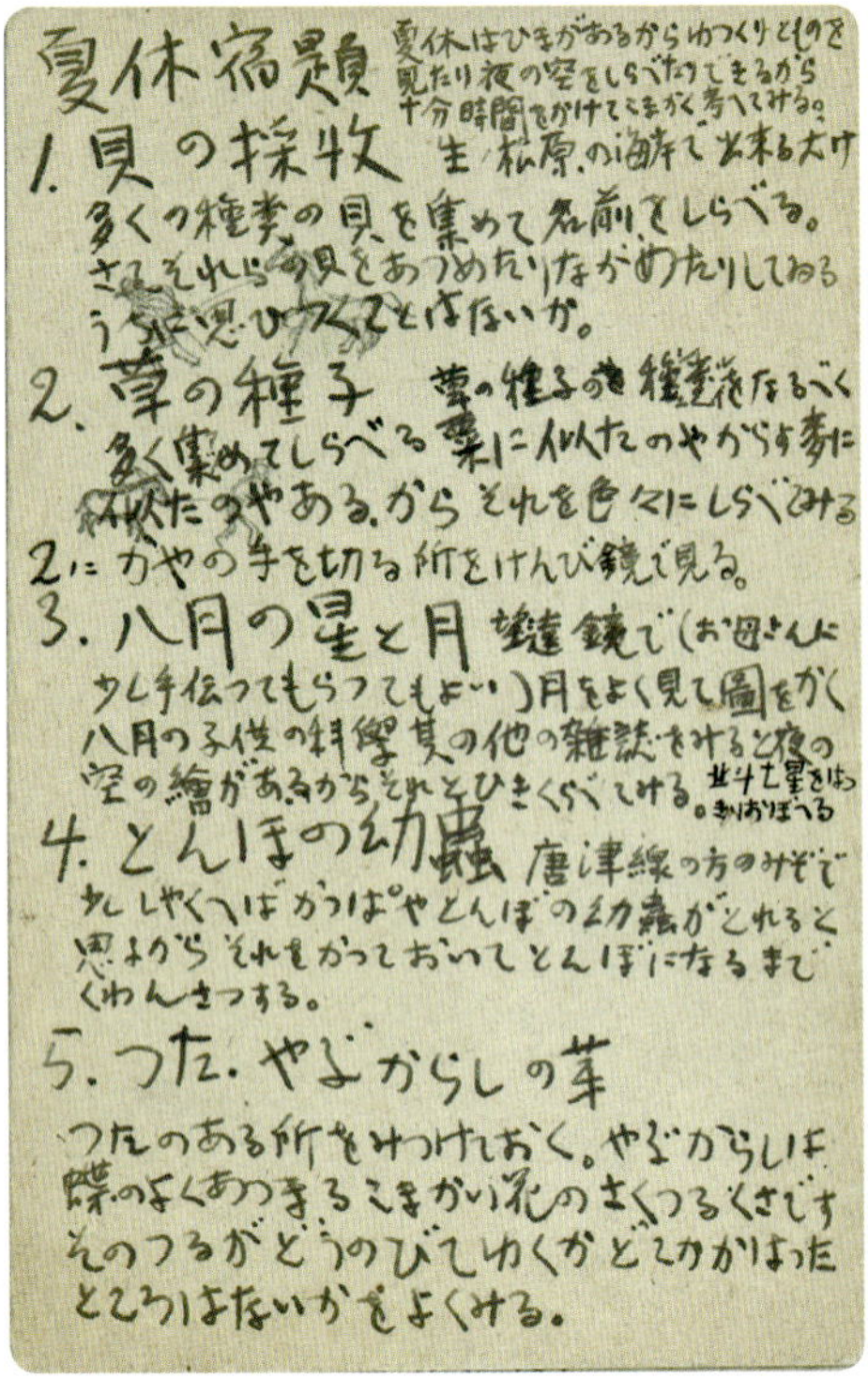
夏休宿題　夏休はひまがあるからゆつくりともの（を）見たり夜の空をしらべたりできるから十分時間をかけてこまかく考へてみる。
1. 貝の採牧　生ノ松原の海岸で出来る丈け多くの種類の貝を集めて名前をしらべる。さてそれらの貝をあつめたりながめたりしてゐるうちに思ひつくことはないか。
2. 草の種子　草の種子の種類をなるべく多く集めてしらべる　葉に似たのやからす麦に似たのやあるからそれを色々にしらべてみる
2に　かやの手を切る所をけんび鏡で見る。
3. 八月の星と月　望遠鏡で（お母さんに少し手伝つてもらつてもよい）月をよく見て圖をかく　八月の子供の科學其の他の雑誌をみると夜の空の繪があるからそれとひきくらべてみる。北斗七星をはっきりおぼへる
4. とんぼの幼蟲　唐津線の方のみぞでおしやくつばかつぱやとんぼの幼蟲がとれると思ふからそれをかつておいてとんぼになるまでくわんさつする。
5. つた．やぶからしの葉　つたのある所をみつけておく。やぶからしは蝶のよくあつまるこまかい花のさくつるくさです　そのつるがどうのびてゆくかどこかかはったところはないかをよくみる。

こか変はったところはないかをよく見る。

昭和一八年八月一三日　正浩　宛
郵便局スタンプ　無し

文中に望遠鏡を使う話があるが福岡の家には望遠鏡と顕微鏡があったのを思い出す。島津製作所の名がプレートに刻印されていた。望遠鏡では私自身、終戦後食べるものも着るものもろくにない時代にその望遠鏡で月を見て兎がほんとにいるのか探したり、顕微鏡で何を見たかははっきりとした記憶はないが触っていた思い出がかすかではあるが記憶に残っている。

さて四三年になると太平洋では相次いで決定的敗北を喫し「どうしようもない」戦況となってくる。八〇六一高射砲部隊も米軍の圧倒的戦力についての情報を秘密裏に聞かされていたのではと思う。兵舎の雰囲気も険しいものになってきたのではないか。

それが葉書きの枚数に見ることができる。四二年九月七通。一〇月五通。一一月七通。一二月一一通。しかしこれから急変する。四三年、一月0通。二月二通。三月0通。四月0通。五月一通。六月0通。七月二通。八月四通。九月0通。一〇月二通。一一月二通。一二月0通であり隊内の雰囲気は急速に冷え込み大きな変化を感じることができる。全員が疲れ切って兵舎に戻るやいなや入浴、食事、就寝と余裕のない生活に変化したことがわかる。本土防衛の重要性が増しストレス対策など言ってる場合ではなくなったと考えられる。裸電球の下での男同士の語らいや歌や楽器演奏などやる余裕はなくなったと思われる。軍事演習に緊張度が増し余裕のない生活になったのだ。

振り返ってみれば太平洋戦争を始めるにあたり、海軍は日米戦争の見通しについては二年以降は予断を許さないと慎重論を抱いていた。「戦争間の総括的物資の需給は第二、第三年に於いては南方資源を考慮することにより好転を期待し得るものとする。」としていた。しかし船舶の消耗が四〇〇万トンに達し予想損耗、一八〇万トンの二倍を上回って受給見通しは大きく崩れ去った。私事ではあるが親類筋に日本郵船の船長をしていた人がいて彼は「今から靖国神社に行ってくる」

と一言、言い残して家を出てそのまま帰らなかった。また母方の知人の東大、獣医学科を出た息子さんは輸送船で南方へ向かったが途中米潜水艦に沈められ帰って来なかった。このように日本軍の消耗は当初より激しかったのである。

四三年年前半の戦況を見てみよう。

★一九四三年（昭和一八年）

一月二日　ニューギニア・ブナの日本軍全滅。
二月一日　ダルカナルから撤退開始。一万二〇〇〇名救助。二万五〇〇〇名戦病死。
　アメリカ、日系人第四二二部隊ヨーロッパ戦線へ。
四月　小学校　国民学校と名称変更。敵性語禁止令により中学では英語授業中止。
一八日　ブーゲンビル島上空、山本五十六海軍総司令官戦死。
五月一二日　アリューシャン列島
アッツ島はキスカ島とともにミッドウェー海戦の陽動作戦として実施された作戦で日本軍が無血占領していたが戦略的価値は乏しかった。四三年五月一二日米国は領土奪回のためアッツ島の三か所から上陸（一万一〇〇〇人）。日本守備隊（二六五〇名）を全滅させた。キスカ島の守備隊は北太平洋特有の濃霧にまぎれ脱出に成功。
九月九日　御前会議　絶対防衛線の後退。

　日本軍の衰退を象徴する山本連合艦隊司令長官の戦死について解説しておこう。

　総力を挙げてのガダルカナル島奪還の死闘とソロモン海の約半年にわたる海戦でミッドウェーに次ぐ決定的な敗北を喫してしまい、日本は悪循環を断つためにソロモンからマリアナ（サイパン、テニアン、グアム）へ思い切った戦略的後退をし戦いの主導権を奪還することを決定した。

　その機会を作るため大本営海軍部は防衛の最重点をニューギニア方面としたが豪軍のニューギニア島北部に対する進攻は急速度に進み日本軍の増援輸送に対する阻止攻勢は激しかった。日本海軍はトラック島の泊地に前進待機中の航空母艦の飛行機隊をラバウル基地に進めニューギニアの連合軍基地に対し集中攻撃を決行したが戦局は好転せず増々悪化していった。

　自らラバウルに進出して同方面の作戦を直接指揮していた山本長官は幕僚を伴いブーゲンビル島のブインの前線基地を激励するため飛行中四月一八日米空軍戦闘機の待ち伏せ攻撃に合い機上で戦死した。

151 発明家

新しい兵隊さんが入ってきた。色々なひとがいる。不平そうな顔つきをしていていつもうちの人をおこりつけていそうなかっこうの新兵さんがいた。その兵隊さんと話してみると何とその人が大発明家でした。つまり小鳥が止まると電気じかけでひとりでにぽとりと網の中に落ち込むしかけを発明したのだそうで特許の出願がしてあると言っていました。「益鳥も知らないで止まるから困りますなあ」と言ったら「それはそうですが何にかなるです。」といひました。又その人は高圧線の碍子は全く金属を含まない土で作ってあって一つ三〇円位することなどを教えてくれました。

昭和一八年八月一三日　豊春　宛て
郵便スタンプ　一八年八月以降廃止された模様

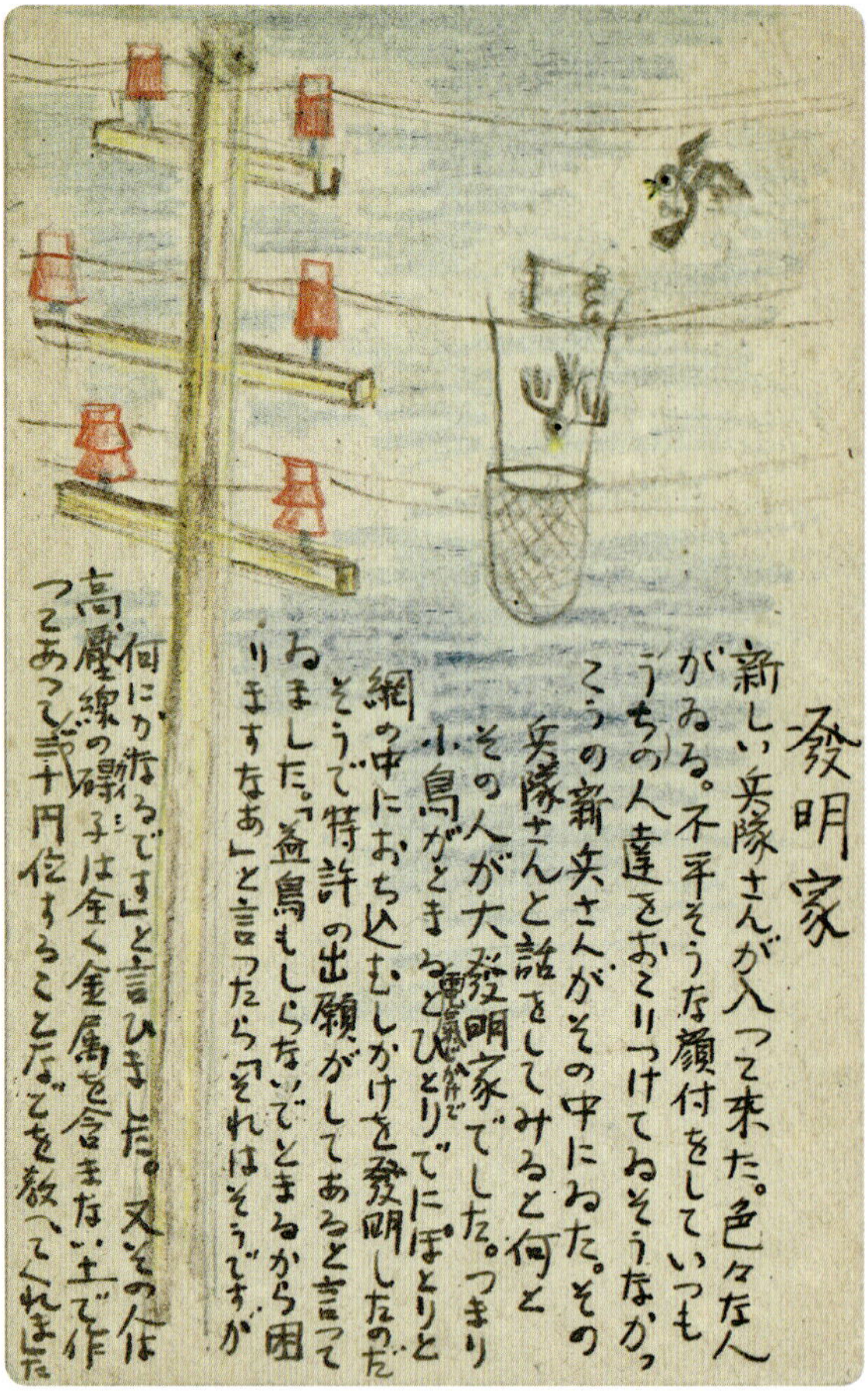

毎晩、父は死を共にする仲間と机を囲み話を聞き記録する。まるで千夜一夜物語だ。同時にその人となりも観察する。今回の話し手は苦手なタイプである。しかし話してみると第一印象とは異なり面白い人物で発明家だった。こんな時代に父は自然保護に熱心で益鳥の保護を考えていたことがわかる。

152

くいしんぼうの牛

食ひしん坊の牛がおりました。仕事の済まないうちにすぐそばにある草を食べますのでお百姓さんは仕事がはかどらなくて困ってしまひました。いくらいけないと言っても牛は言うことを聞きませんのでとうとう口にわらのあみをとりつけてやたらに草をくはぬ様にしてしまひました。牛さんは自分が悪かったと「もーもー決して仕事の最中には草を食べたりしません。」と約束しました。それから牛はもーもーと鳴くことになったそうです。

昭和一八年　日付判読不可　直和宛て
郵便局スタンプ「貯めよう！　勝たう」

訓練の無い日に若松の高射砲陣地のある山のふもとを散歩でもしていた時に見た田舎の風景のひとこまである。口輪をした牛を見てこれを今度の創作童話の題材にしようとひらめいたのだろう。わらで編んだ口輪に目が止まった。それをじっと見て子供向けのはなしを作り上げたものである。小学校一年生になった三男、直和がわかる話

「食ひしんぼうの牛さん」
食ひしんぼの牛がありました。
仕事のすまないうちにすぐ
そばにある草を食べます
のでお百姓さんは仕事が
はかどらなくて困って了ひ
ました。いくらいけないと
言っても牛は言ふこと
をききませんので
とうとう口にわら
のあみをとりつけ
てやたらに草を
食はぬ様に
して了ひました。
牛さんは自分が
わるかつたと思つた
から「モーモー決して
仕事の最中には草を
食べたりしません」と約束しました。
それから牛はモーモーと鳴くこと
になつたそうです。

にまとめている。

ここで日本にとって戦略的にきわめて重要なフィリッピンの状況について見てみよう。南方からの資源の獲得が太平洋戦争の勝負に決定的な要因となるので南方との中継点となるフィリッピンを日本は重要視していた。四一年（昭和一六年）開戦と同時に軍は比島作戦を開始し、同日空襲を敢行した。一二月二二日主力部隊がリンガエンに上陸、四二年（昭和一七年）一月二日、マニラ占領。米軍はバタアン半島へ撤退転戦したが四月九日陥落。

五月六日、コレヒドール島で無条件降伏した。四三年一〇月一四日フィリッピン共和国を独立させた。しかし米軍の援助を得ているゲリラ軍に悩まされた。米軍の飛び石作戦で太平洋の東側が次々と占領され台湾、フィリッピンまで攻め上がられて日本軍はついに四四年（昭和一九年）九月末、決戦を行うのを余儀なくされた。日本軍はルソン島を決戦場と考えていたが米軍はレイテに集結してきたので急ぎ一個師団二万人で護っていたところに七万五千の兵力を急送したが重火器、弾薬、食料を輸送していた船舶が撃沈され反撃が困難となり戦闘不能となった。レイテ島での日本軍兵士の死亡数は九万人を超えたと言われている。レイテ沖海戦では日本軍は台湾沖海戦で米軍に大損害を与えたという誤報を信じ傷だらけの米海軍に致命的な大打撃を加えるつもりで艦船を送りだしたが全くの誤りで日本海軍の手

参考図

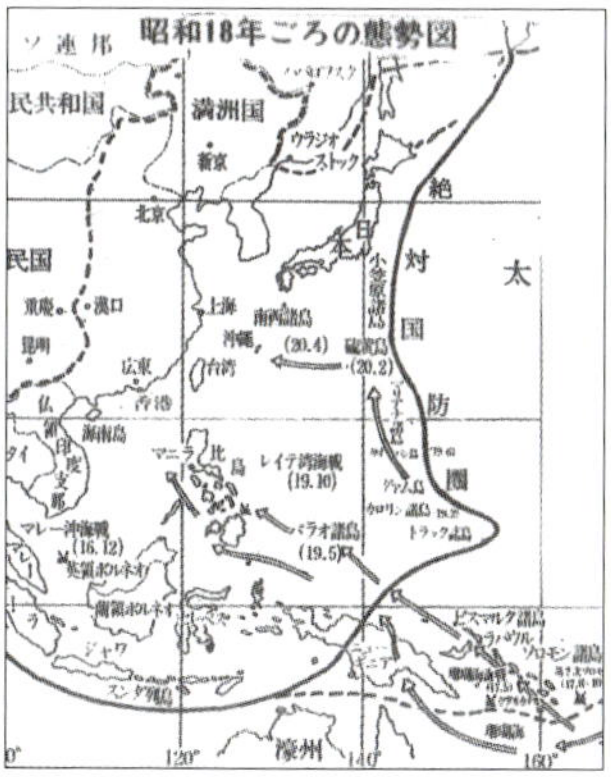
昭和18年ごろの態勢図
ソ連邦
民共和国
満洲国
新京
ウラジオストック
北京
民国
重慶
漢口
昆明
上海
南西諸島
沖縄
(20.4)
(20.2)
台湾
広東
香港
仏
海南島
タイ
印度支那
マニラ
比島
レイテ沖海戦
(19.10)
マレー沖海戦
(16.12)
英領ボルネオ
蘭領ボルネオ
パラオ諸島
(19.5)
カロリン諸島
トラック諸島
ビスマルク諸島
ラバウル
ソロモン諸島
ジャワ
スンダ列島
濠州
日
本
絶
対
国
防
圏
太
120°
140°
160°

元に残された数少ない貴重な艦隊を失うことになった。その中に戦艦「武蔵」がいたのは皮肉なことであった。四五年一月初旬、連合軍はルソン島に上陸する。

二月　連合軍マニラ占領

三月　コレヒドール　奪還される

四月　バギオから東方山地へ司令部撤退。

九月三日　降伏（終戦は八月一五日）

フィリッピン全域での日本軍の死者は五〇万人近くといわれ一つの戦場としては最大の死者を出した。フィリッピンの民間人の死者はゲリラを含み一〇〇万人と言われている。

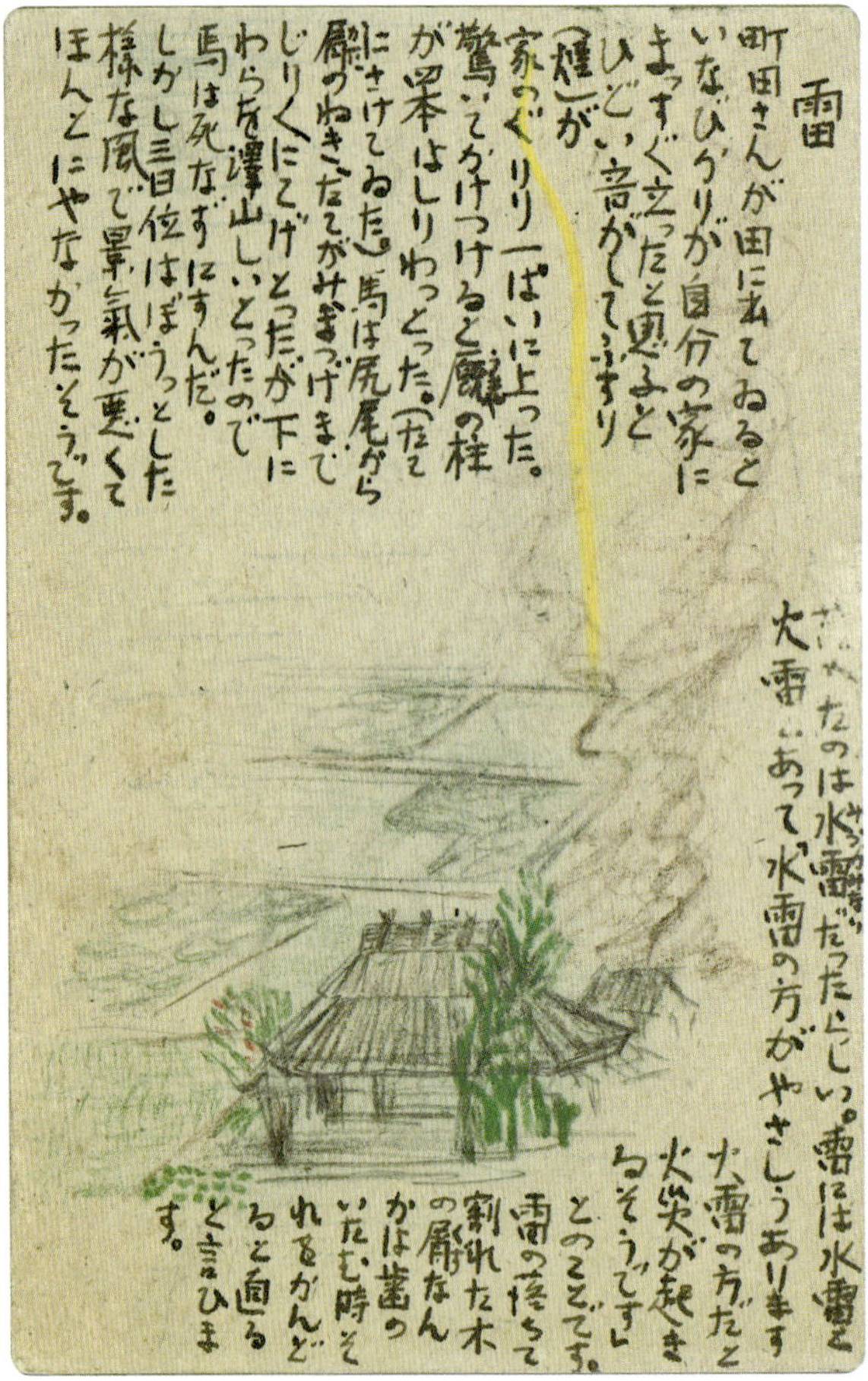
雷
町田さんが田に出てゐると
いなびかりが自分の家に
まっすぐ立ったと思ふと
ひどい音がしてふすり
(煙)が
家のぐりり一ぱいに上った。
驚いてかけつけると馬屋の柱
がはしりわっとった。(たて
にさけてゐた。)馬は尻尾から
肩のねきまでまつげまで
じりじりにこげとったが下に
わらを澤山しいとったので
馬は死なずにすんだ。
しかし三日位はぼうっとした
様な風で景氣が悪くて
ほんとにやながったそうです。
さいかなのは水雷だったらしい。雷には水雷と
大雷があって水雷の方がやさしうあります
大雷の方だと
火災が起きるそうです」
とのことです。
雷の落ちて
割れた木
の屑なんかは歯の
いたむ時そ
れをかんど
ると直る
と言ひま
す。

153　雷

町田さんが田に出ていると稲光りが自分の家にまっすぐに立ったと思ふとひどい音がしてふすり（煙）が家のぐりり一杯に上がった。驚いて駆けつけると馬屋の柱がはしりわっとった。（たてにさけていた。）馬は尻尾から肩のねき、たてがみ、まつげまでじりじりにこげとったが下にわらを沢山しいとったので馬は死なずにすんだ。しかし三日位はぼっとした様な風で景気が悪くてほんとにやなかったそうです。落ちたのは水雷だったらしい。雷には水雷と大雷があって「水雷のほうがやさしうあります。大雷の方だと火災が起きるそうです。」とのことです。雷の落ちて割れた木の屑なんかは歯の痛むときそれをかんどると直るといいます。

昭和一八年八月一九日　正浩　宛

郵便局スタンプ　押印廃止

昭和一八年になると兵舎生活の様子や兵士たちの故郷での生活、自然環境の聞き取り調査は下火となり、幼い子供向けの創作童話も下火となる。出身地の民間伝承、特に河童伝説に話が限定され移行する。兵士たちの平和で穏やだった生活を強調するのは暗雲が漂い始めた戦況を考えるとき控えるべきと忖度したのか検閲官からそれとなく注意されたかと思われる。戦局は悪化の様相を見せ太平洋と言う外堀は埋められはじめている。しかしこれまでどおり訓練が終了して兵舎に帰った後就寝前のくつろげる時間に各地方の民間伝承や昔話などを語り合うのは問題ないということになったのだろう。一八年、一九年はペースダウンはするがほそぼそと継続される。しかし次第に戦局は悪化の一途で一九年半ばから空襲は本格化し父の命そのものがが風前の灯となる。

　ここで四三年（昭和一八年）後半の戦況等をまとめてみよう。

五月九日　米潜水艦　北海道幌別を艦砲射撃。
六月三〇日　米軍　ソロモン群島　レンドバ島　上陸。
同　ニュージョジア島　上陸。
六月二六日　内務省　防空壕の整備決定。
七月二九日　アリューシャン列島　キスカ島　日本軍撤退（四〇〇〇名）。
九月一日　米機動部隊　南鳥島空襲　艦砲射撃。
一六日　豪軍　ニューギニア島　ラエ奪回。
三〇日　御前会議にて今後取るべき戦争指導の大綱決定「絶対国防圏」をマリアナ・カナリア・西ニューギニアの線に後退。
一一月一日　ブーゲンビル島　米軍上陸。
二五日　マキン、タワラ島　日本軍五四〇〇名玉砕。
一二月二五日　米軍　ニューブリテン島上陸。（地図78、123、165参照）

154　でたらめ料理

食事のことでつまらぬ心配をするのは止めよ。昔の飢饉に比べれば何でもない。二分の一の食糧があれば死にはしない。但し頭を働かすこと。かぼちゃ一つで一家が一食をすまし口に入るものは玉ねぎだけという時が来る位の覚悟と準備は必要なり。一辺おかずがなかったら握り飯（塩をつけるのは無論だが）とぜんざい茶碗一杯と言う食事をしてみられたし。無論腹に足ることはないがおもしろいというところであわれさがなくてよい。（茶飲み一杯がみそだからおまけはなし）取り越し苦労厳禁、日本を信じ得ざる者は英米の味方。

昭和一八年八月一〇月一三日
千代　宛て　郵便局スタンプ（中止）

　当初あてにしていた南方からの資源、物資の輸入は開戦して間もなく滞り始めた様で一八年半ばではもう飢餓の心配が始まっている。我が家の場合、福岡市南部の内野村、糸島の農家合せて三軒に助けてもらっているが足りないので小学生の長男、次男は片道二時間以上かけて西鉄電車に乗って私が今暮らしている久留米まで買い出しに行った。久留米は筑後平野の中心にあり農業が盛んで何でもあった。最後の一行は女子学院と津田英学塾で育ち親英米家の妻の反戦意識への警戒感から出たもののようでもあり検閲印をもらいやすいように一芝居打ったようにも見える。

葉書きの日付は四三年（昭和一八年）一〇月である。戦争開始二年目の日本社会の情勢を見てみよう。

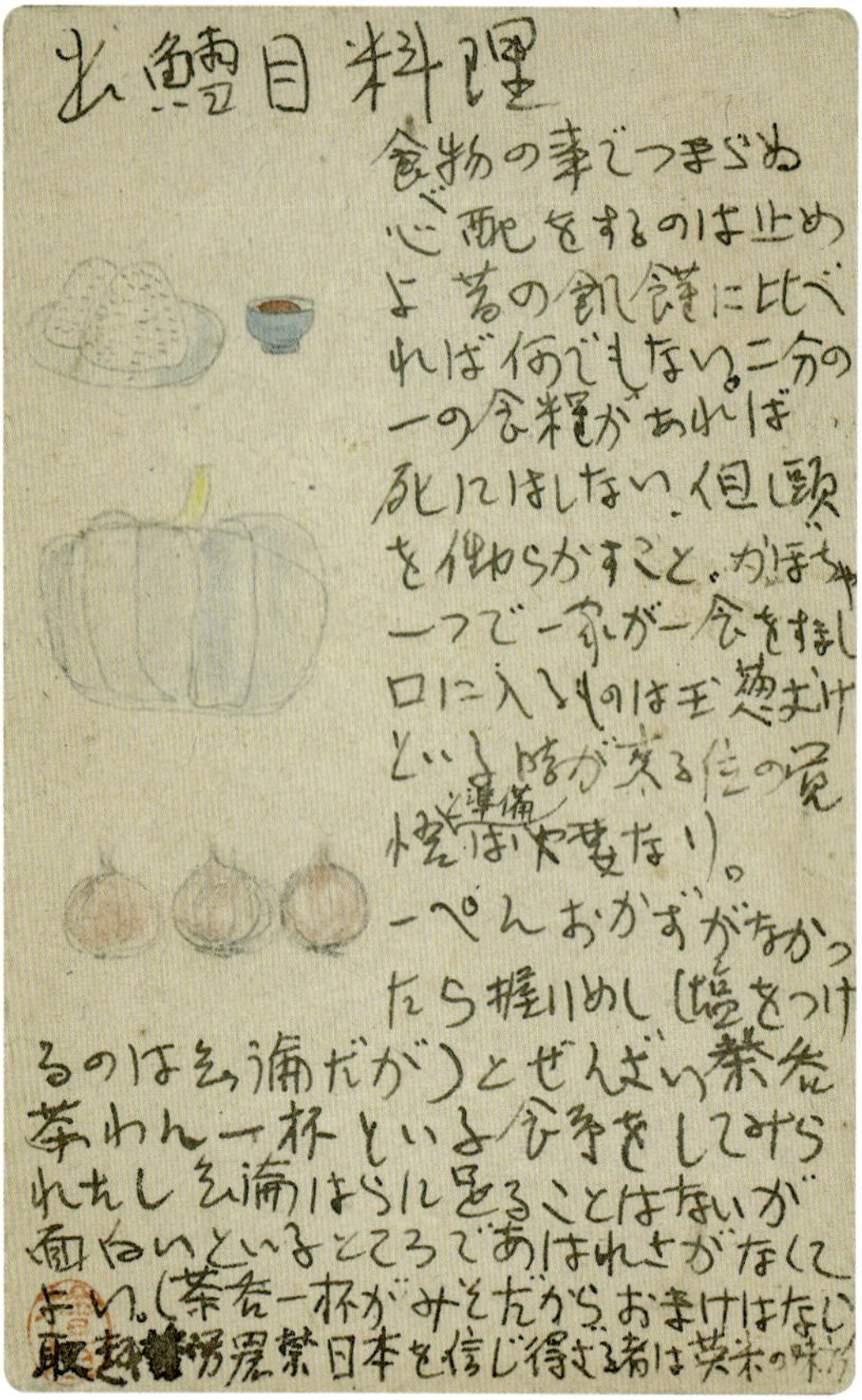
出鱈目料理
食物の事でつまらぬ
心配をするのは止め
よ 昔の飢饉に比べ
ればなんでもない。二分の
一の食糧があれば
死にはしない。但し頭
を働らかすこと。かぼちゃ
一つで一家が一食をすまし
口に入るものは玉葱だけ
という時が来る位の覚
悟（準備）は必要なり。
一ぺんおかずがなかっ
たら握りめし（塩をつけ
るのは勿論だが）とぜんざい茶碗一杯という食事をしてみら
れたし 勿論ほめられることはないが
面白いというところであはれさがなくて
よい。（茶碗一杯がみそだからおまけはなし
日本を信じ得ざる者は英米の味方

二月　商務省　決戦下　衣料生活最低標準案提示「女子学生のスカートは全てもんぺにする」。
二二日　南方地域へ日本語教師派遣五六二名。
三月一日　麦酒（ビール）配給制に。
四月一日　ＮＨＫニュースを「報道」に改称。
五月五日　東京産業報国会　パーマ禁止。決戦型髪型考案。
六月一日　内務省　防空壕の整備決定。
八月一三日　原爆製造　マンハッタン計画開始。
三一日　Ｄ51試運転　国鉄浜松（工機部）
一〇月二日　戦局悪化　学生の徴兵猶予停止。
二一日　東条内閣批判の政治家　中野正剛憲兵隊逮捕。
三一日　東京後楽園球場の鉄製椅子、一万八〇〇〇脚　供出。
一一月　理研　原子爆弾開発開始。
この年以降、修学旅行禁止。ガソリンに代わる松根油生産全国的に展開。フランス、サンテグジュペリ「星の王子様」刊行。

開戦前　父、元吉　本籍地山口にて軍事訓練を受けるの図。

155 化石

無事に帰隊、ご安心ください。帰ってみると兵隊さんは「貝の化石は沢山とってありますよ」と言ふし自分は又違った場所で今度は本物の硬い化石を見付けるし今度位前味も後口も気持ちのいい外泊は初めてでした。元気で勉強して下さい。

発送日　判読不可　直和、豊春、正浩宛て
郵便局スタンプ（中止）

休暇から帰隊してみると戦友達が業務終了後か休暇の日に皆で若松の海岸へ化石の収集に行って採集したものを父にプレゼントとして持ってきてくれている。恐らく子供に読ませている「子供の科学」か図書館で見つけた本を読んで化石収集の面白さを知り若松の海岸の崖で見つけたものを夜の集まりの時に皆に見せていたからだろう。

いつ輸送船に乗るよう命令されるかおびえながらその日暮らしをしている友がこのようなことをするとは信じられなかったことだろう。戦友の子供のために化石の収集の協力をしている兵士がいる。

しかしこの葉書きと次の葉書きは同時に書いたもののようだが父の字体としては大きく急いで書いたようで落ち着きがない。心の動揺を感じるが……

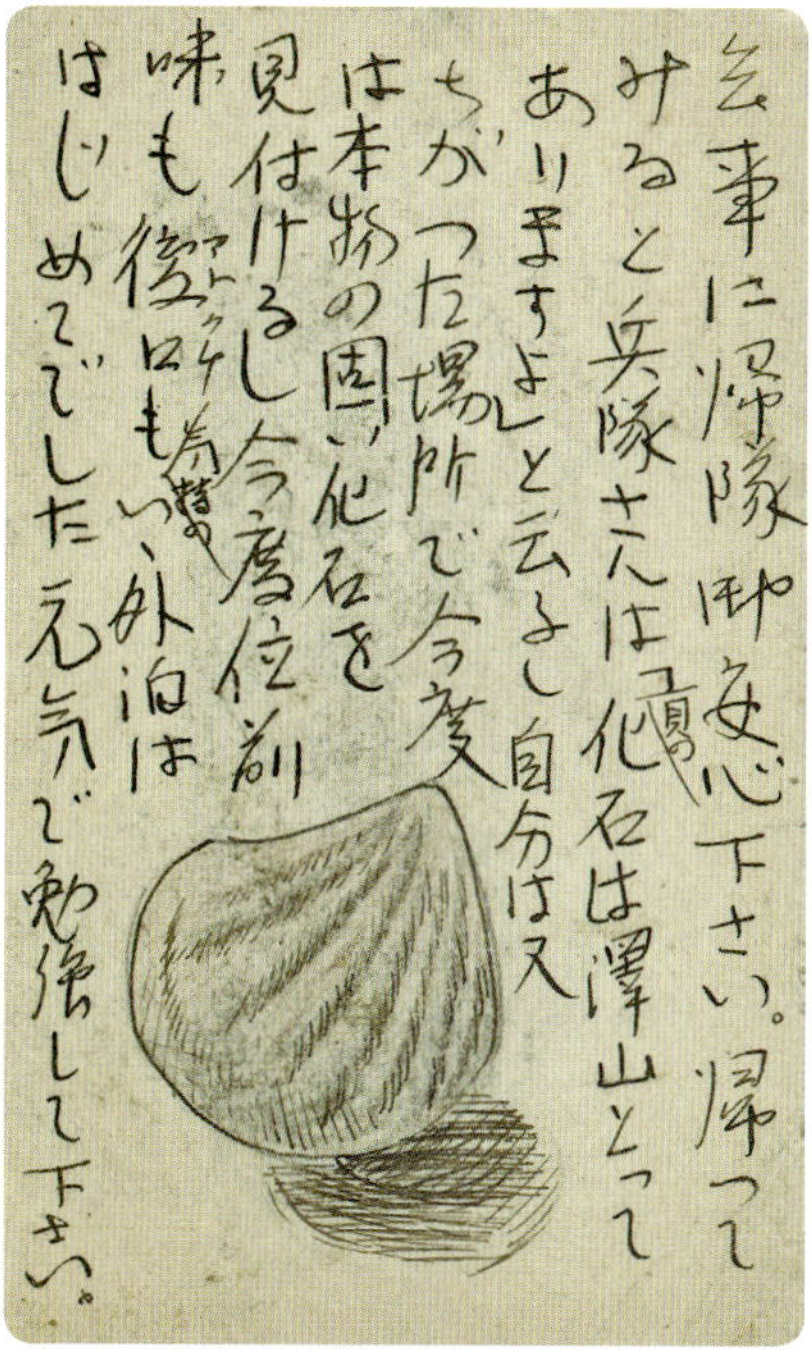

156 銅と竹の火

銅線を拾って叩きのばしていると或る兵隊さんが「火に焼くとやはらかくなるですよ。併し竹の火で焼くと駄目になるそうですね。」と言った。やわらかくなるのはもろくなるからでしょうが竹の火が特別銅を弱くするといふのは一寸おもしろい。

昭和一八年一〇月二五日

正浩　宛て　郵便スタンプ（中止）

銅版を熱して金づちでたたいて伸ばし鍋を作る工程を見たことがある。銅は熱すると柔らかくなるらしい。隊の中に金属加工の経験を持つ元職人さんがいるようだ。

父の話の内容は隊員たちの人となり、出身地の生活、文化についての話が途切れることなく語られた一七年と比べ一八年は故郷で語り継がれてきた民話、民間伝承に徐々に変化している。確かにこの種の話題のほうが軍事機密との関連はより薄くなる。検閲官から助言を受けたのか父が配慮したのかはわからない。

四三年一一月、ギルバート諸島近海で米軍は日本軍が想定した太平洋の東側の防衛線を突破し珊瑚海域とソロモン海域の支配権を確立した後、本格的な攻勢をかけ始める。一一月二一日空母六隻（搭載機四〇〇）を含む二〇〇隻の大艦隊がタワラ（海兵一七〇〇〇）マキン（歩兵七〇〇〇）上陸作戦を行った。一一月二二日両島玉砕。日本の補給線を断ち、次の攻撃地、マーシャル群島への前進基地、最終的には日本本土空襲のための飛行場獲得の一環とした作戦であった。

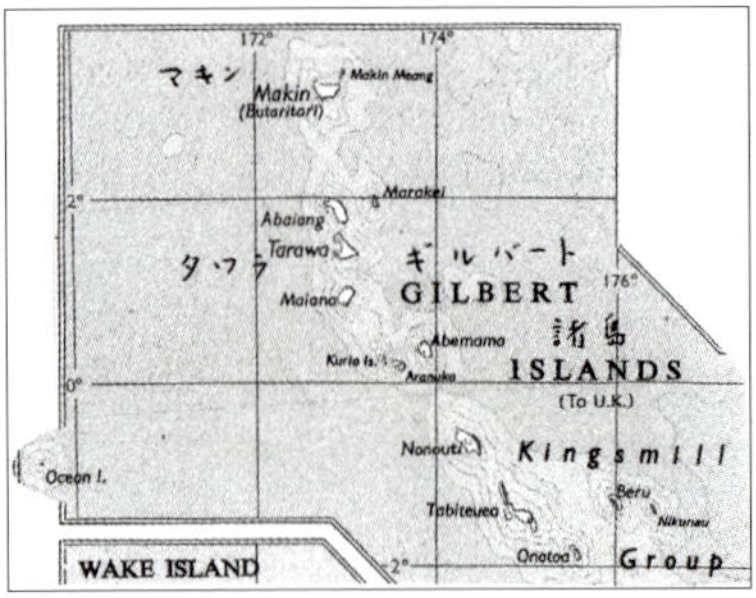

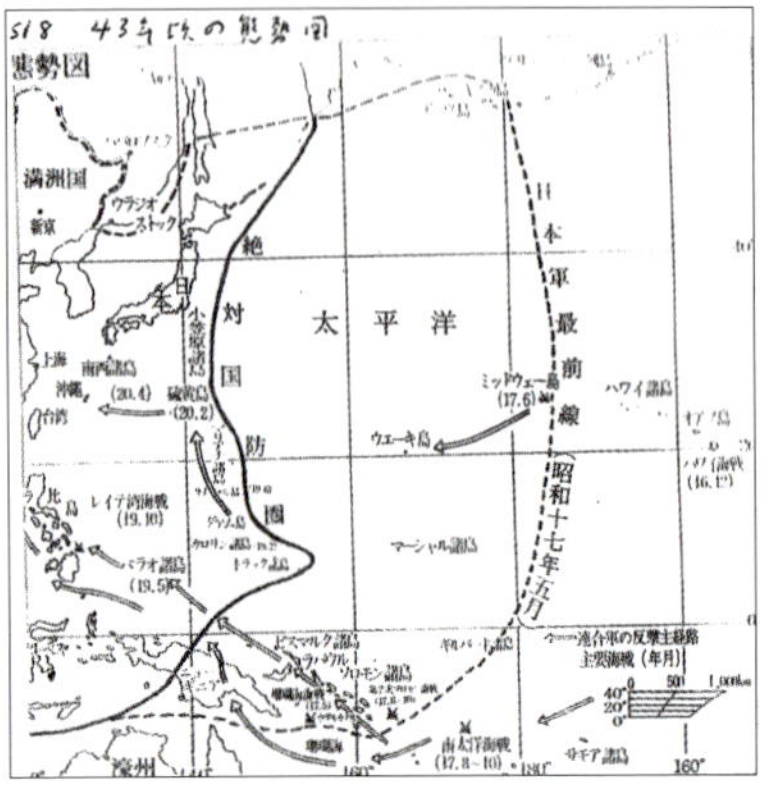

参考図

157 ほう白

この近くにはほう白が沢山いるのでわなを書けるのの上手な兵隊さんに時々つかまることがあります。鳴かないのは焼き鳥だと言ふので食べるのなら一匹下さいと言ったら今度つかまえたらもらへることになった。しかし餌に困るからどうしようかなと考へています。秋で草の実の実ったのが沢山あったらよく熟したのをとっておいてもらひませうか。大分ないと足らないでせうが。

昭和一八年一一月四日　直和　宛て

郵便局スタンプ（以後　廃止）

捕らえたほう白でよく鳴かないのは焼き鳥にして食べると言う兵隊さんがいて都会出身で自然保護主義者の父は食べるのはかわいそうだと思い自分がもらって飼うと言っているが飼育のやり方が判らず困っている。

私の家は両親とも動物が好きで動物が絶えることがなかった。戦時中から終戦後の食料難の時代、ニワトリ、アヒル、

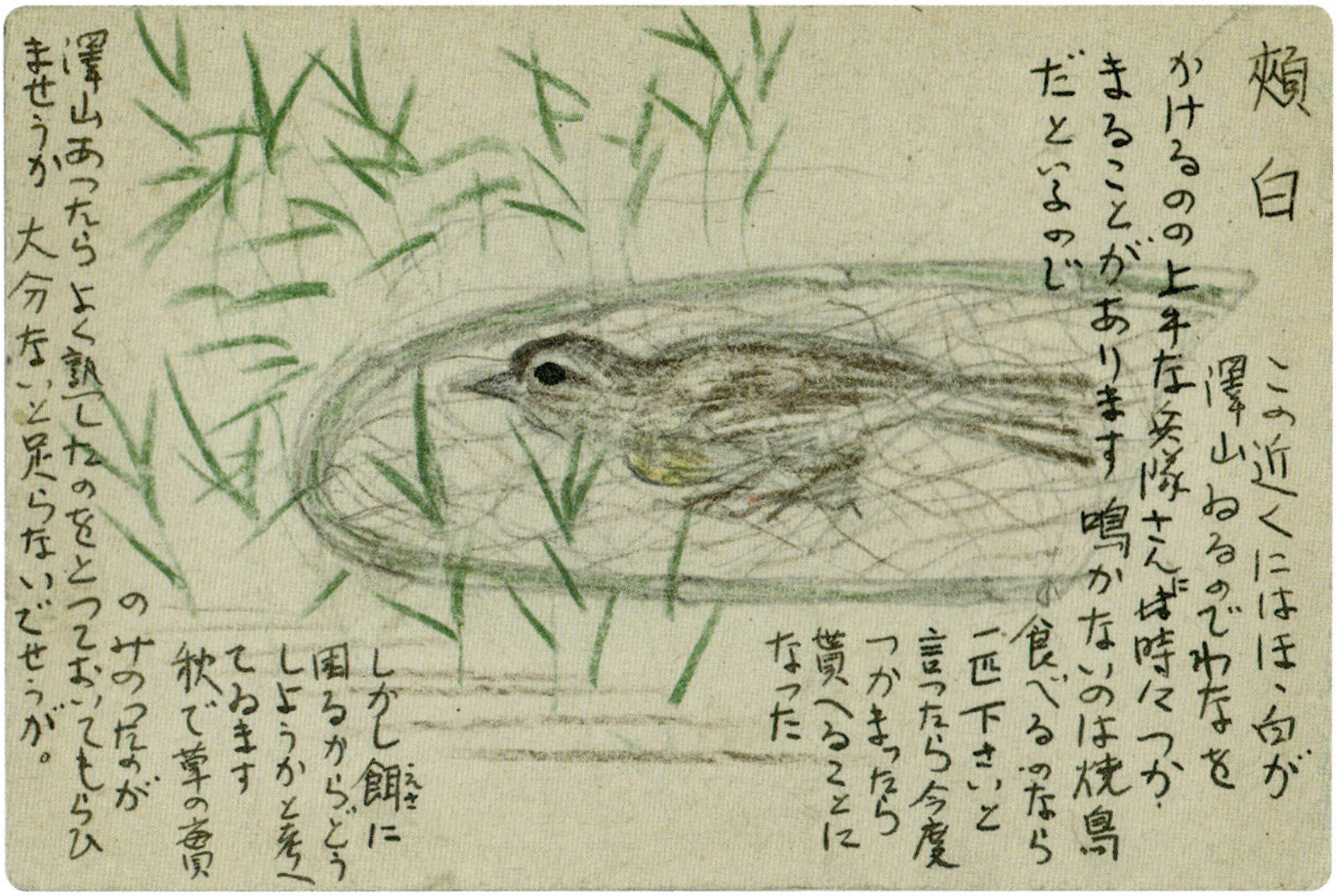
頬白
この近くにはほゝ白が
澤山ゐるのでわなを
かけるのの上手な兵隊さんが時々つか
まることがあります 鳴かないのは焼鳥
だというので 食べるのなら
一匹下さいと
言ったら今度
つかまったら
貰へることに
なった
しかし餌《えさ》に
困るからどう
しようかと考へ
てゐます
秋で草の實
のみつけたのが
澤山あったらよく熟したのをとっておいてもらひ
ませうか 大分ないと足らないでせうが。

兎が常に飼われていた。さばくのは長男の役目だったと聞いている。終戦後生活が落ち着いて福岡市、六本松から大濠公園の側に引っ越して庭が広くなりにわとりやあひるは卵を取る目的でしばらく飼われていた。次に登場するのが柴犬と小鳥である。柴犬は元の家の近所で生まれ、くれると言うのでそれを兄と一緒にもらいにいった覚えがある。ポチという名前をつけられ新しい家で合計一八年間一緒に暮らした。黒っぽい茶色の犬で一見狸によくにていたので道行く人たちから狸、狸とよく言われ笑ったものだ。食糧難の時代が去ると今度は小鳥をよく飼うようになった。最初は十姉妹や文鳥、セキセイインコが当時はやりで楽しんでいたが次に目白や鶯、変わった所ではシメと言う野鳥もしばらく飼ったことがある。当時は小鳥屋がそこここにあって立ち寄るのが楽しみだった。目白を飼っていた時分の事、近所でも評判になる程のさえずりを聞かせてくれていたが或るとき蛇にねらわれ危うく飲み込まれそうになったことがある。その時父が若いころやはり目白を蛇に呑まれたにがい経験談を私にしたことがある。又よくさえずり家族を楽しませたくれためじろが大きな蠅をのどに詰まらせ死んだこともあったのを思い出す。その頃は父はもう大学で研究生活に入っており子供達と口をきく暇もない忙しい日々であったが野鳥のさえずりを聞きながら若松の兵舎で暮らしたころをなつかしく思い出していたのかもしれない。

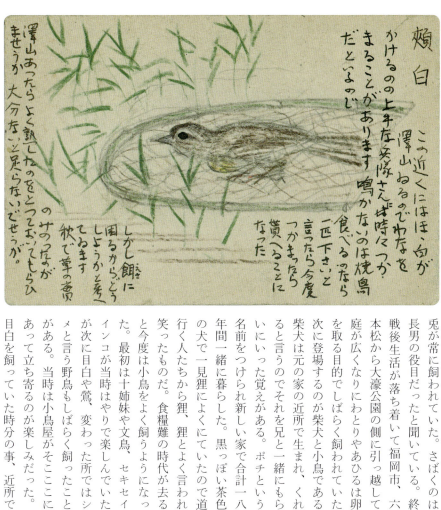

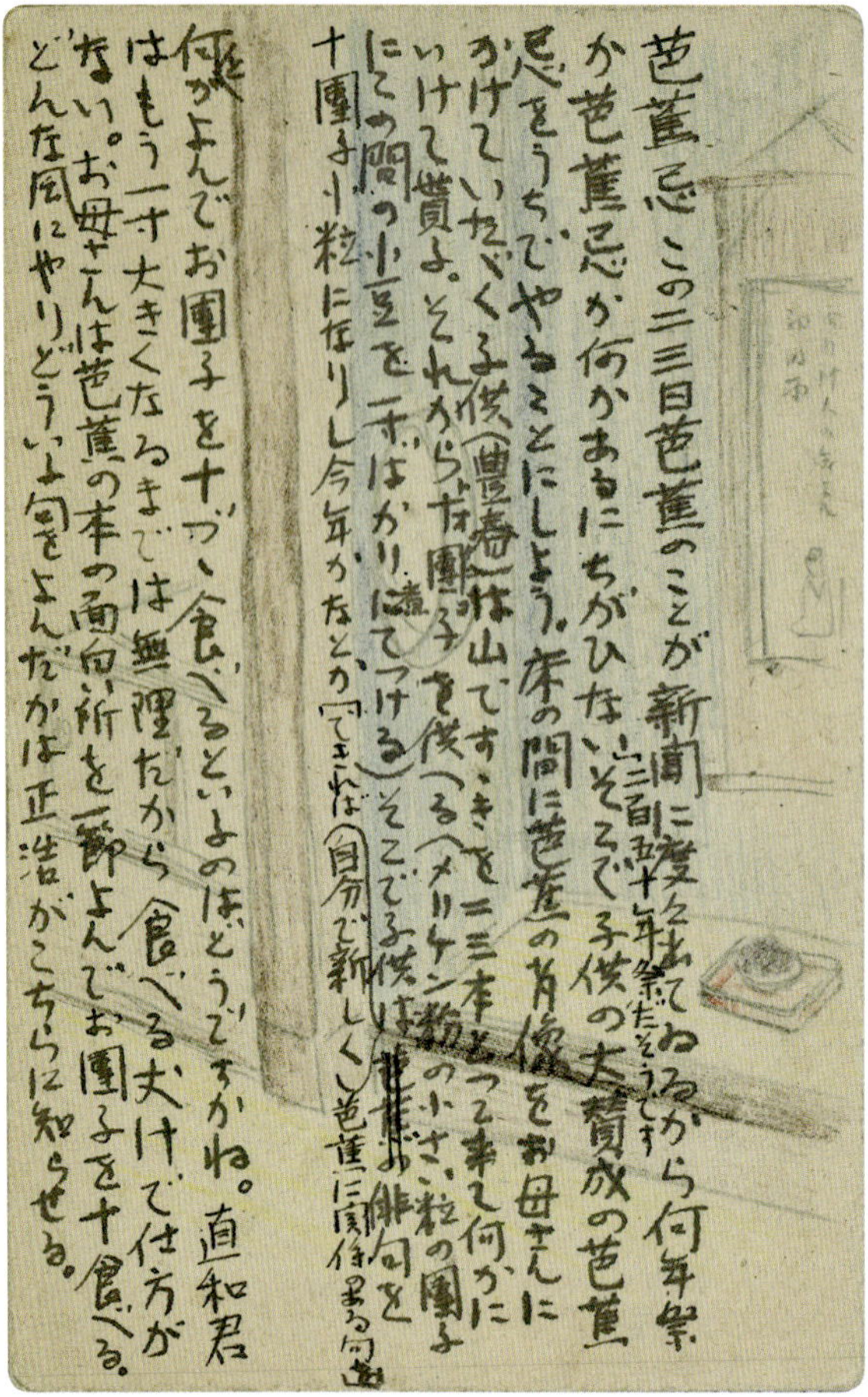

158

芭蕉忌

芭蕉忌この二、三日芭蕉のことが新聞に度々出ているから何年祭か何かあるにちがひない。（二五〇年祭だそうです）そこで子供達の大賛成の芭蕉忌をうちでやることにしよう。床の間に芭蕉の肖像をお母さんにかけて頂く。子供（豊春）は山でススキを二、三本取ってきて何かにいけて貰ふ。其れから十団子（とおだんご）を供える。（メリケン粉の小さい粒の団子にこの間の小豆を一寸ばかり煮てつける。）そこで子供は自分で新しく俳句を　十団子　小粒になりし　ことしかな　とか「できれば芭蕉に関係のある句を」何とか読んで御団子を十づつ食べるといふのはどうですかね。直和くんはもう一寸大きくなるまでは無理だから食べる丈けでしかたがない。お母さんは芭蕉の本の面白い所を一節よんで御団子を十食べる。どんな風にやりどういふ句をよんだかは正浩がこちらにしらせる。

昭和一八年一一月二〇日　正浩　宛て
郵便局スタンプ　押印無し

昭和一八年は日本軍の負けが込んで来た一年であった。北はアリューシャン列島のアッツ島から南はガダルカナルまで至る所で全滅、玉砕をした。

159

どうもこうもならん話

昔、支那に「どうも」といふお医者と「こうも」といふ医者とありました。どうもといふお医者は人の首を切ったのを継ぐだけの腕まえがあった。こうもはほんとうに首を継ぎきるかどうか試すために「わしの首を切ってついでくれませんか」と頼むと簡単に請け合った。そして立派に継いだのでこうもも「首を継ぐ道

どうもこうもならん話
昔支那にどうもと言ふお医者とこうもと言ふお医者とありました。
どうもと言ふお医者は人の首を切ったのをつぐ丈けのうで前があった。
こうもは本当に首をつぎきるかどうかためす為にわしの首を切ってついでくれませんかと頼むと簡単に受合ったそして立派についだのでこうもも「首をつぐ道をおぼえました」と言ふと
どうもは「君がそんなに自信があるならわしの首をついでごらん」と言ふので一二の三で両方首を切るまではよかったがそれからさきはどうもこうもならんのでどうもこうもならん

を覚えました。」と言ふとどうもは「君がそんなに自信があるならわしの首を継いでごらん。」と言ふので一、二の三で両方首を切るまではよかったがそれから先はどうもこうもならんので「どうもこうもならん」という言葉ができたといふ話。

昭和一九年　日付判読不可

直和　三男（六歳）宛て

郵便スタンプ　押印なし

民間伝承の様な語り口の話だが、日付が郵便局のインクがかすれ日付の一〇日だけ鮮明で後は判読できない。九の一部が読める気がするので一九年と推測した。

月は全く読めない。次に話の内容が兵舎便りには直接関係がないものである。ただ文中の「継ぎきるかどうか…」という言い回しは博多弁でいうので九州あたりの兵隊の方言で書いている。標準語なら「継げるかどうか…」と言うと思う。「どうもこうもならん」も九州弁だろう。兵舎で九州出身の兵士によって父に語られた民間伝承の話の形を取ってはいるものの父の自作のようだ。民間伝承、民話は第二篇で取り上げる方針なのだが内容が日本のものではなく簡単に民間伝承とも言い切れない。よくよく考えたがひょっとして父独特のユーモア、痛烈な戦争への皮肉じゃないかと思うが検閲を通すために苦労して話を作り上げたと思われる。中国の民間伝承の形を借りてはいるが「どうもこうもならん話」は現在進行中の戦争の状況をたとえ話で解説しており行き詰った戦況をごまかすギリギリの比喩として使ったと判断した。表向き中国の故事の説明の形式を取り九州弁を混ぜて地方の伝承の味をつけて検閲突破を狙っている。時が一九年半ばだとすれば日本軍は玉砕に継ぐ玉砕でもうどう見ても死に体である。一九年初頭には全国的にもう日本は敗けているのではないかという噂が流布している。

四四年（昭和一九年）になると葉書き通信は第二篇で取り扱う民間伝承、河童伝説が中心となりこれまでの伝統に裏付けられた日本の文化遺産を記録することはできなくなってしまう。平和な日本の暮らしに光をあてて地方の生活を記録することがはばかられるようになったからだろう。父に筆を折らせるようになる社会的背景を今から見てみよう。

★一九四四年（昭和一九年）

一月一日　熊本でパーマをかけた女性が陸軍将校から数回にわたり殴打される。然しかける女性は後を絶たなかった。
一九日　言論取締　多数の知識人検挙
二六日　東京　疎開命令。空襲に備え建物強制的に取り壊し。空地確保　七月までに完了。名古屋　九月までに一万戸強制撤去。
二九日　「中央公論」「改造」等の編集者検挙。横浜事件。
二月二二日　内務省国土局　河川堤防に大豆、空豆栽培許可。
二三日　毎日新聞「竹槍では間に合わぬ」新聞搭載。発行禁止となるもすでに配達済。毎日新聞が大本営に一矢報いた強烈な反撃だった。
一月から四月にかけて編集者四〇名逮捕、投獄。治安維持法違反による。
二五日　マーシャル群島　ルオット島　クエゼリン島戦死者四五〇〇人に弔意（地図　78頁参照）
三月四日　宝塚歌劇団休演。ファン殺到　警察隊抜刀して整理。
一九日　上野動物園　かばを絶食処分。
三月　スパイ防止のため東京湾での釣り禁止。
四月　中学生の間で「人生二五年」と言う言葉が流行。
四月一日　アメリカ製楽器の使用禁止。スチールギター　バンジョー　ウクレレ　その他ジャズ用楽器。
四月一九日　都、空襲必至の情勢に備え公、私立幼稚園の休園決定。
四月二三日　昆虫食「週刊毎日」に記事
五月一日　敗戦ムードを払しょくし戦時生活に潤いを与えるべくラジオの演芸、音楽番組を強化。健全、明朗化の方針決まる。
五月　東京宝塚劇場、日本劇場、風船爆弾工場になる。
一六日　文部省　学校の工場化通達。
六月三〇日　閣議　国民学校初等科児童の集団疎開決定。
七月一〇日　情報局　中央公論と改造社に思想的傾向を理由に自主的廃業を指示。
八月四日　　東京疎開児童四八〇〇人富山県に。アンネ・フランク死亡。国民総武装決定　竹やり訓練が本格化。
六日　最後のプロ野球公式戦　巨人対阪神戦。兵庫　西宮球場　観戦客七〇〇〇人。
二二日　大阪市国民学校児童　松江市に

一〇月　学童疎開「疎開病」夜尿、食欲減退、いじめ。
一一月八日　ニューギニアの部隊内に演芸隊組織。精神安定に配慮。
一二月　東京空襲　本格化。愛知県春日井市陸軍造兵廠での長野県野沢高女の大みそかの食事、実のはいってない味噌汁と生の餅、一個。空襲のため大都市の風呂屋は三～五日に一度。
二七日　軍需省　全国の飼い犬の強制供出決定。毛皮を航空服に。

この年、小学校女教員数が男子を上回る一五万八一二九人。

四三年（昭和一八年）風船爆弾研究を開始した。四四年（昭和一九年）冬季に限り上空一万メートルを時速二〇〇～三〇〇キロで吹く偏西風を利用して爆弾を下げ気球をアメリカ西岸めがけて飛ばし空爆をしようというものである。原子爆弾に対して風船爆弾で対抗する構図である。四四年（昭和一九年）一一月二日から四五年（昭和二〇年）四月上旬まで福島県勿来、茨城県大津、千葉県、一の宮の海岸から約九〇〇〇個が打ち上げられた。アメリカ側の確認では七五個が地上爆発、約二〇〇個が地上発見、空中に一〇〇〇個到達となっている。打ち上げ記録があるので見てみよう。（下記表）

四四年（昭和一九年）米軍は六月にマリアナ諸島（サイパン、グアム、テニアン）を落し九月にはパラオ諸島のペリリュー島を陥落させた。日本軍は一〇月に台湾沖海戦で戦力を消耗し、次いでフィリッピンのレイテ島で多大な艦艇の損失を被り戦艦「武蔵」まで失った。そして四五年（昭和二〇年）になる。先ず二月の硫黄島、四月の沖縄戦とつながっていく。少し詳しく四四年（昭和一九年）の戦況を見てみよう。

★一九四四年（昭和一九年）

一月七日　ビルマ　インパール作戦認可。
二月一日　米軍　マーシャル群島上陸　六日、日本軍全滅。
二月一七日　トラック諸島　小沢機動部隊全滅。艦船四三隻沈没。航空機二七〇機損失。当地は日本軍の最重要前線泊地　二月一〇日に武蔵、大和は戦いを避けパラオへ移動。
三月八日　インパール作戦開始。

参考　風船爆弾打ち上げ記録

- 1944 年（昭和 19）
  11 月　700 個
  12 月　1,200 個
- 1945 年（昭和 20）
  1 月　2,000 個
  2 月　2,500 個
  3 月　2,500 個
  4 月　400 個

参考図

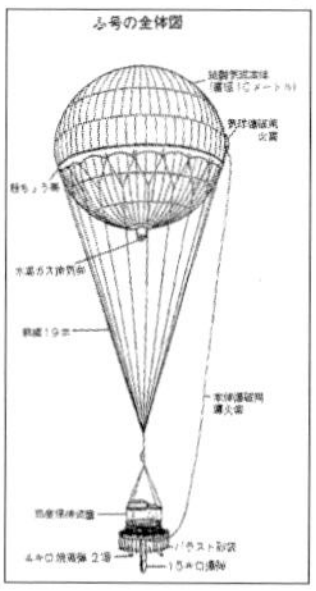

- 風船爆弾明細
  重　量　15キロ
  内　容　焼夷弾 2 個　砂袋
  高　度　9,000 ～ 12,000メートル
  時　間　三昼夜で米本土到着
  製作場所　小倉では陸軍造兵廠
  作った人　女子挺身隊員
  　　　　　女子高等学校生

六月一五日　米軍　マリアナ諸島（サイパン、テニアン、グアム）上陸開始。日本軍守備隊三万名、民間人一万名死亡。
六月一六日　成都よりのB29、四七機　灯火管制下の若松上空へ侵入。一〇分間隔で二四回　波状攻撃。高度二四〇〇〜六四〇〇メートルで八幡製鉄所爆撃。二五〇キロ爆弾三七〇発投下。米軍の狙いはコークス炉、関門港湾施設。旭硝子工場　八〇名犠牲　工場崩壊。
　B29は中国、成都から航続距離が限度ぎりぎりの八幡を目標とした。高射砲は一機も落とせなかった。其の後、成都より八幡空襲全八回。（父にとっては初めての実戦であった。）
六月一九〜二〇日　マリアナ沖海戦。
　大本営は四三年（昭和一八年）九月に小笠原、サイパン、トラック島を含む絶対国防圏を設定。
　米軍は四四年（昭和一九年）六月日本本土空襲の足場としてサイパン占領を企画、空母一五隻、航空機一二〇〇機をマリアナに派遣。日本軍は空母九隻、航空機五〇〇機で対抗した。しかし四〇〇機近い損害を出して完敗。八月にサイパン、テニアン、グアムが攻略されB29による本土攻撃が開始されたがこの絶対国防圏の崩壊で事実上日本の敗北は決定的となった。
七月七日　サイパン玉砕　隠すことが出来ず。
一四日　大本営　インパール作戦中止。七万人死亡。
一八日　東条内閣　総辞職。（二二日　小磯内閣成立）
二一日　グアム島玉砕。守備隊一万六〇〇〇人死亡。
二四日　テニアン玉砕。守備隊八〇〇〇人死亡。
八月二二日　疎開船　対馬丸　米潜水艦に撃沈さる。生徒約七〇〇名死亡。
九月一五日　パラオ諸島　ペリリュウ島玉砕。一年九か月後
　三四名の日本兵生還。
一〇月一〇日　沖縄空襲後、ハルゼー率いる米第三艦隊は台湾を襲った。福留繁率いる第二航空艦隊がこれを迎撃、日本の連合艦隊は米空母撃滅の好機と見て台湾東方沖で行動していた米機動部隊の攻撃にでた。戦果は空母一一隻、戦艦二隻、巡洋艦三隻撃沈と発表したがこれが虚報で実際は米巡洋艦一隻に損害を与えただけだった。日本側損失、軽巡洋艦損傷一、未帰還機三二一機、飛行不能機三〇〇機であった。
台湾沖で米艦隊が壊滅的打撃を受けたと判断した大本営はルソン島を決戦場とするフイリッピン作戦計画を急遽レイテ島に変更し陸軍は確認の無いままルソン島の主力部隊を温存する方針を転換しレイテで決戦を挑むこととなった。しかし精鋭師団や戦車師団をレイテに送ったが途中で多くが海没しレイテ決戦は脆くも崩れた。一〇月二〇日ルソン島の南に位置するレイテ島に上陸を始めた連合軍を攻撃すべく日本海軍連合艦隊は一〇月二五日レイテ湾への突入を図ったが作戦は

成功せず多大の艦艇の損失を被った。これがレイテ沖海戦と呼ばれている。最大の損失は戦艦「武蔵」六万四〇〇〇トンが米航空機二五〇機の攻撃を受け魚雷一九本を撃ち込まれ九時間後に沈没したことである。一方陸上戦は米軍は大規模な上陸作戦を成功させ日本軍は補給路を断たれ戦闘継続不能となり自活自戦を余儀なくされレイテ島での決戦を放棄せざるをえなくなった。

一一月三日　風船爆弾　開始。レイテ沖海戦　特攻機　神風出撃初回。

一一月二四日　サイパンから初めてのB29、約八〇機が東京空襲、中島飛行機武蔵野製作所を狙って高高度から爆撃するが精度を欠いて損害軽微。

一二月一九日　大本営　レイテ放棄。

もう「どうにもこうにもならん」日本である。父の言葉の裏にこれらの出来事がある。しかし検問を通さねばならないので直接的な表現は避けて例え話を作ったと想像できる。だから一、漫画的に絵を描き検閲官を油断させる。二、民間伝承にあるような語り口にする。だから六歳の三男坊直和宛としたのである。三歳の子供がわかる内容ではない。父親のささやかではあるが最大の反逆である。「俺は逆を行く」と彼は決めている。

真珠湾に始まり原爆で終わった先般の戦争を本書では太平洋戦争と総称してきたが詳しくはアジア太平洋戦争と称すべきと言われている。確かに戦争は太平洋のみならずアジア大陸でも行なわれたわけでここではビルマで戦われたインパール作戦について触れておきたい。

四四年（昭和一九年）三月八日ビルマの第一五軍（指揮官牟田口廉也中将）によって実施されたインド北東部のインパールに対する進攻作戦のことであるが四二年五月、日本軍はビルマ全土を制圧したが四三年英米連合軍はビルマ奪回作戦を開始した。重慶の蔣介石政府支援のためにインドの東部を起点としたビルマルートの建設を開始した。これに対抗して四四年三月第一五軍はこのルート建設を阻止する作戦を強行におしすすめた。ねらいはビルマ奪回を狙う英米の作戦拠点であるインパールを攻略しさらにチャンドラ・ボースのインド独立運動に乗じてインドの反英独立の機運を醸成し英国の支配からインドを脱却させようということだった。

反対意見も出されたが大本営は四四年一月同作戦を認可し三月八日インパール攻略を開始した。然し航空兵力の支援を受けた英印軍の強力な反撃と補給の遮断によって作戦はひと月足らずで失速した。軍も内部崩壊し七月に中止、補給を全く無視した作戦は史上最悪の作戦となり日本兵の「白骨街道」を残して終わった。死傷者数七万二〇〇〇名。同作戦は日本軍上層部の硬直性を露呈し、その失敗によりビルマ作戦の崩壊を早めた。

160

妻と子が　わかれ路
まがる　野分して

手持ち帰り

宛て名、郵便局スタンプ　廃止

検閲印無し

野分というから北風の吹く寒い時期である。恐らく四四年（昭和一九年）も暮れるころと思われる。子供たちの手を引いて汽車に乗り面会に来てくれた妻が分かれ道をまがって福岡の家へ戻っていく。これが自分にとって妻と子を見る最後になるのかもしれない。と死ぬ覚悟を新たにする自分であると詠んでいる。昭和一九年六月以来B29による八幡製鉄所、小倉兵站廠への爆撃が本格化した。自分の死ぬ場所はここと決まった。胸も張り裂けんばかりの別れである。何とか涙は見せずにすんだが妻の胸の内はどうだったろう。片方の手で乳飲み子の私を抱き、もう一方の手で三男、直和の手を引き次男、豊春は見えないけど母の着物の裾を握っている。長男として正浩は悲しみの中どん底にある家族がどうなるのか見当もつかず後ろからとぼとぼと足を運ぶだけである。母はこれから四人の子供を育てていかなければならない責任を感じて神にすがる祈りの言葉を頭の中に浮かべていたに違いない。母は熱心なプロテスタントであった。私は神にすがって生きていく。今から始まる嵐のような人生の中で神は私に歩むべき道を示し、倒れても私を背負ってくださるだろう。日本が行っている愚かな戦争の時代を子供たちと一緒に生き延びてみせる。

実際、戦中、戦後の食糧難の時代、檜垣家は三軒位の農家に支えられて生き延びたと言って良い。一軒は福岡市の南に位置する当時は内野村の土井さん、もう一軒は糸島の寺井さん。あと一軒は場所は判らないが中井さん。母は持っていた上等な和服、反物はすべて食料に変えて家族を養った。しかし終戦前に過労と栄養失調で床に伏したまま起きられなくなり子供たちは大変な経験をしたと語った。

参考　サイパン航空基地からの B 29 部隊の本土攻撃

第 1 段階／第 2 段階
期間　1945 年　3 月 10 日から 6 月 15 日／6 月 17 日から 8 月 15 日
目標　5 大都市中心／中小都市　焦土作戦
出撃回数　17 回／58 都市　300 回以上
出撃機数　6960 機／8014 機（各 400 機以上）
投下爆弾重量　41,592トン／54,184トン（死者数合計　56 万人）

176頁に載せているが学童七五五名を乗せた疎開船「対馬丸」が米潜水艦「ボーフィン」号に魚雷で沈められた話は特別に痛ましい事件として記憶しておくべきことと思うので書きとどめておきたい。

四四年（昭和一九年）八月二二日、対馬丸（六七五四トン、全長一三五・六メートル、全幅一七・七メートル、航海速度一一ノット、積載能力二五〇〇トン、乗組員六一名）は乗客一六六一名（奄美大島、徳之島、沖縄の年寄、子供たち）を島外へ避難させるべく航海中であった。

その年、七月七日サイパンが占領され次は沖縄と覚悟した日本は老幼婦女子、八万人を島外、九州の宮崎、熊本、大分さらに二万人を台湾へ疎開させることにした。同船は沖縄本島等へ展開させる兵員や軍事物資の郵送も同時に行うこととなり往路は軍事輸送、復路は疎開輸送に任じることとなった。疎開にあたり児童の親からは疎開輸送に軍艦の投入を要請する声もあったが海軍にはその余裕がなかった。もっともすべての沖縄県民が疎開を望んでいたわけではなく県外へ出ていく希望者は少なかった。最終的には軍が半ば強制的に乗せたところもあった。

四四年（昭和一九年）八月二二日一八時三五分対馬丸は他の二隻と船団を組み接近する台風の中、二隻の護衛船を伴い那覇を出港。民間人、学童その介添え者合わせて一六六一名、それに上海からの物資を積んでいた。他の二隻も一般疎開者を乗せており和浦丸には学童だけ一五一四名、暁空丸には一般疎開者だけ約一四〇〇名が乗船した。対馬丸は軍隊輸送船として改装されていた。

米、潜水艦「ボーフィン」は七月一六日に真珠湾を出撃して東シナ海へ向かい八月十日には南大東島で停泊中の機帆船二隻を破壊していた。八月二二日、二二時〇九分　ボーフィン　一一・六キロ地点から魚雷六本発射、一分後三本が対馬丸に命中。二二時二三分　大爆発を起こし沈没。生存者は台風接近の中で筏で漂流しながら救助を待った。他の二隻は漂流者救出を断念し全力で避難し長崎へ向かい救助はできなかた。対馬丸の生存者は奄美大島、鹿児島の指宿、山川町の漁船に救助されたが最も長く漂流した人は十日間だった。生き残り児童は五九名だった。（死者、生存者数は正確な記録が残っておらず正確ではありません。）

対馬丸の撃沈は直ちに箝口令がひか

参考図

れたがすぐ明らかになった。四四年（昭和一九年）一〇月一〇日の那覇への空爆後、疎開者は増加し潜水艦、軽巡洋艦、練習巡洋艦を利用して艦艇一八七隻で八万人以上が日本本土と台湾へ疎開した。しかし、定期船軍隊輸送船が全部で二七隻、沖縄、奄美で沈められた。厚生省の調査では三月上旬までの沖縄からの一八七隻の疎開船で犠牲者を出したのは対馬丸のみである。

対馬丸の船影は平成九年一二月一二日に発見されている。しかし引き揚げ困難と判断され那覇に「対馬丸　記念館」が建設された。一方、潜水艦ボーフィンは一九八一年（昭和五六年）「真珠湾の復讐者」として真珠湾の戦艦アリゾナの近くに「ボーフィン　サブマリン　ミュージアム」として展示されている。

161 入試心得（長男　正浩へ）

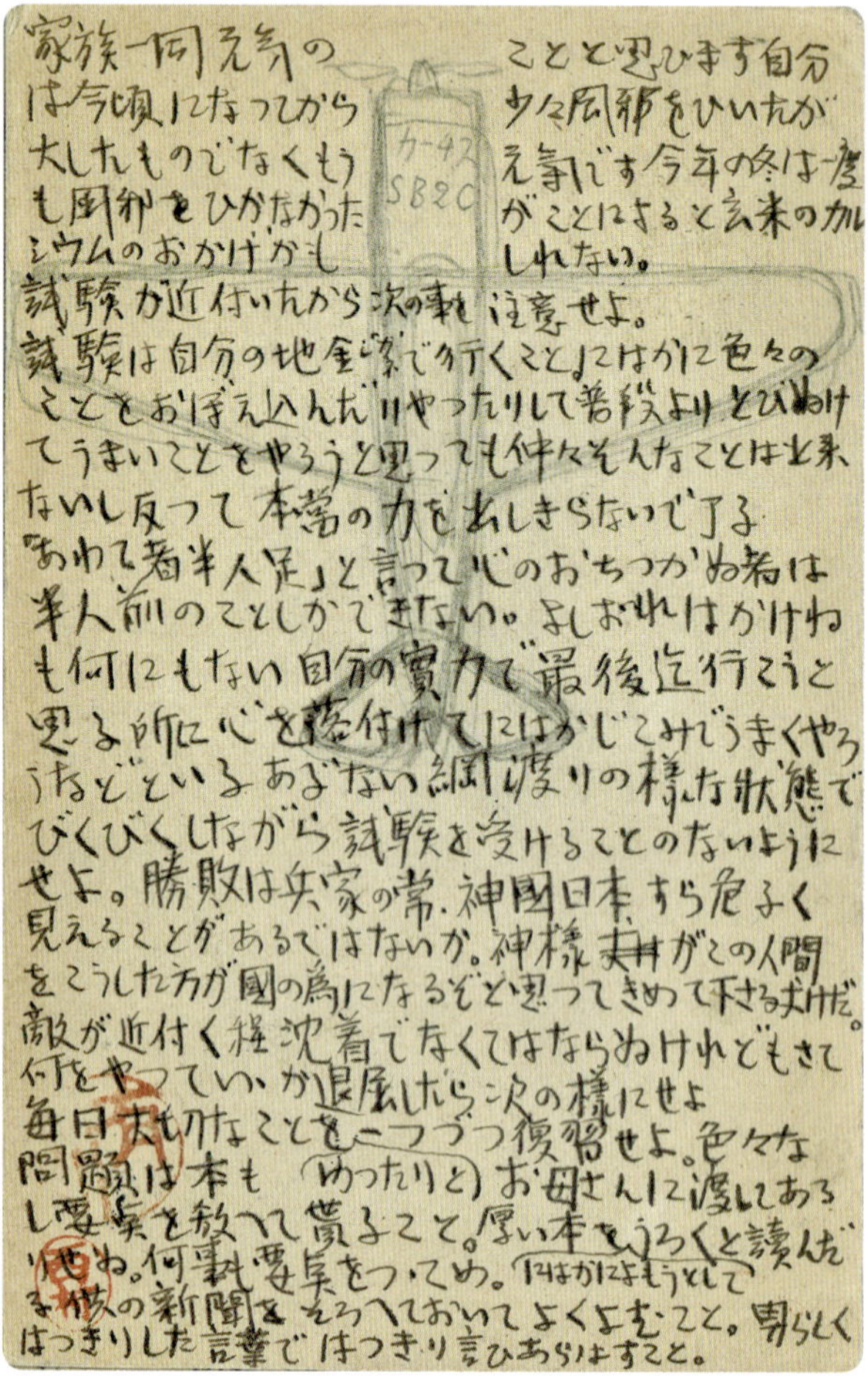

家族一同元気のことと思ひます自分は今頃になってから少々風邪をひいたが大したものでなくもう元気です今年の冬は一度も風邪をひかなかったがことによると玄米のカルシウムのおかげかもしれない。
試験が近付いたから次の事を注意せよ。
試験は自分の地金で行くこと。にはかに色々のことをおぼえ込んだりやったりして普段よりとびぬけてうまいことをやろうと思っても仲々そんなことは出来ないし反って本当の力を出しきらないで了ふ
「あわて者半人足」と言って心のおちつかぬ者は半人前のことしかできない。よしおれはかけねも何にもない自分の實力で最後迄行こうと思ふ所に心を落付けてにはかじこみでうまくやろうなどというあぶない綱渡りの様な状態でびくびくしながら試験を受けることのないようにせよ。勝敗は兵家の常。神國日本すら危ふく見えることがあるではないか。神様すらがこの人間をこうした方が國の為になるぞと思ってきめて下さるだけだ。
敵が近付く程沈着でなくてはならぬけれどもさて何をやっていいか退屈したら次の様にせよ
毎日大切なことを一つづつ復習せよ。色々な問題は本も（ゆったりと）お母さんに渡してあるし要点を教へて貰ふこと。厚い本をうろうろと讀んだりせぬ。何事も要点をつかめ。にはかになもうとして学校の新聞をそろへておいてよくよむこと。男らしくはっきりした言葉ではっきり言ひあらはすこと。

家族一同元気の事と思ひます。自分は今頃になってから少々風邪を引いたが大したものでなくもう元気です。今年の冬は一度も風邪をひかなかったがことによると玄米のカルシウムのおかげかも知れない。

試験が近づいたから次の事を注意せよ。試験は自の地金で行くこと。にはかにいろいろのことを覚え込んだりやったりして普段よりとびぬけてうまいことをやろうと思ってもそんな事はできないしかえって本当の力を出しきれないで了ふ。「あわて者半人足」と言って心の落ち

着かぬ者は半人前のことしか出来ない。よし俺はかけねも何もない自分の実力で最後まで行こうと思ふ所に心を落ち着けてにはかじこみでうまくやろうなどといふ危ない綱渡りの様な状態でびくびくしながら試験を受けることのないようにせよ。勝敗は兵家の常。神国日本すら危ふく見えることがあるではないか。神様がこの人間をこうしたほうが国のためになるぞと思って決めて下さるだけだ。敵が近づく程沈着でなくてはならぬけれどさて何をやっていいか退屈したら次のようにせよ。

毎日大切なことをゆったりと一つづつ復習せよ。色々な問題は本もお母さんに渡してあるし要点を教へてもらふこと。厚い本をにはかに読もうとしてうろうろと読んだりせぬ。何事も要点をつかめ。子供の新聞をそろえておいてよく読むこと。男らしくはっきりした言葉ではっきり言ひ表すこと。

(葉書き中央にうすい鉛筆書きで「カーチス　SB2C」を描いている。高射砲手として護衛機の種類を徹底的に覚え込まされた証拠であろう。)

検閲　進隊長印

昭和二〇年三月一三日　正浩　宛て

四五年(昭和二〇年)三月一三日の日付である。宛先は長男、正浩である。もうすぐ中学受験であるが日本全体が勉強など落ち着いてできる環境ではなかったはずである。しかし戦争があろうがなかろうが地球は回り歳は取る。長男は福岡市の最難関、修猷館中学を受験する。父親としてB29からの爆弾、焼夷弾の下をかいくぐって今日まで生き延びてきた。昨年昭和一九年に書いた葉書きはたったの二枚のみ。休暇で帰宅したときのみ口頭で助言するだけだったろう。然し長男の運命がかかっているのでこれだけはということのみしっかり書いておこうと思いしたためたものだ。

四四年六月一六日、中国、成都からの四七機の初爆撃をしのぎ一一月月以降はサイパンからの爆撃にさらされそのたびに死を覚悟して一日、一日を生きてきた。文中の「神国日本」は検問突破の手段として使ったものとだと容易に判断できる。

昭和二〇年度の日本がさらされている戦争末期の社会状況と戦況をまとめて見てみよう。日本が地獄の様相を呈するのはアメリカとの戦争を甘い見通しのもと始めたからである。国土は焼き尽くされ軍人、民間人合わせて三一〇万人が死んだ。

★一九四五年(昭和二〇年)

一月三日　大阪初空襲。
九日　米軍ルソン島上陸。
二月一一日　ヤルタ会談。ルーズベルト(米)チャーチル(英)スターリン(ソ連)。ソ連の対日参戦決定。
二月一六日　米機動部隊の艦載機一〇〇〇機来襲。艦載機による初空襲。硫黄島爆撃開始。
一九日　島の東南部に五〇〇隻の機動部隊殺到　九時上陸　一四時突破。
二一日　久留米市「南筑」中学生　西日本鉄道の運転手に。同市　国民学校女子児童　西鉄の車掌に。

二三日　擂鉢山に星条旗。

二六日　マニラ　米軍解放　日本軍防御崩壊。

二月　敗北的流言が増加。

三月二日　硫黄島玉砕。

三月一〇日　東京下町台東、江東、墨田区空襲（サイパンより）B29、三〇〇機。死者一二万人、負傷者一三万人。日本の都市破壊の始まりであった。（原爆より被害は大きかった。）高度二〇〇〇㍍から焼夷弾M69　三二万発

関東大震災規模　東京空爆回数終戦まで一〇〇回。

一二日　名古屋空襲。二八八機　投下爆弾　一七九〇㌧。死者一〇〇〇人。家屋全半壊三万七〇〇〇戸。

一四日　大阪空襲　二七九機　投下爆弾　一七三三㌧。死者三〇〇〇人。家屋全半焼一三万三〇〇〇戸。

一七日　神戸空襲　三〇九機　投下爆弾　二三一〇㌧。死者二六〇〇人。家屋全半壊六万五〇〇〇戸。

二七日　下関海峡機雷敷設　B29　一〇二機。

日本の防空体制非力、高度一万㍍に高射砲が届かない。迎撃機が一万㍍に到達するのに一時間かかり、機体の運動性能が低下。

昭和二〇年三月以降夜間に低空飛行で侵入する場合、新鋭の米軍護衛機ムスタング、カーチスが援護して日本側は対策困難であった。これで全国五四都市が爆撃を受け五〇万人が死んだ。

四月一日　沖縄戦　開始

七日　戦艦「大和」撃沈。二四九八名死亡。米軍機三〇〇機に襲撃される。

五月八日　トルーマン大統領　日本に無条件降伏を勧告。

一四日　下関　機雷　一三一三個投下。

二四日　山の手空襲。大本営　灰燼に帰す。

二五日　東京都内大半消失。

米軍は空からの攻撃だけで日本の国力を無力化し戦略爆撃機がもたらす効果とその恐ろしさを実証してみせた。

六月六日　最高戦争指導者会議　本土決戦決定。

一九日　福岡空襲　二二三機。市の三割消失。一〇〇〇人死亡。消失戸数一万三〇〇〇戸。

二三日　沖縄　守備隊全滅。

七月一四日　関東各地空襲。

一五日　室蘭艦砲射撃。

一七日　ポツダム会談　日本に降伏を求める。

二四日　米、陸軍長官スチムソンはトルーマン大統領に八月三日以降天候が目視爆撃を許す限り特殊爆弾を広島、小倉、新潟、長崎のひとつに投下するよう提言した。

二八日　日本　降伏勧告を無視。原爆投下決定。

八月六日　広島原爆投下。

国民に奉仕するという感覚が全くない日本の軍部のおかげで被害は最悪のものとなった。昭和という時代になっても日

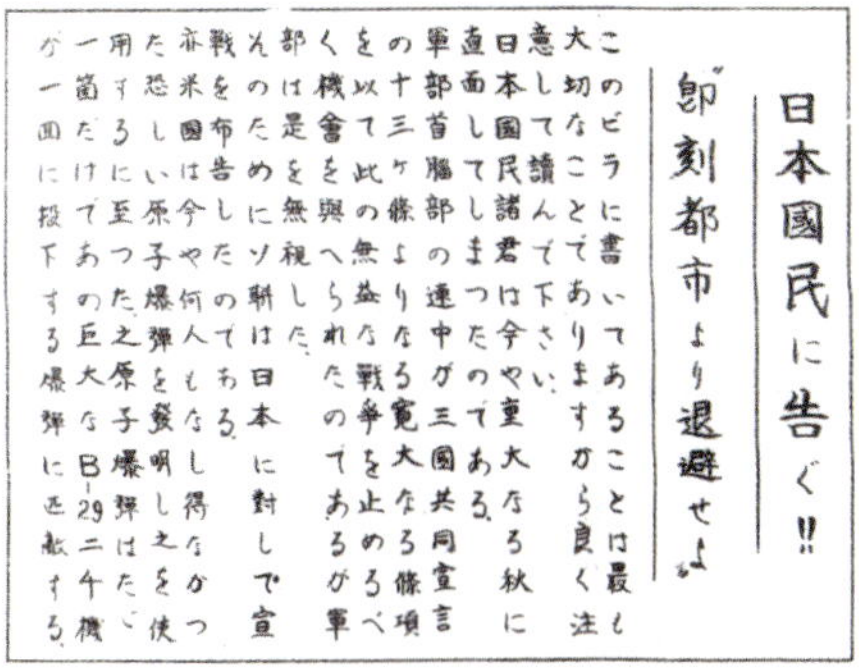
日本國民に告ぐ!!
即刻都市より退避せよ

このビラに書いてあることは最も大切なことでありますから良く注意して讀んで下さい。
日本国民諸君は今や重大なる秋に直面してしまつたのである。
軍部首脳部の連中が三國共同宣言の十三ケ條よりなる寛大なる條項を以て此の無益な戰争を止めるべく機會を與へられたのであるが軍部は是を無視した。
それがためにソ聯は日本に對して宣戰を布告したのである。
亦米国は今や何人もなし得なかつた恐しい原子爆弾を發明し之を使用するに至つた。之原子爆弾はたゞ一箇だけであの巨大なB-29二千機が一回に投下する爆弾に匹敵する。

原爆投下を予告するために撒かれたビラ

本人はまだ民主主義を理解しておらず封建時代の感覚で生きてきたことがわかる。

八月八日　八幡大空襲。防空壕で三〇〇人窒息死。殉難者二七八〇人。被災家屋一万四三八〇戸。

九日　長崎原爆投下。中立国スウェーデン、スイスを通じて連合国へ申しいれ。

一四日　ポツダム宣言受諾。

一五日　正午戦争終結の詔書を放送。敗戦。満州開拓団二七一人自決。東京開拓団　八〇〇人自決。満州開拓団二七万人中七八五〇〇人自決。

一七日　樺太看護婦　二三人中六人自決。

二〇日　樺太　電話交換手　九人自決。

九月一五日　日米会話手帳　三六〇万部販売。

二〇日　ミズーリ号上　降伏文書捺印。

一〇月一五日　内地の陸海軍部隊の復員完了。

一一月一日　全国人口調査。七一九九万八一〇四人。

このような大災害が起きるのは右記のような主にアメリカとの戦争を甘い見通しのもと行ったからである。負けっぱなしの四年間であった。国土は焼きつくされ軍人、民間人合わせて三一〇万が死んだ。

若松の高射砲部隊が撃ち落したB 29の部品。丸いのは「のぞき窓」。真ん中の鉄片は爆弾の破片。上のナイフは搭乗員の私物と思われる。墜落現場で父が収集。

162　アメリカの子供（次男　豊春　宛て）

（抜粋）「…片時も自分の敵アメリカの子供はぐんぐん勉強しているということを忘れてはいけない。」「…アメリカの子供たちは幼い時からよく勉強して、作りあげた立派な武器を持って向かってくる…」

昭和二〇年三月三一日　豊春　宛て　検閲印なし　手持ち投函

戸畑局スタンプ　住所　戸畑市明治町六丁目（恐らく架空住所、通常小倉局経由だが　戸畑局を経由している）

この日付の四日前、三月二七日にB29、一〇二機が五六四機の艦載機を伴って来襲、下関海峡に機雷の敷設を行った。日本の船舶一五二〇隻が被害を被り日本側としては二機を撃墜。この戦闘を経験したばかりの葉書きである。余りの爆撃のすごさに興奮冷めやらぬ父である。危うく一命を取り留めたが心配なのは我子供達の将来である。次男、豊春は小学校五年生になったばかりである。圧倒的なアメリカの工業力の結果であるB29を見せつけられ日本の未来を考える時暗澹たる気持ちが湧いてくる。いまとなっては国民一人一人がいくらがんばってもとても勝てる相手ではない。お前たち子供ができることは勉強だ。資源の乏しい日本であるからしっかり勉強して近代国家の建設を目指せと言っている。焦る気持ちが伝わってくる手紙である。検閲を通る内容ではないので少し離れた戸畑のポストまで歩いて行って架空の住所を使い投函している。

昭和一九年。二〇年は敗戦色が濃くなるばかりで兵舎の様子とか兵士達が育ってきた平和な地域社会を語り合い記録して残すことが難しくなり葉書きをほとんど書けなくなる。日本本土の目と鼻の先にある沖縄が陥落し父がいよいよ葉書き通信をしずらくなった背景を説明しておこう。

一九四四年（昭和一九年）

三月　沖縄守備隊編成。

七月　サイパンが陥落すると沖縄には一〇万人の地上守備隊軍が配備。沖縄は本土とはみなされず本土決戦準備のための時間稼ぎ、持久戦の場とされた。

一〇月　米軍　沖縄占領準備開始。

一〇日　艦上機　那覇市内を銃爆撃。市の九割を廃墟に。日本の都市の最初の壊滅だった。

一九四五年（昭和二〇年）

三月二三日　沖縄空襲。

三月二六日　米軍、慶良間列島　上陸。

四月一日　本島　上陸。五月下旬まで激しい戦闘。戦闘を長引かせるため南部摩文仁に司令部移動。

六月二三日　軍司令官　自決。

七月二日　米軍　沖縄作戦終了を宣言。

九月七日　宮古　八重山に残っていた日本軍が守備隊を代表して降伏調印式を行う。

日本軍兵士　一一万名戦死（内　沖縄出身者二万八千名）

県民死者は約一五万名とみられ県民の三人に一人。

米軍兵士　一万四〇〇〇名　戦死。

右が沖縄戦の概要である。次にその説明をしよう。連合軍にとっての沖縄の基地確保は日本本土上陸作戦に先立つ太平洋戦争最後の作戦となるはずであった。上陸作戦部隊は沖縄基地から飛び立つ航空部隊の直接支援を受けることができ本土上陸作戦の準備と補給の基地として利用できる。沖縄は九州からわずか五六〇キロしか離れていない。沖縄作戦は太平洋戦争中最大の陸、海、空軍による敵前上陸作戦となった。

その規模、艦船一五〇〇隻、兵員五四万八〇〇〇、艦載機五六四機と記録されている。

四四年（昭和一九年）一〇月以来沖縄は空母から発信する航空機、基地航空機、艦砲などによって激しい攻撃を受けていた。四五年三月、米軍の攻撃機は日本機、数百機を撃墜しアメリカの上陸作戦部隊を阻止しようとする日本の航空戦力を著しく弱体化させた。

米軍を主力とする上陸作戦は四五年四月一日に実施されたが日本軍の抵抗はすくなく六万の部隊が上陸した。四月六、七日、二三五五機の特攻機と日本艦隊最大の「大和」、巡洋艦「矢矧」ほか駆逐艦八隻によって編成された艦隊による反撃が行われた。「大和」は片道の燃料しか積まず空軍の援護がなかったので自殺行為となった。日本軍は特攻機の波状攻撃で連合軍の艦艇を弱体化させた後「大和」がこれを撃滅することを期待していた。

日本軍の戦略は航空戦力を徹底的に集中し米軍の大部分を洋上で撃破、敵の一部が上陸した場合本島防衛部隊の第一の任務は航空基地を敵に絶対委ねないことであるとしこれを「天号」作戦とした。連合軍側は「大和」の接近を潜水艦が報告すると機動部隊が派遣され軽巡洋艦と八隻の駆逐艦が同行した。「大和」の対空砲火は弱く群がる三〇〇機に余る敵機から攻撃を受け空中魚雷一〇本大型爆弾五発、小型爆弾多数を浴びた。四月七日の「大和」の沈没は長期に渡った戦艦支配の週末を物語るものとなった。

米海軍は上陸するやいなやレーダー等の施設を完備した。其のため、日本軍の特攻機は従来の様な戦果をあげられなくなりいたずらに犠牲がふえた。レーダーが特攻機の出撃をいち早くとらえ進出してきた新鋭の戦闘機群が直ちに練習機を改装した低速の特攻機を撃墜したからである。日本軍の組織的抵抗は四五年六月二一日まで終わらず七月二日、作戦の完了が発表された。

日本軍、戦死者一一万人、民間人一〇万人を数えた。この中には県立女子師範の職員、生徒からなる「姫ゆり部隊」の犠牲者が含まれている。この沖縄戦の結果四月五日、小磯内閣は総辞職、同日ソ連は対日中立条約を更新しないと発表した。沖縄戦の次はもう本土決戦しかない。とすればどこから日本へ攻め込むかを考えて米軍は次の二通りの方法を考えていた。

一　オリンピック作戦　九州南部の東岸と西岸に上陸して国見山地と出水山地の地形に沿って防御ラインを形成する。

二　コロネット作戦　手賀沼や荒川などの河口と言った障害がある九十九里ではなく進撃するのに障害が少ない相模湾に主力を上陸させて北上し関東平野の背後を衝く。

これを実行されていたら被害は原爆二個の規模では済まなかっただろう。

参考図

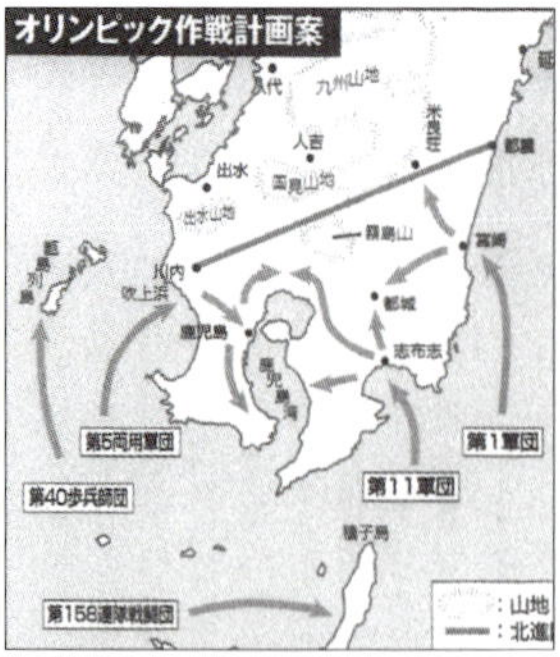

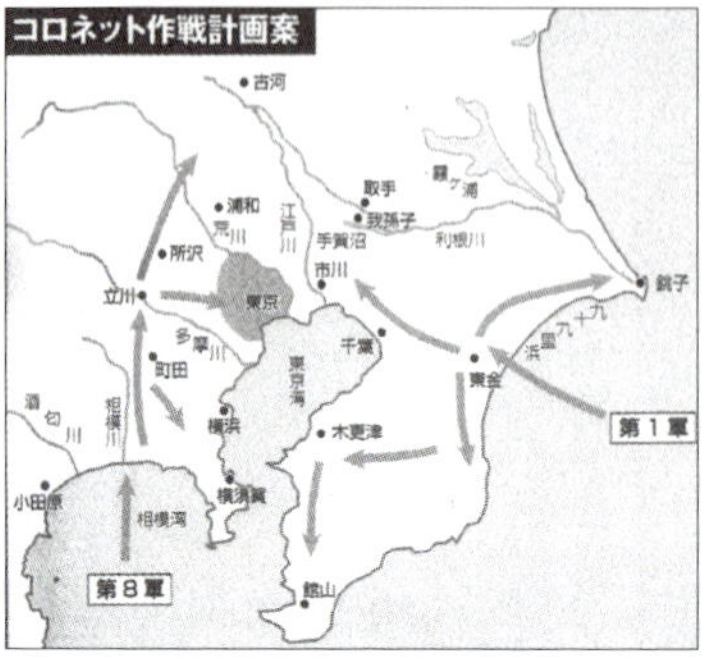

163

知覧特攻基地へ移動した戦友より父へ

小倉郵便局気付
第八〇六一部隊　進隊
檜垣兵長殿
知覧局気付
池田部隊
前田　薫　より
日付判読不可

前略　御免下さい。
兵長殿、長らくの間ご無礼致しまして誠にすみませんでしたね。其の後兵長殿には相変わらずお元気にて軍務に御精励の事と遠察致します。降りて小生も途中無事似て表記の部隊に服して居ります。只今では〇〇方面も大分馴れて毎日楽しく軍務に勉励して居りますれば何卒ご休心下さい。小生在隊中は兵長には一片ならぬお世話様になり只又出立の際にはお餞別まで戴きまして厚く御礼もうしあげます。兵長殿今後ともよろしくご指導の程をねがいます。では兵長殿ご自愛専一に。是松上等兵にもよろしく。　草々

檜垣元吉宛て

戦友の一人、前田隊員が若松の八〇六一高射砲部隊から鹿児島の知覧特攻基地へ配属になった。サイパンが落ち、硫黄島が落ち、沖縄が落ち外堀のみならず内堀まで埋められた状態でまだ戦おうとする日本である。おかげで死ぬ必要がない二〇〇万人以上の人が最後の一年で死んだ。米軍としては中小都市までも絨毯爆撃をしなければ日本は降参しないと判断した。加えて戦闘機による機銃掃射は日本人の厭戦気分を高めるのに効果があると判断し軍事関連施設だけでなく住宅、公共交通手段まで標的にした。

人道的立場から戦争中止の呼びかけを航空機からのビラの配布で行ったことは軍部は外交交渉の相手にはならず国民に訴えるしかないと判断したのだろう。だから米軍としてはB29による絨毯爆撃、民間人への機銃掃射、原爆投下と言う手段に訴えたのかと思われる。

さて、話は戻るが前田隊員からの手紙である。鹿児島の知覧特攻基地からである。すぐ南にある沖縄はすでに米軍の手

に落ちている。五六〇キロしか離れていないので戦闘機で十分往復できるところだから米軍の攻撃に一番にさらされるところである。と同時に日本側から逆に航空基地を襲われる危険があるので知覧は米軍の重要な警戒領域になっていたと思われる。彼は知覧防衛の増援に呼ばれた形である。それ故命の危険もさらに増したことだろう。

前田隊員が派遣され体験したであろう鹿児島地方の空爆について調べてみた。県内に知覧、鹿屋などの特攻航空基地を持つ鹿児島に対しては米軍の攻撃は激烈で昭和二〇年三月一八日の初空襲以後八回の空襲に見舞われ三三二九名が死んだ。これ以外にB29単機によるものが数回行われている。一八日の空襲は艦載機四〇機によるもので目標は海軍航空基地や湾内の船舶だった。

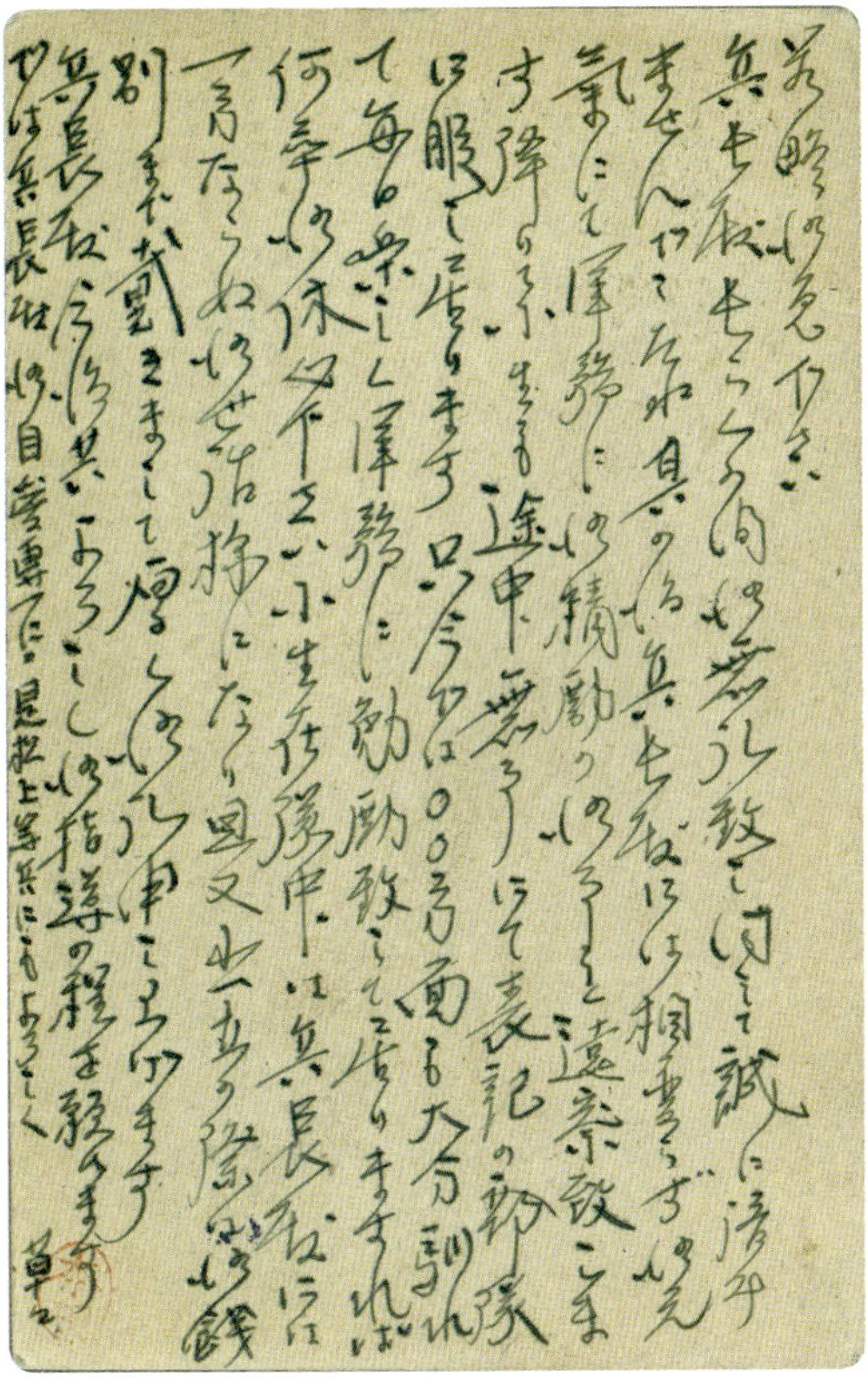

四月八日にものべ四二機の艦載機による空襲が行われ死者五八七名、負傷者四二四名と言う被害を被った。六月一七日には夜間B29が一一七機で八一〇トンの焼夷弾を投下し死者二三一六名、負傷者三五〇〇名、罹災戸数一万一六四九戸、六万六一三四名が罹災した。全八回に渡る空襲で鹿児島市が被った被害合計は三三二九名が死亡、四六三三名が負傷、行方不明三五名である。

右の空爆に対応して前田隊員も防空の任務を正に命がけで行い高射砲で艦載機、B29に対し弾幕を張ったに違いない。まさに雨あられと降りくる爆弾、焼夷弾の下で国防を任とする一兵士として避難することもできず砲弾を砲身の焼けるほど打ち上げ続けたに違いない。其の後の武運長久を祈るばかりである。

164

付録　母が歌った軍歌

私が高校生だった頃、台所に立って料理を準備中の母が日頃あまり歌わない英語の歌を口ずさんでいることに気が付いた。母は日曜日には欠かすことなく教会へ行く熱心なクリスチャンだったので讃美歌を歌うのが常だった。だから福岡の大濠公園の側の私の家ではいつも母の讃美歌がＢＧＭとして流れていたと言ってよい。しかしその日は違った。私が不思議そうに聞くと少し嬉しそうな顔をして一冊の英語の歌の本を持ってきて私に見せた。それは昔から母が大切にしているアメリカで出版された本で関東大震災で全てを焼いてしまった母が唯一持っていると言って良い宝物にしているものだった。それは

THE MOST POPULAR HOME SONGS
Hinds,Hayden & Eldredge,
Inc.Publishers, New York City 1913

という少し表紙が変色している歌の本で私たち兄弟も英語の歌を覚えるためにお世話になる本だった。それにはアメリカの民謡、童謡、クリスマスの歌、世界的に有名な曲がＢ５判で一四〇曲ほど収められている本であった。その一ページを示して歌ってくれ似たような軍歌も歌ってくれた。そしてこれはアメリカの南北戦争当時よく歌われたもので女学生時代に習った歌の一つであると説明してくれた。内容は戦いを目前にした若い兵士の心境を歌ったものでこんな曲までアメリカ人の音楽の先生に教えてもらったのかと驚きを覚えた。東京の女子学院で体育まで英語で教えられた母であるからすごい歌もまた教えられたものだと感心すると同時に曲も歌詞もいいので楽譜もちゃんとあるし私も覚えることとなった。

話変わってつぎは津田英学塾の津田梅子先生の影響である。津田梅子は母が丁度入学した年に引退されたが学校を代表して五名で鎌倉の別荘に招待され口をきいたことがあると私に語ったことがある。つまり母の精神のバックボーンはアメリカ人気質とキリスト教精神だったのである。そんな母がアメリカと戦う日本を肯定するはずはない。（梅子も憮然としたことだろう。アメリカを知っている者はみんなそうだったのではないか）兄たちは母の日本の軍部批判と反戦の口止めをするのが大変だったといく度も私に語った。

軍は負ければ負けるほど天皇の存在を利用し反戦論者を脅迫し軍歌で国民を鼓舞した。しかし母はそんな日本を鼻で笑っていたのだと今になってわかってきた。南北戦争当時とはいえ人間性を比較する時、一億総玉砕と檄を飛ばされ死への道をたどらねばならなかった日本人と母親に感謝し家族との別れを悲しみ銃を取ったアメリカ人とを比べるとはたして

どっちが勝つか。勝敗は明らかである。

英語の歌詞を読むと「神は正義をおこなう。」とある。母の歌ったアメリカの軍歌は一〇曲以上あるがそれと比べて日本の軍歌「見よ東海の空あけて」などの歌詞はスポーツ応援団のレベルで母の納得するものはなかった。大本営の行う戦争に母は日本に正義はないと判断した。英語の歌詞を見ると自分の弱さを認めつつ自分自身が弱いがゆえに支え育ててくれた母への感謝を先ず述べ親兄弟を思い死を受け入れる硫黄島や沖縄戦を戦った米兵を思いやったとおもう。しかし自分の夫は今米兵と戦い殺し合っているのである。これが戦争と言うものだ。

日本には戦争に反対して殺されたり拷問を受けた政治家、文人、ジャーナリストたちが何人もいる。自分の弱さを認めながら反戦の意思を貫いた人たちも大勢いたと思うのである。

身近に大本営に対して堂々と反戦の言動を行なった人物がいるので紹介しておきたい。名を吉田啓太郎という。四五年三月に憲兵隊に逮捕されている。理由は皇室不敬罪、軍機漏洩、流言蜚語罪、言論出版臨時取締違反である。彼は戦況は日本に不利、軍は本土決戦を望んでいるが勝つ見込みはないと主張した。憲兵が逮捕に来ることが十分予想されたので彼は福岡県警察本部に自ら出頭し逮捕された。彼はクリスチャンだったが戦後牧師となり若松バプテスト教会に赴任し後に若松市長になっている。

以上長々と日本帝国陸軍兵士と反戦の学徒の二面相を持つ父について書いてきた。と同時にその妻である母、千代についても再認識することになり遅すぎたが母のすごさに今頃気付いたのは大収穫だった。母も父同様「逆をいった」のである。私が墓に入る日もそう遠くない。墓の中でまず親父と硬い握手をしたい。次に母と抱き合って感謝の言葉を述べたいと思う。

法文学部国史学研究室卒業記念（昭和22年）
九州大学　父　前列右から2人目

JUST BEFORE THE BATTLE, MOTHER.

Words and Music by Geo. F. Root.

JUST BEFORE THE BATTLE, MOTHER.

Words and Music by Geo.F.Root

1

Just before the battle, Mother, I am thinking most of you.
While upon the field we're watching, With the enemy in view.
Comrades brave are 'round me lying, Filled with tho'ts of home and God;
For well they know that on the morrow, Some will sleep beneath the sod....

(Chorus)

Farewell, Mother, you may nev'er, you may never, Mother,
Press me to your heart again;....
But Oh, You'll not forget me, Mother, you will not forget me,
If I'm numbered with the slain.

2

Hark; I hear the bugles sounding, 'Tis the signal for the fights,
Now May God protect us, Mother, As He ever does the right.
Hear the "Battle cry of Freedom," How it swells upon the air;....
Oh, yes, we'll rally 'round the standard, Or we'll perish nobly there....
(Chorus)

（和訳）お母さん　もうじき戦いがはじまる

1　頭に浮かぶのはあなたのことばかり
目の前には敵軍の姿が
まわりには勇敢な仲間たちが伏せています
故郷と神様のことを考えています
明日になればきっと誰かが埋葬されるのです
（くりかえし）
さよならお母さん　決してもう私を胸に抱きしめることはできないのです
忘れないでね　たとえ戦死者の一人に数えられても

2　鳴った　突撃ラッパの音
戦いの合図だ　神よ守りたまえ
神は必ず正義をお示しになる
聞け、自由の叫びを、轟くおたけびを
軍旗の元に再び集まれるのか、それともおごそかな死か

WE'RE TENTING TO-NIGHT.

Words and Music by Walter Kittredge.

WE'RE TENTING TO-NIGHT.

Words and Music by Walter Kittredge

1 We're tenting tonight on the old camp ground, Give us a song to cheer
Our weary hearts, a song of home, And .friends we love so dear,

2 We've been tenting tonight on the old camp ground, Thinking of days gone by,
Of the loved ones at home that gave us the hand, And the tear that said
"good - bye!"

3 We are tired of war on the old camp ground, Many are dead and gone,
Of the brave and true who've left their homes. Others been wounded long

4 We've been fighting today on the old camp ground, Many are lying near;
Some are dead and some are dying, Many are in tears.

(Chorus)

Many are the hearts that are weary tonight, Wishing for the war to cease;
Many are the hearts looking for the right, to see the dawn of peace.
Tenting tonight, Tenting tonight, tenting on the old camp ground.
Dying on the old camp ground.

(和訳) 今夜は野営

1 野営地で今夜は過ごす　元気の出る歌やってくれ。
くたびれたけど　故郷の歌　頼れる友の歌

2 野営地でほっとする日々　過ぎた昔を思い出す
いつもやさしかった故郷の人たち　さよならと言って泣いてくれた人たち

3 戦争にはもう、うんざりだ　数多くの戦友が亡くなった
故郷を遠く離れやってきた勇敢で眞の友　体に傷を負った者もいる

4 今日はこの野営地が戦場になった　多くの物が今横になっている。
死んだ者もいれば死にかけもいる　皆、泣いている

(繰り返し) 気持ちがくじけそうだ　戦争が終わるのを願っている
皆、正義が行われるのを求め　平和の夜明けをまっている

尋ね人（知っている方がおられたら）

檜垣御楯　0942 - 43 - 4975

（裏書）
昭和 17 年 4 月　二島　記念

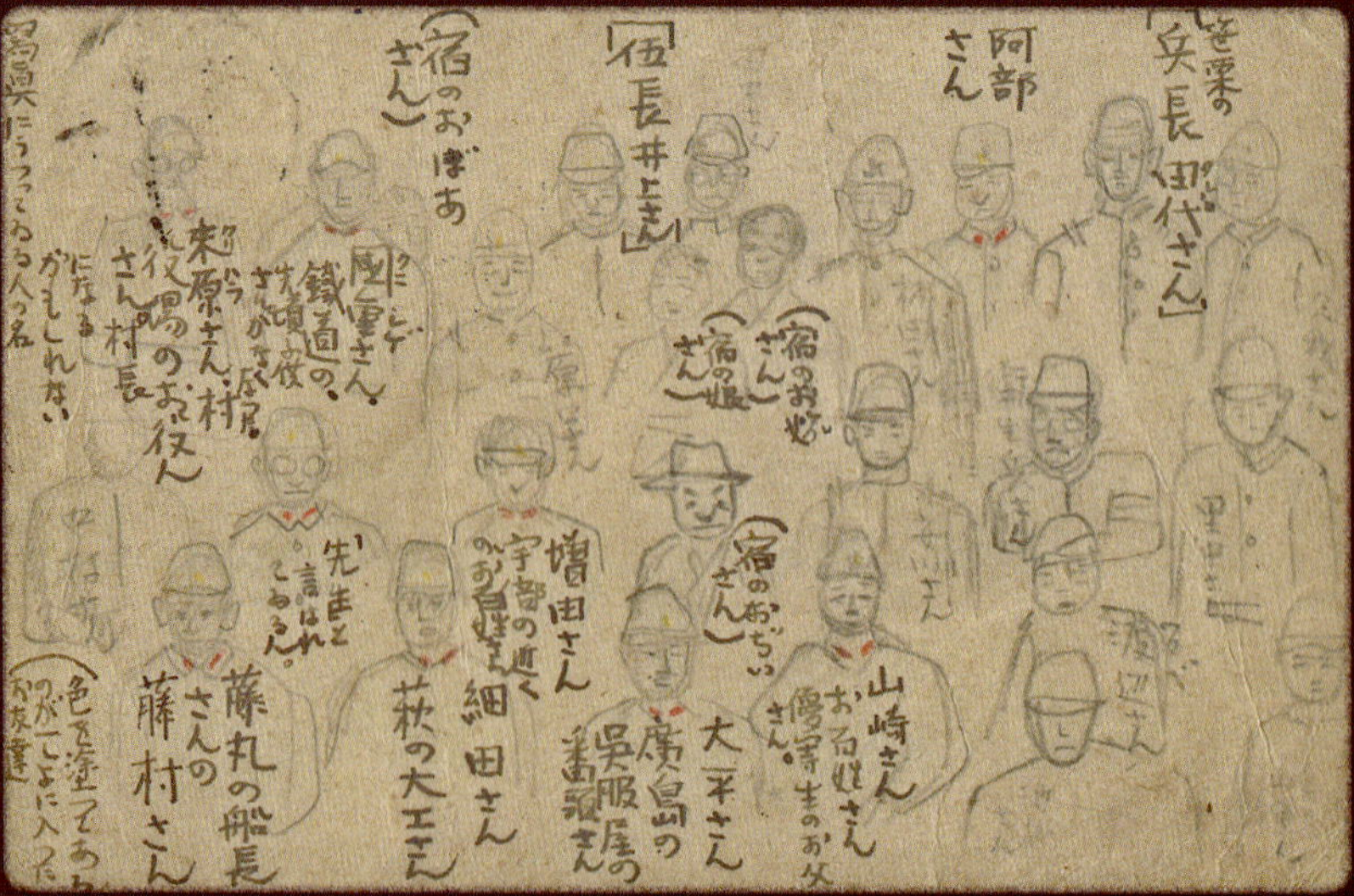

77　高射砲部隊　記念写真（97 頁）

参考資料
（朝日新聞東京本社企画第一部編『日本大空襲　ドキュメント写真集』原書房、一九八五年より転載）

日本空襲年表

「日本本土空襲概報」（東京空襲を記録する会・昭和五六年編）をもとに作成。昭和二〇年以降、基地空襲や小規模空襲で一部省略がある。

昭和一七年（一九四二）

四月一八日　東京、横浜、川崎、横須賀、名古屋、神戸（B25爆撃機の本土発空襲）

昭和一九年（一九四三）

六月一六日　北九州（B29爆撃機の中国成都基地からの初空襲）
七月八日　北九州、佐世保
八月五日　北九州、福岡
八月一一日　北九州
八月二〇日　北九州
八月二一日　北九州
一〇月一〇日　那覇（艦上機の初空襲）
一〇月二五日　大村
一一月一一日　福岡、大村
一一月二一日　大牟田、熊本
一一月二四日　東京（B29のマリアナ基地からの本土初空襲）
一一月二七日　東京
一一月二九日〜三〇日　東京
一二月三日　東京
一二月六日　東京
一二月一〇日　東京
一二月一一日　東京
一二月一二日　東京
一二月一三日　名古屋、浜松
一二月一五日　東京
一二月一八日　名古屋
一二月一九日　大阪
一二月二〇日　東京
一二月二一日　東京
一二月二二日　名古屋
一二月二四日　東京
一二月二五日　横浜
一二月二七日　東京、清水
一二月三〇日　東京
一二月三一日　東京

昭和二〇年（一九四五）

一月一日　東京、横浜
一月九日　東京、名古屋
一月一四日　名古屋
一月一六日　京都
一月二三日　名古屋
一月二七日　東京
二月一〇日　太田、浜松、大阪
二月一六日　東京、浜松、神戸、太田、横浜、立川（艦上機の本土初空襲）
二月一七日　東京、浜松、横浜、川崎、八王子（伝単〈宣伝ビラ〉のはじめての散布）
二月一九日　東京
二月二五日　東京、浜松、神戸、太田、横浜
三月四日　東京
三月一〇日　東京、横浜、盛岡
三月一二日　名古屋、瀬戸
三月一三〜一四日　大阪、尼崎、神戸
三月一七日　神戸
三月一八日　東京、神戸、知覧、東市来町、西の表、日南、鹿児島、大分、阿久根、喜入、名古屋、八幡浜

三月一九日　名古屋、神戸、呉、光、大分
三月二五日　名古屋
三月二七日　下関海峡にはじめて機雷投下
四月二日　東京
四月四日　太田、東京、清水、川崎、横浜
四月七日　東京、名古屋（P51戦闘機の硫黄島からの初空襲）
四月一二日　東京、郡山
四月一三～一四日　東京
四月一五～一六日　東京、川崎、横浜
四月二四日　立川、静岡
五月五日　呉
五月一四日　名古屋、岡崎、大分
五月一七日　名古屋、神戸、沼津、大分、串本、横浜
五月一九日　浜松、静岡、豊橋、東京
五月二四日　東京、横浜、下関、浜松、川崎
五月二五日　東京、川崎、横浜
五月二九日　東京、川崎、横浜、浜松
六月一日　大阪、徳島、田辺、高知、尼崎
六月五日　芦屋、神戸、新宮、西宮
六月七日　豊中、大阪、神戸、田辺、高知、鹿児島
六月九日　浜松、名古屋、明石
六月一〇日　東京、立川、千葉、浜松、神戸、日立、清水、横浜
六月一五日　大阪
六月一七日　鹿児島、神戸、大牟田、浜松、四日市
六月一八日　浜松、四日市、北九州、大牟田、福岡
六月一九～二〇日　豊橋、静岡、福岡
六月二二日　呉、玉島、姫路、各務原
六月二六日　浜松、名古屋、津、四日市、大垣、大阪、高知、明石、徳島、北九州、鈴鹿、豊中、堺、尼崎、御坊、京都
六月二八日　岡山、佐世保、門司、延岡
六月二九日　神戸、岡山、下関、北九州、延岡、宇和島
七月一日　浜松、神戸、呉、北九州、熊本、知覧、宇部、下関
七月二日　呉、宇部、下関、北九州、宇和島、海南
七月三日　姫路、知覧、高松、徳島、高知
七月六～七日　東京、千葉、明石、八王子、立川、甲府、清水
七月八日　東京、高松、八王子、立川
七月九日　東京、四日市、和歌山、豊中
七月九～一〇日　岐阜、堺、仙台
七月一〇日　東京、大阪、神戸、熊本、西之表、前橋、高崎、立川、横浜
七月一二日　東京、敦賀、頴娃
七月一三日　宇都宮、横浜、郡山
七月一三日　東京、一宮、宇和島、川崎、大垣
七月一四日　青森、釜石、西之表、室蘭、釧路、帯広（機動部隊の室蘭への初艦砲射撃）
七月一五日　青森、室蘭、名古屋、宇部、根室、本別町、旭川、帯広、釧路、西之表
七月一六日　平塚、川内、沼津
七月一六～一七日　大分
七月一七日　沼津、新宮、桑名、日立
七月一八日　北九州、桐生、横浜
七月一九～二〇日　東京、福井、神戸、尼崎、館山、日立、銚子、岡崎
七月二〇日　東京、神戸

七月二一日　北九州、小野田
七月二二日　神戸、田辺、豊中、宇和島、高松
七月二三日　宇部
七月二四日　浜松、名古屋、大阪、神戸、大垣、高松、岡山、四日市、田辺、高知、徳島、津、大分、磐田、鈴鹿、桑名、御坊、串本、和歌山、新宮、八幡浜、西宮
七月二五日　川崎、浜松、神戸、田辺、宇和島、串本
七月二五～二六日　横浜
七月二六日　浜松、徳山、松山、荒尾、下松、名古屋、大阪
七月二七日　川内、大牟田、鹿児島、喜入
七月二八日　青森、伊勢、大阪、神戸、有田、高崎、明石、田辺、八王子、四日市、津、宇部、一宮、鈴鹿、知覧、東市来町、横浜、東京、島原、大垣、宇治山田
七月二九日　青森、東京、浜松、大垣、東市来町、熊本、新宮、田辺、郡山、宇和島、宇部
七月三〇日　川内、敦賀、神戸、和歌山、豊中
七月三一日　清水、高崎、鹿児島
八月一日　長岡、川崎、浜松、川内、神戸、銚子、水戸
八月一～二日　東京、八王子、立川、清水、横浜、富山
八月三日　東京、沼津
八月五日　前橋、東京、神戸、垂水、今治、宇部、延岡、佐賀
八月五～六日　大阪、八王子、西宮、銚子、芦屋
八月六日　鹿児島、高崎、尼崎、広島（原爆投下）
八月七日　大島、豊川、宇土、大牟田、神戸
八月八日　東京、宇和島、敦賀、神戸、福山、北九州、大牟田、知覧、頴娃
八月九日　釜石、山川、串木野、長崎（原爆投下）
八月九～一〇日　郡山
八月一〇日　花巻、東京、尼崎、熊本、宇土、岩国、頴娃、酒田、横浜
八月一一日　神戸、久留米、日南、串本、山川、川内
八月一二日　知覧、阿久根、頴娃、熊本
八月一三日　東京、上田、横浜、長野
八月一四日　熊谷、大阪、神戸、岩国、光、徳山、佐伯、呉、伊勢崎、太田、高崎、秋田、桐生、小田原
八月一五日　東京、神戸、木更津

参考文献

（あ）

図説アメリカ軍の日本焦土作戦　太平洋戦争の戦場（ふくろうの本）　太平洋戦争研究会／編著　河出書房新社　二〇〇三年＊

あれから七十年　博多港引揚を考える　高杉志緒／監修・著　のぶ工房　二〇一七年

あれから七十三年　十五人の戦後引揚体験記　堀田広治／監修　引揚げ港・博多を考える集い／編纂　のぶ工房　二〇一八年

あらすじで読む名作文楽50選（新版）　高木秀樹／著　青木信二／写真　世界文化社　二〇一五年

硫黄島玉砕戦　生還者たちが語る真実　ＮＨＫ取材班／編　日本放送出版協会　二〇〇七年

戦争と日本人　あるカメラマンの記録　１９５３（岩波写真文庫復刻ワイド版50）　岩波書店　一九八八年

絵で読む大日本帝国の子どもたち　戦場へ誘った教育・遊び・世相文化　久保井規夫／著　柘植書房新社　二〇〇六年

絵本南戦録　忘れないうちに　野重五第一大隊の記録　渡辺勝三郎／著　葦書房　一九七八年

大分県の百年　大分県　一九六八年

（か）

香春町史誌「香春に於ける浄瑠璃　祭りの記録」

香春・英彦山の歴史と民俗　ムラの祭りと生活誌　木村晴彦／著　葦書房　一九八九年

教師の戦争体験の記録（平和図書館「戦争と平和」市民の記録）　岩手県一関国民教育研究会／編　日本図書センター　一九九二年

近代子ども史年表　昭和・平成編　下川耿史／編　河出書房新社　二〇〇二年

郷土博物館事典　日外アソシエーツ編集部／編　二〇一二年

近代日本戦争史　同台経済懇話会　紀伊國屋書店　一九九五年

九州の戦争遺跡＝THE RUINS OF WAR IN KYUSHU（新装改訂版）　江浜明徳／著　海鳥社　二〇一八年

軍歌物語　ビクターレコード「軍歌名盤集」解説書　堀内敬三／著　日本ビクター蓄音器　一九三七年

原爆投下は予告されていた　国民を見殺しにした帝国陸海軍の「犯罪」　古川愛哲／著　講談社　二〇一一年

小倉陸軍造兵廠（改訂版）　中原澄子／編著　二〇一二年

（さ）

佐賀・九州の南方開拓者たち　副島八十六・田中丸善蔵・石橋正二郎（佐賀学ブックレット）　山﨑功／著　佐賀大学地域学歴史文化研究センター　二〇一七年

サイパンの戦い「大場栄大尉」を読み解く　詳説図解　近現代史編纂会／編　山川出版社　二〇一一年

昭和・平成家庭史年表　１９２６→２０００（増補）　下川耿史／編　河出書房新社　二〇〇一年

少国民戦争文化史　山中恒／著　辺境社　二〇一三年

昭和の戦争記録　東京目黒の住民が語る　東京都目黒区／編　岩波書店　一九九一年

終戦史　なぜ決断できなかったのか　吉見

直人／著　NHK出版　二〇一三年
昭和・平成史年表　平凡社／編　平凡社　一九九七年
しらべる戦争遺跡の事典　十菱駿武、菊池実／編　柏書房　二〇〇二年
図説　日中戦争（ふくろうの本）　太平洋戦争研究会／編　森山康平／著　河出書房新社　二〇〇〇年
戦争の世界史大図鑑　R・G・グラント／編著　樺山紘一／監修　河出書房新社　二〇〇八年
性風俗史年表　大正・昭和「戦前」編（1912→1945）　下川耿史／編　河出書房新社　二〇〇九年
戦記が語る日本陸軍　日本陸軍ブックコレクション　宗像和広／著　銀河出版　一九九六年
戦時歌謡全集　銃後のうた　長田暁二／編　野ばら社　一九七一年＊
全集　日本の歴史　第15巻　戦争と戦後を生きる　戦争と戦後を生きる　一九三〇年代から一九五五年　平川南、五味文彦、倉地克直、ロナルド・トビ、大門正克／編　小学館　二〇〇九年
戦争詩歌集事典　高崎隆治／著　日本図書センター　一九八七年
戦争終結への道　平田眞一郎／著　葦書房　二〇〇二年
戦争中の暮らしの記録　暮らしの手帳編集部／編　暮らしの手帖社　一九六九年
宣伝謀略ビラで読む、日中・太平洋戦争　空を舞う紙の爆弾「伝単」図録　一ノ瀬俊也／著　柏書房　二〇〇八年＊

（た）

年表　太平洋戦争全史　日置英剛／編　国書刊行会　二〇〇五年
誰でも読める日本現代史年表　吉川弘文館編集部／編　吉川弘文館　二〇〇八年
大砲入門　陸軍兵器徹底研究（光人社NF文庫）　佐山二郎／著　光人社　一九九九年
太平洋戦争の全貌（別冊歴史読本）　新人物往来社　二〇〇八年＊
太平洋戦争の全貌　中国・東南アジア・太平洋戦線へ！（別冊歴史読本）　新人物往来社　二〇〇八年
太平洋戦争全史　戦争の経過・戦闘記録のすべて（別冊歴史読本）新人物往来社　二〇〇六年
超空の要塞B29　益井康一／著　毎日新聞社　一九七一年
徹底図解　第二次世界大戦　新星出版社編集部編　新星出版社　二〇〇七年
読書案内「昭和」を知る本〈1〉政治―軍国主義から敗戦、そして戦後民主主義へ　日外アソシエーツ株式会社／編　日外アソシエーツ　二〇〇六年

（な）

日本地名大事典　第1巻（九州）　渡辺光ほか／編　朝倉書店　一九六七年
日本史年表・地図　児玉幸多／編　吉川弘文館
日本軍事史　高橋典幸、山田邦明、保谷徹、一ノ瀬俊也／著　吉川弘文館　二〇〇六年
日本陸軍兵科連隊　新人物往来社戦史室／編　新人物往来社　一九九四年
日本軍事史年表　昭和・平成　吉川弘文館編集部／編　吉川弘文館　二〇一二年
日本陸軍指揮官総覧　新人物往来社戦史室／編　新人物往来社　一九九五年
日本の軍装　1930～1945　中西立太／著　大日本絵画　一九九一年
日本流行歌史　古茂田信男ほか／著　社会思想社　一九七〇年
日本軍兵器の比較研究　技術立国の源流・

陸海軍兵器の評価と分析　三野正洋／著　光人社　一九九七年

日本陸軍便覧　米陸軍省テクニカル・マニュアル　1944　米陸軍省／編著　菅原完／訳　岩堂憲人、熊谷直、斎木伸生／監修　光人社　一九九八年

日本軍隊用語集　寺田近雄／著　立風書房　一九九二年

日本の戦争　図解とデータ　桑田悦、前原透／編著　原書房　一九八二年

日本の戦争2　太平洋戦争（新装版）　毎日新聞社／編　毎日新聞社　二〇一〇年

日本の戦争解剖図鑑　日本近現代史がマルわかり　拳骨拓史／著　エクスナレッジ　二〇一六年

日本の大砲　竹内昭、佐山二郎／著　出版協同社　一九八六年

日本砲兵史　自衛隊砲兵過去現在未来　陸上自衛隊富士学校特科会／編　原書房　一九八〇年

日本陸海軍事典　原剛、安岡昭男／編　新人物往来社　一九九七年

日本軍兵士　アジア・太平洋戦争の現実（中公新書）　吉田裕／著　中央公論新社　二〇一七年

日本陸軍の火砲高射砲　日本の陸戦兵器徹底研究（光人社NF文庫）　佐山二郎／著　光人社　二〇一〇年

日中戦争下の日本（講談社選書メチエ）　井上寿一／著　講談社　二〇〇七年

人形浄瑠璃の歴史　廣瀬久也／著　戎光祥出版　二〇〇一年

日米開戦と破局　日本と世界の100年　朝日クロニクル20世紀　完全版　第4巻（1941―1950）　朝日新聞社　二〇〇一年

日本史年表　机上版　歴史学研究会／編　岩波書店　二〇一八年

B29　日本本土の大爆撃　カール・バーガー／著　中野五郎、加登川幸太郎／訳　サンケイ新聞社出版局　一九七一年＊

日本大空襲　ドキュメント写真集　朝日新聞東京本社企画第一部／編　原書房　一九八五年

年表太平洋戦争全史　日置英剛／編　国書刊行会　二〇〇五年

ノースアメリカン　B25　ミッチェル（世界の傑作機）　文林堂　二〇一三年

のらくろ漫画　田河水泡　大日本雄弁会講談社＊

（は）

母と子でみる日本の空襲　早乙女勝元、土岐島雄／編　草の根出版会　一九八六年

文楽へようこそ　桐竹勘十郎、吉田玉女／著　小学館　二〇一四年

風船爆弾を作った日々　愛媛県立川之江高等女学校三十三回生の会／著　鳥影社　二〇〇七年

福岡の戦争遺跡を歩く　川口勝彦、首藤卓茂／著　海鳥社　二〇一〇年

福岡県の歴史　竹内理三ほか／著　文画堂　一九五六年

兵旅の賦　第2巻昭和編　北部九州郷土部隊70年の足跡　案浦照彦／著　北部九州郷土部隊史料保存会　一九七八年＊

米軍資料　マリアナ基地B29部隊　日本空襲の全容　アメリカ陸軍航空隊B29部隊／著　小山仁示／訳　東方出版　一九九五年

米軍資料　八幡製鉄所空襲　B29による日本本土初空襲の記録　北九州の戦争を記録する会／著　北九州の戦争を記録する会　二〇〇〇年

米軍が記録した日本空襲　平塚柾緒／編著　草思社　一九九五年

ヘロドトス・トゥキュディデス（世界の名著）　村川堅太郎／編　中央公論社

一九七〇年
冒険ダン吉　島田啓三　大日本雄弁会講談社　一九四〇年＊
螢の木　ニューギニア戦線の鎮魂　馬場明子／著　未知谷　二〇一二年
本土決戦　陸海軍　徹底抗戦への準備と日本敗戦の真実（歴史群像太平洋戦史シリーズ60）　新井弘　学習研究社　二〇〇七年＊
本土決戦幻想　昭和史の大河を往く　第7集　オリンピック作戦編　保阪正康／著　毎日新聞社　二〇〇九年＊

（ま）
目で見る昭和全史　昭和元年〜64年　読売新聞社／編　読売新聞社　一九八九年
名言・迷言で読む太平洋戦争史　横山恵一／著　PHP研究所　二〇一四年
もうひとつの硫黄島　そして父の手紙と母の日記が残った　平川二朗／著　光工業写真　二〇一〇年

（ら）
陸軍兵器発達史　明治建軍から本土決戦まで（光人社NF文庫）　木俣滋郎／著　光人社　一九九九年

（わ）
わたしの戦争体験　戦後50周年に寄せて　福岡県総務部県政情報課／編　福岡県総務部県政情報課　一九九六年

本文中に掲載した参考図版の出典は＊で示しました。

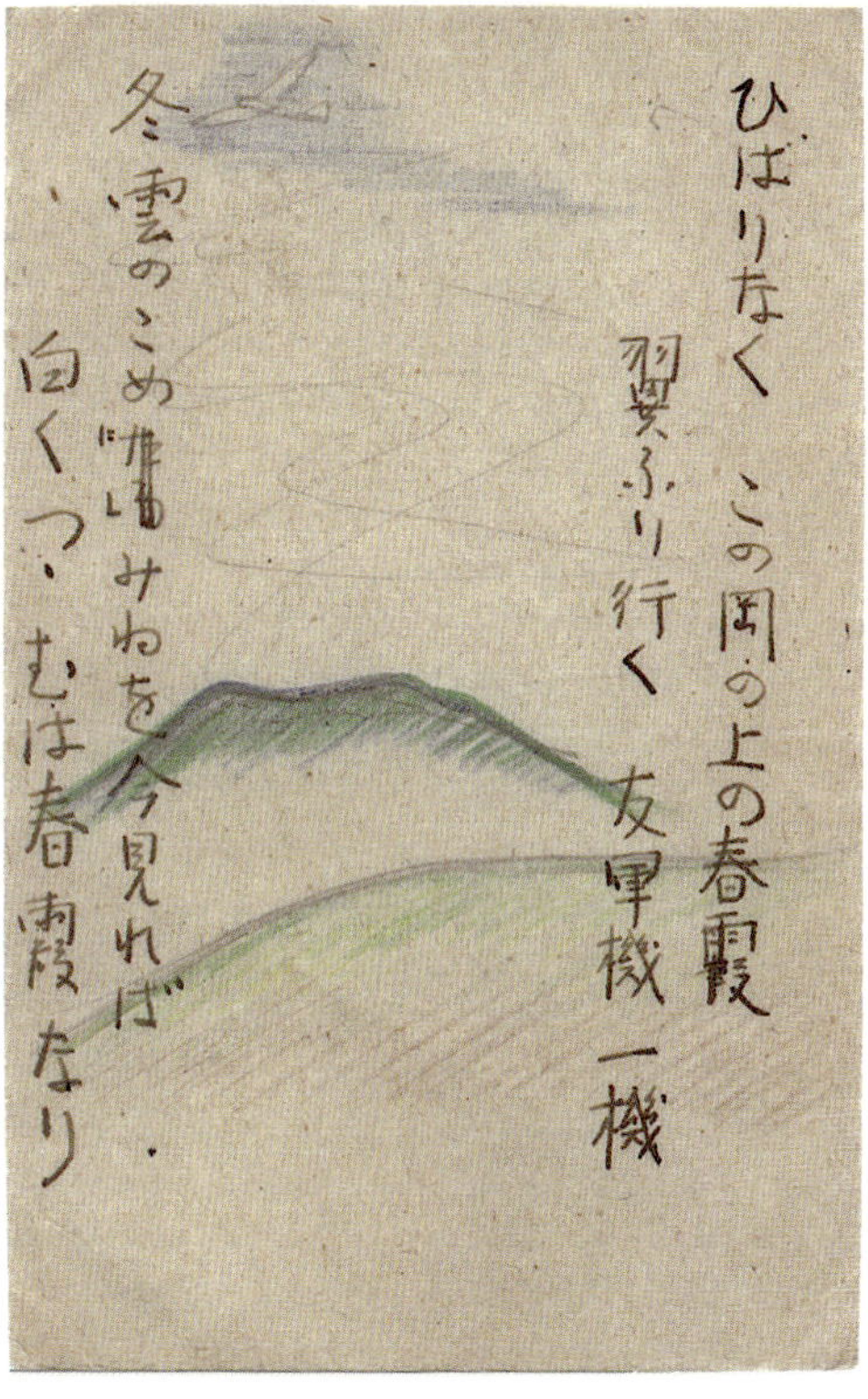
ひばりなく　この岡の上の春霞
翼ふり行く　友軍機一機
白くつゝむは春霞なり

〈解説〉
八月八日と九日の慰霊祭

祝部 幹雄

本書に収録された数々のはがきを残した檜垣元吉さんの配属先だった北九州地区は、私のふるさとだ。

本州と九州を隔てる関門海峡をはさみ、国際貿易港の門司市、兵器工場である陸軍造兵廠をかかえる軍都・小倉市、官営八幡製鉄所（現日本製鉄八幡製鉄所）を中心とした重工業都市の八幡市や戸畑市、筑豊炭田の石炭積み出し港・若松市の福岡県五市と、やはり港湾都市として栄えた山口県下関市を合わせた六市は、太平洋戦争当時、日本有数の工業地帯だった。

ゆえに、たびたび空襲も受けた。その中でも代表的ともいえる二つの〝空襲〟を紹介したい。

そのひとつが、一九四五（昭和二〇）年八月八日の八幡大空襲だった。

地元の「地域の記憶遺産を支える会」のまとめによると、マリアナ諸島を飛び立った爆撃機B29など多数の米軍機が来襲。製鉄所の社宅など市街地に向かって多数の焼夷弾を投下し、約二五〇〇人が死傷した。市街地の小さな丘陵「小伊藤山《こいとやま》」に掘られていた防空壕では、煙が充満して窒息するなどし、ここだけで約三〇〇人が亡くなったという。

もうひとつは、東隣の小倉市への原爆投下作戦だ。広島に続く「第二の原爆」を積んだB29は八幡大空襲翌日の九日朝、小倉市上空に到達した。原爆投下を三度試みたが、目標が「もやと煙」で見えず、第二目標に切り替えて長崎市に向かい、原爆を投下した。

当日の小倉市周辺の天気は晴れ。「もやと煙」の正体は前日の八幡大空襲の煙とも、これに水蒸気が混ざったものとも推測されてきた。

一方、毎日新聞社の同僚記者らが当時の八幡製鉄所従業員が原爆投下の日の朝、用意していたコールタールに火を着けて煙幕を張ったという証言を二〇一四年七月の毎日新聞に掲載。毎日新聞の英訳サイトが延べ三〇万回も閲覧されるなど、大きな注目を集めた。

檜垣元吉さんが配属された高射砲隊は、こうした攻撃にさらされ続けた北九州の工業地帯を防衛する部隊だった。

＊

本書の著者で、高校時代の恩師でもある檜垣御楯さんから一連のはがきの存在を知らされたのは、二〇一六年春だった。

はがきには、部隊運用や実戦の記述はない。

一方で、毎日毎日食卓に上る太刀魚や寝床を襲う害虫シラミとの戦いなど兵舎での生活や実直でまじめに生きてきた戦友「阿部さん」の入隊前の暮らし、漁師出身の「藤村さん」が経験した難破体験など戦友の生活が、色鉛筆画と共に詳細に書き留められていた。本書には収録されていないが、九州各地の民話や河童伝説などの聞き取りも多数あった。

「歴史は一般大衆によって作られるものだ」と語ったという歴史学者、檜垣元吉さんの原点ともいえる記録集だ。はがきの存在を伝えた私の新聞記事は、大阪以西の毎日新聞社会面で大きく伝えられた。

＊

大空襲で焼け野原となった八幡市は、いったん人口が急減する。戦後に復興計画を策定、あの小伊藤山を削り取り、その土砂で低湿地を埋めるなど新たなまちづくりに取り組んだ。朝鮮戦争特需もあって急激な復興を果たした。その後、門司、小倉、戸畑、八幡、若松の福岡県側の五市は一九六三年に合併し、九州初の政令都市・北九州市が誕生した。

そして現代。

あの小伊藤山跡地を含め旧八幡市各地では、今も八月八日に慰霊祭が開かれる。

八月九日には、小倉陸軍造兵廠跡の公園に建つ原爆犠牲者慰霊平和祈念碑前で、地元の小中学校の児童生徒が長崎に思いをはせながら千羽鶴をささげる。平和の大切さは、今も地道に伝えられている。

とはいえ、父母や学校の教師から直接、戦争中の生活を聴くことができた私の世代と違い、今の若者が当時の生活そのものを聴く機会は少ない。

だからこそ、あの時代の人々の生活を描いた本書は貴重な記録といえよう。次世代を生きる若者にこそ、手にしてほしいと願う。

二〇一九年六月二三日

（ほうり・みきお　一九六四年三月生まれ。毎日新聞山口支局編集委員。）

おわりに

一九四二年（昭和一七年）一月に北九州、若松の高射砲部隊に召集されて国防、防空の任務につき訓練を受けてきた父であるが米軍がサイパンに上陸した翌日の四四年六月一六日中国、成都に進出してきた「超空の要塞、B29」により人生初の空襲を経験することになる。米軍は製作したばかりのB29を成都に集め日本本土の空襲は航続距離限度七〇〇〇キロで限界の八幡を選択した。六八機のうち四八機が八幡に向かった。一六日、零時三〇分空襲警報発令、洞海湾地域は完全な灯火管制下にあった。約二〇分後北西方向から若松上空に侵入、それから一〇分間隔で二四回二四〇〇メートルから六四〇〇メートルの高度から八幡製鉄所を爆撃し、二五〇キロ爆弾三七〇発を投下した。雨のように降ってくるその真下で隠れるどころか撃ち落すことが仕事の部隊は山の上に構築された数台の高射砲を三、四秒に一発の頻度で砲弾をタイミングを合わせてつるべ打ちするのである。しかしこの日は一機も当らなかったと記録にある。米軍資料によるとあたる率は1％強である。一〇〇機来襲しても二機落ちるかどうかである。しかしその後は爆弾に加えて焼夷弾が主となりかつB29を援護しておびただしい戦闘機が護衛して来襲する。機銃掃射は壕の中に伏せて逃れても戦闘機が通り過ぎれば命を危険にさらして砲弾を撃ちあげる仕事を終戦まで一四か月間送ることになったのである。日本に対する成都からのB29による爆撃は一〇回ほど行なわれその後はサイパンからさらに頻度を増やし本格的に実施されることになる。

ところが一方、反撃を行うべき日本軍の戦闘機は本土にはそれまでにほとんど撃ち落されているか破壊されており少数しか残っておらず米軍側の記録によると全く迎撃が無いこともあり、あっても十数機を目撃することはあるが脅威に感じることはあまりなかったように読める。しかし高射砲により撃ち落される危険性はあるので空襲は夜間が主であった。つまり高射砲部隊の仕事は昼夜が逆転したといっていい。葉書きにあるように朝日と共におきて朝の体操をし、夕方にはまた体操をして入浴、食事、そして裸電球を囲んでの語らい。まむし酒の楽しみもあったろう。そして就寝。このサイクルが逆転したのである。夜間でない時は、艦上機や陸軍の基地戦闘機が援護について八幡、若松のみならず小倉、門司、下関を絨毯爆撃する。関門海峡への機雷の投下は徹底的であった。命がいくつあっても足りない状況が一四か月間続いたのであり父は筆を折るしかなくなる。妻子宛てに葉書きを書いた枚数は四四年は一枚、長男から一枚、四五年は一枚と戦友と子供からが各一枚である。尻切れトンボの感を免れないので葉書きを書けなくなった背景を説明するためその間の軍事的状況、社会的背景を書いて家庭への通信など書ける余裕はなかったろうと納得してもらえるように配慮したつもりである。一五九信目にある「どうもこうもならん話」（172頁）で万策尽きましたと言っているのは父のユーモアのセンスがいかんなく発揮されていて最高の終わり方だと思う。検閲官が一瞬眉をひそめ何のことかといぶかしく思ったのじゃないかと思うが結局認めてくれたようだ。

ところで今次のアジア太平洋戦争で軍隊に召集された人数は七二〇万人だったという。開戦時四一年末に二四一万人の兵を集め戦争を始めたのだが終戦時には二倍に膨れ上がっていたのである。そして戦死した人数は全三一〇万人のうち軍人は二三〇万人である。（民間人三〇万人、戦災で死亡した人五〇万人）おびただしい数の若人が軍人として戦死したわけである。国家として兵士動員の限界は男子人口の一割が常識と言われている。ところが日本の場合終戦時には二割となり労働人口が限度を超えて減少し国家が成り立っていかなくなっていたのである。つまり日本と言う国自体がガダルカナル、インパール、ニューギニアに似た制御不能、半死半生、行き倒れ寸前に陥っていたのである。

我が家もその例外ではなく母が終戦直前過労と栄養失調で起き上がれなくなっていたと言う。ジャングルの中でなくとも屋根の下の畳のうえでも動けなくなったのである。日本国中がこのような状況だったのだろう。にもかかわらず大本営は本部そのものがB29の爆弾で吹き飛ばされ国中の都市ががれきの山になっても「一億玉砕」を叫んでやまなかった。日本人は原爆だけでなくこのことを決して忘れてはならない。

日本は有史以来の大災害を被った。この歴史をしっかり記憶にとどめ未来へ伝承していかねばならない。しかしこの頃この記憶が風化してきだしたと感じる。これほど大きな歴史上の出来事はほかにない。反省が大きければ大きいほど日本の未来はあかるいものになる。日本人は全員歴史通になってほしいと思う。そうすれば必ず日本に幸せの青い鳥が飛んできて窓辺で歌ってくれるようになると確信する。

さて今朝の新聞に自衛隊が中東に派遣され、国連平和維持軍として期待されているという記事が載っていた。隊員は父たちがやったようにまさに命がけで業務を遂行することになる。弾の飛んでくる中に身を置くことになるのだ。しかし父と異なるところは目的が平和の維持・構築にあるところである。太平洋戦争は納得しがたい大義と人命の軽視、軍の戦況の分析と冷徹な判断力の欠如が猛省すべき点だったが今回の目的は平和の維持と構築である。小さくなった地球の隣人たちのため、平和のために力を尽くしてほしいと願う。帝国主義時代の海外進出は相手の財産をを横取りするためのものだった。今日でも似たようなことをしようとしている国がある。しかし、日本はもの取りではなく愛のタネを植えに行ってほしい。ちょうどアメリカの昔話にあるように国中にりんごのタネを植えて歩いたジョニーおじいさんのように銃を抱え武装で身を固めていてもポケットには花や果樹や木陰を作る木々のタネをしのばせて行ってもらいたい。

私はこの世界から戦争を廃絶するために自分で出来ることを考えこの本を書いた。もし戦争を現場でになった日本兵のありのままの生き方に共感してくれる人が多ければ外国の人たちにも読んでもらい日本と日本人を理解する一助となるといいと思う。

わたしは健康も二の次にして机に向かい今書き上げた。やっと元ラガー・アスリートに戻ることができる。今後は四季を感じながら筑後川の河川敷をまた走れるのがたのしみだ。

平成三一年三月二八日

著者紹介

檜垣 御楯（ひがき みたて）

1942 年、昭和 17 年　福岡市生まれ。
東京外国語大学　英米語学科卒業。
会社勤務の後久留米大学附設中学・高等学校英語科教諭として勤務。
定年後、福岡大学附属中学高等学校、久留米信愛女学院中学高等学校に勤務した後作家として独立。今日に至る。

俺は逆を行く　或《あ》る学徒召集兵の戦《いく》さ
第一篇　檜垣元吉《ひがきもとよし》・兵舎便り

2019 年 7 月 25 日初版第 1 刷発行
著／檜垣御楯
発行者／松田健二
発行所／株式会社　社会評論社
〒 113-0033　東京都文京区本郷 2-3-10　お茶の水ビル
電話　03（3814）3861　FAX　03（3818）2808
印刷製本／倉敷印刷株式会社
http://shahyo.sakura.ne.jp/wp/（検索「目録準備室」）
ご意見・ご感想お寄せ下さい　book@shahyo.com

社会評論社最新情報はコチラ